Laura Sebastian
THRONES AND CURSES –
FÜR DIE KRONE GEBOREN

Laura Sebastian

Thrones and Curses

FÜR DIE KRONE GEBOREN

Aus dem Englischen
von Petra Koob-Pawis

cbj

Der Verlag behält sich die Verwertung der urheberrechtlich
geschützten Inhalte dieses Werkes für Zwecke des Text- und
Data-Minings nach § 44 b UrhG ausdrücklich vor.
Jegliche unbefugte Nutzung ist hiermit ausgeschlossen.

Penguin Random House Verlagsgruppe FSC® N001967

1. Auflage 2024
© 2024 cbj Kinder- und Jugendbuchverlag in der
Penguin Random House Verlagsgruppe GmbH,
Neumarkter Str. 28, 81673 München
Alle deutschsprachigen Rechte vorbehalten
Text copyright © 2023 by Laura Sebastian
Die Originalausgabe erschien unter dem Titel
»Stardust in Their Veins« bei Delacorte Press,
an imprint of Random House Children's Books,
a division of Penguin Random House LLC, New York.
Dieses Werk wurde vermittelt durch die Literarische Agentur
Thomas Schlück GmbH, 30161 Hannover.
Übersetzung: Petra Koob-Pawis
Lektorat: Christina Neiske
Umschlaggestaltung und Illustration: Isabelle Hirtz, Hamburg
Karte: © 2023 by Virginia Allyn
sh · Herstellung: ang
Satz: Uhl + Massopust, Aalen
Druck: GGP Media GmbH, Pößneck
ISBN 978-3-570-16634-5
Printed in Germany

www.cbj-verlag.de

Für alle schwierigen Mädchen

Map

CRISK-GEBIRGE   **TACK-GEBIRGE**

...ster-See   Notch-See   Fluss Tack

Fluss Notch   Wald von Trevail   Olveen-See

Eldevale

Fluss Tenal

Bessemia

Dalcine-See

...teria-See

Hapantoile

Westalt Meer

Wald von Nemaria

Fluss Carno

Wald von Kellian

Sulimo-See

Wald von Pureen

Fluss Azina

Cellaria

Vallon

Wald von Vulia

Stammbaum der Häuser von Vesteria

Bessemia
Haus Soluné:

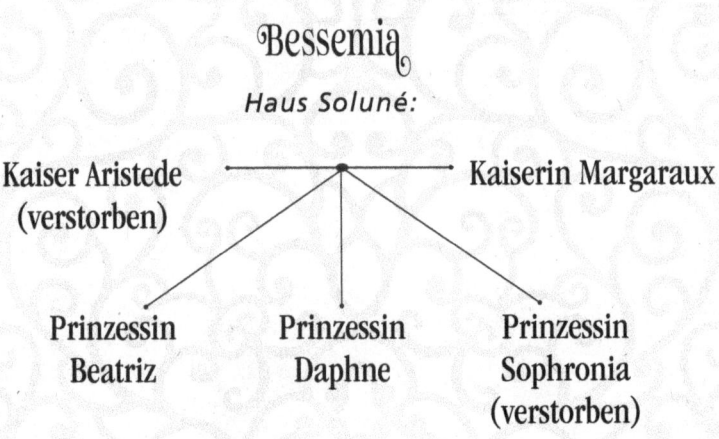

Friv
Haus Deasún

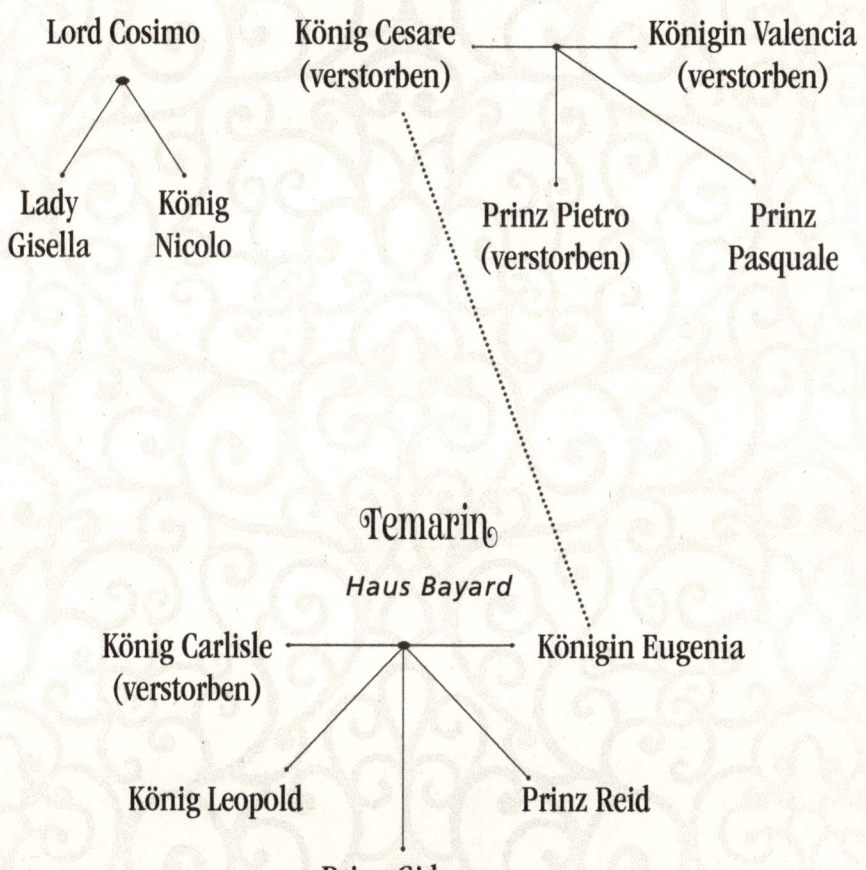

Beatriz

In der cellarischen Schwesternschaft, hoch oben im Alder-Gebirge, geht Beatriz in ihrer Zelle auf und ab – immer zehn Schritte, von Wand zu Wand. Fünf Tage ist es her, dass sie weggesperrt wurde, in dieser kargen Kammer, mit nichts als einem schmalen Bett, einer verschlissenen Decke und einem Krug Wasser auf einem kleinen Holzschemel. Fünf Tage ist es her, dass sie die Stimmen ihrer Schwestern in ihrem Kopf hörte, so klar und deutlich, als stünden sie im Zimmer neben ihr. Fünf Tage, seit sie hörte, wie Sophronia starb.

Nein. Nein, das weiß sie doch gar nicht, jedenfalls nicht mit Sicherheit. Beatriz fallen ein Dutzend möglicher Erklärungen ein, ein Dutzend möglicher Auswege, um sich einzureden, dass ihre Schwester noch da ist – noch *am Leben* ist. Immer wenn sie die Augen schließt, sieht sie Sophronia vor sich. In der Stille ihrer Zelle hört sie ihr Lachen. Und wenn es ihr doch einmal gelingt, für ein paar Stunden zu schlafen, wird sie in ihren Albträumen von Sophronias letzten Worten heimgesucht.

Sie jubeln über meine Hinrichtung ... Es steht so viel mehr auf dem Spiel, als wir ahnten. Ich verstehe immer noch nicht alles, aber bitte seid vorsichtig. Ich liebe euch beide so sehr. Ich liebe euch bis zu den Sternen. Und ich ...

Das war alles.

Es ist ihr immer noch ein Rätsel, durch welches magische Wirken dieser letzte Kontakt zustande gekommen ist, auch wenn es Daphne zuvor schon einmal gelungen war, auf diese Weise mit Beatriz allein in Verbindung zu treten. Auch damals war die Magie abrupt versiegt. Doch diesmal ist es anders gewesen, Beatriz hat Daphnes Anwesenheit noch ein paar Sekunden länger wahrgenommen, ihr fassungsloses Schweigen hat sich in Beatriz' Kopf ausgebreitet, bis die Verbindung endgültig abriss.

Aber Sophronia kann nicht tot sein. Allein die Vorstellung ist unbegreiflich. Sie sind gemeinsam auf die Welt gekommen: Beatriz, Daphne, dann Sophronia. Undenkbar, dass eine von ihnen die beiden anderen einfach so zurücklassen könnte.

Wie oft Beatriz sich das auch sagt, ein letzter Zweifel bleibt. Sie hat es schließlich *gespürt*. Es war, als hätte man ihr das Herz aus der Brust gerissen. Als wäre etwas Lebenswichtiges verloren gegangen.

Das Geräusch eines Riegels, der zurückgeschoben wird, lässt Beatriz aufschrecken, und sie dreht sich um, in der Erwartung, eine der Schwestern mit ihrer nächsten Mahlzeit in der Tür zu sehen. Aber die Frau, die nun ihre Zelle betritt, kommt mit leeren Händen.

»Mutter Ellaria«, sagt Beatriz. Ihre Stimme ist rau, in den letzten Tagen hat sie kaum ein Wort gesprochen.

Mutter Ellaria hat Beatriz bei ihrer Ankunft in der Schwesternschaft begrüßt, sie zu ihrer Zelle geführt und ihr Kleidung zum Wechseln ausgehändigt, die genauso aussieht wie jene, die die ältere Frau selbst trägt. Bisher hat Beatriz nur das graue Wollkleid angezogen. Die Schwesternhaube liegt immer noch am Fußende ihres Bettes.

In Bessemia galt es als große Ehre für eine Novizin, die Haube zum ersten Mal anzulegen, es gab eigens eine Zeremonie, um diesen Anlass zu begehen – Beatriz selbst hat an mehreren solcher Rituale teilgenommen. Es war eine Feier zu Ehren einer Frau, die sich entschied, ihr Leben ganz den Sternen zu widmen.

Aber Beatriz hat sich für nichts entschieden, also wird sie auch keine Haube tragen.

Mutter Ellaria scheint das nicht zu entgehen – ihr Blick wandert von Beatriz' nachlässig geflochtenen rotbraunen Haaren zu der Haube auf dem Bett. Sie reagiert mit einem Stirnrunzeln, ehe sie Beatriz erneut anschaut.

»Du hast Besuch«, sagt sie mit unverhohlener Missbilligung in der Stimme.

»Wer ist es?«, fragt Beatriz, aber Mutter Ellaria dreht sich nur wortlos um und geht hinaus, sodass Beatriz nichts anderes übrig bleibt, als ihr in den dunklen Korridor zu folgen. Ihre Gedanken überschlagen sich.

Einen Moment lang stellt Beatriz sich vor, dass es Sophronia ist – dass ihre Schwester aus Temarin angereist ist, um ihr zu versichern, dass sie lebt und es ihr gut geht. Doch vermutlich ist es nur ihre einstige Freundin Gisella, die gekommen ist, um ihre Schadenfreude auszukosten, oder deren Zwillingsbruder Nico, der wissen will, ob ein paar Tage in der Schwesternschaft schon ausgereicht haben, damit Beatriz ihre Haltung zu seinem Heiratsantrag ändert.

Wenn das so ist, wird er enttäuscht wieder abziehen müssen. Sosehr Beatriz ihren erzwungenen Aufenthalt hier auch verabscheut – besser, als in den Palast von Cellaria zurückzukehren, ist es allemal. Denn auch Pasquale wird wohl den Rest seines Lebens in der Bruderschaft auf der anderen Seite des Flusses Azina verbringen.

Ihre Brust zieht sich zusammen bei dem Gedanken an Pasquale

und daran, dass er nur deshalb enterbt und eingesperrt wurde, weil er auf ihr Anraten hin den falschen Menschen vertraut hat.

Wir sind noch nicht fertig mit ihnen, hat Pasquale gesagt, nachdem sie beide wegen Hochverrats verurteilt worden waren. *Und schon bald werden sie sich wünschen, sie hätten uns getötet, als sie die Chance dazu hatten.*

Beatriz lässt seine Worte in ihrem Kopf nachhallen, während sie Mutter Ellaria den spärlich beleuchteten Korridor hinunter folgt und im Geiste verschiedene Möglichkeiten durchgeht, wie sie die gebrechliche ältere Frau überwältigen und fliehen könnte ... Die Frage ist nur: wohin? Das Alder-Gebirge ist ein tückisches Terrain, selbst für diejenigen, die mutig genug sind, es zu erklimmen. Wenn Beatriz dieses Wagnis eingehen würde, ganz allein, mit nichts als ihrer Kutte und den Baumwollpantoffeln, würde sie die nächste Nacht nicht überleben, so viel steht fest.

Ihre Mutter hat sie stets zur Geduld ermahnt, und auch wenn es nie Beatriz' Stärke gewesen ist, sich in Geduld zu üben, weiß sie, dass genau das jetzt notwendig ist. Also lässt sie die Arme locker an ihren Seiten herabhängen und folgt Mutter Ellaria um eine Ecke, dann um eine weitere, bis die Vorsteherin schließlich vor einer hohen Holztür stehen bleibt und Beatriz mit einem abschätzigen Blick mustert, als wäre ihr der Geruch von etwas Verdorbenem in die Nase gestiegen. Diese Frau kann sie nicht leiden, das weiß Beatriz, und dennoch beschleicht sie das Gefühl, dass nicht sie selbst es ist, die diesen Blick hervorruft.

»Aufgrund des ... besonderen Ranges, den dein Besucher innehat, stelle ich mein eigenes Arbeitszimmer für ein Gespräch zur Verfügung, werde jedoch in zehn Minuten zurückkehren, und keine Sekunde später.«

Beatriz nickt, nun vollends überzeugt, dass es sich entweder um Gisella oder Nicolo handelt. Immerhin ist Nicolo jetzt König von Cellaria und Gisella nimmt als seine Schwester nun ebenfalls eine höhere Stellung ein. Was nicht heißt, dass Mutter Ellaria den beiden mehr Achtung zollen würde als Beatriz.

Beatriz schiebt ihre Gedanken beiseite, stößt die Tür auf und tritt ein. Abrupt bleibt sie stehen und kneift die Augen zusammen, als könnte die Gestalt vor ihr sich allein durch ein Blinzeln in Luft auflösen.

Doch egal wie oft sie blinzelt, Nigellus ist immer noch da. Der Himmelsdeuter ihrer Mutter hat es sich auf Mutter Ellarias Stuhl gemütlich gemacht und beobachtet Beatriz über die zusammengelegten Fingerspitzen seiner erhobenen Hände hinweg. Da Beatriz' Zelle fensterlos ist, hat sie bereits kurz nach ihrer Ankunft jedes Zeitgefühl verloren, aber jetzt kann sie sehen, dass es Nacht ist: Der Vollmond scheint durch das Fenster hinter Nigellus, die Sterne leuchten heller und kühner als sonst.

Es ist das erste Mal seit fünf Tagen, dass sie den Nachthimmel sieht, das erste Mal, dass sie wieder das Licht der Sterne über ihre Haut tanzen spürt. Ihr wird schwindelig und sie ballt die Hände zu Fäusten. *Magie*, denkt sie, obwohl sie es immer noch nicht so recht glauben kann, auch nachdem sie ihre besonderen Kräfte jetzt schon zweimal eingesetzt hat, um die Sterne zu Hilfe zu rufen, wenn auch versehentlich.

Nigellus entgeht nicht, dass sie ihre Finger so fest in die Handballen gräbt, dass ihre Knöchel weiß werden, aber er sagt nichts. Die Tür schließt sich hinter Beatriz und die beiden bleiben allein in dem Raum zurück. Einen Moment lang sehen sie sich nur an, keiner ergreift das Wort.

»Sophronia ist tot, nicht wahr?«, bricht Beatriz schließlich das Schweigen.

Nigellus antwortet nicht sofort. Nach einer gefühlten Ewigkeit nickt er.

»Königin Sophronia wurde vor fünf Tagen hingerichtet«, bestätigt er mit einer ausdruckslosen Stimme, die nichts von seinen Gedanken verrät. »Zusammen mit einem Großteil des Adels von Temarin. Eure Mutter hatte Soldaten an der Grenze aufmarschieren lassen und inmitten der entstandenen Unruhen sind sie bis zur Hauptstadt vorgedrungen und haben sie eingenommen. Da sie keinen Regenten vorfanden, der sich hätte ergeben können, hat die Kaiserin den Thron kurzerhand für sich beansprucht.«

Beatriz sinkt vor dem Schreibtisch auf einen Stuhl. Alles Leben scheint in diesem Moment aus ihr zu weichen. Sophronia ist tot. Damit hätte sie rechnen müssen, nichts anderes war zu erwarten gewesen. Hat ihre Mutter nicht immer gesagt, sie solle nie eine Frage stellen, auf die sie die Antwort nicht bereits kennt? Aber zu hören, dass ihre größte Angst bestätigt wird, raubt ihr jede Kraft. Von einem Moment auf den anderen fühlt es sich an, als sei von ihr nur noch ein Schatten übrig.

»Sophie ist tot«, wiederholt sie. Alles andere kümmert sie wenig, weder ihre Mutter noch deren Armee oder die neue Krone, die die Kaiserin ihrer beträchtlichen Sammlung hinzugefügt hat.

»Es ist pures Glück, dass Ihr und Daphne noch am Leben seid«, reißt Nigellus sie aus ihrer Erstarrung.

Sie sieht zu ihm auf und fragt sich, was er wohl tun würde, wenn sie sich über den Schreibtisch hinweg auf ihn stürzte. Doch bevor sie den Gedanken in die Tat umsetzen kann, fährt er bereits fort.

»Das ist kein Zufall, Beatriz. Die Rebellionen, die Verschwörungen, die toten Könige. Das Chaos.«

»Natürlich nicht«, erwidert Beatriz und hebt ihr Kinn. »Mutter hat uns dazu erzogen, Chaos zu stiften, Intrigen zu schmieden, das Feuer der Rebellion zu schüren.«

»Sie hat Euch zum Sterben erzogen«, korrigiert Nigellus sie.

Für einen Moment verschlägt es Beatriz den Atem, doch dann nickt sie. »Ja, das hat sie wohl«, stimmt sie ihm zu, denn es ergibt Sinn. »Sie wird furchtbar enttäuscht sein, dass sie nur eine von dreien erledigen konnte.«

Nigellus schüttelt den Kopf. »Die Kaiserin spielt auf Zeit. Sie hat siebzehn Jahre gewartet. Da kann sie sich auch noch ein bisschen länger in Geduld üben.«

Beatriz schluckt. »Warum erzählt Ihr mir das? Um mich zu verhöhnen? Ich bin an diesem elenden Ort eingesperrt. Ist das nicht Strafe genug?«

Nigellus wählt seine nächsten Worte sorgfältig. »Wisst Ihr, wie es mir gelungen ist, so lange am Leben zu bleiben, Beatriz?«, fragt er, wartet ihre Antwort aber gar nicht erst ab. »Ich habe niemanden unterschätzt. Und diesen Fehler werde ich auch bei Euch nicht machen.«

Beatriz lacht. »Ich bin zwar noch nicht tot, aber ich liege am Boden, dafür hat meine Mutter gesorgt.«

Beatriz spricht die Worte aus, ohne selbst daran zu glauben. Sie hat Pasquale versprochen, einen Ausweg zu finden, und genau das wird sie tun. Aber es ist klüger, Nigellus – und damit auch die Kaiserin – glauben zu lassen, sie würde sich geschlagen geben.

Zu ihrer Verwunderung schüttelt Nigellus den Kopf, ein schiefes Lächeln umspielt seine Lippen. »Ihr seid nicht besiegt, Beatriz. Ich denke, das wissen wir beide. Ihr wartet nur auf den richtigen Zeitpunkt, um zurückzuschlagen.« Beatriz schürzt die Lippen, streitet es aber nicht ab. »Ich würde Euch gerne helfen«, fügt er hinzu.

Beatriz denkt einen Moment lang nach. Sie traut Nigellus nicht, hat ihn nie gemocht, und ein Teil von ihr fühlt sich in seiner Gegenwart immer noch wie ein Kind, klein und ängstlich.

Aber jetzt sitzt sie in einem tiefen Loch fest – und er bietet ihr ein Seil an. Sie hat nichts zu verlieren, wenn sie es ergreift.

»Warum?«, fragt sie ihn.

Nigellus beugt sich vor und stützt seine Ellbogen auf den Schreibtisch. »Wir haben die gleichen Augen, wie Ihr wisst«, sagt er. »Ich bin sicher, Ihr kennt die Gerüchte in Bessemia, dass ich es war, der Euch und Eure Schwestern gezeugt hat.«

Sollte in Bessemia tatsächlich dieses Gerücht umgehen, so ist es Beatriz nie zu Ohren gekommen. Aber er hat recht – seine Augen sind wie ihre, wie die von Daphne, wie die von Sophronia: reines, klares Silber. Wie bei allen sternenberührten Kindern, die auf die Welt gekommen sind, weil sich ihre Eltern die Geburt mit Sternenstaub herbeigewünscht hatten oder – was sehr viel seltener vorkam – weil ein Himmelsdeuter selbst einen Wunsch ausgesprochen und damit einen Stern vom Himmel geholt hatte. Als Beatriz nach Cellaria geschickt wurde, hat ihre Mutter ihr Augentropfen mitgegeben, um die Farbe ihrer Augen zu kaschieren, eine Farbe, die sie in einem Land, wo Sternenmagie als Sakrileg gilt, als Ketzerin brandmarken würde. Als sie zur Schwesternschaft geschickt wurde, durfte sie keine Besitztümer mitnehmen, nicht einmal die Tropfen, sodass ihre Augen nun wieder ihr natürliches Silber angenommen haben. Aber da sie inzwischen einen Wunsch ausgesprochen und damit einen Mann aus dem Gefängnis befreit hat, sind ihre sternensilbrigen Augen wohl ihr geringstes Problem.

Als hätte er ihre Gedanken gelesen, nickt Nigellus. »Wir sind von den Sternen berührt, Ihr und ich, man könnte sogar sagen, von den Sternen geschaffen. Eure Mutter hat sich Euch und Eure Schwestern gewünscht, und ich habe Sterne vom Himmel geholt, damit ihr Wunsch in Erfüllung geht. Ich nehme an, dass auch meine eigene Mutter Sternenstaub benutzt hat, um mich herbeizuwünschen. Leider starb sie, bevor ich sie fragen konnte.«

Eure Mutter hat sich Euch gewünscht. Es ist natürlich nicht das erste Mal, dass Beatriz diese Worte hört, dieses Gerücht geht schon lange um – aber im Gegensatz zu Wünschen mit Sternenstaub, wie sie überall im Land üblich sind, bringen die Wünsche der Himmelsdeuter, mit denen Sterne vom Himmel geholt werden, eine Magie hervor, die mächtig genug ist, um Wunder zu bewirken. Wunder wie jenes, als ihre Mutter mit Drillingen schwanger wurde, obwohl ihr damals achtzigjähriger Ehemann noch nie ein Kind gezeugt hatte, ob ehelich oder nicht und egal wie viel Sternenstaub zum Einsatz gekommen war. Von Himmelsdeutern ausgesprochene Wünsche sind selten, allein schon, weil die Zahl der Sterne begrenzt ist; dennoch überrascht es Beatriz nicht sonderlich, dass ihre Mutter diese Grenze überschritten hat. Im Grunde genommen war es nicht einmal eine ihrer größeren Grenzüberschreitungen.

»Und wenn man sternenberührt ist«, fährt Nigellus fort, ohne sie aus den Augen zu lassen, »geht das manchmal mit einem Geschenk der Sterne einher.«

Beatriz zwingt sich zu einer ausdruckslosen Miene, die ihre Gedanken nicht verrät. Zweimal hat sie einen Wunsch an die Sterne gerichtet, zweimal sind diese Wünsche in Erfüllung gegangen und haben Sternenstaub hinterlassen. Nur einer von zehntausend Menschen kann mithilfe von Magie Sterne vom Himmel holen – Beatriz hätte nie gedacht, dass sie zu diesen Auserwählten gehören würde, doch jetzt ist sie sich sicher. Allerdings ist sie in Cellaria, wo das Wirken von Magie mit dem Tod bestraft wird, und Nigellus hat bereits zugegeben, dass Beatriz' Mutter ihr genau das wünscht. Sie wird ihm nicht auch noch den Dolch in die Hand geben, den er dann gegen sie richten kann.

»Wenn alle silberäugig geborenen Kinder zu Himmelsdeutern heranwachsen würden, wäre die Welt ein verrückter Ort«, sagt sie nach einem Moment.

»Nicht alle«, entgegnet er und schüttelt den Kopf. »Nicht bei allen sternenberührten Kindern kommt es so weit. In den meisten schlummert das Talent, ohne dass es je geweckt werden würde. Das gilt auch für Eure beiden Schwestern. Aber in Euch *schlummert* es nicht.«

Als Beatriz immer noch keine Miene verzieht, mustert Nigellus sie mit hochgezogenen Augenbrauen. »Sagt mir ...« Er lehnt sich in seinem Stuhl zurück und betrachtet sie aufmerksam. »Wie oft habt Ihr es schon getan?«

»Zweimal«, gibt sie zu. »Beide Male aus Versehen.«

»So ist es anfangs immer«, bestätigt er. »Die Magie kommt in Schüben, oft ausgelöst durch extreme Gefühlsausbrüche.«

Beatriz denkt an das erste Mal, als sie die Sterne gerufen hat, damals, als sie so sehr von Heimweh geplagt wurde, dass sie es nicht mehr aushielt. Und an das zweite Mal, als sie sich sehnlichst einen Kuss von Nicolo gewünscht hat. So schmerzlich es auch ist, sich das nun einzugestehen, angesichts seines Verrats – Beatriz weiß nur zu gut, dass sie auch damals von ihren Gefühlen überwältigt war. Sie war eine solche Närrin.

»Es spielt keine Rolle, welche Talente ich habe oder nicht.« Sie steht entschlossen auf. »Die anderen ahnen, was ich kann, deshalb sitze ich hier Nacht für Nacht in einem fensterlosen Raum fest. Es sei denn, Ihr habt eine Idee, wie Ihr mich hier rausbekommt ...«

»Die habe ich in der Tat«, unterbricht er sie und neigt leicht den Kopf. »Wenn Ihr auf mein Angebot eingeht, werden wir morgen Abend von hier verschwinden. Schon in wenigen Tagen könntet Ihr wieder in Bessemia sein.«

Beatriz legt den Kopf schief und sieht ihn einen Moment lang nachdenklich an, während sie sein Angebot abwägt. Es ist zwar bedenkenswert, aber sie ahnt, dass sie ihn zu weiteren Zugeständnissen bewegen kann, wenn sie es richtig anstellt. »Nein.«

Nigellus schnaubt. »Ihr wisst doch gar nicht, was ich will.«

»Das spielt keine Rolle. Wenn wir hier ausbrechen, nur Ihr und ich, dann reicht mir das nicht. Wenn schon, dann müsst Ihr auch Pasquale befreien.«

Beatriz weiß nicht, ob sie Nigellus jemals überrascht gesehen hat, aber jetzt ist er es zweifellos. »Den Prinzen von Cellaria?«, fragt er und runzelt die Stirn.

»Meinen Ehemann«, bestätigt sie, denn obwohl die Ehe nie vollzogen wurde – und auch nie vollzogen werden wird –, haben sie sich bei und nach ihrer Hochzeit gegenseitig ein Versprechen gegeben. Und dieses Versprechen will Beatriz halten. »Er wird in der Bruderschaft auf der anderen Uferseite des Azina festgehalten, genau wie ich hier, und zu Unrecht des Verrats beschuldigt.«

Nigellus wirft ihr einen wissenden Blick zu. »Nach allem, was ich gehört habe, sind die Anschuldigungen durchaus gerechtfertigt.«

Beatriz presst die Zähne zusammen, leugnet es aber nicht. Ja, sie hatten sich verschworen, Pasquales wahnsinnig gewordenen Vater zu stürzen. Im Grunde genommen ist Verrat fast eine verharmlosende Umschreibung – sie haben auch einem weiteren Verräter zum Gefängnisausbruch verholfen und Beatriz hat mit dem Einsatz von Magie gegen die religiösen Gesetze Cellarias verstoßen. »Wie dem auch sei. Wenn Ihr uns beide befreit, können wir vielleicht über Eure Bedingungen sprechen.«

Nigellus zögert einen Moment, dann nickt er. »Nun gut. Ich werde Euch und Euren Prinzen raus aus Cellaria und in Sicherheit bringen.«

Nachdenklich betrachtet sie Nigellus und versucht, ihn einzuschätzen. Vergeblich. Nigellus ist undurchschaubar, und sie wäre eine Närrin, wenn sie nicht davon ausginge, dass er ihr stets zwei Schritte voraus ist – in einem Spiel, dessen Regeln sie nicht kennt. Sie stehen nicht auf derselben Seite, sie haben nicht dieselben Ziele.

Sie darf ihm nicht trauen. Und doch hat sie keine andere Wahl.

»Dann haben wir eine Abmachung.«

Daphne

Daphne wird morgen heiraten, und es gibt ungefähr tausend Dinge, die noch erledigt werden müssen. Die Hochzeit wurde verschoben, nachdem sie im Wald vor dem Schloss angeschossen worden war, aber jetzt ist ihre Wunde verheilt – nicht zuletzt dank der Himmelsdeuterin Aurelia und ihrer Sternenmagie –, und alle fiebern ihrer Hochzeit mit Bairre entgegen. Am meisten vielleicht sie selbst.

Gleich nach ihrer Rückkehr ins Schloss hat Daphne ihrer Mutter geschrieben und ihr von Bairres und Aurelias Enthüllungen berichtet, nicht jedoch davon, dass sie mit Beatriz und Sophronia über die Ferne eine Verbindung eingegangen ist, um Gedanken mit ihren Schwestern auszutauschen. Auch die quälende Vermutung, Sophronias Tod sowohl gehört als auch gespürt zu haben, hat sie der Kaiserin verschwiegen. Sie weiß, wie unlogisch das ist, aber solange sie nicht in Worte fasst, was sie gefühlt hat, wird es nicht vollends zur Realität.

Außerdem muss die Sitzordnung endgültig festgelegt werden, und es stehen letzte Ankleideproben an, ganz zu schweigen von den vielen Gästen aus ganz Friv, die gebührend empfangen werden müssen. Daphne hat einfach keine Zeit, um über ihre Schwester nachzudenken, die vielleicht oder vielleicht auch nicht tot ist.

Und doch schleicht sich Sophronia ständig in ihre Gedanken. Die Blumenfrau schlägt vor, noch ein paar Gänseblümchen in den Brautstrauß zu binden – Sophronias Lieblingsblumen –, ein Lord aus dem Hochland erzählt ihr eine Geistergeschichte, die Sophronia in Angst und Schrecken versetzt hätte, und ihre Zofe sucht die zierliche Opalhalskette heraus, die Daphne von Sophronia zu ihrem fünfzehnten Geburtstag geschenkt bekommen hat. Mindestens ein Dutzend Mal am Tag ertappt sich Daphne dabei, wie sie im Geiste einen Brief an ihre Schwester verfasst, bevor die Erinnerung an ihr letztes Gespräch über sie hereinbricht.

Und überhaupt: Wie soll sie denn wissen, ob Sophronia *wirklich* tot ist? Das hat Bairre zu ihr gesagt, als die Verbindung zu ihren Schwestern plötzlich abbrach und sie sich mit ihm und Aurelia in Aurelias Hütte wiederfand. Er bemühte sich so sehr, sie zu beruhigen, und sie ließ ihn gewähren, aber als sie Aurelias Blick begegnete, wusste sie, dass sie die Wahrheit genauso klar sehen konnte wie sie selbst.

Das Blut der Sterne und der Majestät wird vergossen. Sophronia, in deren Adern das Blut einer Kaiserin und das der Sterne floss, war tot, genau wie die Sterne es vorausgesagt hatten.

Aber daran darf Daphne jetzt nicht denken. Genauso wenig wie sie daran denken darf, dass Attentäter bereits dreimal versucht haben, sie zu töten. Genauso wenig wie sie an Bairre denken darf, der selbst viele Geheimnisse hat, einige von ihnen kennt und sie trotzdem will. Sie darf nicht an Beatriz denken, die in Cellaria knietief in ihren eigenen Problemen steckt. Würde sie auch nur einen dieser Gedanken zulassen, wäre es um ihre Selbstbeherrschung geschehen. Stattdessen konzentriert sie sich auf den morgigen Tag und darauf, endlich das zu erreichen, wofür sie erzogen wurde und worüber sie die Kontrolle hat – den Kronprinzen von Friv zu heiraten.

»Ich habe noch nie eine Braut gesehen, die derartig durch den Wind ist«, bemerkt Cliona.

Sie hat Daphne mehr oder weniger zu einem Spaziergang durch die verschneiten Gärten von Schloss Eldevale gezwungen – Daphne wäre lieber drinnen geblieben, um jedes Detail des morgigen Tages durchzugehen und sorgenvoll auf eine Nachricht aus Temarin, Cellaria oder Bessemia zu warten. Es ist seltsam, bereits zu wissen, dass die eigene Schwester tot ist, aber noch nicht um sie trauern zu können.

»Nein?«, fragt Daphne und blickt ihre Begleiterin mit hochgezogenen Augenbrauen an. »Ich habe noch nie eine Braut gesehen, die *nicht* beunruhigt war.«

Sie kann nicht umhin, einen Blick über die Schulter zu werfen. Hinter ihnen verfolgen sechs Wachen jeden ihrer Schritte. Das letzte Mal, als sie und Cliona in diesem Garten spazieren gingen, waren es zwei Wachen, und davor hat es überhaupt keine gegeben, aber nun, da die Hochzeit so kurz bevorsteht und jemand ganz offensichtlich fest entschlossen ist, Daphne zu töten, hat König Bartholomew Verstärkung für ihre Leibgarde angeordnet.

Daphne weiß, dass sie dafür dankbar sein sollte, aber die ständige Anwesenheit von Aufpassern geht ihr auf die Nerven. Außerdem hat Cliona nicht weniger Gründe, ihren Tod zu wollen, als jeder andere auch, und es wäre ihr ein Leichtes, Daphne einen Dolch zwischen die Rippen zu rammen, bevor auch nur eine der sechs Wachen eingreifen könnte – falls diese sich überhaupt die Mühe machen würden. Daphne geht davon aus, dass mindestens die Hälfte der Wachen in Wahrheit für Clionas Vater arbeitet, für Lord Panlington, den Anführer der Rebellen.

Dieser Gedanke müsste Daphne eigentlich beunruhigen, aber das tut er nicht. Ihre Feinde lauern überall, daher ist es sogar ein gewisser Trost, Cliona als diejenige zu erkennen, die sie ist: die

Tochter des Rebellenanführers, genauso gefährlich und manipulativ wie sie selbst.

Vielleicht ist das der Grund, warum Daphne sie mag.

Außerdem weiß Daphne, dass die Rebellen sie nicht umbringen wollen – zumindest noch nicht. Nicht, solange sie Bairre auf ihrer Seite haben. Nicht, solange sie glauben, dass auch Daphne auf ihrer Seite steht.

»Mag sein, dass auch andere Bräute so kurz vor der Hochzeit flatternde Nerven bekommen«, räumt Cliona ein. »Aber sie sind nicht krank vor Sorge – und du bist blass wie ein Geist.«

»Daran ist das frivianische Wetter schuld«, entgegnet Daphne und blickt hinauf zum grauen Himmel. Jetzt, wo der Winter vollends seinen Siegeszug angetreten hat, ist dort nicht einmal mehr ein Hauch von Blau zu sehen. »Es ist schon so lange her, dass ich die Sonne auf meiner Haut gespürt habe – ich weiß gar nicht mehr, wie sie sich anfühlt.«

Clionas Lachen klingt leicht und unbekümmert, obwohl sie die Stimme senkt und Daphnes Arm drückt. »Nun ja, du wirst bald wieder nach Bessemia zurückkehren können.«

Daphne wirft ihr einen Seitenblick zu – wie leichtsinnig von Cliona, in Gegenwart der Wachen so freimütig zu sprechen. Aber Cliona ist nicht leichtsinnig. Und das wiederum bestätigt ihren Verdacht, dass die allermeisten der Wachen auf Clionas Seite sind.

»Gehe ich recht in der Annahme«, raunt Daphne und passt Tonfall und Lautstärke Clionas Bemerkung an, »dass es morgen doch keine Hochzeit geben wird?«

»Oh, je weniger du darüber weißt, Prinzessin, desto besser«, erwidert Cliona lächelnd. »Es wäre allerdings gut, wenn du dich ein wenig mehr wie die errötende Braut gäbest, die man morgen zu sehen erwartet. Wobei dir das nicht allzu schwerfallen dürfte, wenn man bedenkt, wie gut es zwischen dir und Bairre läuft.«

Bei Clionas Worten spürt Daphne tatsächlich, wie ihr die Röte in die Wangen steigt, aber sie redet sich ein, dass es nur der beißende frivianische Winterwind ist. Es hat nichts mit der Erinnerung an Bairres Lippen zu tun, die sanft über ihre streichen, oder mit der Art und Weise, wie er ihren Namen sagt, voller Respekt und mit einem Hauch von Angst in der Stimme.

In den letzten Tagen hat sich nie die Zeit dafür gefunden, über den Kuss oder irgendetwas anderes zu sprechen, zumal im Beisein der Wachen, in deren Gegenwart weder er noch sie ein solches Gespräch führen wollen.

Es überrascht Daphne, dass Cliona offenbar eine Veränderung in ihrem Verhalten bemerkt hat, und sie fragt sich mit wachsendem Entsetzen, ob Cliona bereits mit Bairre darüber gesprochen hat. Bairre unterstützt die Rebellen, er und Cliona haben sich sicher schon oft über sie unterhalten. Wahrscheinlich kann sie von Glück reden, wenn dieser Kuss das Brisanteste ist, was dabei zur Sprache kam.

»Ach, kein Grund, so finster dreinzuschauen.« Cliona verdreht die Augen. »Lächle einfach ein bisschen. Glaub mir, es wird dich nicht umbringen.«

Daphne verzieht den Mund zu einem sardonischen Lächeln. »Eine fragwürdige Wortwahl, Cliona. In Anbetracht der Umstände.«

Cliona zuckt mit den Schultern. »Oh, seit ich dich im Wald gesehen habe, habe ich Mitleid mit jedem, der es auf dein Leben abgesehen hat. Wer versucht, dich zu töten, dem kann ich nur raten, sich einen weniger riskanten Zeitvertreib zu suchen.«

»Entschuldige mal, wer von uns beiden hat denn einem Angreifer die Kehle aufgeschlitzt?«, entgegnet ihr Daphne.

»Ich sage ja nur, dass ich dich falsch eingeschätzt habe«, erwidert Cliona. »Ich hätte nicht gedacht, dass du auch nur eine

Woche in Friv überleben würdest, aber du bist immer noch da und schlägst dich ganz gut.«

Es ist beinahe ein Kompliment – und löst zwiespältige Gefühle in Daphne aus. »Nun, wie du schon sagtest, ich werde bald weg sein.«

»Ja«, stimmt Cliona zu. »Und ich glaube, ich werde dich vermissen.«

Sie sagt die Worte leichthin, aber Daphne sieht ihr an, dass sie es ernst meint. Plötzlich ist da ein seltsames Ziehen in ihrer Brust, und ihr wird klar, dass auch sie Cliona vermissen wird. Sie hatte noch nie eine richtige Freundin, nur Schwestern.

Bevor Daphne etwas erwidern kann, stößt der Anführer ihrer Leibgarde einen Warnruf aus, woraufhin die Wachen ihre Waffen ziehen und auf eine vermummte Gestalt richten, die sich ihnen nähert. Daphne wird sofort abgeschirmt, kann aber einen kurzen Blick auf die Person erhaschen und erkennt auf einen Blick, wer es ist.

»Es ist der Prinz«, ruft sie, als Bairre auch schon seine Kapuze zurückschlägt und spätestens jetzt an seinem zerzausten dunkelbraunen Haar und seinen markanten Zügen zu erkennen ist. Die Wachen treten beiseite, und Bairre geht auf Daphne zu, den Blick unverwandt auf sie gerichtet, selbst während er Cliona kurz zunickt.

»Daphne«, sagt er, und etwas in seiner Stimme macht sie sofort nervös. »Da ist ein Brief für dich.«

Ihr Herz wird schwer. »Aus Temarin?«, fragt sie. »Geht es um Sophronia?«

Sie kann den Brief nicht öffnen, nicht die Worte lesen, die darin auf sie warten. Ihr Verstand weiß, dass ihre Schwester tot ist, aber es auch noch in elegant geschwungener Handschrift mit aufgesetzter Anteilnahme geschrieben zu sehen? Das erträgt sie nicht.

Bairre schüttelt den Kopf, doch die Falte auf seiner Stirn bleibt. »Von deiner Mutter«, sagt er, und das sollte sie eigentlich beruhigen, aber so wie er es sagt, weiß sie, dass er das Schreiben bereits gelesen hat. Und sie weiß, dass es viel schlimmer ist als befürchtet.

»Wo ist er?«, hört sie sich fragen.

»In deinem Zimmer«, antwortet er ihr mit einem vielsagenden Blick auf die Wachen. »Ich dachte, du willst ihn lieber in Ruhe lesen.«

Meine liebste Daphne,

schweren Herzens muss ich dir mitteilen, dass unsere liebe Sophronia von Rebellen in Temarin hingerichtet wurde. Aber dieses unsägliche Verbrechen ist bereits gerächt worden – ich habe Temarins Herrschaft übernommen und dafür gesorgt, dass jeder, der für diese abscheuliche Tat verantwortlich ist, mit dem Tod bestraft wird. Ich weiß, dass dir das wenig Trost spenden wird, doch mir wurde gesagt, dass deine Schwester nicht lange leiden musste und einen schnellen Tod gefunden hat.

Für eine Mutter gibt es keinen größeren Schmerz als den, ein Kind begraben zu müssen, und ich weiß, dass deine Trauer der meinen gleicht. Umso mehr zähle ich darauf, in dir und Beatriz Trost zu finden.

König Leopold ist es offenbar gelungen, aus dem Palast zu fliehen, bevor die Rebellen ihn zusammen mit Sophronia hinrichten konnten, aber seither gibt es kein Lebenszeichen mehr von ihm. Wenn du etwas von ihm hörst, lass es mich bitte wissen, denn ich bin sicher, dass er seinen Thron zurückhaben möchte.

*Deine dich liebende Mama
Kaiserin Margaraux*

Daphne liest den Brief dreimal und ist sich währenddessen nur allzu bewusst, dass die Blicke von Bairre und Cliona auf sie gerichtet sind. Beim ersten Mal nimmt sie die Nachricht einfach nur zur Kenntnis: Sophronia tot, von Rebellen hingerichtet, Temarin unter bessemianischer Herrschaft, die Rebellen, die ihre Schwester getötet haben, allesamt tot. Beim zweiten Mal sucht sie nach einem Hinweis darauf, dass es sich um eine verschlüsselte Nachricht handelt, findet jedoch nichts. Beim dritten Durchlesen richtet sie ihre Aufmerksamkeit auf das, was ihre Mutter ihr mit diesen Worten zu verstehen geben will.

Ich habe Temarins Herrschaft übernommen.

Nun ja, das war von Anfang an ihr Plan gewesen. Nur dass alles etwas schneller vonstattengegangen ist, als Daphne es für möglich gehalten hat. Allerdings hätte Sophronia die Armee ihrer Mutter in Temarin willkommen heißen sollen. Der Gedanke bereitet Daphne Magengrimmen, aber sie drängt ihn zurück und konzentriert sich auf den Brief.

Umso mehr zähle ich darauf, in dir und Beatriz Trost zu finden.

Da ist sich Daphne sicher, auch wenn sie bezweifelt, dass es ihrer Mutter dabei in erster Linie um Trost geht. Nein, ohne Sophronia werden Daphne und Beatriz sich umso mehr anstrengen müssen, um die Pläne der Kaiserin zu unterstützen. Daphne denkt an Beatriz, die im Palast von Vallon unter Hausarrest steht, wie sie zuletzt hörte, vor allem deshalb, weil sie sich wie Sophronia den Befehlen ihrer Mutter widersetzt hat. Falls ihre Mutter das beim Verfassen des Briefes noch gar nicht wusste, hat sie es inzwischen sicherlich erfahren, und das bedeutet, dass nun noch mehr Verantwortung auf Daphnes Schultern lastet. Sie wendet ihre Aufmerksamkeit dem nächsten Absatz zu, in dem die Kaiserin König Leopold erwähnt.

König Leopold ist es offenbar gelungen, aus dem Palast zu fliehen, bevor die Rebellen ihn zusammen mit Sophronia hinrichten konnten, aber seither gibt es kein Lebenszeichen mehr von ihm.

Leopold ist also geflohen. Daphne hasst ihn dafür. Wie konnte er überleben, aber Sophronia nicht? Als die Schwestern das letzte Mal miteinander sprachen, hat Sophronia angekündigt, dass zwei ihrer Vertrauten zu Daphne kommen würden – Leopold und Violie. Doch in Anbetracht von Leopolds familiären Verbindungen zur königlichen Familie von Cellaria würden sie vermutlich eher bei Beatriz Schutz suchen als bei ihr. Vielleicht sollte sie das ihrer Mutter schreiben, die Frage ist nur wie, ohne ihr zugleich Sophronias letzte Worte zu verraten wie auch den Umstand, dass sie mithilfe von Sternenstaub Verbindung zueinander aufgenommen haben. Daphne bringt es nicht über sich, diesen besonderen Moment mit jemandem zu teilen.

In einem ist sie sich jedoch sicher: Ihre Mutter hat nicht die Absicht, Leopold den Thron wieder zu überlassen, sosehr sie auch das Gegenteil behaupten mag. Daphne entgeht nicht, dass sie Leopolds Brüder mit keinem Wort erwähnt hat. Wenn der König tot ist, müsste der Thron eigentlich an einen von ihnen übergehen, aber Daphne weiß, dass ihre Mutter das nicht zulassen wird.

Sie sieht von dem Brief auf und blickt zwischen Bairre und Cliona hin und her.

»Meine Schwester ist tot«, sagt sie.

Es ist nicht das erste Mal, dass sie diese Worte laut ausspricht. Sie hat sie zu Bairre und Aurelia gesagt, gleich nach ihrem Gespräch mit Sophronia und Beatriz, mit tränenerstickter Stimme. Diesmal gibt sie die Worte ganz ruhig wieder, obwohl sie das Gefühl hat, als schnürten sie ihr die Kehle zu.

Bairre ist nicht überrascht, wohl aber Cliona. Sie runzelt die Stirn und macht einen Schritt auf Daphne zu, als wolle sie sie umarmen, hält aber inne, als Daphne abwehrend die Hand hebt. Sie will im Moment nicht berührt werden, will nicht getröstet werden. Wenn jemand sie berührt, wird sie zusammenbrechen, und das darf nicht passieren. Also richtet sie sich auf und zerknüllt den Brief.

»Von Rebellen hingerichtet«, fügt sie hinzu. Ein Hauch von Bitterkeit muss sich in ihre Stimme eingeschlichen haben, denn Cliona weicht einen Schritt zurück.

Dieses Detail war neu für Daphne, und es trifft sie umso tiefer, weil sie selbst mit den Rebellen konspiriert. Ihr ist klar, dass Cliona, Bairre und die anderen frivianischen Rebellen nichts mit Sophronias Tod zu tun haben, aber die aufflammende Wut tut ihr merkwürdigerweise gut. Es ist das einzig gute Gefühl, das sie gerade hat, also hält sie daran fest.

»Von temarinischen Rebellen«, betont Bairre, wie immer um Tatsachen bemüht, aber Daphne will ausnahmsweise keine logischen Argumente hören.

»Sophronia war sehr leichtgläubig«, sagt sie und strafft die Schultern. »Sie hat Menschen vertraut, die ihr Vertrauen nicht verdienten.«

Sie weiß nicht, ob das wirklich stimmt, aber als sie die Worte laut ausspricht, glaubt sie daran. Es ergibt einen Sinn, ist etwas Greifbares, an das sie sich klammern und auf das sie die Schuld schieben kann. Sophronia hat den falschen Leuten vertraut. Diese

Leute sind jetzt tot. Ihre Mutter hatte recht – die Erkenntnis ist nur ein schwacher Trost, aber immerhin.

»Daphne«, wagt Bairre sich behutsam vor.

»Dein Verlust tut mir leid«, versichert Cliona. »Aber die temarinischen Aufrührer waren unbesonnene Narren, die keinen anderen Plan verfolgten, als diejenigen aufs Schafott zu bringen, die sie für die Elite hielten. Du weißt, dass das nicht vergleichbar ist«, fügt sie hinzu und neigt den Kopf zur Seite. »Außerdem ist es jetzt ein bisschen spät, um einen Rückzieher zu machen.« Von mitfühlender Zuneigung ist nun nichts mehr zu spüren, Cliona ist so scharfzüngig wie immer. Daphne ist ihr dankbar dafür.

»Ich denke, über diesen Punkt sind wir längst hinaus«, erwidert sie. »Aber eines kann ich dir versichern: Ich bin nicht wie meine Schwester.« Daphne merkt, wie ihre Hände zittern und ihr die Kehle eng wird. Sie ist kurz davor, die Fassung zu verlieren, aber das darf nicht passieren, nicht vor aller Augen. Sie würde sterben vor Scham.

Cliona sieht sie einen Moment lang an und nickt knapp. »Du wirst Zeit brauchen, um zu trauern«, sagt sie. »Bairre und ich werden dem König die Nachricht überbringen und ihm mitteilen, dass du dich für das Abendessen entschuldigen lässt.«

Daphne nickt nur. Sie weiß nicht, ob ihre Stimme ihr gehorchen würde, und wenn doch, was dabei herauskäme. Cliona verlässt leise das Zimmer, aber Bairre bleibt noch einen Moment da und sieht Daphne unverwandt an.

»Es geht mir gut«, stößt sie hervor. »Die Nachricht kommt ja nicht gerade überraschend. Ich wusste, dass sie ... Ich wusste, dass sie ... nicht mehr da ist.«

Bairre schüttelt den Kopf. »Ich wusste auch, dass Cillian im Sterben lag«, sagt er, und Daphne denkt an ihre erste Begegnung mit Bairre, nur wenige Tage nachdem er seinen Bruder verloren hatte. »Ich wusste es seit Langem. Aber es hat nicht weniger wehgetan, als er dann tatsächlich von uns gegangen ist.«

Daphne presst ihre Lippen zu einer dünnen Linie zusammen. Einerseits sehnt sie sich danach, die Distanz zwischen ihnen zu überwinden und sich in seine Arme zu werfen. Dann würde er sie halten, sie trösten. Andererseits würde sie damit Schwäche zeigen und das könnte sie nicht ertragen.

»Danke«, erwidert sie stattdessen. »Ich glaube nicht, dass dein Vater die Hochzeit noch einmal verschieben will, wo doch schon so viele Hochländer eingetroffen sind. Richte ihm bitte aus, dass es mir morgen wieder gut genug gehen wird und die Hochzeit stattfinden kann.«

Einen Moment lang scheint Bairre noch etwas sagen zu wollen, überlegt es sich dann jedoch anders. Er nickt ihr noch einmal zu, bevor er sich zum Gehen wendet. Er geht durch die Tür, durch die auch Cliona verschwunden ist, und zieht sie fest hinter sich zu.

Aber auch nachdem er gegangen und Daphne allein in ihrem Zimmer zurückgeblieben ist, kann sie nicht weinen. Stattdessen liegt sie auf dem Bett, starrt an die Decke und hört im Geiste immer wieder Sophronias letzte Worte.

Ich liebe euch bis zu den Sternen.

Violie

In ihrer Zeit im temarinischen Palast hat sich Violie an einen gewissen Komfort gewöhnt, und das sogar als Zofe: Ihr Bett war weich und groß genug, um sich bequem darauf auszustrecken, ihre Kleidung war immer frisch gewaschen, jeden zweiten Tag nahm sie ein Bad. Nach fünf Tagen in den Wäldern von Amivel weiß sie, dass sie kleine Annehmlichkeiten wie diese nie wieder als selbstverständlich ansehen wird.

Immerhin kommt sie besser zurecht als König Leopold, der, so vermutet Violie, noch nie zuvor in seinem Leben auch nur die kleinste Unbequemlichkeit erdulden musste.

Das ist unfair ihm gegenüber, gesteht sie sich sofort ein. Leopold hat einiges durchlitten, als Ansel ihn nach der Erstürmung des Palasts als Gefangenen festgehalten hat. Und als er das erste Mal wie aus dem Nichts an dem zwischen Violie und Sophronia verabredeten Treffpunkt in der Höhle tief in den Wäldern von Amivel aufgetaucht ist, waren seine Handgelenke von den harten Fesseln wund gescheuert. Violie hat einen Stoffstreifen ihres Kleides mit sauberem Wasser aus dem Merin, einem nahe gelegenen Fluss, benetzt und seine Wunden versorgt, während er ihr erzählte, was passiert war.

Sophronia hatte sie belogen – sie beide. Sie hatte nie die Absicht gehabt, sich selbst in Sicherheit zu bringen, sie wollte nur Leopold retten. Violie schaffte es nicht einmal, richtig wütend auf sie zu sein, immerhin hatte sie selbst Sophronia öfter belogen als ihr die Wahrheit gesagt. Sie wünschte nur, Sophronia wäre dieses eine Mal in ihrem Leben egoistisch gewesen, aber das war so, als würde man sich wünschen, dass die Sterne nicht leuchten.

Violie beobachtet Leopold, der neben ihr auf einem Heuballen schläft, in einer kleinen, leeren Scheune neben einem verlassen wirkenden Haus – einem ehemaligen Bauernhof, wie sie vermutet. Jetzt deutet nichts mehr darauf hin, dass es hier Leben gibt, weder von Tieren noch von Menschen.

Aber zumindest steht die Scheune noch, und selbst die spärlichen Heuballen sind ein bequemeres Lager als alles, was sie beide in den letzten Tagen zur Verfügung hatten.

Sophronia war so verliebt in Leopold, geht es Violie durch den Kopf, während sie seinen entspannten Gesichtsausdruck betrachtet. Sein bronzenes Haar ist zerzaust und schmutziger als je zuvor, er hat dunkle Ringe unter den Augen und sein Mund ist ganz leicht geöffnet. Er hat ihr so viel bedeutet, dass sie ihr eigenes Leben für seines gegeben hat.

Es ist nicht fair von Violie, ihm das zu verübeln, aber sie tut es trotzdem. Und jetzt hat sie einen nutzlosen König am Hals – einen nutzlosen König, auf den sogar ein Kopfgeld ausgesetzt ist und den viele Leute lieber eigenhändig umbringen würden, als ihn auszuliefern und die Belohnung einzufordern.

Nicht zum ersten Mal erwägt Violie, ihn zurückzulassen. Sie könnte sich davonschleichen, bevor er aufwacht, und er würde sie nie aufspüren – vorausgesetzt, er würde sich überhaupt die Mühe machen, nach ihr zu suchen. Sie wäre frei von ihm, frei, zu ihrer Mutter zurückzukehren, frei von jeglicher Verantwortung gegenüber anderen.

Versprich mir, dass du dich um Leopold kümmerst, egal was passiert.
Sophronias Stimme drängt sich in ihre Gedanken und erinnert Violie an ein Versprechen, von dem sie nie gedacht hätte, dass sie es jemals würde halten müssen, jedenfalls nicht auf diese Weise. Aber sie hat dieses Versprechen nun einmal gegeben.

Langsam schlägt Leopold die Augen auf und runzelt wie jeden Morgen die Stirn, als er die fremde Umgebung wahrnimmt. Dann sucht er ihren Blick, und Violie kann ihm ansehen, wie die vergangenen sechs Tage in sein Bewusstsein zurückkehren. Sie beobachtet, wie sich seine Augen weiten, sein Kiefer anspannt, sein Herz bricht. Wie jeden Morgen, wenn er sich daran erinnert, dass Sophronia tot ist.

Violie muss sich nicht jedes Mal neu erinnern. In ihren Albträumen sieht sie es immer wieder vor sich, sieht, wie Sophronia, blass und sichtlich mitgenommen von den Tagen ihrer Gefangenschaft, die Stufen zum Schafott hinaufgeführt wird, sieht, wie der Scharfrichter ihren Kopf auf den hölzernen Block drückt, der blutig ist von denen, die vor ihr hingerichtet wurden, sieht, wie die silberne Klinge der Guillotine herabsaust und Sophronias Kopf von ihrem Körper trennt, während die Menge um Violie und Leopold herum in Jubel ausbricht.

Sophronia hat nicht einmal geschrien. Sie hat nicht geweint und nicht um ihr Leben gebettelt. In diesem Moment schien sie bereits meilenweit weg zu sein, und das, denkt Violie, war wohl die einzige Gnade, die die Sterne ihr gewährt haben.

Nein, Violie vergisst nie, nicht einmal im Schlaf.

»Wir können es heute bis zum Alder-Gebirge schaffen«, verkündet sie, obwohl sie sich denken kann, dass Leopold das selbst weiß. Sie muss irgendetwas sagen, um die unangenehme Stille zu beenden, die sie so oft umgibt. Letzte Woche waren sie noch Fremde – als Violie Sophronias Zofe war, hat Leopold sie vermutlich keines Blickes gewürdigt. Jetzt haben sie nur noch einander, sind durch Sophronias letzte Tat miteinander verbunden.

Leopold nickt, sagt aber kein Wort, sodass Violie sich gezwungen sieht weiterzusprechen, um das Schweigen zu brechen. »Nahe der Küste gibt es eine beliebte Handelsroute«, fährt sie fort. »Wir kommen besser durch, wenn wir diesen Weg und nicht den über die Berge nehmen. Bevor wir aufbrechen, sollten wir uns allerdings noch in der Hütte umsehen. Ich vermute, es war schon lange niemand mehr hier, aber vielleicht ist noch Proviant da oder etwas, das wir verkaufen können ...«

Leopolds entsetzter Gesichtsausdruck lässt sie innehalten.

»Du willst, dass ich mein eigenes Volk bestehle?«, fragt er.

Violie knirscht mit den Zähnen. »Es ist nicht Euer Volk, zumindest nicht im Moment«, stellt sie klar. »Und wenn Ihr im Alder-Gebirge umkommt, werdet Ihr auch in Zukunft nie wieder über Temarin herrschen.«

»Das ist mir egal, ich kann doch nicht einfach ...«

»Ich habe Sophronia versprochen, dass ich Euch beschütze«, unterbricht sie ihn. »Soll ihr Opfer umsonst gewesen sein, nur weil Ihr an Prinzipien festhaltet, die, mit Verlaub, im Moment völlig wertlos sind?«

Es ist ein Tiefschlag, aber er sitzt, wie sie an Leopolds zusammengepressten Zähnen erkennt. In den letzten Tagen hat Violie gelernt, dass die Erwähnung von Sophronia ein todsicheres Mittel ist, um ihn zum Schweigen zu bringen, auch wenn sie dadurch selbst jedes Mal ein wenig aus der Spur gerät.

Sie verspürt den Drang, sich zu entschuldigen, doch noch bevor sie das tun kann, lenkt ein Geräusch außerhalb der Scheune ihre Aufmerksamkeit auf sich – Schritte.

Violie packt sofort den Dolch, den sie immer griffbereit hat – diesmal steckt er in dem Heuballen direkt neben ihrem Schlafplatz. Auf Zehenspitzen schleicht sie zum Scheunentor, von wo leises Stimmengemurmel an ihr Ohr dringt, Worte in ... Cellarisch?

Sie beherrscht die Sprache nicht so gut wie das Bessemianische oder das Temarinische, aber sie erkennt den Klang wieder.

Stirnrunzelnd blickt sie zu Leopold, der es offenbar ebenfalls gehört hat, denn er sieht sie verwirrt an. Sie befinden sich zwar in der Nähe des Alder-Gebirges, das die südliche Grenze zwischen Temarin und Cellaria markiert, aber abgesehen von Händlern gibt es hier nicht viele Reisende, und sie befinden sich weit abseits der großen Straßen, die üblicherweise von Händlern frequentiert werden.

Die Schritte und Stimmen kommen näher. Violie drückt sich an die Wand neben der Tür, während Leopold hinter einem Heuballen in Deckung geht, einen großen Stock in der Hand, den er als behelfsmäßige Waffe bei sich führt.

Die Tür öffnet sich knarrend, und zwei Männer treten ein, einer mittleren Alters, der andere etwa in Violies und Leopolds Alter. Beide sehen ziemlich mitgenommen aus, doch Violie entgeht nicht, dass ihre Kleidung zwar verschmutzt, aber von feiner Machart ist.

Es spielt keine Rolle, wer sie sind, denkt Violie. Jeder in Temarin ist auf der Suche nach Leopold, dem geflohenen König, auf den ein Kopfgeld ausgesetzt ist. Wenn diese Leute herausfinden, wer er ist, sind Violie und er so gut wie tot. Sie umklammert ihren Dolch fester und macht sich zum Angriff bereit, doch Leopolds Stimme lässt sie erstarren.

»Lord Savelle?«, fragt er und richtet sich auf.

Der ältere Mann dreht sich zu Leopold und blinzelt ein paarmal, als könnte er seinen Augen nicht trauen. »Eure ... Eure Majestät?«, stammelt er. »Das kann doch wohl nicht ... König Leopold?«, fragt er, als fürchte er, das Trugbild vor seinen Augen könne sich allein beim Klang von Leopolds Namen in Luft auflösen.

Leopold lässt den Stock fallen und schüttelt den Kopf, wie um seine Verwunderung loszuwerden. »Ja, ich bin es«, bestätigt er. »Ich dachte, Ihr wärt in einem cellarischen Gefängnis oder bereits tot.«

»Und ich dachte, Ihr wärt in Eurem Palast«, erwidert Lord Savelle und mustert Leopold mit gerunzelter Stirn. »Und auch … sauberer.«

»Kurz nachdem wir die Nachricht von Eurer Gefangenschaft erhielten, gab es einen Putsch – wir konnten gerade noch aus dem Palast entkommen. Jetzt sind wir auf dem Weg nach Cellaria, um bei meinem Cousin Zuflucht zu suchen.«

Der jüngere Mann schüttelt den Kopf. »Pasquale und Beatriz wurden wegen Verrats verhaftet«, berichtet er. »Auch wir konnten gerade noch entkommen.«

»Bei allen Sternen«, stößt Violie hervor und blickt zu Leopold, der sich räuspert.

»Lord Savelle, das ist …«

»Eine Vorstellung ist nicht nötig, ich erkenne den bessemianischen Akzent«, sagt Lord Savelle und bedenkt sie mit einem kleinen Lächeln. »Königin Sophronia, nehme ich an. Eure Schwester hat mir unter großen Opfern das Leben gerettet und dafür bin ich ihr ewig dankbar.«

Violies Herz wird schwer. Sie weiß, dass Sophronia und sie sich ähnlich sehen, sie weiß, dass dies ein Grund war, warum die Kaiserin sie in ihre Dienste genommen hat, aber jetzt dreht sich ihr bei dem Gedanken daran der Magen um.

»Die Töchter dieser Familie scheinen einiges gemeinsam zu haben«, sagt sie mit einer Grimasse. »Ich fürchte, Königin Sophronia ist der Belagerung des Palastes nicht so glimpflich entkommen wie wir. Ich war ihre Zofe, Violie.«

»Königin Sophronia ist auch gefangen?«, fragt der jüngere Mann auf Temarinisch, allerdings mit einem deutlich hörbaren cellarischen Akzent. Er sieht gut aus, ganz der Sohn aus adligem Hause – ein junger Mann mit weichen Gesichtszügen und einem freundlichen Wesen.

Violie und Leopold tauschen einen bedeutungsschweren Blick aus.

»Nein«, bringt Leopold nach einem Moment hervor. »Nein, sie ist hingerichtet worden.«

Darüber haben Violie und er bisher noch kein einziges Mal gesprochen, nicht seit sie nach Kavelle zurückgeeilt sind, nachdem sie erfahren hatten, dass Sophronia sie bezüglich ihrer Pläne belogen hatte.

Lord Savelles Augen und die seines Begleiters weiten sich. »Das muss ein Irrtum sein«, stößt Lord Savelle hervor.

Violie schluckt. Wieder sieht sie vor sich, wie die Klinge herabsaust und Sophronias blonder Kopf von ihrem Körper wegrollt. Da war so viel Blut.

»Nein, leider nicht«, sagt sie zu Savelle, bevor sie sich dem jungen Mann zuwendet. »Und wer seid Ihr?«

»Ambrose«, antwortet er und stammelt: »Ich bin … ich war … Pasquale und ich sind … Freunde.«

»Er hat mir geholfen, aus Cellaria zu entkommen«, erklärt Lord Savelle. »Prinzessin Beatriz hat mich mithilfe von Magie aus dem Gefängnis befreit und ich habe Ambrose und Prinz Pasquale am Hafen getroffen. Wir waren mit unserem Boot schon ein gutes Stück aufs Meer hinausgesegelt, als wir sahen, wie die Wachen kamen und Prinz Pasquale in Gewahrsam nahmen.«

Violie wirft Leopold einen Blick zu. »Wir brauchen also einen anderen Plan«, stellt sie fest.

»Und wir ebenso«, erwidert Lord Savelle. »Wir waren auf dem

Weg zu Euch, aber ich nehme an, Ihr habt im Augenblick keine Truppen, die in Cellaria einmarschieren könnten«, fügt er hinzu.

»Hat er nicht«, antwortet Violie für Leopold. »Aber die Kaiserin von Bessemia schon.«

Lord Savelle runzelt die Stirn und schaut zwischen Leopold und Violie hin und her. »Was hat denn die Mutter von Prinzessin Beatriz mit der Sache zu tun?«

»Das ist eine ziemlich lange Geschichte«, antwortet Violie. »Und bevor ich sie erzähle, könnte ich etwas zu essen vertragen.«

Ambrose hält einen Beutel hoch. »Wir haben mit unseren letzten Münzen ein wenig Proviant gekauft«, sagt er. »Ihr könnt gerne etwas davon haben.«

»Oh, wir können doch nicht ...«, beginnt Leopold, aber Violie ist zu hungrig für Höflichkeiten.

»Danke«, sagt sie.

Bei einem Frühstück mit Brot und Käse am Küchentisch des verlassenen Bauernhauses erzählt Violie den Männern alles, was sie ihnen anzuvertrauen wagt – dass die Prinzessinnen von Bessemia als Spioninnen ausgebildet wurden, damit ihre Mutter ihrem erklärten Ziel, den ganzen Kontinent zu erobern, ein Stück näher kommen konnte. Wie Violie vor zwei Jahren rekrutiert worden ist, um Sophronia zu überwachen, weil die Kaiserin sie für zu schwach hielt, um ihren Plan rücksichtslos in die Tat umzusetzen. Wie Sophronia sich dann tatsächlich gegen ihre Mutter gestellt und wie sich die Kaiserin mit Leopolds Mutter Eugenia verbündet hat, um Leopold und Sophronia zu stürzen und beide hinrichten zu lassen.

»Ich habe versucht, Sophronia zur Flucht zu verhelfen, aber sie hat sich geweigert, ohne Leopold zu gehen«, erklärt Violie, während sie den letzten Rest Brot und Käse teilen. »Der Plan war, dass sie einen Wunsch, den ihre Mutter ihr und ihren Schwestern mitgegeben hatte, dazu nutzen sollte, um sich und Leopold zu mir in eine Höhle weit weg vom Palast zu bringen.«

»Aber sie wusste die ganze Zeit, dass der Wunsch nur stark genug sein würde, um einen von uns zu retten«, beendet Leopold den Bericht. »Und ehe ich sie daran hindern konnte, nutzte sie ihn für mich und nicht für sich selbst.«

»Der Wunsch ... war er in einen Diamantarmreif gefasst?«, fragt Lord Savelle. Leopold und Violie nicken. »Prinzessin Beatriz hat ihren benutzt, um mich zu retten.«

»Wir können also nicht auf den Schutz Cellarias zählen«, fasst Leopold zusammen. »Wir können nicht in Temarin bleiben und auch Bessemia kann man nicht trauen. Vielleicht Friv? Sophronias Schwester Daphne könnte uns Hilfe gewähren ...«

Violie verzieht keine Miene, aber alles, was sie über Prinzessin Daphne weiß, lässt sie vermuten, dass von ihr wohl kaum Hilfe gegen die Kaiserin zu erwarten ist. Leopold hat natürlich recht, er muss jede Chance nutzen, um irgendwo Schutz zu finden – doch für Violie selbst gilt das nicht.

»Ihr drei solltet euch auf den Weg nach Friv machen«, schlägt sie vor und fährt mit dem Finger über den Holztisch, um auch die letzten Krümel zu erwischen – wer weiß, wann sie ihre nächste Mahlzeit bekommt. »Ich werde zu Beatriz nach Cellaria weiterreisen.«

Die drei starren sie verwundert an, aber für Violie ist es ein perfekter Plan. Indem sie Leopold der Obhut von Lord Savelle anvertraut, muss sie nicht mehr für ihn sorgen, und ihre Schuld gegenüber Sophronia ist zur Hälfte getilgt. Wenn sie auch Beatriz retten könnte, so Violies Überlegung, wären sie und Sophronia sogar quitt.

Lord Savelle bricht als Erster das Schweigen und räuspert sich.

»Als wir in Temarin anlegten, hörten wir unter den Matrosen das Gerücht, Prinzessin Beatriz und Prinz Pasquale seien zu einer Schwesternschaft und einer Bruderschaft ins Alder-Gebirge gebracht worden«, sagt er. »Wir hatten gehofft, zuerst die Rückendeckung der Temariner zu gewinnen, bevor wir einen Befreiungsversuch unternehmen. Denn ohne die Unterstützung von Soldaten ist dieses Unternehmen … nun ja …«

»So gut wie ein Todesurteil«, beendet Leopold den Satz für ihn. »In den unwegsamen Bergen kommen jedes Jahr mindestens ein Dutzend Menschen ums Leben. Und die Schwestern- und Bruderschaften dort sind praktisch Gefängnisse. Man kann nicht einfach hineinspazieren und sich dann wieder verabschieden.«

»Ich komme mit«, mischt Ambrose sich zu Violies Überraschung ein, und als sie seinem festen Blick begegnet, weiß sie, dass er sich nicht umstimmen lassen wird. Sie nickt.

»Nichts für ungut, Ambrose, aber das allein ist keine große Beruhigung«, wendet Leopold ein.

Ambrose zuckt mit den Schultern. »Ich hätte sofort kehrtgemacht und sie geholt, als uns das Gerücht zu Ohren kam, aber ich musste erst Lord Savelle in Sicherheit bringen, wie ich es versprochen hatte. Violie hat recht – Ihr beide solltet nach Friv weiterreisen und wir werden nach Cellaria zurückkehren.«

»Um dort was zu tun?«, fragt Leopold.

Violie blickt Ambrose an. »Das weiß ich nicht, aber bis dahin haben wir eine Reise von mehreren Tagen vor uns. Zeit genug, um es unterwegs herauszufinden.«

Leopold betrachtet Violie mit gerunzelter Stirn. Nach einer Weile nickt er knapp. »Gut, ich komme auch mit.«

Violie schnaubt. »Das kann doch nicht Euer Ernst sein.«

»Ich meine es genauso ernst wie du«, erwidert er. »Du bist nicht die Einzige, die eine Schuld wiedergutzumachen hat.«

Tief in ihrem Inneren weiß Violie, dass er recht hat, dass sie nicht die Einzige ist, die von Schuldgefühlen geplagt und in ihren Träumen von Sophronias Tod heimgesucht wird. Trotz aller Fehler, die Leopold gemacht hat – er hat sie von Herzen geliebt.

»Ihr habt mehr als eine Schuld wiedergutzumachen«, entgegnet sie, um ihr Mitgefühl im Keim zu ersticken. »Meint Ihr nicht, dass es besser wäre, sie in Friv zu begleichen?«

Leopold hält ihrem Blick stand, aber anders als erwartet weist er ihren Einwand nicht geradeheraus zurück. Stattdessen seufzt er. »Nein. Ich glaube nicht. Sophronia wollte, dass wir nach Cellaria zu Beatriz und Pasquale gehen. Sie hätte sich von der derzeitigen Lage nicht davon abhalten lassen und das werde auch ich nicht tun.« Er wendet sich an Lord Savelle, der ihn gedankenverloren betrachtet. »Könnt Ihr allein nach Friv weiterreisen?«

»Keiner sucht nach mir. Wenn ich allein unterwegs bin, werde ich weniger auffallen, allerdings weiß ich nicht, an wen ich mich in Friv wenden soll. Ich habe eine entfernte Cousine auf den Silvan-Inseln ... In Altia«, fügt Lord Savelle hinzu und meint damit eine der kleineren Inseln. »Ich werde dort untertauchen, und wenn jemand von Euch Hilfe oder eine Unterkunft braucht, kann er jederzeit zu mir kommen.«

»Mit welchem Geld?«, fragt Violie. »Ich dachte, Ihr hättet den letzten Aster ausgegeben.«

Lord Savelle lächelt vage. »Ich bin nicht so alt, dass ich nicht für eine Überfahrt arbeiten kann, meine Liebe«, erklärt er. »Ich schrubbe das Schiffsdeck oder nehme Fische aus, wenn es sein muss.«

»Hier ...« Leopold kramt in seiner Jacke und holt eine juwelenbesetzte Anstecknadel hervor – jene, die er in der Nacht der Belagerung trug. Sie gehört zu den wenigen Dingen, die er noch besitzt, neben seinem Siegelring, den diamantenen Manschettenknöpfen und seinem Samtmantel mit der Rubinschnalle. Die Gegenstände sind wertvoll und würden ihnen ein Jahr oder länger genug zu essen sichern, aber sie in Temarin zu verkaufen, ist zu riskant. Lord Savelle hat allerdings recht – er wird nicht gesucht, und nach den Strapazen der Reise, die er hinter sich hat, käme niemand auf die Idee, ihn für einen Adeligen zu halten. Alle werden annehmen, dass er die Anstecknadel gestohlen hat und ihn wahrscheinlich sogar noch dafür loben.

Lord Savelle nimmt die Nadel und steckt sie ein. »Und ihr drei?«, fragt er.

»Wenn Ihr für Eure Mahlzeiten arbeiten könnt, können wir das auch«, antwortet Leopold achselzuckend.

»Auf dem Weg hierher haben wir in einem Gasthaus am Rande der Berge haltgemacht«, berichtet Ambrose. »Wir mussten Geschirr waschen und Ställe ausmisten und bekamen dafür eine Mahlzeit und ein Bett.«

»Klingt gut«, sagt Leopold und Violie kann sich ein Schnauben nicht verkneifen. Sie bezweifelt, dass Leopold überhaupt weiß, was es heißt, einen Stall auszumisten. Er würde auf dieser Reise nur Ballast sein. Er würde sie nur aufhalten und sich wahrscheinlich die ganze Zeit beschweren. Sie öffnet den Mund, um erneut Einwände vorzubringen, schließt ihn aber sofort wieder.

Sie hat Sophronia versprochen, ihn zu beschützen. Wenn er länger in Temarin bei Lord Savelle bleibt, wird das nicht möglich sein, nicht wenn das ganze Land nach ihm sucht. Cellaria ist die sicherste Lösung.

»Dann sollten wir nicht herumtrödeln.« Sie stößt sich vom Tisch ab und steht auf. »Wir hatten Glück, dass in der Hütte niemand war, aber ich möchte nicht riskieren, jemandem über den Weg zu laufen – ich bezweifle, dass andere Wegbekanntschaften sich als so freundlich erweisen werden wie Ihr beide.«

Beatriz

Beatriz sitzt im Schneidersitz auf ihrer Pritsche, den Rock ihres langen grauen Kleides um sich herum ausgebreitet, die Augen geschlossen. Es blieb nicht viel Zeit, um alles durchzugehen, was sie über diese neue Kraft wissen muss, die in ihr erwacht ist, aber Nigellus wurde nicht müde zu betonen, wie wichtig Konzentration und Geduld sind – und weder das eine noch das andere zählte je zu Beatriz' Stärken.

Aber wenn sie ganz still dasitzt und die Augen geschlossen hält, wird sie Nigellus' Signal wohl nicht verpassen. Mit einer Hand umklammert sie das Fläschchen mit Sternenstaub, das er ihr vor seiner Abreise dagelassen hat. Das Glas ist warm in ihren Fingern, da sie es seit dem gestrigen Tag kaum weggelegt hat.

Jeden Moment wird Nigellus ihr nun das Zeichen geben. Wenn er das tut, muss sie bereit sein.

Jeden Moment.

Vielleicht schon in der nächsten Sekunde.

Sie öffnet die Augen gerade so weit, dass sie sich in ihrer Zelle umschauen kann. Was, wenn sie es bereits verpasst hat? Vielleicht war es zu leise und durch die dicken Steinwände nicht zu hören. Vielleicht …

Bevor sie den Gedanken zu Ende führen kann, donnert es so

laut und so nah, dass der Wasserkrug auf ihrem Tisch über die Kante kippt und auf dem Steinboden zerschellt.

Beatriz springt auf, öffnet die Phiole mit dem Sternenstaub und streut ihn sich auf die Hand. Dabei denkt sie an den Wunsch, den Nigellus sie Wort für Wort auswendig lernen ließ, damit nichts schiefgeht.

Wünsche sind knifflig, hat er ihr eingeschärft, als hätte sie seit ihrer Kindheit nicht schon öfter Sternenstaub benutzt. Beatriz weiß, dass der Schlüssel zu einem erfolgreichen Wunsch in der Genauigkeit liegt. Ein Wunsch an die Sterne ist wie Wasser in einem Eimer: Hat er auch nur das kleinste Loch, versickert das Wichtigste.

»Ich wünsche mir, dass ein Blitz in meine Zelle einschlägt und ein faustgroßes Loch in sie reißt«, stößt sie die Worte hervor. Kaum hat sie sie ausgesprochen, ist draußen ein weiterer Donnerschlag zu hören, dann bricht ein Stein aus der Wand und fällt in einer Staubwolke zu Boden.

Beatriz eilt zu der Stelle, ihr Herz rast. Schon jetzt kann sie die Alarmrufe der Schwestern hören, es ist nur eine Frage der Zeit, bis jemand kommt, um nachzusehen. Sie späht durch das Loch in der Wand und orientiert sich rasch an den Sternbildern – das Einsame Herz, der Rabenflügel und der Falsche Mond. Das Einsame Herz steht für Opfer, der Rabenflügel für den Tod, beides sind Konstellationen, die sie weder heute Abend noch sonst irgendwann in Anspruch nehmen möchte. Der Falsche Mond bedeutet doppeltes Spiel – kann ihr das irgendwie von Nutzen sein? Sie ist sich sicher, dass die Schwestern ihr Verhalten als falsches Spiel ansehen werden.

Bevor sie jedoch eine Entscheidung treffen kann, schiebt sich von Norden her eine andere Konstellation in ihr Blickfeld, und Beatriz seufzt erleichtert auf: der Kelch der Königin. Er steht für das Glück. Sie kann die Umrisse des Kelches am Himmel erkennen, leicht gekippt, als sollte sein Inhalt ausgegossen werden.

Tja, sie kann gerade alles Glück der Welt gebrauchen. Sie wählt einen Stern in der Mitte aus, einen von den kleinen, der zu verblassen scheint, wenn man versucht, ihn in den Blick zu nehmen. Nigellus hat ihr versichert, dass nur wenige das Fehlen eines solchen Sterns bemerken werden, allerdings wird bei einem kleineren Stern auch ihr Wunsch schwächer ausfallen.

Es hat sie überrascht, dass Nigellus ihr erlaubt, einen Stern vom Himmel zu holen. Sogar außerhalb von Cellaria ist das ein Sakrileg, das nur in äußersten Notfällen gerechtfertigt ist. Aber Nigellus wies darauf hin, dass es durchaus ein Notfall ist, in einer Schwesternschaft in Cellaria eingesperrt zu sein und von der eigenen Mutter mit Mordplänen bedroht zu werden, und Beatriz wollte ihm da ganz sicher nicht widersprechen. Insgeheim hat sie jedoch den Verdacht, dass Nigellus sie auch auf eine weniger frevelhafte Weise befreien könnte – zum Beispiel indem er selbst etwas mehr Sternenstaub einsetzt –, sie aber einer Prüfung unterziehen will.

Wenn das der Fall ist, kann Beatriz nur hoffen, dass sie den Test besteht. Die letzten Male hat sie eher zufällig Sternenmagie eingesetzt, und immer nur in emotionalen Ausnahmesituationen. Mit der Zeit, so hat ihr Nigellus versichert, würde sie lernen, ihre Macht besser zu beherrschen, doch im Moment sei es am einfachsten, dieses frühere Vorgehen zu wiederholen und ihre starken Gefühle auszunutzen. Diesmal ist es aber weder Sehnsucht noch Leidenschaft, die Beatriz' Herz aufwühlt. Diesmal ist es Wut.

Sie lässt sich leicht entflammen, steigt wie von selbst heiß in ihr auf. Beatriz denkt an Sophronia, die schutz- und hilflos Hunderte von Meilen entfernt hingerichtet wurde; sie denkt an Gisella und Nicolo, denen sie vertraut hat, nur um dann zusammen mit Pasquale von ihnen verraten zu werden; sie denkt an

Daphne, die sich geweigert hat, ihr und Sophronia zu helfen, und ihre Schwestern sich selbst überließ. Die Wut wallt in ihr auf, aber sie reicht nicht aus. Beatriz kann sie spüren, aber ihre Kraft reicht nur bis knapp über ihre Fingerspitzen hinaus, egal wie sehr sie sich auch anstrengt.

Ihr Herz hämmert. Es ist keine Zeit für halbe Sachen, keine Zeit, sich zurückzuhalten.

Beatriz konzentriert sich ganz auf die Sternenkonstellation und stellt sich vor, was passieren wird, wenn sie ihre Mutter wiedersieht. Nach zwei Monaten in Cellaria sind manche Erinnerungen an Bessemia bereits verschwommen, aber das Gesicht ihrer Mutter sieht sie so klar vor sich, als stünde die Kaiserin direkt vor ihr, perfekt frisiert und gepudert, mit dem ihr eigenen selbstgefälligen Lächeln.

Hat sie auch so gelächelt, als sie Sophronias Tod plante? Als sie versuchte, Beatriz ermorden zu lassen? Beatriz' Hände verkrampfen sich zu Fäusten, als sie sich vorstellt, wie sie ihre Mutter mit diesem Wissen konfrontiert und ihr all diese Sünden ins Gesicht schleudert. Natürlich wird es die Kaiserin unberührt lassen, das weiß Beatriz nur zu gut – aber nicht mehr lange, dafür wird sie sorgen. Sie wird sie dazu bringen, dass es ihr leidtut.

Eine Kraft steigt in ihr auf und füllt ihre Brust mit einer Hitze, die sich vage vertraut anfühlt, obwohl Beatriz sie in diesem Moment zum ersten Mal als das erkennt, was sie ist. Sie atmet tief ein.

Verbannt alles aus Eurem Geist, bis nur noch dieser eine Wunsch übrig ist, hat Nigellus ihr gesagt, also versucht Beatriz, genau das zu tun. Sie konzentriert sich ganz auf ihren Wunsch, beschwört ihn herauf und vergisst alles andere.

Ich wünsche, dass Nigellus, Pasquale und ich gemeinsam an einem anderen Ort im Alder-Gebirge sind, weit weg von hier.

Beatriz wiederholt den Wunsch in Gedanken immer wieder, murmelt ihn vor sich hin. Sie schließt die Augen und sieht die Worte auf den Innenseiten ihrer Lider. Sie brennen sich in ihre Seele ein.

Kühle Luft streicht über ihre Haut. Als sie die Augen aufschlägt, ist sie nicht mehr in ihrer Zelle in der Schwesternschaft. Stattdessen steht sie unter einem offenen, sternenfunkelnden Himmel, mit nackten Füßen im frischen Schnee, und ihr Wollkleid weht im Wind um ihre Beine.

Ihr ist kalt, aber sie ist frei.

»Triz«, sagt eine Stimme hinter ihr. Sie wirbelt herum, ein Lachen steigt in ihrer Kehle auf, als sich auch schon zwei Arme um sie legen und Pasquale sie festhält.

»Pas!«, ruft sie und erwidert seine Umarmung. »Es hat geklappt! Es hat tatsächlich funktioniert!«

»Was ...«, beginnt Pas, doch bevor er weitersprechen kann, unterbricht ihn eine andere Stimme.

»Ja, gut gemacht.« Nigellus hält ihnen zwei Umhänge hin. »Aber es wäre die reinste Verschwendung von Sternenmagie, wenn Ihr jetzt erfriert.« Er reicht ihnen die schweren, pelzgefütterten Mäntel, dann greift er in eine Tasche und zieht zwei Paar Stiefel heraus, die sogar ungefähr die richtige Größe zu haben scheinen. »Beeilt Euch, wir haben eine lange Reise vor uns. Ich erkläre Euch alles unterwegs, Prinz Pasquale.«

Pasquale wirft sich den Umhang über und sieht Beatriz mit zusammengezogenen Augenbrauen fragend an. Beatriz merkt, wie sehr sie ihn und seine gerunzelte Stirn vermisst hat.

»Wer ...?«, fragt Pasquale sie.

»Nigellus«, erklärt sie ihm. »Der Himmelsdeuter meiner Mutter.«

Seine Augen weiten sich, was Beatriz nicht verwundert. Sternenmagie ist in Cellaria verboten – Pasquale hat wahrscheinlich noch nie einen Himmelsdeuter getroffen. Nun ja, abgesehen von ihr selbst, obwohl ihr diese Bezeichnung immer noch nicht passend erscheint. Sie bezweifelt, dass sich das je ändern wird.

»Er hat uns bei der Flucht geholfen«, sagt sie.

»Vertraust du ihm?«, fragt Pasquale, und Beatriz ist sich nur allzu bewusst darüber, dass Nigellus lediglich so tut, als hätte er das nicht gehört.

»Nein«, antwortet sie laut und deutlich. »Aber wir haben keine andere Wahl, oder?«

Daphne

Schon als Kind hat Daphne sich ihre Hochzeit ausgemalt. Anfangs waren es nur vage Tagträume, die allmählich konkreter wurden, nachdem sie ihre ersten Hochzeiten miterlebt hatte, und dann immer mehr Schattierungen und Farben annahmen, je mehr sie über Friv und seine Bräuche lernte. Sie hat sich ihr Hochzeitskleid vorgestellt, natürlich jeweils der neuesten Mode entsprechend. Vor ihrem inneren Auge hat sie eine Zeremonie unter dem Sternenhimmel gesehen, mit vielen Fremden und einem Prinzen, der sie am Ende eines langen Ganges erwartet. Auch das Gesicht des Prinzen hat sich im Laufe der Jahre gewandelt, zuerst nur schemenhaft angedeutet, ist es mit der Zeit immer klarer geworden, bis es schließlich die Züge von Prinz Cillian annahm, nachdem sie erstmals ihre Porträts ausgetauscht hatten.

Aber jedes Mal, wenn sie sich ihre Hochzeit ausmalte, dachte sie auch an all das, was danach kommen würde. An die Pläne ihrer Mutter. Ihre Befehle. Und schließlich an ihre triumphale Rückkehr nach Bessemia, nachdem sie sich als würdig erwiesen hat, die nächste Kaiserin von Vesteria zu werden. Daphne hat jede Facette ihrer Zukunft durchgespielt, nicht nur die Hochzeit, aber als sie jetzt hier steht, am Ende des Ganges in der Schlosskapelle, während die Sterne durch das Glasdach auf sie herabscheinen, fühlt sie sich gänzlich unvorbereitet.

Ihr Kleid ist so ganz anders als die üppig verspielten bessemianischen Kreationen, die sie früher bei den Schneiderinnen und auf Modetafeln bewundert hat – der frühlingsgrüne Samt ist schlicht, abgesehen von einem grauen Hermelinbesatz an Saum und Ärmeln gänzlich schmucklos und schmiegt sich ohne die übliche Ausstaffierung durch Polster und Reifröcke um ihre Figur. Auch die Gästeschar besteht nicht aus Fremden, zumindest nicht nur. Da ist König Bartholomew und an seiner Seite Clionas Vater. Cliona selbst sitzt dahinter, an der Seite von Haimish, den sie geflissentlich ignoriert. Bairres Freund Rufus besetzt zusammen mit seinen fünf Geschwistern eine ganze Reihe. Und auch den ein oder anderen Höfling hat sie inzwischen bereits kennen- und mögen gelernt.

Und dann ist da noch Bairre, der am Ende des Ganges auf sie wartet – alles andere als ein konturloses Gesicht und schon gar nicht Cillian. Als ihre Blicke sich begegnen, lächelt er leicht, und sie lächelt zurück, umklammert ihren Strauß aus Lilien und Gänseblümchen noch fester, während sie einen Schritt auf ihn zu macht, dann noch einen.

Sie wendet ihren Blick nur kurz von Bairre ab, um Cliona anzuschauen, aber die Miene der jungen Frau ist unergründlich – und genau das lässt bei Daphne ein flaues Gefühl im Magen aufkommen.

In all ihren Fantasievorstellungen, die sie sich von diesem Abend gemacht hat, wusste sie immer genau, was passieren würde. Sie würde zum Altar schreiten. Der Himmelsdeuter würde ein paar Worte sprechen. Sie und ihr Prinz würden ihre Gelübde ablegen. Und dann wäre es vollbracht.

Aber Daphne weiß, dass Cliona und die Rebellen etwas im

Schilde führen. Sie weiß, dass sie diese Kapelle nicht verheiratet verlassen wird. Sie kann nur hoffen, dass sie sie überhaupt verlassen wird.

Je weniger du darüber weißt, desto besser, Prinzessin, hat Cliona geantwortet, als Daphne nach den Plänen der Rebellen für die Hochzeit fragte, und so ärgerlich es auch ist, die Ahnungslose zu sein – Cliona hat recht. Daphne und Bairre müssen über jeden Verdacht erhaben sein, falls etwas passieren sollte.

Und es wird etwas passieren.

Oder etwa nicht?

Daphne erreicht Bairre, und er ergreift ihre Hand, aber sie spürt es kaum. In ihrem Kopf dreht sich alles, undeutlich nimmt sie wahr, wie Fergal, der frivianische Himmelsdeuter, über die Sterne und ihr segensreiches Wirken spricht. Jeden Moment wird etwas passieren. Die Rebellen werden in die Kapelle stürmen. Von den Sternen herabbeschworene Blitze werden einschlagen. Jemand wird ein Feuer entfachen. Jeden Moment.

Aber Fergal redet und redet und nichts passiert. Daphnes Herz fängt an zu stottern.

Was, wenn gar nichts passiert? Was, wenn die Rebellen ihre Ziele geändert haben und ihre Hochzeit nicht mehr verhindern wollen? Was, wenn sie erkannt haben, dass Daphnes Briefe zwischen König Bartholomew und Kaiserin Margaraux, die den Plan einer Vereinigung von Friv und Bessemia durch Daphne und Bairre zum Inhalt hatten, nichts als Fälschungen waren? Was, wenn …

Bairre reißt sie so heftig an sich, dass sie beinahe fürchtet, er würde ihr den Arm auskugeln, und zusammen stürzen sie auf den Steinboden. Im selben Moment erschüttert eine Explosion die Kapelle. Ihre Ohren klingeln und Granatsplitter regnen auf sie beide herab. Ein wilder Schmerz durchzuckt ihren Kopf, als etwas Hartes ihren Schädel trifft und alles vor ihren Augen verschwimmen lässt.

»Daphne!«, ruft Bairre, und obwohl sie auf seiner Brust liegt, sein Mund nur einen Hauch von ihrem Ohr entfernt, scheint er meilenweit weg zu sein.

»Es geht mir gut.« Sie versucht, den Schmerz in ihrem Kopf zu ignorieren, um sich darüber klar zu werden, welche Verletzungen sie davongetragen hat – ihre Schulter blutet und ihre Ohren summen immer noch, aber zumindest scheint nichts gebrochen zu sein. Sie richtet sich auf, um in sein Gesicht zu sehen. Er hat eine Schnittwunde an der Schläfe, wo ihn ein Splitter getroffen hat, aber ansonsten scheint er unversehrt zu sein – wobei er natürlich Verletzungen haben könnte, die ihm nicht auf den ersten Blick anzusehen sind. »Was ist mit dir?«

»Alles gut«, versichert er und zuckt im selben Moment zusammen.

Daphne rollt sich von ihm herunter, ihr Kopf pocht, aber sie achtet nicht darauf, denn das Durcheinander in der Kapelle nimmt ihre ganze Aufmerksamkeit in Beschlag – zusammengekauerte Gäste, blutige und zerrissene Kleidungsstücke, die Kirchendecke schwer beschädigt und überall Glas- und Metallsplitter. Sie sucht nach König Bartholomew, doch der ist in Sicherheit, er kniet neben Rufus und seinen Geschwistern und kümmert sich um die Kinder. Cliona und Haimish scheinen ebenfalls unverletzt zu sein, auch wenn sie, wie Daphne zugeben muss, beide glaubhaft den Eindruck vermitteln, nicht minder geschockt zu sein als alle anderen. Und Clionas Vater eilt geschäftig hin und her, um nach den Verletzten zu sehen.

Daphne atmet tief durch. Alle sind in Sicherheit, es war nur ein Störmanöver ...

Da entdeckt sie, unmittelbar neben sich, Fergals abgetrennte

Hand, blutgetränkt und nur noch erkennbar an dem Ring der Himmelsdeuter, den er am rechten Daumen trägt.

Den er am rechten Daumen trug, korrigiert sich Daphne und zwingt sich, genauer hinzuschauen. Sie sieht ein Bein, dann ein Ohr und schließlich seinen Kopf.

Das Letzte, woran sich Daphne erinnert, ist ihr Schrei.

Im schwachen Licht der Morgendämmerung, das durch ihr Fenster fällt, kommt Daphne wieder zu sich. Sie braucht einen Moment, um sich daran zu erinnern, was passiert ist – ihre verhinderte Hochzeit, Bairre, der sie unmittelbar vor der Explosion zur Seite zieht, als hätte er gewusst, was passieren würde, der Schmerz in ihrem Kopf, Fergals zerfetzter Körper.

Sie kannte Fergal kaum, daher wird sie auch nicht um ihn trauern, und doch …

Erst letzte Woche haben sie, Bairre und Cliona im Wald ein halbes Dutzend Attentäter ausgeschaltet, deren Anblick Daphne völlig kaltgelassen hat.

Aber wenn sie jetzt die Augen schließt, sieht sie die blutige Hand direkt vor ihrem Gesicht. Sie sieht Fergals abgetrennten Kopf mit den leblosen silbernen Augen – sternenberührt wie ihre eigenen, wie die von Bairre.

Sie erschaudert und setzt sich langsam auf. Aber der Schmerz in ihrem Kopf ist verschwunden. Nichts tut ihr weh. Die Glasdecke der Kapelle ist zerbrochen, Splitter sind über sie herabgeregnet und haben sich in ihre Haut gebohrt, aber jetzt ist nicht einmal mehr ein Kratzer zu sehen.

Der Raum ist leer, und es dauert nur eine Sekunde, bis ihr klar wird, warum sie das so beunruhigt – die letzten beiden Male, als sie verwundet aufgewacht ist, war Bairre an ihrer Seite.

Angst macht sich in ihrer Magengrube breit, als sie nach der

Klingelschnur neben ihrem Bett greift und mit einem kräftigen Ruck daran zerrt. Sie hört das schwache Bimmeln auf dem Flur und muss sich zwingen, Ruhe zu bewahren. Bairre war nicht schwer verletzt, er war bei Bewusstsein und hat mit ihr gesprochen. Es geht ihm gut. Alles andere ist undenkbar ...

Die Tür schwingt auf, und beim Anblick von Bairre spürt Daphne, wie sie vor Erleichterung zusammensackt. Doch nur einen Augenblick später tritt Wut an die Stelle der erlösenden Gewissheit. Während er die Tür hinter sich schließt und sicherstellt, dass sie unter sich sind, greift sie nach einem der um sie herum gestapelten Kissen und wirft es ihm an den Kopf.

»Du hast es gewusst«, zischt sie, allerdings mit gedämpfter Stimme.

Bairre fängt das Kissen mühelos auf, streitet ihren Vorwurf aber nicht ab. »Ich konnte es dir nicht sagen«, erwidert er. »Es war zu deinem eigenen Schutz. Je weniger du weißt ...«

»Ja, den Satz habe ich schon von Cliona gehört«, fällt Daphne ihm ins Wort. »Aber wir beide wissen, was dahintersteckt: Du vertraust mir nicht.«

Sie rechnet damit, dass er es leugnet, doch das tut er nicht, was Daphne einen unerwartet schmerzhaften Stich versetzt. »Auch du hast deine Geheimnisse, Daphne«, gibt er zu bedenken, und sosehr es ihr auch widerstrebt, muss sie doch zugeben, dass er recht hat. »Oder willst du etwa behaupten, dass du mir vertraust?«

Daphne presst die Zähne zusammen. Sie hat ihn in den Plan ihrer Mutter eingeweiht, jedenfalls in Ansätzen, aber es gibt auch vieles, das sie ausgelassen hat. Vieles, was sie ihm nicht sagen kann und will, denn letztendlich gilt ihre Loyalität nicht ihm, sondern ihrer Mutter und Bessemia.

»Ich wäre fast gestorben«, sagt sie vorwurfsvoll, denn sie ist noch nicht bereit, ihre Wut loszulassen.

»Du bist aber nicht gestorben«, entgegnet er. »Dafür habe ich gesorgt.«

»Ach, soll ich mich nun etwa bei dir bedanken?«, blafft sie ihn an. »Fergal ist tot. Gibt es weitere Opfer?«

»Nein«, antwortet Bairre, ohne auch nur einen Hauch von Gewissensbissen zu zeigen. »Wir haben die Bombe sorgfältig platziert. Es gab ein paar Verletzte, aber die neue Himmelsdeuterin hat die Wunden bereits alle geheilt, auch deine.«

»Die neue Himmelsdeuterin? Wie habt ihr so schnell eine gefunden?«, fragt Daphne, die immer noch Mühe hat, das Gehörte zu verdauen. »Moment mal, heißt das, ihr hattet von vorneherein die Absicht, Fergal zu töten? Warum?« Sie weiß nicht viel über Fergal, aber nach allem, was sie inzwischen über Friv gelernt hat, und in Anbetracht der Informationen, die die bessemianischen Spione am frivianischen Hof der Kaiserin zugespielt haben, hatte sie den Eindruck, Fergal sei ebenso uninteressant wie unumstritten. Sie fragt sich, was jemand durch seine Ermordung zu gewinnen hätte.

Bevor Bairre antworten kann, geht die Tür erneut auf und Bairres Mutter Aurelia schwebt herein, mit einem munteren Lächeln und Fergals Ring am rechten Daumen.

»Schön, dass du wach bist, Prinzessin. Es scheint ja langsam zur Gewohnheit zu werden, dass ich dich heilen muss.«

Daphne schaut wieder zu Bairre und erkennt einen Anflug von Schuldbewusstsein in seinem Blick. Und da begreift sie, was die Rebellen erreicht haben: Nicht nur wurde die Hochzeit zwischen ihnen erneut verschoben, bei dem Anschlag ist auch der königliche Himmelsdeuter ums Leben gekommen und eine der ihren hat seinen Platz als rechte Hand des Königs eingenommen. Eines Königs, mit dem Aurelia bereits ihre ganz eigene Geschichte verbindet.

Beatriz

Das Gasthaus Zur Regenblume liegt Nigellus zufolge gleich jenseits der temarinischen Grenze, aber falls sie die Grenze bereits überschritten haben, hat Beatriz es nicht bemerkt. Gut möglich, dass Nigellus noch andere Dinge erwähnt hat, zumal er in der vergangenen Stunde fast pausenlos geredet hat, aber Beatriz' Zähne klappern inzwischen so laut, dass sie ihn kaum hört.

Pasquale hat schützend den Arm um ihre Schultern gelegt, doch als sie schließlich die große Eichentür des Gasthauses erreichen, ist Beatriz so durchgefroren, dass sie ihren Körper kaum noch spürt. Wie durch einen Nebel nimmt sie wahr, dass Nigellus ihnen Zimmer und heiße Bäder bestellt, Pasquale ihr die Treppe hinaufhilft, ein fremdes Dienstmädchen ihr beim Entkleiden zur Hand geht und ihr in ein wunderbar heißes Bad hilft, von dessen Schaum Dampf aufsteigt.

Irgendwann muss sie eingeschlafen sein, denn das Nächste, was sie wahrnimmt, ist, wie sie unter einem Berg von Decken liegt, in einem Bett, das viel größer ist als ihre Pritsche in der Schwesternschaft, aber kleiner als das Bett, das sie mit Pasquale im Schloss geteilt hat. *Pas.*

Sie setzt sich auf und sieht sich blinzelnd in dem dunklen Raum um, aber da ist niemand. Versuchsweise wackelt sie mit den Fingern und Zehen und stellt erleichtert fest, dass sie die Wanderung durch den Schnee offensichtlich unbeschadet überstanden haben, auch wenn sie sich insgeheim fragt, ob Nigellus' Magie ihren Teil dazu beigetragen hat und sie damit nun ein weiteres Mal in seiner Schuld steht. Doch darüber wird sie sich an einem anderen Tag den Kopf zerbrechen, nicht hier und jetzt.

Beatriz steht auf, entschlossen, nach Pasquale zu suchen. Unterwegs haben sie nicht mehr als ein paar Worte wechseln können, und es gibt sicher viel zu besprechen, aber vor allem will sie sich vergewissern, dass er in Sicherheit ist.

Als hätte sie ihn herbeigerufen, geht in diesem Moment die Tür auf und Pasquale tritt ein. Er sieht sie forschend an und seufzt erleichtert.

»Ich dachte schon, ich hätte alles nur geträumt.« Er lässt sich gegen den Türrahmen sinken. »Ich war in meiner Zelle in der Bruderschaft und habe Maden aus dem Haferschleim gepickt, den sie mir gegeben haben, und dann war ich plötzlich im Schnee, mit dir.«

Er stellt keine Frage, aber Beatriz findet, dass er eine Antwort verdient hat. Nach all den Geheimnissen, die sie miteinander geteilt haben, dürfte es ihr eigentlich nicht schwerfallen, sich ihm zu öffnen, doch Pasquale ist in Cellaria geboren und aufgewachsen, er kennt nur die dortigen Verhältnisse. Er hat ihr einmal gesagt, dass er, anders als die meisten Cellarier, die Ausübung von Magie nicht für ein Sakrileg hält, aber es ist eine Sache, so etwas ins Blaue hinein zu sagen – etwas ganz anderes ist es, am eigenen Leib damit konfrontiert zu werden.

»Mach die Tür zu«, fordert sie ihn leise auf und setzt sich wieder auf ihr Bett.

Pasquale tut, worum sie ihn bittet, und kommt mit zögerlichen Schritten auf sie zu.

»Ich bin kein Dummkopf, Triz«, sagt er, bevor sie das Wort ergreifen kann. »Ich wusste, dass du etwas verheimlichst, und ich konnte mir denken, dass du Magie benutzt hast, um Lord Savelle zur Flucht zu verhelfen.«

»Es war ein Wunsch«, erklärt sie ihm mit einem Kopfschütteln. »Meine Mutter hatte ihn mir vor meiner Abreise mitgegeben, für den Notfall. Es war Magie, aber nicht meine. Zumindest nicht zu diesem Zeitpunkt.«

Einen Moment lang scheint er zu überlegen, dann fragt er: »Und der Sternenstaub auf unserem Fensterbrett?«

Beatriz muss daran denken, wie man sie vor König Cesare geschleppt und der Magie bezichtigt hat. Damals hat sie es geleugnet und dabei sogar selbst an ihre Worte geglaubt, aber heute weiß sie es besser. Sie erinnert sich an das Dienstmädchen, das an ihrer Stelle hingerichtet wurde.

Sie nickt. »Das war das erste Mal. Damals ist es einfach passiert, ohne dass ich es gewollt hätte. Es hat eine Weile gedauert, bis mir klar wurde, dass ich dafür verantwortlich war. Als ich dir sagte, ich hätte nichts damit zu tun, hielt ich es für die Wahrheit. Aber dieses Mal war es Absicht.«

Sie denkt an den Stern, an den sie ihren Wunsch gerichtet und den sie vom Himmel geholt hat. Ihretwegen gibt es jetzt einen Stern weniger. Nicht nur einen, sondern sogar mehrere, wenn sie die beiden mitzählt, die sie aus Versehen gerufen hat.

»Es war ein Notfall«, versichert sie ihm – und sich selbst. »Ich musste es tun.«

Sie rechnet damit, dass Pasquale sie dafür verurteilt, aber er nickt nur. »Ich bin froh, dass du es getan hast, Triz.« Er wirft rasch einen Blick auf die geschlossene Tür hinter sich und wendet sich dann wieder ihr zu. »Und der Himmelsdeuter? Nigellus? Kann man ihm trauen?«

»Bei allen Sternen, nein«, antwortet Beatriz verächtlich. »Er war schon vor meiner Geburt das Schoßhündchen meiner Mutter und *ihr* traue ich ganz sicher nicht über den Weg.« Sie klärt ihn über die genaueren Umstände von Sophronias Tod auf und berichtet ihm auch das, was Nigellus ihr erzählt hat, nämlich dass die Kaiserin die treibende Kraft hinter allem war und sogar versucht hat, Beatriz töten zu lassen.

»Aber warum rettet er dich dann?«, fragt er. »Wenn deine Mutter dich tot sehen will ...« Er bricht ab und legt die Stirn in Falten. »Vielleicht warst du in der Schwesternschaft sicherer. Womöglich ist es eine Falle.«

»Der Gedanke ist mir auch schon gekommen«, erwidert Beatriz. »Aber Sophronias Tod wurde öffentlich vollzogen, vor einem großen Publikum, und er hat meiner Mutter den perfekten Vorwand geliefert, um in Temarin einzumarschieren. Wenn sie mich irgendwo im Alder-Gebirge umbringen lässt, hat sie nicht viel davon. Mag sein, dass sie meinen Tod will, aber nicht jetzt – und wenn es so weit ist, dann werden wir vorbereitet sein.« Sie hält inne. »Nigellus will mir beibringen, meine Kraft zu kontrollieren. Ich muss das lernen. Die Kunst der Himmelsdeuter ist nichts, was man sich mal eben so im Alltagsleben aneignen könnte.«

Er nickt, wirkt jedoch noch immer besorgt.

»Das mit Sophronia tut mir leid«, sagt er nach einer Weile.

Seine Worte sind sanft, doch Beatriz treffen sie trotzdem wie ein Messer, das ihr zwischen die Rippen gerammt wird. Sie nickt knapp. »Meine Schwester war nicht dumm«, stellt sie klar. »Meine Mutter hat das zwar immer behauptet, aber Sophronia war klug. Es war ihre Freundlichkeit. Sie war zu freundlich und das hat sie ihr Leben gekostet.«

Die Worte sind eine Warnung an ihn, und Beatriz hofft, dass

Pasquale sie sich zu Herzen nimmt. Sie weiß nicht, was sie tun würde, wenn sie ihn auch noch verlieren müsste.

Sie räuspert sich. »Und dann sind da noch Nico und Gigi. Ich glaube nicht, dass sie begeistert sein werden, wenn sie Wind davon bekommen, dass wir geflohen sind.«

Pasquale lacht freudlos auf. »Ich würde alles dafür geben, ihre Gesichter zu sehen, wenn sie es erfahren«, sagt er.

Beatriz lächelt, fühlt sich aber trotzdem innerlich leer. Nicht einmal der Gedanke an Gisellas wutrotes Gesicht oder Nicolos schuldbewusste Miene bereitet ihr in diesem Moment Genugtuung oder gar Freude.

Pasquales Lächeln verblasst und er senkt den Blick. »Du hast mich gar nicht gefragt, wie es in der Bruderschaft war.«

»Oh.« Beatriz runzelt die Stirn. »Ich bin davon ausgegangen, dass es dort mehr oder weniger wie in der Schwesternschaft war. Einsam. Langweilig. Wobei ich zugeben muss, dass meine Verpflegung zwar ziemlich fad, aber frei von Maden war.«

»Die Maden waren das geringste Problem«, sagt Pasquale und schüttelt den Kopf. Er geht nicht weiter darauf ein und Beatriz drängt ihn nicht. Als er wieder spricht, ist seine Stimme sanft. »In besonders harten Momenten habe ich darüber nachgedacht, was ich tun würde, wenn ich rauskomme. Und die Wahrheit ist, ich habe nicht an Nico und Gigi und an Rache gedacht, ich habe nicht an Cellaria gedacht oder an den Königsthron. Ich dachte nur an Ambrose.« Er hält inne, denkt über seine nächsten Worte nach. »Soll Nico doch König sein – ich wollte es ohnehin nie.«

»Sie haben uns verraten, Pas«, wendet Beatriz ein und hat Mühe, ihre aufschäumende Wut im Zaum zu halten. »Sie haben uns zum Sterben in die Berge verbannt – sie hätten uns hinrichten lassen, wenn sie gekonnt hätten.«

»Da bin ich mir nicht sicher«, erwidert Pasquale ruhig. »Wenn ich mich recht erinnere, hat Nico versucht, dich zur Heirat mit ihm zu bewegen.«

Beatriz steigt die Röte in die Wangen. Sie war dumm genug gewesen, auf Nicolo reinzufallen, und sowohl sie als auch Pasquale haben einen hohen Preis dafür bezahlt. »Aber ich habe Nein gesagt«, entgegnet sie.

Pasquale mustert sie nachdenklich. »Wir haben nie darüber gesprochen«, sagt er schließlich. »Darüber, was genau zwischen euch beiden war.«

Beatriz will diese Frage nicht beantworten. Was auch immer zwischen ihr und Nicolo gewesen ist, was auch immer sie zu empfinden geglaubt hat – es spielt keine Rolle mehr. Es hat nie eine Zukunft gehabt, auch schon bevor er sie hintergangen hat. Sie weiß, dass Pasquale ihr nicht glauben wird, wenn sie behauptet, ihn nicht zu vermissen, und auch nicht Gisella, also wappnet sie ihr gebrochenes Herz mit Stacheln der Wut.

»Zwischen Nico und mir war nichts außer Lügen«, stößt sie hervor.

»Triz, ich will ihn wirklich nicht in Schutz nehmen, aber es waren auch deine Lügen«, erwidert Pasquale.

Beatriz muss ihm insgeheim recht geben, wenn auch zähneknirschend. »Meine Lügen haben ihn nie in Gefahr gebracht«, wendet sie ein.

»Nein«, stimmt er ihr zu. »Nur mich.«

Sie beißt sich auf die Lippe. »Also was willst du? Ihm einfach … verzeihen? Beiden verzeihen?«

Pasquale zuckt mit den Schultern. »Nicht verzeihen, nein. Aber ich will mein Leben nicht darauf verschwenden, mich an Leuten zu rächen, die mir etwas weggenommen haben, das ich gar nicht wollte. Ehrlich gesagt, Triz, wenn ich nie wieder einen

Fuß nach Cellaria setzen muss, werde ich als glücklicher Mensch sterben. Ich will nicht mehr zurück.«

Es ist eine drastische Aussage, die Beatriz allerdings nicht sonderlich überrascht. Pasquale wollte nie König sein, und wenn sie ehrlich ist, passt die Rolle auch nicht zu ihm. Aber wenn er auf Cellaria und den Thron verzichtet, dann gibt er auch das Einzige auf, was sie wirklich zusammenhält.

»Wohin wirst du dann gehen?«, fragt sie und versucht, die nagende Angst zu ignorieren, die sich in ihr breitmacht. »Ich nehme an, du willst nach Ambrose suchen.«

Er überlegt. »Wenn ich wüsste, wo er ist, würde ich noch in dieser Minute aufbrechen«, gibt er zu. »Aber leider weiß ich es nicht, und ich kenne mich gut genug, um mir einzugestehen, dass ich auf eigene Faust da draußen nicht überleben kann.« Er zögert. »Außerdem braucht Ambrose mich im Moment nicht. Du schon.«

Beatriz will aufbegehren – sie braucht ihn nicht, sie braucht niemanden. Allein der Gedanke daran ist empörend.

»Ich bin diejenige, die dich gerade gerettet hat«, ruft sie ihm in Erinnerung, »falls du das schon vergessen hast.«

»Ich habe es nicht vergessen«, sagt er. »Aber wir haben uns versprochen, aufeinander aufzupassen, oder nicht? Das gilt für beide Seiten. Wenn du nach Bessemia gehst, werde ich dich begleiten. Lerne dort, wie du deine Magie einsetzen kannst, und decke die Pläne deiner Mutter auf. Und wenn die Zeit gekommen ist, werden wir gemeinsam zurückschlagen.«

Beatriz' Brust wird eng und sie kann nur kurz nicken. »Dann werden wir gemeinsam zurückschlagen«, wiederholt sie.

Violie

Ein weiterer Tag vergeht, bis Violie und ihre beiden Begleiter das Gasthaus erreichen, das Ambrose erwähnt hat, aber in der Zwischenzeit erfährt Violie mehr über ihren neuen Reisegefährten, als sie in einer ganzen Woche über Leopold herausfinden konnte. Vermutlich würde Leopold das Gleiche über sie sagen, denn sie sind die meiste Zeit schweigend nebeneinanderher gegangen. Die Abneigung und das Misstrauen, die sie einander entgegenbringen, beruhen auf Gegenseitigkeit, und so gab es wenig Anlass zu langen Gesprächen.

Ambrose scheint sie beide jedoch auf Anhieb zu mögen und ihnen bedingungslos zu vertrauen – eine merkwürdige Einstellung, die Violie nicht ganz nachvollziehen kann. In nur einem Tag hat Violie nicht nur vieles über Ambroses Kindheit auf dem Land erfahren, sondern auch die Namen seiner Eltern und ihrer drei Hunde sowie alle Einzelheiten darüber, wie er sich gefühlt hat, als sein Onkel ihn im Alter von zwölf Jahren zu seinem Erben ernannte und ihn an den königlichen Hof bringen ließ, wo er Prinz Pasquale kennenlernte.

Obwohl Ambrose gerade dieses eine Detail nicht preisgibt, vermutet Violie, dass zwischen den beiden etwas mehr als nur Freundschaft besteht – das wird deutlich an der Art, wie Ambrose über Pasquale spricht, an der leichten Färbung seiner Wangen, an der Art, wie er verlegen zur Seite blickt, wenn er seinen Namen nennt. Er ist nicht besonders gut darin, Geheimnisse zu bewahren, konstatiert Violie und stellt verwundert fest, dass sie ihn um seine mangelnde Übung auf diesem Gebiet beneidet.

Violie hatte nie eine andere Wahl, als eine gute Lügnerin zu sein. Sie bezweifelt, dass sie sonst so lange überlebt hätte.

Als der Schornstein des Gasthauses zwischen den Bäumen in Sicht kommt, sackt Violie vor Erleichterung fast zusammen. Es ist ihr egal, wie viele Ställe sie ausmisten und wie viel Geschirr sie spülen muss – gerade im Moment würde sie mit Freude ihren rechten Arm geben, wenn sie dafür nur ein Bett und einen vollen Bauch bekäme.

»Wir müssen Euch einen neuen Namen geben«, sagt Ambrose zu Leopold. »Immerhin befinden wir uns noch auf temarinischem Gebiet. Wir sollten alles daransetzen, dass Euch niemand erkennt.«

Leopold runzelt die Stirn und überlegt. »Wie wäre es mit Levi?«, schlägt er vor. Violie schnaubt leise und er wirft ihr einen Seitenblick zu. »Was passt dir an dem Namen nicht? Er klingt so ähnlich wie mein echter Name, also kann ich ihn mir leichter merken.«

»An dem Namen ist nichts auszusetzen«, erklärt sie. »Aber sobald Ihr den Mund aufmacht, wird jeder merken, dass Ihr adelig seid. Am besten, Ihr haltet einfach die Klappe.«

Leopolds Kiefer zuckt, und Violie weiß, dass noch vor einer Woche niemand so mit ihm hätte reden dürfen, schon gar nicht eine niedere Zofe. Aber nach einem kurzen Zögern nickt er.

»Gut«, sagt er. »Aber dein bessemianischer Akzent wird nicht weniger Misstrauen erregen.«

Violie muss zugeben, dass er recht hat, auch wenn sie die

Fremdsprache gut beherrscht. Aber so müde, wie sie ist, will sie kein unnötiges Risiko eingehen. »Also gut«, antwortet sie. »Dann wird Ambrose für uns alle sprechen.«

Ambrose sieht nicht sehr begeistert aus, nickt jedoch zustimmend.

Das Gasthaus Zur Regenblume ist klein, aber behaglich und gut geführt. Kaum hat Violie einen Fuß über die Schwelle gesetzt, schlägt ihr wohlige Wärme entgegen, und sie merkt, wie ausgekühlt sie ist, nachdem sie den ganzen Tag durch den Schnee gestapft sind. Der Fußboden ist dem Anschein nach wahllos mit Teppichen ausgelegt, und am Ende eines kleinen Ganges öffnet sich eine Stube, deren Wände heitere Bilder von schneebedeckten Berggipfeln schmücken. Auf einem kleinen Tisch neben der Tür steht eine Tonvase, darin ein Strauß mit den Blumen, die dem Gasthaus seinen Namen geben. Violie tritt einen Schritt näher heran. Sie hat noch nie frische Regenblumen gesehen, nur die getrockneten Sträuße, die Händler auf den Märkten von Bessemia feilboten, aber sie hat diese Blumen schon immer gemocht. Weiße Blüten, die zart und zerbrechlich aussehen, aber den heftigsten Schneesturm überstehen können.

Eine Frau eilt heran, wischt sich die Hände an einer staubigen Schürze ab und lächelt freundlich. Als ihr Blick auf Ambrose fällt, erlischt das Lächeln und sie runzelt die Stirn.

»Ich hatte nicht erwartet, dich so schnell wiederzusehen«, sagt sie in Temarinisch, allerdings mit einem cellarischen Akzent in den Vokalen. »Aber ich habe dich ja gewarnt, dass Temarin in diesen Zeiten nichts Gutes zu bieten hat.«

Ambrose blickt zu Leopold und dann wieder zu der Frau. »Die Lage ist noch schlimmer als gedacht. König Leopold ist abgesetzt worden und Bessemia hat bereits Truppen ins Land geschickt.«

Die Frau überlegt und sagt dann: »Nach allem, was mir im letzten Jahr zu Ohren gekommen ist, hat das vielleicht sogar sein Gutes.«

Diesmal ist es Violie, die Leopold einen Blick von der Seite zuwirft, aber falls ihn die spitze Bemerkung getroffen hat, lässt er sich nichts anmerken. Sein Gesichtsausdruck ist unverändert, als könnte ihn nichts auf der Welt aus der Fassung bringen.

»Wie ich sehe, hast du deinen Begleiter gegen zwei neue eingetauscht«, stellt die Frau fest, und ihr Blick wandert zu Violie und Leopold.

»Ja, er und ich haben uns getrennt, als wir die Neuigkeiten hörten«, antwortet Ambrose vage. »Aber dann habe ich Violie und Levi getroffen. Sie nehmen dieselbe Route wie ich, und du weißt ja, es ist am sichersten, in Gruppen zu reisen.«

»Zu dieser Jahreszeit ist es am sichersten, überhaupt nicht zu reisen«, entgegnet sie schroff, doch ihre Miene verrät Violie, dass sie um Ambroses Wohlbefinden besorgt ist.

Ambrose scheint das auch zu bemerken, denn er lächelt sanft. »Das sagst du mir nicht zum ersten Mal, Mera«, antwortet er. »Besteht die Möglichkeit, dass wir die Kosten für eine Nachtunterkunft und etwas Verpflegung abarbeiten können?«

Die Frau blickt zwischen den dreien hin und her. »Nun ja, ich könnte tatsächlich ein paar helfende Hände in den Ställen gebrauchen«, sagt sie dann. »Ich nehme nicht an, dass einer von euch backen kann? Eine junge Frau, die hier logiert, hat eine Schwäche für Süßes, und ich halte meine Gäste gern bei Laune.«

Violie kneift kurz die Augen zusammen. Sie hat Sophronia hin und wieder beim Backen geholfen und ein paar grundlegende Dinge von ihr gelernt. »Ich kann das«, versichert sie der Wirtin in ihrem besten temarinischen Akzent.

Die Frau schaut Violie an und nickt. »Im Moment ist nur eine andere Reisegruppe hier – ein Mädchen und ein Junge in deinem Alter und ein Mann ...« Sie wirft einen Blick über ihre Schulter, um sich zu vergewissern, dass niemand zuhört, bevor sie ihre Stimme zu einem Flüstern senkt. »Ob ihr es glaubt oder nicht, es ist der Himmelsdeuter von Bessemia.«

Violies Magen krampft sich zusammen, und bevor sie es verhindern kann, rutscht ihr der Name heraus. »Nigellus?«

Die Augen der Frau verengen sich. »Soweit ich weiß, gibt es keine anderen Himmelsdeuter in Bessemia.«

Violie spürt Leopolds strengen Blick und die Anspannung von Ambrose, aber sie zwingt sich zu einem Lächeln. »Ich habe nur die Gerüchte gehört, die im Umlauf sind – man kommt ja kaum darum herum. Man munkelt, er sei die rechte Hand der Kaiserin«, sagt sie.

Die Frau sieht Violie noch einen Moment lang an, dann nickt sie. »Haltet euch besser von ihm fern. Er ist kein freundlicher Mensch, und ich möchte nicht, dass er sich von euch gestört fühlt.«

Violie nickt schnell. Nigellus über den Weg zu laufen, ist so ziemlich das Letzte, was sie will. Sie sind sich bisher zwar nur einmal begegnet, aber sie bezweifelt, dass er jemals ein Gesicht vergisst, und wenn er sie sieht, wird er jede Menge Fragen stellen.

Andererseits hätte Violie selbst ein paar Fragen, zum Beispiel was den kaiserlichen Himmelsdeuter von Bessemia an die Grenze von Cellaria führt, wo allein ein falscher Blick ihn den Kopf kosten könnte.

Mera führt die drei in ein winziges Zimmer, in dem nur ein kleiner Tisch und ein schmales Feldbett stehen, dazu ein einfacher Wasserkrug mit Waschschüssel. Das Zimmer ist spärlich eingerichtet, aber es ist wohlig warm, und mehr verlangt Violie im Moment nicht.

»Etwas Besseres kann ich euch nicht anbieten«, erklärt die Frau. »Der Himmelsdeuter und seine Begleiter sind in meinen anderen drei Zimmern untergebracht ...«

»Das reicht völlig«, versichert Ambrose. »Danke, Mera. Lass uns wissen, was wir für dich tun können.«

»Heute Abend nichts«, antwortet sie. »Hungrig und müde nützt ihr mir nichts. Wir besprechen es morgen früh. In einer guten Stunde könnt ihr zum Abendessen runterkommen.«

Als die Wirtin gegangen ist und sie nur noch zu dritt sind, stößt Violie einen tiefen Seufzer aus. »Nigellus kennt mich«, sagt sie. »Er darf mich nicht sehen.«

Ambrose und Leopold tauschen einen Blick aus, nicken aber. »Ich bin mir nicht sicher, ob er mich nicht ebenfalls erkennen würde«, gibt Leopold zu. »Er hat gewiss schon Porträts von mir gesehen.«

»Wenn Mera uns Arbeiten aufträgt, bei denen ihr riskiert, gesehen zu werden, werde ich sie übernehmen«, überlegt Ambrose.

»Ich muss allerdings zugeben, dass ich neugierig bin, was er hier macht«, sagt Violie. »Er ist der Kaiserin treu ergeben – ich kann mir nicht vorstellen, was ihn nach Cellaria führen sollte, es sei denn, es geht um Prinzessin Beatriz.«

Leopolds Augen weiten sich, als er ihre Worte aufnimmt. »Wenn es stimmt und die Kaiserin für Sophronias Tod verantwortlich ist ...«

»... ist er womöglich hier, um Beatriz aus dem Weg zu schaffen«, beendet Violie seinen Gedankengang. »Mera erwähnte zwei weitere Gäste, etwa in unserem Alter. Ich weiß, dass ich nicht die einzige Spionin der Kaiserin war. Vielleicht hat er noch andere bei sich.«

Ambrose ist blass geworden. »Die eigentliche Frage ist also, ob sie unterwegs sind, um Beatriz zu töten, oder ob sie sich nach vollbrachter Tat auf der Heimreise befinden.«

Daphne

Den Tag nach ihrer verhinderten Hochzeit verbringt Daphne im Bett, um sich auszuruhen, obwohl sie jedem, der gewillt ist zuzuhören, erklärt, dass es ihr gut geht, nachdem Aurelia ihre Verletzungen bis auf die kleinste Beule und den letzten blauen Fleck geheilt hat. Aber alle versichern ihr, dass ein wenig Ruhe sie nicht umbringen wird. Daphne ist sich da nicht so sicher – zu viel Langeweile birgt die Gefahr, den Tod als einen verlockenden Ausweg erscheinen zu lassen. Immerhin hat sie es geschafft, einen verschlüsselten Brief an ihre Mutter zu schreiben, in dem sie die Kaiserin über den neuesten Schachzug der Rebellen informiert und ihr alles berichtet, was sie über Aurelia erfahren hat, Bairres leibliche Mutter und eine berüchtigte Himmelsdeuterin in Friv, die Bartholomew geholfen hat, den Thron zu besteigen und die Clankriege zu beenden. Sie erwägt, ihrer Mutter von Aurelias wahrsagerischen Fähigkeiten zu schreiben, einschließlich der Prophezeiung über Sophronias Tod – *das Blut der Sterne und der Majestät wird vergossen* –, entscheidet sich dann jedoch dagegen. Diese Information wird der Kaiserin nichts nützen, und alles in Daphne sträubt sich dagegen, die Worte niederzuschreiben, sie in Tinte auf Pergament zu sehen.

Als Cliona am nächsten Morgen fragt, ob Daphne sie zum

Einkauf in den Mauerweg begleiten möchte, kann sie gar nicht schnell genug aus dem Bett kommen. Ihr letzter Ausflug dorthin endete damit, dass Daphne ein Messer an die Kehle gehalten wurde, aber selbst das ist besser, als einen weiteren Tag in diesem sternenverlassenen Zimmer ausharren zu müssen.

Und dieses Mal, erklärt Cliona ihr, während sie Seite an Seite durch den dichten Wald reiten, der sich zwischen dem Schloss und der Stadt Eldevale erstreckt, haben sie anderes im Sinn als nur Kleider und Schmuck.

»König Bartholomew will den Bewohnern die Botschaft vermitteln, dass er sich von dem Angriff auf die Hochzeitsfeier nicht einschüchtern lässt – was natürlich heißt, dass für dich das Gleiche gelten sollte«, fügt Cliona hinzu.

Daphne lässt den Blick über die zehn berittenen Wachen schweifen, die sie flankieren – weit genug entfernt, um ihnen Raum für private Gespräche zu lassen, aber nah genug, um ihnen Schutz zu gewähren.

»Wenn das die Botschaft sein soll, scheint unsere aufgerüstete Leibgarde sie nicht gerade zu untermauern, oder?«, gibt sie zu bedenken.

Cliona zuckt mit den Schultern. »Nun ja, er will zeigen, dass er unerschrocken ist, aber nicht dumm«, erklärt sie. »Immerhin hat jemand eine Bombe auf deiner Hochzeit gezündet.«

»*Du* hast eine Bombe auf meiner Hochzeit gezündet«, zischt Daphne.

»Mach dich nicht lächerlich, ich habe keine Ahnung von Sprengstoff«, erwidert Cliona. Und nach kurzem Zögern gibt sie zu: »Das war Haimishs Aufgabe. Außerdem warst du gar nicht das Ziel. Du warst nie in Gefahr.«

Daphne verdreht die Augen. Vermutlich meint Cliona sogar ernst, was sie da sagt, aber das ist kein großer Trost.

»Die Wirkung von Bomben ist unberechenbar«, entgegnet sie. »Wenn Bairre mich nicht weggezogen hätte – eine Sekunde vor der Explosion, was hoffentlich niemandem aufgefallen ist –, würden wir dieses Gespräch vielleicht gar nicht mehr führen.«

Cliona reagiert gereizt. »Das hat niemand bemerkt«, stellt sie klar. »Die Explosion war ja gerade als Ablenkungsmanöver gedacht.«

»Sie war mehr als das«, sagt Daphne. »Fergal sollte dabei ums Leben kommen.«

Sie sieht Cliona forschend an, aber die zeigt keinerlei Anflug von Schuldgefühlen, sondern zuckt nur erneut mit den Schultern. »Ein bedauerliches, aber notwendiges Opfer«, gibt sie zu. »Wir mussten eine Gelegenheit schaffen.«

Bei Clionas Worten dreht sich Daphne der Magen um, obwohl sie nur allzu gut weiß, dass sie keinen Grund zur Verurteilung hat. Die kühle Art, mit der Cliona einen Mord beschreibt, an dem sie mitgewirkt hat, unterscheidet sich nicht wesentlich von der Art, wie Daphne eine vergleichbare Situation schildern würde. Aber wenn Daphne die Augen schließt, sieht sie immer noch Fergals abgetrennten Kopf vor sich. War das wirklich nötig? Hätte sie an Clionas Stelle das Gleiche getan?

Daphne kennt die Antwort – und sie ist nicht weniger verstörend als alles andere, was ihr durch den Kopf geht.

»Sag mir«, wendet sie sich an Cliona und verdrängt den Gedanken, »wie hast du König Bartholomew davon überzeugt, den frei gewordenen Posten mit Aurelia, seiner einstigen Geliebten und Bairres Mutter, zu besetzen?«

»Ihm blieb gar nichts anderes übrig«, antwortet Cliona. »Himmelsdeuter wachsen schließlich nicht aus der Erde, und Bartholomew kann nicht einfach abwarten, bis ein anderer Kandidat daherkommt. Übrigens ranken sich allerlei Gerüchte um Bairres Abstammung. Du bist eine von nur sechs Personen, die Bescheid wissen.«

Daphne zählt gedanklich auf die Schnelle durch: Außer ihr selbst kennen nur Cliona, Bartholomew, Bairre und Aurelia die Wahrheit, es fehlt also noch eine Person. Daphne ist sich ziemlich sicher, dass es sich dabei um Clionas Vater handelt.

»Was die Frage nach dem Warum aufwirft«, sagt Daphne.

Cliona blickt sie an, ihre Mundwinkel verziehen sich zu einem Grinsen. »Als wir das letzte Mal darüber sprachen, Prinzessin, sagtest du, du vertraust mir nicht. Also warum sollte ich jetzt dir vertrauen?«

Sie drückt die Fersen in die Flanken ihres Pferdes und prescht davon. Daphne stößt einen bessemianischen Fluch aus und wirft Clionas Rücken einen finsteren Blick zu, ehe sie ihr hinterherjagt.

Daphne beobachtet jeden Schritt von Cliona, nachdem sie abgestiegen sind und ihre Pferde einem Stallknecht übergeben haben, um durch die Straße zu schlendern und in den Geschäften zu stöbern – und, wichtiger noch, um gesehen zu werden. Daphne ist sich bewusst, dass die Stadtbewohner sie beobachten, durch ihre Fenster spähen oder auf die Straße herauskommen, um sie zu grüßen. Einige sind sogar so vorlaut, ihren Namen zu rufen und zu winken. Daphne setzt ein Dauerlächeln auf und winkt zurück.

Dabei lässt sie ihre Begleiterin keinen Moment aus den Augen. Als sie das letzte Mal hier waren, hat Cliona den Einkaufsbummel als Vorwand genutzt, um sich mit Mrs Nattermore zu treffen, der Schneiderin, die Waffen und Munition in ihrem Lagerraum aufbewahrt. Falls Cliona auch diesmal solche Hintergedanken hat, bleiben sie Daphne verborgen. Sie plaudern leichthin, während sie durch die Geschäfte flanieren – Daphne versichert jedem, der sie fragt, dass Bairre und sie wohlauf seien, sich nicht einschüchtern lassen würden und es kaum erwarten könnten, die Hochzeit so schnell wie möglich nachzuholen.

Cliona gibt ihr Geld großzügig aus und kauft smaragdgrüne Ohrringe, graue Samtstiefel und einen Hermelinumhang – aber das ist an sich nicht weiter verdächtig.

Schließlich kehren sie rechtzeitig zum Abendessen ins Schloss zurück.

Das Abendessen verläuft in gedämpfter Stimmung – kein Wunder, findet Daphne, angesichts der jüngsten Gewalttaten und der Zerstörung der Schlosskapelle. Am Tag zuvor hat sie alle Mahlzeiten im Bett eingenommen, sodass sie jetzt zum ersten Mal die Auswirkungen des Anschlags auf den Hof und die wenigen im Schloss verbliebenen Hochlandfamilien sieht. Die Stimmung ist eine ganz andere als bei ihrem Verlobungsball, bei dem das Bier in Strömen floss und die Gäste laut und ausgelassen feierten. Sie erinnert eher an ein Begräbnismahl. Die Gespräche beschränken sich auf ein leises Gemurmel und kaum jemand trinkt Alkohol.

Zu Daphnes Linken am Tisch sitzt Rufus Cadringal, zu ihrer Rechten Aurelia und direkt gegenüber Bairre, der allerdings in ein Gespräch mit Clionas Vater, Lord Panlington, vertieft ist. Daphne beobachtet die beiden und fragt sich, worüber sie sprechen.

Sie wirft einen Blick auf König Bartholomew, der an Aurelias anderer Seite am Kopfende des Tisches sitzt. Ob er wohl spürt, dass ein Dolch über seinem Kopf schwebt? Weiß er, dass die Frau, die einen Stern vom Himmel geholt hat, um ihn auf den Thron zu heben, ihm genau diesen Thron nun wieder wegnehmen will?

Und Daphne versteht immer noch nicht, warum Aurelia sich

überhaupt mit den Rebellen verbündet hat. Die Himmelsdeuterin hat ihr erklärt, der Grund sei das, was ihr von den Sternen geweissagt wurde, die einen heraufziehenden Krieg ankündigten; aber was genau diese Prophezeiungen beinhalten, hat sie für sich behalten, außer dass das Blut der Sterne und der Majestät vergossen werden soll – und diese Prophezeiung hat sich mit Sophronias Hinrichtung bereits erfüllt.

Bei dem Gedanken verkrampft sich Daphnes Magen. Sie starrt auf ihren halb leeren Teller.

»Geht es Euch gut?«, fragt Rufus Cadringal neben ihr. »Ihr seid ein bisschen grün im Gesicht ...« Er überlegt einen Moment, dann sagt er: »Ihr seid doch nicht etwa wieder vergiftet worden?«

Daphne ringt sich ein Lächeln ab, denn Rufus sieht sie mit aufrichtiger Sorge an. Sie kann es ihm nicht verübeln; schließlich war er zugegen, als sie schon einmal vergiftet wurde – und seine Schwester war diejenige, die ihr das Gift verabreicht hat. »Mir geht es gut«, versichert sie ihm. Dann beschließt sie, ihm einfach die Wahrheit zu sagen. »Ich habe nur gerade an meine Schwester Sophronia gedacht.«

Rufus' Blick wird weich. »Ich habe Euch noch gar nicht mein Beileid ausgesprochen, aber Euer Verlust tut mir sehr leid.«

Daphne hat in den letzten Tagen zahlreiche solcher Beileidsbekundungen gehört – mehr als ihr lieb waren. Höfliche, oberflächlich dahingesagte Worte, die sie mit einem höflichen, oberflächlich dahingesagten Dankeschön erwiderte.

Aber Rufus' Worte sind mehr als höfliche Floskeln. Seine ehrliche Anteilnahme bohrt sich in ihre Haut wie eine Pfeilspitze und alles in ihr sträubt sich dagegen.

»Als ich hierhergekommen bin, habe ich nicht erwartet, meine Schwestern je wiederzusehen«, antwortet sie ihm. Es ist eine Wahrheit, die er verstehen kann, auch wenn es nicht die Wahrheit ist, an die Daphne damals geglaubt hat. »Wir sind getrennte Wege gegangen, haben getrennte Leben begonnen. In gewisser Weise ist Sophronia für mich gestorben, als unsere Kutschen die Lichtung in Bessemia verließen.«

»Aber Ihr habt Euch doch Briefe geschrieben«, wendet er ein.

Daphne zuckt mit den Schultern. »Das ist nicht das Gleiche. Ich hatte mich bereits mit der Tatsache abgefunden, nie wieder ihr Lächeln zu sehen, nie wieder ihr Lachen zu hören. Ich glaube nicht ...« Sie bricht ab. »Es fühlt sich immer noch so unwirklich an. Als wäre es nicht endgültig. Vielleicht wird es das auch nie sein, jedenfalls nicht in meinem Kopf.«

Daphnes Gedanken wandern zu Beatriz, und auf einmal ist da diese Erkenntnis: Auch Beatriz könnte sterben. Sie könnte bereits tot sein. Würde Daphne überhaupt davon erfahren? Was, wenn sie keine ihrer Schwestern jemals wiedersieht?

Plötzlich erinnert sie sich an die Nacht ihres sechzehnten Geburtstags, als sie vor dem Fest in ihren Salon geflohen waren, sich eine Flasche Champagner teilten und darüber stritten, wer von ihnen als Erste die Pläne ihrer Mutter zum Ende bringen und nach Hause zurückkehren würde.

»Auf unseren Siebzehnten«, hat Sophronia gesagt und ihr Champagnerglas gehoben.

Daphne erinnert sich, wie sie gelacht hat. »Oh, Soph, hast du schon einen Schwips? Wir sind sechzehn.«

Aber Sophronia hat nur mit den Schultern gezuckt. »Das weiß ich«, sagte sie. »Aber mit sechzehn müssen wir uns verabschieden. Mit siebzehn werden wir wieder hier sein. Gemeinsam.«

Daphne hebt ihren Becher mit Ale an die Lippen, damit niemand ihren Gesichtsausdruck sieht, denn er würde ihre Gefühle verraten. Niemand würde es verwunderlich finden, sie aufgewühlt zu sehen – nicht nach allem, was in den letzten Tagen passiert ist. Aber für Daphne wäre es dennoch ein Zeichen von Schwäche, und sie will ihre Verletzlichkeit nicht zeigen, nicht, solange sie von Wölfen umgeben ist.

Konzentriere dich auf deine eigenen Belange, sagt sie sich und schiebt alle Gedanken an Sophronia beiseite. Dann wendet sie sich Aurelia zu, die sowohl ihr Essen als auch ihr Ale kaum angerührt hat. Stattdessen lässt die ältere Frau ihren Blick über die Tischrunde gleiten. Als ihre sternenberührten Augen die von Daphne treffen, zieht sie eine Augenbraue hoch.

»Einen Aster für deine Gedanken, Prinzessin Daphne«, sagt sie.

»Ich fürchte, meine Gedanken werden dich weit mehr kosten als das«, antwortet Daphne, was Aurelia mit einem Lachen quittiert.

»Wie schön, dass du auch nach all den unglücklichen Vorfällen deinen Humor nicht verloren hast«, bemerkt sie.

Daphne erwidert ihr Lächeln mit schmalen Lippen. »Wie ist es dir in den letzten Tagen am Hof ergangen?«, fragt sie. »Es scheint mir nicht der Ort zu sein, an dem du dich ohne Weiteres wie zu Hause fühlen würdest, denn wenn ich mich nicht irre, hast du in der Vergangenheit alle Anstrengungen unternommen, um ihn zu meiden.«

Aurelia zuckt mit den Schultern und nippt an ihrem Ale. Dabei fällt Daphnes Blick auf den Ring, den ihr der König verliehen hat und den sie jetzt am Daumen trägt – derselbe Ring, den Daphne an Fergals abgetrennter Hand gesehen hat.

»Ich hätte gedacht, gerade *du* würdest das verstehen. Wir müssen dorthin gehen, wohin unsere Bestimmung uns führt«, antwortet Aurelia. »Ich bin sicher, du wärst nie hierhergekommen, hättest du die Wahl gehabt.«

Daphne kann das nicht abstreiten – sie hat ihre Schwestern oft um ihr Schicksal beneidet. Cellaria mit seinem herrlichen Wetter und den wunderbaren Stränden und Temarin mit seiner mondänen Hauptstadt schienen ihr die weitaus bessere Wahl als das triste, trostlose Friv.

»Ich habe nur meine Pflicht getan«, sagt Daphne, auch wenn ihr inzwischen klar ist, dass sie mehr Glück hatte als ihre beiden Schwestern. Es mag Menschen in Friv geben, die ihren Tod wollen, aber sie stellen eine weit weniger ernste Gefahr dar als die feindlichen Kräfte in den anderen beiden Ländern.

»Ich auch«, antwortet Aurelia gleichmütig.

Aber meine Aufgabe bestand nicht darin, jemanden zu töten, denkt Daphne, obwohl sie sich inzwischen selbst nicht mehr sicher ist, ob das stimmt. Sie hat mehrere Angreifer in den Wäldern getötet, auch wenn das nur Notwehr war. Doch ihre Mutter hat sie auf das Töten vorbereitet, und wenn sie ihr morgen schreiben würde, dass sie töten soll, würde Daphne es tun.

Selbst wenn es Bairre wäre?, meldet sich eine Stimme in ihrem Kopf. *Selbst wenn es Cliona wäre?* Die Stimme klingt wie die von Sophronia.

Daphne will keine Antworten auf diese Fragen finden müssen, also schiebt sie sie beiseite. *So weit wird es nicht kommen*, sagt sie sich.

Sie blickt sich am Tisch um, aber alle sind in ihre eigenen Gespräche vertieft. Sie fängt einen flüchtigen Blick von Bairre auf, doch dann wendet er sich ab und unterhält sich weiter mit Lord Panlington.

»Sag mir«, beginnt Daphne und richtet ihre Aufmerksamkeit wieder auf Aurelia. »Haben dir die Sterne etwas Neues verkündet?«

Daphne entgeht nicht, wie Aurelia einen Mundwinkel nach unten zieht, während ihr Blick ziellos durch den Raum gleitet.

»Nein«, antwortet sie vage. »Nichts Neues.«

»Du bist keine besonders gute Lügnerin«, erwidert Daphne.

Aurelia verzieht verärgert das Gesicht. »Es ist keine Lüge. Ich habe nichts Neues gehört.«

»Aber *etwas* hast du gehört«, beharrt Daphne.

»Ich habe das Gleiche gehört wie immer, Prinzessin.« Unbeirrt hält Aurelia Daphnes forschendem Blick stand. »Das Blut der Sterne und der Majestät wird vergossen.«

Daphne dreht sich der Magen um, und obwohl sie heute Abend nur wenig gegessen hat, hat sie das Gefühl, als müsste sie sich gleich übergeben. »Das war Sophronia«, sagt sie. »Diese Prophezeiung hat sich bereits erfüllt.«

»Da scheinen die Sterne anderer Meinung zu sein.« Aurelia bemüht sich, die Worte beiläufig klingen zu lassen, aber ihre angespannten Kiefermuskeln verraten sie. Schließlich fließt auch in Bairres Adern das Blut der Sterne und der Majestät. Genau wie in jenen von Daphne. Genau wie in jenen von Beatriz, die, als Daphne zuletzt mit ihr sprach, in Cellaria unter Hausarrest stand.

Das Blut der Sterne und der Majestät wird vergossen.

Soweit Daphne weiß, gibt es nur noch drei lebende Menschen, die sowohl von königlichem Geblüt als auch sternenberührt sind. Bairre, Beatriz und Daphne. Keine dieser drei unaussprechlichen Möglichkeiten wird Realität werden, das wird Daphne nicht zulassen.

»Sollen die Sterne sagen, was sie wollen«, entgegnet sie Aurelia. »Aber in diesem Fall irren sie.«

Aurelia mustert Daphne eindringlich. »Nun ja«, sagt sie schließlich, »es gibt wohl für alles ein erstes Mal.«

Beatriz

Der Schankraum des Gasthauses, in dem die Mahlzeiten serviert werden, ist menschenleer, bis auf Beatriz und Pasquale – wofür Beatriz nur dankbar ist. Sie und Nigellus haben seit ihrer Ankunft kein Wort mehr miteinander gewechselt, und sie ist sich nicht sicher, welche Rolle sie eigentlich spielen soll. Die der ins Exil verbannten Prinzessin? Die der angehenden Himmelsdeuterin? Überhaupt keine? In Pasquales Gesellschaft muss sie sich zumindest nicht verstellen.

»Ich freue mich schon fast darauf, deine Mutter kennenzulernen«, verkündet Pasquale und beißt in seinen gebutterten Toast. Ihr entsetzter Blick scheint ihm nicht entgangen zu sein, denn er schnaubt kurz, kaut dann schweigend weiter und schluckt den Bissen hinunter. »Versteh mich nicht falsch – mir graut davor, aber nach allem, was ich von ihr gehört habe, wird es eine interessante Erfahrung sein, sie persönlich kennenzulernen.«

Beatriz lacht und nimmt einen großen Schluck von ihrem Kaffee. »Interessant – so kann man es auch nennen. Nun ja, sie wird dich nicht auf der Stelle ermorden lassen, denn sie braucht dich noch, um Cellaria einzunehmen. Ich bezweifle allerdings, dass du dich im Palast besonders willkommen fühlen wirst.«

Pasquale schüttelt den Kopf. »Da hast du vermutlich recht.

Andererseits ist es nicht so, als hätte ich mich im cellarischen Palast je besonders willkommen gefühlt. Ich hatte dort nur dich und Ambrose und ...« Er bricht ab, und Beatriz weiß, dass er eigentlich noch Nicolo und Gisella nennen wollte. Pasquales Cousin und Cousine waren fast seine einzigen Verbündeten am Hof, bis sie sich gegen ihn wandten.

»Tja, du hast immer noch mich«, sagt sie betont munter und trinkt ihren Kaffee aus. Die Wirtin hat an diesem Morgen wenig Zeit, weil sie sich um ihre zahlreichen Aufgaben kümmern muss, aber sie hat eine Glocke auf den Tisch gestellt, falls Beatriz und Pasquale etwas brauchen sollten.

»Und du mich«, erwidert Pasquale mit einem schiefen Lächeln. »Was genau ist denn nun der Plan? Es kommt mir so vor, als würden wir schnurstracks in die Höhle der Löwin marschieren.«

»Da hast du nicht ganz unrecht«, gibt Beatriz seufzend zu. »Aber ich muss wissen, was sie vorhat, und selbst Nigellus scheint nicht genau Bescheid zu wissen. Nicht nur ich bin in Gefahr, sondern auch Daphne, auch wenn sie selbst das nicht glauben will ...« Beatriz bricht unvermittelt ab, als Pasquales Blick unwillkürlich über ihre Schulter hinweggleitet. Seine Augen werden groß, seine Kinnlade klappt herunter. Er sieht aus, als sähe er einen Geist.

Beatriz dreht sich rasch um – und im selben Moment bleibt ihr die Luft weg. In der Tür steht Ambrose, mit einem Putzlappen in der einen und einer Kanne Kaffee in der anderen Hand – das Haar zerzaust, das Gesicht unrasiert, aber ansonsten quicklebendig und ... hier?

Noch ehe Beatriz reagieren kann, ist Pasquale bereits aufgesprungen und zu Ambrose geeilt. Sie fallen sich in die Arme und halten sich gegenseitig fest, aber Beatriz hat trotzdem das Gefühl, einen intimen Moment zu stören, daher lässt sie den Blick durch den Raum schweifen, bis die beiden sich wieder voneinander lösen. Ambrose räuspert sich, seine Wangen sind rot angelaufen.

»Prinzessin Beatriz«, begrüßt er sie und verbeugt sich tief.

Beatriz wendet sich ihm zu und lächelt. »Ich habe dich doch gebeten, mich Triz zu nennen, Ambrose«, sagt sie tadelnd. Dann steht sie auf und umarmt ihn ebenfalls. »Es ist so schön, dich wiederzusehen – aber wo ist Lord Savelle?«

»Auf dem Weg zu den Silvan-Inseln«, erklärt Ambrose. »Als ich ihn das letzte Mal gesehen habe, war er wohlauf, und ich habe allen Grund zu der Annahme, dass das auch so bleiben wird. Temarin ist gefallen ...«

»Ich weiß.« Allein der Gedanke an Sophronia lässt Beatriz zusammenfahren.

»Aber König Leopold ist hier«, fügt Ambrose hinzu und senkt die Stimme, obwohl sie die Einzigen im Raum sind. »Wir sind uns auf dem Weg hierher begegnet und ...«

»Leopold?«, rufen Beatriz und Pasquale gleichzeitig.

»Wo ist er?«, fragt Beatriz.

»In den Ställen«, antwortet Ambrose und runzelt die Stirn. »Aber ...«

Beatriz wartet den Rest des Satzes gar nicht erst ab, sondern eilt sofort zur Tür hinaus und den Flur entlang. Die beißend kalte Luft prickelt auf ihrer Haut, als sie aus dem Gasthaus tritt, aber sie achtet nicht darauf. König Leopold ist hier – er wird genau wissen, was mit ihrer Schwester geschehen ist. Und wenn er am Leben ist, dann besteht vielleicht auch die winzige Möglichkeit, dass ...

Beatriz lässt ihren Gedanken freien Lauf, während sie sich den Ställen nähert. Mit einer Harke in der Hand lehnt König Leopold draußen vor der Tür. Er sieht so anders aus als auf dem neuesten Porträt, das sie von ihm gesehen hat – älter, ja, aber auch irgendwie rauer, außerdem hat er dringend ein Bad und einen Haarschnitt nötig. Aber das ist es nicht, was Beatriz abrupt innehalten lässt.

Leopold ist in ein Gespräch mit einer jungen Frau vertieft, die mit dem Rücken zu Beatriz steht – ein Mädchen mit den blonden Haaren von Sophronia. Sie ist nicht nur so groß wie ihre Schwester, sie hat auch die gleiche Figur, die gleichen Kurven. Zum ersten Mal, seit sie glaubte, den Tod ihrer Schwester aus der Ferne miterlebt zu haben, keimt ein Funken Hoffnung in Beatriz auf.

»Sophie!«, ruft sie und verfällt in einen Laufschritt. Ihre Schwester lebt und sie ist hier! Beatriz streckt die Hände aus, um Sophronia fest in die Arme zu schließen und vielleicht nie wieder loszulassen und …

Das Mädchen dreht sich zu ihr um. Beatriz bleibt abrupt stehen, lässt die Arme an den Seiten herabsinken, ihr Herz schlägt bis zum Hals. Es ist nicht Sophronia. Eine Ähnlichkeit ist zweifellos vorhanden, aber sie ist es nicht. Beatriz schluckt.

»Es … Es tut mir leid«, bringt sie hervor. »Ich dachte, du bist …«

Vage nimmt sie wahr, wie Pasquale und Ambrose sie einholen, während sie in den Blicken von Leopold und seiner Begleiterin sieht, wie die beiden eins und eins zusammenzählen.

»Prinzessin Beatriz«, sagt die junge Frau mit bessemianischem Akzent. Sie wirkt genauso überrascht über die Begegnung wie Beatriz es war, bevor sie ihren Irrtum erkannte.

»Wer bist du?«, fragt Beatriz sie und bemüht sich, ihrer Stimme den festen Klang eiserner Beherrschung zu verleihen. Sie strafft die Schultern, um die Verletzlichkeit zu verbergen, die sie gerade gezeigt hat.

»Das ist Violie«, erklärt Ambrose ihr. »Und, na ja … ich nehme an, du kennst Leopold oder weißt zumindest, wer er ist.«

Beatriz hört die Worte kaum, spürt kaum, wie Pasquale rasch

an ihr vorbeigeht, um seinen Cousin mit einer Umarmung und einem Händedruck zu begrüßen. Ihr Blick bleibt auf Violie gerichtet, die sich von Sekunde zu Sekunde unwohler zu fühlen scheint.

»Ich habe dich schon einmal gesehen«, stellt Beatriz fest. »Du kommst aus Bessemia?«

Violie blickt noch unbehaglicher drein, nickt aber.

Erinnerungsfetzen fügen sich wie Teile eines Puzzles ineinander – es ist tatsächlich nicht das erste Mal, dass Beatriz die erstaunliche Ähnlichkeit dieses Mädchens mit Sophronia auffällt.

»Du warst im Bordell«, sagt sie, halb zu sich selbst und halb zu Violie. »Gleich außerhalb des Palastes – im Scharlachroten Blütenblatt.«

»Im Karmesinroten Blütenblatt«, korrigiert Violie leise. »Ja. Meine Mutter war ... ist ... eine der Kurtisanen.«

Im Rahmen ihrer Ausbildung hat Beatriz mehreren Bordellen einen Besuch abgestattet, um zu lernen, wie man flirtet und verführt, aber obwohl sie nur einmal im Karmesinroten Blütenblatt gewesen ist, hat sie dieses Ereignis noch gut in Erinnerung, weil ihre Mutter sie bei dieser Gelegenheit begleitete. Sie beaufsichtigte die Unterrichtsstunde jedoch nicht, und Beatriz erfuhr nie, warum sie mitgekommen war und warum sie sich gerade dieses Bordell ausgesucht hatte.

Aber es kann kein Zufall sein – weder der Besuch damals noch Violies Wiederauftauchen jetzt. Ebenso wenig wie die Tatsache, dass Violie ihrer Schwester so verblüffend ähnlich sieht.

»Eure Mutter hat mich angeheuert«, platzt Violie heraus, bevor Beatriz die Worte selbst aussprechen kann. »Ich wurde im temarinischen Palast eingesetzt, um Sophronia auszuspionieren.«

Beatriz denkt an den letzten Brief ihrer Schwester, in dem Sophronia angekündigt hat, sich gegen ihre Mutter auflehnen zu wollen. Aber natürlich war ihre Mutter ihr längst einen Schritt voraus gewesen und hatte eine gefälschte Kriegserklärung nach Cellaria gesandt. Irgendjemand in Temarin muss dieses Dokument in ihrem Auftrag gefälscht und verschickt haben.

Beatriz macht einen Schritt auf Violie zu, dann noch einen. Dann ballt sie ihre Hand zur Faust und versetzt Violie mit aller Wucht einen Schlag ins Gesicht.

Violie

Prinzessin Beatriz weiß, wie man zuschlägt. Violie stolpert einen Schritt zurück, vor ihren Augen tanzen Sterne, ihr Kopf scheint explodieren zu wollen. Leopold streckt die Arme aus, will Violie stützen, aber sie weicht ihm aus, fasst sich an die Nase und zuckt im selben Moment zusammen, weil der Schmerz bei der geringsten Berührung ins Unerträgliche anschwillt.

»Ich glaube, Ihr habt mir die Nase gebrochen«, murmelt sie benommen.

»Und ich glaube, du hast meine Schwester umgebracht«, erwidert Beatriz. Der andere junge Mann hat seine Arme um ihre Schultern gelegt, und Violie hat den Eindruck, dass er der Einzige ist, der Beatriz davon abhalten kann, erneut zuzuschlagen. Prinz Pasquale, vermutet sie.

»Das hat sie nicht«, wirft Leopold ein.

Violie spuckt aus und sieht, dass mehr Blut als Speichel kommt. Der Geschmack von Kupfer füllt ihren Mund. Sie starrt Beatriz an. »Ich war es nicht«, erklärt sie. »Aber ich bin der Grund, warum sie tot ist.«

Beatriz schluckt, die Worte treffen sie, als hätte Violie ihr einen Schlag in die Magengrube versetzt. Sie wehrt sich gegen Prinz Pasquales festen Griff.

»Würdet Ihr Euch besser fühlen, wenn Ihr mich noch einmal schlagt?«, fragt Violie sie und tritt einen Schritt näher, auch wenn jede Faser ihres Körpers dagegen protestiert.

»Vermutlich nicht«, stößt Beatriz hervor. »Aber ich würde es gerne drauf ankommen lassen.«

Beatriz schafft es, Pasquale von sich zu stoßen und will sich wieder auf Violie stürzen, die jedoch keinen Schritt zurückweicht.

»Nur zu.« Violie spannt die Muskeln an. Vielleicht fühlt sich Beatriz dann besser – und vielleicht fühlt sie selbst sich dann auch ein bisschen besser, vielleicht nimmt es ihr zumindest ein kleines bisschen von den Schuldgefühlen, in denen sie zu ertrinken droht, seit das Fallbeil Sophronias Kopf von ihrem Körper trennte.

Violie schließt die Augen und wartet, doch der Schlag kommt nicht. Leopold hat sich zwischen die beiden gestellt und schiebt Beatriz sanft, aber bestimmt zurück.

»Schluss damit«, sagt er zu ihr. »Wenn du schon Gerechtigkeit üben willst, dann lass auch etwas für mich übrig.«

»Keine Sorge, das werde ich«, zischt Beatriz. »Ich habe gehört, dass du ein Idiot und ein Feigling bist, aber wie kannst du jetzt hier stehen, und sie ist …«

Beatriz bricht ab, presst eine zitternde Hand vor ihren Mund, als könne sie das Wort darin versiegeln, es einfach verschweigen, damit es nicht wahr wird.

Tot.

»Weil Sophronia wollte, dass er überlebt«, sagt Violie leise. »Und sie hat mir aufgetragen, genau dafür zu sorgen.«

Beatriz schluckt, und Violie sieht, wie die Kampfeslust aus ihrem Körper weicht – jedenfalls fast. Was bleibt, ist das Funkeln in ihren Augen, als sie zwischen Violie und Leopold hin und her schaut. Silberne Augen, stellt Violie fest, genau wie die von

Sophronia. Genau wie ihre eigenen, jetzt, da die Augentropfen, die sie in Temarin verwendet hat, ihre Wirkung verloren haben. Leopold hat die Veränderung nicht bemerkt, allerdings schaut er sie auch nur selten an.

»Was tust du hier?«, fragt Beatriz schneidend.

Violie zuckt mit den Schultern und versucht, nicht allzu sehr auf ihre Nase zu achten, die eindeutig gebrochen ist. »Eigentlich bin ich gekommen, um Euch zu retten.«

Beatriz schnaubt. »Wie du siehst, brauche ich deine Dienste nicht.«

Violie ist nicht restlos überzeugt. »Ihr seid mit Nigellus unterwegs, nicht wahr?«, fragt sie.

Beatriz wirft Pasquale einen Blick zu, in dem ein Anflug von Unsicherheit aufblitzt, ehe sie ihre Fassung zurückgewinnt. »Ja«, sagt sie und hebt ihr Kinn.

In Sophronia hat Violie nie auch nur einen Hauch von Kaiserin Margaraux wiedererkannt. Sie war in jeder Hinsicht das Gegenteil ihrer Mutter, im Guten wie im Schlechten. Nicht so Beatriz – unter ihrem stechenden Blick fühlt Violie sich in die Vergangenheit zurückversetzt, zu dem Moment, als sie vor die Kaiserin trat und sich ganz klein fühlte. Aber Sophronia hat ihre Schwestern geliebt, und Violie darf nicht zulassen, dass Beatriz und Daphne das gleiche Schicksal erleiden wie sie.

»Ihr solltet ihm nicht trauen«, warnt sie. »Oder Eurer Mutter.«

Beatriz lacht, aber der Klang ihrer Stimme ist schneidend wie eine gezückte Klinge. »Ich kann dir versichern, dass ich meiner Mutter noch nie im Leben vertraut habe«, erwidert sie. »Und ich habe nicht die Absicht, jetzt damit anzufangen.« Sie mustert Violie einen Moment lang. »Du weißt, dass sie für Sophronias Tod verantwortlich ist«, sagt sie dann.

Leopold, der neben Violie steht, nickt. »Sophronia wusste es auch«, fügt er hinzu. »Bevor sie … bevor wir uns trennten, erzählte ihr einer der Rebellen, dass er im Dienst der Kaiserin steht, dass sie alles von langer Hand geplant hat, weit vor unserer Hochzeit. Alles, auch Sophronias Hinrichtung.«

Beatriz sieht aus, als würde ihr schlecht werden, aber dann nickt sie. »Nigellus hat mir dasselbe gesagt: Wären ihre Intrigen in Cellaria erfolgreich gewesen, wäre ich jetzt ebenfalls tot.«

»Nigellus hat Euch das gesagt?« Violie runzelt die Stirn. »Warum sollte er das tun? Er macht gemeinsame Sache mit ihr.«

»Mit euch, meinst du wohl«, korrigiert Beatriz sie, und in ihrer Stimme liegt jetzt keine Wut mehr, sondern nur noch eisige Kälte. Violie war die Wut lieber. »Darauf habe ich noch keine Antwort, aber ich werde sie finden.«

»Ihr könnt ihm nicht trauen«, beharrt Violie.

Beatriz sieht Pasquale an, die beiden verständigen sich ohne Worte. Sie stehen sich nahe, so viel ist Violie klar, aber da ist nichts Romantisches zwischen ihnen, nicht wie zwischen Sophronia und Leopold. Falls Violie sich nicht irrt – und das tut sie selten –, gehört Pasquales Herz Ambrose.

»Im Moment bin ich auf ihn angewiesen«, sagt Beatriz, und Violie merkt, dass sie ihre Worte sehr sorgfältig wählt. »Aber das ist nicht das Gleiche wie Vertrauen.« Sie hält kurz inne. »Wie du siehst, müssen wir nicht gerettet werden«, fügt sie hinzu und blickt Pasquale an, bevor sie sich wieder Violie und Leopold zuwendet. »Und was habt ihr jetzt vor?«

Violie zuckt mit den Schultern und blickt zu Leopold, der ebenso ratlos wirkt wie sie.

»Wir gehen nach Friv«, erklärt er schließlich. »Ich bezweifle, dass ich irgendwo anders in Sicherheit sein werde.«

»Nein, das wirst du nicht«, stimmt Beatriz ihm zu. »Meine Mutter trachtet nach deinem Leben und Nicolos Macht auf dem cellarischen Thron steht auf sehr wackligen Füßen. Wenn er seinen Einfluss durch deine Hinrichtung festigen kann, wird er nicht lange zögern. Ich weiß allerdings nicht, ob du bei Daphne wirklich in Sicherheit sein wirst. Sie ist ein Geschöpf meiner Mutter, durch und durch.«

Die Bitterkeit in ihren Worten ist nicht zu überhören, aber bevor Violie fragen kann, was sie damit meint, wendet sich Beatriz direkt an sie.

»Und was wirst du tun? König Leopold nach Friv begleiten?«

Violie lächelt angestrengt. »Scheint so, als hätte ich keine andere Wahl«, antwortet sie. »Ich habe Sophie ein Versprechen gegeben und ich werde es halten.« Sie zögert, denn eine Frage drängt sich ihr auf, auch wenn sie kein Recht hat, sie zu stellen. »Ich gehe davon aus, dass ich auf der Liste derer, denen Ihr einen Gefallen erweisen würdet, an unterster Stelle stehe«, beginnt sie vorsichtig.

Beatriz zieht die Augenbrauen hoch. »Wie kommst du auf die kühne Idee, du würdest überhaupt auf einer solchen Liste stehen?«, fragt sie kühl.

Violie übergeht ihre harschen Worte. »Ich habe mich in den Dienst der Kaiserin gestellt, weil sie versprochen hat, meine Mutter zu heilen. Sie leidet unter Vexis. Nigellus konnte ihre Krankheit mit Sternenmagie lindern, aber Eure Mutter hat mir klargemacht, dass sie, wenn ich mich ihr widersetze …« Sie bricht ab, aber Beatriz versteht auch so, was sie meint. »Ihr Name ist Avalise Blanchette. Soweit ich weiß, ist sie immer noch im Karmesinroten Blütenblatt.«

»Wie ich meine Mutter kenne, stehe ich ständig unter Beobachtung«, gibt Beatriz zu bedenken, die trotz allem einen Anflug von Mitleid mit Violie zu empfinden scheint. »Sie darf nicht erfahren, dass sich unsere Wege gekreuzt haben.«

»Ich stehe nicht unter Beobachtung«, mischt Ambrose sich ein und sieht Violie mit einem aufmunternden Nicken an. »Ich werde deine Mutter aufsuchen, sobald es mir möglich ist. Soll ich ihr etwas von dir ausrichten?«

Falls sie überhaupt noch am Leben ist, schießt es Violie unwillkürlich durch den Kopf. Ihr Magen zieht sich zusammen, wenn sie an die Frau denkt, die sie großgezogen hat, die ihr jeden Abend das Haar geflochten hat, die ihr beigebracht hat, wie man singt, tanzt und lügt. Sie kann sich eine Welt ohne ihre Mutter nicht vorstellen, und sie mag sich gar nicht ausmalen, wie es wäre, wenn ihre Mutter allein und verlassen sterben müsste. Allein der Gedanke daran treibt sie fast in den Wahnsinn. Violie räuspert sich. »Nur … dass ich sie liebe. Und dass wir uns bald wiedersehen werden.«

Beatriz

Nigellus wirkt nicht gerade erfreut, als Beatriz ihm später beim Abendessen mitteilt, dass Ambrose sich am nächsten Morgen ihrer Reise anschließen wird, aber er ist auch nicht sonderlich verärgert. Er nimmt die Geschichte von Ambroses zufälligem Auftauchen im Gasthaus zur Kenntnis, ob er sie allerdings glaubt, kann Beatriz nicht sagen. Sein Blick wandert von Beatriz zu Pasquale, dann zu Ambrose und schließlich wieder zu Beatriz.

»Gehe ich recht in der Annahme, dass es zwecklos ist, Euch diese Idee ausreden zu wollen?«, fragt er mit ruhiger Stimme.

»Ja«, antwortet Beatriz. »Ich brauche außerdem eine weitere Phiole Sternenstaub und fünfzig Aster.«

Nigellus verzieht den Mund angesichts dieser unerwarteten Forderung.

»Wofür?«, fragt er.

Beatriz lächelt nur. »Um Schulden zu begleichen, stimmt's, Ambrose?«, sagt sie und sieht Ambrose dabei an.

Einen Moment lang wirkt Ambrose leicht verwirrt, dann nickt er. »Ja, das stimmt. Ich habe Schulden bei Mera ... äh ... der Wirtin.«

»Fünfzig Aster sind eine Menge Geld.« Nigellus' Blick verrät nicht, was er tatsächlich denkt. »Ganz zu schweigen von dem

Sternenstaub – seit wann bist du schon in diesem Gasthaus, Ambrose?«

»Er spielt«, platzt Pasquale heraus. »Ein zwanghafter Glücksspieler. Ich habe versucht, ihn davon abzubringen, aber seit sich unsere Wege getrennt haben, ist er offenbar wieder in Schwierigkeiten geraten.« Er stößt einen theatralischen Seufzer aus, und Beatriz muss insgeheim zugeben, dass er zwar kein besonders guter, aber auch kein schlechter Lügner ist. Jedenfalls nicht so schlecht wie früher. Der Gedanke macht sie traurig, auch wenn sie für den Moment erleichtert ist, dass er so rasch eine passende Ausrede aus dem Ärmel schüttelt.

»Das dürfte ja wohl kein großes Problem sein.« Beatriz lächelt Nigellus an. »Ich bin sicher, Ihr verfügt über diese Mittel und noch viel mehr, selbst wenn meine Mutter Euch diese Reise nicht finanzieren sollte.«

Nigellus sieht sie aus zusammengekniffenen Augen an und schüttelt den Kopf. »Nun gut, ich werde seine Schulden bei der Wirtin begleichen, bevor wir morgen abreisen.«

»Das ist nicht nötig«, erklärt Beatriz. Sie senkt die Stimme, obwohl sie die Einzigen im Gastraum sind. »Offenbar dürfte die Wirtin gar nicht spielen. Ihr heimliches Laster ist ihr furchtbar peinlich. Sie bat mich, ihr das Geld heute Abend unter vier Augen zu bringen, wenn ihr Mann und ihre Kinder nicht dabei sind.«

Nigellus sieht sie lange an, und jetzt hat sie keinen Zweifel mehr daran, dass er ihre Lüge durchschaut – es ist ja auch keine sehr gute Lüge, aber unter den gegebenen Umständen das Beste, was sie auf die Schnelle parat hatte. Letztendlich ist es egal, ob er ihr glaubt, solange er ihr das Geld und den Sternenstaub gibt – und sie weiß, dass ihm derzeit sehr daran gelegen ist, sie auf seiner Seite zu wissen.

Nach einer gefühlten Ewigkeit greift er in die Innentasche seines Umhangs und holt einen mit einer Samtkordel verschlossenen Beutel heraus. Beatriz sieht zu, wie er fünf Zehn-Aster-Münzen abzählt.

»Und der Sternenstaub?«, fragt sie. »Ihr habt noch mehr dabei, oder?«

Im Grunde genommen braucht sie den Sternenstaub nicht unbedingt – wären da nicht die leichten Gewissensbisse wegen Violies gebrochener Nase.

Nigellus stößt einen gequälten Seufzer aus, bevor er in eine andere Tasche greift und ein kleines Glasfläschchen mit leuchtendem Silberstaub hervorholt. Er schiebt die Münzen und das Fläschchen zu Beatriz hinüber. Als sie danach greift, legt er seine andere Hand auf die ihre und hält sie fest.

»Betrachtet es als Leihgabe, Prinzessin.«

Beatriz zuckt nicht zusammen, zieht ihre Hand nicht zurück. »All das ist eine Leihgabe, Nigellus«, sagt sie. »Dass Ihr mich gerettet habt, dass Ihr Pasquale gerettet habt, dass wir nach Bessemia zurückgekehrt sind, dass Ihr mich ausbilden wollt. Alles ist eine Leihgabe. Das wissen wir beide. Rechnet es zu meinen Schulden hinzu.«

Nigellus antwortet nicht, aber er löst seinen Griff und lässt Beatriz die Münzen und den Sternenstaub einsammeln. Sie lässt beides in der Tasche ihres Kleides verschwinden und lehnt sich zurück.

»Wenn Ihr mich jetzt entschuldigen würdet, ich fühle mich nicht wohl und würde gerne noch etwas Schlaf bekommen, ehe wir unsere Reise nach Norden fortsetzen.«

Bevor sie den Tisch verlässt, wirft sie einen Blick zu Ambrose und Pasquale, die ihr beide fast unmerklich zunicken – sie wissen, was sie zu tun haben: Nigellus mit allen Mitteln für die nächsten zwanzig Minuten am Tisch halten.

Auf Beatriz' Klopfen hin öffnet Violie die Tür. Ein kurzer Blick in den kleinen Raum bestätigt, dass sie allein ist.

»Wo ist Leopold?«, fragt Beatriz und drängt sich an Violie vorbei ins Zimmer, ohne auf eine Aufforderung zu warten.

»Er hilft beim Abwasch.« Violie zieht die Tür ins Schloss und schließt sie in der erdrückenden Stille ein, die sich zwischen ihnen ausbreitet. Ihre Nase ist schwarz-blau angelaufen, aber falls sie Schmerzen hat, lässt sie sich nichts anmerken. Beatriz ahnt, dass eine gebrochene Nase nicht das Schlimmste ist, was dieses Mädchen durchgemacht hat. »Es ist immer noch ein Risiko«, fährt sie fort. »Nigellus hat mich persönlich kennengelernt, Leopold hingegen kennt er nur von Porträts. Wir hielten es für das Beste, dass ich im Verborgenen bleibe.«

»Ich bin sicher, deine Nase würde einige Fragen aufwerfen«, bemerkt Beatriz sanft.

Violies Augen werden schmal. »Seid Ihr gekommen, um Euch über meinen Anblick zu amüsieren?« Vorsichtig berührt sie ihre Nase, zuckt aber sofort zusammen. »Es war ein ordentlicher Haken, so viel muss man Euch lassen.«

»Du hast ihn verdient«, erwidert Beatriz. Dann greift sie in die Tasche ihres Kleides und holt das Fläschchen mit Sternenstaub und die Münzen hervor. »Für deine Reise nach Norden.« Sie drückt Violie die Münzen in die Hand. »Du kannst im Hafen von Avelene eine Überfahrt nach Friv buchen.«

Leopold hätte das Geld aus Stolz abgelehnt, vermutet Beatriz. Violie hingegen schnappt sich die Münzen. »Danke.« Ihr Blick ist auf das Fläschchen mit Sternenstaub geheftet, sie macht jedoch keine Anstalten, danach zu greifen.

»Wie gesagt, deine Nase wird Fragen aufwerfen und unerwünschte Aufmerksamkeit auf sich ziehen«, fährt Beatriz fort. »Hast du schon einmal Sternenstaub benutzt?«

Violie schüttelt den Kopf und Beatriz seufzt. »Es ist wichtig, dass man die richtigen Worte wählt«, erklärt sie, »sonst funktioniert es nicht. Ich werde dir helfen.«

Violie starrt Beatriz an, die Furchen auf ihrer Stirn vertiefen sich. »Warum?«, fragt sie.

Es widerstrebt Beatriz, sich erklären zu müssen. »Du hast versucht, sie zu retten«, sagt sie nach einem Moment. Es ist keine Frage, aber Violie antwortet trotzdem.

»Ja.« Ihre Stimme klingt rau. »Sie wollte nicht gerettet werden, nicht, wenn das bedeutete, dass Leopold sterben würde.«

Beatriz kaut so stark auf ihrer Unterlippe, dass sie fast blutet. »Sie war schon bis über beide Ohren in ihn verliebt, noch ehe sie sich kennengelernt haben«, bemerkt sie, dann lacht sie laut auf. »Aber das weißt du ja sicher. Das ist einer der Gründe, warum meine Mutter dich nach Temarin geschickt hat.«

Violie streitet es nicht ab.

»Ich habe gehört, dass er ein Idiot ist«, fährt Beatriz fort. »Er hat Temarin in den Ruin getrieben.«

»Das hat er«, stimmt Violie zögernd zu. »Aber es ist etwas komplizierter. Seine Mutter war …«

»Ja, ich weiß«, unterbricht Beatriz sie. »Sophie hat mir alles erzählt: wie Eugenia Leopold benutzt hat, um das Land zugrunde zu richten. Sophie dachte, Eugenia würde mit König Cesare gemeinsame Sache machen, doch in Wahrheit steckte sie mit Pas' Cousin und Cousine unter einer Decke. Trotzdem ist Leopold nicht ganz unschuldig, oder?«

Violie denkt einen Moment lang über die Frage nach. »Nein«, gibt sie zu. »Aber ich glaube, er hat Sophie genauso sehr geliebt wie sie ihn.« Sie hält kurz inne. »Als er allein in der Höhle ankam, in der wir uns treffen sollten, schrie er laut ihren Namen. Obwohl es gefährlich war, bestand er darauf, dass wir nach Kavelle zurückkehren, entschlossen, sie zu retten. Wir kamen an und sahen gerade noch die Klinge herabsausen.«

Beatriz schließt die Augen, das Atmen fällt ihr plötzlich schwer. »Du hast es also gesehen«, sagt sie leise.

»Ja«, bestätigt Violie.

Beatriz muss sich zwingen, die Augen nicht zu schließen und stattdessen Violie anzusehen. Sie will die nächste Frage nicht stellen, aber sie muss die Antwort hören. »Ich kann noch nicht glauben, dass sie wirklich tot ist. Ich denke immer wieder, dass es vielleicht ein Trick war, dass sie entkommen ist, dass sie die Falsche hingerichtet haben, weil sie dachten, es sei Sophie. Es ist unlogisch, ich weiß, aber ich habe es nicht mit eigenen Augen gesehen, also kann ich nicht anders als zu denken, dass sie vielleicht …« Sie hält inne. »Du hast es also mitangesehen. Ist sie wirklich tot? Oder gibt es die Chance auf ein Wunder, das darauf wartet, enthüllt zu werden?«

»Nein«, flüstert Violie schaudernd. »Nein, sie ist … ich habe sie sterben sehen. Daran gibt es keinen Zweifel.«

Beatriz presst die Lippen fest aufeinander und nickt. Sie wird nicht weinen, nicht hier vor dieser Fremden, die, wie sie sogar selbst zugibt, mitverantwortlich für Sophronias Tod ist.

Nach einem Moment findet Beatriz ihre Sprache wieder. »Meine Mutter hat immer gesagt, Sophie sei die Schwächste von uns, aber in Wahrheit war sie die Beste«, sagt sie leise. »Ich werde nicht eher ruhen, bis meine Mutter für das bezahlt, was sie getan hat.«

Violie nickt langsam. »Ich stehe auf Eurer Seite. Und Leopold ebenso. Wenn wir erst in Friv sind und mit Daphne sprechen …«

Beatriz unterbricht sie mit einem kalten, harten Lachen. »Ich habe Daphne schon um Hilfe gebeten. So wie vor mir bereits Sophie. Aber Daphne ist ein rücksichtsloses Biest und ihre Loyalität gilt einzig und allein unserer Mutter. Suche Schutz bei ihr, sie ist die einzige Hoffnung, die du noch hast, aber bei allen Sternen, du kannst ihr nicht trauen.« Sie dreht das Fläschchen mit dem Sternenstaub in den Händen und wägt ihre nächsten Worte sorgfältig ab. »Meine Mutter hat dich aus einem bestimmten Grund rekrutiert. Offensichtlich bist du gut darin, nicht aufzufallen und unbemerkt Informationen zu sammeln. Kennst du dich mit Codes aus?«

Violie nickt. »Ich hatte den gleichen Unterricht wie Ihr, wenn auch in verkürzter Form.«

»Gut.« Beatriz schürzt die Lippen, während sie das Fläschchen entkorkt. Ohne Vorwarnung kippt sie sich etwas von dem schwarzen Staub über den Handrücken. »Ich wünschte, Violies Nase wäre nicht gebrochen ... Versuch, nicht zu schreien.«

»Was ...«, beginnt Violie, bevor sie mit einem scharfen Keuchen abbricht, sich mit beiden Händen an die Nase fasst und dabei eine Reihe von Flüchen auf Bessemianisch und Temarinisch ausstößt. Beatriz wartet schweigend darauf, dass sie ihre Fassung wiedergewinnt. Schließlich verstummt Violie und lässt ihre Hände fallen. Ihre Nase ist zwar immer noch dunkelrot gesprenkelt, aber zumindest ist sie wieder gerade.

»Morgen wird deine Nase wieder ganz heil sein«, verspricht Beatriz. »Ab sofort arbeitest du für mich. Ich möchte, dass du meine Schwester im Auge behältst. Ich will wissen, was sie tut. Wenn du Briefe zwischen ihr und meiner Mutter abfangen kannst, umso besser.« Beatriz schluckt und denkt an die Daphne, die sie ihr ganzes Leben lang gekannt hat, deren Art sie manchmal fast in den Wahnsinn getrieben hat, die sie aber trotzdem immer geliebt hat. Von der sie immer geglaubt hat, dass sie bis zum Ende auf ihrer Seite stehen würde, die jedoch keinen Finger gerührt hat, um zu verhindern, dass Sophronia hingerichtet wurde.

»Aber wenn die Zeit gekommen ist und sie sich als Bedrohung erweist, wirst du sie aufhalten. Wenn es sein muss, mit allen Mitteln«, fügt sie mit kalter Stimme hinzu.

Violies Augen weiten sich ganz leicht. »Ihr wollt, dass ich sie töte? Sie ist Eure Schwester!«

»Das ist sie«, bestätigt Beatriz. »Und ich liebe sie, aber ich traue ihr nicht, und ich werde nicht den Fehler machen, sie zu unterschätzen.« Jetzt steht nicht nur Beatriz' eigenes Leben auf dem Spiel, sondern auch das von Pasquale und Leopold, das von Ambrose und Violie und noch so vielen anderen. »Meine Mutter hat uns zu mörderischen Waffen geschliffen, das weißt du besser als die meisten. Ich werde nicht zulassen, dass sie Daphne benutzt, um jemandem zu schaden, der mir etwas bedeutet.«

Daphne

Daphne schießt einen weiteren Pfeil ab und sieht mit wachsender Frustration zu, wie er auf dem Rand der Zielscheibe landet. Ein sehr unprinzessinnenhafter Fluch will ihr über die Lippen kommen, doch sie schafft es, ihn zu unterdrücken. Immerhin hat sie Zuschauer. Sie blickt hinter sich, wo sechs Soldaten warten – drei, die sie beobachten, drei, die mit dem Rücken zu ihr stehen und den Waldrand auf Anzeichen einer Bedrohung absuchen.

Sie versteht, warum sie da sind – im Grunde genommen ist sie sogar dankbar für ihre Anwesenheit, insbesondere angesichts der letzten Anschläge auf ihr Leben –, aber sie weiß, dass diese wachsamen Augen zum großen Teil daran schuld sind, warum sie heute so schlecht schießt. Im Gegensatz zu Beatriz blüht Daphne nicht auf, wenn sie ein Publikum hat.

Als Daphne den Bogen erneut anhebt, zwingt sie sich, tief und ruhig zu atmen und die Wachen völlig auszublenden. Sie sind nicht da. Es gibt nur sie selbst, den Bogen in ihrer Hand und das Ziel vor ihren Augen. Nichts anderes existiert. Nichts.

Gerade als sie den Pfeil abschießt, schreit eine der Wachen auf und der Schuss geht daneben.

»Bei den Sternen im Himmel«, blafft Daphne und dreht sich

um, doch ihre Verärgerung verfliegt, als sie eine Gestalt auf sich zureiten sieht. Es ist Bairre und er wirkt aufgeregt.

Einen Moment lang denkt Daphne, dass er sich ihr anschließen will. Es ist Wochen her, dass sie zusammen geübt haben. Sie vermisst seine Gesellschaft, und bisher hat es ihr nie etwas ausgemacht, wenn er ihr beim Schießen zugesehen hat. Doch als er sein Pferd nun neben ihr und den Wachen zum Stehen bringt, steigt er nicht ab.

»Mein Vater möchte dich sprechen«, verkündet er mit einem unergründlichen Blick, der Daphnes Herz stocken lässt.

»Ist alles in Ordnung?«, fragt sie ihn, während ihr die unzähligen Dinge durch den Kopf gehen, die schiefgegangen sein könnten, seit sie das Schloss vor einer Stunde verlassen hat.

»Ja«, versichert er ihr schnell. »Alles in Ordnung. Wir haben Besuch.«

»Besuch?«, fragt Daphne, nun erst recht überrascht. Viele der Hochlandclans sind nach der gescheiterten Hochzeit abgereist, und sie kann sich nicht vorstellen, dass sie so schnell zurückkehren würden. Und was Besucher aus dem Süden angeht … nun … *niemand* besucht Friv.

»Aus Temarin«, fügt er hinzu.

Daphne spürt, wie ihr die Luft wegbleibt. Sophronia. Nein. Das kann nicht sein. Sophronia ist tot. Oder? Für den Bruchteil eines Augenblicks macht Daphnes Herz vor Hoffnung einen Satz. Bairre scheint ihre Regung bemerkt zu haben, denn sein Gesichtsausdruck wird weicher.

»Nein«, sagt er und schüttelt den Kopf. »Nein, nicht … es ist jemand anderes.«

Scham lässt ihre Haut prickeln. Natürlich ist es nicht Sophronia. Sie war eine Närrin zu hoffen, dass sie es sein könnte, und noch törichter war es, sich diese Hoffnung anmerken zu lassen.

Daphne verbirgt ihre Enttäuschung hinter einer kühlen Maske und hebt ihr Kinn. »Wer dann?«, fragt sie.

Bairre räuspert sich und wirft einen Blick auf die Wachen, die nur so tun, als würden sie nicht lauschen.

»Königinmutter Eugenia und ihre beiden Söhne«, erklärt er ihr und senkt seine Stimme zu einem Murmeln. »Sie sind gekommen, um Asyl zu erbitten.«

Daphne umklammert den Bogen fester.

»Ihre Söhne«, wiederholt sie. »Schließt das auch König Leopold ein?« Daphne weiß, dass die Königinmutter von Temarin drei Söhne hat, und wenn König Leopold darunter wäre, hätte Bairre ihn sicher zuerst erwähnt, aber sie muss Gewissheit haben. Sie muss ganz sicher sein können.

»Nein«, antwortet Bairre. »Nur die beiden jüngeren Kinder, die den Eindruck machen, als hätten sie mit eigenen Augen gesehen, wie die Sterne sich verdunkeln.«

Mit eigenen Augen gesehen haben, wie die Sterne sich verdunkeln ist ein frivianischer Ausdruck, dessen Ursprung Daphne nicht kennt, dessen Bedeutung sie jedoch versteht. Er scheint passend für Kinder, die einen Putsch miterlebt haben.

Wie ist es ihnen gelungen, vor den Aufständischen zu fliehen? Diese Frage drängt sich Daphne auf. Und warum suchen sie ausgerechnet hier Zuflucht? Friv ist nicht gerade für seine Gastfreundlichkeit gegenüber Fremden bekannt. Läge es nicht viel näher, wenn Eugenia in ihrer Heimat Cellaria Schutz suchen würde?

Nun, es gibt nur einen Weg, herauszufinden, was sie hergeführt hat. Daphne steckt ihren Bogen zurück in den Köcher, geht zu Bairre und hält ihm ihre Hand hin. Er ergreift sie, stützt Daphne mit seiner anderen Hand am Ellbogen und zieht sie zu sich hoch, sodass sie direkt vor ihm sitzt. Sein Sattel ist nicht für das Reiten im Damensitz geeignet, aber Bairre legt schützend den

Arm um ihre Taille und so bringt sie den kurzen Ritt zurück zum Schloss gut hinter sich.

Nach ihrer Ankunft auf dem Schloss führt Bairre Daphne durch das Labyrinth der Gänge, in dem sie sich inzwischen schon sehr viel besser zurechtfindet. Als er nach links statt nach rechts abbiegt und nicht, wie Daphne es erwartet hat, den Weg zum Thronsaal einschlägt, stocken ihre Schritte. Bairre bemerkt es, aber er zieht sie behutsam am Arm hinter sich her.

»Es ist eine Privataudienz«, stellt Daphne fest, als sie registriert, dass er sie zum Privatflügel der königlichen Familie führt. »Dein Vater möchte nicht, dass der Hof von ihrer Ankunft erfährt. Jedenfalls noch nicht.«

Bairre antwortet nicht, aber Daphne weiß, dass sie recht hat. Es ist nur logisch. Friv ist stolz auf seine Unabhängigkeit, und Bartholomew ist sich bewusst, dass viele seiner Untertanen denken, er würde sich zu sehr auf andere Länder verlassen – vor allem auf Bessemia, erst recht seit Daphnes Verlobung mit Bairre. Deshalb hält er es für klüger, wenn nicht allgemein bekannt wird, dass die Königinmutter von Temarin bei ihm Asyl sucht.

Daphne nimmt es zur Kenntnis und überlegt bereits, wie sich dieser Umstand für ihre Zwecke nutzen lässt.

Bairre führt sie zur Bibliothek, stößt die Tür auf und bittet sie hinein.

Die Bibliothek ist Daphnes Lieblingsraum im Schloss – ein gemütliches Zimmer mit Fenstern bis zur Decke und üppig gepolsterten Sofas, die sich um den größten der drei Kamine gruppieren. Es ist auch König Bartholomews Lieblingsplatz im Schloss, und oft trifft sie ihn dort frühmorgens oder abends an, wenn er einen Gedichtband oder einen Roman liest – Bücher, die Daphnes Mutter als unnütz abgetan hätte.

Jetzt steht Bartholomew am Erkerfenster, die dicken Samtvorhänge sind zugezogen und tauchen alles in Dunkelheit, nur die Feuer von den drei Kaminen spenden flackerndes Licht. Obwohl es in dem Raum angenehm warm ist, hat die Frau auf dem gepolsterten Sofa mehrere dicke Pelzdecken über ihren Schoß gelegt. Flankiert wird sie von zwei kleinen Jungen. Königinmutter Eugenia und ihre jüngeren Söhne, schießt es Daphne durch den Kopf.

Sie sucht in ihrem Gedächtnis nach allem, was sie über diese Frau weiß. Eugenia, cellarische Prinzessin und jüngere Schwester von König Cesare, wurde im Alter von vierzehn Jahren mit König Carlisle von Temarin verheiratet – eine Verbindung, die den Celestianischen Krieg zwischen den beiden Ländern beendete und einen vorläufigen Frieden sicherte. Nach allem, was man hört, wurde die Ehe erst vollzogen, als sie sechzehn und König Carlisle achtzehn war, und selbst danach pflegte das Paar bestenfalls einen höflich distanzierten Umgang miteinander. Höflich distanziert war er jedoch immer noch weitaus freundlicher zu ihr gewesen als die temarinische Hofgesellschaft.

Aber Eugenia hatte es überstanden, und als König Carlisle starb und einen fünfzehnjährigen Prinzen Leopold als Nachfolger hinterließ, hatte Eugenia anstelle ihres Sohnes die Regierungsgeschäfte übernommen. Daphne erinnert sich daran, dass die Kaiserin sie als die mächtigste Person in Temarin bezeichnet hat.

Sophronias Aufgabe war es, sie so weit wie nötig zu verdrängen, um selbst Einfluss auf Leopold auszuüben.

Warum also, fragt sich Daphne, während sie die Königinmutter mustert, ist Sophronia jetzt tot und Eugenia hier, wohlbehalten und ohne auch nur ein gekrümmtes Haar? Nun, das stimmt nicht ganz, stellt sie fest, als sie einen großen Bluterguss an der linken Schläfe der Frau entdeckt.

Noch etwas, wonach Daphne nicht fragen kann, noch nicht. Stattdessen setzt sie ein Lächeln auf und geht auf Eugenia zu. Sie streckt die Arme aus, um die Hände der älteren Frau zu ergreifen und sie zu drücken.

»Eure Majestät«, sagt Daphne und macht einen Knicks. »Ich bin sehr froh, dass Ihr es sicher aus Temarin herausgeschafft habt. Die Nachricht vom Aufstand hat auch Friv erreicht und wir haben uns alle schreckliche Sorgen gemacht.«

»Prinzessin Daphne«, sagt Eugenia und lässt ihren Blick über Daphnes Gesicht schweifen. »Ihr seid das Ebenbild Eurer lieben Schwester, die Sterne mögen ihre Seele segnen.«

Das ist eine Lüge – die einzige auffällige Ähnlichkeit zwischen Daphne und Sophronia sind ihre silbernen Augen. Daphnes Haar ist schwarz, Sophronia war blond, ihre Gesichtszüge sind scharf, Sophronias waren weich, ihre Figur gerade wie ein Brett im Vergleich zu Sophronias runden Kurven. Jemand, der sie nicht kannte, wäre nie auf die Idee gekommen, Schwestern vor sich zu haben.

»Danke.« Daphne schlägt die Augen nieder und schluckt die Tränen hinunter. »Und das sind vermutlich meine beiden jungen Schwager.« Sie mustert die Knaben zu beiden Seiten der Königinmutter, der eine etwa vierzehn, der andere ungefähr zwölf. Gideon und Reid. Beide sehen Daphne mit großen Augen an, bringen aber kein Wort heraus. Daphne nimmt sich vor, später allein mit ihnen zu sprechen – Kinder, das weiß sie, sind die besten Informationsquellen, denn oft ist ihnen gar nicht bewusst, was sie eigentlich geheim halten sollen.

König Bartholomew, der hinter sie getreten ist, räuspert sich. »Königinmutter Eugenia erbittet in unserem Land Asyl«, erklärt er ihr. »Sie fürchtet, dass sie bei einer Rückkehr nach Temarin ebenfalls hingerichtet werden wird.«

Genau wie Sophronia, denkt Daphne, dankbar, dass König Bartholomew das nicht laut ausspricht.

»Oh«, sagt sie stattdessen nur und blickt Bartholomew stirnrunzelnd an. »Ich dachte, meine Mutter hätte inzwischen die Kontrolle über Temarin übernommen? Sie hat mir geschrieben, dass sie die Herrschaft an Leopold übergeben würde, sobald man ihn gefunden hat. Wisst Ihr denn, wo er sich befindet?«

Da ist es – ein leichtes Beben der Nasenlöcher, das Daphne verrät, dass Eugenia etwas verbirgt.

»Ich fürchte, er ist tot«, antwortet Eugenia und drückt ihre jüngeren Söhne auf eine Weise an sich, die auf Daphne zu dick aufgetragen wirkt. »Und auch ich habe Eurer Mutter geschrieben. Obwohl ihre Truppen die schlimmsten Rebellenaufstände niedergeschlagen haben, hielt sie es nicht für ratsam, sofort nach Temarin zurückzukehren. Sie hat vorgeschlagen, so lange in Friv auszuharren, bis unsere Sicherheit gewährleistet ist.«

»Hat sie das?«, fragt Daphne und bemüht sich, ihre Verwirrung zu kaschieren – gewiss hätte ihre Mutter ihr das mitgeteilt?

»Ich habe einen Antwortbrief von ihr.« Eugenia greift in eine Tasche ihres Kleides und holt ein zusammengerolltes Stück Pergament heraus. Sie reicht es Daphne, die es entrollt und die Worte überfliegt. Es sind nur ein paar kurze Zeilen, von der Hand ihrer Mutter – sie würde die Schrift überall erkennen –, aber der Brief wirft mehr Fragen auf, als er beantwortet.

Liebe Eugenia,

wir müssen Vorsicht walten lassen – geht zu meinem Täubchen Daphne in Friv. Ich vertraue darauf, dass sie Euch so lange Unterschlupf gewähren wird, wie Ihr ihn braucht. Lasst mich wissen, wenn Ihr etwas von König Leopold hört – ich werde seinen Thron für ihn warmhalten, bis ich Nachricht von ihm bekomme.

Eure Freundin
Kaiserin Margaraux

Selbst wenn Daphne die Handschrift ihrer Mutter nicht erkennen würde, das Echo ihres letzten Briefs an sie nicht aus diesen Zeilen herauslesen könnte, hätte sie keinen Zweifel daran, dass der Brief echt ist. Ihre Mutter nannte Daphne, Beatriz und Sophronia nur unter vier Augen *ihre Täubchen*. Aber der Brief erklärt nicht, was genau sie mit Eugenia machen soll, überlegt sie und gibt den Brief zurück.

»Daphne«, sagt König Bartholomew hinter ihr mit ruhiger, gedämpfter Stimme. »Auf ein Wort, bitte.«

Daphne nickt zustimmend, wendet sich von Eugenia ab und folgt König Bartholomew in eine ruhige Ecke der Bibliothek, außer Hörweite der Königinmutter und der Prinzen. Bairre folgt ihnen, die Furchen auf seiner Stirn sind noch tiefer als sonst.

»Daphne«, erklärt König Bartholomew erneut. »Friv hält seit Langem an seinem Grundsatz fest, sich aus den Konflikten anderer Länder herauszuhalten, und das aus gutem Grund.«

»Ja, natürlich«, erwidert Daphne schnell, während sich ihre Gedanken nur so überschlagen. Sie weiß zwar nicht, was sie mit Eugenia machen soll, aber es ist klar, dass ihre Mutter möchte, dass sie in Friv bleibt. Daher muss sie König Bartholomew überzeugen, damit er seine Erlaubnis gibt.

Rasch wägt sie mögliche Strategien ab, überlegt, wie wahrscheinlich es ist, dass sie aufgehen – Bartholomew hat im Grunde genommen wenig Anlass, Eugenia zu helfen. Es würde weder

Friv noch ihm selbst nützen, viele Leute am Hof würden es ihm regelrecht übel nehmen, und Bartholomew kann es sich nicht leisten, noch mehr Verbündete an die Rebellen zu verlieren. Eugenia hat wenig zu bieten, zumindest nichts, was die Waagschale zu ihren Gunsten ausgleichen könnte. Aber König Bartholomew ist ein guter Mensch, und das ist eine Schwäche, die Daphne schon zuvor mit Erfolg auszunutzen wusste.

Also beißt sie sich auf die Unterlippe und blickt über die Schulter zurück zur Königinmutter und ihren Söhnen.

»Verzeiht, Eure Majestät, ich weiß, es ist viel verlangt, aber ich ... ich habe einfach das Gefühl, dass meine Schwester mich von den Sternen aus beobachtet und mich bittet, Eugenia davor zu bewahren, das gleiche Schicksal zu erleiden wie sie, und ...« Sie bricht ab, schluckt schwer und sieht König Bartholomew an, der verunsichert wirkt. »Und Ihr habt es ja selbst gehört – ihr ältester Sohn ist sehr wahrscheinlich tot. Mir ist bewusst, dass es keine ideale Lösung ist, aber ich kann den Gedanken nicht ertragen, eine trauernde Mutter den Wölfen vorzuwerfen, obwohl wir ihr und den beiden Kindern, die ihr noch geblieben sind, ein gewisses Maß an Schutz bieten könnten.«

Es ist grausam, König Bartholomews kürzlich verstorbenen Sohn als Druckmittel zu benutzen – aber es ist eine Grausamkeit, die ihren Zweck erfüllt. Daphne sieht das entsetzte Flackern in seinen Augen und auch den mitleidigen, verständnisvollen Blick, den er Eugenia zuwirft.

»Natürlich, so etwas würde mir nicht im Traum einfallen«, versichert er mit Nachdruck.

Bairre starrt Daphne an, als würde er sie nicht kennen, und es kostet ihn Mühe, seinen Blick von ihr loszureißen und sich seinem Vater zuzuwenden. »Ich bin mir nicht sicher, ob das so eine gute Idee ist – das Letzte, was Friv jetzt tun sollte, ist, sich in einen Krieg einzumischen, der mit uns nichts zu tun hat«, wendet er ein.

König Bartholomew schüttelt den Kopf. »Es ist sicherlich nicht ideal«, erwidert er seufzend. »Aber ich sehe keine andere Möglichkeit. Wir werden ihre Anwesenheit geheim halten. Keiner muss erfahren, wer sie sind. Wir können eine Geschichte erfinden und den Leuten erzählen, sie sei die temarinische Witwe eines Lords aus dem Hochland.«

»Das wird uns niemand glauben«, gibt Bairre zu bedenken. »Die Wahrheit wird sehr bald ans Tageslicht kommen.«

»Bis dahin wissen wir hoffentlich, was zu tun ist«, erwidert König Bartholomew. »Sie bleiben hier. Die Sache ist entschieden, Bairre.«

Ohne Bairre auch nur die Gelegenheit zu geben, darauf zu antworten, kehrt König Bartholomew zu Eugenia zurück und bietet ihr mit einem freundlichen Lächeln den Schutz des Königreichs von Friv an.

Daphne will unauffällig von der Bibliothek hinaus in die Halle huschen, doch Bairre folgt ihr sofort. Er greift nach ihrer Hand, aber sie entwindet sie seinem Griff und geht weiter. Sie blickt zu den Wachen, die darauf warten, sie in ihr Zimmer zu geleiten.

»Daphne.« Auch Bairres Blick wandert zu den Wachen. Taxiert er sie?, überlegt Daphne. Vergewissert er sich, wer von ihnen auf der Seite der Rebellion steht – auf seiner Seite?

»Nicht jetzt«, zischt sie, und er verstummt prompt. Als sie ihre Privaträume erreichen, ist Daphne nicht sonderlich überrascht, dass er ihr hineinfolgt, die Tür hinter sich schließt und sie beide vor den neugierigen Augen und Ohren der Wachen abschirmt.

»Das ist nicht sehr klug«, sagt sie mit einem tiefen Seufzer, während sie ihren Mantel abnimmt und ihn über die Lehne des

Sessels neben dem Feuer hängt. »Das Letzte, was wir gebrauchen können, ist Klatsch und Tratsch über ein Stelldichein zwischen uns beiden.«

»Klatsch interessiert mich nicht«, entgegnet er und Daphne lacht schnaubend.

»Natürlich nicht«, sagt sie. »Der Klatsch würde mir ja auch sehr viel mehr schaden als dir.«

Er antwortet nicht sofort, aber Daphne sieht, wie seine Kiefermuskeln zucken, und sie weiß, dass er versteht, was sie meint. »Soll ich wieder gehen?«, fragt er schließlich.

»Der Schaden ist bereits angerichtet, jetzt kannst du auch mit mir Tee trinken.« Sie setzt sich an den kleinen Holztisch, an dem ein Diener den Nachmittagstee und das Gebäck bereitgestellt hat. Sie gibt Bairre ein Zeichen, sich ebenfalls zu setzen. »Wenn die Hochzeit nicht abgebrochen worden wäre, könnten wir allein sein, wann immer wir wollen.«

Selbst in ihren eigenen Ohren klingen die Worte bissig und schroff, nicht so, wie Beatriz sie an ihrer Stelle gesagt hätte, gurrend und mit einem koketten Lächeln unter gesenkten Wimpern hervor. Aber so wenig verführerisch die Worte auch sein mögen, Bairre wird trotzdem rot, als er auf dem Stuhl ihr gegenüber Platz nimmt.

»Was für ein Spiel spielst du eigentlich, Daphne?«, fragt er und schenkt erst ihr und dann sich selbst Tee ein. »Spätestens bis zum Abendessen wird jeder im Schloss wissen, wer Eugenia ist, und mein Vater ...«

»Wird noch unbeliebter sein, als er es jetzt schon ist«, beendet Daphne den Satz und trinkt einen Schluck Tee. »Ich nahm an, dies würde den Rebellen sehr entgegenkommen?«

Er schüttelt den Kopf. »Darum geht es nicht ... Es gibt einen Grund, warum wir uns nicht in die Auseinandersetzungen anderer Länder einmischen«, erklärt er. »Ich halte nichts davon, dem ganzen Königreich zu schaden, nur um zu beweisen, dass es von einem unfähigen Herrscher geführt wird.«

Daphne ist sich bewusst, dass ihre Mutter genau das vorhat, aber ihre Mutter ist Friv gegenüber nicht zur Loyalität verpflichtet und sie selbst auch nicht. Daphne wird das nie vergessen – sie kann es nicht.

»Was hättest du denn getan?«, fragt sie. »Diese Frau und ihre Söhne in die Kälte hinausgejagt, sie zurück nach Temarin geschickt, wo sie, sobald sie die Grenze überschreiten, getötet werden wie meine Schwester?«

Bairre schüttelt den Kopf. »Es gibt andere Orte. Sie hat Familie in Cellaria. Deine Mutter hat ihr deine Gastfreundschaft in Aussicht gestellt – aber was ist mit ihrer eigenen?«

Beides sind gute Einwände, beides sinnvollere Vorschläge als ein Asyl in Friv, und doch ist Eugenia hier, auf Drängen der Kaiserin. Aber Daphnes Mutter ist keine Närrin, sie hat alle Optionen in Betracht gezogen und sorgfältig abgewogen. Es gibt einen Grund, warum Eugenia in Friv ist.

»Ich weiß es nicht«, gibt Daphne zu. »Doch meine Mutter hätte sie nicht zu mir geschickt, wenn sie eine bessere Möglichkeit gesehen hätte.«

Bairre sieht sie lange an. »Du sagst mir nicht die Wahrheit«, stellt er schließlich fest.

Daphne hält seinem Blick stand. »Du mir auch nicht«, antwortet sie, aber ihre Stimme klingt weicher als beabsichtigt.

Stille breitet sich aus, während beide an ihrem Tee nippen. Daphne macht mehrmals Anstalten, etwas zu sagen, aber die Worte kommen nicht über ihre Lippen. Die Geheimnisse, die zwischen ihnen stehen, schaffen einen Abgrund, der mit jedem Atemzug größer wird.

Lass es, flüstert eine Stimme in ihrem Kopf, die wie die ihrer Mutter klingt. *Halte Abstand. Nutze seine Zuneigung, nutze ihn, aber lass nicht zu, dass er dich benutzt.*

Bairre beugt sich über den Tisch, um Daphnes Hand zu ergreifen, und dieses Mal zieht sie sie nicht zurück. Stattdessen verschränkt sie ihre Finger mit seinen und tut so, als würde diese einfache Berührung ausreichen, um die Kluft zwischen ihnen zu überbrücken, um den Berg von Geheimnissen und Lügen zu überwinden, den sie errichtet haben.

Daphne ist nicht Sophronia, sie weiß, dass es kein Happy End gibt, bei dem sie und Bairre Seite an Seite auf Thronen sitzen und gemeinsam regieren – nicht zuletzt, weil Bairre selbst diese Zukunft nicht will. Sie weiß, dass in der Zukunft, die sie und ihre Mutter aufbauen wollen, kein Platz für ihn ist, und das bedeutet, dass es auch keinen Platz für ihre Gefühle gibt. Sie weiß, dass er sie irgendwann – schon bald – nicht mehr so ansehen wird wie jetzt, mit Zärtlichkeit und Bewunderung, wenn auch mit einem Anflug von Frustration. Wenn er erst einmal begreift, worauf sie und ihre Mutter wirklich hinarbeiten, wird er nur noch blanken Hass für sie übrig haben.

Daphne weiß das, doch im Moment sieht er sie an, als wäre er bereit, die Sterne in Brand zu stecken, wenn sie ihn darum bitten würde, als würde er alles für sie tun, außer ihr die Wahrheit zu sagen. Und plötzlich ist die Wahrheit nicht mehr so wichtig, wie sie sein sollte, weder für sie noch für ihn. Bald wird sie wichtig werden, aber bald ist nicht jetzt.

Jetzt stellt sie ihren Tee ab, hält jedoch weiter seine Hand fest, während sie aufsteht und auf ihn zugeht. Ohne ein Wort zu sagen, schiebt er seinen Stuhl zurück und zieht sie sanft zu sich herunter. Sie lässt es zu, setzt sich auf seinen Schoß, legt die Arme um seinen Hals. Er umfasst ihre Taille und drückt sie an sich.

Sie kann nicht genau sagen, wer von ihnen den Kuss beginnt, doch auch das ist nicht wichtig. Er küsst sie und sie küsst ihn, und als seine Zunge die Linien ihrer Lippen nachzeichnet, öffnet sie den Mund und gibt der Leidenschaft nach. Aber das ist noch lange nicht genug. Selbst als sich ihre Hände in seinem dunklen, zerzausten Haar verfangen, selbst als er leise aufstöhnt und sie auch, ist es immer noch nicht genug.

Daphne presst sich enger an ihn, spürt, wie seine Hände sich in den Rock ihres Kleides krallen.

Ein Klopfen an der Tür durchdringt den Nebel ihrer Gedanken und Daphne löst sich widerwillig von Bairre. Sie fühlt sich wie nach einem stundenlangen Ausritt, aber auch Bairre ist außer Atem, seine Augen haben einen dunkleren Silberton als sonst und sie versenken sich in ihre.

Ohne ein Wort zu sagen, streicht sie ihm über das Haar, das sie mit den Fingern verwuschelt hat, und er schmiegt den Kopf in ihre Hände.

Es klopft erneut. Daphne lässt ihre Hand sinken und zwingt sich, von seinem Schoß aufzustehen und zu ihrem Platz zurückzukehren. Bairre lässt sie nur widerstrebend gehen.

»Herein«, ruft sie und ist ebenso überrascht wie erleichtert, dass ihre Stimme ruhig und gelassen klingt.

Die Tür geht auf und ein Wachsoldat streckt den Kopf herein. Er lässt den Blick durch den Raum schweifen, bevor er ihn direkt auf Daphne und Bairre richtet. »Verzeiht die Störung, Hoheiten, aber Lord Panlington hat einen Boten geschickt, der Prinz Bairre sprechen möchte.«

Bairre stößt einen leisen Fluch aus und steht auf. »Ich war mit Panlington zu einem Ausritt in die Stadt verabredet«, sagt er. »Tut mir leid, Daphne, aber ich muss gehen.«

Lord Panlington ist Clionas Vater und der Anführer der frivianischen Rebellen: König Bartholomews engster Freund und zugleich sein größter Feind. Die Nennung seines Namens holt Daphne unsanft in die Realität zurück – und erinnert sie daran, wem Bairres Loyalität gilt. Immerhin hat er Lord Panlington und die Rebellen seinem eigenen Vater vorgezogen. Sie weiß, dass er sich niemals für sie entscheiden wird. Und das ist auch gut so, ermahnt sie sich.

»Schon gut.« Daphne zwingt sich zu einem Lächeln. »Ich muss ohnehin noch meiner Mutter einen Brief schreiben.«

Hinter seinen Augen scheint ein Vorhang zu fallen, und sie spürt, wie sich die Kluft zwischen ihnen wieder auftut, so breit wie eh und je.

»Dann lasse ich dich jetzt allein.« Mit einer knappen Verbeugung und ohne ein weiteres Wort verlässt er den Raum und zieht die Tür fest hinter sich zu.

Violie

Violie und Leopold verlassen das Gasthaus, als die ersten Sonnenstrahlen über die Berggipfel klettern, und es ist noch nicht einmal Mittag, da vermisst Violie Ambrose bereits schmerzlich, und sei es auch nur, weil er es immer wieder geschafft hat, das schier endlose Schweigen zu durchbrechen, das sich zwischen Violie und Leopold ausbreitet, sobald sie allein sind.

Anfangs hat sie es darauf zurückgeführt, dass sie nur eine Dienstmagd ist und er ein abgesetzter König, der es gewohnt ist, nur das Nötigste mit Bediensteten zu reden. Aber im Gasthaus ist er selbst in die Rolle des Dieners geschlüpft, und obwohl die Wirtin nicht seiner Gesellschaftsschicht entstammt, hat er kein Problem damit gehabt, sich mit ihr zu unterhalten.

Das heißt, das Problem liegt bei Violie und reicht wahrscheinlich viel tiefer als bloße Standesunterschiede.

»Ist es lange her, dass Ihr Euren Cousin zuletzt gesehen habt?«, fragt sie ihn, als die Sonne hoch am Himmel steht und die Stille unerträglich wird. Wenn sie sich unterwegs nur kurze Pausen gönnen, werden sie den Hafen bis zur Dämmerung erreichen.

Leopold bleibt stumm, und sie rechnet schon nicht mehr mit einer Antwort, als er schließlich seufzend sagt: »Ungefähr zehn Jahre.«

»Eine lange Zeit.« Violie sieht ihn von der Seite an, aber sein Gesichtsausdruck verrät nichts.

»Ja«, erwidert er knapp. Dann tritt erneut Schweigen ein. Violie hat schon fast aufgegeben, als er sie fragt: »Was ist mit deiner Nase passiert?«

Violie fasst sich unwillkürlich mit der Hand ins Gesicht. Die Nase ist immer noch empfindlich, aber sie schmerzt nicht mehr so sehr wie gestern oder sogar noch an diesem Morgen. Leopold hat nach dem Aufwachen kein Wort darüber fallen lassen, und Violie dachte, dass er in typisch männlicher Manier die Verletzung noch nicht einmal bemerkt hätte, so wie er auch nicht bemerkt hat, dass die Farbe ihrer Augen am Tag nach seiner Ankunft in der Höhle von Blau zu Sternensilbern gewechselt ist.

»Prinzessin Beatriz hat sie mit Sternenstaub geheilt«, erklärt sie ihm. »Als sie mir auch die Aster gegeben hat.« Zumindest von dem Geld weiß er, allerdings nicht, weil er gefragt hätte. Kurz bevor sie das Gasthaus verließen, hat Violie ihm den Plan erklärt, damit eine Schiffspassage nach Friv zu kaufen.

»Nett von ihr, wenn man bedenkt, dass sie es war, die dir die blutige Nase verpasst hat«, bemerkt er, und Violie meint, einen Hauch von Belustigung herauszuhören.

»Das kann ich ihr nicht verübeln«, sagt Violie achselzuckend, und obwohl das die Wahrheit ist, heißt das nicht, dass sie sich nicht lieber weggeduckt hätte, wenn sie vorher gewusst hätte, wie zielsicher und kraftvoll der Faustschlag der Prinzessin ist. »Erzählt mir nicht, dass Ihr nicht daran gedacht habt, dasselbe zu tun, als ich Euch die Wahrheit über mein Verhältnis zur Kaiserin gestanden habe.«

Leopold reißt entsetzt die Augen auf. »Ich würde niemals eine Dame schlagen!«

»Ein Glück, dass ich keine bin«, gibt sie zurück. »Tatsache ist, dass ich für Sophronias Tod verantwortlich bin. Ich weiß das, Ihr wisst das, und jetzt weiß es auch Prinzessin Beatriz. Und Prinzessin Daphne wird mir ebenfalls einen Kinnhaken versetzen wollen, wenn wir sie treffen.«

Leopold verfällt erneut in Schweigen und Violie hält das Gespräch für beendet. Sie konzentriert sich auf den Weg vor ihnen. Wenn sie die Augen zusammenkneift und in die Ferne späht, sieht sie schon den Fluss Illiven am Horizont, der sich als blaues Band von den grauen Bergen abhebt.

»Da bin ich mir nicht so sicher«, sagt Leopold so leise, dass sie ihn fast nicht gehört hätte. Verwundert blickt sie ihn von der Seite an. Er räuspert sich. »Ich bin mir nicht sicher, ob es deine Schuld ist. Jedenfalls nicht mehr als meine. Wäre ich nicht so ein schlechter König gewesen, hätten die Aufständischen nie so viel Zulauf gehabt; hätte ich meiner Mutter nicht vertraut, wäre sie niemals in der Lage gewesen, Sophie und mich auf so verheerende Weise zu hintergehen; hätte ich Sophie irgendwie aufgehalten, bevor sie ...« Er bricht ab und schüttelt den Kopf. »Der Löwenanteil der Schuld liegt bei mir, Violie.«

Violie schweigt einen Moment lang, dann antwortet sie ihm mit sanfter Stimme.

»Ihr hättet sie nicht aufhalten können, Leopold«, sagt sie und merkt zu spät, dass sie ihn zum ersten Mal mit seinem Vornamen anspricht. »Als wir uns einen Plan überlegt haben, war Sophie bereits entschlossen, sich selbst zu opfern, um Euch zu retten. Es war keine spontane Entscheidung, und wenn ich eines über Sophie und ihre Schwestern gelernt habe, dann das: Wenn sie einen Plan schmieden, können selbst alle Sterne des Himmels ihn nicht durchkreuzen.«

Leopold überlegt. »Wenn du dich geweigert hättest, der Kaiserin zu helfen, gleich am Anfang oder später, als sie dir befahl, die Kriegserklärung zu fälschen, glaubst du, sie hätte ihren Plan dann einfach aufgegeben?«

Diese Frage hat Violie sich noch nie gestellt. Sie öffnet den Mund, dann schließt sie ihn wieder. Sie hat keine Antwort darauf, stellt sie erstaunt fest. Aber Leopold scheint auch keine zu erwarten.

»Ich gehe davon aus, dass du nicht ihre einzige Geheimwaffe warst. Sogar meine Mutter hat sie auf ihre Seite gezogen, das wissen wir beide. Was glaubst du, wie viele andere es noch gab?«

Auch diesmal antwortet Violie nicht, aber allein bei der Frage stellen sich ihr die Nackenhaare auf. Leopold fährt fort.

»Nach allem, was Sophie mir erzählt hat, bevor sie ... also davor ... Fest steht, dass die Kaiserin ihre Anschläge bereits geplant hat, bevor die Drillinge gezeugt wurden. Das sind siebzehn Jahre. Siebzehn Jahre, in denen sie die Dinge aus allen Blickwinkeln betrachtet hat, in denen sie Ränke geschmiedet und Figuren auf dem Schachbrett arrangiert hat. Glaubst du wirklich, sie würde irgendetwas dem Zufall überlassen? Oder dir?«

Violie schluckt. »So habe ich das noch nicht gesehen«, gesteht sie ein.

»Du hast es selbst gesagt: Wenn Sophie und ihre Schwestern einen Plan schmieden, können selbst alle Sterne des Himmels ihn nicht durchkreuzen. Von wem, glaubst du, haben sie diesen unbeugsamen Willen?«

Zumindest auf diese Frage kennt Violie die Antwort, auch wenn es wohl eher als rhetorische Frage gemeint war. Sie müsste lügen, wenn sie behaupten würde, dass Leopolds Worte die erdrückende Last ihrer Schuldgefühle nicht leichter werden lässt, und sei es auch nur ein bisschen, aber zugleich verunsichern seine Überlegungen sie auch. Sie hat nie gedacht, dass es einfach sein würde, sich gegen die Kaiserin zu stellen, doch je näher sie dem

Hafen und damit Prinzessin Daphne und Friv kommen, desto mehr ahnt Violie, dass es vielleicht nicht nur schwierig, sondern unmöglich sein könnte.

Violie und Leopold erreichen rechtzeitig ihr Ziel, nicht zuletzt dank eines Bauern, der sie ein Stück mitgenommen hat, als er mit einer Fuhre Weizensäcke zum Hafen unterwegs war, um seine Ernte an ein Handelsschiff zu verkaufen. Violie wäre bereit gewesen, dem Mann Geld zu geben, aber als er nichts verlangt, hält sie den Mund und sagt nichts. Die Reise nach Friv wird nicht einfach sein, und sie werden jeden einzelnen Aster brauchen, den Beatriz ihnen mitgegeben hat.

Leopold überlässt es Violie, die Überfahrt nach Friv zu organisieren, was ihr nur recht ist. Sie bezweifelt, dass Leopold etwas vom Feilschen versteht oder auch nur weiß, was ein Aster wert ist, und sein Akzent, der ihn sofort als Hochwohlgeborenen ausweist, würde die Sache nur verkomplizieren.

Als sie sich nach einem frivianischen Schiff umhören, fällt immer wieder der Name eines Kapitän Lehigh von der *Astral*, einem Frachtschiff, das verschiedene Waren zwischen Cellaria, Temarin, Bessemia und Friv transportiert. Sie machen sich auf die Suche nach ihm und spüren ihn in einer Hafenkneipe auf, wo er offensichtlich bereits mehrere Krüge Bier in sich hineingekippt hat. Er ist in den Fünfzigern, hat ein rundes, rötliches Gesicht und einen roten Vollbart. Als Violie ihn nach der Überfahrt fragt, kneift er die Augen zusammen und lässt seinen Blick zwischen ihr und Leopold hin und her wandern.

»Und was wollt ihr in Friv?«, fragt er mit einem frivianischen Akzent, der von seinen vielen Reisen weich geschliffen ist.

Violie zuckt mit den Schultern. »Familie«, antwortet sie, was der Wahrheit halbwegs nahekommt. Nur dass es nicht ihre eigene Familie ist, sondern Leopolds, wenn auch nur durch Heirat.

»Du hörst dich nicht an wie eine aus Friv«, stellt der Kapitän fest.

»Ich bin in Bessemia geboren«, gibt sie zu. »Mein Mann stammt aus Temarin.« Sie deutet mit einem Nicken auf Leopold. »Aber wir haben keine Lust, unseren Lebensunterhalt oder gar unseren Hals zu riskieren und in einem Land zu bleiben, das sich in Aufruhr befindet. Meine Schwester hat einen frivianischen Bauern geheiratet, in der Nähe des Flusses Ester«, fügt sie hinzu und erinnert sich an die Landkarte, die sie genauestens studiert hat. »Das scheint uns ein guter Ort für einen Neuanfang zu sein.«

Kapitän Lehigh betrachtet sie forschend. Er hat einen Blick, den man wohl als scharfsinnig bezeichnen könnte, wenn seine Augen vom Bier nicht schon glasig wären. »Fünfzehn Aster«, fordert er schließlich. »Für jeden von euch.«

Beatriz hat Violie fünfzig Aster gegeben, also hätten sie nach der Überfahrt nur noch zwanzig Aster übrig, um vom frivianischen Hafen zum Palast zu gelangen. Das ließe sich vielleicht bewerkstelligen, aber Violie will kein Risiko eingehen. Sie beschließt zu bluffen.

Sie schüttelt den Kopf. »Schade«, sagt sie und tritt vom Tisch zurück. »Ein anderer Kapitän hat angeboten, uns beide für fünfzehn Aster mitzunehmen. Das Schiff ist nicht so schön wie die *Astral*, aber ...«

Der Kapitän packt sie am Handgelenk und Violie erstarrt. Auch Leopold neben ihr versteift sich. »Zwanzig für euch beide«, schlägt Lehigh vor. »Das ist mein letztes Angebot.«

Violie befreit sich aus Lehighs Griff – was leichter ist als erwartet, denn der Seemann lässt sie bereitwillig los. Sie tut so, als würde sie einen Moment lang nachdenken, dann nickt sie. »Abgemacht.«

»Zahlbar sofort«, sagt er und hält ihr seine Handfläche hin. An der Daumenseite hat er sich einen Anker tätowieren lassen, eine Tradition, von der Violie schon gehört hat. Der Anker soll angeblich vor einem Schiffsuntergang schützen.

Violie greift in die Tasche ihres Kleides, holt eine einzelne Zehn-Aster-Münze heraus und lässt sie in seine Hand fallen. »Zehn jetzt, die anderen zehn, wenn wir wohlbehalten in Friv ankommen.«

Kapitän Lehigh will widersprechen, scheint es sich dann jedoch anders zu überlegen. »Bei Morgengrauen stechen wir in See – wenn ihr bis dahin nicht auf dem Schiff seid, legen wir ohne euch ab.« Er wartet keine Antwort ab, sondern winkt die Schankmagd heran und bestellt ein weiteres Bier als Zeichen dafür, dass das Gespräch beendet ist.

Beatriz

Beatriz, Pasquale, Ambrose und Nigellus verlassen das Gasthaus Zur Regenblume weitaus komfortabler, als sie angekommen sind: in Nigellus' Privatkutsche, eingehüllt in Pelzdecken, zu ihren Füßen heiße Ziegelsteine gegen die Kälte. Die Kutsche mit dem eigenen Kutscher und den beiden weißen Pferden war von der Schwesternschaft in den Bergen aufgebrochen, die langen und kurvenreichen Straßen entlanggerattert und nur wenige Stunden nach der Abreise von Violie und Leopold am Gasthaus eingetroffen. Der Kutscher hatte vorgeschlagen, dort zu übernachten, um den Pferden etwas Ruhe zu gönnen.

Kaum erhellen am nächsten Morgen die ersten Sonnenstrahlen die Berggipfel, setzen sie die Reise fort. Die ersten Stunden verstreichen mit höflicher Konversation – Bemerkungen über das eisig kalte Wetter, Lob für das Frühstück, das die Wirtin ihnen als Proviant für unterwegs eingepackt hat. Erleichtert stellt Beatriz fest, dass Pasquale und Ambrose klug genug sind, sich zurückzuhalten und in Nigellus' Gegenwart nicht allzu viel sagen.

Nigellus seinerseits achtet kaum auf sie, sondern richtet seine Silberaugen aus dem Fenster, während sie die kurvenreiche Straße entlangfahren, oder blättert in einer abgenutzten Ausgabe des *Astral-Almanachs* vom vergangenen Jahr.

Als sie zu einem späten Mittagessen in einem Wirtshaus haltmachen, führt Nigellus sie in den Gastraum und nickt dem herbeieilenden Wirt zu, einem Mann mittleren Alters, kahlköpfig, aber mit einem beeindruckenden Schnurrbart.

»Die Herren werden hier speisen, aber ich brauche ein Privatzimmer für die junge Dame und mich – etwa für eine Stunde«, erklärt er mit ruhiger Bestimmtheit.

Beatriz versteift sich, ihr Blick wandert zu Nigellus. Er hat nie ein Interesse daran gezeigt, mit ihr das Bett zu teilen, doch ihm muss klar sein, wie das klingt und was der Gastwirt denken wird. Tatsächlich blickt der Wirt unsicher zwischen den beiden hin und her.

»Und ist es auch das, was die Dame wünscht?«, fragt er vorsichtig.

Nigellus runzelt die Stirn und öffnet den Mund, aber Beatriz kommt ihm zuvor und schenkt dem Gastwirt ein strahlendes Lächeln.

»O ja«, versichert sie ihm und hakt sich bei Nigellus unter. »Ich habe nämlich Angst vor Menschenmengen und mein lieber Onkel ist rührend besorgt um mich.«

Der Gastwirt nickt, sichtlich erleichtert. »Mal sehen, ob wir ein Zimmer frei haben«, sagt er und eilt den Flur hinunter. Sobald er außer Hörweite ist, wendet sich Pasquale an Beatriz und Nigellus.

»Wo Beatriz hingeht, gehe ich auch hin«, erklärt er Nigellus, ungewohnt entschlossen. Beatriz ist gerührt, dass Pasquale sich so für sie einsetzt, aber Nigellus jagt ihr keine Angst ein. Ob das mutig oder töricht von ihr ist, weiß sie selbst nicht so genau. Sie löst sich von Nigellus und berührt Pasquale sanft am Arm.

»Es ist in Ordnung«, versichert sie ihm lächelnd. »Nigellus und ich haben etwas zu besprechen.«

Pasquale sieht nicht sonderlich beruhigt aus, seine Stirn ist immer noch gefurcht, aber er nickt kurz und fixiert wieder Nigellus. »Wenn Ihr sie auch nur anrührt ...«

»Ich kann Euch versichern, dass ich kein Interesse an jungen Mädchen habe«, antwortet Nigellus, seine Stimme eisiger als das Winterwetter.

»Ich bin in einer Stunde zurück«, sagt Beatriz, als sie bemerkt, wie Pasquales Stirnrunzeln sich vertieft. »Geh und gönn dir ein gutes Mittagessen mit Ambrose.«

Der Gastwirt führt Beatriz und Nigellus in ein kleines, spärlich eingerichtetes Zimmer mit einem schmalen Bett und einem runden Tisch mit zwei Stühlen. Er verspricht, ihnen so schnell wie möglich etwas zu trinken und zu essen zu bringen, dann geht er hinaus und lässt Beatriz und Nigellus allein zurück.

»Das wird meine erste Lektion, nehme ich an?«, fragt Beatriz und geht im Raum umher, wie um ihn zu inspizieren, obwohl es wenig zu inspizieren gibt. Sich zu bewegen, beruhigt sie, das war schon immer so.

»Ja.« Nigellus sieht sie aufmerksam an. »Ihr habt hoffentlich nicht gedacht, dass ich vorhabe, Euch zu verführen.«

Beatriz lacht. »Nein«, versichert sie ihm. »Ihr wisst, welche Ausbildung ich in Bessemia durchlaufen habe – ich merke sehr schnell, ob ich begehrt werde oder nicht. Aber ich bin froh, dass der Gastwirt auf meine Sicherheit bedacht war, und Pasquale ...« Sie bricht ab und denkt an Pasquales Vater, König Cesare, und an seine unverhohlenen Annäherungsversuche. Der Gedanke an seine Hände auf ihrem Körper lässt sie erschaudern. Der Mann ist tot und Beatriz hat keinen Augenblick um ihn getrauert. Die Welt ist ohne ihn besser dran.

Sie spricht es nicht laut aus, aber Nigellus betrachtet forschend ihr Gesicht.

»Es wird Euch nicht überraschen, dass Eure Mutter Spione am cellarischen Hof hat«, sagt er nach einem Moment. »Deren Aussagen zufolge hat Prinz Pasquale Euch dort nicht annähernd so entschlossen ... beschützt.«

Beatriz presst die Zähne zusammen, die auf Pasquale abzielende Beleidigung trifft sie unerwartet tief. »Ich hatte seinen Schutz nicht nötig«, erwidert sie. »Es war schließlich nur das, wozu ich erzogen wurde.« Sie redet sich ein, dass es die Wahrheit ist, aber darüber zu sprechen, nagt an ihr. »Ich wusste ja gar nicht, dass Euch meine persönlichen Probleme und Sorgen so am Herzen liegen«, sagt sie leichthin. »Wollt Ihr auch noch in meinem Tagebuch blättern oder können wir nun zum Unterricht übergehen?«

Nigellus starrt sie einen Moment lang an, sein Blick unangenehm bohrend. Dann sieht sie, wie einer seiner Mundwinkel sich leicht hebt. »Wem wollt Ihr etwas vormachen, Beatriz«, sagt er. »Wir wissen beide, dass Eure Mutter Euch eingeschärft hat, Eure Gedanken niemals zu Papier zu bringen, wo jemand sie lesen könnte.«

Er greift in die Tasche seines Umhangs und holt den *Astral-Almanach* heraus, den er in der Kutsche gelesen hat. Er hält ihn hoch, damit sie den Einband sehen kann – kornblumenblaues Leder mit goldenen Lettern. »Kennt Ihr Euch damit aus?«, fragt er.

Beatriz zuckt mit den Schultern. »Nur oberflächlich«, gibt sie zu. »Daphne und Sophie haben sich schon immer für Horoskope interessiert, ich hingegen habe nie einen Sinn darin gesehen, mich damit zu beschäftigen.«

»Ach.« Nigellus setzt sich an den Tisch und bedeutet ihr mit einer Geste, ihm gegenüber Platz zu nehmen, was sie auch tut. »Aber nur so können wir die Muster entdecken. Und wenn man die Muster der Vergangenheit versteht, kann man sie auch in der

Zukunft erkennen. Natürlich wäre diese Lektion noch lehrreicher, wenn wir den Nachthimmel studieren könnten, aber das müssen wir uns für ein anderes Mal aufsparen. Jetzt jedoch ...« Er blättert durch den Almanach, bis er bei einer bestimmten Seite landet, und reicht ihr das Buch. »Was fällt Euch hier auf?«

Beatriz nimmt den Almanach in Augenschein – nicht nur die aufgeschlagene Seite, sondern auch das Buch selbst. Es ist stark abgenutzt, obwohl es erst ein Jahr alt ist. Auf der Seite, die er gewählt hat, ist eine Mittsommernacht abgebildet, mit einer Liste der Sternenkonstellationen, ihrem Verhältnis zueinander und Interpretationen, was sie bedeuten könnten. Beatriz blinzelt.

»Die Dornenrose ist eines meiner Geburtssternbilder«, verkündet sie, als sie den Namen auf der Liste entdeckt. Sie und ihre Schwestern wurden unter der Dornenrose, dem Hungrigen Falken, dem Einsamen Herzen, der Flammenkrone und den Drei Schwestern geboren. »Sie symbolisiert Schönheit, aber hier steht auch, dass sie neben einem umgedrehten Kelch der Königin erschienen ist, was wiederum ein Zeichen für Unglück wäre. Ihre unmittelbare Nähe zueinander würde darauf hinweisen, dass sie miteinander verbunden sind, nicht wahr?« Sie blickt zu Nigellus auf, der sie aufmerksam beobachtet. »Was ist an diesem Tag passiert?«

Nigellus zieht die Augenbrauen hoch. »Ihr erinnert Euch nicht?«

Beatriz durchforscht ihr Gedächtnis. Mittsommer, letztes Jahr. Damals war sie noch in Bessemia, verbrachte jeden Tag in der Gesellschaft ihrer Schwestern, hatte noch nicht mehr von der Welt gesehen als die Paläste und die funkelnden Städte ihres eigenen Landes. In ihrer Erinnerung verschmelzen die Tage miteinander.

»Ihr habt Euch Eure Nase gebrochen«, hilft Nigellus ihr auf die Sprünge.

Beatriz blinzelt. Tatsächlich, sie hat sich letzten Sommer die Nase gebrochen, bei einer Nahkampfübung mit Daphne. Es war nicht das erste Mal, dass ein solches Training zu einer Verletzung führte, aber Nigellus heilte ihre Nase sofort mit einer Prise Sternenstaub, sodass der Vorfall bei ihr keinen großen Eindruck hinterließ.

»Ein Unglück, das meine Schönheit beeinträchtigt hat, wenn auch nur kurz«, sagt Beatriz ironisch und reicht ihm das Buch zurück. »Ich gebe zu, ich fühle mich sehr geschmeichelt, dass die Sterne es für angebracht hielten, mein kleines Missgeschick zu verewigen.«

Falls Nigellus ihren Humor versteht, zeigt er es nicht. »Ich bin sicher, dass auch andere davon betroffen waren, auf unterschiedliche Weise. Aber wie Ihr schon sagtet, es ist eines Eurer Geburtssternbilder, daher hatte diese Konstellation stärkeren Einfluss auf Euch.«

»Das gilt auch für meine Schwestern, obwohl ich mich nicht erinnern kann, dass die beiden ähnliche Vorfälle erlebt haben.« Beatriz hält kurz inne. »Nein, das stimmt nicht. Daphne hatte beim Aufwachen einen Pickel am Kinn, groß wie ein Vollmond. Und Sophie ...«

»Es war der Tag, als das neueste Porträt von König Leopold eintraf. Eure Schwester war ganz angetan davon, wisst Ihr noch?«

Beatriz erinnert sich noch genau. Den ganzen Tag über hat Sophronia von nichts anderem gesprochen. Als die Sonne unterging, dachte Beatriz, wenn sie noch ein Wort über sein hübsches Gesicht und seine gütigen Augen hören müsste, würde sie höchstpersönlich einen Dolch in die Leinwand rammen.

»Und ihre Schwärmerei sollte sich in der Tat als Unglück erweisen«, sagt Beatriz, muss dabei aber an Violies Worte denken. *Ich glaube, er hat Sophie genauso sehr geliebt wie sie ihn.* Beatriz kann sich nur schwer vorstellen, dass ihre Schwester den glücklosen König aufrichtig geliebt hat. Eine Schwärmerei, ja. Beatriz ist nicht blind, und auch wenn der Schmutz der Straße nach einer Woche auf Reisen Leopold nicht gerade gut zu Gesicht stand, ist ihr nicht entgangen, wie gut er aussieht. Aber Liebe ist etwas ganz anderes, oder etwa nicht?

Unwillkürlich muss sie an Nicolo denken. Auch das war keine Liebe. Den Fehler, den Sophronia gemacht hat, hat sie zwar nicht begangen – was aber vielleicht eher auf Nicolos Verrat zurückzuführen ist als auf ihre eigene Selbstbeherrschung. Ein paar Wochen länger und sie hätte es vermutlich ebenfalls für Liebe gehalten.

»Wir waren also alle auf unterschiedliche Weise betroffen.« Beatriz verbannt Nicolo aus ihren Gedanken und konzentriert sich auf Nigellus. »Nichts gegen Daphnes grässlichen Pickel, aber ist er wirklich mit einer gebrochenen Nase vergleichbar? Und ich glaube kaum, dass wir das Auftauchen von ein paar Sternbildern für Sophronias Tod verantwortlich machen können – das war das Werk meiner Mutter.«

»Alles hängt mit allem zusammen, Beatriz. Vor allem, wenn es um die Sterne geht«, erwidert Nigellus milde. »Aber Ihr habt nicht ganz unrecht. Ihr wart an diesem Tag und bei anderen Erscheinungen der Dornenrose am stärksten betroffen, und dafür gibt es einen Grund. Es dauerte fast zwei Stunden von Eurem ersten Atemzug bis zu dem von Sophronia. Ihr seid Drillinge, Eure Geburten zogen sich in die Länge, also habe ich jede Konstellation während der Wehen Eurer Mutter notiert. Die Dornenrose erreichte ihren Höhepunkt, als Ihr Euren ersten Atemzug getan habt. Sie war auch noch am Himmel, als Eure Schwestern auf die Welt kamen, aber auf Euch hatte sie den stärksten Einfluss.«

Auch wenn diese Information gänzlich neu ist, überrascht sie

Beatriz nicht. Man hat ihr immer gesagt, dass ihre Schönheit ihr größtes Kapital ist – vor allem ihre Mutter wusste das stets zu betonen. Mit der Rose und ihren Dornen ist sie gut vertraut.

»Und meine Schwestern?«, will sie von Nigellus wissen. »Welche Zeichen haben am meisten Einfluss über sie?« Noch im selben Moment bereut sie es, die Frage gestellt zu haben, denn sie ahnt bereits die Antwort.

»Ich würde gerne Eure eigenen Vermutungen hören«, sagt Nigellus und lehnt sich zurück.

Beatriz beißt die Zähne zusammen. »Woher in aller Welt sollte ich das wissen?«, erwidert sie schroff. Doch er scheint sie zu durchschauen.

»Eure Mutter hat es nie für nötig gehalten, Euch Unterricht im Sternenlesen zu erteilen wie Euren beiden Schwestern«, erklärt er ihr. »Sie meinte, je mehr Ihr darüber wisst, desto eher könnte Euch in Cellaria etwas Falsches herausrutschen, das Euch Euren Kopf kostet.«

»Tja, ist mein Tod nicht genau das, was sie will?«, fragt Beatriz – eine weitere scharfe Bemerkung, die Nigellus einfach übergeht.

»Ja, für ein höheres Ziel – nicht für einen blasphemischen Ausrutscher an Eurem ersten Tag im Palast«, antwortet er. »Was ich damit sagen will: Ihr mögt keine Ausbildung im Sternenlesen haben, aber ich bin neugierig, was Eurer Instinkt Euch verrät.«

Beatriz verdreht die Augen. »Der Hungrige Falke scheint am besten zu Daphne zu passen«, überlegt sie laut. »Tatsächlich hat sie etwas Falkenhaftes an sich. Und sie ist viel ehrgeiziger als Sophie und ich.«

Nigellus stimmt ihr nicht zu, aber er widerspricht ihr auch nicht. »Und Sophronia?«

Beatriz schluckt. »Sie wurde unter dem Einsamen Herzen geboren, nicht wahr?«, fragt sie. »Es ist das Symbol für ein Opfer.«

Jetzt nickt Nigellus. »Die beiden anderen Sternbilder, die Flammenkrone und die Drei Schwestern, waren ebenfalls präsent, doch sie standen nie direkt über euch am Himmel«, sagt er. »Also ja, das habt Ihr ganz richtig erkannt.«

Beatriz lacht. »Es gibt viele hässliche Kinder, die unter dem Zeichen der Dornenrose geboren wurden«, wendet sie ein. »Jeder weiß, dass Geburtskonstellationen mit Vorsicht zu genießen sind.«

»Unter normalen Umständen, ja«, bestätigt Nigellus. »Aber wir haben ja bereits festgestellt, dass die Umstände Eurer Geburt alles andere als normal waren.«

»Weil meine Mutter sich uns gewünscht hat?«, fragt Beatriz.

»Weil es nicht nur *ein* Wunsch war«, erklärt Nigellus. »Da war der ursprüngliche Wunsch, mit Drillingen schwanger zu werden, den ich für sie an die Sterne der Arme der Mutter gerichtet habe.« Die Arme der Mutter sind eine Konstellation, die aussieht wie zwei Arme, die einen gewickelten Säugling halten. »Weitaus größere Wünsche waren nötig, als Ihr Eure ersten Atemzüge getan habt und Euer Schicksal mit dem Schicksal des jeweiligen Landes verbunden werden sollte, das Ihr eines Tages Eure Heimat nennen würdet.«

Beatriz blinzelt verwirrt. »Wenn ein Himmelsdeuter so leicht ganze Länder unterwerfen kann, warum hat es dann noch niemand getan?«, fragt sie.

Nigellus schüttelt den Kopf. »Das ist ein viel zu großes Unterfangen und lässt sich nicht mit einem Wunsch an die Sterne bewerkstelligen. Eure Mutter hat sich nicht allein auf die Sterne verlassen, um ihre Pläne wahr werden zu lassen. Sie hat siebzehn Jahre lang alles sorgfältig vorbereitet. Die Wünsche, die am Tag ihrer Drillingsgeburt geäußert wurden, sind nicht für diese Pläne verantwortlich, sie sollten lediglich dafür sorgen, dass diese Pläne eine größere Chance auf Erfolg haben.«

Beatriz lässt sich seine Worte durch den Kopf gehen. Schließlich sagt sie: »Aber es hat nicht funktioniert. Nicht bei mir. Und wie es aussieht auch nicht bei Daphne.«

»Weil Wünsche Opfer erfordern und das Opfer für Euch und Daphne noch nicht vollständig erbracht worden ist«, erklärt Nigellus. »Wie gesagt, die Kaiserin hat bei Eurer Geburt für jede Tochter einen eigenen Stern gewollt. Ich musste aus den betreffenden Konstellationen einen Stern herunterholen, damit ihr Wunsch in Erfüllung ging. In Daphne steckt ein Stück des Hungrigen Falken, bei Sophronia war es das Einsame Herz. Ich habe damals kleine Sterne ausgewählt, wie ich es auch Euch empfehle. Sterne, deren Fehlen nur wenige bemerken – und jene, die es bemerken, sind klug genug, keine Fragen zu stellen.«

»Das Sternbild, von dem Ihr meinen Stern genommen habt, war also … welches?«, fragt sie. »Die Dornenrose?«

Es ist eine enttäuschende Erkenntnis. Obwohl Beatriz' Schönheit das Erste ist, was jeder wahrnimmt, der ihr begegnet, ist ihr Aussehen ihrer Meinung nach das Uninteressanteste an ihr.

Nigellus lehnt sich in seinem Stuhl zurück, faltet die Hände in seinem Schoß und betrachtet sie. »Nein«, sagt er nach einer Weile. »Meine Wahl fiel auf eine andere Konstellation, die sich bei Eurer Geburt am Himmel zeigte, wenn auch nur in Ansätzen. Sie war nicht präsent genug, um in Eurem Horoskop Erwähnung zu finden, vor allem, weil sie bereits wieder verschwunden war, noch bevor Eure Schwestern Euch in diese Welt folgten.«

Beatriz' Brust schnürt sich zu. »Und welches Sternbild war das?«

Nigellus lächelt. »Der Stab des Himmelsdeuters.«

Der Stab des Himmelsdeuters, das Symbol für Magie.

Beatriz' Mund fühlt sich plötzlich trocken an. »Ihr habt das alles geplant«, sagt sie langsam. »Ihr habt *mich* geplant.«

»Ja«, antwortet er schlicht.

»Warum?«

Einen Moment lang antwortet er nicht. »Die Sterne schenken nicht nur Segen und lenken die Verwicklungen des Schicksals, Beatriz«, sagt er schließlich. »Sie verlangen ein Gleichgewicht. Als Himmelsdeuterin werdet Ihr das verstehen, Ihr werdet ihre Forderungen so deutlich vernehmen, wie Ihr jetzt meine Stimme hört. Und Ihr werdet wissen, was zu tun ist, um ihnen zu antworten. Als während Eurer Geburt der Stab des Himmelsdeuters am Firmament erschien, verstand ich dies als eine Forderung.«

Beatriz spürt, wie sich ihr die Nackenhärchen aufstellen. Sie möchte lachen – darüber, wie melodramatisch seine Worte klingen, und auch über die absurde Vorstellung, dass Sterne ihretwegen irgendetwas einfordern, aber ihr Mund ist immer noch trocken. Es dauert einen Moment, bis sie sprechen kann, und selbst dann bringt sie nur ein Wort heraus: »Warum?«

»Weil die Sterne eine ausgeglichene Welt verlangen. Das ist der Grund, warum Wünsche mit Opfern verbunden sind und warum man sich furchtbar fühlt, wenn man einen Stern vom Himmel geholt hat. Es gibt die uralte Prophezeiung eines Himmelsdeuters, dessen Name längst in Vergessenheit geraten ist: Wer die Welt aus dem Gleichgewicht bringt, verdunkelt die Sterne.«

Beatriz wiederholt die Worte halblaut. »Das klingt nicht nach einer Prophezeiung«, sagt sie stirnrunzelnd.

»Wenn man bedenkt, wie oft diese Worte von einer Sprache in die andere und wieder zurück übersetzt wurden, ist das nicht verwunderlich. Aber die Bedeutung bleibt. Die Sterne sind gut zu uns, aber sie erfordern ein Gleichgewicht. Als Ihr und Eure Schwestern auf diese Welt geholt wurdet, hat das die Sterne aus dem Gleichgewicht gebracht – ich hätte damals wissen müssen, dass Eure Mutter zu viel verlangt, aber ich war jung und dumm und neugieriger, als gut für mich war. Als die Sterne ihre Forderung stellten, wusste ich, dass wir zu weit gegangen waren. Eure Mutter schmiedete Waffen, um sie gegen den Rest der Welt einzusetzen, also verlangten die Sterne eine eigene Waffe für sich.«

»Und ausgerechnet ich soll diese Waffe sein?« Beatriz bemüht sich gar nicht erst, ihre Skepsis zu verbergen. Nigellus' Augen werden schmal.

»Wir würden schneller vorankommen, wenn Ihr nicht alles, was ich sage, in Zweifel ziehen würdet«, sagt er scharf.

Beatriz will ihm widersprechen, merkt aber, dass sie damit nur seinen Vorwurf bestätigen würde. »Also gut«, sagt sie. »Ich bin eine Waffe, die von den Sternen geschaffen wurde. Aber um was zu tun – meine Mutter zu zerstören? Wenn die Sterne sie wirklich hätten aufhalten wollen, hätte es dann nicht vor siebzehn Jahren einfachere Wege gegeben, das zu erreichen?«

»Ach, Ihr hört mir nicht zu, Prinzessin.« Er schüttelt den Kopf. »Die Sterne sind nicht auf Eurer Seite, nicht auf ihrer und auch nicht auf meiner. Die Sterne sind keine Soldaten in irgendjemandes Krieg – sie sind das Schlachtfeld, und sie wollen, dass das Spiel so ausgeglichen wie nur möglich ist.«

Daphne

Es ist nicht so, als könnte Daphne sich nichts Schöneres vorstellen, als Eugenia zu vergiften – aber im Grunde bleibt ihr gar nichts anderes übrig. Bei dem Nachmittagstee, zu dem Daphne die Königinmutter zwei Tage nach ihrer Ankunft geladen hat, schien Eugenia mehr zu verheimlichen als preiszugeben – und das wenige, was sie über die verhängnisvollen Geschehnisse in Temarin verriet, durchschaute Daphne sofort als Lügen.

Daphne weiß mit Gewissheit, dass Sophronia vor neun Tagen hingerichtet wurde, Eugenia behauptet jedoch, sie und ihre Söhne seien eine Woche unterwegs gewesen.

Mit der Kutsche braucht man üblicherweise vier Tage von Kavelle nach Friv, und da Eugenia gezwungen war, auf Nebenstrecken auszuweichen, um unerkannt zu bleiben, ist eine Reisedauer von einer Woche durchaus plausibel.

Doch das erklärt nicht die zwei fehlenden Tage.

Und dann ist da noch Eugenias Verletzung. Sie versucht zwar, sie mit Schminke und einer Locke ihres dunkelbraunen Haars zu verbergen, aber im hellen Nachmittagslicht, das durch die Fenster fällt, kann Daphne den dunklen Bluterguss an ihrer linken Schläfe erkennen. Ihrer Größe und Form nach zu urteilen, könnte die Verletzung von einem Pistolenknauf stammen.

Angesichts der Mühe, die Eugenia sich gegeben hat, um den Bluterguss zu kaschieren, spart sich Daphne die Frage danach, wie die Königinmutter sich diese Wunde zugezogen hat – sie rechnet ohnehin nicht damit, eine ehrliche Antwort zu erhalten, und würde sich durch allzu viel Neugier höchstens unbeliebt machen. Und sie hat ein Interesse daran, die Königinmutter auf ihrer Seite zu wissen, zumindest vorerst.

Als Eugenia sich umdreht und einen Diener um etwas mehr Gebäck bittet, beugt Daphne sich rasch über den kleinen Tisch und streut ein wenig Pulver aus ihrem hohlen Ring in Eugenias Tee, bevor sie nach der Sahne greift und einen Spritzer in ihre eigene Tasse gießt.

Es ist nicht genug Pulver, um der Königinmutter ernsthaft Schaden zuzufügen – oder auch nur ihren Verdacht zu erregen. Die kleine Dosis soll Eugenia nur müde machen, was sie, wie Daphne hofft, auf die anhaltende Erschöpfung nach ihrer anstrengenden Reise in den Norden zurückführen wird.

Eine Stunde später sucht Daphne die Königinmutter erneut in den Privatgemächern auf, in denen man sie und ihre Söhne vorübergehend untergebracht hat. Sie kommt unter dem Vorwand, Eugenia ein Buch über die frivianische Geschichte bringen zu wollen, das sie beim Tee einzig und allein aus diesem Grund erwähnt hat. Als die Zofe ihr mitteilt, dass die Königinmutter sich für ein Schläfchen zurückgezogen hat, gibt Daphne sich überrascht und enttäuscht.

»Nun ja, ich lasse das Buch für sie hier, dann hat sie es gleich, wenn sie aufwacht«, sagt sie, während sie an der Zofe vorbei in den Salon späht, wo Prinz Reid und Prinz Gideon mit Holzschwertern spielen. Das Dienstmädchen hat bereits die Möbel beiseitegeräumt, um Platz für die beiden zu schaffen. »Hätten die Prinzen wohl Lust, draußen zu spielen?«, fragt Daphne, laut genug, um die Aufmerksamkeit der beiden zu erregen.

»Dürfen wir?«, ruft der Älteste sofort. Gideon ist vierzehn Jahre alt, schlaksig, hat blondes Haar und Sommersprossen auf Nase und Wangen. Reid, zwei Jahre jünger, steht neben ihm, sein Haar ist etwas dunkler, seine Haut eine Nuance blasser. Beide sehen aus wie ihr großer Bruder, König Leopold, oder zumindest wie die Porträts, die Sophronia ihr von ihrem Verlobten gezeigt hat.

»Eure Mutter hat gesagt, ihr sollt drinnen bleiben.« Die Zofe schüttelt den Kopf und fügt für Daphne erklärend hinzu: »Es tut mir leid, Eure Hoheit, aber die beiden sind noch nicht an das Wetter hier gewöhnt. Es wäre fatal, wenn sie jetzt krank werden würden.«

»O natürlich«, stimmt Daphne zu und reißt in übertriebener Bestürzung die Augen auf. »Das Wetter war auch für mich ein ziemlicher Schock, als ich hier ankam. Aber man muss nur richtig angezogen sein, dann ist es gar nicht so schlimm. Bestimmt können wir mit ein paar von Prinz Bairres alten Kleidungsstücken aushelfen und die beiden Jungen ordentlich einkleiden.«

»Ich weiß nicht recht ...« Die Zofe runzelt unschlüssig die Stirn.

»Ach, das macht überhaupt keine Umstände. Ich wollte ohnehin spazieren gehen, und ich bin sicher, es gibt noch jede Menge auszupacken.« Daphne blickt an dem Dienstmädchen vorbei zu Gideon und Reid. »Habt ihr schon einmal Schnee gesehen? Letzte Nacht ist eine ganze Menge gefallen, genug für eine Schneeballschlacht.«

Reids Augen werden groß wie zwei Münzen. »Bitte, bitte, bitte, Genevieve«, fleht er das Dienstmädchen an. »Wir werden auch ganz brav sein, nicht wahr, Gideon?«

»Sehr brav«, verspricht Gideon, dann fragt er Daphne: »Kommt Bairre auch mit?«

Daphne zuckt innerlich zusammen, obwohl die Frage nicht überraschend kommt. Natürlich schaut ein Junge in Gideons Alter zu Bairre auf. Es könnte tatsächlich nützlich sein, Bairre in der Nähe zu haben. Die Jungen würden sich in seiner Gesellschaft wohlfühlen und sich eher dazu hinreißen lassen, Informationen preiszugeben. Aber Daphne hat ihn seit dem Tee vor zwei Tagen nicht mehr zu Gesicht bekommen, und es graut ihr davor, ihn wiederzusehen.

»Wir können ihn ja fragen«, schlägt sie vor, ehe sie sich wieder an das Dienstmädchen wendet. »Die beiden haben schwierige Tage hinter sich, nicht wahr? Sie sind von zu Hause geflohen und haben ihren Bruder verloren. Sie könnten ein bisschen Ablenkung gebrauchen, findest du nicht auch?«

Die Zofe zögert, wirft einen Blick über ihre Schulter auf die geschlossene Tür, die zum Schlafgemach der Königinmutter führt. »Na gut«, sagt sie dann und dreht sich zu den beiden Jungen um. »Aber ihr müsst tun, was Prinzessin Daphne sagt, und rechtzeitig vor dem Abendessen wieder zurück sein.«

Daphne schenkt der Zofe ihr liebenswürdigstes Lächeln. »Ich bin sicher, sie werden sich von ihrer besten Seite zeigen.«

Bairre erklärt sich bereit, die jungen Prinzen auf dem Gelände herumzuführen, und kramt aus der hintersten Ecke seines Kleiderschranks dicke Mäntel und Stiefel hervor. Sie sind den Jungen zwar ein bisschen zu groß, aber wenigstens halten sie warm.

»Ich habe ihnen eine Schneeballschlacht versprochen«, erklärt Daphne ihm, als sie sich zu viert auf den Weg nach draußen machen. Am frühen Morgen hat es zwar aufgehört zu schneien, aber beim Aufwachen hat Daphne von ihrem Fenster aus die dicke Decke aus Neuschnee gesehen. Während sie am Waldrand entlang einen Hügel hinaufstapfen, gefolgt von sechs Wachen, die gebührend Abstand halten, freuen sich Gideon und Reid über den Anblick ihrer Fußabdrücke im Schnee; besonders Reid stampft bei jedem Schritt vergnügt auf.

»Habt ihr noch nie Schnee gesehen?«, fragt Bairre, und beide schütteln den Kopf.

»In Temarin schneit es nicht«, antwortet Gideon.

»Oh, dann könnt ihr euch jetzt auf etwas freuen«, verkündet Daphne. »In Bessemia schneit es nicht sehr oft, aber bei den seltenen Gelegenheiten hatten meine Schwestern und ich viel Spaß. Wir haben uns mit Schneebällen beworfen und ich war natürlich immer die Beste.«

»Natürlich«, erwidert Bairre mit einem schiefen Lächeln.

»Du und Sophie habt Schneeballschlachten gemacht?«, fragt Reid und zieht die Nase kraus. »Das kann ich mir gar nicht vorstellen.«

»O ja.« Daphne lächelt bei der Erinnerung an eine junge Sophronia, die mit rotem Gesicht und vor Kälte triefender Nase einen Schneeball in den behandschuhten Händen hält und damit auf Daphne zielt. »Bestimmt denkst du, Sophie wäre viel zu nett gewesen, um Schneebälle nach mir zu werfen, aber sie konnte ziemlich wild sein, wenn sie wollte.«

Gideon bleibt skeptisch, aber Reid seufzt laut auf. »Ich vermisse sie«, gibt er zu.

Daphne beißt sich auf die Unterlippe. »Ich auch.« Sie spürt Bairres Blick auf sich, aber auf keinen Fall wird sie noch einmal vor ihm zusammenbrechen, das hat sie schon zu oft getan. Stattdessen konzentriert sie sich auf die bevorstehende Aufgabe. »Bestimmt vermisst ihr auch euren Bruder«, sagt sie mit einem raschen Blick auf die Wachen. Sie sind weit genug entfernt, um sie nicht zu hören, und ihre Aufmerksamkeit gilt ohnehin nicht so sehr Daphne, Bairre und den Prinzen, sondern etwaigen Bedrohungen.

Reid nickt. »Mama sagt, er ist tot.«

»Ist er nicht«, fährt Gideon ihn an.

»Nein?« Daphne blickt den älteren Prinzen fragend an. »Habt ihr denn etwas von ihm gehört?«

»Nein«, antwortet Gideon. Er runzelt die Stirn. »Ich weiß es einfach. Wusstest du, dass Sophie tot ist? Hast du es gespürt?«

Daphne öffnet den Mund und schließt ihn wieder. Während sie noch nach Worten ringt, kommt Bairre ihr zuvor.

»Ich habe es gespürt, als mein Bruder starb«, sagt er. »Cillian war lange Zeit krank, aber ich habe den Gedanken daran nie zugelassen. Bis es passierte.«

Daphne blickt ihn an und ist selbst überrascht, wie stark ihr Bedürfnis ist, seine Hand zu ergreifen. Stattdessen ballt sie ihre Finger zu einer Faust.

»Siehst du?«, ruft Gideon triumphierend. »Ich würde es wissen, wenn Leopold tot wäre. Ist er aber nicht.«

Daphne weiß nicht, wie sehr sie auf ihr Gefühl vertrauen soll, doch sie ist sich ziemlich sicher, dass Leopolds Mutter und seine Brüder tatsächlich nicht wissen, ob Leopold noch lebt oder nicht.

»Es muss sehr beängstigend gewesen sein«, sagt sie nach einer Weile. »Inmitten einer Belagerung aus dem Palast zu fliehen. Ich an eurer Stelle hätte schreckliche Angst gehabt. Ihr seid sehr mutig.«

Gideon und Reid tauschen einen Blick aus, so schnell und flüchtig, dass Daphne ihn beinahe übersehen hätte.

»Ja«, sagt Gideon und hebt sein Kinn. »Da konnte man schon Angst kriegen.«

Er geht nicht näher darauf ein, vielleicht, weil die Ereignisse der Nacht ihn so verstört haben, dass er nicht darüber sprechen kann. Oder aber ...

Daphne bleibt vor Reid stehen und beugt sich vor, um den Kragen seines Mantels zu richten. Sie begegnet seinem Blick und schenkt ihm ein warmes Lächeln.

»Es sei denn, ihr wart in dieser Nacht gar nicht im Palast«, sagt sie wie nebenbei. »Vielleicht wart ihr zu diesem Zeitpunkt bereits weg und außer Gefahr.«

Reid runzelt die Stirn. »Ich ...«

»Nein, wir waren im Palast«, unterbricht Gideon ihn. »Es war schrecklich, genau wie ich sagte. Machen wir jetzt eine Schneeballschlacht oder nicht?«

Forschend betrachtet Daphne Reid noch eine Sekunde länger, dann bückt sie sich, ballt mit breitem Grinsen eine Handvoll Schnee zusammen und landet einen Treffer an Gideons Schulter.

»Erwischt!«, ruft sie, aber da greifen Gideon und Reid bereits lachend in den Schnee, um ihre eigenen Bälle zu formen.

Nach einer halben Stunde, in der die eisigen Geschosse nur so hin und her fliegen, geben sich Daphne und Bairre geschlagen. Die Brüder bewerfen sich nun gegenseitig, sie rennen tiefer in den Wald hinein, ihr Lachen hallt zwischen den Bäumen. Fünf der sechs Wachsoldaten bleiben bei Daphne und Bairre, einer folgt den beiden Jungen.

»Bleibt in der Nähe!«, ruft Daphne ihnen nach. Als sie sich wieder zu Bairre umdreht, erwischt sie ihn, wie er sie beobachtet.

»Glaubst du, sie lügen?«, fragt er. »Über die Ereignisse im Palast?«

»Ich weiß genau, dass sie lügen«, sagt Daphne und lehnt sich gegen den Stamm einer großen Eiche. »Sie können nicht besonders gut schwindeln. Reid wäre eingeknickt, wenn ich ihn allein gehabt hätte, Gideon hingegen schien ... Angst zu haben.«

»Aber warum?«, überlegt Bairre. »Versuchen sie, Leopold zu schützen und seinen Aufenthaltsort geheim zu halten?«

Daphne schüttelt den Kopf. »Nein, ich denke, sie haben wirklich nichts von ihm gehört. Sie lügen, weil ihre Mutter es ihnen eingeschärft hat. Ich habe nicht die geringste Ahnung, warum. Und bevor du nachfragst, ja, bei allen Sternen, das ist die Wahrheit, ich weiß es wirklich nicht.«

Daphne ist sich nicht sicher, ob er ihr glaubt, doch nach einem kurzen Zögern nickt er.

»Wenn sie eine Freundin deiner Mutter ist, kannst du sie dann nicht einfach fragen?« Er sagt die Worte leichthin, auch wenn sie, so vermutet Daphne, nicht ohne Hintergedanken sind.

»Ich weiß nicht, ob sie wirklich befreundet sind, aber seit Sophie Leopold geheiratet hat, gehören sie zu einer Familie«, antwortet sie. Zumindest das kann sie mit Bestimmtheit sagen. »Der Brief, den sie uns zeigte, war in der Handschrift meiner Mutter geschrieben, und wenn ich jetzt so darüber nachdenke, haben die beiden tatsächlich Gemeinsamkeiten. Beide standen sie vor der Aufgabe, Länder zu regieren, die ihnen feindlich gesinnt waren.«

»Niemand in Bessemia würde die Macht deiner Mutter jemals infrage stellen«, sagt Bairre.

Daphne nickt. »Ja, ich kenne es nicht anders. Aber früher, als ich noch ein Baby war, kurz nach dem Tod meines Vaters, gab es viele, die sich weigerten, eine Frau als Kaiserin anzuerkennen – noch dazu eine, die die Tochter eines Schneiders war; viele dachten, sie selbst wären besser für den Thron geeignet.«

»Aber deine Mutter hat über alle triumphiert«, wendet Bairre ein. »Sie ist jedenfalls nicht mit ihren drei Töchtern in ein fremdes Land geflohen.«

Daphne hat noch nie darüber nachgedacht, was seinerzeit der naheliegende Ausweg gewesen wäre. Und wie anders ihr Leben ausgesehen hätte, wenn ihre Mutter diesen Weg gewählt hätte. Vielleicht wären ihnen ohnehin nicht viele Jahre vergönnt gewesen. In der Ferne hört sie Gideon und Reid im Spiel lachen.

Sie schiebt die Gedanken an die Vergangenheit beiseite. »Meine Mutter triumphiert immer«, sagt sie mit einem Lächeln. »Sie verstand es, sich die richtigen Verbündeten zu suchen, und sie hat den Himmelsdeuter Nigellus an ihrer Seite. Jeder, der je versucht hat, sie zu stürzen, hat entweder mit seinem Leben oder seiner Freiheit bezahlt, oder eine angemessene Wiedergutmachung geleistet. In den letzten sechzehn Jahren der Herrschaft meiner Mutter ist Bessemia geradezu aufgeblüht.«

»Vielleicht sollten Töchter von Schneidern öfter zu Herrscherinnen gekrönt werden.« Bairre blickt sie von der Seite an. »Du vermisst sie«, stellt er fest. »Natürlich vermisst du sie, keine Frage. Wenn du von ihr sprichst, strahlen deine Augen.«

Daphne nickt. Sie hatte immer gewusst, dass sie Bessemia, ihre Schwestern und auch ihre Mutter eines Tages verlassen würde. Die Kaiserin hat nie ein Hehl daraus gemacht. Sie hat ihre Töchter dazu erzogen, ihr Zuhause zu verlassen. Aber gerade jetzt, wo Sophronias Tod frisch wie eine offene Wunde ist, würde Daphne einfach alles dafür geben, um sich noch einmal in die Arme ihrer Mutter fallen lassen zu können.

»Sie ist eine bemerkenswerte Frau«, sagt sie zu Bairre. »Ich wollte immer so sein wie sie.«

Bairre tastet nach ihrer Hand und verschränkt ihre Finger miteinander. Er will etwas sagen, doch noch ehe er die Worte formulieren kann, zerreißt ein schriller Schrei die Stille, gefolgt von einem weiteren.

Daphne hat das Gefühl, als würde ihr Blut zu Eis erstarren. Abrupt löst sie ihre Hand aus Bairres Griff. »Die Prinzen«, ruft sie und rennt los.

Bairre holt sie ein, Sekunden später auch die Wachen, die ebenfalls sofort losgelaufen sind. Daphne blickt sich suchend zwischen den Bäumen um, aber außer den Fußabdrücken im frisch gefallenen Schnee ist von den beiden Jungen weit und breit nichts zu sehen.

»Sie können nicht weit gekommen sein«, sagt Bairre, aber es klingt, als wollte er vor allem sich selbst davon überzeugen. »Diese Wälder werden von Patrouillen überwacht, seit ...«

Seit wir hier von Meuchelmördern angegriffen wurden, beendet Daphne im Stillen den Satz. Der Gedanke ist nicht sehr beruhigend.

»Gideon!«, ruft sie. »Reid!«

Rundum herrscht Stille. Sie folgen den Fußspuren und rufen dabei immer wieder die Namen der Prinzen, erhalten jedoch keine Antwort. Die Abdrücke schlängeln sich zwischen Bäumen hindurch, ziehen Kreise, kreuzen sich und enden schließlich auf einer kleinen Lichtung. Und dort in der Mitte liegt der Soldat, der sie beaufsichtigt hat. Der Schnee um ihn herum ist rot von seinem Blut.

Zwei Wachsoldaten rennen zu ihm, aber Daphne weiß auch so, dass er tot ist.

»Pferde«, stößt Bairre atemlos hervor und deutet auf Hufabdrücke im Schnee. »Mindestens fünf.«

Daphne stößt einen leisen Fluch aus, ihr Herz rast. Jemand hat die Prinzen entführt.

Violie

Nach nur einem Tag an Bord der *Astral* kann sich Violie nicht mehr daran erinnern, wie es ist, *nicht* seekrank zu sein. Ihr Magen rebelliert pausenlos und trotz der kühlen Luft hat sich eine dicke Schweißschicht auf ihrer Haut gebildet. Violie liegt auf einer schmalen Pritsche in der kleinen Kajüte, die sie mit Leopold teilt. Aufzustehen ist so anstrengend, dass sie bei jedem Versuch die Sterne um Beistand bittet – aber immer nur im Bett zu bleiben, wäre die reine Tortur. Jede Faser ihres Körpers ist erschöpft, doch egal wie sehr sie sich danach sehnt, mehr als eine Stunde Schlaf am Stück ist ihr nicht vergönnt. Neben dem Bett steht ein Eimer, in den sie immer wieder ihren Mageninhalt entleert, und das, obwohl sie sich kaum dazu durchringen kann, mehr als ein oder zwei Bissen hartes Brot zu essen.

Außer ihrem eigenen Elend bekommt Violie nicht viel mit, aber sie nimmt wahr, dass jemand von Zeit zu Zeit mit einem kühlen, nassen Lappen über ihr Gesicht tupft. Dass jemand sie dazu zwingt, ab und an einen Schluck Wasser zu trinken und kleine Bissen Brot zu essen. Dass jemand den Eimer mit ihrem Erbrochenen ausleert.

Dieser Jemand, so vermutet sie, ist wohl Leopold. Es fällt ihr schwer, auch nur einen klaren Gedanken zu fassen – aber die

Vorstellung, dass der König von Temarin höchstpersönlich sie pflegt und umsorgt, übersteigt selbst im Fiebertraum ihre kühnsten Fantasien.

Violie erwacht im Morgengrauen, zumindest nimmt sie an, dass es früher Morgen ist, dem schwachen Licht nach zu urteilen, das durch das einzige Bullauge in die Kabine fällt. Zwei Tage. Sie ist seit zwei Tagen auf diesem Schiff und es kommt ihr vor wie eine Ewigkeit. Es dauert einen Moment, bis sie einen Duft wahrnimmt, der schwer in der Luft hängt.

»Ingwer«, murmelt sie und rollt sich auf die Seite.

Leopold sitzt auf den Holzdielen neben der Koje, eine Tasse mit dampfendem Tee in der Hand.

»Ja, unter anderem«, bestätigt er und beäugt die Tasse. »Die Schiffsköchin hat ihn für dich gebraut – sie schwört darauf, wenn es darum geht, die Seekrankheit zu vertreiben. Schaffst du es, dich aufzusetzen?«

Es ist eine schier unmenschliche Kraftanstrengung, doch Violie schafft es, sich aufzurichten und sich gegen das Kissen zu lehnen. Leopold reicht ihr die Tasse mit dem Tee, aber Violie ist so schwach und zittrig, dass sie den Tee kaum halten kann. Er hilft ihr, die Tasse zum Mund zu führen, und obwohl der Tee noch heiß ist, schafft sie drei kleine Schlucke.

Violie fängt an zu husten. Schaudernd stellt sie die Tasse ab.

»Die Köchin sagte mir, er sei nicht gerade ein Genuss, doch er erfülle seinen Zweck.«

»So manches Heilmittel ist schlimmer als die Krankheit«, keucht Violie, aber sie schafft es, den Becher aus eigener Kraft zu heben und einen weiteren Schluck hinunterzuwürgen. »Danke.«

Leopold nickt. »Wir liegen gut in der Zeit«, berichtet er.

»Die Sterne und das Wetter sind auf unserer Seite, sagt Kapitän Lehigh. Morgen bei Sonnenuntergang erreichen wir den Hafen von Glenacre.«

»Ich denke, mein Magen wird bis dahin durchhalten, wenn auch nur knapp«, sagt Violie seufzend. Sie meint es als Scherz, aber Leopold runzelt besorgt die Stirn.

»Brauchst du noch irgendetwas? Willst du vielleicht ein Stück Brot?«

Bei dem Gedanken an Essen muss Violie sich beinahe übergeben. Sie schüttelt den Kopf. »Es geht mir gut. Immerhin lebe ich noch.«

»Die Köchin meinte auch, frische Luft würde helfen«, sagt Leopold. »Wenn du den Tee ausgetrunken hast, könnte ich dich hinauf aufs Hauptdeck bringen.«

Violie schüttelt erneut den Kopf. »Die Mannschaft hat dort alle Hände voll zu tun.«

Leopold lacht. »Glaub mir, nach der Feier gestern Abend werden die meisten wohl noch mindestens eine Stunde lang tief und fest schlafen.«

»Feier?«, fragt Violie und nimmt einen weiteren Schluck.

»Captain Lehighs Geburtstag«, erklärt er. »So mancher auf diesem Schiff wird sich heute um einiges elender fühlen als du.«

Violie ringt sich ein Lächeln ab und nimmt einen weiteren Schluck Tee, dann noch einen. Er hilft, stellt sie fest. Zwar ist sie immer noch weit davon entfernt, wieder putzmunter zu sein, aber zumindest hat sich ihr Magen etwas beruhigt. Sie setzt sich aufrechter hin und schafft es, die Tasse mit ein paar weiteren Schlucken bis auf den letzten Tropfen zu leeren.

»Frische Luft schnappen, das hört sich wunderbar an«, sagt sie zu Leopold.

Das Schiffsdeck ist weitgehend menschenleer, nur ganz wenige Besatzungsmitglieder gehen ihren verschiedenen Aufgaben nach, um sicherzustellen, dass die *Astral* auf Kurs bleibt, während alle anderen noch schlafen. Der klare Himmel hellt sich allmählich auf, aber obwohl er sich bereits rosa färbt, sind die Sterne immer noch zu sehen, am Firmament verstreut wie die Diamanten, die Violie so oft für Sophronia poliert hat. Sie hat eine ungefähre Vorstellung davon, welche Sternenhaufen eine Konstellation bilden, auch wenn sie sich nie ganz sicher ist, wie genau die einzelnen Sternenbilder heißen.

»Das ist das Stürzende Wasser«, antwortet Leopold, als sie ihn fragt und dabei auf eine Ansammlung von Sternen im Osten deutet. »Es soll wie ein Wasserfall aussehen.«

Violie kneift blinzelnd die Augen zusammen, kann aber beim besten Willen keinen Wasserfall erkennen. Nun ja, sie glaubt Leopold auch so. Er ist als Prinz aufgewachsen und hat Unterricht bei den besten Lehrern genossen.

»Das stürzende Wasser ... als ein Zeichen für Unausweichlichkeit?«, fragt sie ihn.

Leopold zuckt mit den Schultern. »So in etwa. Ich habe es immer als Schicksalssymbol verstanden. Das Wasser kann nicht anders, als dorthin zu fließen, wohin es fließen muss.«

Sie bleiben an der Reling stehen und Violie lehnt sich mit ihrem ganzen Gewicht dagegen. Sie ist erst seit einigen Minuten auf den Beinen, aber es kommt ihr so vor, als sei sie schon meilenweit gelaufen.

»Hilft sie?«, fragt er. »Die frische Luft?«

»Gegen die Übelkeit, ja«, antwortet Violie. »Ich danke Euch. Für den Tee und ... dafür, dass Ihr Euch so gut um mich gekümmert habt.«

»Was das gute Kümmern angeht, habe ich so meine Zweifel«,

erwidert er und lehnt sich neben sie an die Reling. »Ich hatte eigentlich noch nie mit kranken Menschen zu tun.«

»Kein Wunder, das sollte ein König oder Kronprinz ja auch nicht«, sagt Violie. »Was hätte denn aus Temarin werden sollen, wenn Ihr Euch angesteckt hättet und gestorben wärt? Das Königreich …«

»… wäre bestens ohne mich zurechtgekommen, nehme ich an«, unterbricht er sie und wirft ihr einen Blick von der Seite zu.

Violie weiß nicht, was sie darauf erwidern soll. Sie müsste ihm eigentlich versichern, dass es nicht stimmt, aber sie hat jetzt nicht die Kraft, ihm seine Sorgen zu nehmen. Bevor sie überhaupt etwas sagen kann, durchdringt ein lauter Ruf die Stille.

»He, Leopold!«

Violie stellen sich die Nackenhaare auf – nicht, weil sie die Stimme kennt, sondern weil sie sie *nicht* kennt. Leopold hingegen hat noch nie erlebt, was es heißt, beim Klang seines eigenen Namens zu erschrecken, und so wendet er sich, ohne zu zögern, in die Richtung, aus der der Ruf kam.

Nur wenige Schritte von ihnen entfernt steht ein Mann, gekleidet wie ein Mitglied der Besatzung, in einer derben Hose und einem Hemd, dessen wohl einst sauberes Leinen jetzt nur noch aus Ölflecken zu bestehen scheint. Er hat ein rötliches Gesicht und Bartstoppeln. Mit seinen dunklen, wachsamen Augen mustert er sie eindringlich. In der rechten Hand hält er eine Pistole – die direkt auf Leopold gerichtet ist.

»Ich dachte mir gleich, dass ich Euch kenne.« Der Mann kommt auf sie zu. »Aber ich nehme an, Ihr erinnert Euch nicht an mich.«

»Ich glaube, da liegt eine Verwechslung vor«, sagt Leopold und stellt sich schützend vor Violie, die ihm dankbar dafür ist – nicht, weil sie seinen Schutz bräuchte, sondern weil sie auf diese Weise unbemerkt unter ihren Rock greifen und ein an ihrem

Oberschenkel befestigtes kleines Messer hervorziehen kann. Sie bewegt sich langsam, um nicht aufzufallen, und hofft, dass Leopold den Mann wenigstens noch einen Moment lang am Reden hält.

Der Mann lacht. »Glaubt Ihr wirklich, ich würde das Gesicht des jungen Mannes vergessen, der meine Familie aus ihrem Haus vertrieben hat? Ich versichere Euch, *Eure Majestät*, ich weiß genau, wer Ihr seid.«

Violie bewegt sich jetzt schneller, ihre Finger fahren tastend über den Halteriemen. Plötzlich ist das Risiko, dass dieser Mann Leopold tatsächlich erschießt, sehr viel greifbarer geworden. Sein Wunsch nach persönlicher Rache ist vielleicht größer als die Gier nach dem Kopfgeld, das auf Leopold ausgesetzt ist. Sie blickt sich auf dem Deck um, sieht jedoch niemanden. Die Nachtwache hat sich anscheinend zurückgezogen, während sie und Leopold sich unterhalten haben, und die Tagesbesatzung ist noch nicht an Deck gekommen.

»Ich habe niemand gezwungen ...«, beginnt Leopold und hält dann inne. »Du kommst aus diesem Dorf. Hebblesley.«

»*Hevelsley*«, zischt Violie. *Hevelsley* hieß das Dorf, das Leopold abreißen ließ, um dort sein neues Jagdhaus zu errichten. Violie erinnert sich daran, denn es geschah kurz nach ihrer Ankunft auf dem Schloss. Die Einzelheiten über diese katastrophale Fehlentscheidung hat sie in ihrem ersten verschlüsselten Brief an Kaiserin Margaraux weitergegeben.

»Hevelsley«, korrigiert sich Leopold. »Es tut mir leid, sehr leid. Es gibt keine Rechtfertigung dafür. Mir wurde gesagt, dass nur wenige Menschen dort leben und dass alle dem Umzug zugestimmt haben und für die Unannehmlichkeiten entschädigt wurden. Aber das war eine Lüge, nicht wahr?«

Violie ist überrascht, wie ruhig er spricht, und das, obwohl eine Waffe auf ihn gerichtet ist. Das hätte sie dem verwöhnten König nicht zugetraut. Ihre Finger schließen sich um das Messer und sie richtet sich auf. Sie hat nur einen Versuch – einen einzigen Wurf, um einen Mann niederzustrecken, der sie beide mit einer Waffe bedroht. Das sind keine besonders guten Chancen, und noch schlechter sind sie, wenn man bedenkt, wie geschwächt sie ist. Das Messer liegt unendlich schwer in ihrer Hand, und die Anstrengung, die nötig sein wird, um es zu heben, übersteigt fast ihre Kräfte.

»Eine Lüge«, schnaubt der Mann. Seine Hand zittert, aber das trägt nicht dazu bei, Violie zu beruhigen. Er lässt sich von seinen Gefühlen mitreißen und gerade das macht ihn gefährlich. Es bedeutet, dass er unberechenbar wird – und das ist alles andere als ein gutes Zeichen. »Wir haben kein Geld bekommen. Meine Familie und unsere Nachbarn, wir alle wurden auf die Straße gezwungen, nach Kavelle gekarrt und dort uns selbst überlassen. Ich habe diese sternenverlassene Arbeit auf dem Schiff angenommen, weil es die einzige Anstellung war, die ich bekommen konnte, aber ich bezweifle, dass meine Kinder lange genug durchhalten, um meine Rückkehr zu erleben.«

Violie packt das Messer fester und wappnet sich innerlich. Sie überlegt, wie sie werfen muss und wo die beste Stelle ist, an der sie ihn treffen kann.

»Es tut mir leid«, wiederholt Leopold, und Violie weiß, dass er es ernst meint. Wenn es nach ihm ginge – auch das ist ihr klar –, würde er den Mann einfach abdrücken lassen. Aber Violie hat Sophronia versprochen, Leopold zu beschützen, und sie wird ihr Wort halten. Selbst wenn das bedeutet, dass sie ihn vor sich selbst schützen muss.

Sie wirft das Messer mit aller Kraft, die sie aufbringen kann, und im nächsten Atemzug sehen sie und Leopold mit an, wie sich die Klinge vor ihren Augen in die Kehle des Mannes bohrt. Getroffen sinkt er auf das Deck. Klirrend fällt die Waffe aus seiner Hand, und sie können von Glück reden, dass sich kein Schuss löst. Der Mann stirbt, schnell und geräuschlos, genau wie von Violie beabsichtigt.

Leopold sinkt neben ihm auf die Knie, aber sein Aufschrei bleibt ihm im Hals stecken. Er zieht das Messer aus der Wunde und versucht, mit bloßen Händen das Blut zu stillen.

»Er wollte Euch töten, Leopold«, sagt Violie leise.

»Also hast du ihn stattdessen getötet?« Entsetzt blickt Leopold sie über die Schulter an. Violie versucht, sich von dem Ausdruck in seinen Augen nicht irritieren zu lassen. Es ist besser so, sagt sie sich, wenn er versteht, wer sie ist und wozu sie fähig ist.

»Wenn ich ihn am Arm getroffen und ihn dazu gebracht hätte, die Waffe fallen zu lassen, was dann?«, fragt sie und zwingt sich dazu, Ruhe zu bewahren. Jeden Moment wird die Mannschaft ihr Frühstück beendet haben und an Deck kommen.

Als Leopold spricht, klingt seine Stimme rau. »Er hätte dem Kapitän und jedem, der es hören wollte, gesagt, wer ich bin.«

»Und die hätten nichts Eiligeres zu tun gehabt, als Euch nach Temarin zurückzubringen, um das Kopfgeld zu kassieren«, bestätigt Violie mit einem Nicken. »Das konnte ich nicht zulassen. Es gab nur eine Möglichkeit, und die habe ich ergriffen.«

»Du hast ihn getötet«, sagt Leopold erneut und starrt auf den leblosen Mann. »Er hatte das Recht, wütend auf mich zu sein. Er hatte das Recht, Rache zu wollen. Du hättest ...« Er verstummt.

»Ich hätte *was* tun sollen?«, fragt Violie ihn. Er muss begreifen, dass es keine richtige Antwort gibt, keine gute Antwort. Sie haben das Richtige und Gute hinter sich gelassen, als sie Sophronias Hinrichtung mitansehen mussten. »Wenn Ihr ein Märtyrer sein wollt, nur zu, Leopold. Aber Euer Schicksal ist an das meine gebunden. Wenn man Euch erwischt, werde ich direkt neben Euch hingerichtet. Ich bin nicht bereit, zur Märtyrerin zu werden, um damit Eure Schuld abzutragen.«

Er antwortet nicht, aber auf dem Deck ist es so still, dass sie hört, wie er schluckt. Langsam richtet er sich auf und zieht den leblosen Körper hoch. Dann trägt er den Toten mit versteinerter Miene zur Reling und wirft ihn über Bord. Sie hören beide, wie die Leiche im Wasser landet, aber das leise Platschen wird vom Geräusch der Wellen, die gegen den Schiffsrumpf schwappen, fast übertönt.

Violie geht zu der Stelle, wo der Mann eine Blutspur hinterlassen hat, und hebt ihr Messer auf.

»Wir brauchen einen Eimer Wasser, schnell«, sagt sie zu Leopold. »Egal wie verkatert sie auch sind, die Matrosen werden bald an Deck kommen.«

Leopold nickt, sein Gesicht ist immer noch aschfahl, aber der Schock scheint etwas nachgelassen zu haben. »Und wenn ihnen auffällt, dass ein Besatzungsmitglied fehlt?«, fragt er.

Violie schüttelt den Kopf. »Die plausibelste Erklärung wird sein, dass er zu viel Bier getrunken hat und über Bord gefallen ist«, sagt sie. »Wir dürfen ihnen erst gar keinen Anlass geben, nach einer weniger plausiblen Erklärung zu suchen.«

Er nickt, die Bewegung ist ruckartig. »Unten in der Kombüse habe ich einen Eimer und einen Wischmopp gesehen«, murmelt er und will davoneilen.

»Leopold.« Ihre Stimme ist leise, aber er hört sie dennoch und dreht sich zu ihr um. Erst da merkt Violie, dass sie gar nicht weiß, was sie sagen soll. Sie öffnet den Mund, schließt ihn wieder, setzt erneut an.

»Es war nicht …«, beginnt sie, bringt es jedoch nicht über sich zu sagen, dass es nicht sein Fehler war. Er ist nicht unschuldig.

Ob wissentlich oder unwissentlich, er hat Entscheidungen getroffen, die das Leben des Mannes ruiniert haben. Und die letzte Entscheidung hat nun Violie getroffen, indem sie dieses Leben beendet hat. »Es war notwendig«, sagt sie, denn zumindest das ist die Wahrheit.

Beatriz

Beatriz merkt erst, dass ihre Kutsche die Grenze passiert hat, als Nigellus sie darauf hinweist. Es gibt keinerlei Anzeichen dafür, dass sie bessemianischen Boden erreicht haben, weder die Landschaft noch die Luft hat sich verändert – da ist nichts, was sie in der Heimat willkommen heißen würde. Heimat. Sie hatte damit gerechnet, erst in einigen Monaten zurückzukehren. In ihrer Vorstellung war es eine Heimkehr voller Triumph gewesen, und sie hatte sich auf den Moment gefreut, wenn sie endlich wieder mit ihren Schwestern vereint sein würde.

Aber in Bessemia warten keine Schwestern auf sie und von Triumph kann nicht die Rede sein. Das Einzige, worauf sie sich jetzt freuen kann, ist das Wiedersehen mit einer Mutter, die ihr nach dem Leben trachtet, und weitere Lehrstunden mit einem Himmelsdeuter, dem sie nicht trauen kann. Und, so hofft sie jedenfalls, ein bequemes Bett. Zumindest das hat einen gewissen Reiz.

»Hier in Bessemia sind Pasquale und Ambrose in Gefahr, sie dürfen nicht zusammen mit uns gesehen werden«, sagt Beatriz, als sie den Wald von Nemaria erreichen – den Ort, an dem sie Sophronia und Daphne vor ihrem Abschied zuletzt gesehen hat. Sie weiß noch genau, wie Sophronia in ihrem gelben, rüschenbesetzten temarinischen Kleid in der offenen Kutsche saß, zwischen lauter Fremden und mit verängstigtem Blick. Beatriz zieht den Vorhang zu, um das Kutschfenster zu verdunkeln, und wendet sich an Nigellus. »Ich bin sicher, Ihr könnt eine Unterkunft für die beiden auftreiben.« Es ist eine Forderung, keine Bitte.

»Du bist hier ebenfalls nicht sicher, Triz«, gibt Pasquale zu bedenken. »Deine Mutter will deinen Tod.«

»Auf cellarischem Boden, durch cellarische Hände«, sagt Nigellus. Als Beatriz, Pasquale und Ambrose ihn erstaunt anschauen, runzelt er die Stirn. »Habe ich diesen Teil der Sternenprophezeiung etwa gar nicht erwähnt?«

»Nein, das habt Ihr nicht«, erwidert Beatriz. Die Enthüllung beruhigt sie ein wenig, auch wenn das noch lange nicht bedeutet, dass ihre Mutter nicht andere Mittel und Wege finden könnte, um ihr wehzutun. Und wer sagt, dass ihre Mutter sie nicht auf der Stelle in Ketten legen würde, um sie an Nicolo auszuliefern, der dann keine andere Wahl hätte, als sie zu töten?

»Es wäre genauso wenig in ihrem Interesse, wenn Prinz Pasquale in Bessemia getötet würde«, fährt Nigellus fort. Dass er mit keinem weiteren Wort auf die für Beatriz völlig neue Information eingeht, legt den Schluss nahe, dass er tatsächlich einfach vergessen hat, diesen Umstand zu erwähnen. »Er ist ein Faustpfand gegenüber dem König von Cellaria und sie wird ihn als Druckmittel einsetzen.«

König von Cellaria. Beatriz kann diese Worte immer noch nicht hören, ohne dabei zuerst an König Cesare zu denken und nicht an Nicolo. Sie versucht, sich den Jungen, den sie geküsst hat, mit dieser schweren Krone vorzustellen – und scheitert. Wenn es nach ihr geht, kann das Gewicht der Krone ihn ruhig unter sich zerdrücken.

»Das macht die Sache nicht gerade besser«, bemerkt sie.

»Was glaubst du, wie ich das finde?«, erwidert Pasquale mit mehr Nachdruck, als Beatriz erwartet hat. »Aber da du auf diesen von den Sternen verfluchten Plan bestehst, lasse ich dich nicht allein gehen.« Sein Blick gleitet zu Ambrose, der nachdenklich die Stirn runzelt.

»Ihr seid beide zu wichtig, um getötet zu werden«, überlegt er laut. »Im Gegensatz zu mir.«

Beatriz weiß, dass er recht hat, und sie weiß auch, wie schwer es für Pasquale sein wird, sich nicht für ihn, sondern für sie zu entscheiden. Vermutlich wird er es trotzdem tun, denn er hat ihr ein Versprechen gegeben.

»Das heißt aber auch, dass du zu unbedeutend bist, um Aufmerksamkeit auf dich zu ziehen«, sagt sie zu Ambrose und blickt dabei Nigellus an. »Er könnte ein Bediensteter sein. Euer Diener. Ein Lakai vielleicht, oder ein Kammerdiener.«

Nigellus sagt einen Moment lang nichts, seine Augen scheinen Beatriz zu durchbohren. Dann nickt er, und Beatriz stellt sich vor, wie er im Geiste eine weitere Schuld in das vor ihm liegende Kontenbuch einträgt.

Hapantoile sieht genauso aus, wie Beatriz es in Erinnerung hat, ebenso der Palast im Zentrum der Stadt: strahlend weiße Steinmauern, goldene, mit Juwelen besetzte Tore, himmelblaue Fahnen, die von den Türmen im Wind flattern. Eigentlich müsste es tröstlich für sie sein, dass der Ort, an dem sie aufgewachsen ist, sich nicht im Geringsten verändert hat, aber tatsächlich findet sie den Anblick beinahe verstörend. Denn sie ist nicht mehr derselbe Mensch, der sie war, als sie diesen Ort verließ.

Die Tore öffnen sich, die Kutsche fährt hindurch – und Beatriz hält den Atem an. Nicht wegen der Marmorstufen, die zu den Haupttoren des Palastes führen, nicht wegen der vertrauten

Adelsgesellschaft, die sich versammelt hat, um sie zu begrüßen, sondern wegen der einsamen Gestalt, die auf der obersten Stufe steht, die Hände vor sich gefaltet und – was Beatriz beinahe als Hohn empfindet – von Kopf bis Fuß in Schwarz gekleidet.

Kaiserin Margaraux. Ihr Gesicht ist verschleiert, aber Beatriz würde sie überall erkennen. Sie weiß, dass die Augen ihrer Mutter unter der schwarzen Spitze einen trügerisch warmen Bernsteinton haben, dass ihre Lippen in diesem ganz besonderen Rot geschminkt sind – und missbilligend geschürzt, wie immer, wenn sie ihre Tochter Beatriz ansieht, als sei sie ein unlösbares Problem.

Ein Lakai öffnet die Kutschentür, und Nigellus steigt aus, gefolgt von Pasquale, der Beatriz die Hand hinhält. Sie wirft einen letzten Blick auf Ambrose, der in der Kutsche außer Sichtweite bleibt, um später mit Nigellus zu dessen Wohnung weiterzufahren. Sie kennt Ambrose nicht besonders gut, aber er schenkt ihr ein kleines, beruhigendes Lächeln, und Beatriz ist ihm dafür dankbar.

Sie nimmt Pasquales Hand und lässt sich von ihm aus der Kutsche helfen. Das Klappern ihrer Absätze klingt in der Stille unnatürlich laut. Sie blickt hoch zu ihrer Mutter, die etwa ein Dutzend Stufen über ihr steht, und versinkt in einen tiefen Knicks. Neben ihr verbeugen sich auch Pasquale und Nigellus vor der Kaiserin.

»Mein liebes Kind«, begrüßt ihre Mutter sie laut, sodass alle Anwesenden es hören können, während sie elegant ihren Kleidersaum hebt, um die Stufen hinabzusteigen. »Ich bin so froh, dass du in Sicherheit bist.«

Kaum hat sich Beatriz von ihrem Knicks erhoben, da umarmt die Kaiserin sie auch schon und hält sie fest. Ihr Schluchzen ist ein bisschen dick aufgetragen, denkt Beatriz, aber sie hält ihre Mutter ebenso fest und lässt falsche Tränen in ihren Augen aufsteigen, während sie ihr Gesicht in der Schulter ihrer Mutter vergräbt. Dies ist eine Inszenierung, und wenn Beatriz etwas kann, dann ist es Schauspielern.

»Mama!«, ruft sie ebenso laut wie die Kaiserin und mit einem Hauch von Hysterie in der Stimme. »Oh, ich hatte so schreckliche Angst!«

»Nun, nun, meine Liebe, jetzt bist du ja zu Hause und in Sicherheit.« Die Kaiserin streicht Beatriz eine widerspenstige Strähne ihres kastanienbraunen Haares aus dem Gesicht, hält sie am Arm fest und heißt Pasquale höflich willkommen. Dann wendet sie sich den leise tuschelnden Hofleuten zu. »Nach dem tragischen Verlust meiner geliebten Sophronia bin ich dankbar, dass Nigellus Prinzessin Beatriz und ihren Gemahl, Prinz Pasquale, wohlbehalten zu mir zurückbringen konnte.« Sie nimmt Nigellus' Hand in ihre und hebt sie hoch, was die Menge zu einem, wenn auch halbherzigen, Applaus veranlasst. Dennoch muss Beatriz zugeben, dass es wohl die herzlichste Begrüßung ist, die Nigellus in Bessemia je erfahren hat, was ihn jedoch eher zu verwirren scheint.

»Komm, mein Täubchen.« Die Kaiserin führt Beatriz die Treppe hinauf und lässt Pasquale und Nigellus keine andere Wahl, als ihr zu folgen. »Ihr habt gewiss eine anstrengende Reise hinter euch, aber es gibt viel zu besprechen.«

Gleich nach ihrer Ankunft nimmt die Kaiserin Beatriz den einzigen Rückhalt, indem sie einen Lakaien beauftragt, Pasquale in seine Gemächer zu führen, damit er sich ausruhen kann. Auch Nigellus schickt sie weg, wobei Beatriz sich einen Moment lang fragt, ob sie ihr dafür dankbar sein sollte oder nicht – auch wenn der Himmelsdeuter nicht unbedingt eine Stütze war, hätte er doch zumindest als eine Art Puffer dienen können.

Als die Kaiserin ihre Tochter nun in den Thronsaal führt und die Tür hinter sich schließt, steht Beatriz mit einem Mal ganz allein vor der Frau, die ihre Schwester getötet hat – der Frau, die auch Beatriz getötet hätte, wenn ihre Pläne nicht von einem intriganten Zwillingspaar durchkreuzt worden wären, das es auf den Thron von Cellaria abgesehen hatte.

»Du hast also versagt«, stellt die Kaiserin fest und schlägt ihren Schleier zurück. Keine Spur mehr von der trauernden Mutter, die Theatervorstellung ist vorbei. Die Kaiserin betritt das Podest, lässt sich auf den Thron sinken und kreuzt ihre Knöchel.

Beatriz hat erwartet, dass ihre Mutter sie woanders hinführt, vielleicht in einen Salon, wo es gemütlicher ist. Aber ihre Mutter will ihr eine Lektion erteilen und dafür gibt es keinen besseren Ort als den Thronsaal.

»Wir wurden hereingelegt«, verteidigt sich Beatriz und hebt ihr Kinn.

»Von einem Jungen und einem Mädchen, die so unbedeutend sind, dass ich mich noch nicht einmal an ihre Namen erinnern kann«, erwidert ihre Mutter, jedes einzelne Wort klirrend kalt wie Eis.

»Gisella und Nicolo«, antwortet Beatriz, auch wenn ihr klar ist, dass ihre Mutter nicht nach dieser Antwort gefragt hat. »Jetzt wohl eher *König* Nicolo«, fügt sie hinzu.

»Du hast eine scheußliche Haltung, Beatriz«, sagt ihre Mutter tadelnd, aber Beatriz macht keine Anstalten, sich gerader aufzurichten. Die Kaiserin verdreht missbilligend die Augen. »Wieso konnte es überhaupt so weit kommen?«

Es konnte so weit kommen, weil ich ihnen im falschen Moment mein Vertrauen geschenkt habe. Weil Sophronia mich um Hilfe gebeten hat und ich mich dazu entschieden habe, ihr zur Seite zu stehen. Weil ich die Pläne sabotiert habe, die du siebzehn Jahre lang ausgeheckt hast.

Nichts davon kann Beatriz laut aussprechen – ihre Mutter weiß nicht, was in Cellaria schiefgelaufen ist und dass Beatriz Gisella und Nicolo um Hilfe gebeten hat, um Lord Savelle aus dem Gefängnis zu holen, damit zwischen Temarin und Cellaria kein Krieg ausbricht. Wenn sie es wüsste, da ist Beatriz sich sicher, würden sie jetzt ein ganz anderes Gespräch führen, wenn es denn überhaupt noch zu einem solchen Gespräch kommen würde. Beatriz denkt fieberhaft nach, um eine Lüge zu spinnen, die der Wahrheit möglichst nahekommt.

»König Cesare hatte den Verstand verloren«, sagt sie mit einem Seufzer. »Später habe ich herausgefunden, dass Nicolo und Gisella ihn regelmäßig mit kleinen Dosen Zyanid aus gemahlenen Apfelkernen vergiftet haben. Daran ist er schließlich gestorben.« So viel ist wahr, aber ab hier weicht Beatriz ab: »So umnachtet er auch war, er hatte den Beschluss gefasst, Lord Savelle doch nicht hinzurichten – eine Entscheidung, die er nur Pasquale und mir anvertraute, soweit ich weiß. Ich habe versucht, ihn vom Gegenteil zu überzeugen, aber gegen einen Verrückten zu argumentieren, trieb mich fast selbst in den Wahnsinn. Daher kam ich auf die Idee, Lord Savelle im Kerker aufzusuchen, und den Wunschdiamanten, den du mir mitgegeben hattest, dafür zu nutzen, ihn noch stärker in Verruf zu bringen.« Wie zum Beweis zeigt Beatriz auf ihr Handgelenk, an dem jetzt der Armreif fehlt. In Wahrheit hat sie den Wunsch dazu benutzt, um Lord Savelle zur Flucht zu verhelfen und ihn sicher zu den Docks zu bringen, wo Ambrose schon mit dem Boot seines Onkels auf ihn wartete.

Sie ist sich nicht sicher, ob ihre Mutter ihr glaubt, denn die Miene der Kaiserin ist auf nervenaufreibende Art undurchschaubar. Aber Beatriz hat jetzt keine andere Wahl mehr, als ihre Geschichte weiterzuspinnen.

»Ich konnte nicht einfach auf eigene Faust in den Kerker gehen, also habe ich um Hilfe gebeten, was sich nur allzu bald als fataler Fehler erwies. Wie du hielt auch ich Gisella für harmlos und erklärte ihr, dass ich nur kurz mit meinem ... Liebhaber sprechen wollte.« Sie bringt es fast nicht über sich, das Wort *Liebhaber* auszusprechen, aber genau das war es ja, was ihre Mutter ihr aufgetragen hatte: Sie sollte Lord Savelle zu ihrem Geliebten machen, und bisher ist die Kaiserin in dem Glauben, dass ihr das gelungen ist. »Sie sagte, sie würde mir helfen, aber stattdessen rief sie die Wachen herbei und ließ mich wegen Verrats festnehmen. Da wollte ich den Sternenwunsch einsetzen, um mich zu retten, doch aus irgendeinem Grund wusste Lord Savelle, was es mit dem Diamanten auf sich hat, und konnte ihn mir entwenden. Dann benutzte er ihn selbst und so gelang ihm die Flucht.«

Die Kaiserin lehnt sich zurück und sieht Beatriz mit kalten Augen an.

»Das ist aber interessant, Beatriz«, sagt sie. »Soweit ich gehört habe, war Nicolo dein Liebhaber.«

Beatriz versucht, ihre Überraschung zu verbergen – sie und Nicolo waren nie ein Liebespaar. Sie haben sich nur zwei Mal geküsst, und beide Male, da ist Beatriz sich sicher, hat niemand sie beobachtet. Wie also kann diese Information ihrer Mutter zu Ohren gekommen sein? Sie zwingt sich dazu, ein strahlendes Lächeln aufzusetzen.

»Nun ja, Mutter, du hast nie von mir verlangt, dass ich nur den einen haben darf, oder?«

Die Kaiserin mustert Beatriz, als könnte sie glatt durch ihr Lächeln hindurchsehen. »Ich hätte nicht gedacht, dass ich eine Närrin großgezogen habe, Beatriz, und ich weigere mich zu glauben, dass es sogar zwei sind.«

Bei der Anspielung auf Sophronia ballt Beatriz ihre Hände zu

Fäusten, die zum Glück von ihrem bauschigen Rock verdeckt werden.

»Sophronia war keine Närrin«, erwidert sie, darauf bedacht, dass ihre Stimme sie nicht verrät, dass kein Gift der Verbitterung aus ihren Worten sickert. Sie darf ihre Karten nicht zu früh aufdecken, schon gar nicht in Gegenwart ihrer Mutter. Und das bedeutet, sie kann ihrer Mutter nicht die Schuld an Sophronias Tod geben, jedenfalls jetzt noch nicht. Also ändert sie ihre Taktik. »Nigellus sagte, du wärst kaum auf Gegenwehr gestoßen, als du Anspruch auf Temarin erhoben hast. Kann ich davon ausgehen, dass diejenigen, die für Sophies Mord verantwortlich waren, inzwischen tot sind?«

Ihre Mutter trägt einen so perfekten Ausdruck der Trauer zur Schau, dass sich Beatriz beinahe davon täuschen ließe, wenn sie es nicht besser wüsste. »Alle bis auf einen«, sagt die Kaiserin und runzelt ihre unnatürlich glatte Stirn – das Ergebnis von Unmengen an Sternenstaub. »König Leopold hat es irgendwie geschafft zu entkommen.«

Auch Beatriz runzelt die Stirn, als wäre das eine Neuigkeit für sie, als hätte sie König Leopold nicht mit eigenen Augen gesehen, vor Kummer und Schmerz zu einer Hülle seiner selbst zusammengeschrumpft. »Was hat Leopold mit Sophies Tod zu tun?«, fragt sie, aber noch während sie die Worte ausspricht, ruft sie sich in Erinnerung, dass sie von ihrer Mutter nichts als Lügen zu erwarten hat.

Ihre Mutter zuckt zusammen, als würde die Frage ihr körperliche Qualen bereiten. »Ich weiß aus zuverlässiger Quelle, dass er Sophronia geopfert hat, um seine eigene Haut zu retten. Natürlich wäre er dazu nicht in der Lage gewesen, wenn sie von Anfang an auf mich gehört hätte, aber deine Schwester hatte schon immer eine Schwäche für ihn und eben die wurde ihr zum

Verhängnis. Ich habe alles in meiner Macht Stehende getan, um das zu verhindern, aber ...« Mit einem klagenden Seufzer lässt sie die Worte verklingen.

Beatriz muss sich sehr beherrschen, um sich nicht auf sie zu stürzen und ihre Hände um den Hals ihrer Mutter zu legen.

»Nun gilt es vor allem sicherzustellen«, fährt die Kaiserin fort und richtet sich wieder auf, »dass Leopold nicht länger auf freiem Fuß bleibt. Allerdings haben meine Leute inzwischen mehrere vielversprechende Spuren aufgenommen. Das habe ich also im Griff. Was ich *nicht* habe, ist Cellaria.«

Beatriz zuckt mit den Schultern und verschränkt die Hände vor sich. Sie versucht, unbeeindruckt zu wirken, die freche, rebellische Prinzessin zu sein, für die ihre Mutter sie hält. »Ich bezweifle, dass Nicolos Herrschaft lange andauern wird – der Hof ist nicht auf seiner Seite, jedenfalls nicht, wenn es hart auf hart kommt. Sobald du Friv erst einmal unter deiner Kontrolle hast, dürfte es kein Problem sein, mit einer vereinten Armee das Land einzunehmen. Es erfordert einfach Geduld.«

Ihre Mutter schnaubt. »Ausgerechnet du rätst mir zur Geduld, Beatriz.« Sie schüttelt den Kopf. »Nein, ich habe nicht vor abzuwarten. Es spielt keine Rolle, was ein verrückter König auf seinem Sterbebett verkündet hat – Pasquale ist sein Erbe und der rechtmäßige König von Cellaria. Ihr beide werdet nach Cellaria zurückkehren, um den Thron zu beanspruchen. Lasst den Usurpator und seine Schwester hinrichten, zusammen mit jedem, der versucht, ihn zu unterstützen.«

Beatriz starrt ihre Mutter fassungslos an. »Das«, sagt sie langsam, »wäre der reine Selbstmord.«

Die Kaiserin verdreht die Augen. »Musst du immer so dramatisch sein, Beatriz? Ich habe dich nicht zu einer Versagerin erzogen.«

Sie hat Euch zum Sterben erzogen, hallen Nigellus' Worte in ihrem Kopf wider. Falls Beatriz noch letzte Zweifel hatte, dass er die Wahrheit sagte, so sind sie jetzt verflogen.

»Das kann nicht dein Ernst sein«, begehrt sie auf. »Macht entsteht nicht auf dem Papier, das weißt du besser als jede andere.«

Ihre Mutter ignoriert ihren Einwand. »Natürlich werde ich Truppen mitschicken, um euren Anspruch durchzusetzen«, fügt sie hinzu. »Ich kann nicht alle Soldaten aus Temarin abziehen, und auch Bessemia darf nicht wehrlos den Feinden ausgesetzt werden, daher wird es nur ein kleiner Trupp sein. Aber ich vertraue darauf, dass du die Situation meistern wirst.«

Das ist also der Plan ihrer Mutter, denkt Beatriz. Sie will sie zurück in die Höhle der Löwen schicken und dann die Löwen abschlachten, als Rache dafür, dass sie ihre Tochter verschlungen haben. Wenn ihre Mutter sich das in den Kopf gesetzt hat, ist es sinnlos, sich dagegen zu wehren. Aber eher wird jeder Stern vom Himmel fallen, als dass Beatriz wieder einen Fuß nach Cellaria setzt.

Sie atmet tief aus und tut so, als würde sie über die Worte ihrer Mutter nachdenken. »Wir brauchen Zeit, um die nötigen Vorbereitungen zu treffen«, sagt sie schließlich.

»Zwei Wochen«, antwortet ihre Mutter knapp. »Und nun muss ich mich auf das Abendessen mit dem frivianischen Botschafter vorbereiten. Du findest ja sicher allein den Weg in dein Zimmer.«

Damit ist sie entlassen. Beatriz ist schon fast an der Tür, als ihr die Bedeutung der Worte aufgeht und sie innehält.

»Ich bin eine verheiratete Frau«, sagt sie. »Sollte ich da nicht zusammen mit meinem Mann untergebracht werden?«

Die Kaiserin sieht sie mit einem spöttischen Lächeln an, und Beatriz wird klar, dass ein oder zwei Küsse mit Nicolo bei Weitem nicht alles sind, was ihre Mutter über die Beziehungen am Hof von Cellaria weiß. »Bitte, Beatriz, halte mich nicht für dümmer, als ich bin. Wenn du darauf bestehst, dich wie ein Kind zu benehmen, kannst du auch in deinem Kinderzimmer schlafen.«

Daphne

Im Palast herrschte den ganzen Tag über Chaos. Der gesamte Wald rund um das Schloss und die angrenzende Stadt Eldevale wurden nach den verschwundenen Prinzen abgesucht; da kaum jemand wusste, dass Reid und Gideon Prinzen sind, konnte niemand sich den Grund für ihr Verschwinden erklären. Warum sollte jemand die Söhne eines verstorbenen frivianischen Adligen und seiner ausländischen Frau entführen?

Eugenia hingegen ist außer sich vor Verzweiflung. So wird es Daphne zumindest weitergegeben, denn die Königinmutter verlässt ihr Zimmer nicht, und ihre Zofe behauptet, sie müsse mit einer Tinktur aus Eddelbeeren und gemahlener Vestalwurzel ruhiggestellt werden.

Nach einer Nacht und einem Tag der unermüdlichen Suche gibt es immer noch keinen Hinweis darauf, wer die Prinzen entführt haben könnte und warum. Die Hufspuren, die Daphne und Bairre verfolgt haben, führten nirgendwohin, sondern verliefen immer nur im Kreis, und nach einem weiteren starken Schneefall sind auch sie verschwunden, sodass es nicht mehr die geringste Spur von den Prinzen gibt.

Daphne braucht Bairre nicht zu fragen, ob er etwas damit zu tun hat – sie kennt ihn inzwischen gut genug, um zu wissen, dass er niemals Kinder in Gefahr bringen würde und dass seine Bestürzung und sein Entsetzen angesichts ihrer Entführung echt und nicht gespielt waren. Was nicht ausschließt, dass die Rebellen ihre Hände im Spiel haben.

Sie selbst hat nur eine Erklärung: Bairre hat jemandem die wahre Identität der Prinzen preisgegeben, und diejenigen waren alles andere als erfreut darüber, dass Friv sich in die Angelegenheiten eines fremden Landes einmischt.

Daphne hat keine Gelegenheit, ihn danach zu fragen, denn er ist bereits wieder mit einem Spähtrupp aufgebrochen, um in den umliegenden Dörfern nach Hinweisen zu suchen, die Aufschluss über den Aufenthaltsort der Jungen geben könnten.

Als Daphne nach Cliona fragt, wird sie zu den Ställen geschickt, wo sie das Mädchen beim Striegeln ihres Pferds antrifft – einer großen Stute, deren Fell bis auf einen weißen Stirnfleck, der Daphne an eine Krone erinnert, völlig schwarz ist. Cliona scheint nicht sonderlich überrascht zu sein, dass Daphne bei ihr auftaucht, denn sie unterbricht ihre Arbeit und nickt ihr auffordernd zu.

Daphne verschwendet keine Zeit auf höfliches Geplänkel – die Ställe sind menschenleer, dafür hat sie selbst gesorgt.

»Haben deine Leute die Prinzen entführt?«, fragt sie.

Clionas Miene bleibt unergründlich. »Prinzen?«, sagt sie, aber in Daphnes Ohren klingt es ein wenig zu unschuldig, um glaubhaft zu sein. Also hat Bairre ihr die wahre Identität der Prinzen verraten. Oder jemand anders hat es getan.

»Du bist wirklich eine furchtbar schlechte Lügnerin.« Daphne tritt in den Stall und streckt die Hand aus, um die Stute hinter dem Ohr zu kraulen. Das Pferd scheint die Berührung zu genießen und wiehert leise. Es stimmt eigentlich gar nicht – Cliona ist eine gute Lügnerin, aber Daphne ist einfach noch besser darin, Menschen zu durchschauen.

Cliona reagiert ungewohnt dünnhäutig auf Daphnes Bemerkung. Verärgert presst sie die Lippen zusammen und sagt: »Also gut, dann lass mich das ein für alle Mal klarstellen ...« Sie schaut hoch und ihre Blicke begegnen sich, silberne Augen treffen auf braune. »Weder ich noch irgendwelche Rebellen haben etwas mit der Entführung dieser Jungen zu tun.«

Daphne versucht, in ihrem Gesicht zu lesen. Cliona sagt die Wahrheit – zumindest glaubt sie das selbst. Das Mädchen behauptet, über jeden Schritt der Rebellen Bescheid zu wissen, jeden Plan, den sie aushecken, zu kennen, doch Daphne vergisst nicht, dass der Anführer der Rebellen Clionas Vater ist, und vielleicht gibt es Dinge, mit denen er das Gewissen seiner Tochter nicht belasten möchte.

»Aber du wusstest sofort, wer sie sind«, sagt Daphne und verzichtet darauf, weiter nachzubohren.

Cliona schnaubt. »Natürlich«, sagt sie. »Mir ist klar, dass der König sein Volk unterschätzt, aber ich dachte, zumindest du wärst nicht so naiv wie er.«

»Dann gab es also tatsächlich einen Plan, um die Prinzen und ihre Mutter loszuwerden«, stellt Daphne fest. »Was hattet ihr vor?«

Cliona verdreht die Augen. »Nichts so Heimtückisches, wie du es dir vielleicht vorstellst«, erwidert sie. »Wir wollten einfach Hinweise auf ihre wahre Identität durchsickern lassen, damit das Volk von Friv Druck auf den König ausübt, sie nach Temarin zurückzuschicken.«

»Und wenn er sich geweigert hätte, wäre der Widerstand gegen seine Herrschaft nur weiter gewachsen«, fügt Daphne hinzu.

Cliona zuckt mit den Schultern. »So oder so hätte es uns in die Karten gespielt. Wir hatten also keinen Anlass, die Jungen zu entführen.« Sie sieht Daphne eindringlich an. »Genauso wenig, wie wir einen Anlass hatten, dir nach dem Leben zu trachten, Prinzessin.«

»Das sagst du, nachdem du mir mit dem Tod gedroht hast«, gibt Daphne zurück. In einem Punkt hat Cliona allerdings recht. Sie und die Rebellen waren nicht für die Anschläge auf ihr Leben verantwortlich, und Daphne hat nie herausgefunden, wer wirklich dahintersteckte. Wenn es stimmt und noch jemand anderes im Spiel ist, könnte derjenige sowohl für die Anschläge auf sie als auch für die Entführung der Jungen verantwortlich sein.

»Die Meuchelmörder haben uns damals in eben jenen Wald gelockt, in dem nun die Prinzen entführt wurden«, sagt Cliona, als könnte sie Daphnes Gedanken lesen.

»Es hat seither keine weiteren Anschläge auf mein Leben gegeben.« Daphne schüttelt den Kopf. »Wir haben alle Attentäter getötet – wie kommst du darauf, dass es noch mehr von ihnen gibt?«

»Weil ich in den letzten Jahren viel über Untergrundkämpfer gelernt habe. An Bewegungen dieser Art sind immer viel mehr Leute beteiligt, als man denkt, und meistens sitzen sie direkt vor deiner Nase.«

Das klingt nicht gerade beruhigend, aber das sind Clionas Worte nur selten.

»Apropos«, fährt Cliona fort, »ich habe dich noch gar nicht gefragt, wo du das Kämpfen gelernt hast. Ich habe noch nie eine Prinzessin getroffen, die so gut mit einem Messer umgehen konnte wie du.«

»Außer mir hast du überhaupt noch nie eine Prinzessin getroffen«, stellt Daphne klar. »Ich dachte, du und Bairre stellt mir keine Fragen, damit ich im Gegenzug keine Antworten von euch verlange.« Daphne wendet sich zum Gehen. Sie ist schon fast an der Tür, als sie die Stimme von Cliona hinter sich hört.

»Früher oder später, Daphne, wirst du jemandem vertrauen müssen.«

Daphnes Schritte stocken für einen Moment, und sie ist versucht, ihr darauf eine Antwort zu geben. Sie vertraut ihrer Mutter, mehr hat sie nie gebraucht und mehr wird sie auch nicht brauchen. Sie wird nicht die gleichen Fehler machen wie ihre Schwestern. Aber die Worte wollen nicht über ihre Lippen kommen. Sie geht, ohne sie auszusprechen.

Bairre und sein Spähtrupp kehren am Abend ins Schloss zurück, und als Daphne nach dem Essen in ihre Gemächer geht, wartet er dort bereits auf sie. Er sitzt in dem grünen Samtsessel, den Daphne mittlerweile als seinen Stammplatz ansieht, weil er dort die Nächte verbracht hat, während sie krank oder verletzt war. Es sind schon viel zu viele Nächte gewesen, denkt sie.

Er hat nach seiner Ankunft ein Bad genommen, sein kastanienbraunes Haar ist noch nass und der Geruch seiner Seife – irgendetwas mit Bergamotte – liegt in der Luft.

»Habt ihr etwas in Erfahrung bringen können?«, fragt sie sofort und schließt die Tür hinter sich. Wenn er die Prinzen gefunden hätte, hätte sich das schon in der kurzen Zeit, die er zum Baden brauchte, im Schloss herumgesprochen, aber sie fragt trotzdem. Als er den Kopf schüttelt, wird ihr das Herz schwer.

»Meine Mutter will heute Nacht wieder den Sternen lauschen. Sie haben noch nicht mit ihr über die Prinzen gesprochen«, sagt er.

»Wir hätten besser auf sie aufpassen müssen.« Daphne schüttelt den Kopf und lehnt sich gegen die geschlossene Tür. »Ich hätte nie geglaubt, dass sie ...«

»Niemand hat das.« Bairre steht auf und kommt auf sie zu, bleibt aber ein paar Schritte vor ihr stehen, als hätte er Angst, ihr zu nahe zu kommen.

Besser so, denkt Daphne, auch wenn sie sich insgeheim wünscht, er würde die Distanz zwischen ihnen überwinden und sie in seine Arme nehmen.

»Als Cillian und ich jünger waren, haben wir oft in den Wäldern gespielt und waren dort nie solchen Gefahren ausgesetzt. Alle in Friv wussten, dass wir Prinzen waren, und niemand hätte uns entführt. Auch den beiden Jungen hätte dort nie etwas passieren dürfen.«

»Es ist nicht das erste Mal, dass in diesem Wald Gefahren lauern.« Daphne erinnert sich an ihr Gespräch mit Cliona. »Ich werde den Gedanken nicht los, dass die beiden Ereignisse zusammenhängen. Cliona schwört, dass die Rebellen nichts damit zu tun haben...«

»Natürlich nicht.« Bairre schüttelt den Kopf. »Ich würde nie zulassen, dass sie Kindern etwas antun.«

Daphne verschlägt es beinahe die Sprache – nicht etwa, weil seine Ehrvorstellungen sie rühren, sondern weil er tatsächlich so naiv ist zu glauben, er hätte ein Mitspracherecht bei den Plänen der Rebellen. Bairre ist lediglich Kronprinz wider Willen, doch er hat nicht das Kommando über die Rebellen. Davon ist er weit entfernt.

»Aber einen Himmelsdeuter zu ermorden ist in Ordnung?«, entgegnet Daphne provozierend. »Sag mir doch, was genau hat Fergal verbrochen? Es muss etwas wirklich Abscheuliches gewesen sein, dass er einen so grausamen Tod verdient hatte.«

Bairre runzelt die Stirn. Er öffnet den Mund und will etwas sagen, scheint es sich dann jedoch anders zu überlegen.

»Du magst einer von ihnen sein, Bairre, aber du bist nicht derjenige, der die Regeln aufstellt«, sagt Daphne leise. Sie wartet einen Moment, bevor sie weiterspricht, damit ihre Worte zu ihm durchdringen. »In diesem Punkt jedoch hast du wohl recht: Mit der Entführung der Prinzen haben die Rebellen nichts zu tun. Es gab eine Zeit, da dachte ich, sie würden auch hinter all den Attentatsversuchen auf mein Leben stecken.«

Daphne hat mit seinem Protest gerechnet, aber er schweigt. Also ist er nicht völlig blind, was die Rebellen betrifft und die Taten, zu denen sie fähig wären, um ihre Ziele zu erreichen. »Womit ich offensichtlich falschlag«, fährt sie fort. »Wir müssen also davon ausgehen, dass es eine dritte Partei in Friv gibt, die uns schaden will – wobei ich nicht ganz sicher bin, wer genau *wir* sind. *Mir* wollen sie ganz sicher schaden, so viel steht fest. Es war kein Zufall, dass sowohl der Attentatsversuch als auch die Entführung der Prinzen in diesem Wald stattfanden.«

»Und der Giftanschlag auf dich«, erinnert Bairre sie.

Daphne runzelt die Stirn. Das waren völlig andere Umstände, oder nicht? Man hat Zenia das Gift zugesteckt, damit sie es Daphne verabreichte, und zwar lange bevor sie auch nur einen Fuß in den Wald setzte. Dass es dann ausgerechnet dort passierte, war wohl tatsächlich ein Zufall. Es sei denn …

»Und als mein Sattelgurt riss, war ich ebenfalls im Wald«, überlegt sie laut. »Eigentlich wäre ich ganz allein unterwegs gewesen. Der falsche Stalljunge, der den Sattelgurt durchgeschnitten hat, konnte ja nicht ahnen, dass ich Cliona treffen würde.«

Daphne wird ganz flau im Magen. Dieser Attentäter ist tot, sie war dabei, als er starb, hat seinen leblos kalten Körper mit eigenen Augen gesehen. Aber jemand anderes ist noch irgendwo da draußen, das weiß sie so sicher, wie sie ihren eigenen Namen kennt, und dieser jemand hat Gideon und Reid in seiner Gewalt.

»Zenia passt nicht in diese Reihe«, sagt sie. »Sie wollte mich vergiften, während sechs Leute um mich herum waren.«

»Zenia hat nur Befehle befolgt«, wendet Bairre ein. »Sie ist erst zehn, gut möglich, dass sie die Anweisungen falsch verstanden hat.«

Daphne überlegt kurz. »Oder es war ihr einfach egal«, sagt sie dann. »Ist sie noch im Schloss?«

Bairre nickt. »Rufus und der Rest seiner Familie wollen morgen Nachmittag abreisen. Zenia ist immer noch verstört. Sie fühlt sich schuldig wegen der Rolle, die sie in der ganzen Sache gespielt hat – ich weiß nicht, ob sie bereit ist, darüber zu reden.«

»Mit mir wird sie reden«, sagt Daphne. Ihre Mutter hat immer behauptet, sie könnte sogar eine Schlange überreden, ihren eigenen Schwanz zu fressen. Bairre scheint von ihrer Zuversicht nicht überrascht zu sein.

»Du verstehst es sehr gut, den Leuten Informationen zu entlocken«, räumt er mit gesenkter Stimme ein.

Daphne sieht ihn forschend an. Zuerst Cliona, die sie nach ihren Kampfkünsten fragt, jetzt Bairre. Man könnte fast meinen, die beiden hätten sich abgesprochen, aber Daphne kennt Bairre gut genug, um zu wissen, dass er so etwas nicht tun würde. Dazu ist er viel zu direkt; Intrigen und Manipulationen sind nicht sein Stil. Aber sie muss unwillkürlich an ihr Gespräch von vorhin denken, an das Unausgesprochene zwischen ihnen. Vielleicht kann sie zumindest von diesem einen Geheimnis etwas preisgeben.

»Meine Mutter hielt es für eine wichtige Fähigkeit, die meine Schwestern und ich beherrschen und vervollkommnen sollten, insbesondere vor dem Hintergrund, dass wir in Länder geschickt werden würden, die uns feindlich gesinnt sein könnten. Seit den ersten Tagen ihrer Regentschaft ist ihr selbst immer wieder Feindseligkeit entgegengeschlagen – sie sagte uns stets, ihr Überleben hinge zu einem Großteil von den Geheimnissen ab, die sie ihren Feinden oder denen, die ihnen nahestanden, entlocken konnte. Aus den gleichen Beweggründen heraus wollte sie, dass wir uns möglichst gut verteidigen können. Ich bin nicht die erste königliche Braut, die eine Zielscheibe auf dem Rücken trägt.«

Bairre hat ihr schweigend zugehört, aber ob er ihr auch glaubt, kann sie nicht sagen. Er sieht sie nicht an, und plötzlich wünscht sie sich, er würde es tun. Sie möchte, dass er sie so ansieht wie damals im Haus seiner Mutter, als sein Blick sie traf wie ein Blitz, oder vor ein paar Tagen bei ihrem gemeinsamen Tee, kurz bevor er sie küsste. Sie spürt, wie sich zwischen ihnen wieder eine Kluft auftut, die sich mit ihren Geheimnissen füllt. Es ist ein guter Abstand, ein notwendiger Abstand, sagt sie sich. Sophronia hat Leopold zu sehr in ihr Herz gelassen und dabei den Kopf verloren. Das war dumm von ihr und am Ende hat es sie sogar ihr Leben gekostet. Daphne wird nicht denselben Fehler machen, aber plötzlich kann sie nachvollziehen, warum ihre Schwester es getan hat. Plötzlich kommt ihr Sophronia gar nicht mehr so dumm vor.

»Das Beste wird sein, wenn ich mit Zenia allein spreche«, sagt sie und drängt ihre Gedanken zurück. »Allerdings wird Rufus sie nicht gerne aus den Augen lassen.«

»Ich werde ihn ablenken.« Bairre zögert. »Daphne ...«, setzt er an, bricht aber sofort wieder ab. Sie hört ein Meer von Worten in seiner Stille. Tausend Fragen, auf die sie keine Antwort weiß. Tausend Sätze, die sie nicht hören will und die sie doch *unbedingt* hören will, so verzweifelt, dass sie kaum einen klaren Gedanken fassen kann.

Und genau das ist das Problem mit Bairre – sobald es um ihn geht, kann sie nicht mehr klar denken.

»Du solltest nicht hier sein«, sagt sie mit aufgesetzter Munterkeit. »Dank deiner Rebellenfreunde sind wir noch nicht verheiratet, und wenn du hier erwischt wirst ...«

»Was dann? Werde ich dann gezwungen, dich zu heiraten?«

Bairre macht einen Schritt auf sie zu, dann noch einen, bis er so dicht vor ihr steht, dass ihre Zehenspitzen sich fast berühren und der Duft nach Bergamotte und Bairre sie zu überwältigen droht. Er ist jetzt so nah, dass sie nur ganz leicht den Kopf heben muss, damit ihre Lippen sich berühren. »Die Würfel sind ohnehin gefallen.« Sanft streicht sein Atem über ihre Wange, bevor seine Lippen die ihren streifen.

Es ist ein zarter Kuss – so flüchtig, dass er kaum als solcher bezeichnet werden kann –, aber er raubt Daphne trotzdem den Atem. Sie legt eine Hand auf Bairres Brust, hin- und hergerissen, ob sie ihn von sich stoßen oder zu sich heranziehen soll. Ihr gesunder Menschenverstand siegt, zumindest dieses Mal, und sie schiebt ihn einen Schritt zurück und sucht fieberhaft nach einem Grund, ihn auf Abstand zu halten.

»Das sind sie nicht«, widerspricht sie. »Du hast nicht die Absicht, mich zu heiraten. Das hast du deutlich gemacht, Bairre.«

Bairre zögert einen Moment. »Das heißt aber nicht, dass ich nicht …«

»Dass du nicht was?«, fragt sie. Sie hat ihn aus dem Gleichgewicht gebracht und jetzt muss sie ihm den letzten Stoß versetzen. »Dass du mich nicht küssen willst? Nicht mit mir schlafen willst?«

Er stolpert einen Schritt zurück. »Daphne, ich …«, beginnt er, aber falls er ihr noch mehr Worte zu sagen hat, finden sie nicht den Weg über seine Lippen.

»Du strebst nicht nach dem Thron, Bairre. Im Gegensatz zu mir. Friv mag in dieser Hinsicht eine Sackgasse sein, aber das bedeutet nicht, dass ich meine Zeit mit einem Bastard und Rebellen verschwenden werde, der sich als Prinz ausgibt.«

Einen Atemzug lang will Daphne die Worte zurücknehmen, aber sie kann es nicht. Sie sieht zu, wie sie ihn wie Schläge treffen, wie sich in Bairres Blick zuerst der Schock und dann die Wut spiegelt. Sie sieht, wie er an ihr vorbei zur Tür stürmt, ohne ihr noch einen einzigen Blick zu schenken.

Dann ist er weg, und die Worte, die Daphne gesagt hat, hallen in ihrem Kopf nach.

Sie waren wahr, jedes einzelne davon – und doch fühlen sie sich an wie Rasierklingen in ihrer Kehle.

Violie

In den folgenden anderthalb Tagen verlassen Violie und Leopold ihre Kajüte nur, wenn es sich nicht vermeiden lässt. Leopold schleicht sich lediglich zweimal in die Kombüse, um etwas zu essen zu holen. Beim zweiten Mal berichtet er Violie, er habe oben gehört, wie die Schiffsköchin einen Deckmatrosen davor warnte, vor seiner Schicht zu viel zu trinken, damit er nicht wie Aylan über Bord geht.

Bei aller Erleichterung, dass der Tod des Mannes als Unfall angesehen wird – Violie wünschte, Leopold hätte den Namen des Mannes nicht gehört. Seine Stimme kippte, als er ihn aussprach, und sie weiß, dass diese zwei Silben ihn im Schlaf verfolgen werden.

Den Namen des ersten Menschen, den sie tötete, hat Violie nicht gekannt, und auch sein Gesicht hat sie kaum gesehen. Sie ist eines Nachts, einige Monate nachdem die Kaiserin sie rekrutiert hatte, von ihrem Unterricht im Palast von Bessemia nach Hause gegangen, als ein Mann aus dem Schatten hervorgesprungen ist und sie angegriffen hat. Sie hat das Taschenmesser gezogen, das in ihrem Stiefel steckte, und es ihm in den Nacken gerammt, sodass sein Rückenmark durchtrennt wurde. Sekunden später ist er tot vor ihr zusammengesackt. Ihre Hand hat die ganze Zeit gezittert, aber sie hat es geschafft, ihn zu töten. Sie erinnert sich an seine gebrochenen Augen und an das Blut, das sich unter seinem Körper auf der Straße zu einer Lache gesammelt hat.

Schon damals ahnte sie, dass es die Kaiserin gewesen war, die den Überfall in Auftrag gegeben hat, als eine Prüfung ihrer Reaktionsschnelligkeit und ihrer Bereitschaft, wenn nötig Gewalt anzuwenden. Inzwischen hat sie Gewissheit.

Als das Schiff im Hafen von Glenacre an der Südostküste Frivs anlegt, gehen Leopold und Violie von Bord und zahlen dem Kapitän das restliche Geld. Violie plaudert noch kurz mit ihm, erzählt von ihrer angeblichen Schwester, bei der sie unterkommen, und verspricht, die Himbeermarmeladentörtchen aus einer Bäckerei in der Stadt zu probieren, die der Kapitän empfiehlt. Leopold bleibt schweigsam, was Violie angesichts seines unüberhörbaren Akzents auch für das Beste hält.

Sie suchen ein Gasthaus am Ortsrand auf, in dem sie übernachten können, nehmen aber nur ein Einzelzimmer, um Geld zu sparen. Beim Abendessen besprechen sie ihre Pläne für den nächsten Tag.

»Ich habe mit einem Postkutscher gesprochen, der im Morgengrauen nach Eldevale fährt«, berichtet Leopold. »Er sagte, er dürfe keine Passagiere mitnehmen, würde jedoch eine Ausnahme machen, wenn wir fünfzehn Aster pro Person zahlen. Ich habe versucht zu verhandeln, aber da war nichts zu machen.«

Violies Zuversicht schwindet. Die Übernachtung in Temarin, die Schiffspassage, das Zimmer und das Abendessen in diesem Gasthaus – jetzt sind nur noch zwanzig Aster übrig. Hinzu kommt der Proviant für die Tagesreise mit der Kutsche von Glenacre nach Eldevale, denn Violie geht nicht davon aus, dass der Postkutscher auch Verpflegung anbietet.

»Haben wir noch andere Möglichkeiten?«, fragt sie.

Leopold schüttelt den Kopf. »Eine Privatkutsche ist noch viel teurer. Es gibt eine Linienkutsche, die acht Aster pro Person kostet, aber die fährt erst in fünf Tagen.«

»Und bis dahin hätten wir unser restliches Geld für Kost und Logis verbraucht«, sagt Violie seufzend.

Leopold nickt. »Aber wir sind nicht mehr in Temarin«, sagt er. »Hier kann ich meinen Ring oder meinen Mantel verkaufen.«

»Euer Ring ist zu auffällig«, wendet sie ein. »Vor allem in einer Hafenstadt, wo sich Neuigkeiten aus Temarin schnell verbreiten. Und ob hier jemand Interesse an dem Mantel hat, ist zweifelhaft.«

»Warum?«, fragt Leopold erstaunt. »Es ist ein sehr guter Mantel.«

»Ein *zu* guter Mantel«, erwidert sie. »Ein unpraktischer Mantel. Er ist nicht sonderlich dick, und eine Rubinschnalle nützt nicht viel, wenn es kalt ist. Frivianer sind praktisch veranlagt. Es ist besser, wenn Ihr ihn vorerst behaltet.«

Sie sagt ihm nicht, dass er noch froh sein wird um das bisschen Wärme, das ihm sein dünner Mantel spendet, wenn sie erst im Postwagen sitzen.

»Und was dann?«, fragt Leopold, während Violie bereits den Blick durch den Schankraum schweifen lässt über eine Schar trinkfreudiger Matrosen, einen jungen Mann und eine Frau, die dicht beieinandersitzen und sich leise unterhalten, sowie eine Gruppe von vier Personen, die miteinander würfeln. »Du kannst ja selbst noch einmal den Versuch unternehmen und mit dem Kutscher verhandeln, aber er macht einen sehr sturen Eindruck ...«

»Nicht nötig«, sagt Violie, deren Blick auf dem Tisch mit dem Würfelspiel verweilt. Die Spieler waren bereits da, als sie und Leopold sich hingesetzt haben, und das offenbar schon eine ganze Weile, den vielen aufgereihten leeren Biergläsern und den roten

Wangen nach zu urteilen. Einer von ihnen ist ein Seemann, das erkennt sie an seiner sonnengebräunten Haut und dem wettergegerbten Gesicht. Der andere Mann ist älter, hat graues Haar und einen langen Bart. Bei den beiden Frauen handelt es sich um Kurtisanen – Violie hat zwar keinen Beweis dafür, aber sie hat in ihrer Jugend genug Zeit mit den Bordelldamen verbracht, um zu erkennen, dass die beiden gerade bei der Arbeit sind.

»Wie haltet Ihr es mit dem Würfeln?«, fragt sie, ohne den Tisch aus den Augen zu lassen. Eine der Frauen beugt sich dicht an den älteren Mann heran und raunt ihm etwas ins Ohr, was ihn offenbar so sehr ablenkt, dass er nicht bemerkt, wie die zweite Frau einen Würfel gegen einen anderen aus ihrer Tasche austauscht.

»Das kann ich gut«, sagt Leopold und folgt ihrem Blick. »Ich gewinne immer.«

Violie widersteht dem Drang, über seine Zuversicht zu lachen. Wenn sie eines übers Würfeln weiß, dann, dass man darin nicht einfach gut ist, und wenn Leopold bisher immer gewonnen hat, dann hat das sicherlich mehr damit zu tun, dass die anderen Spieler es sich nicht mit einem verwöhnten König verscherzen wollten, als mit seinem Talent.

»Dann wollen wir mal sehen, was Ihr so könnt.« Sie reicht ihm den Beutel mit den Silbermünzen.

Leopold zögert. »Wenn ich verliere ...«, beginnt er.

»Das werdet Ihr nicht«, sagt sie lächelnd und steuert bereits den Tisch an, sodass Leopold nichts anderes übrig bleibt, als ihr zu folgen. »Darf mein Mann mitspielen?«, fragt sie, und obwohl sie die Frage an die Männer richtet, schaut sie die beiden Frauen an, die untereinander einen misstrauischen Blick austauschen. »Die nächste Runde Getränke geht auf uns«, fügt sie hinzu. »Hilft mir eine von euch beim Tragen?«

Die Männer sind sofort einverstanden und begrüßen Leopold mit Gejohle und undeutlichem Gemurmel am Tisch. Die jüngere Frau folgt Violie mit skeptischer Miene zur Theke. Sie stellt sich als Ephelia vor.

»Wir wollen keinen Ärger«, versichert Violie ihr, während sie am Tresen auf sechs Krüge Bier warten. »Ihr habt ein gutes Spiel am Laufen. Wie viele gewichtete Würfel habt ihr denn?«

Die Frau starrt sie an. »Vier«, gibt sie zu.

»Natürlich«, sagt Violie und lächelt. »Man muss sie immer wieder austauschen, um keinen Verdacht zu erregen. Selbst Betrunkene haben ab und zu einen Anflug von Verstand.«

»Was genau willst du eigentlich?«, fragt Ephelia.

»Ich will mitmachen«, antwortet Violie achselzuckend. »Nicht für viel, fünfzehn Aster vielleicht, sagen wir zwanzig, denn immerhin zahle ich diese Runde.«

»Ich nehme an, wir haben keine andere Wahl«, sagt Ephelia. »Wenn ich Nein sage, verrätst du uns.«

Violie würde es gerne leugnen, doch sie kann es nicht. Sie lehnt sich mit der Hüfte an den Tresen und sieht die Frau lange an. »Ja«, gibt sie dann zu. »Aber ich habe ein kleines Extra anzubieten, für eure Mühe. Einen Rubin. Ein richtig dicker Klunker.« Sie deutet die Größe mit der Hand an. Sie weiß selbst nicht genau, warum sie das tut – die Erpressung allein hätte gereicht, um ihr das nötige Geld zu beschaffen. Aber sie fühlt sich schlecht bei dem Gedanken, den Frauen ihr Geld wegzunehmen, obwohl sie es selbst nötig brauchen – Frauen, wie ihre Mutter eine ist. Ist es möglich, dass Leopolds Gewissen auf sie abfärbt? Das wäre bedauerlich, denn ein Gewissen kann sich eigentlich keiner von ihnen mehr leisten.

»Und das soll ich dir glauben? Vermutlich ist der Stein nichts als billiger Tand, falls er überhaupt existiert«, erwidert Ephelia.

»Schon möglich.« Violie zuckt mit den Achseln. »Aber er ist immer noch mehr wert als das, was du haben wirst, wenn ich jetzt zu diesem Tisch gehe und den Männern sage, dass du sie geschröpft hast.«

»Also gut«, sagt die Frau mit zusammengebissenen Zähnen.

Der Wirt stellt ein Tablett mit sechs Krügen Bier vor sie hin. Violie reicht ihm eine Münze und macht Anstalten, das Tablett wegzutragen.

»Warte.« Die Frau greift in einen Beutel an ihrem Gürtel und zieht ein kleines Fläschchen mit blassgrünem Pulver heraus. Violie müsste den Inhalt genauer in Augenschein nehmen, um sagen zu können, um was es sich handelt, aber sie hat eine Vermutung.

»Adettelwurzelpulver?«, fragt sie. Im Gegensatz zu Adettelblättern, die essbar sind und auf dem ganzen Kontinent in Suppen und Eintöpfen verwendet werden, können die Wurzeln der Pflanze giftig sein, wenn sie in großen Mengen eingenommen werden. Eine kleine Prise reicht aus, damit die Person, der man das Pulver untermischt, sich für einige Stunden hundeelend fühlt. Violie hat ihr Wissen über Gifte vor allem aus dem Unterricht bei der Kaiserin, aber Adettelwurzelpulver war die bevorzugte Methode ihrer Mutter, um mit lästigen Kunden umzugehen, ohne Lohneinbußen hinnehmen zu müssen.

Ephelia zuckt mit den Schultern und fixiert Violie, wie um sie herauszufordern, etwas zu sagen. Violie schweigt jedoch und sieht zu, wie Ephelia das Pulver in zwei der Krüge schüttet.

»Pass auf, dass du und dein Mann nicht daraus trinken«, warnt Ephelia sie. »Sonst wird es ein harter Abend für euch. In etwa einer halben Stunde fängt es an zu wirken – die Zeit müsste reichen, damit du dein Geld einstreichen kannst.«

Um kein Risiko einzugehen, nimmt Violie als Erstes zwei von

den harmlosen Krügen, geht damit zu Leopold und reicht ihm den einen.

Er blickt zu ihr hoch, seine Wangen sind gerötet. »Vielleicht bin ich doch nicht so gut im Würfeln, wie ich dachte«, flüstert er. »Ich habe noch nie verloren, aber ...«

»Sie haben Euch immer gewinnen lassen«, flüstert sie so leise, dass kein anderer es hört. »Wie viel habt Ihr verloren?«

»Fünf Aster«, sagt er.

Violie nickt. Sie nimmt einen Schluck von dem Bier und übergibt sich fast. Das Ale ist warm und bitter. »Keine Sorge, das Glück wird sich bald wenden.«

Als der erste Mann durch die Tür zum Plumpsklo rennt, hat Leopold bereits dreiundzwanzig Aster gewonnen. Er erspielt noch zwei weitere, bevor auch der andere Mann die Flucht ergreift.

»Ihr verschwindet jetzt besser«, sagt Ephelia, die mit ihrer Freundin – deren Name, wie Violie erfahren hat, Gertel ist – ihre eigenen Münzen zählt. »Wenn sie merken, dass man sie reingelegt hat, fällt ihr Verdacht viel eher auf zwei Fremde als auf ein paar Dirnen.«

Violie ahnt, dass sie recht haben könnte, dennoch zögert sie. »Kommt ihr zurecht?«, fragt sie. Wieder weiß sie selbst nicht so genau, warum sie das tut. Die Frau scheint ebenfalls überrascht zu sein und tauscht einen Blick mit ihrer Freundin aus.

»Kümmere dich um deine eigenen Angelegenheiten«, sagt Gertel schroff. »Wir kommen allein klar.«

Violie will widersprechen, lässt es dann aber und wählt ihre nächsten Worte mit Bedacht. »Frivianische Mädchen sind eine Seltenheit in den bessemianischen Bordellen«, sagt sie schließlich. »Wenn ihr euch dorthin durchschlagen könnt, habt ihr mehr Kunden zur Auswahl. Das Karmesinrote Blütenblatt bietet Sicherheit und die Betreiberin ist eine gute Frau, die sich um ihre Mädchen kümmert. Sagt ihr, dass Violie euch empfohlen hat.«

»Kümmere dich um deine eigenen Angelegenheiten«, wiederholt Gertel, diesmal noch etwas schärfer. Ephelia hingegen sieht Violie neugierig an. Violie ist sich nicht sicher, ob diese Neugierde stark genug ist, damit die Frau tatsächlich ihre Heimat verlässt, aber das liegt jetzt nicht mehr in ihren Händen.

»Gib mir den Mantel«, sagt sie zu Leopold und wechselt mühelos zum Du, denn hier ist er ihr Ehemann. Er hat die Unterhaltung mit gerunzelter Stirn verfolgt, und Violie fragt sich, wie viel von ihrem Gespräch überhaupt durch die Wolke seliger Unwissenheit dringen konnte, die ihn seit seiner Geburt weich umhüllt. Wortlos reicht er ihr den Mantel und Violie schneidet mit ihrem Dolch die Rubinschnalle ab und reicht sie Ephelia. »Der Rubin ist echt«, versichert sie ihr. »Aber warte so lange wie möglich, bis du ihn verkaufst.«

Die Frau hat keinen Grund, ihr zu vertrauen, genauso wenig wie Violie Grund hat, anzunehmen, dass Ephelia nicht versuchen wird, das Juwel innerhalb der nächsten Stunde loszuschlagen. Allerdings ist es schon so spät, dass die meisten Händler ihre Geschäfte bereits geschlossen haben dürften, und als Ephelia nickt, beschließt Violie, ihr zu vertrauen.

Sie und Leopold ziehen sich nach oben in ihr Zimmer zurück — eine kleine Kammer mit einem schmalen Bett, einem Waschbecken und einem abgenutzten Teppich. Leopold hat bereits angekündigt, dass er auf dem Boden schlafen wird, und Violie weiß, dass es keinen Sinn hat, Einwände gegen seine Ritterlichkeit vorzubringen.

»Sie haben den Männern Gift untergemischt«, sagt er langsam. Violie nickt und setzt sich auf das Bett, um ihre Schuhe auszuziehen. »Nur ein bisschen«, bestätigt sie. »In ein paar Stunden sind sie wieder ganz die Alten.«

»Aber warum?«, fragt er.

Violie überlegt, wie sie es ihm am besten erklären kann. »Am Hof von Temarin gab es viele Kurtisanen«, sagt sie. »Warst du jemals ...«, setzt sie an und bleibt bei der vertrauten Anrede, die sich inzwischen richtig anfühlt.

»Nein!«, sagt er und wird rot. »Nein, das würde ich nie tun.«

»Das ist keine Schande.« Sie zuckt mit den Schultern. »Meine Mutter ist eine von ihnen, weißt du. Die meisten Männer sind anständig, ein paar von ihnen mochte sie sogar. Andere hingegen ... in solchen Fällen kann Adettelwurzelpulver wahre Wunder wirken. Man nimmt das Geld für die Nacht, schenkt dem Mann einen Schlummertrunk ein, gibt etwas Pulver dazu ... und schon ist er zu krank, um weiterzumachen, kann aber auch keine Rückerstattung mehr verlangen.«

Leopold starrt sie an, als redete sie in einer anderen Sprache. Sie weiß, dass er es nicht versteht – wie könnte er auch, bei dem Leben, das er geführt hat? –, aber es gefällt ihr nicht, dass er Ephelia und Gertel, ihre Mutter und damit in gewisser Weise auch sie selbst verurteilt.

»Es geht ums Überleben«, erklärt sie leise. »Es ist weder schön noch moralisch oder gerecht. Manchmal kann man nur sein Bestes tun, um jeden Tag aufs Neue zu überstehen.«

Die Sonne erklimmt gerade erst den Horizont, als Violie und Leopold am nächsten Morgen das Gasthaus verlassen. Leopold führt sie durch die verwinkelten, engen Gassen von Glenacre bis zu der Stelle, an der die Postkutsche abfährt. Sie wartet vor einem kleinen weißen Gebäude, an dessen Fassade ein hölzernes Schild mit der Aufschrift POSTAMT hängt. Neben der Tür befindet sich ein hoher Holzkasten mit einem Einwurfschlitz für Briefe.

Leopold zahlt dem Kutscher dreißig Aster und steigt mit Violie in den Wagen, in dem sich Briefe und Kisten stapeln, sodass kaum genug Platz für sie beide bleibt. Violie stellt einen Korb zwischen sie, in dem sich altes Brot, getrocknetes Fleisch und ein Stück Käse befinden, die sie der Köchin des Gasthauses mit ihrem letzten Geld abgekauft hat.

Der Kutscher kündigt an, dass er auf dem Weg nach Eldevale nur selten einen Halt einlegen wird, aber weder Violie noch Leopold beschweren sich. Noch an diesem Abend wird Violie endlich Prinzessin Daphne gegenüberstehen.

Beatriz

Beatriz zweifelt keinen Augenblick daran, dass ihre Mutter sie zur Strafe in das Zimmer ihrer Kindheit verbannt hat. Und es ist tatsächlich eine Strafe, wenn auch vielleicht nicht so, wie es die Kaiserin beabsichtigt hat. In gewisser Weise zieht Beatriz den Komfort und die Vertrautheit der cremefarbenen Wände, der rosafarbenen Dekoration und der zierlichen Möbel allem anderen vor – zumal im Vergleich zu den Gasthäusern, in denen sie unterwegs übernachtet hat, und ihrer Zelle in der Schwesternschaft. Vielleicht sogar ihren Gemächern im cellarischen Palast, in denen sie sich nie zu Hause gefühlt hat.

Es ist Sophronias Anwesenheit – und Abwesenheit –, die Beatriz fast in den Wahnsinn treibt. Angefangen hat es mit dem Fleck auf dem Teppich im Salon – kaum zu erkennen, es sei denn, man weiß, wo man suchen muss. Und Beatriz weiß es. Sie erinnert sich daran, wie Daphne am Abend ihres sechzehnten Geburtstags eine Flasche Champagner geöffnet und sie dann auf dem Teppich verschüttet hat, und wie Sophronia sofort herbeigeeilt kam, um den Fleck zu entfernen.

Wenn sie die Augen schließt, hat sie fast das Gefühl, jenen Abend noch einmal zu erleben. Sie riecht Daphnes Freesienparfüm. Sie hört Sophronias sanfte Stimme – *mit sechzehn müs-*

sen wir uns verabschieden. Mit siebzehn werden wir wieder hier sein. Gemeinsam. Immer wenn sie sich auf das Sofa setzt, spürt sie ihre Schwestern auf beiden Seiten, als müssten sie nur dicht genug aneinanderrücken, um niemals voneinander getrennt zu sein.

Aber sie sind getrennt, und falls Beatriz tatsächlich siebzehn werden sollte, dann nicht zusammen mit Sophronia. Es fällt ihr schwer, die Gewissheit aufzubringen, dass sie den Tag wenigstens mit Daphne erleben wird, und dieser Gedanke versetzt ihr einen weiteren Stich ins Herz.

Sie hat nicht mehr mit Daphne gesprochen, seit sie aus der Ferne Sophronias Tod miterleben mussten. Beatriz weiß auch gar nicht, was sie ihr sagen könnte. Jedes Mal, wenn sie sich ein solches Gespräch vorstellt, kommen ihr Worte der Wut, Verachtung und Anklage in den Sinn. Wenn Daphne ihnen geholfen hätte, wenn sie Rückgrat bewiesen und sich einmal im Leben gegen ihre Mutter gestellt hätte …

Dabei ahnt Beatriz tief in ihrem Inneren, dass Sophronia selbst dann nicht mehr am Leben wäre, wenn Daphne all das getan hätte.

Als Beatriz an ihrem zweiten Tag in Bessemia im Zimmer ihrer Kindheit aufwacht, weiß sie, was zu tun ist – was Sophronia ihr sagen würde, wenn sie hier wäre. Sie schiebt das Unausweichliche so lange wie möglich auf und frühstückt in ihrem Schlafzimmer, bevor sie sich mit Pasquale trifft, um ihm den Palast zu zeigen. Erst nach dem Mittagessen kehrt sie in ihre Gemächer und zu den Gespenstern der Vergangenheit zurück.

Sie setzt sich an ihren Schreibtisch, der ihr mit einem Mal viel zu klein vorkommt, und schreibt einen Brief an die einzige Schwester, die sie noch hat.

Daphne,

ich bin jetzt in Bessemia, in der Sicherheit des Palasts – falls es hier so etwas wie Sicherheit überhaupt gibt. Ich weiß, wir sind in vielen Dingen nicht einer Meinung, und du wirst mir womöglich nicht glauben, wenn ich dir sage, dass du vorsichtig sein musst. Bestimmt denkst du, ich übertreibe, aber ich habe allen Grund anzunehmen, dass Sophies Hinrichtung von einer äußeren Macht inszeniert worden ist und dass die Person, die dafür verantwortlich ist, es jetzt auf uns beide abgesehen hat. Auch wenn du es dir gerne einredest, du bist nicht unverwundbar – und unser Gegner ist nicht zu unterschätzen.

Sophie hat uns Freunde von sich angekündigt. Sie waren schon bei mir, aber ich kann nicht für ihre Sicherheit garantieren, daher schicke ich sie zu dir. Bitte, beschütze sie – wenn nicht für mich, dann tu es für Sophie.

Wieder hier im Palast zu sein, in unseren alten Räumen, erweckt in mir eine solche Sehnsucht nach dir und Sophie, dass mir das Herz wehtut. Ich kann immer noch nicht glauben, dass ich ihr Gesicht nie wieder sehen werde. Und ich werde dir niemals verzeihen, wenn dich das gleiche Schicksal ereilen sollte wie sie.

Beatriz

Es ist ein sentimentaler Brief – Daphne wird sicher mit den Augen rollen –, aber Beatriz ändert ihn nicht. Soll Daphne sie doch dafür verspotten, wenn sie will. Es gibt so viele Dinge, die Beatriz Sophronia gerne sagen würde und wozu sie nun nie mehr die Gelegenheit haben wird. Diesen Fehler wird sie kein zweites Mal machen.

Vielleicht sollte sie die Bedrohung für Daphne noch deutlicher herausstellen. Kurz überlegt sie, ob sie die Kaiserin als Verantwortliche für Sophronias Tod benennen soll, schreckt dann jedoch davor zurück. Daphne wird ihr nicht glauben, nicht ohne handfeste Beweise, und selbst dann würde sie vielleicht die Augen vor der Wahrheit verschließen. Nein, wenn Beatriz mit dem Finger auf ihre Mutter zeigt, wird Daphne die Warnung in den Wind schlagen. Es ist besser, nur vage von einer unbekannten Bedrohung zu sprechen.

Sie faltet das Blatt mehrmals, versiegelt es und lässt das Wachs aushärten, bevor sie den Brief in ihre Tasche steckt. Wenn ihre Mutter ihn in die Finger bekommt, wird er den Palast nie verlassen, und es gibt keine Verschlüsselung der Welt, die ihre Mutter nicht knacken könnte. Aber Beatriz kann den Brief Pasquale geben, damit er ihn an Ambrose weitergibt, der ihn dann in der Stadt abschicken kann, ohne dass ihn jemand dabei beobachtet.

Als sie den Salon betritt, fällt ihr Blick auf den Kaminsims mit den vergoldeten Sternbildern. Die Dornenrose, der Hungrige Falke, das Einsame Herz, die Flammenkrone und schließlich die Drei Schwestern. Sie geht zum Kamin und streicht mit den Fingerspitzen über die Drei Schwestern, deren Anordnung zueinander drei tanzende Frauen darstellt. Beatriz hat die Sternbilder immer als sehr viel abstrakter empfunden, als es ihre Namen vermuten lassen, nur bei den Drei Schwestern war das anders. Da hat sie sich selbst gesehen, zusammen mit Daphne und Sophronia.

Sie schüttelt den Kopf und lässt die Hand sinken. Ihr Blick gleitet zu der Uhr über dem Kaminsims.

Die Sonne geht bald unter. In ein paar Stunden steht ihr eine weitere Lektion mit Nigellus bevor.

Die Sonne ist gerade am Horizont versunken, als Beatriz das Laboratorium im höchsten Turm des Palasts betritt. Sie schlägt die Kapuze des Umhangs zurück, den sie sich von Pasquale geliehen hat, und sieht sich neugierig um – der Raum gehört zu den wenigen Orten im Palast, die sie noch nie zuvor betreten hat. Ein Fernrohr steht vor einem sehr großen Fenster, und auch die Zimmerdecke ist aus Glas, damit man einen freien Blick auf die Sterne hat. Der Tisch in der Mitte beherrscht den ganzen Raum. Er ist vollgestellt mit Apparaturen; einige davon, wie die Mikroskope und Waagen, sind Beatriz vertraut, aber es gibt auch Gegenstände, deren Zweck sie nicht kennt: übereinandergestapelte Silberscheiben in verschiedenen Größen, ineinander verhakte Ringe aus Gold und Bronze, Dutzende von Bechern und Fläschchen mit einer ihr unbekannten schillernden Flüssigkeit.

»Prinzessin«, sagt eine Stimme hinter ihr. Beatriz wirbelt herum und sieht sich Nigellus gegenüber. Er steht in der Tür, durch die sie gerade hereingekommen ist, und beobachtet sie. »Ihr seid spät dran.«

»Nur ein paar Minuten«, sagt sie mit einem Schulterzucken. »Meine Mutter lässt mich natürlich auf Schritt und Tritt beobachten, und es hat länger gedauert als gedacht, um unbemerkt an ihren Spionen vorbeizukommen.«

»Ich nehme an, das ist auch der Grund für Eure ungewöhnliche Kleidung?«

Beatriz wirft einen Blick auf den Umhang, die Hose und das Hemd, die sie sich von Pasquale geliehen hat. »Ich hielt es für ratsam«, sagt sie knapp.

Ihre Gemächer sind üppig ausgestattet, mit einer kompletten Garderobe, einer gut gefüllten Schmuckschatulle und allem Luxus, den Beatriz sich nur wünschen kann. Umso auffälliger ist es, dass eine Sache fehlt: ein Schminkkästchen. Da sie sich ohnehin meist in ihren Privaträumen aufhält und keine Bälle oder andere gesellschaftliche Veranstaltungen auf ihrem Plan stehen, besteht kein großer Bedarf an kosmetischen Utensilien, dennoch geht Beatriz fest davon aus, dass das Fehlen dieser Dinge Absicht ist und ihre Mutter dahintersteckt. Beatriz hat es schon immer sehr gut verstanden, sich zu verkleiden, und die Kaiserin will verhindern, dass Beatriz dieses Talent gegen sie einsetzt.

In gewisser Weise ist es sogar ein Kompliment, wenn ihre Mutter sie so sehr fürchtet, dass sie gar nicht erst dieses Risiko eingehen will. Ärgerlich ist es dennoch.

»Was ist das alles?«, fragt sie Nigellus und deutet mit einem Nicken auf den Tisch mit den verschiedenen Geräten und Apparaturen. Wenn sie hin und wieder darüber nachgedacht hat, wie sein Laboratorium wohl aussehen mochte, hat sie sich immer einen viel schlichteren Raum vorgestellt. Einen Ort, an dem er mit den Sternen kommunizieren, sie notfalls vom Himmel holen und all die Wunschträger herstellen kann, für die er so bekannt ist – wie jene von der Kaiserin in Auftrag gegebenen Armbänder, die sie ihren Töchtern beim Abschied geschenkt hat.

Beatriz' Armband ist weg, seit sie mit ihrem Wunsch Lord Savelle zu seiner Flucht aus Cellaria verholfen hat. Sophronia hat ihres ebenfalls benutzt, bevor sie getötet wurde. Daphne besitzt ihres wahrscheinlich noch, zumindest nimmt Beatriz das an. Sie war schon immer die Vorsichtigste von den dreien – wahrscheinlich bewahrt sie es auf, bis sie buchstäblich an der Schwelle des Todes steht. Vielleicht benutzt sie es nicht einmal dann, aus lauter Sturheit.

Nigellus blickt zu dem Tisch, auf den Beatriz deutet, und runzelt die Stirn. »Meine Praktiken mögen sich von denen anderer Himmelsdeuter unterscheiden, aber ich bin fest davon überzeugt, dass man nur in Harmonie mit den Sternen sein kann, wenn man sie auch versteht.«

»Das wird wohl kaum jemand bestreiten«, meint Beatriz.

»Alles hängt von der Methode ab, nehme ich an.« Der Himmelsdeuter geht an ihr vorbei zum Tisch und nimmt einen der Becher mit der schillernden Flüssigkeit in die Hand. »Das Studium der Sterne wird oft als spirituelle Beschäftigung angesehen.«

»Ist es das denn nicht?«, fragt Beatriz.

Nigellus zuckt mit den Schultern. »Ich denke schon, ja, aber es ist auch eine Wissenschaft.« Er blickt sie an. »Wissenschaft gehörte wohl nicht zu den Bereichen, in denen Euch Eure Mutter unterrichtet hat.«

Das kann Beatriz nicht auf sich sitzen lassen. »O doch, wir haben uns mit Chemie beschäftigt.«

»Aber nur, was die Wirkung der verschiedenen Gifte angeht«, erwidert er. Beatriz kann ihm nicht widersprechen, sosehr es sie auch ärgert, dass er ihre Schwäche aufdeckt.

»Ich nehme an, es lohnt sich nicht, einem Opferlamm eine gründlichere Ausbildung zukommen zu lassen«, sagt sie stattdessen leichthin. Es ist nichts, worüber man scherzen sollte, aber wenn sie es tut, fühlt sie sich einen Moment lang besser.

Nigellus verzieht jedoch keine Miene. Er hält ihr den Becher hin und sie nimmt ihn.

»Was ist das?«, fragt sie und betrachtet die darin umherschwappende Flüssigkeit.

»Um das zu erklären, muss ich ein bisschen weiter ausholen«, sagt er. »Was Sternenstaub ist, wisst Ihr ja sicher.«

»Vom Himmel gefallene Sterne«, antwortet sie automatisch.

»Ja«, sagt Nigellus. »Und nein. Zumindest nicht so, wie wir uns die Sterne vorstellen. Sie fallen vom Himmel, das stimmt, aber nach einem Sternenregen sind nicht weniger Sterne da. Wenn ein Himmelsdeuter hingegen einen Stern wegnimmt, fehlt einer da oben. Ich habe Sternenstaub und kleine Teile eines Sterns, den ich selbst vom Himmel geholt habe, untersucht, und kann bestätigen, dass sie aus derselben Materie bestehen. Mehr oder weniger.«

»Wohl eher weniger, denn die Magie, die von einem heruntergeholten Stern ausgeht, ist sehr viel stärker.«

Nigellus neigt zustimmend den Kopf und geht zu dem Fernrohr am Fenster. Unsicher, was sie jetzt tun soll, folgt Beatriz ihm.

»Ich habe die letzten anderthalb Jahrzehnte damit verbracht, eine Möglichkeit zu finden, um diesen Unterschied auszugleichen«, sagt er. »Denn wir müssen einen Weg finden, wie wir die Magie der Sterne mehr als nur einmal nutzen können. Ich habe Fortschritte erzielt – ein Beispiel dafür waren die Wunscharmbänder, aber auch deren Magie ist noch deutlich schwächer als die eines Sterns.«

»Ihr habt noch immer nicht gesagt, was Sternenstaub ist«, erinnert Beatriz ihn. Nigellus scheint es nicht gewohnt zu sein, mit anderen Menschen zu sprechen, ständig verliert er den Gesprächsfaden und verwirrt sich in seinen eigenen Gedanken.

Er dreht sich zu ihr um und blinzelt überrascht, als hätte er ganz vergessen, dass sie da ist. »Wir verlieren Haare«, verkündet er.

Beatriz sieht ihn verdattert an. Wenn man sie gefragt hätte, was er als Nächstes sagen würde, wäre sie in einer Million Jahren nicht auf diese Idee gekommen. »Tun wir das?«, fragt sie.

»Ein paar Strähnen am Tag, das habt Ihr sicher schon festgestellt. Allein schon, wenn Ihr Eure Haare bürstet. Wir verlieren auch Hautzellen, Wimpern, Tränen, Spucke, wir schneiden unsere Nägel ...«

»Ja, und?«, unterbricht Beatriz ihn, denn sie fürchtet, er könnte noch tagelang weitermachen, wenn sie ihn ließe.

»Und«, sagt er und wirkt leicht verärgert über ihre Unterbrechung, »all diese Dinge enthalten einen Teil von uns, nicht wahr? Meiner Theorie nach ist Sternenstaub für die Sterne das, was Haare, Hautzellen und so weiter für uns sind.«

Beatriz überlegt. »Sternenstaub«, sagt sie langsam, »ist also eigentlich Sternenspucke?«

»Gewissermaßen, ja. Das erklärt, warum er so viel schwächer ist, obwohl er dieselben Eigenschaften wie ein Stern hat.«

Das erklärt es tatsächlich, und Nigellus' Begründung kommt ihr sinnvoll vor, aber Beatriz ist fast ein bisschen enttäuscht. Die Welt scheint auf einmal etwas weniger magisch zu sein.

»Ich muss wohl kaum erwähnen, dass Ihr meine Überlegungen für Euch behalten sollt.« Er spricht beinahe plaudernd weiter, aber in seine Stimme hat sich ein scharfer Unterton geschlichen. »Eure Mutter weiß davon, aber es gibt viele andere, die mich bei lebendigem Leibe verbrennen lassen würden, wenn ich diese Dinge laut aussprechen würde.«

»Ich habe zwei Monate in Cellaria verbracht, mit silbernen Augen und unberechenbaren Ausbrüchen von Magie«, erinnert sie ihn. »Ich weiß, wann man verschwiegen sein muss.«

Nigellus zieht eine Augenbraue hoch. »Ihr wurdet wegen Hochverrats verhaftet … und zuvor der Hexerei beschuldigt, wenn ich mich nicht irre.«

Beatriz verdreht die Augen. »Und beide Male habe ich daraus gelernt«, sagt sie beinahe schroff. Zum Beispiel weiß sie jetzt, dass man einem hübschen Gesicht und charmanten Worten nicht trauen sollte.

»Hoffen wir es«, sagt Nigellus. »Dann lasst uns jetzt mit der Sternenbeobachtung anfangen. Sagt mir, was Ihr im Teleskop seht.«

Beatriz stellt sich an das Teleskop und bemüht sich, ihren Ärger über Nicolos Verrat und die anschließenden Peinlichkeiten aus ihren Gedanken zu verbannen. Wenn sie sich das nächste Mal begegnen, wird er dafür büßen.

Sie beugt sich vor, drückt ihr Auge an das Teleskop und blinzelt, als die Sterne plötzlich ganz scharf zu sehen sind. Es dauert ein bisschen, bis sie die Einstellräder an der Seite so justiert hat, dass sie eine vollständige Konstellation erkennen kann.

»Der Funkelnde Diamant«, sagt sie zu Nigellus. »Das Zeichen für Stärke und Wohlstand – meine Mutter wird sich freuen, das zu hören.«

»Wie auch alle anderen in Bessemia«, stimmt er ihr zu. »Was ist sonst noch in seiner Nähe?«

»Die Züngelnde Natter«, erklärt sie ihm und bewegt das Teleskop. »Kaum überraschend, wenn man bedenkt, dass meine Mutter und ich momentan unter demselben Dach leben. Sie ist für mich eine gefährliche Schlange, so wie ich für sie eine bin. Und der Verrat, den dieses Sternbild ankündigt, droht uns stets auf die eine oder andere Weise.«

»Nicht alles dreht sich um Euch, Prinzessin«, erwidert Nigellus. »Verrat droht allen zu jeder Zeit. Seht genauer hin. Bei der Zunge der Schlange – fehlt da vielleicht etwas?«

Beatriz runzelt die Stirn und dreht an den Rädern, um das Bild zu vergrößern, aber alles, was sie sieht, ist eine Anordnung von Sternen, die die groben Umrisse einer gegabelten Schlangenzunge bilden.

»Ich fürchte, ich kenne mich nicht gut genug aus, um eine Veränderung in der Konstellation zu bemerken«, gibt sie zu. »Ich habe bisher noch nie darauf geachtet.«

Nigellus nimmt ein Buch aus dem Regal, blättert es durch und hält es Beatriz hin. »Hier, so sieht die Züngelnde Natter normalerweise aus.«

Beatriz dreht sich zu ihm um und betrachtet die Zeichnung. Runzelt verwirrt die Stirn und späht wieder durch das Fernrohr.

»Um die Zunge herum sind zusätzliche Sterne«, stellt sie fest. »Drei. Wo kommen die her?«

»Die eigentliche Frage lautet: *Wozu gehören sie?*«, antwortet Nigellus.

Beatriz' Stirnrunzeln vertieft sich, während sie an den Einstellrädern herumhantiert. »Sie sind Teil der Verschlungenen Bäume«, sagt sie. Eine Konstellation aus zwei Bäumen, deren Zweige ineinander verschlungen sind – das Symbol der Freundschaft. »Die beiden sind also miteinander verbunden? Freundschaft und Verrat?« Unwillkürlich muss sie dabei an Pasquale und Ambrose denken, die einzigen Freunde, die sie noch auf der Welt hat. Wenn die beiden sie im Stich ließen, wüsste sie nicht, wie sie das verkraften sollte.

»Die Sterne weisen darauf hin«, bestätigt er. »Sucht weiter.«

Beatriz beugt sich wieder zum Teleskop hinunter und sucht nach weiteren Sternbildern, die langsam über den Himmel ziehen. Ihre Brust wird eng, als sie das Einsame Herz erblickt – es ist Sophronias Zeichen, wie Nigellus ihr erklärt hat. Von dort hat er seinerzeit einen Stern weggenommen, damit sie geboren werden konnte. Die Umrisse sind so, wie man ein romantisches Herz zeichnen würde, und nicht so, wie ein Herz anatomisch aussieht, daher ist es besonders leicht zu erkennen.

Aber.

Sie kneift kurz die Augen zusammen und sieht genauer hin. Da stimmt etwas nicht. Die Züngelnde Natter hat Beatriz nie interessiert, aber das Einsame Herz prangt seit ihrer Kindheit auf dem Kaminsims. Sie kennt die dazugehörigen Sterne so genau wie die Linien ihrer eigenen Hand. Aber jetzt ist da ein Stern, den es eigentlich nicht geben dürfte. Beatriz tastet an den Stellrädern herum, verändert den Blickwinkel, um herauszufinden, ob noch eine andere Konstellation Einfluss nimmt, findet jedoch nichts.

»Da ist ein zusätzlicher Stern im Einsamen Herzen.« Sie richtet sich auf.

»Welche andere Konstellation ist in der Nähe?«, fragt Nigellus, der nicht aufblickt, sondern weiter in sein Notizbuch schreibt.

»Keine«, antwortet Beatriz. »Es ist ein einzelner Stern, dort, wo die beiden Hälften zusammentreffen. Seht selbst.«

Nigellus' Miene ist skeptisch. Aber er bittet sie, zur Seite zu gehen, damit er selbst durch das Fernrohr blicken kann.

Dann sieht Beatriz, wie er erstarrt. Als er vom Fernrohr zurücktritt, ist sein Gesicht blass.

»Das ist nicht möglich.« Zum ersten Mal, seit sie ihn kennt, wirkt er zutiefst erschüttert.

»Was ist nicht möglich?«, fragt sie, nun auch selbst verunsichert. Nigellus sieht sie an und zögert. »Oh, macht endlich den Mund auf«, sagt sie ungeduldig. »Ich kenne doch längst schon einige Geheimnisse.«

Nigellus schweigt noch immer. Er blickt in den Himmel, dorthin, wo das Einsame Herz ist. Ohne das Fernrohr und mit bloßem Auge ist der zusätzliche Stern kaum zu sehen.

»Ich habe Euch gesagt, dass ich für Sophronia einen Stern aus dem Einsamen Herz geholt habe«, erklärt er mit heiserer Stimme. »Dies ist der von mir ausgewählte Stern. Vor mehr als sechzehn Jahren ist er vom Himmel gefallen, ich hielt seine sterbende Glut in meinen Händen.«

Ein kalter Schauder überläuft Beatriz, als sie wieder zum Himmel blickt, zu Sophronias Sternbild. Sterne tauchen nicht einfach wieder auf – das weiß jeder. Wenn sie einmal heruntergeholt wurden, fehlen sie für immer. Deshalb dürfen Himmelsdeuter das auch nur in dringenden Notfällen tun. Was bedeutet es, dass einer nun plötzlich wieder aufgetaucht ist? Und ausgerechnet *dieser* Stern?

Die Frage drängt sich ihr auf, aber als sie Nigellus ansieht, weiß sie, dass er ihr keine Antwort geben kann. Nigellus, der alles über die Sterne zu wissen scheint, ist zum ersten Mal ratlos. Und das ist eine erschreckende Erkenntnis.

Daphne

Daphne verspürt einen Anflug von Beklemmung, als sie am folgenden Tag mit Zenia durch den Wald von Trevail geht. Sie lässt das Mädchen keine Sekunde aus den Augen und nimmt sogar die sechs Wachsoldaten in Kauf, die sie in respektvollem Abstand begleiten. Nachdem bereits zwei Kinder, die sie in ihrer Obhut hatte, entführt worden sind, grenzt es fast an Übermut gegenüber den Sternen, ein drittes hierherzubringen, aber Daphne braucht Antworten, und sie vermutet, dass Zenia sie ihr geben kann.

Zenia ist allerdings misstrauisch. Während sie durch den Wald stapfen, blickt das Mädchen Daphne immer wieder von der Seite an. Mit ihren zu zwei Zöpfen geflochtenen blonden Haaren und ihrem runden, sommersprossigen Gesicht sieht sie noch jünger aus als zehn Jahre.

Daphne räuspert sich. »Ich weiß, dass du mit deiner Familie heute in den Norden zurückkehrst, Zenia, aber ich hoffe, wir können uns als Freundinnen voneinander verabschieden«, sagt sie und lächelt das Mädchen freundlich an. »Ich möchte, dass du weißt, dass ich nicht dir die Schuld an der Sache mit dem Gift gebe.«

»Wirklich nicht?«, fragt Zenia, nun nicht mehr misstrauisch, sondern verwirrt. »Ich habe versucht, dich zu töten!«

»Ja, und ich hoffe, dass du das nicht noch einmal versuchst. Aber ich glaube nicht, dass du das tun wirst. Denn du wolltest mich von Anfang an nicht umbringen, hab ich recht?«

Daphne weiß bereits, dass Zenia dazu gedrängt wurde, ihr das Gift zu verabreichen, was sie nur getan hat, weil ihr Kindermädchen ihr weisgemacht hat, sie könnte mit Sternenmagie Tote zurück ins Leben bringen.

»Ich dachte, ich hätte keine andere Wahl«, flüstert Zenia zaghaft.

»Das verstehe ich«, sagt Daphne. Mit einem kurzen Blick vergewissert sie sich, dass die Wachen genug Abstand halten, damit das Gespräch zwischen ihr und Zenia bleibt. Vorsichtshalber senkt sie dennoch ihre Stimme. »Aber ich glaube, du wusstest schon damals, dass es nicht richtig war, und deshalb hast du dich nicht an alle Anweisungen gehalten, die dein Kindermädchen dir gegeben hat.«

Zenia schluckt. »Ich habe meinem Bruder schon alles über diesen Tag erzählt«, weicht sie aus.

Daphne ist klar, dass Zenia ihr etwas verheimlicht, aber es wird nicht leicht sein, sie zum Reden zu bringen. Wenn sie es nicht einmal ihrem eigenen Bruder erzählt hat, warum sollte sie sich dann gegenüber Daphne öffnen?

»Das war ein schwieriger Tag für uns beide«, wagt Daphne sich vor. »Es würde mich nicht wundern, wenn du dich nicht aus dem Stand an alles erinnern konntest.«

»Ich habe alles erzählt«, wiederholt das Mädchen.

»Darf ich dir sagen, was ich denke, um zu sehen, ob es dein Gedächtnis vielleicht etwas auffrischt?«, fragt Daphne nach.

Zenia wirft ihr einen skeptischen Blick zu, protestiert aber nicht.

»Ich glaube, dein Kindermädchen hat dir eingeschärft, dass du mir das vergiftete Wasser nur geben sollst, wenn wir beide unter uns sind. Doch dann waren Bairre und deine Geschwister ständig in der Nähe. Und ich verstehe, warum du nicht länger gewartet hast.«

Das Mädchen reagiert nicht.

»Zenia«, spricht Daphne sie wieder an und berührt ihren Arm. »Du weißt, dass zwei Jungen aus diesem Wald entführt wurden, nicht wahr?«

Zenia blickt sich um, dann nickt sie rasch.

»Ich glaube, dass derjenige, der dafür verantwortlich ist, auch derjenige sein könnte, der deinem Kindermädchen die Anweisungen gegeben hat. Ich würde die Jungen gerne finden, bevor ihnen etwas passiert, und es würde mir weiterhelfen, wenn ich wüsste, was genau du an diesem Tag machen solltest.«

Zenia sieht sie lange an. »Es würde dir nicht weiterhelfen«, sagt sie dann.

»Vielleicht aber doch«, erwidert Daphne hartnäckig.

Zenia beißt sich auf die Unterlippe. »Ich will nicht noch mehr Ärger bekommen«, sagt sie leise.

»Es wird unser Geheimnis bleiben«, verspricht Daphne ihr, obwohl sie selbst nicht daran glaubt, dass sie dieses Versprechen halten wird. Zenia wirkt immer noch unschlüssig. »Und wenn ich dir im Gegenzug ein Geheimnis verrate?«, bietet Daphne an. »Dann sind wir quitt und keiner von uns darf es ausplaudern.«

Nachdem sie noch einen Moment überlegt hat, nickt Zenia. »Du zuerst.«

Daphne hat nicht die Absicht, einem Kind, das sie kaum kennt, ein wichtiges Geheimnis zu verraten, aber Zenia ist nicht dumm, also muss das Geheimnis glaubwürdig sein. Sie beschließt, eines preiszugeben, bei dem es womöglich sogar von Vorteil sein könnte, wenn Zenia es weitererzählt.

»Die Jungen, die entführt wurden«, flüstert sie. »Es sind die Prinzen von Temarin.«

Zenia verdreht die Augen. »Sind sie nicht.«

»Ich schwöre bei allen Sternen des Himmels, dass sie es sind.«

Zenias Augen werden groß wie Untertassen. Sie zögert, aber nur kurz, dann fängt sie an zu reden. »Ich sollte mich mit dir anfreunden und dann behaupten, dass ich müde bin, und dich bitten, dich zu mir zu setzen, während die anderen noch auf der Jagd sind«, wispert sie Daphne ins Ohr. »Und es sollte an einem ganz bestimmten Ort stattfinden. Dort, wo der Bach auf die Sternensteine trifft.«

»Die Sternensteine?«, fragt Daphne überrascht. »Weißt du, was damit gemeint ist?«

Zenia schüttelt den Kopf. »Aber mein Kindermädchen hat mir eine Karte gezeigt, die ich auswendig lernen sollte. Ich habe sie mir so oft angeschaut, dass ich sie in meinem Kopf vor mir gesehen habe, genau wie auf dem Papier. Als wir dann im Wald waren, kannte ich mich aber doch nicht so gut aus.«

»Das kann ich mir vorstellen«, sagt Daphne, während ihre Gedanken rasen. »Meinst du, du kannst trotzdem noch einmal überlegen, wie die Karte ausgesehen hat?«

Zenia zögert noch einen Moment, dann nickt sie wieder.

Daphne bleibt in der Mitte einer kleinen Lichtung stehen, wo der Boden größtenteils aus staubiger Erde besteht. »Wie wär's, wenn wir ein Bild malen?«, fragt sie, laut genug, dass die Wachen sie hören können. Unter einer Eiche entdeckt sie einen abgebrochenen Ast und ein paar Schritte entfernt einen zweiten. Sie reicht einen davon Zenia, die sie einen Augenblick fragend ansieht, aber dann das spitze Ende des Asts in die Erde drückt.

»Hier sind wir aus dem Schloss gekommen«, sagt sie zu Daphne. Sie markiert die Stelle mit einem X, über das sie eine verschnörkelte Linie zeichnet, die von links unten nach rechts oben verläuft. »Das ist der Stillwell-Bach.«

Daphne nickt, denn sie ist schon bei früheren Ausflügen an dem Bach vorbeigekommen. Er schlängelt sich meilenweit durch den Wald, ist aber so schmal, dass man an manchen Stellen leicht darüber hinwegspringen kann.

»Und hier ...« Zenia zeichnet ein weiteres X in die obere rechte Ecke über dem Bach, »sind die Sternensteine.«

Daphne sieht sich die Zeichnung an. »Und was genau sind Sternensteine?«

Zenia zuckt mit den Schultern. »Ich habe sie noch nie gesehen. Mein Kindermädchen hat sie so genannt. Sie haben ganz scharfe Kanten, hat sie gesagt, und dass ich aufpassen soll, damit ich mich nicht verletze.«

Wie fürsorglich von jemandem, der ein kleines Mädchen dazu bringen will, einen Mord zu begehen, denkt Daphne. Jetzt ist die Frau allerdings tot. Daphne ist sich nicht sicher, ob Zenia das weiß, und sie hat auch nicht die Absicht, es ihr zu verraten.

Daphne betrachtet die Karte, die Zenia gezeichnet hat, und prägt sich alles ein. Sie wird Zenia jetzt nicht dorthin bringen, nicht wenn völlig unklar ist, was sie dort vorfindet. Außerdem soll das Mädchen ja bald mit seinen Geschwistern abreisen.

Sie streicht mit ihrer Stiefelspitze über die Erde und verwischt Zenias Karte.

Nachdem sie Zenia wieder in die Obhut ihres Bruders gegeben hat, entschuldigt sie sich mit Kopfschmerzen und geht in ihr Zimmer, während die Wachen sich vor ihrer Tür postieren. Statt sich hinzulegen und sich auszuruhen, zieht sie eine Herrenreithose und eine Tunika an, die sie für solche Gelegenheiten im hinteren Teil ihres Kleiderschranks versteckt hat. Sie holt auch ihre Dolche und schnallt sich einen um die Wade, den anderen an den linken Arm. Dann geht sie zu dem Fenster, auf dessen Sims Cliona einmal einen Brief für sie abgelegt hat. Sie vermutet, dass die Rebellen auch schon bei anderen Gelegenheiten heimlich durch dieses Fenster in ihr Zimmer gelangt sind, und das aus gutem Grund – die große Eiche direkt neben dem Palast eignet sich als Klettergerüst und bietet gleichzeitig Deckung. Beides kann Daphne jetzt gut gebrauchen.

Sie hat reichlich Erfahrung darin, Mauern hinunterzuklettern – sie und ihre Schwestern haben das in Bessemia oft getan, und ihre Zimmer lagen dort in einem höheren Stockwerk. Nach nur wenigen Minuten setzt Daphne ihre Füße fast lautlos auf festem Boden auf. Dort verharrt sie einen Moment. Es ist noch nicht einmal Mittag, und die Wahrscheinlichkeit, dass sich Höflinge oder Wachen auf dem Schlossgelände herumtreiben, ist groß, aber da sie keine verdächtigen Geräusche hört, eilt sie mit schnellen Schritten Richtung Wald.

Auf ihrer Karte hatte Zenia die Sternensteine im Nordosten eingezeichnet, und Daphne geht fast eine Stunde lang in diese Richtung, bis sie das Rauschen des Baches hört. Sie folgt ihm noch eine Weile nach Osten und lässt den Blick über das Wasser schweifen auf der Suche nach etwas, das man als Sternensteine bezeichnen könnte. Als sie sie dann sieht, bleibt sie abrupt stehen.

Mehrere Felsbrocken erheben sich über dem Bach und auf den ersten Blick sehen sie aus wie ganz normale Steine. Doch als sie darauf zugeht und das Sonnenlicht durch das Blätterdach dringt, glitzern die Steine wie … Sternenstaub. Und Zenia hatte recht, ihre Kanten sind so scharf, dass man sich daran schneiden könnte. Kein Zweifel, das müssen die Sternensteine sein. Aber noch während Daphne sie betrachtet, macht sich ein Gefühl der Angst in ihr breit.

Als sie sich im Wald umsieht, ist sie plötzlich sicher, dass sie schon einmal hier gewesen ist, auch wenn sie sich nicht genau erinnern kann, wann und bei welcher Gelegenheit. Sie erinnert sich daran, dass sie getragen wurde, an das Rauschen des Baches und an Bairres Arme. Daran, wie sein Herz klopfte, weil er rannte. Daphne wendet sich nach Norden, und da sieht sie zwischen den Wipfeln einen Schornstein.

Es ist der Schornstein von Aurelias Hütte. Die Sternensteine sind nur wenige Schritte von ihrer Haustür entfernt.

Beatriz

Als die Kaiserin einen Boten schickt, um Beatriz mitzuteilen, dass sie und Pasquale unverzüglich im Thronsaal erwartet werden, will Beatriz sich zunächst am liebsten Zeit lassen. Pasquale drängt sie jedoch zur Eile und zerrt sie geradezu durch den Korridor hinter dem Boten her. Sie vermutet, dass er es nicht anders kennt und immer noch daran gewöhnt ist, sich nach den Launen seines Vaters zu richten – je nach Stimmung war es Cesare gut zuzutrauen gewesen, dass er sie aus einer dieser Launen heraus ohne langen Prozess hinrichten ließ. Beatriz kennt ihre Mutter gut genug, um zu wissen, wie weit sie ihre Geduld ausreizen kann, und eine trödelnde Tochter hätte bei ihr allenfalls Missmut hervorgerufen.

»Es ist klüger, sich mit ihr gut zu stellen«, sagt Pasquale mit einem entschuldigenden Lächeln, als sie ihm das erklären will.

Er hat recht, aber Beatriz kann nicht anders, als ihre Mutter bei jeder sich bietenden Gelegenheit zu provozieren. Jedes Mal, wenn es ihr gelingt, die Kaiserin dazu zu bringen, ihre Maske fallen zu lassen, und sei es auch nur für einen Augenblick, empfindet Beatriz das als einen persönlichen Sieg. Doch natürlich weiß sie selbst, dass sie damit weder sich noch Daphne einen Gefallen tut.

Der Bote führt sie durch die Tür der Empfangshalle, aber weiter kommen sie nicht. Im Thronsaal stehen die Höflinge dicht an dicht, Beatriz sieht nur den Kopf ihrer Mutter, die auf ihrem Thron sitzt, eine mit Perlen besetzte silberne Krone auf ihrem tiefschwarzen Haar. Ihre Blicke begegnen sich für einen kurzen Moment, ehe die Kaiserin sich wieder der Person zuwendet, die vor ihr steht.

Beatriz runzelt die Stirn – warum hat ihre Mutter sie und Pasquale so eilig herbeirufen lassen, nur um sie dann zu ignorieren? Sie öffnet den Mund, um ihre Mutter anzusprechen, aber die Kaiserin kommt ihr zuvor.

»Verstehe ich das richtig, Lady Gisella?«, sagt sie mit dröhnender Stimme, laut genug, um im ganzen Thronsaal gehört zu werden. Beatriz erschrickt bei dem Namen, und Pasquale neben ihr erstarrt geradezu, reckt dann jedoch den Hals, um besser sehen zu können. Beatriz beneidet ihn um seine Größe, denn ihr ist jeder Blick nach vorn versperrt.

»Ihr wollt mir sagen«, fährt die Kaiserin fort, »dass meine Tochter, Prinzessin Beatriz, und ihr Mann, Prinz Pasquale ... in einem plötzlichen Anfall von Frömmigkeit beschlossen haben, auf ihren Thronanspruch zu verzichten, um sich freiwillig einer Schwesternschaft und einer Bruderschaft im Alder-Gebirge anzuschließen? Ich muss gestehen, es fällt mir schwer, das zu glauben.«

»Das kann ich Euch nicht verdenken, Eure Majestät«, hört Beatriz Gisella antworten, und allein beim Klang ihrer Stimme ballt sie die Hände zu Fäusten. Sogar wenn sie der Kaiserin von Bessemia dreist ins Gesicht lügt, ist Gisellas Stimme sanft und melodisch. Und bestimmt lächelt sie dabei auch noch. »Aber die Zeit in Cellaria hat die Prinzessin verändert. In den wenigen Wochen, die sie dort verbrachte, ist sie zu einem völlig anderen Menschen geworden – und verzeiht, wenn ich das so offen sage, aber die

Gefangennahme von Lord Savelle hat sie sehr schwer getroffen. Sie war danach nicht mehr dieselbe. Mein Bruder, der König, und ich wollten nicht, dass sie und Pasquale den Hof verlassen, aber sosehr wir uns auch bemühten, wir konnten sie nicht umstimmen. Ihr wisst sicher, wie stur die Prinzessin sein kann, wenn sie einmal einen Entschluss gefasst hat.«

Ein Raunen geht durch die Reihen, inzwischen haben einige Höflinge, die in der Nähe von Beatriz und Pasquale stehen, die beiden bemerkt und blicken nun genauso verwirrt drein wie Beatriz sich fühlt. Das ist also die Geschichte, die Gisella und Nico sich ausgedacht haben, um dem Zorn der Kaiserin zu entgehen. Beatriz ist ein wenig enttäuscht – selbst wenn sie nicht vor Gisella am Hof von Bessemia eingetroffen und ihr auf diese Weise zuvorgekommen wäre, bezweifelt sie, dass irgendjemand ihre Geschichte geglaubt hätte. Allein die Vorstellung, Beatriz könnte sich freiwillig für ein Leben in einer Schwesternschaft entschieden haben, ist lächerlich.

Doch anstatt Gisella direkt mit ihrer Lüge zu konfrontieren, schürzt Beatriz' Mutter die Lippen, als würde sie über die Worte ihres Gastes nachdenken. »Beatriz, in einer Schwesternschaft«, sagt sie. Aus der Menge ist hier und da ein amüsiertes Kichern zu hören. »Ihr habt recht, sie ist zweifellos stur, und wenn dies der Weg ist, den sie und der Prinz eingeschlagen haben, müssen wir ihn wohl akzeptieren. Wie hat Euer Bruder diese … neue Entwicklung aufgenommen?«

Als Gisella antwortet, schwingt die reine Selbstgefälligkeit in ihren Worten mit. Beatriz findet es fast schon komisch, wie ahnungslos sie in die Falle getappt ist. Wäre sie nicht Gisella, würde Beatriz womöglich sogar so etwas wie Mitleid empfinden. »Für König Nicolo wäre es eine große Ehre, wenn der Vertrag zwischen unseren Ländern auch weiterhin Bestand hätte.

Er weiß, dass Ihr die Herrschaft über Temarin übernommen habt, und würde Euch hierzu seine Unterstützung anbieten – im Gegensatz zu König Cesare hat er kein Interesse daran, seinen eigenen Einflussbereich auszuweiten.«

»Ja, ich kann mir vorstellen, dass ein junger Emporkömmling, der gerade einmal der Schule entwachsen ist, schon genug Schwierigkeiten damit hat, ein Land zu führen, geschweige denn zwei«, erwidert die Kaiserin und erntet noch mehr Gelächter von den Höflingen. Beatriz würde in diesem Moment alles dafür geben, Gisellas Gesicht zu sehen. »Dennoch weiß ich sein großzügiges Angebot zu schätzen. Vielleicht sollte ich es mir durch den Kopf gehen lassen.« Die Kaiserin hält inne und sucht Beatriz' Blick in der Menge. Auf eine Handbewegung von ihr hin teilen sich die Reihen vor Beatriz, und sie erhascht einen ersten Blick auf Gisella, die in einem auffälligen rot-goldenen Brokatkleid vor der Kaiserin steht, das weißblonde Haar zu einem kunstvollen Zopf frisiert, der ihr über die Schulter fällt.

»Was denkst du denn darüber, meine Liebe?«, fragt die Kaiserin ihre Tochter, und obwohl Beatriz ihrer Mutter nicht über den Weg traut, begreift sie, dass diese Frage als ein Geschenk an sie gedacht ist, eine Gelegenheit, die sie nicht ungenutzt verstreichen lassen wird. Die Absätze ihrer Satinschuhe klappern auf dem Steinboden, als sie durch die Menge auf Gisella zugeht, gefolgt von Pasquale.

»Ich denke«, beginnt Beatriz und triumphiert innerlich, als sie sieht, wie Gisella bei ihren Worten die Schultern strafft, sich umdreht und Beatriz mit verkniffenem Mund aus ihren großen dunkelbraunen Augen ansieht, »ich denke, Lady Gisella hat großes Glück, dass unser Kerker bequemer ist als eine Zelle in der cellarischen Schwesternschaft.«

Gisella sieht zwar aus, als hätte sie verfaulendes Fleisch gerochen, versinkt jedoch vor Beatriz in einen Knicks, ohne sie dabei auch nur eine Sekunde aus den Augen zu lassen.

»Eure Hoheit«, sagt sie, bevor ihr Blick zu Pasquale wandert. »Eure Hoheit«, wiederholt sie ihm gegenüber und verharrt in ihrem tiefen Knicks. »Offenbar hat es da ein ... Missverständnis gegeben.«

»Ach ja?« Die Kaiserin zieht eine Augenbraue hoch. »Dann erklärt mir doch bitte, Lady Gisella, warum Ihr glaubt, dass meine Tochter und ihr Mann sich freiwillig in eine Schwesternschaft und eine Bruderschaft begeben haben, wohingegen sie selbst behaupten, Ihr und Euer Bruder hätten sie gegen ihren Willen dorthin geschickt, damit Ihr Euch eines Throns bemächtigen könnt, der in Wahrheit ihnen zusteht?«

Gisellas Augen huschen zwischen Beatriz, Pasquale und der Kaiserin hin und her. Sie öffnet den Mund und schließt ihn wieder, denn es kommt kein Wort heraus.

»Das dachte ich mir schon«, sagt die Kaiserin. Wieder eine knappe Handbewegung, und sofort eilen die Wachen herbei und fesseln Gisella, die keinen Widerstand leistet, mit goldenen Ketten die Hände auf dem Rücken.

Zufrieden schaut Beatriz zu, wie sie abgeführt wird, und ein kurzer Blick auf Pasquale bestätigt ihr, dass auch er seine Genugtuung nicht verbergen kann. Dann wendet sie sich wieder ihrer Mutter zu.

»Wie nett von ihr, dass sie uns wie ein reifer Apfel in den Schoß gefallen ist«, sagt Beatriz zu ihr. »Gisella ist eine hervorragende Geisel – sie und Nicolo stehen sich sehr nahe. Ich bin sicher, er würde alles tun, um seine Schwester zurückzubekommen.«

Mit einer knappen Geste entlässt die Kaiserin die Höflinge. Als nur noch sie, Beatriz und Pasquale übrig sind, erhebt sie sich von ihrem Thron und steigt vom Podest herab.

»Das ist ein Glücksfall, den wir uns zunutze machen sollten«, stellt sie fest. »Ich werde diesem Hochstaplerkönig schreiben und ihn von der Festsetzung seiner Schwester in Kenntnis setzen.«

»Oh, darf ich das übernehmen?«, fragt Beatriz und kann sich ein Grinsen nicht verkneifen. Ihre Mutter mustert sie mit schmalen Augen. »Bitte«, fügt Beatriz hinzu – und sie kann sich nicht erinnern, wann sie ihre Mutter das letzte Mal um etwas gebeten hat. Aber in diesem Fall ist sie sogar bereit zu betteln.

»Es geht nicht um einen Liebesbrief, Beatriz«, bemerkt die Kaiserin.

Beatriz wirft Pasquale einen Blick zu, und ihr wird klar, dass ihre Mutter, wenn sie das in seiner Gegenwart ausspricht, mehr über die Ehe ihrer Tochter weiß, als Beatriz dachte.

»Du hast mir einmal gesagt, wie wichtig es ist, die Schwächen des Gegners zu kennen«, wendet sie sich wieder ihrer Mutter zu. »Ich kenne Nicolos Schwächen.« *Denn ich bin eine von ihnen*, fügt sie in Gedanken hinzu und erinnert sich daran, wie er nach seiner Ernennung zum König an ihrem Schlafzimmerfenster auftauchte und sie anflehte, seine Königin zu werden.

Aber das wird sie ihrer Mutter nicht sagen. Damit würde sie ihr einen Weg zum Sieg eröffnen, der nicht zwingend voraussetzt, dass Pasquale am Leben bleibt, und das will Beatriz nicht riskieren.

»Nun gut«, stimmt die Kaiserin zu. »Und danach stattest du unserer neuen Gefangenen einen Besuch ab, ja? Sieh zu, dass du ihr ein paar Geheimnisse entlocken kannst.«

Lieber Nicolo,

du hast inzwischen sicher schon von Pasquales und meiner Flucht aus dem Alder-Gebirge gehört. Pech nur, dass deine Schwester noch nichts davon wusste, als sie eine Audienz bei meiner Mutter erbat. Mach dir keine Sorgen – ich werde ihr die gleiche Gunst erweisen, die du uns erwiesen hast: Gefängnis, aber keine Hinrichtung.

Ich habe dir einmal gesagt, dass ich die Erinnerung an dich, wie ich dich zuletzt gesehen habe – betrunken, verzweifelt und enttäuscht –, in meine dunkelsten Stunden mitnehmen werde, und ich darf dir versichern, dass sie mir große Freude bereitet hat. Aber ich glaube, der Anblick von Gisella, wie sie von den Palastwachen weggeschleppt wird, hat sie noch übertroffen.

Genieße deinen Thron, solange du ihn noch hast.

Deine Beatriz

Nachdem Beatriz den Brief zur Genehmigung an ihre Mutter weitergeleitet hat, nimmt sie Pasquale mit in den Kerker, um seiner Cousine einen Besuch abzustatten. Sie sorgt sogar dafür, dass ihnen Tee gebracht wird. Denn so gern sie Gisella jeglichen Komfort vorenthalten würde, wie sie selbst es in der Schwesternschaft erlebt hat, weiß sie doch, dass diese unerwartete Freundlichkeit Gisella weit mehr aus dem Gleichgewicht bringen wird als irgendwelche Grausamkeiten. Und Beatriz kann jetzt jeden Vorteil brauchen, den sie sich verschaffen kann.

Tatsächlich kann Gisella ihre Verwunderung nicht ganz verbergen, als eine Reihe von Dienern ihre Zelle betreten und einen Tisch, Stühle, ein seidenes Tischtuch und ein bemaltes Porzellanservice bringen. Während sie aufdecken, sieht Beatriz sich in dem Raum um, der größer ist als ihre Zelle in der Schwesternschaft, aber ebenfalls keine Fenster hat. In einer Ecke steht ein schmales Bett, über dessen Fußende eine dünne Bettdecke drapiert ist, außerdem gibt es ein Waschbecken und einen Schreibtisch mit einem zierlichen Stuhl. Spärlich, stellt Beatriz fest, aber alles in allem nichts, worüber Gisella sich beschweren könnte.

»Ich nehme an, ihr seid hier, um mich auszuquetschen«, beginnt Gisella, nachdem die Bediensteten sich zurückgezogen haben. Beatriz und Pasquale setzen sich an den Tisch und nach einem kurzen Zögern folgt Gisella ihrem Beispiel.

»Ich denke, es gibt viel zu besprechen.« Beatriz greift über den Tisch, um Tee in die drei Tassen zu gießen. »Ich habe Nicolo geschrieben und ihn über deine ... Situation informiert.«

»Werde ich als Geisel festgehalten?«, will Gisella wissen.

»Nicht ganz«, sagt Pasquale. »Sosehr Nicolo dich auch lieben mag, wir wissen alle, dass er den cellarischen Thron nicht aufgeben würde, nur um dich wohlbehalten zurückzubekommen. Und ich fürchte, Beatriz' Mutter wird sich mit nichts weniger zufriedengeben.«

»Also Hinrichtung?«, fragt Gisella, und bei aller Unbeschwertheit, die sie in ihre Stimme zu legen versucht, hört Beatriz unterschwellig echte Angst heraus.

»Ja, das ist nicht ausgeschlossen«, lügt sie, und sei es auch nur, um Gisella einen Schrecken einzujagen. Sie nimmt einen Schluck von ihrem Tee und stellt ihn auf der Untertasse ab. »Der Tee ist sehr gut«, bemerkt sie.

Gisella schaut stirnrunzelnd auf die Tasse, die vor ihr steht. »Vergiftet, nehme ich an?«

Beatriz lacht, als wäre dieser Gedanke einfach nur albern. »Ich habe gerade selbst davon getrunken, oder etwa nicht?«

»Meine Tasse könnte vergiftet worden sein«, meint Gisella. »Dazu muss man nur den Boden mit einer dünnen Schicht Giftpaste einstreichen und sie trocknen lassen. Wenn der heiße Tee hineingegossen wird, löst sich die Schicht in der Flüssigkeit auf.«

»Meine Güte, da hast du aber viel Erfahrung«, sagt Beatriz

spöttisch, und zu Pasquale gewandt: »Vielleicht sollten wir uns Notizen machen.«

Pasquale lächelt zurück und greift über den Tisch nach Gisellas Tasse. Er sieht Beatriz kurz an, um ihr die Gelegenheit zu geben, ihn aufzuhalten, bevor er einen Schluck von Gisellas Tee nimmt.

»Siehst du?«, sagt er und reicht ihr die Tasse zurück.

Pasquales blindes Vertrauen in sie überrascht Beatriz, doch im nächsten Moment muss sie sich eingestehen, dass sie ihm ebenso vertraut. Es ist ein beängstigender Gedanke.

Gisellas Blick wandert zwischen den beiden hin und her, und ihre Miene verrät, dass sie immer noch skeptisch ist.

»Ach, komm schon, Gigi, du bist doch sicher ausgedörrt von der Reise. Und wir haben dir bereits gesagt, dass wir kein Interesse daran haben, dich umzubringen.«

»*Noch* nicht«, erwidert Gisella, aber sie hebt die Tasse an ihre Lippen und nimmt einen langen Schluck.

Beatriz kann sehen, wie sie den Tee im Mund behält, um ein etwaiges Gift zu schmecken. Als sie nichts bemerkt, nimmt sie einen weiteren Schluck.

»Wie lange bist du nach unserer Verbannung in die Berge noch in Cellaria geblieben, bevor du zu meiner Mutter gereist bist?«, fragt Beatriz.

»Oh, geht es schon los mit dem Verhör?« Gisella nimmt einen weiteren Schluck. »Ich bin eine Woche nach euch abgereist. Zuerst haben wir überlegt, einen Brief zu schicken, aber dann hielten wir es für besser, wenn ich die Kaiserin persönlich aufsuche, als ein Zeichen unseres Vertrauens und guten Willens.«

»Der Schuss ging nach hinten los«, murmelt Pasquale und erntet ein amüsiertes Lächeln von Beatriz und einen finsteren Blick von Gisella.

»Und in der Woche, als das alles passiert ist«, fährt Beatriz fort, »wie hat der cellarische Hof Nicolo da als neuen König aufgenommen? Ich vermute, er hat den ein oder anderen gegen sich aufgebracht.«

Gisellas Kiefermuskeln spannen sich an, aber sie hält Beatriz' Blick stand. »Oh, er ist sehr beliebt«, sagt sie und muss gleich darauf husten. »Er hat Jahre damit verbracht, Freundschaften zu knüpfen, und mein Vater hat jahrzehntelang Beziehungen am Hof aufgebaut. Cellaria ist froh, Nico als König zu haben.«

Sie hustet wieder und Beatriz gibt sich sehr besorgt. »Oh, das hört sich an, als ob du krank wirst, Gigi – aber wenigstens hast du hier genug Zeit, dich auszuruhen und zu erholen.«

Gisella starrt sie wütend an und nimmt einen weiteren Schluck Tee.

»Ich habe eine Frage«, mischt sich Pasquale zu Beatriz' Überraschung ein. Er sieht seine Cousine an, nicht feindselig wie Beatriz, aber auch nicht mit dem offenen Ausdruck, mit dem er Gisella sonst immer begegnet ist. »Wann hast du beschlossen, dich gegen uns zu stellen?«

Gisella blinzelt, Pasquale hat sie mit seiner Frage überrumpelt. Beatriz wartet gespannt – auch wenn Gisellas Antwort nichts ändern wird, wie sie sich selbst sagt. Trotzdem. Sie ist neugierig.

»Du hast mir eine Gelegenheit auf dem Silbertablett serviert«, erklärt Gisella ihm. »Ich werde mich nicht dafür entschuldigen, dass ich sie ergriffen habe.«

Beatriz zieht die Augenbrauen hoch. »Heißt das, du hattest gar nicht vor, uns zu verraten, sondern kamst erst auf die Idee, als wir dich in unseren Plan eingeweiht haben, Lord Savelle aus dem Gefängnis zu befreien?«

»Es war ein dummer Plan«, sagt Gisella. »Und wir wären genauso dumm gewesen, wenn wir das nicht ausgenutzt hätten.«

»Aber du und Nicolo habt schon lange vorher angefangen, meinen Vater zu vergiften«, wendet Pasquale ein.

»Ja, schon«, gibt Gisella achselzuckend zu. »Tu nicht so, als würdest du ihm nachtrauern. Ich kenne dich zu gut, um dir das abzunehmen.«

»Dann ergibt euer Plan keinen Sinn«, stellt Beatriz fest. »Ihr hattet vor, König Cesare zu töten und euch mit der Königinmutter zu verschwören ... aber warum?«

»Oh, das ist dir also aufgefallen?«, antwortet Gisella und klingt dabei erstaunlich gelassen. »Es war uns egal, wie das Spiel ausging – wenn Pasquale auf den Thron gekommen wäre, hätten wir als seine Lieblingsverwandten einen guten Stand gehabt. Wenn jedoch Eugenia mit ihrem Plan, Temarin und Cellaria in den Krieg zu treiben und danach selbst den Thron zu besteigen, erfolgreich gewesen wäre, hätte sie sich sicher für unsere Unterstützung erkenntlich gezeigt.«

»Ihr habt also beide Seiten gegeneinander ausgespielt«, kommentiert Pasquale. »Wie nobel von euch.«

»In diesem Spiel geht es ums Überleben«, sagt Gisella scharf. »Beatriz, du hast gerade mal zwei Monate am cellarischen Hof verbracht, und selbst du weißt inzwischen, wie schwierig das Leben dort ist. Ja, wir haben einen grausamen König vergiftet. Ja, wir haben euch hereingelegt, um ein bisschen höher zu steigen, ein bisschen mehr Sicherheit zu gewinnen, ein bisschen unantastbarer zu werden. Aber das ist nicht der Grund, warum du wütend bist.«

»Das sehe ich anders«, blafft Beatriz, aber Gisella ignoriert sie.

»Du bist wütend auf dich selbst, weil du es zugelassen hast – weil du Nico zugelassen hast.«

Beatriz antwortet nicht darauf, zumal sie sich insgeheim eingestehen muss, dass Gisella recht hat. Sie trinkt ihren Tee aus und steht fast gleichzeitig mit Pasquale vom Tisch auf. »Denk an meinen Rat, Gisella«, sagt sie mit einem zuckersüßen Lächeln. »Ich habe dir gesagt, dass du so hoch gestiegen bist, dass der unweigerliche Absturz dich irgendwann den Kopf kosten wird – ich denke, du solltest schon einmal anfangen, dich auf den Aufprall vorzubereiten.«

Nach dem Gespräch mit Gisella kehren Beatriz und Pasquale schweigend in Beatriz' Zimmer zurück und sprechen erst wieder, als sie die Tür hinter sich geschlossen haben.

»War der Tee vergiftet?«, will Pasquale von Beatriz wissen, die mit Unbehagen sieht, wie in seinen Augen Furcht aufblitzt.

»Er enthielt nur ein Wahrheitsserum«, wiegelt sie ab.

Pasquale runzelt die Stirn. »Das dachte ich mir schon. Sie hat gelogen, oder?«

Beatriz schnaubt. »O ja«, sagt sie. »Versuch du mal, jetzt zu lügen.«

Pasquale ist zögerlich. Er öffnet den Mund, um zu sprechen, muss dann aber husten. Schließlich sagt er: »Ich vertraue Gisella.«

Beatriz grinst. »Und, hast du es bemerkt?«

»Es ist der Husten!« Pasquale zieht nachdenklich die Augenbrauen hoch. »Jede Lüge wird von einem Husten begleitet. Kein Wunder, dass sie immer wieder husten musste.«

»Ganz genau. Wenn ich ihr ein Wahrheitsserum verabreicht hätte, das sie am Lügen hindert, hätte sie es sofort durchschaut. Aber so ist sie völlig ahnungslos. Die Methode ist subtiler – wir wissen zwar nicht, was die Wahrheit ist, aber wir wissen zumindest, wann sie lügt.«

»Der Hof wendet sich also bereits gegen Nicolo«, stellt Pasquale fest. »Das ist interessant.«

Beatriz nickt. »Wenn auch nicht sehr überraschend«, fügt sie hinzu. »Die cellarischen Höflinge sind ein launisches Völkchen und Nicolos Thronbesteigung hat für mächtig Aufruhr gesorgt. Ich vermute, dass einige Familien bereits einen Putsch planen.«

»Deine Mutter wird sich freuen, das zu hören.« Pasquale zieht eine Grimasse.

»Zweifellos. Aber von uns hört sie es garantiert nicht«, erwidert Beatriz. »Ich werde ihr keine Informationen geben, die dazu führen, dass sie uns noch schneller nach Cellaria zurückschickt, als sie es ohnehin plant. Ich muss noch einiges von Nigellus lernen, und dann ist da ja auch noch Daphne. Falls meine Mutter etwas gegen sie im Schilde führt ...«

»Ich verstehe«, sagt Pasquale. »Glaubst du, du kannst ihr die Wahrheit vorenthalten?«

Beatriz runzelt die Stirn. Noch vor ein paar Wochen hätte sie die Frage mit Ja beantwortet, aber inzwischen weiß sie, dass sie ihre Mutter nicht unterschätzen darf. Und auch, was auf dem Spiel steht, wenn sie versagt. »Ich muss«, beschließt sie und schüttelt den Kopf. »Wir haben keine andere Wahl.«

Daphne

Als Daphne eine Stunde vor dem Abendessen in den Palast zurückkehrt, gelangt sie auf dem gleichen Weg in ihr Gemach, wie sie es zuvor verlassen hat – durch das Fenster. Zurück in ihrem Zimmer zieht sie sich rasch ein Kleid über und versteckt ihre Männerkleidung weit hinten im Schrank, während ihre Gedanken um den Verdacht kreisen, der sich aus den Erkenntnissen dieses Nachmittags ergeben hat.

Wenn es stimmt, dass Zenia Daphne bis vor Aurelias Haustür bringen sollte, um sie dort zu vergiften, wirft das mehr Fragen auf, als es beantwortet. Zugleich würde Daphne sich nicht wundern, wenn sich herausstellen sollte, dass Aurelia hinter den Attentatsversuchen steckt. Sie sagte, sie habe den Tod einer Person vorausgesehen, in deren Adern das Blut der Sterne und der Majestät fließt, und sogleich befürchtet, dass Bairre damit gemeint sein könnte. Gut möglich, dass Aurelia versucht hat, sie zu töten, um auf diese Weise zu verhindern, dass die Prophezeiung ihren Sohn trifft.

Aber was hat das mit den Prinzen von Temarin zu tun? Aurelia meinte zwar, die Sterne würden ihr noch immer diese eine Prophezeiung übermitteln, aber das konnte sich nicht auf Gideon und Reid beziehen. Die Brüder mögen das Blut von

Königen haben, aber keiner von beiden ist von den Sternen berührt.

Vielleicht hat das eine nichts mit dem anderen zu tun, sagt sie sich. Und vielleicht war es nur ein Zufall, dass Zenia Daphne ausgerechnet an diesen Ort bringen sollte. Aber in dieser Angelegenheit ist jeder Zufall ein Zufall zu viel.

Als sie vom Abendessen kommt, ist jemand in ihrem Schlafgemach, das spürt Daphne sofort. Das Fenster steht offen, obwohl es wieder zu schneien angefangen hat, dabei achten sowohl sie als auch ihre Zofen sorgsam darauf, es stets geschlossen zu halten. Und dann ist da noch diese Vertiefung in ihrem flauschigen Teppich, direkt unter dem Fenster, als wäre jemand vom Sims ins Innere des Zimmers gesprungen.

Vielleicht agieren die Attentäter doch nicht nur im Wald. Vielleicht sind sie mit der Zeit mutiger geworden. Oder fauler. Oder vielleicht einfach nur verzweifelter.

Sosehr sie auch versucht ist, zurück in den Korridor zu gehen und um Hilfe zu rufen – Daphne ist sich nicht sicher, ob sie den Wachen, die mittlerweile überall im königlichen Flügel stationiert sind, trauen kann. Und wenn der Meuchelmörder in ihrem Zimmer tatsächlich für dieselben Leute arbeitet, die auch hinter der Entführung der Prinzen stecken, gäbe es da die eine oder andere Frage, die sie ihm gerne stellen würde – und das am besten unter vier Augen.

Sie bleibt im Türrahmen stehen und bückt sich, um ihren Stiefel zu richten – und nach dem dort versteckten Dolch zu greifen –, bevor sie sich wieder aufrichtet und die Tür hinter sich schließt. Einen Moment lang wartet sie ab, ob der Attentäter die Gelegenheit nutzt, um sie anzugreifen, aber das tut er nicht. Sie sucht den Raum nach möglichen Verstecken ab – unter ihrem

Bett könnte jemand kauern, aber dort unten wäre der Eindringling im Zweifel noch schutzloser ausgeliefert als sie selbst, sodass dies wohl kaum die erste Wahl sein dürfte. Ihr Blick gleitet zum Fenster, wo der Wind die Vorhänge bläht, wie um zu beweisen, dass sich niemand dahinter verbirgt. Bleibt nur noch ihr Kleiderschrank – das einzige Versteck, das einer erwachsenen Person genug Platz bietet.

Daphne schleicht sich auf Zehenspitzen an den Schrank heran, leise wie eine Katze, den Dolch gezückt und bereit zum Angriff. Ihr Herzschlag hämmert in ihren Ohren und übertönt alle Gedanken, außer den an die drohende Gefahr. Sie darf sich kein Zögern erlauben: Jetzt heißt es attackieren oder attackiert werden, und seit ihrer Ankunft in diesem von den Sternen verlassenen Land hat sie schon viel zu oft an der Grenze zwischen Leben und Tod geschwebt.

Mit einer schnellen, fließenden Bewegung reißt sie die Tür des Kleiderschranks auf und stößt mit einem wütenden Aufschrei mit ihrem Dolch zu. Wieder und wieder holt sie aus und merkt erst beim vierten Zustechen, dass lediglich die Kleider in ihrem Schrank diesem Angriff zum Opfer fallen. Mehrere von ihnen sind jetzt zerschlitzt – ein Umstand, über den Mrs Nattermore sicher alles andere als erfreut sein wird.

Daphne dreht sich um, lässt sich mit dem Rücken gegen den Kleiderschrank sinken und ringt nach Atem. Ihre Hand mit dem Dolch fällt schlaff herab, während sie die freie Hand auf ihre Brust presst, als könnte sie damit ihren trommelnden Herzschlag besänftigen.

Es ist niemand da. Daphne schüttelt den Kopf. Sie fängt an, Gespenster zu sehen, wo keine sind. Sie stößt sich von der Schranktür ab, geht zum Fenster und schließt es fest zu.

Plötzlich spürt sie den kalten Druck von Metall an ihrer Kehle.

»Lasst den Dolch fallen, Prinzessin«, sagt eine Stimme – eine weibliche Stimme, eine Stimme mit bessemianischem Akzent. Vor allem Letzteres überrumpelt Daphne so sehr, dass sie tut, was man ihr sagt, und den Dolch zu Boden fallen lässt.

»Ich will Euch nichts antun, aber ich muss mit Euch allein sprechen«, fährt die Person fort. »Ich werde meinen Dolch nun ebenfalls sinken lassen, doch sobald Ihr Anstalten macht, nach Eurer Waffe zu greifen, ist er wieder an Eurer Kehle. Verstanden?«

Daphne nickt, während ihre Gedanken bereits rasen. Sobald die Klinge von ihrer Kehle weg ist, wird sie sich auf ihren Dolch stürzen, und sobald sie die Waffe hat …

»Eure Schwester hat mich geschickt«, sagt die Fremde und lässt ihre Klinge sinken – und Daphnes Plan in sich zusammenfallen. Sie wirbelt herum, um sich der Angreiferin zuzuwenden, und sieht eine junge Frau in ihrem Alter vor sich, die sie für einen flüchtigen Moment an Sophronia erinnert. Sie hat das gleiche blonde Haar, die gleiche Statur wie sie – aber es ist nicht Sophronia.

»Welche?«, presst Daphne durch zusammengebissene Zähne hervor, ohne ihren Dolch aus den Augen zu lassen. Sie traut der Fremden nicht, aber eine Meuchelmörderin ist sie nicht, so viel steht fest – andernfalls würde Daphne längst am Boden verbluten.

»Zuerst Sophronia«, sagt das Mädchen und hält Daphnes Blick stand. Sogar ihre Augen gleichen denen von Sophronia, wie auch denen von Daphne – sie haben das Silber der Sterne. »Und zuletzt auch Beatriz.«

»Du lügst«, sagt Daphne.

Die junge Frau scheint mit dieser Reaktion gerechnet zu haben. Sie zuckt mit den Schultern. »Beatriz ist Linkshänderin – das weiß ich, weil sie mir mit der Linken einen ordentlichen

Haken verpasst hat, auch wenn sie hinterher so freundlich war, etwas Sternenstaub zu besorgen, um meine Nase wieder heil zu machen. Ach ja, und sie nannte Euch ein rücksichtsloses Biest.«

Das klingt ganz nach Beatriz, denkt Daphne. »Und Sophronia?«

Das Mädchen zögert, ihr Blick schweift ins Leere. Es wäre der perfekte Moment für Daphne, um nach ihrem Dolch zu greifen, aber sie rührt sich nicht von der Stelle. Stattdessen wartet sie ab, den Blick unverwandt auf die Fremde gerichtet.

»Sophronia hat sich gerne in die Palastküche geschlichen, um zu backen, wenn sie nicht schlafen konnte«, sagt das Mädchen nach einer Weile. »Ich glaube, das ist eine Angewohnheit, die sie bereits in Bessemia hatte.«

Diese Antwort nimmt Daphne allen Wind aus den Segeln. Wie oft hat sie Sophronia in der Küche angetroffen, die Schürze um ihr Nachthemd gebunden, mit Mehl auf der Haut und im Haar und einem strahlenden Lächeln auf den Lippen, während sie ein Blech aus dem Ofen zog? »Wer bist du?«, fragt sie und hat Mühe, sich zu beherrschen.

»Mein Name ist Violie. Eure Mutter hat mich damit beauftragt, Sophronia nach Temarin zu begleiten.« Nach kurzem Zögern fügt das Mädchen hinzu: »Um sie auszuspionieren.«

Violie. Daphne kennt diesen Namen – Sophronia hat ihn kurz vor ihrem Tod erwähnt. Sie hat Daphne und Beatriz angekündigt, dass Freunde von ihr nach Friv kommen würden – Leopold und Violie. Leopold war Daphne natürlich vertraut, aber den Namen Violie kannte sie nicht. Doch selbst wenn Sophronia sie als eine Freundin betrachtet hat, muss das noch lange nichts bedeuten, so vertrauensselig wie ihre Schwester war.

»Meine Mutter würde niemals …«, will Daphne entgegnen, bricht dann jedoch ab. Es ist ihrer Mutter sehr wohl zuzutrauen, jemanden damit beauftragt zu haben, Sophronia auszuspionieren. In Anbetracht der Umstände war es eine vernünftige Vorsichtsmaßnahme. »Und Beatriz?«, fragt Daphne. »Du sagst, sie hat dich geschlagen?«

Die junge Frau, Violie, streckt die Hand aus, um sich an die Nase zu fassen, aber Daphne kann nichts Auffälliges daran entdecken. Ihr Blick schweift ab – und verrät Daphne auf diese Weise noch bevor Violie den Mund aufgemacht hat, dass ihre Worte nicht die ganze Wahrheit sein werden.

»Ich hatte es verdient.« Sie wählt ihre Worte mit Bedacht. »Wir haben sie getroffen, als sie mit Prinz Pasquale auf der Flucht aus Cellaria war. Soweit ich weiß, wurde sie von einem neuen König, der den Platz des Prinzen in der Thronfolge eingenommen hat, in eine Schwesternschaft verbannt.«

Daphne runzelt die Stirn. »Ist so etwas überhaupt möglich?«, fragt sie.

»Für einen verrückten König ist alles möglich, und soweit ich weiß, war König Cesare genau das«, erwidert Violie. »Sie und Pasquale waren auf dem Weg nach Bessemia, aber Beatriz riet uns, zu Euch nach Friv zu gehen.«

»Uns?«, fragt Daphne nach. »Wen meinst du damit?«

Violie zögert, dreht ihren Dolch in der Hand – sie ist nervös, registriert Daphne. »König Leopold«, sagt sie schließlich.

Daphne lacht – sie kann nicht anders. Nichts an ihrer Situation ist zum Lachen, aber die Vorstellung, dass König Leopold, der meistgesuchte Mann des Kontinents, ihr so einfach in den Schoß gefallen sein soll, ist geradezu komisch. »Wo ist er?«, fragt sie und entwirft im Geiste bereits den Brief, den sie ihrer Mutter schicken wird. Die Kaiserin wird so stolz auf Daphne sein, so erfreut, dass es ihr gelungen ist, Temarin für sie zu sichern.

»Ich glaube nicht, dass Sophronia gewollt hätte, dass ich Euch das verrate«, erwidert Violie.

Die Worte treffen Daphne, als hätte Violie ihr einen Tritt in die Magengrube verpasst. »Wie bitte?«, fragt sie und schüttelt den Kopf. »Du bist hierhergekommen, um mich um Unterstützung zu bitten, nicht wahr? Dann lass auch zu, dass ich euch helfe...«

»Und wie genau wollt Ihr das tun?«, fragt Violie. »Indem Ihr sofort einen Brief an Eure Mutter schreibt? Wenn Ihr das macht, sind Leopolds Tage gezählt. Sophronia hat ihr Leben für seines gegeben, und ich habe mir vorgenommen, dafür zu sorgen, dass dieses Opfer nicht umsonst war.«

Damit kommt Violie der Wahrheit so nahe, als hätte sie Daphnes Gedanken gelesen, aber das darf Daphne sich jetzt nicht anmerken lassen. »Ich habe meine Schwester geliebt, doch manchmal war sie eine sentimentale Närrin«, sagt sie betont ruhig. »Soweit ich weiß, war Leopold ein furchtbarer König. Meine Mutter ist der Auffassung, dass es besser wäre, wenn sie das Land regiert.«

»Sie ist der Auffassung, dass es am besten wäre, wenn sie ganz Vesteria regiert«, widerspricht ihr Violie.

Erschrocken wirft Daphne einen Blick durch den Raum, um sich zu vergewissern, dass sie unter sich sind, bevor sie Violie anzischt: »Was immer du zu wissen glaubst...«

»Ich weiß, was Eure Mutter mir gesagt hat«, unterbricht Violie sie. »In ihren eigenen Worten, als sie mir den Auftrag erteilte, Sophronia auszuspionieren.«

»Na schön«, lenkt Daphne zähneknirschend ein. »Aber das ändert nichts an der Tatsache, dass Leopold der falsche Mann auf dem Thron von Temarin war. Meine Mutter möchte ihre Herrschaft sichern, ja, aber wenn er einfach auf seinen Anspruch verzichtet...«

Violie fällt ihr abermals ins Wort, diesmal mit einem rauen, freudlosen Lachen: »Prinzessin, bitte sagt mir, dass Ihr nicht wirklich selbst glaubt, was Ihr da behauptet.«

Daphne lächelt bitter. »Wie ich sehe, hat Beatriz dir mit ihren Verschwörungstheorien den Kopf vernebelt – sie hatte schon immer einen Hang zur Melodramatik.«

»Beatriz musste mich gar nicht von etwas zu überzeugen«, erwidert Violie. »Das hat Sophronia bereits getan. Sie hätte es Euch selbst erklärt, aber Eure Mutter hat sie umbringen lassen.«

Violies Worte erwischen Daphne so kalt wie ein Kübel mit Eiswasser, der über ihrem Kopf ausgegossen wird, aber sie zwingt sich dazu, die Fassung zu bewahren. »Temarinische Rebellen haben Sophie getötet«, zischt sie.

Einen Moment lang blickt Violie sie forschend an, ihre Lippen sind zu einer schmalen Linie geworden. Schließlich nickt sie. »Also gut.« Sie hebt Daphnes Dolch auf und geht rückwärts zum Fenster. »Beatriz hatte recht – wir haben nichts mehr zu besprechen.«

»Tja, das sehe ich anders.« Mit ein paar schnellen Schritten ist Daphne am Fenster und versperrt den Fluchtweg. Violie mag zwar beide Dolche haben, aber Daphne ist sich inzwischen sicher, dass die Vertraute ihrer Schwestern ihr nichts antun wird. »Wo ist König Leopold?«

»In Sicherheit.« Violie versucht, sich an ihr vorbeizudrängen, aber Daphne weicht nicht zur Seite.

»Wenn du wirklich mit ihm hier bist – was ich allmählich bezweifle –, dann würde seine Mutter sicher erfahren wollen, dass er wohlauf ist«, sagt Daphne. Sie erwartet nicht, mit dieser Art von Gefühlsduselei zu ihr durchzudringen – Violie kommt ihr nicht wie jemand vor, bei dem diese Strategie verfängt –, aber sie hat auch nicht mit dem Ausdruck von Schock und Wut gerechnet, der in Violies Augen aufblitzt.

»Eugenia ist hier?«, fragt sie leise.

»Sie ist vor ein paar Tagen mit Leopolds Brüdern hier eingetroffen. Die beiden wurden ... entführt«, gibt Daphne zu. Violies Blick wird noch schärfer, und Daphne bereut im selben Moment, ihr dieses Detail verraten zu haben. »Sie hat bereits zwei Söhne verloren, willst du ihr nun auch noch ihren Erstgeborenen vorenthalten?«

Violie lacht wieder. »Für so blauäugig hätte ich Euch nicht gehalten«, sagt sie. »Seid Ihr allen Ernstes auf die Nummer der trauernden Mutter hereingefallen? Sie hat wohl vergessen zu erwähnen, dass sie mit den Rebellen und Eurer Mutter gemeinsame Sache gemacht hat, um Sophie und Leopold hinrichten zu lassen. Wenn sie hört, dass er überlebt hat, wird sie nicht erleichtert sein – sondern enttäuscht.«

»Du lügst«, sagt Daphne, obwohl sie ahnt, dass zumindest diese letzte Aussage der Wahrheit entspricht. Sie hatte von Anfang an den Verdacht, dass mit der Königinmutter irgendetwas nicht stimmt, und Violies Erklärung passt genau zu den Lücken in der Geschichte, die Eugenia ihr aufgetischt hat. Aber wie soll sie diesen Teil von Violies Erklärungen für bare Münze nehmen, ohne zu glauben, dass auch ihre Mutter etwas damit zu tun gehabt haben könnte?

»Ach ja?«, fragt Violie. »Wenn Ihr Eugenia das nächste Mal sprecht, erwähnt einfach meinen Namen und achtet auf ihre Reaktion.«

Daphne öffnet den Mund, um etwas zu erwidern, aber bevor sie dazu kommt, packt Violie sie am Handgelenk und gleich darauf spürt sie einen scharfen Stich. Als sie an sich herunterschaut, sieht sie, dass Violie einen *ihrer* Ringe am Finger trägt – denjenigen, der stets mit einer Dosis Schlafpulver gefüllt ist.

»Wie kannst du es wagen ...«, setzt sie an, doch noch bevor sie den Gedanken zu Ende führen kann, wird die Welt um sie herum schwarz.

Violie

Nachdem sie die Schlossmauer wieder hinuntergeklettert ist, macht sich Violie auf den Weg in den Wald, der das Schloss umgibt, und dreht dabei immer wieder an dem Giftring, den sie aus Prinzessin Daphnes Schmuckschatulle gestohlen hat. Im Nachhinein ist sie froh, dass sie das Kästchen durchstöbert hat, als sie noch darauf wartete, dass Daphne vom Abendessen zurückkehrt – und erst recht, dass sie sich oben auf dem Schrank versteckt hat und nicht im Innern, wie sie es ursprünglich vorgehabt hatte. Wenn sie das getan hätte, wäre sie jetzt von wütenden Messerstichen durchlöchert.

Prinzessin Beatriz hatte recht, Daphne kann man nicht trauen. Und dass sich die Königinmutter gerade im Schloss aufhält, macht die Sache noch vertrackter. Damit hätte Violie in ihren schlimmsten Albträumen nicht gerechnet. Sie dachte bisher, Eugenia sei in den Süden nach Cellaria geflohen, in ihr Heimatland, in dem sie aufgewachsen ist und vermutlich Verbündete hat.

Offenbar hat die Königinmutter sich stattdessen mit Daphne verbündet – eine Entwicklung, die nicht gerade zuversichtlich stimmt.

Zumindest ist es Violie gelungen, erste Zweifel zu säen. Als sie Daphne damit konfrontierte, dass ihre Mutter die Verantwortung für den Mord an Sophronia trägt, wies Daphne das natürlich weit von sich, aber insgeheim hielt sie die Idee nicht für völlig abwegig, das konnte man ihr ansehen. Immerhin ein Anfang.

Aber es wurde auch klar, dass Daphne nicht zögern würde, Leopold bei der ersten sich bietenden Gelegenheit an ihre Mutter auszuliefern. Violie ist fest entschlossen, ihr diese Gelegenheit nicht zu bieten, nicht bevor sie sicher ist, dass man Daphne vertrauen kann.

Es dauert eine Weile, bis sie ihren Weg durch den Wald zurückverfolgt hat – wobei sie mit einem abgebrochenen Ast ihre Abdrücke im Schnee verwischt –, aber schließlich erreicht sie die Höhle, in der sie und Leopold untergekommen sind, nachdem der Postwagen sie ein paar Stunden zuvor in Eldevale abgesetzt hat. Die Höhle sollte nur ein Zwischenstopp sein, bevor sie im Schloss Unterkunft fänden, aber diese Pläne haben sich jetzt geändert.

Leopold taucht im dunklen Höhleneingang auf und sieht sie fragend an. Er scheint in ihrem Gesicht etwas abzulesen, denn seine Schultern sacken herab.

»Also hat Beatriz ihre Schwester richtig eingeschätzt?«, fragt er und geht mit ihr weiter in die Höhle hinein, um sicherzugehen, dass niemand, der zufällig vorbeikommt, sie entdecken kann.

»Schlimmer als das«, sagt Violie und schüttelt den Kopf. »Deine Mutter ist im Palast, sie hat bei König Bartholomew Asyl erbeten.«

Leopold bleibt abrupt stehen und dreht sich zu ihr um. Violie kann sein Gesicht im Halbdunkel nicht sehen, aber seine aufwallende Wut schlägt ihr entgegen wie die Hitze eines lodernden Feuers.

»Meine Mutter?«, fragt er, gefährlich leise.

»Das hat Daphne gesagt, ja. Ich nehme an, sie will dich dazu verleiten, in den Palast zu gehen, um deine Mutter wiederzusehen.«

»Sie verleitet mich allenfalls dazu, in den Palast zu gehen und ihr an die Gurgel zu springen«, erwidert er schroff. »Sind meine Brüder bei ihr?«

Violie schluckt. »Die beiden sind mit ihr hergekommen, aber dann …« Sie bricht ab. Es wird ihm das Herz brechen, wenn er die Wahrheit erfährt, und er hat in letzter Zeit mehr als genug Kummer gehabt. Ihr wird klar, dass sie ihn nicht noch mehr verletzen will. Der Gedanke ist so beunruhigend, dass sie ihn sofort wieder verdrängt. »Sie sind vor ein paar Tagen entführt worden.«

»Entführt«, wiederholt er.

Violie nickt, und erst danach fällt ihr auf, dass er das in der dunklen Höhle wahrscheinlich nicht sehen kann. »Ja. Anscheinend ist deine Mutter sehr verzweifelt.«

»Jede Wette, dass meine Mutter selbst etwas damit zu tun hat«, erwidert Leopold. »Sie hat bereits versucht, mich umzubringen, und nun scheint sie noch nicht einmal vor Kindsmord zurückzuschrecken.«

»Das ist möglich«, stimmt Violie zu, auch wenn sie insgeheim vermutet, dass Kaiserin Margaraux bei der Entführung die Finger im Spiel hatte. Aber Leopold will jetzt nicht auf die Vernunft hören, sondern seiner Wut freien Lauf lassen, also lässt sie ihn gewähren.

»Wir können heute Nacht nicht hierbleiben«, wechselt sie das Thema. »Die vielen Schauergeschichten über riesige frivianische Bären, die ich gehört habe, verfolgen mich bis in meine Albträume hinein, und ich habe das untrügliche Gefühl, dass Daphne, sobald sie aufwacht, als Erstes den Wald durchsuchen lassen wird.«

»Aufwacht?«, wiederholt Leopold fragend.

Violie hält ihre Hand mit dem Ring in die Höhe. »Den habe ich aus ihrer Schmuckschatulle gestohlen, zusammen mit einem

Beutel voller Münzen. Sophronia hatte auch so einen Ring – in einer kleinen Ausbuchtung sind ein Schlafmittel und eine Nadel, mit der man es jemandem injizieren kann. Daphne wird jetzt bis zum Morgen schlafen.«

Sie rechnet mit Leopolds Protest, weil Violie eine Giftarznei benutzt hat, aber offenbar hat er sich inzwischen schon an die Art, wie sie die Dinge handhabt, gewöhnt, denn er zuckt nicht einmal mit der Wimper.

»Wohin sollen wir gehen?«, fragt er stattdessen.

»In der Stadt erregen wir weniger Aufmerksamkeit«, erklärt sie ihm. »Bei den vielen Leuten fallen zwei Reisende mit seltsamem Akzent hoffentlich nicht zu sehr auf. Und ich habe genug Geld gestohlen, dass wir uns ein Zimmer in einem Gasthaus leisten können, zumindest für ein paar Nächte.«

»Und dann?«, fragt Leopold.

Violie beißt sich auf die Lippe. »Ich weiß es nicht«, gibt sie zu. »Aber ich habe Beatriz versprochen, Daphne für sie auszuspionieren, und dazu muss ich im Schloss sein.«

Violie und Leopold machen sich auf den Weg zu einem Gasthaus am Rand von Eldevale. Unterwegs grübelt Violie die ganze Zeit über einen Plan nach. Nachdem sie sich mit Daphnes Geld ein Zimmer gemietet haben, setzen sie sich zum Abendessen in den Gastraum.

»Du sprichst gut Frivianisch«, sagt sie zu ihm. »Aber dein Akzent ist grauenhaft.«

Leopold schaut ein wenig beleidigt drein. »Mein frivianischer Lehrer meinte immer, ich sei der beste Schüler, den er je unterrichtet hat.«

Violie schnaubt. »Ja, nun, du warst sein zukünftiger König, da wollte er dir wohl schmeicheln.«

Leopold runzelt die Stirn, wirkt allerdings nicht sonderlich überrascht. Seit ihrer Flucht aus Temarin, so vermutet Violie, musste er schon mehr als einmal der bitteren Realität ins Auge sehen, nämlich dass er beklagenswert schlecht auf ein Leben vorbereitet ist, das er nie hätte führen sollen.

»Du kannst es natürlich viel besser«, sagt er provozierend.

Schmunzelnd winkt Violie das Schankmädchen heran und bestellt eine weitere Runde heißen Apfelwein für sich und Leopold – mit einer ordentlichen Prise Zimt schmeckt er, als würde man flüssiges Feuer trinken, und nach einem langen Abend im Schnee ist das eine Wohltat. Das Schankmädchen lächelt Violie freundlich an, und die beiden plaudern kurz über den vielen Schnee, bevor es davoneilt, um den Apfelwein zu holen.

Leopold starrt Violie an, als hätte er sie noch nie zuvor gesehen. »Wie hast du das gemacht? Du hörst dich an wie eine Einheimische.«

Violie zuckt mit den Schultern. »Ich habe dir ja erzählt, dass meine Mutter eine Kurtisane war«, sagt sie. »Viele Frauen in dem Bordell sind in anderen Ländern aufgewachsen. Es hat mir immer Spaß gemacht, fremde Wörter aufzuschnappen.« Nach einem kurzen Moment fügt sie hinzu: »Ich dachte immer, für eine Schauspielerin könnte das später einmal nützlich sein.«

»Du wolltest Schauspielerin werden?«, fragt Leopold erstaunt.

Violie zuckt mit den Schultern. Mit dieser Andeutung hat sie eine neue, völlig fremde Facette von sich offenbart. »Ich war ein Kind – meine Schauspielphase hatte ich irgendwo zwischen meinem Traum, eine Prinzessin zu sein, und dem Wunsch, Tänzerin zu werden. Aber zum Glück kann man beim Spionieren viele Talente zum Einsatz bringen, die man auch für das Schauspielern braucht – unter anderem die Fähigkeit, mit verschiedenen Akzenten sprechen zu können.«

»Du hast einen Plan, stimmt's?«, fragt er und sieht sie über den Rand seines Bechers hinweg an. »Deshalb willst du, dass ich als Frivianer durchgehe.«

»Na ja, es würde uns zumindest helfen, damit wir nicht sofort auffallen. Die Frivianer leben sehr zurückgezogen und trauen Außenseitern nicht. Und wenn Prinzessin Daphne ihre Leute ausschickt, um nach einem Temariner zu suchen, fliegst du blitzschnell auf.«

Leopold sieht sie mit zusammengezogenen Brauen an und nickt. »Also gut«, sagt er. »Kannst du mir die richtige Aussprache beibringen?«

Die Schankmagd kommt zurück und reicht ihnen ihre Becher mit frischem Apfelwein.

»Sonst noch etwas?«, fragt sie.

Violie denkt kurz nach – ihr Plan ist vielleicht ein bisschen spontan, und verrückt ist er ganz sicher, aber es ist zumindest ein Plan. »Weißt du zufällig, wo wir Sternenstaub kaufen können?«

Die Schankmagd zieht die Augenbrauen hoch. »Die Schwester des Freundes meines Bruders hat einen Laden. Er ist jetzt geschlossen, aber ich kann euch heute Abend ein Fläschchen auf euer Zimmer bringen lassen.«

Violie kramt in ihrem Geldsäckchen, zieht zehn Aster heraus und reicht sie ihr. »Das wird wohl reichen, oder?«

Die Schankmagd zählt die Münzen und nickt. »In ein paar Stunden habt ihr es«, verspricht sie, bevor sie hinter den Tresen zurückkehrt.

»Sternenstaub?« Leopold wendet sich fragend an Violie. »Dir ist aber schon klar, dass das Zeug, was sie um diese Uhrzeit für zehn Aster bekommt, kaum besonders stark sein wird.«

Violie zuckt mit den Schultern. »Das muss es auch gar nicht«, erwidert sie. »Wir brauchen es nur, um deine Haare zu färben.«

»Meine Haare?«, fragt er erschrocken und fährt sich mit der Hand über den Schopf.

»Wenn Daphne morgen früh aufwacht, wird sie nach einem jungen Mann suchen lassen, auf den deine Beschreibung passt. Also darfst *du* ab sofort nicht mehr auf diese Beschreibung passen, vor allem, wenn wir eine Anstellung im Schloss bekommen wollen.«

Leopold zieht eine Augenbraue hoch. »Ist das nicht ein bisschen so, als würde man geradewegs in die Höhle des Löwen spazieren, in der Hoffnung, nicht als leckerer Fleischhappen aufzufallen?«

»Daphne und deine Mutter sind die Einzigen, die uns erkennen könnten. Und bei Daphne bin ich mir noch nicht einmal so sicher, vor allem wenn du eine andere Haarfarbe hast. Darauf ankommen lassen will ich es allerdings nicht. Wenn wir im Schloss beim Gesinde unterkommen, zum Beispiel in der Küche, könnte ich genug über Daphne in Erfahrung bringen, um Beatriz auf dem Laufenden zu halten und trotzdem in Deckung zu bleiben.«

Leopold scheint zu überlegen, denn er starrt unverwandt in den Becher mit Apfelwein, aus dem eine Dampfwolke aufsteigt. »Riskant ist es trotzdem«, erklärt er schließlich.

Violie schnaubt und nimmt einen weiteren Schluck von ihrem Apfelwein. »In unserer Situation, Leopold, ist jeder Atemzug riskant.«

Später an diesem Abend sitzen Violie und Leopold im Schneidersitz auf dem schmalen Doppelbett, das den größten Teil ihres Zimmers im Gasthaus einnimmt. Leopold hat bereits eine behelfsmäßige Lagerstatt auf dem Boden hergerichtet, aber vorerst sitzen sie noch zusammen und üben die richtige frivianische Aussprache.

Sein Problem, stellt Violie fest, ist, dass er jedes Wort einzeln und abgehackt ausspricht, so wie es die Temariner tun, während die Frivianer einzelne Wörter und Silben weich ineinander übergehen lassen. Diese Angewohnheit lässt sich kaum ablegen, aber als die Schankmagd kurz vor Mitternacht mit dem versprochenen Fläschchen Sternenstaub vor ihrer Tür steht, hört sich sein Akzent schon einigermaßen passabel an.

»Am besten, du sprichst nur, wenn es unbedingt nötig ist«, sagt Violie, als die Schankmagd wieder gegangen ist. Sie schließt die Tür und geht mit dem Sternenstaub in der Hand zurück zum Bett.

»Ich könnte einfach gar nicht sprechen«, schlägt er vor, aber Violie schüttelt den Kopf.

»Das Letzte, was wir wollen, ist, Aufmerksamkeit erregen. Das war eines der ersten Dinge, die ich bei meiner Arbeit für die Kaiserin gelernt habe – unsichtbar sein. Und niemand ist so unsichtbar wie die Dienerschaft.«

Leopold schnaubt. »Das ist nicht wahr. Ich habe die Dienerschaft immer zur Kenntnis genommen.«

Violie lacht. »Ich bitte dich – als du in der Höhle ankamst und mich dort vorgefunden hast, hast du mich nicht einmal erkannt.«

»Nun ja, du warst Sophies Kammerzofe, daher sind wir uns nicht so oft über den Weg gelaufen.«

Violie starrt ihn an. »Leopold, wir waren fast täglich im selben Raum, meistens sogar mehrmals. Du hast mich oft genug angesprochen, wenn auch nie mit Namen.«

»Habe ich nicht«, widerspricht er stirnrunzelnd. »Daran würde ich mich ganz bestimmt erinnern.«

»Tust du aber nicht«, stellt sie fest. »Weil niemand von der Dienerschaft Notiz nimmt.«

Leopolds Stirnrunzeln vertieft sich, und sie spürt, dass er ihre

Worte nicht einfach so stehen lassen will, aber im Moment geht es nicht darum, seine Schuldgefühle zu besänftigen.

»Es ist gut, dass das so ist«, sagt sie. »Denn das ist jetzt unsere größte Chance.«

Leopold sieht aus, als wolle er weiter diskutieren, aber nach einem kurzen Moment nickt er.

Violie hält das Fläschchen mit dem Sternenstaub hoch. »Und jetzt kümmern wir uns um dein Haar.«

Daphne

Das Licht der Morgendämmerung fällt durch das offene Fenster, als Daphne mit pochendem Kopf aufwacht. Es dauert einen Moment, bis ihr klar wird, was passiert ist – hartnäckige Kopfschmerzen sind eine Nachwirkung des Pulvers in ihrem Ring. Dem Ring, der von der jungen Frau aus Bessemia gestohlen wurde, die behauptete, ihre Schwestern zu kennen. Violie.

Wenn Ihr Eugenia das nächste Mal sprecht, erwähnt einfach meinen Namen und achtet auf ihre Reaktion.

Daphne setzt sich im Bett auf, lehnt sich gegen den Stapel weicher Kissen und stellt fest, dass sie immer noch das Kleid anhat, das sie gestern Abend beim Abendessen getragen hat. Violie hat ihr die Decke bis zum Kinn hochgezogen, um es so aussehen zu lassen, als hätte sie sich bereits bettfertig gemacht und wäre früh eingeschlafen, wenn ihre Zofe kam, um ihr beim Entkleiden zu helfen. Ein kluger Schachzug, wenn man bedenkt, dass Violie keine Zeit für lange Planungen hatte – immerhin konnte sie unmöglich damit rechnen, den Giftring in Daphnes Schmuckkästchen zu finden.

Was die Frage aufwirft, woher sie wusste, dass der Ring Gift enthielt. Die Kaiserin hat ihn eigens so fertigen lassen, dass er aussah wie ein ganz gewöhnliches Schmuckstück. Sophronia und Beatriz besaßen die gleichen Ringe, und auch wenn Daphne nicht gewillt ist, Violie mehr Glauben zu schenken als nötig: dass sie ihre Schwestern kennt, ist nicht zu leugnen. Sophronias Leidenschaft für das Backen ist nichts, was allgemein über sie bekannt gewesen wäre, und die wenig schmeichelhaften Worte, mit denen Beatriz Daphne beschrieben haben soll – »rücksichtsloses Biest« –, können nur direkt aus dem Mund ihrer Schwester stammen. Außerdem hat Beatriz tatsächlich einen fiesen linken Haken – was Daphne nicht zuletzt deshalb weiß, weil sie ihn schon mehr als einmal selbst abbekommen hat.

Aber der Rest? Die Behauptung, die Kaiserin selbst sei für Sophronias Tod verantwortlich? Eine Lüge. Die eigentliche Frage ist, ob Violie selbst an diese Lüge glaubt oder ob sie einen Hintergedanken hatte und ihr nur davon erzählt hat, um Daphne gegen ihre Mutter aufzubringen.

Und dann ist da noch die Sache mit der Königinmutter, der Daphne nicht über den Weg traut. Aber im Moment ist Eugenia eine Mutter, die um ihre Kinder trauert – wenn Daphne ihr brauchbare Antworten entlocken will, ist also Fingerspitzengefühl gefragt.

Ohne auf das Pochen in ihrem Kopf zu achten, steht Daphne auf, schlüpft aus ihrem zerknitterten Kleid und schiebt es halb unter das Bett, sodass die Zofe glauben wird, sie hätte es gestern Abend im Dunkeln übersehen. Dann läutet sie die Glocke, die an ihrem Bett steht. Einen Augenblick später erscheint ihre Zofe, um der Prinzessin zur Hand zu gehen und sie für den Tag fertig zu machen, und Daphne weist sie an, eine Einladung zum Tee an Eugenia zu übermitteln.

»Soweit ich weiß, hat Lady Eunice seit dem Verschwinden ihrer Söhne alle gesellschaftlichen Einladungen abgelehnt«, sagt die Zofe und benutzt dabei den falschen Namen, den König Bartholomew Eugenia gegeben hat, damit niemand am Hof erfährt, dass er die temarinische Königinmutter beherbergt.

»Ja, natürlich«, sagt Daphne mit großen Augen voller gespieltem Mitgefühl. »Aber ich muss gestehen, dass ich mir Sorgen um ihr Wohlergehen mache. Wenn Lady Eunice meine Einladung ausschlagen will, muss ich darauf bestehen, dass sie es von Angesicht zu Angesicht tut.«

Der Tee wird auf der Winterterrasse serviert, die von gläsernen Wänden und einem Dach aus Glas geschützt ist, sodass man den fallenden Schnee bewundern kann, ohne sich der Kälte aussetzen zu müssen. Um den kleinen Tisch in der Mitte sind drei Becken mit glühender Kohle aufgestellt, um den Raum behaglich warm zu halten. Und dennoch weiß Daphne schon beim Betreten der Terrasse, dass es Eugenia zu kalt sein wird.

Zu ihrer eigenen Überraschung stellt Daphne fest, dass es ihr selbst nicht mehr so ergeht – ein beklemmender Gedanke, denn eigentlich hatte sie vor, sich gar nicht erst an die Kälte von Friv zu gewöhnen.

Sie hat sich kaum an den Tisch gesetzt, als auch schon Eugenia durch die Tür gestürmt kommt. Als ihr Blick auf Daphne fällt, blitzt ein Anflug von Zorn hinter ihren Augen auf, bevor es ihr gelingt, ihre Emotionen wieder hinter einer perfekten Maske verschwinden zu lassen.

»Eure Hoheit«, sagt Eugenia und verbeugt sich mit einem kurzen Knicks, bevor sie gegenüber von Daphne Platz nimmt, die der Dienerschaft bereits mit einer Handgeste bedeutet, den Tee und das Gebäck zu servieren.

»Ich bin so froh, dass Ihr Euch dazu durchringen konntet, mir Gesellschaft zu leisten«, sagt Daphne und setzt ihrerseits ein Lächeln auf.

»Nun ja, ich hatte wohl kaum eine Wahl«, erwidert Eugenia und kann die Bitterkeit in ihren Worten nur mit Mühe verbergen. »Ich werde nicht lange bleiben – dieser Tage fällt es mir sehr schwer, Anteil an der Gesellschaft am Hofe zu nehmen, wie Ihr sicher verstehen werdet.«

»Ja, natürlich«, versichert Daphne sanft. »Als ich die Nachricht von Sophronias Tod erhielt, konnte ich mich kaum dazu bringen, mein Schlafgemach zu verlassen.«

»Dann wisst Ihr also, wovon ich spreche.« Eugenia scheint sich etwas zu entspannen.

»Nun«, erwidert Daphne, immer noch lächelnd, »meine Schwester wurde brutal ermordet. Soweit man weiß, könnten alle drei Eurer Söhne noch am Leben sein. Es sei denn, Ihr habt Grund zu der Annahme, dass dem nicht so ist?«

Eugenia scheint zu merken, dass Daphne sie mit dieser Frage auf die Probe stellen will, denn sie gerät für einen Moment ins Stocken, bevor sie sich wieder fängt.

»Ach, Ihr seid noch jung«, entgegnet sie. »Um so viel Hoffnung kann ich Euch nur beneiden. Wenn die Schurken, die Reid und Gideon entführt haben, ihr Leben verschonen wollten, dann hätten sie schon längst versucht, ein Lösegeld zu erpressen. Und was Leopold betrifft, so kann er die barbarische Belagerung unserer Stadt unmöglich überlebt haben.«

Das hat er aber. Auch diese Information hat Violie sich nicht ausgedacht, da ist Daphne sicher. Sie hat bereits mit dem Gedanken gespielt, einen Spähertrupp nach Eldevale auszusenden, um nach ihm fahnden zu lassen, aber viele von ihnen gehören zweifellos zu den Anhängern der Rebellen, daher kann sie ihren Motiven in einem so heiklen Unterfangen nicht trauen. Dennoch wird sie ihrer Mutter gleich heute Nachmittag schreiben, um sie wissen zu lassen, dass Leopold sich in der Nähe des frivianischen Hofes aufhält.

Sie denkt an Violies Aufforderung, im Gespräch mit Eugenia ihren Namen zu erwähnen, und lässt wie zufällig den Satz in das Gespräch einfließen, den sie den ganzen Vormittag im Kopf hin und her gedreht und gewendet hat, bis sie die richtigen Worte gefunden hat.

»Erlaubt mir eine Frage, die das Leben am Hof von Temarin betrifft. Ich überlege schon des Längeren, wer wohl diese Freundin gewesen sein könnte, die meine Schwester in ihren Briefen mehrfach erwähnte.«

Eugenia runzelt verwundert die Stirn. »Verzeiht meine Offenheit, Hoheit, aber Sophronia hatte keine Freundinnen. Es lag nicht an ihr, Sophronia war ein reizendes Mädchen, aber Prinzessinnen aus fremden Ländern, die nach Temarin kommen, um als Königin über dieses Land zu herrschen, hat das Volk noch nie besonders freundlich aufgenommen. Zudem ist Sophronia die Macht bald zu Kopf gestiegen.«

Das klingt ganz und gar nicht nach Sophronia, aber Daphne beißt sich auf die Zunge und konzentriert sich auf ihre Aufgabe. Sie darf sich jetzt nicht von Eugenia ablenken lassen.

»Es war eine junge Frau aus Bessemia«, sagt sie. »Eine Zofe, glaube ich. Ihr Name war Violie.«

Daphne beobachtet Eugenias Reaktion aufmerksam – wie sie die Nasenflügel bläht, wie ihr ganzer Körper sich versteift. Sie kennt den Namen und allein sein Klang bereitet ihr Unbehagen.

»Ich erinnere mich, dass Sophronia ihre Zofe sehr mochte«, erwidert sie zögernd. »Aber wenn Ihr wissen wollt, was nach der Belagerung mit diesem Mädchen geschehen ist, kann ich Euch leider keine Antwort geben. Nun ja, ich hatte immer den Verdacht – aber nein, das wage ich nicht auszusprechen.«

»Sprecht«, fordert Daphne sie auf, ihre Stimme schärfer als beabsichtigt.

Eugenia vermittelt den Eindruck, als müsste sie mit sich ringen, aber Daphne nimmt ihr die Betroffenheit keine Sekunde ab.

»Ich hatte immer den Verdacht«, fährt Eugenia fort und senkt ihre Stimme, »dass sie mit dem rebellischen Mob unter einer Decke steckte, der auch unsere Hauptstadt belagerte. Wie man munkelte, soll sie eine romantische Beziehung mit dem jungen Anführer der Aufständischen gehabt haben – Ansel war sein Name, wenn ich mich recht erinnere. Offen gestanden, von einigen sehr zuverlässigen Quellen wurde mir sogar zugetragen, dass sie es war, die Sophronia gefangen nahm, als diese aus dem Palast zu fliehen versuchte.«

Kurze Zeit später zieht Eugenia sich zurück, ohne ihren Tee ausgetrunken oder das Gebäck gegessen zu haben, doch bevor Daphne ihr in den Palast folgen kann, erscheint Bairre auf der Winterterrasse. Er fährt sich mit der Hand durchs Haar und schaut sich um, und als er Daphne entdeckt, erhellt sich sein Blick. Seinem windzerzausten Haar und seiner schmutzigen Reitkleidung nach zu urteilen, kommt er direkt von einem Einsatz mit den Suchtrupps, die überall nach den Prinzen fahnden.

»Irgendein Zeichen von ihnen?«, fragt Daphne und erhebt sich, aber als Bairre nur den Kopf schüttelt, lässt sie sich seufzend zurück in den Stuhl sinken.

Bairre nimmt ihr gegenüber Platz, dort, wo einen Augenblick zuvor noch Eugenia gesessen hat, auch wenn Daphne wünschte, er würde es nicht tun. Sie weiß, was er sie fragen wird.

»Hast du gestern etwas Neues von Zenia erfahren?«

In all dem Aufruhr um Violie hat Daphne ihr Gespräch mit Zenia zwar nicht ganz aus dem Blick verloren, aber sie ist mit ihren Schlussfolgerungen keinen Schritt weitergekommen.

»Wir hatten recht«, sagt sie zögernd. »Zenias Anweisungen gingen über das hinaus, was sie uns ursprünglich verraten hat.«

»Was genau meinst du?«, fragt Bairre und beugt sich erwartungsvoll über den Tisch nach vorn.

»Sie sollte mich von euch absondern, bevor sie mir das Gift verabreicht, und sie sollte mich zu einem bestimmten Ort bringen. Ihr Kindermädchen hatte ihn für sie auf einer Karte eingezeichnet. Ich bin gestern selbst dorthin gegangen, um herauszufinden, ob sich daraus irgendwelche Spuren ergeben.«

»Offensichtlich hast du nichts gelernt, wenn du ohne Begleitung in den Wald losgezogen bist«, stellt Bairre fest, aber Daphne geht nicht darauf ein.

Sie beißt sich auf die Lippe. »Der Ort, an den sie mich bringen sollte, war gleich neben der Hütte deiner Mutter«, gesteht sie ihm.

Bairre runzelt die Stirn. »Die Wälder erstrecken sich über ein riesiges Gebiet«, sagt er dann mit einem Kopfschütteln.

»Ja, das stimmt«, pflichtet ihm Daphne bei. »Aber Zenias Kindermädchen hat ihr aufgetragen, dass sie mich ausgerechnet an diesen Ort bringen soll, bevor sie mir das Gift verabreicht.«

»Wahrscheinlich hat Zenia sich den falschen Ort gemerkt.« Bairre schüttelt erneut den Kopf. »Oder du hast etwas missverstanden.«

»Und das hältst du für plausibler?«, fragt Daphne ihn. »Dass ich die Karte, die Zenia mir aufgezeichnet hat, einfach falsch gelesen habe und in dem Wald, den du selbst gerade als riesig beschrieben hast, rein zufällig ausgerechnet vor der Hütte deiner Mutter gelandet bin? Wie wahrscheinlich ist das?«

»Zumindest wahrscheinlicher als das, worauf du hinauswillst«, erwidert Bairre barsch. »Hast du schon vergessen, dass meine Mutter dir das Leben gerettet hat?«

»Natürlich nicht.« Daphne bemüht sich, ruhig zu bleiben. »Aber ich frage mich, ob sie das auch getan hätte, wenn du nicht da gewesen wärst und sie darum gebeten hättest.«

Bairre schweigt, seine Kiefermuskeln sind angespannt. Daphne muss sich zwingen weiterzusprechen.

»Sie wusste, dass eine Person, die sowohl von königlicher Abstammung als auch von den Sternen berührt ist, sterben wird. Vielleicht wollte sie sicherstellen, dass es nicht dich treffen würde«, sagt sie so sanft wie möglich.

»Sie würde niemals ...«, setzt Bairre an, doch dann bricht er ab und seine Miene verfinstert sich. Er weiß selbst, dass seine Mutter dazu fähig wäre, wird Daphne klar. Noch vor zwei Wochen hätte er es vielleicht nicht geglaubt, aber seine Mutter und die Rebellen haben auch Fergal getötet. Warum sollte sie da nicht auch Daphne ermorden lassen, in der Hoffnung, auf diese Weise Bairre beschützen zu können? »Sie würde den beiden Jungen nichts antun«, sagt er stattdessen. »Glaubst du immer noch, dass die Attentate und die Entführung der Prinzen etwas miteinander zu tun haben?«

»Ich kann es zumindest nicht ausschließen«, sagt Daphne vorsichtig. »Es fehlen zu viele Teile in diesem Puzzle.«

Bairre stützt seinen Kopf in die Hände und reibt sich die Schläfen. »Wir suchen immer noch nach ihnen. Aber Gerüchten zufolge sollen zwei Jungen gesichtet worden sein, auf die ihre Beschreibung passt – in der Nähe des Olveen-Sees.«

»In der Nähe des Olveen-Sees?«, wiederholt Daphne erschrocken. »Das ist ja ganz im Osten.«

»Eine Reise, die einigermaßen gut zu bewältigen ist«, erwidert Bairre. »Die eigentliche Frage ist, warum man sie dorthin verschleppen sollte. Da draußen gibt es doch nichts.«

Es ist eine berechtigte Frage – aber keine, auf die sie eine Antwort wüsste.

Violie

Eine Anstellung im Schloss zu bekommen, ist einfacher, als Violie erwartet hat. Am nächsten Morgen tauchen Leopold und sie in der Schlossküche auf und erzählen eine fantasievoll ausgeschmückte Geschichte über ihre Reise aus einem kleinen Dorf in den Crisk-Bergen, einer Gegend, die so abgelegen ist, dass kaum jemand in der Lage sein wird, ihre Schilderungen zu widerlegen. Violie hat sogar Empfehlungsschreiben eines erfundenen Gasthauses aufgesetzt, in denen sie selbst für eine Anstellung in der Küche und Leopold für eine Arbeit in den Ställen angepriesen werden – beides Bereiche des Schlosses, in denen sie Prinzessin Daphne und die Königinmutter kaum über den Weg laufen werden.

Soweit Violie weiß, war Prinzessin Daphne in Bessemia recht häufig bei den Pferden anzutreffen und hat mindestens einen täglichen Ausritt unternommen, aber die königlichen Stallungen in Friv sind so weitläufig, dass Leopold ihr leicht aus dem Weg gehen kann. Und falls sie sich doch einmal begegnen, dürfte auch das kein Problem sein, denn Daphne kennt Leopold nur von einem veralteten Porträt, und jetzt sind seine Haare so dunkel, dass sie fast schwarz aussehen – es ist unwahrscheinlich, dass sie ihn überhaupt lange genug anschauen würde, um ihn zu erkennen.

In einem Punkt hätte Violie sich gar nicht so viele Gedanken machen müssen: Kaum erscheinen Leopold und sie am Dienstboteneingang, bietet ihnen die Oberköchin – eine Frau in den Sechzigern mit krausem grauem Haar und dunkelbraunen, vor Erschöpfung schweren Augen – eine Anstellung an: Violie als Küchenhilfe und Leopold als Helfer für den Transport von Vorräten aus der Stadt.

»Ich bin sicher, einen strammen Burschen wie dich können sie auch in den Ställen gut brauchen«, sagt sie zu Leopold. »Aber nach diesem Hochzeitsdesaster suche ich händeringend Leute für die Küche, wenn du also stattdessen für mich arbeitest, könnt du und deine Frau zusammen in einer Kammer wohnen und in der gleichen Schicht arbeiten.«

Und so finden sich Violie und Leopold nach ihrem ersten Arbeitstag in der Abenddämmerung in der Küche wieder, erschöpft, aber klug genug, um sich nicht über die Arbeit zu beschweren oder zu fragen, was genau bei dem »Hochzeitsdesaster« vorgefallen ist, von der die Köchin gesprochen hat. Leopold eilt zwischen dem Karren draußen und der Speisekammer hin und her, trägt große Säcke mit Getreide, Mehl und anderen Lebensmitteln und rollt Fässer mit Bier. Violie wacht über den großen Kessel mit Eintopf, den die Köchin zubereitet hat, rührt um und fügt Gewürze hinzu. Sie dachte, es wäre eine leichte Aufgabe, doch bereits nach einer Stunde tun ihr die Arme weh. Aber nicht annähernd so sehr wie Leopold seine Muskeln wehtun, vermutet sie.

Er schleppt gerade zwei große Milcheimer herein, als die Köchin das Nudelholz fallen lässt, mit dem sie gerade Mürbeteig ausrollt.

»Oh, Eure Hoheit!«, ruft sie, und Leopold und Violie erstarren. Einen Moment lang denkt Violie, sie hat Leopold gemeint, doch gleich darauf fallen ihr zwei andere Personen ein, die mit diesem

Titel angesprochen werden könnten und denen Violie und Leopold lieber aus dem Weg gehen würden. Als Violie einen Blick hinter sich wirft, seufzt sie jedoch erleichtert auf: Die Köchin hat einen jungen Mann begrüßt, etwa in Violies Alter, mit dunkelbraunem Haar und mürrischem Blick.

Violie nimmt an, dass es sich um Prinz Bairre handelt – unehelicher Sohn von König Bartholomew und unerwarteter Erbe des Throns von Friv. Und der Verlobte von Prinzessin Daphne.

»Du sollst mich doch nicht so nennen, Nellie«, sagt er zur Köchin, und seine Stimme wird sanft, sein Lächeln freundlich. »Du kanntest mich schon, als ich noch nicht einmal laufen konnte.«

»Mag sein, aber jetzt seid Ihr ein Prinz«, antwortet die Köchin. »Was kann ich für Euch tun, Eure Hoheit?«

Prinz Bairre verdreht zwar die Augen, aber es ist deutlich, dass seine Reaktion eher liebevoll gemeint ist. »Hast du ...« Er bricht ab und wirft rasch einen Seitenblick auf Violie und Leopold, die sofort sehr beschäftigt tun. »Hast du Aurelia gesehen?«

Aurelia ist die neue Himmelsdeuterin, das hat Violie heute vom Küchenklatsch aufgeschnappt. Ihr Vorgänger hieß Fergal, das weiß sie, der Wechsel scheint also erst kürzlich erfolgt zu sein.

»Heute noch nicht«, antwortet die Köchin. »Ein Bekannter aus den Ställen sagte mir, sie sei gestern ins Hochland aufgebrochen, denn sie habe einen Sternenregen kommen sehen.«

Prinz Bairre stößt einen Stoßseufzer aus und schüttelt den Kopf. »Na dann. Morgen früh breche ich selbst in diese Richtung auf.«

»Schon wieder ein Spähtrupp?«, fragt die Köchin. »Verzeiht mir, wenn ich das sage, Prinz Bairre, aber die beiden Jungen sind wie vom Erdboden verschluckt. Ich weiß nicht, ob ein weiterer Spähtrupp das ändern wird.«

Violie erstarrt und blickt zu Leopold. Obwohl er mit dem

Rücken zu ihr steht, sieht sie die plötzliche Anspannung in seinen Schultern und dass er begierig auf jedes Wort lauscht, auch wenn er so tut, als würde er nicht zuhören.

»In der Nähe des Olveen-Sees sind zwei Jungen gesichtet worden, auf die ihre Beschreibung passt«, bemerkt Bairre.

Die Köchin antwortet nicht, aber Violie ist sich sicher, dass sie das Gleiche denkt wie sie selbst, seit sie vom Verschwinden der Prinzen gehört hat – wenn sie bis jetzt nicht entdeckt wurden und keine Lösegeldforderung gestellt wurde, sind sie wahrscheinlich längst tot. Die Meldungen könnten sich als bloße Gerüchte herausstellen, aber wenn die Prinzen es tatsächlich bis zum Olveen-See geschafft haben sollten, wirft das noch mehr Fragen auf. So weit östlich gibt es nichts außer dem Whistall-Meer.

»Es ist nicht Eure Schuld, Prinz Bairre«, sagt die Köchin plötzlich sanft. »Der Angriff scheint genau geplant gewesen zu sein. Die Jungen wären so oder so entführt worden, egal wer sie bewacht hätte.«

»Es hätten mehr Wachen da sein sollen«, erwidert Bairre, und seine Stimme klingt jetzt schroff.

»Für zwei kleine Adelige aus dem Hochland?«, fragt die Köchin, leicht provokant, wie Violie scheint.

»Ja, eigentlich wäre es nicht nötig gewesen«, stimmt Bairre rasch zu. »Wie es der Zufall will, reise ich in einer anderen Angelegenheit zum Olveen-See. Mein Vater kann Eldevale im Moment nicht verlassen, aber jemand muss Cillians Asche nach Osten bringen.«

Violie runzelt die Stirn. Cillian, das weiß sie, ist der verstorbene frivianische Prinz, Bairres Bruder. Sein Tod ist schon Monate her. Sie kennt sich nicht mit frivianischen Bestattungsriten aus, aber es kommt ihr ungewöhnlich vor, dass man so viel Zeit verstreichen lässt, bevor man seine Asche verstreut.

»Wir brauchen Proviant, also wenn du etwas entbehren kannst ...«, fährt Bairre fort.

»Natürlich kann ich etwas entbehren«, sagt die Köchin und ihre Stimme wird wieder weicher. »Und jetzt raus mit Euch, wir haben hier ein Abendessen, das serviert werden muss.«

Bairre schenkt der Köchin ein kleines Lächeln und bedankt sich bei ihr, dann verlässt er die Küche. Leopold zögert nur eine Sekunde, bevor er ihm folgt, und Violie weiß instinktiv, dass er etwas Unbedachtes tun wird. Sie will ihm hinterher, aber die Köchin stellt sich ihr in den Weg.

»Du hast erst nach dem Abendessen wieder eine Pause verdient«, sagt sie streng.

Violie überlegt blitzschnell. Sie hält sich die Hand vor den Mund, als wäre ihr schlecht. »Bitte, ich muss ...« Sie tut, als müsse sie würgen, woraufhin die Köchin sofort zur Seite springt, sodass Violie an ihr vorbei und hinter Leopold herlaufen kann.

Als sie den Korridor erreicht, ist es jedoch zu spät. Leopold und Prinz Bairre sind bereits in ein Gespräch vertieft.

»Ich bin nördlich des Olveen-Sees aufgewachsen«, erklärt Leopold Prinz Bairre in dem Akzent, an dem sie so hart gefeilt haben. Er ist nicht perfekt, aber es klingt zumindest so, dass Bairre eine fehlerhafte Aussprache auf regionale Unterschiede zurückführen könnte. »Es wäre mir eine Ehre, Euch auf Prinz Cillians Sternenreise zu begleiten.«

Das Wort *Sternenreise* ist Violie vage bekannt, und sie nimmt an, dass es etwas mit der Asche von Prinz Cillian zu tun hat. Leopold hingegen scheint mehr darüber zu wissen.

»Danke für das Angebot, aber wir reisen mit leichtem Gepäck. Wir brauchen keine weiteren Diener.«

Bairre will schon weitergehen, aber Leopold lässt nicht locker. »Was ist mit Spurenlesen?«, fragt er. Als Bairre innehält und ihn über die Schulter hinweg fragend ansieht, erklärt er: »Ihr wollt die Suche nach diesen Jungen fortsetzen. Ich habe mein ganzes Leben lang gejagt, ich bin gut im Spurenlesen.«

»Spuren von Wild«, sagt Prinz Bairre. »Nicht von Menschen.«

»Was im Grunde genommen das Gleiche ist – nach Spuren suchen, lauschen und aufspüren«, erklärt Leopold. »Wenn es in der Nähe des Olveen-Sees eine Spur von ihnen gibt, dann entdecke ich sie.«

Violie möchte ihn schütteln. Leopold will seine Brüder finden, das versteht sie auch, aber sie kann nicht zulassen, dass er seine eigene Sicherheit riskiert. Doch kaum ist ihr dieser Gedanken durch den Kopf gegangen, wird ihr klar, dass es im Grunde sogar vernünftig sein könnte, Leopold wegzuschicken – dann bestünde nicht mehr die Gefahr, dass er seiner Mutter oder Prinzessin Daphne über den Weg läuft, und Violie könnte beide im Auge behalten, ohne sich auch noch um ihn sorgen zu müssen. Wenn es ihr gelänge, einen Beweis für Eugenias Rolle bei Sophronias Tod zu erbringen, hätte sie bei Leopolds Rückkehr vielleicht schon Daphnes Vertrauen gewonnen.

»Wie gesagt, wir brechen gleich morgen früh von den Ställen aus auf«, sagt Bairre und streckt die Hand aus, die Leopold mit einem festen Schütteln annimmt.

Die Köchin ist verständlicherweise frustriert, dass Leopold so bald wieder abreist, allerdings ist sie mehr erschöpft als verärgert.

»Ich kann noch nicht einmal behaupten, dass du deine Stelle verlierst, wenn du jetzt gehst, denn ich bezweifle, dass ich sie bis zu deiner Rückkehr neu besetzen kann«, sagt sie seufzend.

Wieder zurück in der Kammer, in der Violie und Leopold untergebracht sind, sieht sie ihm dabei zu, wie er seine einzige Wechselkleidung einpackt.

»Das ist ein Risiko«, sagt sie zu ihm. »Du weißt, dass es ein Risiko ist.«

Leopold antwortet nicht sofort, sondern packt weiter. Schließlich seufzt er. »Sie sind meine Brüder – die einzige Familie, die ich noch habe. Wenn es tatsächlich Hinweise auf sie gibt ...«

»Deine Mutter ist am Leben. Sie ist hier«, wendet Violie ein, obwohl ihr klar ist, dass ihn das nicht überzeugen wird. Nach kurzem Zögern fügt sie hinzu: »Leopold, hältst du es wirklich für möglich, dass sie etwas mit dem Verschwinden der beiden zu tun hat?«

Zu ihrer Überraschung verwirft Leopold den Gedanken nicht sofort, wie er es früher getan hätte, sondern scheint ihn zu überdenken, bevor er den Kopf schüttelt. »Ich wüsste nicht, warum sie so etwas getan haben sollte. Wenn sie den Tod der beiden gewollt hätte, hätte sie sie während der Belagerung im Palast zurückgelassen. Stattdessen hat sie alles getan, um sie vorher herauszuholen. Warum dieser Aufwand und warum die Reise nach Friv, um sie dann« – seine Stimme stockt – »entführen zu lassen?«

»Sie steckt mit Margaraux unter einer Decke«, überlegt Violie laut. »Die Entführung temarinischer Prinzen – der zwei letzten verbliebenen Thronfolger, wenn man davon ausgeht, dass du tot bist –, könnte für Bessemia Grund genug sein, um den Krieg zu erklären.«

»Für die Prinzen eines fremden Landes?«, fragt Leopold zweifelnd.

»Aber es ist kein fremdes Land, jetzt nicht mehr. Margaraux hat Temarin vor den Rebellen ›gerettet‹ und will angeblich dir den Thron übergeben, falls du wieder auftauchst, andernfalls Gideon. Vorerst stehen Temarin und Bessemia jedoch unter ihrer Herrschaft. Sie könnte einen Angriff auf deine Brüder als einen

Angriff auf Bessemia auslegen, wenn sie darin einen Vorteil für sich sieht. Wenn die beiden Jungen also tatsächlich Richtung Osten unterwegs waren und in der Nähe des Olveen-Sees gesehen wurden, könnte sie sie auf ein Schiff verschleppen und irgendwohin bringen lassen – wobei ich zugeben muss, dass sie sich normalerweise nicht so gnädig zeigt.«

Leopold ist bei ihren Worten noch eine Spur blasser geworden. Auch ihm, vermutet Violie, ist klar, dass seine Brüder inzwischen wahrscheinlich tot sind. Vielleicht ist er noch nicht bereit, diese Tatsache zu akzeptieren, aber er weiß, dass die Chancen, sie lebend zu finden, immer geringer werden.

Violie muss sich zurückhalten, nicht eine Hand auf seine Schulter zu legen. Stattdessen ballt sie ihre Finger zu einer Faust.

»Was ist eine Sternenreise?«, fragt sie ihn.

Er räuspert sich. »Es gibt also tatsächlich etwas, das ich weiß und du nicht«, stellt er fest. »Ich habe das Gefühl, dass du mir ständig etwas beibringen musst.«

»Ich habe mich nie viel mit Friv beschäftigt«, erwidert Violie achselzuckend. »Margaraux hielt es nicht für nötig, sie konnte ja nicht ahnen, dass mein Weg mich hierherführen würde.«

»Die Sternenreise ist Teil der frivianischen Bestattungsriten und muss während des Nordlichts stattfinden«, erklärt Leopold ihr.

Violie hat vom Nordlicht gehört, sich aber nie ein genaues Bild davon machen können. Und das, was sie auf Gemälden oder Zeichnungen gesehen hat, ist ihr immer etwas unwirklich vorgekommen. Als könne die Natur nicht wirklich etwas so Schönes hervorbringen.

»Es erscheint nur im Spätherbst bis in den Winter hinein am Himmel und man kann auch nie genau sagen, wann«, fährt Leopold fort. »Aber in Friv ist es üblich, die Asche geliebter Angehöriger in einem Gewässer unter einem Nordlicht zu verstreuen, um so die Seele des Verstorbenen zu den Sternen zurückzuschicken, von denen sie kam. Ich habe gehört, dass die Zeremonie sehr schön sein soll, habe allerdings noch nie selbst an einer teilgenommen.«

»Warum ausgerechnet der Olveen-See?«, fragt Violie. »In der Umgebung des Schlosses gibt es jede Menge Gewässer.«

Leopold zuckt mit den Schultern. »Das Nordlicht ist am besten zu sehen, je weiter nördlich man ist, und vielleicht hat der See eine persönliche Bedeutung«, überlegt er. »Früher habe ich Cillian ab und zu einen Brief geschrieben, bevor er ...« Er hält inne. »Ich kannte ihn nicht gut, das will ich auch gar nicht vorgeben. Die Briefe, die ich auf Anweisung meiner Eltern an ihn, Pasquale und auch Sophie schreiben sollte, waren anfangs nicht mehr als eine lästige Pflicht. Ich bin sicher, umgekehrt ging es ihnen ebenso. Aber Cillian schien wirklich nett zu sein, und klug.« Er zuckt mit den Schultern.

Violie weiß nicht, was sie sagen soll – sie kannte Cillian nicht, und ob er nett oder klug war, ist ihr ziemlich gleichgültig.

»Während du weg bist, werde ich hier Daphne im Auge behalten«, wechselt sie das Thema. »Ich bin mir nicht sicher, ob alle Beweise der Welt ausreichen werden, um sie davon zu überzeugen, dass ihre Mutter bei Sophies Hinrichtung die Hand im Spiel hatte, aber vielleicht kann ich zumindest nachweisen, dass Eugenia einen Anteil daran hatte.« Als Leopold nicht antwortet, fährt Violie fort: »Sie ist deine Mutter, du kennst sie besser als jeder andere, nehme ich an ...« Sie bricht ab, als Leopold laut schnaubt.

»Ich frage mich, ob ich sie überhaupt kenne«, sagt er achselzuckend. »Wenn ich sie wirklich kennen würde, wäre Sophie noch am Leben und wir würden nicht hier in Friv erfrieren.«

Violie beißt sich auf die Lippe. »Aber sie ist deine Mutter – gibt es eine Schwäche, die man ausnutzen kann? Ein Geheimnis, das ich kennen sollte? Irgendetwas, das mir nützlich sein könnte?«

Einen Moment lang sagt Leopold nichts, während er das Schnürband seines Rucksacks zusammenzieht. »Sie ist abergläubisch. Das war immer ein Streitpunkt zwischen ihr und meinem Vater – sie glaubt an Geister, Spuk und Flüche, und er hat sich stets darüber lustig gemacht.« Er hält inne. »Und trotz allem bin ich davon überzeugt, dass sie mich und meine Brüder liebt. Mag sein, dass ich in ihren Augen ein hoffnungsloser Fall bin, aber ich glaube, sie würde alles tun, um meine Brüder zu beschützen.«

Violie nickt nachdenklich. Es ist grausam, diese Trumpfkarte gegen sie auszuspielen, und sie ist sogar ein wenig überrascht, dass Leopold selbst das vorgeschlagen hat, aber mittlerweile, so vermutet sie, ist sogar sein moralischer Kompass ins Wackeln geraten, wenn es um seine Mutter geht.

»Du könntest dich mit Prinz Bairre anfreunden«, rät sie ihm. »Ich weiß nicht viel über ihn, doch da Daphne sich als schwierig erwiesen hat, sollten wir vielleicht unser Glück bei ihm versuchen. Zumindest könnte er uns etwas mehr über sie erzählen.«

»Ich werde es versuchen«, verspricht Leopold. »Aber ich bin nicht gut darin, nicht so wie du. Nicht, wenn es ums Manipulieren, Lügen und Leuteausnutzen geht.«

Violie ist sich nicht sicher, was sie dazu sagen soll, nicht sicher, ob er die Worte als Kompliment oder als Beleidigung gemeint hat. »Das musstest du bisher nie«, sagt sie nach einer Weile. »Aber du weißt, was jetzt auf dem Spiel steht. Nicht nur dein Leben, sondern auch meins und das deiner Brüder, ganz zu schweigen vom Schicksal deines Landes. Mit einer solchen Last auf den Schultern tut man alles, um nicht zu versagen.«

Leopold schluckt schwer, aber er nickt. »Auch du musst vorsichtig sein«, sagt er zu ihr. »Meine Mutter zu unterschätzen, wäre ein Fehler.«

Violie denkt an Sophronia, die diesen Fehler gemacht hat. »Mich zu unterschätzen, wäre ebenso ein Fehler«, erwidert sie. »Und ich hoffe, genau diesen Fehler wird deine Mutter begehen.«

Daphne

Daphne kann nicht anders, als mit den Augen zu rollen, als sie den Brief von Beatriz liest und feststellt, dass ihre Schwester sich wieder einmal nicht die Mühe gemacht hat, den Inhalt, wie vereinbart, zu verschlüsseln. Im Gegensatz zu ihrem letzten Brief enthält dieser nicht einmal eine versteckte Bedeutung, die zwischen den Zeilen herauszulesen ist. Da Beatriz ihr aus Bessemia schreibt, ist nicht anzunehmen, dass dort irgendjemand die Nachricht mitgelesen hat. Aber das muss nicht für Friv gelten – obwohl Daphne keine Spuren erkennen kann, die darauf schließen lassen, dass der Brief abgefangen worden sein könnte. Und im Grunde überrascht sie das keineswegs, denn mit Sicherheitsvorkehrungen nimmt es der Hof von Friv nicht besonders genau, soweit sie das seit ihrer Ankunft beurteilen kann.

Wie nett, dass Beatriz sich um ihre Sicherheit sorgt, denkt sie – aber nach drei versuchten Attentaten und einem Bombenanschlag kommt die Warnung etwas spät.

Ich habe allen Grund anzunehmen, dass Sophies Hinrichtung von einer äußeren Macht inszeniert worden ist – es ist dieser Satz, über den Daphne beim Lesen stolpert. Sophronias Tod wurde von dem rebellischen Mob herbeigeführt, der sie hingerichtet hat, unbestreitbar eine Macht außerhalb des Hofes. Aber aus irgendeinem Grund hallen Violies Anschuldigungen in Daphnes Kopf nach – dass die Kaiserin selbst für Sophronias Tod verantwortlich gewesen sein soll. Das kann Beatriz allerdings unmöglich gemeint haben. Selbst für ihre Verhältnisse wäre eine solche Behauptung einfach lächerlich.

Aber in dem Brief wird Violie erwähnt, wenn auch nicht mit Namen. *Sophie hat uns Freunde von sich angekündigt. Sie waren schon bei mir, aber ich kann nicht für ihre Sicherheit garantieren, daher schicke ich sie zu dir.* Damit kann sie nur Violie und Leopold meinen. *Bitte, beschütze sie – wenn nicht für mich, dann tu es für Sophie.*

Daphne spürt einen Knoten im Magen, als sie an den Brief denkt, den sie bereits an ihre Mutter abgeschickt hat, um der Kaiserin mitzuteilen, dass sich Leopold angeblich in Friv befindet. Es war das Richtige, sagt sie sich, aber sie ahnt, dass Beatriz in dieser einen Sache recht haben könnte: Sophie hätte das nicht gewollt.

Sophronia ist tot, ruft sie sich in Erinnerung. Sie hat den falschen Leuten vertraut – und es ist gut möglich, dass Violie und Leopold zu ihnen gehörten. Daphne will nicht den gleichen Fehler machen.

Trotzdem liest sie den letzten Absatz wieder und wieder, bis ihr die Buchstaben vor Augen verschwimmen.

Wieder hier im Palast zu sein, in unseren alten Räumen, erweckt in mir eine solche Sehnsucht nach dir und Sophie, dass mir das Herz wehtut. Ich kann immer noch nicht glauben, dass ich ihr Gesicht nie wieder sehen werde. Und ich werde dir niemals verzeihen, wenn dich das gleiche Schicksal ereilen sollte wie sie.

Daphne zerknüllt den Brief in ihrer Faust und blinzelt die aufsteigenden Tränen weg. Dann wirft sie das Blatt in das verglimmende Feuer und sieht zu, wie es schwarz wird und sich kräuselt, bis von den Worten ihrer Schwester nichts mehr übrig ist als

Asche und Rauch – und der Nachhall, den sie in Daphnes Kopf hinterlassen.

Erst dann fällt ihr Blick auf einen weiteren Brief, der auf ihrem Schreibtisch liegt. Er ist nicht mit einem Absender versehen, doch Daphne weiß, von wem er stammt, noch bevor sie das schlichte Siegel bricht und die einzelne Seite aus dem Umschlag zieht.

Mein Täubchen,

hoffentlich hältst du dich warm und trotzt dem frivianischen Winter. Solltest du jedoch in die missliche Lage geraten, dich zu erkälten, so empfehle ich dir einen Besuch des Olveen-Sees – ich habe gehört, dass sein Wasser wahre Wunder wirken kann. Schreib bald wieder, deine arme Mutter macht sich solche Sorgen um dich. Du warst immer mein Fels in der Brandung.

Die Worte sind unverkennbar die ihrer Mutter, aber Daphne ist klar, dass noch mehr dahintersteckt. Der Olveen-See, denkt sie, während sie den Raum durchquert, um in ihrem Schmuckkästchen nach dem gelben Saphiranhänger von der Größe einer überreifen Erdbeere zu kramen – als Schmuckstück viel zu groß für Daphnes Geschmack, aber er war ohnehin nie zum Tragen gedacht.

Sie kehrt zu ihrem Schreibtisch zurück, streicht den Brief glatt und zieht die Wachskerze näher zu sich heran. Dann beugt sie sich nach vorn, sodass ihr Gesicht nur eine Handbreit von dem Brief entfernt ist, und hebt den gelben Saphir an ihr rechtes Auge, während sie das linke zudrückt.

Durch die gelbe Farbe des Steins hindurch werden weitere, blasse Worte sichtbar, die ebenfalls in der Handschrift ihrer Mutter geschrieben sind. Als Daphne sie überfliegt, verkrampft sich ihr Magen wie ein zappelnder Fisch am Haken und ihr Herz wird schwer wie ein Stein, der auf den Grund eines Sees sinkt.

Mir wurde zugetragen, dass die Entführer, in deren Gewalt sich die Prinzen von Temarin befinden, beabsichtigen, mit einem Schiff vom Hafen an der Küste vor dem Tack-Gebirge in See zu stechen, um mit ihnen aus Vesteria zu fliehen, aber aufgrund der schlechten Witterung werden dort erst in rund einer Woche wieder Schiffe auslaufen können. Bis dahin dürften sie sich irgendwo in der Nähe des Olveen-Sees versteckt halten.

Die Rebellen aus Temarin wagen sich allmählich wieder aus ihren Löchern, und ich fürchte, dass einige der Schurken, die unsere liebe Sophronia hingerichtet haben, immer noch auf freiem Fuß sind und die Prinzen als Waffe gegen uns einsetzen wollen, um Temarin wieder unter ihre Herrschaft zu bringen. Die einzige Möglichkeit, dich selbst, Beatriz und mich zu schützen, besteht darin, die Prinzen ganz verschwinden zu lassen.

Du musst sie als Erste finden und darfst nichts dem Zufall überlassen. Bediene dich der Mittel, die du für geeignet hältst, aber Sfelldrafft wäre wohl die gnädigste Lösung.

Daphne liest die Nachricht dreimal – sie muss etwas falsch verstanden haben, da ist sie sich sicher –, bis sie zu dem Schluss kommt, dass ihre Mutter ihr mit diesem Brief tatsächlich den Auftrag erteilt hat, Gideon und Reid zu ermorden.

Sfelldrafft wäre wohl die gnädigste Lösung. Wenn sie in den ersten Zeilen der Geheimbotschaft noch Zweifel an den Absichten ihrer Mutter hatte, so bringt es dieser letzte Satz unmissverständlich auf den Punkt: Sfelldrafft gehört zu den Giften, die Daphne aus ihrem Unterricht am Hof von Bessemia kennt – es ist ein Mittel, das einen vergleichsweise gnädigen Tod bringt und zudem leicht zu verabreichen ist. Nur ein paar Tropfen davon in Wasser gemischt – geruchlos, geschmacklos, schnell. Es ist nicht gerade leicht zu beschaffen, aber im doppelten Boden von Daphnes Schmuckkästchen befindet sich ein Fläschchen davon – mehr als genug, um zwei Jungen damit zu töten.

Sie bezweifelt nicht, dass sich die beiden tatsächlich in der Nähe des Olveen-Sees befinden. Die Kaiserin hätte ihr dies nicht geschrieben, wenn sie sich nicht absolut sicher wäre. Und Daphne hat genug Vertrauen in ihre eigenen Fähigkeiten, um ebenso wenig daran zu zweifeln, dass es ihr gelingen wird, die Jungen dort aufzuspüren.

Nein, es wird alles in allem keine besonders große Herausforderung sein, die Brüder aufzufinden und zu vergiften – aber dennoch lastet allein der Gedanke so schwer auf Daphnes Schultern, dass sie das Gefühl hat, darunter fast zusammenzubrechen.

Sie soll Gideon und Reid töten.

Daphne versucht, es sich vorzustellen: die Jungs, die sie nur flüchtig kennengelernt hat, beide tot. Ermordet durch ihre eigene Hand.

Genau dazu wurde sie erzogen, ruft sich Daphne in Erinnerung. Es ist nicht so, als wäre es das erste Mal, dass sie jemanden tötet – aber dieses Mal wird es anders sein.

Die einzige Möglichkeit, dich selbst, Beatriz und mich zu schützen, besteht darin, die Prinzen ganz verschwinden zu lassen.

Diese Worte jagen Daphne einen Schauer über den Rücken.

Ihre Mutter hat noch nie zu Übertreibungen geneigt. Wenn sie das schreibt, dann ist es die Wahrheit. Daphne hat bereits eine Schwester verloren – könnte sie es ertragen, noch ein weiteres Familienmitglied zu verlieren? Wie weit würde sie gehen, um das zu verhindern?

Es ist eine Frage, bei der Daphne übel wird. Sie will den Brief ins Feuer werfen, so wie sie es mit dem von Beatriz getan hat, aber irgendetwas lässt sie innehalten, die Hand über dem fast heruntergebrannten Feuer, den Brief zwischen den Fingerspitzen.

Es kommt ihr unwirklich vor, dass ihre Mutter ihr tatsächlich diesen Auftrag erteilt haben soll. Wenn sie den Brief jetzt verbrennt, wird es ein Leichtes sein, sich später einzureden, dass sie ihn nie gelesen hat, dass ihre Mutter nie von ihr verlangt hat, zwei unschuldige Jungen zu töten. Sie muss ihn behalten, um sich selbst immer wieder vor Augen führen zu können, dass er real ist.

Anstatt den Brief zu verbrennen, faltet Daphne ihn zu einem möglichst kleinen Quadrat zusammen. Dann tritt sie zurück an ihren Schreibtisch und holt ihr Siegelwachs, das sie über der Kerzenflamme erhitzt, ehe sie einen Tropfen davon auf den gefalteten Brief gibt. Bevor das Wachs getrocknet ist, öffnet sie eine der kleinen Schubladen auf der rechten Seite ihres Schreibtisches und drückt den Brief oben an das Holz, bis das Wachs fest wird und der Brief dort kleben bleibt, wo er für neugierige Augen unsichtbar ist.

Während des Abendessens im Bankettsaal versucht Daphne, nicht an den Brief ihrer Mutter zu denken und konzentriert sich stattdessen darauf, Eugenia zu beobachten, ohne dabei ihrerseits Blicke auf sich zu ziehen. Ihr entgeht nicht, dass mehrere verwitwete Lords Eugenia besondere Aufmerksamkeit schenken, ihr immer wieder Ale nachfüllen und sich jedes Mal ganz besorgt geben, wenn sie ein Schauer überläuft.

Es ist nicht so, als würde Daphne sich darüber wundern. Eugenia ist recht hübsch und ihre Mischung aus cellarischem und temarinischem Akzent findet man in Friv sicherlich sehr charmant. Überraschend ist eher, wie schockiert Eugenia von alldem zu sein scheint. Jedes Mal, wenn ein Mann ihr ein Kompliment macht, sieht Eugenia aus, als würde sie erwarten, dass er jeden Moment einen Kübel Eiswasser über ihrem Kopf ausgießt.

Daphne ruft sich in Erinnerung, was sie über Eugenia erfahren hat, als sie noch in Bessemia war. Sie hat zwar nicht dieselben Informationen erhalten wie Sophronia, da ihre Mutter wohl kaum damit gerechnet haben dürfte, dass sich die Wege von Daphne und der temarinischen Königinmutter jemals kreuzen würden, aber einiges ist ihr doch im Gedächtnis hängen geblieben – und sei es nur, weil ihre Mutter die Geschichte von Eugenia oft als warnendes Exempel für Daphne und ihre Schwestern heranzog.

Eugenia war bereits in ihrem vierzehnten Lebensjahr an den Hof von Temarin gekommen, auch wenn ihre Ehe mit König Carlisle erst vollzogen wurde, als sie sechzehn war. Dennoch hat sich Eugenia nie ganz an das Leben dort gewöhnen können, vor allem deshalb, weil die Höflinge sie nicht gerade mit offenen Armen willkommen hießen. Sie sahen Cellaria – und damit auch Eugenia – immer noch als feindliches Königreich an. Je mehr Daphne darüber nachdenkt, desto mehr Sinn ergibt es. Sie könnte wetten, dass selbst nach König Carlisles Tod kein Mann es je gewagt hat, seiner Witwe schöne Augen zu machen.

Daphne empfindet keinerlei Mitleid für Eugenia, zumindest

nicht deswegen, aber es hilft ihr dabei, sie noch besser zu verstehen.

Was sie jedoch immer noch nicht weiß, ist, ob sie ihr vertrauen soll oder nicht. Höchstwahrscheinlich könnte sie es. Sie hatte ein Empfehlungsschreiben ihrer Mutter dabei, und schließlich ist Eugenia nicht diejenige, die in ihr Schlafgemach eingebrochen ist, ihr Leben bedroht und sie anschließend mit ihrem eigenen Giftring außer Gefecht gesetzt hat. Eugenia hat gesagt, Violie sei für Sophronias Tod verantwortlich – und Daphne hat keinen Grund, ihr nicht zu glauben.

Dennoch – irgendetwas stimmt da nicht. Daphne fehlt ein entscheidendes Puzzleteil, und dass ihre Mutter nun von ihr verlangt, Eugenias jüngere Söhne zu töten, verstärkt diesen Eindruck nur. Der Brief, den Beatriz ihr geschickt hat, schien außerdem anzudeuten, dass sie Violie vertrauen und beschützen soll. Daphne weiß nicht, was von alldem zu halten ist.

»Hast du auch nur ein Wort von dem gehört, was ich gesagt habe?«, fragt Bairre neben ihr.

Daphne blinzelt, als sie merkt, dass er mit ihr redet, anscheinend schon seit geraumer Zeit. Sie lächelt ihn schuldbewusst an.

»Entschuldige. Ich bin heute Abend mit den Gedanken ganz woanders, fürchte ich«, gibt sie zu.

»Das scheint eine Angewohnheit von dir zu sein«, murmelt er, doch bevor Daphne etwas erwidern kann, spricht er weiter. »Ich war gerade dabei, dir zu erzählen, dass ich morgen früh zu Cillians Sternenreise aufbreche.«

»Ach?« Daphne richtet ihre Aufmerksamkeit auf Bairre. Während ihres Unterrichts über die Gepflogenheiten von Friv hat sie auch gelernt, was eine Sternenreise ist – ein Trauerritual, bei dem die Asche eines Verstorbenen im Schein des Nordlichts verstreut wird. Frivianischer Tradition zufolge erscheinen in den

Nordlichtern die toten Ahnen, um den Verstorbenen von den Sternen herab die Hand zu reichen. Es gibt Geschichten, die davon erzählen, dass die Toten in solchen Nächten Kontakt mit den Lebenden aufnehmen, aber diese Märchen rangieren unter Fabeln von Feen und sprechenden Tieren, sodass Daphne nicht besonders viel darauf gibt. Dennoch respektiert sie die Tradition, und die Nordlichter sollen ein unbeschreibliches Naturschauspiel sein – eines, das sie gerne mit eigenen Augen sehen möchte.

»Mein Vater kann die Reise nicht selbst antreten«, erklärt Bairre. »Es gibt hier zu viel zu tun. Aber ich möchte diese wichtige Aufgabe erfüllen.«

»Gibt es denn zu dieser Jahreszeit bereits Nordlichter am Himmel?«, fragt Daphne blinzelnd. Doch kaum hat sie die Worte ausgesprochen, kennt sie bereits die Antwort. Sie ist jetzt seit mehr als zwei Monaten in Friv, längst herrscht tiefster Winter im Land.

»Ich hätte es sogar schon früher tun sollen, aber wegen unserer geplanten Hochzeit war das nicht möglich. Doch wenn ich jetzt aufbreche, kann ich zurück sein, bevor wir einen zweiten Anlauf wagen.«

Er macht sich nicht einmal die Mühe, seine Worte aufrichtig klingen zu lassen. Er weiß, dass es diese Hochzeit nie geben wird – und Daphne hat immer noch keinen Weg gefunden, sie zu erzwingen.

»Wo wirst du hingehen?«, fragt sie und überlegt, ob seine Abwesenheit für sie ein Segen oder ein Fluch sein wird.

»Zum Olveen-See«, sagt Bairre und Daphne lässt vor Überraschung beinahe ihr Glas fallen.

»Zum Olveen-See?«, wiederholt sie und hat fast Mühe, nicht laut aufzulachen. Wie hoch ist die Wahrscheinlichkeit, dass er ausgerechnet dieses Ziel wählt? »Ist eine solch lange Reise denn wirklich nötig?«

»Cillian und ich haben viele Sommer in dem Schloss dort verbracht. Er hat es geliebt, also scheint es ein guter Ort für seine letzte Ruhestätte zu sein«, erklärt er mit einem Achselzucken, bevor er einen weiteren Schluck von seinem Ale nimmt. »Und außerdem«, fügt er mit gesenkter Stimme hinzu, »lässt sich auf diese Weise das eine mit dem anderen verbinden. Ich habe dir ja erzählt, dass die beiden Prinzen Gerüchten zufolge in der Nähe des Sees gesichtet wurden, und die Spuren, die in diese Richtung weisen, verdichten sich immer mehr.«

Daphne verbirgt ihr Mienenspiel, indem auch sie an ihrem Getränk nippt.

Er deutet ihr Schweigen fälschlicherweise als Skepsis. »Sie können sich unmöglich einfach in Luft aufgelöst haben.«

Daphne ist sich da nicht so sicher. Schließlich gibt es zahlreiche Möglichkeiten, Leichen verschwinden zu lassen, und bei vielen davon bleibt nichts übrig als ein Häufchen Staub, etwas Asche oder die Hinterlassenschaften wilder Tiere. Doch wenn sowohl ihrer Mutter als auch Bairre zugetragen wurde, dass die Prinzen in der Nähe des Olveen-Sees festgehalten werden, müssen diese Nachrichten stimmen.

»Hattest du vor, mich einzuladen, dich zu begleiten?«, fragt sie betont beiläufig.

Bairre runzelt die Stirn und blickt sie von der Seite an. »Du würdest alles an dieser Reise hassen«, sagt er und schüttelt den Kopf. »Du schlotterst ja schon hier ständig – und am Olveen-See ist es um diese Jahreszeit noch viel kälter. Abgesehen davon, Cillian ...«

»War mein Verlobter«, unterbricht sie ihn. »Ist dir nicht in den Sinn gekommen, dass ich mich selbst gerne angemessen von ihm verabschieden würde?«

»Nein«, sagt Bairre schlicht. Seine Antwort verärgert Daphne, auch wenn sie zugeben muss, dass unter normalen Umständen nicht einmal der Sternenstaub der ganzen Welt sie dazu gebracht hätte, freiwillig an den Olveen-See zu reisen. Aber das war, bevor sie den Brief ihrer Mutter gelesen hat.

»Nun, ich würde es aber gerne«, sagt sie.

Bairre schüttelt immer noch den Kopf. »Die Nordlichter sind unberechenbar«, wendet er ein. »Niemand kann sagen, wie lange wir weg sein werden – einen Tag, eine Woche, einen Monat.«

»Meine Güte.« Daphne zwingt sich zu einem koketten Lächeln, dem selbst Beatriz Anerkennung zollen würde. »Willst du mir damit etwa sagen, dass wir einen ganzen Monat lang ein leer stehendes Schloss für uns haben könnten, weit weg von den neugierigen Augen des Hofes?«

Bairres Wangen röten sich, aber er wendet den Blick von ihr ab und räuspert sich. »Nicht allein«, stellt er richtig. »Ein kleiner Trupp begleitet mich. Rufus, Cliona, Haimish – Leute, die Cillian gut kannten.«

Das ist nicht alles, was diese Leute gemeinsam haben, denkt Daphne. Vermutlich hat Cliona inzwischen zumindest versucht, Rufus für das Lager der Rebellen zu gewinnen, und sie weiß, dass Cliona ziemlich überzeugend sein kann. Daphne fragt sich, ob es noch andere Gründe für diese Reise zum Olveen-See gibt – abseits der Sternenreise und der Suche nach den Prinzen.

Sie dreht sich zur Seite, um Bairre direkt anzusehen. »Ich würde gerne mitkommen.«

Bairres Blick wandert forschend über ihr Gesicht. »Warum?« Er klingt ehrlich verblüfft.

Daphne zuckt betont lässig mit den Schultern und versucht, alle Gedanken an den Brief ihrer Mutter und Gideon und Reid und die Aufgabe, die vor ihr liegt, aus ihrem Kopf zu verbannen.

»Wann sonst habe ich denn die Chance, die Nordlichter zu sehen?«, fragt sie.

Bairre atmet aus und gibt sich geschlagen. »Dann solltest du jetzt besser packen. Wir brechen mit der ersten Dämmerung auf, und ich werde nicht von meinem Reiseplan abweichen, um auf dich zu warten.«

Beatriz

Beatriz erinnert sich an das erste Mal, als sie und ihre Schwestern das Arbeitszimmer ihrer Mutter betreten durften. Damals waren sie vierzehn Jahre alt, und zuvor war der Zutritt für sie und, wie es schien, für alle anderen im Schloss, mit Ausnahme von Nigellus, strengstens verboten gewesen. Beatriz hatte sogar einmal einen Plan ausgeheckt, um sich hineinzuschleichen, aber am Ende hatte selbst sie es nicht gewagt.

Als sie schließlich zum ersten Mal ihren Fuß über die Schwelle setzten, war die Enttäuschung groß. Es gab keine Staatsgeheimnisse an den Wänden, keine Schatzkammer mit Kronjuwelen, keinen geheimen Garten mit seltenen Orchideen – nichts, worüber sie sich jahrelang den Kopf zerbrochen hatten. Das Zimmer war sogar ziemlich schlicht, ohne den üppigen Dekor, mit dem alle anderen Räume im Palast ausgestattet waren. Der Schreibtisch in der Mitte war aus schlichtem Eichenholz, in den Regalen reihten sich Bücher zu regierungshistorischen Themen, und lediglich an einer Wand hing eine große Landkarte von Vesteria, umrahmt von verschiedenen Sternbildern.

Jetzt, wo sie wieder im Arbeitszimmer ihrer Mutter steht, zwei Jahre älter und ohne die beiden Schwestern an ihrer Seite, fällt es Beatriz schwer, ihre ganze Aufmerksamkeit auf ihre Mutter zu richten und nicht auf die Karte. Ihr Interesse gilt nicht nur den vorgenommenen Veränderungen – Temarin ist jetzt genauso blau schattiert wie Bessemia, eine silberne Stecknadel in Frivs Hauptstadt Eldevale markiert Daphnes Aufenthalt, eine goldene Nadel in Hapantoile den von Beatriz. Und sie fragt sich auch nicht, welche Farbe Sophronias Nadel hatte und was genau ihre Mutter damit gemacht hat. Zumindest sind das nicht die einzigen Dinge auf der Karte, die sie ablenken. Ihr Blick gleitet immer wieder zu den Sternbildern, die Vesteria umgeben.

Jemand anders würde darin vielleicht eine zufällige Auswahl sehen, eine Entscheidung des Kartenmachers, aber Beatriz weiß, dass nichts, was ihre Mutter tut, zufällig ist.

»Beatriz, ich nehme an, du weißt, dass ich dich nicht hergebeten habe, damit du eine Karte anstarrst, die du in- und auswendig kennst«, bemerkt Kaiserin Margaraux, und Beatriz zwingt sich dazu, ihre Mutter hinter dem großen Eichenschreibtisch anzusehen.

»Ich nehme an, du hast mich hergebeten, damit ich dir berichte, was ich gestern mithilfe eines besonderen Tees von Gisella in Erfahrung gebracht habe«, antwortet sie und verleiht ihrer Stimme so viel Schärfe, dass sich die Augen ihrer Mutter verengen. Es ist eine kaum merkliche Veränderung in ihrem Gesichtsausdruck, aber Beatriz hat dennoch das Gefühl, einen kleinen Sieg errungen zu haben.

Ihre Mutter lehnt sich in ihrem Stuhl zurück und mustert Beatriz. »Das Hustenwahrheitsserum war eine clevere Idee«, sagt sie.

Beatriz zuckt mit den Schultern. »Gisella kennt sich mit Giften aus, sie hätte es sofort durchschaut, wenn ich ein plumpes Lügenserum verwendet hätte. Vielleicht hat sie sogar gelernt, wie man sich bei einer solchen Befragung durchmogelt, so wie Daphne, Sophronia und ich es gelernt haben.«

»Die eigentliche Frage ist doch, wie wirksam das Serum war und wie sehr es den Spielraum in ihren Antworten eingeschränkt hat«, stellt ihre Mutter klar.

»Die Wirksamkeit steht außer Frage«, versichert Beatriz, verärgert über die Skepsis ihrer Mutter. Einen ganzen Tag lang hat sie abgewogen, was sie ihr sagen soll – vor allem Dinge, die die Kaiserin ohnehin von ihren Spionen in Cellaria erfährt, aber nichts, was ihre Mutter dazu bringen könnte, in einer Heirat von Beatriz und Nicolo eine geeignete Lösung zu sehen, um ihrem großen Ziel näher zu kommen. Egal was passiert, Beatriz wird Pasquale beschützen, vor ihrer Mutter und vor allen, die ihm etwas antun wollen. »Nicolo ist am Hof nicht sehr beliebt. Sein Aufstieg kam sehr plötzlich. Zugegeben, die Hofgesellschaft mochte Pasquale auch nicht besonders, aber er ist der einzig lebende legitime Nachkomme von König Cesare, daher wurde er toleriert. Ich könnte mir allerdings vorstellen, dass viele sich selbst für besser geeignet halten als Nicolo oder Pasquale, falls es zu Streitigkeiten um den Thronanspruch käme.«

»Hm.« Die Kaiserin sieht ihre Tochter so lange schweigend an, dass Beatriz zu schwitzen beginnt. Hat sie zu viel preisgegeben? Nicht genug? Gerade als Beatriz etwas sagen will, fährt die Kaiserin fort. »Meine Spione in Cellaria berichten mir das Gleiche, allerdings ist das noch nicht alles, was sie über den jungen König Nicolo zu vermelden haben.«

So wie die Kaiserin es sagt, weiß Beatriz, dass sie ihr eine Falle stellt, in der Hoffnung, dass Beatriz Schwäche zeigt oder durch irgendetwas verrät, dass ihr Nicolo mehr bedeutet, als er sollte. Zum Glück ist es eine Falle, die sich leicht umgehen lässt. Beatriz sieht die Kaiserin schweigend an und wartet darauf, dass sie weiterspricht – eine Strategie, die sie von ihrer Mutter gelernt hat.

»Man sagt«, fährt die Kaiserin fort und zieht die Worte vielsagend in die Länge, »dass er sich vor Sehnsucht verzehrt.« Als Beatriz immer noch nicht reagiert, fügt sie hinzu: »Und nicht wenige behaupten, er sehnt sich nach dir.«

Als Kinder haben Beatriz und ihre Schwestern sich einmal vom Unterricht weggeschlichen und sind auf das Dach des Schlosses geklettert, um dort hintereinander an der Kante entlang zu balancieren. Ein einziger Fehltritt – oder auch nur ein starker Windhauch – hätte genügt und sie wären in den Tod gestürzt. Das geschah nicht – was Beatriz im Nachhinein wie ein Wunder vorkommt –, aber in diesem Moment fühlt sie sich so wie damals, als sie in großer Höhe stand und einen Fuß vor den anderen setzte, als ginge es um ihr Leben.

Sie ringt sich ein Lachen ab, denn das hat sie von den Kurtisanen gelernt: wie man überzeugend über Witze lacht, die nicht lustig sind. »Ich vermute, es geht weniger um Sehnsucht als um Schuldgefühle.«

»Ach ja?«, fragt die Kaiserin und zieht eine Augenbraue hoch.

Beatriz beißt sich auf die Lippe, dann sagt sie seufzend: »Ich gebe zu, Mutter, du hattest recht: Wir hatten einen ... Flirt, der die Grenze überschritten hat. Ich hatte den Eindruck gewonnen, dass außereheliche Affären in Cellaria durchaus üblich sind, und habe mir nicht viel dabei gedacht. Aber Nicolo litt unter schrecklichen Schuldgefühlen. Pasquale und er standen sich nahe, wie du sicher weißt.«

»Hmm«, macht die Kaiserin, und Beatriz ist sich nicht sicher, ob dieses *Hmm* Interesse oder Skepsis ausdrückt. »Seltsam, dass er sich wegen ein paar Küssen mit der Frau seines Cousins so schuldig fühlt, aber nicht, weil er ihm den Thron gestohlen hat.«

Beatriz zuckt mit den Schultern. »Wenn du hoffst, dass ich dir erklären kann, wie der männliche Verstand funktioniert, Mama, muss ich dich leider enttäuschen«, erwidert sie. »Obwohl ich davon ausgehe, dass Gisella die treibende Kraft hinter dem Staatsstreich war und Nicolo nur ihre Marionette.«

»Wenn das stimmt«, sagt die Kaiserin, »stellt sich die interessante Frage, wie sich die Marionette verhält, wenn ihre Fäden durchtrennt sind. Apropos, ich habe deinen Brief gelesen, in dem du König Nicolo auf die Situation von Lady Gisella aufmerksam gemacht hast. Ich nehme an, das wird ihn verärgern?«

Beatriz lächelt. »Davon gehe ich aus, ja.«

»Nun, das spielt keine Rolle.« Ihre Mutter geht mit einem Schulterzucken darüber hinweg. »Du wirst bald nach Cellaria aufbrechen, wie wir es besprochen haben.«

Beatriz versteift sich. »Du kannst doch nicht allen Ernstes Pasquale und mich nach Cellaria zurückschicken – nicht jetzt. Wäre es nicht klüger, erst einmal abzuwarten, wie Nicolo darauf reagiert, dass wir Gisella in unserer Gewalt haben? Mit ihr haben wir ein Druckmittel in der Hand.«

»Ich hätte nie gedacht, dass du mir jemals zu einem klugen Vorgehen rätst, Beatriz«, antwortet ihre Mutter trocken.

Beatriz presst die Zähne zusammen, damit ihr keine Erwiderung herausrutscht, die sie später bereut. Stattdessen holt sie tief Luft und fasst sich. »Pasquale und mich nach Cellaria zurückzuschicken ohne die gesamte Armee von Bessemia als unseren Schutz – das kommt einem Todesurteil gleich.«

Beatriz weiß, dass es genau darum geht, dass ihr Tod in Cellaria genau das ist, was ihre Mutter braucht, um das Land für sich zu erobern, aber sie muss es trotzdem sagen. Sie muss ihre Reaktion sehen. Doch wie üblich gibt sich ihre Mutter unbeeindruckt.

»Nur wenn du versagst«, erwidert sie kalt. »Hast du vor zu versagen, Beatriz?«

»Natürlich nicht, aber ...«

»Dann tu es nicht«, unterbricht ihre Mutter sie ungerührt.

Beatriz will aufbegehren, mehr aus Gewohnheit als in der Hoffnung, ihre Mutter umzustimmen, doch bevor sie etwas sagen kann, klopft es an der Tür.

»Komm herein, Nigellus«, ruft ihre Mutter, ohne zu fragen, wer es ist. Aber wer sonst würde es wagen, das Arbeitszimmer der Kaiserin zu betreten?

Die Tür geht auf und Nigellus tritt in Gedanken versunken ein. Als er Beatriz sieht, bleibt er überrascht stehen.

»Nur herein.« Kaiserin Margaraux winkt ihn zu sich. »Beatriz und ich sind hier fertig. Behalte deinen Mann im Auge, mein Täubchen. Er könnte seiner Cousine gegenüber milder gestimmt sein als du.«

Beatriz beschließt, nicht auf diese Bemerkung einzugehen, vor allem, weil sie nicht sicher ist, ob ihre Mutter in Bezug auf Pasquale tatsächlich so falschliegt. Sie wendet sich zur Tür und geht an Nigellus vorbei, der ihr kurz zunickt, auf eine vage freundliche Art, die er, wie Beatriz vermutet, allen gegenüber an den Tag legt. Sie haben nicht mehr miteinander gesprochen, seit er entdeckt hat, dass der Stern, den er von Sophronias Sternbild herabgeholt hat – das Einsame Herz – wieder am Himmel aufgetaucht ist. Heute Abend erwartet Nigellus sie in seinem Observatorium zu einer weiteren Unterrichtsstunde. Sie freut sich darauf, aber es graut ihr auch davor.

Beatriz ist schon an der Tür, als ihre Mutter sie noch einmal zurückruft. »Ach, Beatriz, das hätte ich fast vergessen. Ich habe hier einen Brief von Daphne.«

Beatriz dreht sich zu ihrer Mutter um, die ihr ein gefaltetes cremefarbenes Pergament hinhält. »Daphne hat mir geschrieben?«, fragt sie und beäugt den Brief.

»Oh. Nein, nicht dir«, antwortet ihre Mutter. »Der Brief ist an mich gerichtet, aber ich dachte, der Inhalt würde dich vielleicht trotzdem interessieren.«

Beatriz verbirgt ihre Enttäuschung und geht zurück zum Schreibtisch. Sie greift nach dem Brief, aber ihre Mutter hält ihn fest.

»Ich kann froh sein, dass ich wenigstens eine Tochter habe, die kein Fehlschlag ist.«

Die Kaiserin lässt den Brief los, und es kostet Beatriz ihre ganze Selbstbeherrschung, ihn nicht sofort zu zerknüllen.

Ein Dutzend bitterer Worte wollen Beatriz über die Lippen kommen, und sie weiß, sie wird jetzt gleich etwas sagen, das sie später bereuen wird – so wie sie insgeheim auch weiß, dass ihre Mutter genau das will: dass sie ihrem Zorn freien Lauf lässt, dass sie alle ihre Karten aufdeckt. Sie öffnet den Mund, aber bevor sie sprechen kann, räuspert sich Nigellus vernehmlich.

»Ich bitte um Verzeihung, Eure Majestät, aber wir müssen dringend miteinander reden. Ich bringe eine Nachricht von Eurer Freundin im Norden.«

Kaiserin Margaraux wendet ihren Blick von Daphne ab und richtet ihn auf Nigellus. »Geh«, sagt sie, und obwohl sie nicht in ihre Richtung schaut, weiß Beatriz, dass die Worte an sie gerichtet sind. Sie eilt aus dem Zimmer, bevor sie noch viel mehr als nur ihre Beherrschung verlieren kann, und dabei gehen ihr zwei Fragen durch den Kopf: Wer ist die Freundin ihrer Mutter im Norden, und warum hat Beatriz das Gefühl, dass Nigellus sie gerade vor sich selbst gerettet hat?

Beatriz widmet sich Daphnes Brief erst, als sie wieder in ihrem Zimmer ist. Sie setzt sich an ihren Schreibtisch und streicht das Pergament glatt. Ein wenig fühlt sie sich schuldig, weil sie Worte liest, die nicht für sie bestimmt sind, aber ihre Mutter hat ihr den Brief mit Absicht gegeben, auch wenn Beatriz ihre Beweggründe nicht genau kennt. Und dennoch – der Anblick von Daphnes eleganter, sorgfältiger Handschrift geht ihr unter die Haut.

Der Brief ist mit einer unsichtbaren Tinte geschrieben, die nur dann zutage tritt, wenn man die richtige Lösung auf das Pergament aufträgt. Das ist bereits geschehen.

Liebe Mama,

die temarinische Königinmutter ist mit einem Brief nach Friv gekommen, den sie, wie sie sagt, von dir erhalten hat. Falls er eine Fälschung sein sollte, dann teile mir das doch bitte mit. Kurz nach Eugenias Ankunft wurden ihre beiden kleinen Söhne entführt. Prinz Bairre und König Bartholomew tun alles, was in ihrer Macht steht, um sie zu finden. Wenn sie Erfolg haben, lasse ich es dich sofort wissen.

Was König Leopold betrifft, so sind mir einige Gerüchte zu Ohren gekommen, die sich bisher nicht bewahrheitet haben, doch auch darüber werde ich dich auf dem Laufenden halten. Ich glaube, er ist hier in Friv, aber in den letzten Wochen hat man so einiges gemunkelt, was seinen derzeitigen Aufenthaltsort angeht. Mir ist bewusst, wie wichtig es ist, ihn so schnell wie möglich aufzuspüren, daher möchte ich dich nicht mit falschen Hinweisen in die Irre führen.

Deine pflichtbewusste Tochter
Daphne

Nachdem Beatriz den Brief zu Ende gelesen hat, würde sie ihre Schwester am liebsten zwischen ihren geschriebenen Zeilen hervorzerren und schütteln. Auch ohne dass Daphne es ausdrücklich geschrieben hat, würde Beatriz ihr Lieblingspaar Schuhe darauf verwetten, dass die erwähnten Gerüchte über Leopolds Aufenthaltsort von Violie stammen. Immerhin war Violie klug genug, Leopold nicht auch noch in Erscheinung treten zu lassen, zumal die Königinmutter sich frei im Schloss zu bewegen scheint.

Und die jungen Prinzen entführt – Beatriz zweifelt keine Sekunde daran, dass ihre Mutter auf irgendeine Weise ihre Hände mit im Spiel hat. *Ihre Freundin im Norden*, so hat Nigellus sich ausgedrückt, und Beatriz hat auch schon eine Vermutung, wer das sein könnte: entweder Eugenia oder wer auch immer für die Entführung ihrer Söhne verantwortlich ist.

Ein weiterer Gedanke kommt ihr in den Sinn – was, wenn es sich bei der Freundin im Norden um Violie handelt? Denkbar wäre es. Immerhin stand Violie schon einmal in den Diensten der Kaiserin, das hat sie selbst zugegeben. Seit Beatriz auf Nicolos und Gisellas Lügen hereingefallen ist, ist ihr einstmals unerschütterliches Vertrauen in ihre Fähigkeit, andere zu durchschauen, ins Wanken geraten. Aber bei näherer Überlegung wird ihr klar, dass Violie, wenn sie für ihre Mutter arbeiten würde, ihr Leopold einfach ausgeliefert hätte, anstatt zuerst nach Cellaria und dann nach Friv zu reisen.

Nein, am wahrscheinlichsten ist es, dass Eugenia die ominöse Freundin ihrer Mutter im Norden ist.

Kurz vor Mitternacht schleicht sich Beatriz zu Nigellus' Laboratorium. Auch diesmal trägt sie Pasquales Kleidung und hat die Kapuze seines Mantels über den Kopf gezogen, um ihr rotbraunes Haar zu verbergen. Als sie die Tür öffnet und hineinschlüpft, blickt Nigellus noch nicht einmal von seiner Werkbank auf. In der einen Hand hält er ein Fläschchen mit Sternenstaub, in der anderen einen Becher mit einer grauen Flüssigkeit. Selbst als Beatriz die Tür fest hinter sich schließt, hebt Nigellus nicht den Kopf, sondern dreht den Becher im Licht hin und her und untersucht die graue Flüssigkeit.

»Wer ist die Freundin meiner Mutter im Norden?«, platzt sie heraus.

Nigellus wirft ihr einen kurzen Blick zu, antwortet jedoch nicht, sondern stellt das Fläschchen mit dem Sternenstaub und den geheimnisvollen Becher auf dem Tisch ab. »Ihr seid früh dran«, stellt er fest. »Ich hätte nicht gedacht, dass ich das jemals erlebe.«

Beatriz ignoriert seine Bemerkung. »Die Freundin meiner Mutter im Norden«, bedrängt sie ihn. »Wer ist es?«

Er zuckt mit den Schultern. »Eure Mutter hat viele Freunde, von denen einige nördlich von hier leben«, antwortet er. »Aber Ihr seid nicht hier, um über Eure Mutter zu sprechen, sondern um zu lernen.«

Beatriz presst die Zähne zusammen. »Na gut«, sagt sie. »Dann habe ich eine andere Frage: Warum ist Sophies Stern wieder am Himmel? Ihr habt doch selbst gesagt, so etwas sei völlig unmöglich.«

»Viele Dinge scheinen unmöglich zu sein, bis sie dann irgendwann geschehen«, antwortet Nigellus achselzuckend. »Über das Warum weiß ich noch nicht genug, aber ich werde es herausfinden.«

»Ich fange an zu glauben, dass Ihr überhaupt nicht viel wisst, Nigellus«, bemerkt Beatriz, wenn auch in erster Linie, um ihn zu ärgern. Doch wie so oft reagiert Nigellus auch diesmal nicht auf ihre Stichelei.

»Ihr seid hier, um zu lernen, Beatriz, und nicht, um müßig zu plaudern«, sagt er milde. »Kommt, setzt Euch.« Er deutet auf den Stuhl auf der anderen Seite seines Arbeitstisches und Beatriz nimmt widerwillig Platz. Er wendet ihr den Rücken zu, geht das Wandregal ab und streicht mit den Fingern über mehrere Buchrücken, bevor er einen hohen, schmalen Band herausnimmt. »Wisst Ihr, warum Himmelsdeuter Sterne nur im äußersten Notfall vom Himmel holen?«, fragt er.

»Weil die Zahl der Sterne endlich ist«, antwortet sie automatisch. »Sie sind eine Quelle der Magie, die man nicht versiegen lassen darf. In Cellaria gilt das als reine Blasphemie. Die Sterne sind Götter, und einen vom Himmel zu nehmen, ist ein Akt der Gotteslästerung.«

»Erkennt Ihr in den Sternen Götter?« Diesmal klingt er nicht belehrend, aus seinen Worten spricht eher die Neugier.

Beatriz blinzelt und überlegt. Sie ist überzeugt davon, dass die Sterne alle Dinge auf der Welt beeinflussen, aber macht sie das auch zu Göttern? Macht es sie etwa sogar zu fühlenden Wesen?

»Ich habe nicht allzu viel Zeit darauf verwendet, über die Sterne nachzudenken«, gibt sie zu. »Abgesehen von Horoskopen, oder wenn es darum geht, sich mit Sternenstaub etwas zu wünschen.«

»Das heißt, Ihr denkt nicht über die Sterne nach, es sei denn, Ihr wollt etwas von ihnen«, folgert er. Seine Worte versetzen Beatriz einen Stich, obwohl kein abwertendes Urteil darin mitschwingt. Als sie nicht antwortet, fährt er fort: »Es gibt unterschiedliche Auffassungen darüber, was genau die Sterne sind, und nicht nur in Cellaria ist für so manchen das Herunterholen eines Sterns ein Sakrileg. Auch viele Himmelsdeuter haben sich geschworen, so etwas niemals mit Absicht zu tun.«

»Ihr habt es getan«, wendet Beatriz ein. »Nicht nur bei meinen Schwestern und mir, sondern auch während der Dürre vor ein paar Jahren.«

Er nickt. »Diese Entscheidung habe ich damals sorgfältig abgewogen, und dennoch waren viele Menschen, auch viele Himmelsdeuter, nicht damit einverstanden. Die königlichen Himmelsdeuter in Friv und Temarin weigerten sich beide, diesen Schritt zu gehen, waren aber vermutlich froh, dass ich es tat. Sie profitierten davon, ohne dass sozusagen Blut an ihren Händen klebte.«

»Habt Ihr die Entscheidung je bereut?«, will Beatriz wissen.

Nigellus zuckt mit den Schultern. »Ich weiß nicht, ob die Sterne empfindungsfähig sind oder nicht«, sagt er. »Ich weiß nicht, ob sie Götter sind oder Seelen oder was die Menschen sonst noch glauben. Ich weiß nur, dass an jedem Tag der Dürre Menschen starben. Menschen, von denen ich *wusste*, dass sie empfindungsfähig waren, Menschen, von denen ich *wusste*, dass sie Seelen hatten. Also nein, ich bereue die Entscheidung nicht.«

Beatriz stimmt Nigellus insgeheim zu, will ihm aber nicht die Genugtuung geben, es laut auszusprechen. »Was steht da drin?«, fragt sie stattdessen und deutet mit einem Nicken auf das Buch, das er immer noch in der Hand hält.

Anstelle einer Antwort schlägt er das Buch auf, blättert bis zu einer bestimmten Seite und legt den Band auf den Tisch zwischen ihnen. Beatriz blickt auf die Seite, braucht jedoch einen Moment, um zu begreifen, was sie da vor sich hat – eine Sternenkarte, allerdings mit viel mehr Sternen, als sie es gewohnt ist. Auf der Abbildung ist vor lauter Sternen fast kein Himmel zu sehen.

»Die erste aufgezeichnete Sternenkarte«, erklärt Nigellus. »Ihr Entstehungsdatum ist unklar, aber man nimmt an, dass sie mindestens tausend Jahre alt ist.«

Stirnrunzelnd betrachtet Beatriz die Karte. Sie entdeckt einige bekannte Konstellationen – die Bewölkte Sonne, das Heldenhafte Herz, die Zerbrochene Harfe –, aber sie gehen fast unter in einem Meer von Sternen, wie sie es noch nie zuvor gesehen hat.

»Es sind so viele«, wispert sie atemlos.

»Es waren viele«, korrigiert Nigellus sie. »Nicht nur einzelne Sterne sind verschwunden, sondern ganze Konstellationen. In alten Texten finden sich einige Hinweise auf Sternbilder, die nicht mehr existieren – die Knochen der Toten zum Beispiel.« Er fährt mit dem Finger über sechs Sterne in der oberen Ecke der Abbildung. »Wie Ihr seht, ist dieses Sternbild viel kleiner als das Heldenhafte Herz.« Er zeigt auf eine Konstellation, die mindestens zwei Dutzend weitere Sterne enthält, einige davon hat Beatriz noch nie gesehen.

Schweigend betrachtet Beatriz die Karte und versucht, das Bild vor ihr mit dem Himmel in Einklang zu bringen, den sie kennt. Einen Stern vom Himmel zu holen, hat seinen Preis, das wusste sie von Anfang an, aber was es tatsächlich kostet, war ihr nicht klar gewesen – was macht es schon aus, wenn am Himmel eine Handvoll Sterne fehlt, wo es doch so viele gibt? Doch jetzt jagt ihr der Anblick des Himmels, wie er früher einmal war, einen Schrecken ein. Man braucht nicht viel Fantasie, um sich eine Welt vorzustellen, in der es überhaupt keine Sterne mehr am Himmel gibt. Aber was wird dann aus dieser Welt werden?

»Wie Ihr seht«, sagt Nigellus leise und zieht seine Hand von dem Buch zurück, »hat die Magie ihren Preis. Und wir sind nicht die Einzigen, die ihn zahlen.«

Beatriz nickt, bringt aber kein Wort heraus. Sie räuspert sich und löst widerstrebend ihren Blick von der Sternenkarte, um Nigellus in die Augen zu schauen. »Was ist mit den Sternen, die ich weggenommen« habe? Zuerst aus Versehen, in Cellaria, und danach ... mit Absicht. Für die Flucht aus meiner Zelle in der Schwesternschaft.«

Einen Moment lang antwortet Nigellus nicht und zum ersten Mal in ihrem Leben bemerkt sie einen Anflug von Emotion in seinen Augen: Mitgefühl. Der kalte, leere Gesichtsausdruck, den er sonst an den Tag legt, wäre ihr jetzt lieber. Er geht zum Regal und zieht ein zweites Buch heraus. Es ist eine andere Sternenkarte, stellt sie fest, als er eine Seite aufschlägt und den Band über das erste Buch legt.

»Hier.« Er zeigt auf den Stern im Kelch der Königin, den Beatriz für ihren Wunsch in der Schwesternschaft ausgewählt hat. Damals hielt sie ihn für ein kleines Ding mit schwacher Strahlkraft, das in der Vielzahl der Konstellationen kaum auffällt. Doch jetzt zieht sich ihr bei seinem Anblick der Magen zusammen. Dieser Stern existierte seit Anbeginn der Zeiten, und nur, weil Beatriz sich wieder einmal Ärger eingebrockt hatte, gibt es ihn jetzt nicht mehr.

Nigellus schlägt eine weitere Seite auf und zeigt ihr das Rad des Wanderers, deutet auf einen ganz bestimmten Stern an der Radachse. Als Beatriz sich zum ersten Mal ihre Magie zunutze gemacht hat, war diese nicht auf einen bestimmten Stern gerichtet. Und doch schien am nächsten Tag einer zu fehlen. Hier hat sie nun den Beweis. Denn da ist er, der Stern, den Beatriz heruntergeholt hat. Den sie ausgelöscht hat. Es spielt keine Rolle, dass es aus Versehen geschah, sie hat es nun einmal getan.

Nigellus blättert die Seite um, und Beatriz merkt, dass sie den Atem anhält. Sie weiß nicht mehr, welche Sterne über ihr standen und welche Konstellation betroffen war, als sie sich von Nicolo einen Kuss gewünscht hat. Aber dieser Wunsch ist schlimmer als die anderen. Dass sie ihn aus Versehen geäußert hat, ändert nichts daran, denn es war ein leichtsinniger Wunsch, der ihr nicht das Leben rettete, sondern ihr nur das Herz brach. *Ich wünschte, du würdest mich küssen.*

Beatriz schaut auf die abgebildete Konstellation und muss unwillkürlich laut auflachen. Die Stechende Biene, die entweder Überraschung, Schmerz oder beides symbolisiert. In Bezug auf Nicolo sicherlich beides.

»Welcher Stern war es?«, fragt sie und ist selbst überrascht, wie ruhig ihre Stimme klingt.

Nigellus zeigt auf den Stern am Ende des Stachels und Beatriz blinzelt überrascht.

»Der Stern ist ja gar nicht so klein«, bemerkt sie. »Wie kommt es, dass niemand sein Fehlen bemerkt hat?«

Nigellus zuckt mit den Schultern. »Viele Leute haben es bemerkt«, antwortet er. »Die meisten haben es wahrscheinlich als das abgetan, was es war – neue Himmelsdeuter, die noch üben müssen. Ihr seid nicht die Erste und Ihr werdet auch nicht die Letzte sein.«

Vielleicht sollte sich Beatriz damit besser fühlen, aber das tut sie nicht.

»Kommt in zwei Tagen wieder, dann setzen wir den Unterricht fort«, sagt Nigellus und klappt das Buch zu.

»Wieso in zwei Tagen?«, fragt Beatriz. »Ich bin doch gerade erst gekommen.«

»In Eurer jetzigen Verfassung kann ich mit Euch nichts anfangen«, antwortet Nigellus und fügt nach kurzem Zögern hinzu: »Ich kenne keinen jungen Himmelsdeuter, der nicht erschüttert gewesen wäre, nachdem er die beiden Sternenkarten gesehen hat.«

Beatriz schüttelt den Kopf. »Ich wusste, dass man nicht einfach einen Stern vom Himmel holen kann. Mir war nur nicht klar, wie viele bereits verloren gegangen sind.«

»Und wie wenige im Vergleich dazu noch da sind«, fügt Nigellus hinzu.

»Aber was soll ich denn zwei Tage lang machen?«, fragt sie. »Mit jeder Stunde, die verstreicht, rückt der Zeitpunkt näher, an dem meine Mutter mich nach Cellaria zurückschickt und an dem sie auch für Daphne in Friv irgendetwas plant. Ich werde ganz sicher nicht untätig herumzusitzen und toten Sternen nachtrauern.«

Einen Moment lang sagt Nigellus nichts, sondern blickt sie nur verstörend eindringlich aus seinen silbernen Augen an. »Ich bin sicher, Ihr werdet eine Beschäftigung finden. Mit Eurer Mutter, Eurem Mann und Lady Gisella werdet Ihr sicher alle Hände voll zu tun haben.«

Beatriz öffnet den Mund, um zu widersprechen, schließt ihn jedoch schnell wieder. Nigellus hat recht, aber genau das ist das Problem. Sie *will* nicht an die Komplotte ihrer Mutter denken oder daran, wie sehr Pasquale sich auf sie verlässt. Oder an dieses verstörende Mitgefühl, das sie für Gisella empfindet. Oder an Daphnes Schweigen. So kompliziert die Sterne auch sind, bei ihnen weiß Beatriz wenigstens, woran sie ist.

»Was ist mit meinen Schulden?«, fragt sie stattdessen.

»Welche Schulden?«, fragt er verwundert zurück.

»Ihr habt mich aus der Schwesternschaft gerettet und hierhergebracht«, erinnert sie ihn. »Und dann habt Ihr mir das Geld für, ähm ... Ambroses Spielschulden gegeben. Soweit ich weiß, waren das keine großherzigen Geschenke von Euch.«

Nigellus zögert, scheint nicht zu wissen, was er darauf sagen soll. »Ich habe Euch gerettet, weil die Sterne ganz offensichtlich etwas mit Euch vorhaben. Und indem ich Euch zu einer Himmelsdeuterin mache, übernehme ich gewissermaßen die Verantwortung für Euch«, sagt er dann mit einem tadelnden Unterton. »Offiziell habe ich Euch hierhergebracht, weil ich Eure Mutter davon überzeugen konnte, dass Euer Tod als entehrte Prinzessin statt als amtierende Königin von Cellaria nicht in ihrem Sinne sein kann.«

»Aber nachdem Ihr mir geholfen habt, aus der Schwesternschaft zu fliehen, hätte ich genauso gut nach Friv gehen können«, wendet Beatriz ein – hauptsächlich um zu widersprechen, was Nigellus mit einem Lachen quittiert.

»Ach? Und Ihr glaubt, Ihr wärt unter dem Dach Eurer Schwester sicherer als unter dem Eurer Mutter?«

Beatriz antwortet nicht, aber ihr Schweigen verrät Nigellus alles, was er wissen will.

»Kommt in zwei Tagen wieder, Prinzessin«, wiederholt er und wendet sich erneut seiner Arbeit zu.

Und mit diesen Worten ist Beatriz entlassen.

Daphne

Daphne hatte das Gefühl, noch halb zu schlafen, als die siebenköpfige Gruppe das Schloss kurz nach Sonnenaufgang verließ. Jetzt ist es ihrer Einschätzung nach um die Mittagszeit und sie befinden sich zu Pferd irgendwo tief im Wald von Trevail. Dieses weitflächige Gebiet nimmt einen großen Teil des zentralen und östlichen Friv ein. Es erstreckt sich bis zum Olveen-See nahe der Ostküste und geht im Westen in den Wald von Garine über, wobei Daphne nicht genau sagen könnte, wo die Grenze zwischen beiden liegt.

Wenn die Angaben ihrer Mutter stimmen, dann sind die Entführer mit Gideon und Reid auf dem Weg zur Ostküste, um sie dort mit einem Schiff außer Landes zu bringen. Bairre verfügt zwar über eigene Informationen, doch von diesem Teil des Plans scheint er noch nichts gehört zu haben. Allerdings kennt Daphne Bairre inzwischen gut genug, um zu wissen, dass er bald dahinterkommen wird. Und ihre Mutter hat deutlich gemacht, dass Daphne schneller sein muss als er.

Bei dem Gedanken an die beiden Jungen dreht sich ihr der Magen um. Energisch ruft sie sich zur Ordnung und konzentriert sich ganz auf Bairre. Er reitet voraus und ist in ein Gespräch mit Haimish und einem anderen Mann vertieft, den

Daphne nicht kennt. Der Fremde ist ungefähr so alt wie Bairre, hat ebenso tiefschwarze Haare wie sie selbst und eine steile Furche zwischen den Brauen. Sein Gesicht hat etwas Vertrautes, aber sosehr sie sich auch bemüht, sie kann ihn nicht einordnen. Woher sollte sie ihn auch kennen? Sein Akzent weist ihn als Mann aus dem Norden aus, aber sie ist sich sicher, dass er nicht unter den Hochländern auf ihrer fehlgeschlagenen Hochzeit war. Er scheint zur Dienerschaft zu gehören, also ist es durchaus möglich, dass sie ihn im Palast zwar gesehen, aber nie sprechen gehört hat.

Sie richtet ihre Aufmerksamkeit wieder auf Bairre. Der scheint ihren Blick zu spüren, denn er schaut über seine Schulter und schenkt ihr ein kleines Lächeln, das sie zu erwidern versucht, auch wenn der Gedanke an das, was ihre Mutter ihr aufgetragen hat, sie sehr bedrückt.

Er wird dir das nie verzeihen, flüstert eine Stimme in ihrem Kopf, die sehr nach Sophronia klingt. Daphne versucht, die Stimme zu ignorieren, schließlich gibt es noch viele andere Dinge, die Bairre ihr nicht verzeihen würde, sollte er je davon erfahren. Aber sie lässt sich nicht so einfach ignorieren, denn sie weiß ja selbst nicht, ob sie sich jemals den Mord an zwei unschuldigen Jungen verzeihen könnte.

»Ich war überrascht, dass du mitkommen wolltest«, reißt Cliona sie aus ihren Gedanken. Daphne dreht sich zu ihrer Begleiterin, die auf ihrer tiefschwarzen Stute neben ihr her reitet. Cliona versucht gar nicht erst, ihr Misstrauen zu kaschieren, und Daphne kann es ihr auch nicht verübeln. Sie wäre sogar sehr enttäuscht, wenn Cliona ihr allen Ernstes abnehmen würde, dass sie in dieser eisigen Winterkälte Lust auf eine Reise hat.

»Das Gleiche könnte ich zu dir sagen«, erwidert Daphne, um möglichst geschickt von sich abzulenken, »wenn man bedenkt, wie du dich gegen Cillian und seine Familie verschworen hast. Hat dein Vater dich dazu angestiftet?«

»Nein«, sagt Cliona und blickt wieder nach vorn auf den Weg. »Egal was du von mir und meinen Zielen hältst – ich mochte Cillian. Wir waren Freunde. Ich kannte ihn von Kindesbeinen an.«

Daphne blickt sie von der Seite an, unsicher, ob Cliona es ernst meint oder ob es wieder nur einer ihrer Manipulationsversuche ist. Wenn sie die Trauernde nur spielt, stellt sich die Frage, was sie sich davon verspricht. Sie wird wohl kaum davon ausgehen, dass sie Daphne mit diesem Geständnis dazu verleiten kann, in ihrer Wachsamkeit nachzulassen oder sie zu unterschätzen. Und wenn sie tatsächlich ihre ehrliche Zuneigung für den toten Prinzen zum Ausdruck bringen will, ist das sogar noch verwirrender, auch wenn Cliona ihr einmal gesagt hat, dass sie Freundinnen sind oder zumindest so etwas Ähnliches.

Vor der Hochzeit hätte Daphne, die noch nie eine echte Freundin hatte, ihr womöglich sogar zugestimmt, aber jetzt erscheint ihr diese Vorstellung lächerlich. Wenn Cliona von dem Auftrag der Kaiserin wüsste, würde selbst sie sich von Daphne abwenden.

»Du hast eine seltsame Art, deine Freundschaft zu Cillian zum Ausdruck zu bringen«, bemerkt Daphne.

»Bei meinen Einsätzen für die Rebellen ging es nie um Cillian persönlich«, erwidert Cliona schulterzuckend. »Ich denke, er hätte es verstanden und vielleicht sogar unterstützt. Bairre ist überzeugt davon, dass er sich auf unsere Seite geschlagen hätte.«

Daphnes Blick wandert zurück zu Bairre, der nun in ein Gespräch mit dem unbekannten Reisebegleiter vertieft ist und immer wieder zu dessen Worten nickt.

»Wer ist das?«, fragt sie und deutet mit einer knappen Kopfbewegung in seine Richtung.

»Ich glaube, er heißt Levi«, sagt Cliona und folgt ihrem Blick.

»Ein Diener aus der Schlossküche, den ich bisher noch nicht kannte.«

Daphnes Misstrauen ist geweckt.

»Ist das ungewöhnlich?«, fragt sie. In Bessemia kannte sie bei Weitem nicht alle Bediensteten des Palastes. Das Schloss in Friv ist zwar kleiner und hat weniger Personal, doch auch hier ist es eher unwahrscheinlich, alle Bediensteten auf den ersten Blick zu erkennen.

»Vermutlich nicht«, antwortet Cliona. »Nach der Hochzeit gab es einen ziemlichen Wechsel.«

»Nach der Bombe, meinst du wohl«, korrigiert Daphne sie. »Ich kann mir vorstellen, dass das Schloss seither nicht unbedingt als ein Ort gilt, an dem man sich gerne um eine Anstellung bewirbt.«

Für einen kurzen Moment scheinen sich Schuldgefühle auf Clionas Gesicht widerzuspiegeln, oder etwas Ähnliches, aber ganz sicher ist Daphne nicht. Ohnehin kann sie auf Clionas Gewissensbisse verzichten. Wenn überhaupt, würde sie sich eine Reaktion erhoffen, die zeigt, dass sie beide aus derselben Ecke des Sternenhimmels stammen – wo man rücksichtslos und kalt ist und das tut, was die Eltern für das Beste halten, ohne erst Fragen zu stellen. Oder gar Schuldgefühle zu entwickeln. Die kann Cliona sich jetzt nicht leisten, und Daphne auch nicht.

»Warum ist er hier?«, fragt Daphne, um das Thema zu wechseln. Sie werden von einer Reihe von Soldaten eskortiert – die in erster Linie Daphnes wegen dabei sind, wie sie vermutet. Auf Bedienstete hat man hingegen verzichtet, was, zu ihrer Enttäuschung, sogar ihre eigene Zofe miteinschloss.

Cliona zuckt mit den Schultern. »Bairre wollte es so. Dieser Levi behauptet, aus der Nähe des Olveen-Sees zu stammen«, sagt sie, und etwas in ihrer Stimme lässt Daphne aufhorchen.

»Behauptet?«, wiederholt sie. »Du glaubst ihm also nicht?«

Cliona beobachtet Levi und verzieht skeptisch den Mund. »Ich bin keine Expertin für die verschiedenen frivianischen Dialekte, und ich bezweifle, dass irgendein anderer hier das ist, aber ich kann nicht behaupten, dass ich diesen Akzent schon einmal gehört hätte.«

Daphne folgt Clionas Blick zu Levi. »Was glaubst du denn, wer er wirklich ist?«

»Ich weiß es nicht«, gibt Cliona zu, auch wenn es ihr offensichtlich schwerfällt, das einzugestehen. »Aber ich bin entschlossen, es herauszufinden. Hilfst du mir dabei?«

Daphne sieht sie überrascht an, kommt dann jedoch zu dem Schluss, dass sie in diesem Punkt auf der gleichen Seite stehen. »Was hast du vor?«, fragt sie.

Die Reisegesellschaft ist für die Nacht in einem Gasthaus auf einer Waldlichtung etwa eine Meile südlich des Flusses Notch eingekehrt. Da nur eine begrenzte Anzahl von Übernachtungsmöglichkeiten zur Verfügung steht, teilen sich Daphne und Cliona ein Zimmer, während Bairre, Haimish und die sechs anderen Männer zwei weitere Zimmer unter sich aufteilen. Nachdem sie ihre Reitkleidung abgelegt und nacheinander in einer kupfernen Wanne hinter einem dreiteiligen Paravent gebadet haben, gehen Daphne und Cliona hinunter in den Schankraum, wo der Rest ihrer Gruppe bereits an einem großen Tisch mit Bierkrügen und Schüsseln mit Eintopf sitzt.

Daphne hat so viel Eintopf gegessen, seit sie nach Friv gekommen ist, dass sie dieses Gericht inzwischen gründlich satthat, aber nach einem langen Tag im Sattel läuft ihr allein beim Geruch von gewürztem Rindfleisch das Wasser im Mund zusammen, als sie sich jetzt an den Tisch setzt, zwischen Bairre und Cliona und direkt gegenüber von dem unbekannten Diener Levi.

Als Bairre ihr eine Schüssel mit Eintopf und einen Becher Ale reicht, bemerkt Daphne, dass Levi sie beobachtet. Er starrt sie nicht direkt an, aber sein Blick ruht immer wieder auf ihr, manchmal begleitet von einem kleinen Stirnrunzeln. Vielleicht liegt es nur daran, dass sie eine Prinzessin und noch dazu aus Bessemia ist und er wahrscheinlich noch nie jemanden getroffen hat, bei dem eines davon zutrifft, geschweige denn beides.

»Wenn wir weiter in diesem Tempo vorankommen, werden wir morgen Abend am See sein«, verkündet Bairre der Tischrunde und tunkt ein Stück Brot in seinen Eintopf. »Das Sommerschloss ist zu dieser Jahreszeit nicht offiziell geöffnet, aber mein Vater hat einen Brief vorausgeschickt, damit ein Wohnflügel für uns hergerichtet wird.«

Daphne ruft sich die Karte im Arbeitszimmer ihrer Mutter in Erinnerung, auf der Frivs Sommerschloss am östlichen Rand des Olveen-Sees eingezeichnet war. Sie hat gehofft, dass ihr Aufenthalt in Friv kurz sein würde, sodass sie gar nicht die Gelegenheit hätte, es sich anzuschauen. Aber auf die Nordlichter freut sie sich, und sie ertappt sich bei dem Gedanken, dass sie ihren Schwestern eines Tages davon erzählen wird. Und erschrickt im selben Moment. Manchmal vergisst sie es einfach – vergisst das Unbegreifliche. Sie verbannt den Gedanken an Sophronia aus ihrem Kopf und hofft, dass er sich nicht so bald wieder aufdrängt. Es ist schon schwierig genug, darüber nachzudenken, was sie am Olveen-See tun soll – das Letzte, was sie jetzt braucht, ist, dass Sophronias Geist sie dafür verurteilt.

Denn Sophronia würde sie ganz sicher dafür verurteilen, das weiß sie. Ebenso Beatriz. Genau aus diesem Grund verlässt sich ihre Mutter am meisten auf Daphne, genau aus diesem Grund hat sie sie als ihre Nachfolgerin auserkoren. Daphne kann sie nicht im Stich lassen und damit womöglich alle in Gefahr bringen.

Als sich das allgemeine Tischgespräch auf mehrere kleine Grüppchen verteilt, wendet sich Daphne Levi zu und betrachtet den Becher Bier in seiner Hand – sein erster an diesem Abend, vermutet sie. Wenn Clionas Plan aufgeht, wird es nicht sein letzter sein.

»Ich glaube, wir kennen uns noch nicht«, spricht sie ihn an und schenkt ihm ihr charmantestes Lächeln. »Lady Cliona sagt, du arbeitest in der Küche?«

»Aye«, antwortet er, und seine Augen huschen hin und her, als würde er nach einem rettenden Ausweg suchen. Das kommt ihr seltsam vor, aber sie führt es darauf zurück, dass er den Umgang mit Mitgliedern königlicher Familien nicht gewohnt ist. Bei Bairre schien er diese Hemmungen nicht zu haben, aber Bairre wehrt sich auch noch immer, wenn ihn jemand wie einen Prinzen und nicht wie einen Bastard behandelt.

»Ich wundere mich, dass du uns auf dieser traurigen Reise begleiten willst.« Daphne lächelt hartnäckig weiter, obwohl Levi sich völlig unbeeindruckt, ja sogar misstrauisch ihr gegenüber zeigt. »Kanntest du Prinz Cillian?«

Bairre muss Levis Unbehagen spüren, denn er unterbricht sein Gespräch mit Haimish und wendet sich ihnen zu. »Er stammt aus der Nähe des Olveen-Sees«, erklärt er ihr. »Er kennt sich in der Gegend aus und hat angeboten, sich uns anzuschließen.«

»Oh«, sagt Daphne und blickt mit hochgezogenen Augenbrauen zwischen ihnen hin und her, bevor sie Levi direkt in die Augen schaut. »Also willst du deine Familie besuchen? Liegt dein Heimatort auf dem Weg?«

»Leider nicht«, antwortet Levi. »Wir haben einen Bauernhof auf der Westseite des Sees.«

»Nun, vielleicht können wir auf dem Rückweg dort haltmachen«, schlägt Daphne vor und sieht Bairre fragend an. »Es würde uns nicht allzu viel Zeit kosten.«

Bairre starrt sie an, als hätte er sie noch nie in seinem Leben gesehen, dann schüttelt er den Kopf. »Das hängt ganz vom Nordlicht ab. Es kann morgen Nacht erscheinen oder erst in einem Monat, aber wenn Letzteres der Fall ist, werden wir so schnell wie möglich nach Eldevale zurückkehren.«

»Tja, dann drücken wir einfach die Daumen«, sagt Daphne zu Levi gewandt. »Hast du dort noch Geschwister oder nur deine Eltern?«

Die Frage scheint Levi zu verunsichern, aber nach einer Sekunde hat er sich wieder gefangen. »Ich habe eine Schwester«, sagt er, und diesmal wendet er die Augen nicht ab, sondern hält ihrem Blick stand. »Sie heißt Sophie.«

Daphne bleibt kurz die Luft weg – es ist kein ungewöhnlicher Name, auch nicht die Kurzform, obwohl er wohl eher für Sophia als für Sophronia steht. Trotzdem braucht sie einen Moment, um ihre Stimme wiederzufinden.

»Oh«, sagt sie und ist sich vage bewusst, dass Bairre die Hand ausstreckt und ihren Arm berührt. »Älter oder jünger?«

»Jünger«, antwortet Levi prompt.

»Wie alt?«

»Fünfzehn.« Seine Antworten kommen jetzt schneller, ohne dass er zuvor nachdenkt, und genau das hat Daphne beabsichtigt. Sie unterdrückt ihr Unbehagen über den Namen seiner Schwester und setzt ihr Verhör fort.

»Und wie lange ist es her, dass du zu Hause warst?«, fragt sie.

»Sechs Monate«, antwortet er. »Meine Frau stammt von weiter nördlich, in der Nähe des Tack-Gebirges, aber die Kälte ist nicht gut für ihre Lunge, daher haben wir uns nach Eldevale aufgemacht, um dort Arbeit zu finden, wo das Wetter angenehmer ist.«

Daphne kann sich nicht vorstellen, dass man das Wetter in

Eldevale als angenehm bezeichnen kann, aber vermutlich ist es überall wärmer als im Tack-Gebirge.

»Und deine Frau wollte nicht mitkommen?«, fragt Daphne.

»Nicht bei diesem Wetter, nein«, antwortet er. »Sie gewöhnt sich gerade an ihre Arbeit im Palast, und wir hielten es für das Beste, wenn sie dortbleibt.«

»Und habt ihr beide schon einmal in einer Küche gearbeitet?«

»Nein, eigentlich nicht«, sagt er. »Ich hatte gehofft, in den Ställen arbeiten zu können, aber die Köchin braucht nach den Ereignissen auf der Hochzeit etwas mehr Unterstützung.« Er hält inne und runzelt die Stirn. »Ich weiß eigentlich gar nicht, was auf der Hochzeit passiert ist, wir kamen erst danach hier an, und niemand hat es uns wirklich gesagt. Alle haben nur drum herumgeredet.«

Daphnes Lächeln wird starr. »Eine Bombe ist hochgegangen«, erklärt sie ihm. »Es war das Werk frivianischer Rebellen. Der königliche Himmelsdeuter Fergal wurde bei der Explosion getötet.«

Er nickt und scheint über das, was er soeben gehört hat, nachzudenken. Sie beobachtet ihn, forscht in seinem Gesicht und fragt sich, ob er vielleicht doch mit den Rebellen zu tun hat oder zumindest mit ihnen sympathisiert. Cliona behauptet zwar, jeden zu kennen, der auf der Seite ihres Vaters steht, aber da übertreibt sie sicher, es sei denn, die Zahl der Aufständischen ist noch kleiner, als Daphne glaubt. Jetzt blitzt weder Unbehagen noch Mitleid in Levis blauen Augen auf, sondern Zorn, den er jedoch rasch unterdrückt.

»Es tut mir leid, das zu hören«, erwidert er und trinkt noch einen Schluck von seinem Bier. »Aber ich bin froh, dass sonst niemandem etwas passiert ist.«

Daphne schaut zu Cliona, die neben ihr sitzt und so tut, als würde sie das Gespräch der beiden nicht mithören. Für einen kurzen Moment begegnen sich ihre Blicke.

»Ich bin auch froh«, stimmt Daphne zu.

»Besonders nach dem, was in Kavelle passiert ist«, fügt Levi hinzu.

Daphne setzt sich ein wenig aufrechter hin und bemüht sich, ihre Überraschung nicht zu zeigen, registriert jedoch, dass auch Cliona verwundert ist. Die meisten Menschen in Friv, unabhängig von ihrem Stand oder ihrer Bildung, interessieren sich kaum für das, was jenseits der Grenzen geschieht, und darüber zu sprechen, käme ihnen erst recht nicht in den Sinn. Ist es wirklich denkbar, dass ein Bauernjunge aus dem Norden Frivs nicht nur von den Rebellen in Temarin weiß, sondern auch den Namen der Hauptstadt kennt? Das kann Daphne sich beim besten Willen nicht vorstellen.

Für Daphne steht nun zweifelsfrei fest: Levi ist nicht der, der er zu sein vorgibt.

Daphne verlässt den Essenstisch vorzeitig, um Cliona Zeit zu geben, Levi selbst zu befragen. Als Cliona in ihr gemeinsames Zimmer zurückkehrt, ist es bereits nach Mitternacht. Daphne, die unruhig auf und ab gegangen ist, hält inne und schaut auf.

»Und?«, fragt sie.

Cliona setzt sich auf den Rand des großen Bettes und zieht ihre Schuhe und Strümpfe aus. »Jemand hat mit ihm eine falsche Geschichte eingeübt«, berichtet sie. »Aber nach ein paar Ale hat er die Details vergessen. Er behauptete, seine Schwester sei dreizehn Jahre alt, seine Frau stamme aus den Bergen von Crisk und nicht aus dem Tack-Gebirge, und ihm war sehr daran gelegen, dass wir keinen Abstecher zum Hof seiner Familie machen.«

»Und dann wusste er auch noch sehr viel über Temarin«, fügt

Daphne hinzu. »Was glaubst du, wie viele Bauernjungen kennen die Hauptstadt von Temarin?«

»Ich würde sogar wetten, die meisten Adligen kennen sie nicht.« Cliona schüttelt den Kopf. »Er ist kein Spion der Rebellen, und selbst wenn er einer wäre und ich ihn aus irgendeinem Grund nicht kennen würde ...«

»Seine Abneigung gegen die Rebellen war echt«, beendet Daphne den Satz.

Cliona nickt. »Wir sollten es Bairre sagen. Es ist nicht sicher, mit jemandem weiterzureisen, dessen Motive wir nicht kennen. Du hast selbst gesagt, dass derjenige, der dich umbringen wollte, immer noch irgendwo da draußen sein könnte.«

Daphne vermutet, dass sie recht hat – wenn er geschickt wurde, um sie zu töten, könnte das sein eigenartiges Verhalten ihr gegenüber erklären –, aber sie schüttelt trotzdem den Kopf. »Es ist besser, ihn in der Nähe zu haben, damit wir ihn im Auge behalten können. Wenn Bairre davon erfährt, wird er ihn sofort entlassen. Levi stellt ein geringeres Risiko dar, wenn wir immer genau wissen, wo er ist.«

Cliona kaut einen Augenblick nachdenklich auf ihrer Unterlippe, dann nickt sie. »Da war noch etwas, was er dir gegenüber erwähnt hat, das mir merkwürdig vorkam«, beginnt sie vorsichtig.

Daphne ruft sich ihr Gespräch mit Levi in Erinnerung, aber ihr fällt nichts Verdächtiges mehr ein.

»Seine Schwester heißt angeblich Sophie«, ruft Cliona ihr in Erinnerung. »Ist das nicht auch der Kosename deiner Schwester?«

»Das ist sicher nur ein Zufall, es gibt viele Sophies auf der Welt«, erwidert Daphne.

»Vielleicht«, gibt Cliona zu. »Aber hier in Friv habe ich diesen Namen noch nie mit der Betonung auf der letzten Silbe gehört ... Die Frivianer würden ›So-phie‹ sagen, mit Betonung auf dem o.«

Daphne muss kurz überlegen, aber Cliona hat recht.

»Genau«, sagt Cliona, die Daphnes Gesichtsausdruck richtig interpretiert hat.

»Aber wieso ...?« Daphne gerät ins Stocken, als ihr ein Gedanke kommt, der alles erklären würde – auch, warum dieser angebliche Diener darauf bestanden hat, mit auf diese Reise zu kommen. Nur ein sehr törichter Mensch käme auf die Idee, so etwas zu tun, aber nach allem, was sie von König Leopold gehört hat, ist er ein riesengroßer Dummkopf.

»Du weißt, wer er ist?«, fragt Cliona, jetzt mit einem scharfen Unterton.

Daphne überlegt kurz, denn wenn sie recht hat, darf Cliona auf keinen Fall die Wahrheit erfahren. Sie beschließt, beim Lügen so nah wie möglich an der Wahrheit zu bleiben. »Bairre hat von Gerüchten gesprochen, wonach die Prinzen in der Umgebung des Olveen-Sees gesehen wurden«, sagt sie. »Vielleicht ist Levi gar kein Frivianer, sondern kommt eigentlich aus Temarin, um im Auftrag von Eugenia nach ihren Söhnen zu suchen.«

Cliona runzelt die Stirn. »Das ergibt aber keinen Sinn. Warum schickt man ihn dann nicht direkt zum See? Warum diese Farce?«

»Weil sie vermutet, dass wir etwas mit dem Verschwinden der Jungen zu tun haben«, erklärt Daphne. »Immerhin waren Bairre und ich die Letzten, die die Prinzen gesehen haben.«

Cliona schüttelt den Kopf. »Das ergibt trotzdem keinen Sinn.«

»Sie ist eine trauernde Mutter«, wendet Daphne ein. »Man kann nicht erwarten, dass ihre Handlungen einen Sinn ergeben. Aber es würde alle unsere Fragen beantworten, meinst du nicht? Sogar seine Verachtung gegenüber den Rebellen ließe sich damit erklären, denn dann hat er gerade selbst einen Aufstand in Temarin miterlebt.«

»Ich sage es noch einmal, die Rebellen dort haben mit den Rebellen hier nichts zu tun«, protestiert Cliona.

Daphne verdreht die Augen. »Wie dem auch sei, wenn ich recht habe, geht von ihm keine Gefahr für uns aus.«

»Wenn du recht hast«, erwidert Cliona, und aus jeder Silbe spricht ihre Skepsis.

Soll Cliona doch an ihr zweifeln, denkt Daphne. Sie muss Levi noch einmal sehen, um ganz sicher zu sein, aber ihre Annahme würde auch erklären, warum er ihr so bekannt vorkam. Falls sie tatsächlich recht hat, muss sie vorsichtig sein, denn wenn er Verdacht schöpft, dass sie seine wahre Identität kennt, wird er weglaufen – und Daphne kann nicht darauf hoffen, dass er ihr ein zweites Mal wie ein reifer Apfel in den Schoß fällt.

Während sie versucht, einzuschlafen, entwirft Daphne im Geiste einen Brief an ihre Mutter und stellt sich vor, wie stolz die Kaiserin sein wird, wenn sie erfährt, dass Daphne ihr dringendstes Problem gelöst hat. Dabei wird ihr klar, dass sie bereits weiß, was ihre Mutter befehlen wird, damit Leopold ihre Pläne nicht durchkreuzt.

Ihr Auftrag für diese Reise hat sich erweitert – jetzt sind es nicht nur zwei Mitglieder des temarinischen Königshauses, die sie ermorden soll, sondern drei.

Violie

Nachdem Leopold mit Bairre Richtung Norden aufgebrochen ist, hat Violie noch am selben Abend mitbekommen, wie zwei Bedienstete darüber getratscht haben, dass Prinzessin Daphne Prinz Bairre auf der Sternenreise für Prinz Cillian begleitet. Ihrem Gespräch nach zu urteilen, hätte man meinen können, dass es sich dabei um eine romantische Anwandlung handelt – ob sich das aber auf Daphne und Bairre oder auf Daphne und Cillian bezieht, weiß Violie nicht genau. In Wahrheit geht sie nicht davon aus, dass Kaiserin Margaraux in Daphnes Herz viel Platz für Romantik gelassen hat.

Ihr erster Gedanke ist, das Schloss sofort zu verlassen, ein Pferd aus den königlichen Ställen zu stehlen und im Eiltempo den Reisenden nachzureiten ... um was zu tun? Leopold vor Daphne in Sicherheit bringen? Sie bezweifelt, dass er freiwillig mit ihr gehen würde. Womöglich würde sie damit überhaupt erst Daphnes Verdacht in Bezug auf seine wahre Identität wecken.

Nein, alles, was sie tun kann, ist, einen Brief an Beatriz zu schreiben und ihr zu berichten, was seit ihrer Ankunft in Friv geschehen ist, und sich dann von allen Sternen des Himmels zu wünschen, dass Daphne nicht hinter Leopolds Geheimnis kommt. Damit sie sich ab sofort auf Königinmutter Eugenia –

oder Lady Eunice, wie sie in Friv genannt wird – konzentrieren kann.

Es dauert nur einen Tag und hier und da eine kleine Plauderei mit dem Gesinde, und schon kennt Violie Eugenias Tagesablauf: Sie bleibt meist in ihrem Zimmer und verlässt es nur für einen morgendlichen und einen abendlichen Rundgang durch die Gärten, der jeweils nur zehn Minuten dauert, bevor es ihr zu kalt wird und sie ins Haus zurückkehrt. Sie empfängt keine Besucher und spielt die Rolle der trauernden Mutter.

Die Bediensteten scheinen nicht viel von ihr zu halten, empfinden allenfalls Mitleid mit ihr. Sie scheinen auch nicht zu wissen, wer sie ist – abgesehen von der Schlossköchin, die bei ihrem Gespräch mit Bairre den Eindruck gemacht hat, als wüsste sie mehr. Violie kommt das zwar merkwürdig vor, aber sie hat noch nicht genug Informationen, um das Puzzle zusammenzusetzen.

Eine Möglichkeit gibt es, um weitere Nachforschungen anzustellen, allerdings hat sie dafür nur zehn Minuten Zeit.

Von den Dienstmädchen hat Violie erfahren, dass Eugenia ihren Morgenspaziergang bereits kurz nach Sonnenaufgang unternimmt. Für den abendlichen Rundgang kann sie sich nicht davonstehlen, da wird sie in der Küche gebraucht, also quält sie sich vor Sonnenaufgang aus dem Bett und schleicht durch die Schlossflure, vorbei an unausgeschlafenen Bediensteten, die kaum einen Blick für sie übrig haben.

Das war der Hauptgrund, warum die Kaiserin sie eingestellt hat – Violie ist sehr gut darin, unbemerkt zu bleiben, selbst unter denen, deren Aufgabe es ist, unbemerkt zu bleiben.

Sie huscht in den Flur, der zu Eugenias Räumen führt, zieht ein Staubtuch aus ihrer Schürzentasche und tut so, als würde sie die Rahmen der Gemälde im Korridor polieren. Es ist ein Risiko, sich so nahe an den Ort heranzuwagen, an dem Eugenia auf dem Weg in den Garten unweigerlich vorbeikommen wird, aber Violie wird ihr den Rücken zuwenden, außerdem hat Eugenia auch früher nie auf Bedienstete geachtet.

Durch das große Fenster neben dem Gemälde, an dessen Rahmen sie herumwischt, sieht Violie die Sonne aufgehen. Plötzlich wird eine Tür geöffnet, und Violie hört eine vertraute Stimme, bei deren Klang sie ihren Staublappen vor Wut fester packt.

»Ich möchte, dass mein Frühstück bereitsteht, wenn ich zurückkomme, Genevieve«, sagt die Königinmutter.

»Natürlich, Mylady«, antwortet eine andere Stimme, und auch sie ist Violie vertraut, wenn auch nicht ganz so sehr. Die Tür fällt ins Schloss, Schritte hallen den Gang entlang.

Obwohl Violie einen Platz gewählt hat, an dem sie nicht gesehen wird, beschleunigt sich ihr Herzschlag, als die Schritte immer näher kommen. Sie senkt den Kopf und achtet darauf, ihr Gesicht zu verbergen, während sie den Bilderrahmen poliert – der mittlerweile der am besten polierte Rahmen im ganzen Schloss sein dürfte.

Eugenia steuert direkt auf Violie zu, ist inzwischen keine zwei Fuß mehr von ihr entfernt, und es wäre für Violie ein Leichtes, herumzuwirbeln, den Dolch in ihrem Stiefel zu ziehen, ihn Eugenia ins Herz zu stoßen und zu beenden, was Sophronia auf der Terrasse des temarinischen Palastes begonnen hat.

Das wäre keine Lösung, mahnt eine Stimme in Violies Kopf, und sie ist sich nicht sicher, ob die Stimme zu Sophronia oder zu Kaiserin Margaraux gehört.

Violie schafft es, sich nicht zu Eugenia umzudrehen, als diese an ihr vorbeischreitet, ohne ihr auch nur einen ersten, geschweige denn einen zweiten Blick zuzuwerfen. Nachdem sie um die Ecke gebogen und aus dem Blickfeld verschwunden ist, atmet Violie tief aus, steckt ihr Staubtuch in die Schürze und geht in die entgegengesetzte Richtung.

Vor Eugenias Gemächern bleibt sie stehen und klopft an. Als die Tür aufgeht, steht sie der Zofe Genevieve gegenüber, einer Frau mittleren Alters mit strenger Miene, die ihre dunkelbraunen Haare zu einem strengen Dutt zurückgekämmt hat. Zwar sind sie sich in Temarin ein- oder zweimal über den Weg gelaufen, aber da waren sie immer in Gesellschaft von anderen und wurden einander nie richtig vorgestellt. Und so ist auch kein Funken des Wiedererkennens in Genevieves Augen zu erkennen, als ihr Blick über Violie hinweggleitet.

»Was gibt's?«, fragt sie in Frivianisch, wenn auch mit starkem Akzent.

»Ich arbeite in der Küche.« Auch Violie behält ihren frivianischen Akzent bei und setzt ein höfliches Lächeln auf. »Die Köchin lässt ausrichten, dass ihr die Eier ausgegangen sind. Würde Lady Eunice sich mit einem Haferbrei zum Frühstück begnügen?«

»Natürlich nicht!« Entrüstet reißt Genevieve die Augen auf und verzieht abschätzig den Mund. »Meine Herrin verabscheut Haferbrei. In den drei Jahrzehnten, in denen ich in ihren Diensten stehe, hat sie immer nur Eier zum Frühstück gegessen.«

Violie, die sich an Eugenias strenge Essensvorgaben und an das Chaos erinnert, das ihre Vorlieben in der Küche von Temarin verursacht haben, beißt sich auf die Lippe. »Es tut mir leid, aber da kann ich nichts machen. Wenn du selbst mit der Köchin sprechen willst ...«

»Und ob ich das will«, gibt Genevieve zurück.

»Kennst du den Weg?«, fragt Violie und legt den Kopf schief. »Ich muss auch noch andere über unseren Mangel an Eiern informieren.«

Genevieve macht eine abweisende Geste, stolziert Richtung Küche und lässt Violie allein vor Eugenias Tür zurück. Nach einem kurzen Blick, um sich zu vergewissern, dass der Flur wirklich menschenleer ist, schlüpft Violie hinein und schließt die Tür hinter sich.

Violie kennt das frivianische Schloss inzwischen gut genug, um zu wissen, dass die Gemächer, in denen König Bartholomew Eugenia untergebracht hat, recht groß sind, auch wenn ihre Größe und Pracht im Vergleich zu dem, was die Königinmutter in Temarin gewohnt war, verblasst. Der Salon ist ein kleiner Raum mit einem zweisitzigen Samtsofa neben dem Kamin, einem runden Tisch, der gerade groß genug für vier Personen ist, und einem Schreibtisch neben einem Fenster mit Blick auf die darunter liegenden Gärten. Vom Wohnzimmer gehen zwei Türen ab, und Violie vermutet, dass eine zu Eugenias Schlafgemach und die andere zu dem der Prinzen führt.

Violie sieht sich um und kommt zu dem Schluss, dass sie das Zimmer gründlich durchsuchen kann, bevor Eugenia oder Genevieve zurückkehren.

Sie beginnt mit dem Schreibtisch, obwohl sie nicht damit rechnet, hier etwas Wichtiges zu entdecken. Das wäre dann doch zu offensichtlich. Tatsächlich findet sie abgefasste Briefe an temarinische Adlige, die zum Zeitpunkt der Belagerung nicht in der Hauptstadt waren. Darin versichert Eugenia ihnen, alles unter Kontrolle zu haben, und bittet sie, weiterhin treu zur Krone zu stehen. Ein Brief an König Nicolo von Cellaria weckt Violies Interesse, aber er ist nur ein paar Zeilen lang, völlig harmlos und übermittelt lediglich Glückwünsche zur Thronbesteigung. Sie überprüft ihn rasch auf eine Verschlüsselung, findet aber nichts Verdächtiges.

Sorgfältig darauf bedacht, alles so zu belassen, wie sie es vorgefunden hat, schließt Violie die Schreibtischschublade und wendet sich dem Sofa zu. Sie tastet unter den Kissen nach etwas, das nicht dorthin gehört, aber außer Staub und ein paar verstreuten Krümeln findet sie nichts. Sie späht sogar kurz unter das Sofa, bevor sie zu den Bücherregalen an der Wand geht.

Zwischen Bänden zur frivianischen Geschichte fällt ein Buch mit marineblauem Lederrücken mit goldener Schrift auf, das den Titel *Anatomie von Nutztieren* trägt. Normalerweise wäre Violies Blick darüber hinweggeglitten, aber die Worte sind auf Temarinisch und nicht auf Frivianisch. Sie nimmt das Buch aus dem Regal, doch als sie es aufschlagen will, dringen Stimmen von draußen herein.

»Ich habe ihnen zu verstehen gegeben, dass Ihr Eier zum Frühstück braucht«, hört sie Genevieve sagen. Violie erstarrt, Panik ergreift sie. »Und man hat mir versichert, dass genügend vorhanden sind.«

»Sehr gut«, antwortet Eugenia. »Nach diesem Spaziergang bin ich bis auf die Knochen durchgefroren – sorge dafür, dass mein Tee so heiß wie möglich ist.«

»Natürlich, Mylady.«

Der Türknauf des Salons dreht sich, und Violie hat keine andere Wahl, als in das Zimmer der Prinzen zu huschen und die Tür so leise wie möglich hinter sich zu schließen. Ihr Herz klopft laut, und sie wagt kaum zu atmen, als sie Eugenias Schritte im Salon vernimmt. Erst in dem Moment stellt Violie fest, dass sie das temarinische Buch noch in den Händen hält. Sie kann nur hoffen, dass Eugenia sein Fehlen nicht sofort bemerkt.

Violie hört das Scharren eines Stuhls auf dem Steinboden und stellt sich vor, wie Eugenia sich am Esstisch niederlässt. Violie steckt das Buch in ihre Schürzentasche und lässt ihren Blick durch das dämmrige Zimmer schweifen, das nur durch ein kleines Fenster zwischen zwei schmalen Betten erhellt wird. Die Sonne ist gerade erst aufgegangen und taucht den Raum in ein schummriges, gespenstisches Licht. Ihr erster Gedanke ist, aus dem Fenster zu klettern – sie befinden sich nur im ersten Stock und Violie kann die schemenhaften Umrisse eines Baumes direkt vor dem Fenster erkennen. Aber sie bezweifelt, dass sie das Fenster öffnen kann, ohne Eugenias Aufmerksamkeit zu erregen.

Also wird sie wohl oder übel warten müssen, bis Eugenia weggeht. Sie weiß, dass die Königinmutter am Abend einen zweiten Spaziergang macht, aber zuvor wird sie sich irgendwann in ihr Schlafgemach zurückziehen, und das ist der Zeitpunkt, an dem Violie unbemerkt hinausschlüpfen kann.

Vorsichtig lässt sie sich auf eines der schmalen Betten sinken und zieht das Buch aus ihrer Tasche. Sie klappt den Buchdeckel auf – und grinst triumphierend. Das Buch ist innen hohl und in dem ausgeschnittenen Versteck befinden sich gefaltete Briefe mit dem Siegel der Kaiserin.

Doch sobald sie den ersten Brief aus dem Hohlraum hebt, verpufft ihre Freude. Zwei Drittel des Briefes zerfallen zu Staub, kaum dass sie ihn berührt hat, übrig bleibt lediglich ein kleines Quadrat aus festem Pergament, auf dem nur ein paar Worte in Margaraux' Handschrift zu lesen sind.

... Daphne wird immer ...
... um Euretwillen und für die ...
... hoffe, dass Ihr beim nächsten Mal ...

Damit lässt sich nicht viel anfangen. Violie greift nach dem nächsten Brief und weiß im selben Moment, was passieren wird. Obwohl sie ihn vorsichtig an der Ecke fasst und behutsam hochhebt, zerfällt er zwischen ihren Fingern und rieselt als feinster Staub auf ihren Schoß. Diesmal bleibt nur ein winziger Schnipsel übrig, nur ein einziges Wort.

Leopold

Beim dritten Brief unternimmt sie erst gar keinen Versuch, ihn in die Hand zu nehmen, sondern steckt das Buch wieder zurück in ihre Tasche. Vielleicht gelingt es ihr, mehr als ein oder zwei Wörter zu erhalten, wenn sie wieder in ihrem Zimmer ist und mehr Zeit und die richtigen Werkzeuge hat. Aber sie bezweifelt es. Die Kaiserin hat die Briefe auf feinsten Blättern geschrieben, und mit der Zeit trocknet das Material aus, wird spröde und bricht auseinander. Die gleiche Methode hat sie auch bei den Briefen an Violie verwendet – als hätte Violie es jemals gewagt, die Briefe der Kaiserin aufzubewahren. Nicht, wenn das Leben ihrer eigenen Mutter auf dem Spiel stand.

Eine Erkenntnis hat Violie allerdings gewonnen: Eugenia wollte die Briefe behalten, was bedeutet, dass sie der Kaiserin nicht traut. Aber wie immer ist Margaraux zwei Schritte voraus. Eugenia hat es noch nicht verstanden, aber das wird sie schon noch.

Als Eugenia sich für einen Mittagsschlaf zurückzieht und Genevieve mit einem Korb Wäsche wegschickt, ist die Gelegenheit da. Violie schleicht sich aus dem Zimmer und eilt zurück in die Küche, wo Nellie gleichermaßen verärgert und froh ist, sie zu sehen.

»Da bist du ja, Vera«, blafft sie Violie an. »Ich habe den ganzen Tag nach dir gesucht!«

»Tut mir leid.« Violie senkt den Kopf und gibt sich zerknirscht.

»Ich habe mich im Ostflügel verlaufen.« Sie kann nur hoffen, dass Nellie ihr glaubt.

»Die Zofe von Lady Eunice ist eine richtige Nervensäge«, schimpft die Köchin nun im Flüsterton. »Sie platzte heute Morgen hier rein und beschwerte sich, weil wir angeblich keine Eier mehr hätten. Ich habe ihr versichert, dass wir genug haben, aber sie war furchtbar schnippisch und hat mich über die Vorlieben ihrer Herrin belehrt. Ich sage ja nur ungern etwas über eine trauernde Mutter, aber ...« Nellie bricht ab und schüttelt den Kopf.

Violie ergreift die Gelegenheit, die sich ihr bietet. »Ich habe gehört, dass Lady Eunice ganz verrückt nach süßem Gebäck ist«, sagt sie. »Vielleicht würde ein Kuchen sie aufheitern?«

Nellie lacht. »Wir haben schon genug zu tun, ohne dass noch ein weiterer Kuchen dazukommt«, stellt sie klar.

Aber Violie lässt nicht locker. »Und wenn ich einen mache? Nachdem meine andere Arbeit erledigt ist. Darf ich das?«

Nellie runzelt die Stirn und sieht sie mit schmalen Augen an. »Tja, warum nicht?«, sagt sie dann.

Violie lächelt und überlegt bereits, was sie für Eugenia backen wird – und wie die Nachricht lauten wird, mit der ein Geist den Kuchen serviert.

Beatriz

Auch noch am Tag nach ihrer Unterrichtsstunde bei Nigellus gehen Beatriz die Sternenkarten nicht aus dem Kopf und wie frappierend der Unterschied zwischen der alten und der neuen ist. Ja, Sterne werden nur von unerfahrenen oder verzweifelten Himmelsdeutern zum Erlöschen gebracht – sie selbst ist beides und hat es schon dreimal getan. Wenn man bedenkt, dass es zu jeder beliebigen Zeit etwa ein Dutzend anderer Himmelsdeuter auf der Welt gibt ... wie lange wird es dann dauern, bis die Sterne ganz verschwinden?

»Triz«, sagt Pasquale und reißt sie aus ihren Gedanken, als sie das helle und fröhlich eingerichtete Teehaus betreten. Sie treffen sich hier mit Ambrose, in der Nähe der belebtesten Einkaufsstraße von Hapantoile. Beatriz hat den ganzen Vormittag damit verbracht, Pasquale von Geschäft zu Geschäft zu schleppen, und ist sich jetzt ziemlich sicher, dass sie die Spione ihrer Mutter abgehängt hat. Die Begleitwachen, die, wie Beatriz annimmt, ebenfalls an ihre Mutter Bericht erstatten werden, hat sie angewiesen, vor der Eingangstür zu warten, damit sie Ambrose, der hoffentlich drinnen bereits auf sie wartet, gar nicht erst zu Gesicht bekommen.

Tatsächlich entdeckt Beatriz ihn in dem ansonsten leeren Hinterzimmer an einem Ecktisch, wo er sich gerade Tee einschenkt. Der Tisch neben ihm ist leer, daher nehmen Beatriz und Pasquale dort Platz. Beatriz lächelt Ambrose höflich, aber distanziert zu, wie sie es bei einem Fremden tun würde.

Eine Frau eilt herbei und Beatriz bestellt schwarzen Zimttee. Sie und Pasquale schauen der Frau hinterher, und erst als sie allein sind, wenden sich alle drei einander zu.

»Ich bin froh, dass ihr in Sicherheit seid«, sagt Ambrose, während Pasquale gleichzeitig fragt, wie es ihm geht, und Beatriz im selben Moment von ihm wissen will, ob er verfolgt wurde.

Nachdem sie ein paar Augenblicke harmlos miteinander geplaudert haben, sieht sich Ambrose nervös im Raum um. »Ich habe gestern Violies Mutter besucht, wie ich es ihr versprochen hatte«, berichtet er.

Sein gedämpfter Ton verrät Beatriz, dass er keine guten Nachrichten mitbringt, und obwohl sie Violie gegenüber immer noch gemischte Gefühle hegt, fühlt sie, wie sich ihre Brust zusammenzieht.

»Tot?«, fragt sie.

»So gut wie«, antwortet Ambrose. »Sie wird die Woche nicht überleben.«

Violie wird sie also nicht mehr wiedersehen. Selbst wenn Beatriz sie noch heute benachrichtigen könnte, würde sie nicht rechtzeitig ankommen, um sich von ihr zu verabschieden.

»Aber Nigellus sollte sie doch heilen«, wendet Pasquale ein.

»Glaubst du ernsthaft, meine Mutter wäre nicht grausam oder kleinlich genug, um ihr Angebot in dem Moment zurückzuziehen, als Violie ihr die Treue aufgekündigt hat?«, entgegnet Beatriz. »Sofern sie überhaupt vorhatte, ihr Wort zu halten – warum sollte sie das tun, wenn Violie die Wahrheit ohnehin erst erfahren kann, wenn es schon zu spät ist?«

Ambrose starrt sie entgeistert an. »Das würde sie nicht fertigbringen.«

Beatriz weiß nicht, ob sie ihn beneiden oder bemitleiden soll. Trotz der Jahre am cellarischen Hof hat Ambrose ein behütetes Leben geführt, mit freundlichen Eltern und Büchern, in denen die Helden über die Schurken triumphieren. Er kann sich nicht vorstellen, dass jemand wie ihre Mutter tatsächlich existiert, schon gar nicht ohne einen Helden, der sie in Schach hält.

»O doch, das würde sie«, widerspricht Beatriz. »Ach, und Gisella ist in Bessemia.«

Ambrose reißt die Augen auf und schaut zu Pasquale, der bestätigend nickt und hinzufügt: »Glücklicherweise macht sie es sich gerade im Kerker gemütlich, wo sie keinen Schaden anrichten kann.«

Beatriz schnaubt. »Ich glaube, du unterschätzt deine Cousine«, warnt sie ihn. »Aber gut, meine Mutter plant, uns mit einer kleinen Armee nach Cellaria zurückzuschicken, und bis dahin wird Gisella nicht allzu viel Ärger machen können.«

Pasquale starrt sie fassungslos an. »Das hast du mir gar nicht gesagt!«

Beatriz zuckt mit den Schultern, verspürt jedoch einen Anflug von Schuldgefühlen. Sie hat ihm die Information nicht absichtlich vorenthalten, sie war nur so beschäftigt mit den Sticheleien ihrer Mutter, Nigellus' nächtlichen Unterrichtsstunden und der Sorge um Daphne, dass sie einfach vergessen hat, es ihm zu sagen.

»Weil wir nicht nach Cellaria zurückkehren werden«, erklärt sie ihm, und nach kurzem Zögern fügt sie hinzu: »Wir gehen stattdessen nach Friv.« Als Ambrose und Pasquale einen Blick austauschen, den Beatriz nicht deuten kann, stößt sie einen tiefen Seufzer aus. »Es sei denn, einer von euch hat eine bessere Idee?«

»Ist das, was du gesagt hast, denn eine Idee?«, hakt Pasquale nach. »Oder ist es einfach die einzige Möglichkeit, die uns bleibt?«

Beatriz öffnet den Mund und schließt ihn wieder. »Es ist beides«, gibt sie zu. »Ich muss mit Daphne sprechen ...« Sie bricht ab, denn sie glaubt selbst nicht an das, was sie sagen wollte. Sie könnte Daphne Beweise für die Missetaten ihrer Mutter vorlegen, Beweise dafür, dass sie hinter Sophronias Tod steckt, und Daphne würde immer noch auf der Seite ihrer Mutter stehen.

»Wenn ich deine Mutter wäre«, überlegt Ambrose, »würde ich dann nicht ahnen, dass du gar nicht die Absicht hast, nach Cellaria zurückzukehren?«

Beatriz runzelt die Stirn. Sie will Nein sagen, aber je länger sie darüber nachdenkt, desto mehr fragt sie sich, ob er nicht vielleicht recht hat. Ihre Mutter hat darauf bestanden, dass Beatriz zurück nach Cellaria geht, gegen jede Vernunft. Und Beatriz war noch nie eine, die getan hat, was man ihr sagt, das weiß ihre Mutter besser als jeder andere. Könnte diese Drohung, sie nach Cellaria zurückzuschicken, eine Falle sein? Und wenn ja, wohin versucht ihre Mutter sie zu locken? Nach Friv oder woandershin?

»Meine Mutter und Gisella haben etwas gemeinsam: Man unterschätzt sie allzu leicht«, sagt Beatriz schließlich. »Ich muss mehr über ihre wahren Pläne in Erfahrung bringen.«

»Gibt es schon etwas Neues von Violie?«, fragt Pasquale Ambrose. Da es zu riskant wäre, wenn Violie Briefe direkt in den Palast schicken würde, haben sie mit ihr vereinbart, alle Nachrichten an die Adresse von Nigellus zu schicken, bei dem Ambrose vorübergehend untergekommen ist.

»Noch nicht«, sagt Ambrose.

»Daphne hat meiner Mutter nach ihrer Begegnung mit Violie einen Brief geschickt, und ich gehe fest davon aus, dass es darin um Violie und Leopold ging. Ich denke, Violie wird sich bald melden. Schick mir eine Nachricht, sobald ein Brief eintrifft«, bittet Beatriz.

Ambrose nickt, und im selben Moment erscheint die Serviererin an der Tür, in der Hand ein Tablett mit einer Teekanne, zwei Tassen sowie einem kleinen Teller mit Keksen. Sofort wendet sich Ambrose wieder dem aufgeschlagenen Buch auf seinem Tisch zu, und Beatriz und Pasquale tun so, als würden sie sich angeregt über Beatriz' Einkäufe unterhalten.

Als die Serviererin wieder gegangen ist, schenkt Beatriz sich und Pasquale Tee ein und taucht einen Keks in ihre Tasse, bevor sie einen Bissen nimmt. Der Keks ist perfekt – buttrig und gerade süß genug, dass er auf der Zunge zergeht. Beatriz stellt sich vor, Sophronia in dieses Teehaus mitzunehmen – bis die Erinnerung sie wie ein Schlag trifft und sie den Keks weglegt.

»Meine Mutter hat viele Gesichter«, sagt sie nach einem Moment. »Niemand kann voraussahen, was sie als Nächstes tun wird oder wie sie auf Züge reagieren wird, die wir noch gar nicht gemacht haben.«

»Es ist wie Schach mit einer Großmeisterin«, stellt Ambrose fest.

»Schach mit fünf Großmeistern, die gleichzeitig gegen sie spielen ...«, erwidert Beatriz – und stockt plötzlich, denn sie hat eine Lösung vor Augen, eine, die ihr zu ihrem Erstaunen noch nie in den Sinn gekommen ist. Blinzelnd wirft sie einen Blick in den Raum, um sicherzugehen, dass sie ganz allein sind.

»Was wäre, wenn ...« Sie bricht ab, kann nicht glauben, dass sie diese Worte tatsächlich aussprechen wird. Sie senkt ihre Stimme zu einem Flüstern. »Was wäre, wenn wir ... was wäre, wenn *ich* sie töte?«

Auf ihre Worte folgt Schweigen, und einen Moment lang befürchtet Beatriz, dass sie die beiden entsetzt hat, dass Pasquale und Ambrose trotz der Untaten ihrer Mutter den Mord an ihr als höchst unmoralisch ansehen würden. Und vielleicht ist er das ja auch. Was für ein Mensch bespricht den Mord an der eigenen Mutter in einem Teehaus? Aber dann denkt sie an Sophronia, an Violies Mutter, an die zahllosen anderen, die ihre Mutter verletzt und vernichtet hat, um ihre Macht zu erhalten. Sie denkt an die Gefahr, die sie für Pasquale, Ambrose, Daphne und Beatriz selbst darstellt.

Sie ist nicht so naiv zu glauben, dass der Tod ihrer Mutter alle ihre Probleme lösen wird, aber sie ist sich nicht sicher, ob sie überhaupt irgendwelche Probleme lösen kann, solange ihre Mutter noch atmet.

»Könntest ... könntest du das denn?«, fragt Ambrose. »Ich kann mir nicht vorstellen, dass nicht auch andere es schon versucht haben.«

Das haben sie. Beatriz erinnert sich allein an drei Versuche in ihrer Kindheit – ein Giftanschlag, bei dem ihre Mutter eine Woche lang heftig krank war; ein Eindringling, der im königlichen Flügel des Palastes mit einem Dolch erwischt wurde; und ein Schuss, der das Kutschenfenster durchschlug, als sie von einem Aufenthalt im Sommerschloss zurückkehrten. Sie erinnert sich auch daran, dass ihre Mutter sie und ihre Schwestern zu den Hinrichtungen der Attentäter mitnahm. Das waren Beatriz' erste Erfahrungen mit dem Tod.

Sie fragt sich, ob das eine Lektion für die drei Töchter gewesen ist, eine Warnung, was passieren würde, sollte eine von ihnen das in Erwägung ziehen, was Beatriz jetzt in Erwägung zieht. Sie weiß ohne den geringsten Zweifel, dass ihre Mutter keine Gnade walten lassen wird, wenn sie versagt. Bei einem Fehlschlag ist ihr Leben verwirkt. Aber ist ihr Leben nicht sowieso schon verwirkt?

Im Grunde genommen bietet ein Attentat die beste Chance, ihre Mutter zu überleben.

»Sie haben alle versagt, weil sie meine Mutter nicht so gut kannten wie ich«, erklärt Beatriz den beiden. »Ich habe nur einen einzigen Versuch. Mir darf nicht der geringste Fehler unterlaufen.« Sie überlegt bereits, wie sie es anstellen könnte, denn ihre Mutter ist ihr immer einen Schritt voraus und Beatriz traut ihrem eigenen Instinkt nicht.

Sie stößt einen leisen Fluch aus.

»Was ist los?«, fragt Pasquale beunruhigt.

»Mir ist gerade klar geworden, dass ich nur eine Person kenne, die Erfahrung darin hat, einen Monarchen zu töten«, sagt sie und sieht, wie ihm und Ambrose dämmert, worauf sie hinauswill. »Und ich bin nicht scharf darauf, sie um Hilfe zu bitten.«

An diesem Abend gibt Beatriz vor, müde zu sein und nicht mit der ganzen Hofgesellschaft speisen zu können, während Pasquale gerade lange genug am Tisch bleibt, um den ersten Gang hinter sich zu bringen, bevor er unter dem Vorwand, nach ihr zu sehen, vorzeitig geht. Sie treffen sich draußen im Gang vor ihren Zimmern. Auch diesmal trägt Beatriz seine Ersatzkleidung und einen langen schwarzen Mantel, dessen Kapuze Haare und Gesicht verdecken.

»Warum siehst du in meinen Kleidern so viel besser aus als ich?«, murmelt Pasquale.

Beatriz bringt ein Lächeln zustande, ist aber so in Gedanken, dass sie seine Bemerkung nicht weiter kommentiert. »Überlass mir das Reden mit Gigi«, sagt sie. »In die Enge getriebene Tiere sind immer am gefährlichsten, und mit ihr ist nicht zu spaßen.« Im Grunde ist Beatriz sich im Klaren darüber, dass sie genauso auf Gisellas Tricks hereingefallen ist wie er, und obwohl Pasquale das auch weiß, spricht er es nicht laut aus, wofür Beatriz ihm dankbar ist.

Es ist immer noch ein wunder Punkt. Die Tatsache, dass Gisella und Nicolo sie so gründlich täuschen konnten, dass ihre Leichtgläubigkeit sie fast das Leben gekostet hätte, erfüllt sie mit Scham. Sie weiß, dass sie eigentlich schlauer ist, und sehnt beinahe eine Möglichkeit herbei, es zu beweisen.

Beatriz kennt alle versteckten Korridore, die das Personal benutzt, um sich schnell und leise im Palast zu bewegen. Sie weiß auch, dass die meisten Bediensteten in diesem Moment mit dem Tisch im Festsaal beschäftigt sind oder die Schlafgemächer putzen, solange ihre Herrschaft speist, daher führt sie Pasquale jetzt durch die engen, schwach beleuchteten Gänge, eine Treppe nach der anderen hinunter bis in den Kerker. Gisella wird weit weg vom gemeinen Volk gefangen gehalten, ihre Zelle ist doppelt so groß wie die anderen.

Gisella hat es sich gemütlich gemacht. Sie liegt auf ihrem schmalen Bett mit einem Buch in der Hand und einem Stapel anderer Bücher auf dem kleinen Tisch neben ihr. Eine Kerze spendet gerade genug Licht zum Lesen.

Sie blickt nicht auf, als Beatriz und Pasquale eintreten, sondern blättert weiter in ihrem Buch. Aber Beatriz fällt nicht darauf rein, sie weiß, das ist Teil von Gisellas Taktik. Also wartet sie geduldig, auch dann noch, als Pasquale bereits unruhig zu werden beginnt.

Schließlich blickt Gisella hoch und legt ihr Buch beiseite, macht jedoch keinerlei Anstalten, aufzustehen oder sich wenigstens im Bett aufzurichten.

»Na, das ist ja eine Überraschung«, sagt sie gedehnt. »Hast du noch mehr von diesem Wahrheitsserum dabei? Mein Hals hat nach dem vielen Husten noch stundenlang wehgetan.«

Beatriz zuckt mit den Schultern. »Wenn du nicht genauso oft lügen würdest, wie du Luft holst, hättest du damit kein Problem.«

Gisella lacht. »Du hast wohl kaum das Recht, mich zu verurteilen, wo du doch selbst nicht gerade ein Ausbund an Ehrlichkeit bist, Triz. Du hast mich genauso oft belogen wie ich dich – ich war nur etwas besser als du.«

Beatriz liegt eine scharfe Erwiderung auf der Zunge, aber sie schluckt sie hinunter, denn wenn sie ehrlich ist, liegt Gisella damit nicht falsch.

»Und ich?«, fragt Pasquale so leise, dass Beatriz es fast nicht hört. Gisella offensichtlich schon, denn sie strafft die Schultern.

»Ich habe getan, was nötig war«, rechtfertigt sie sich, und wenn Beatriz es nicht besser wüsste, würde sie denken, dass leichte Gewissensbisse in ihren Worten mitschwingen. »Und dazu gehören auch die Lügen, die ich erzählt habe. Aber ob du mir nun glaubst oder nicht, es tut mir leid, dass du fallen musstest, damit Nico und ich aufsteigen konnten.«

»Das ist nicht gerade eine Entschuldigung, oder?«, kontert Beatriz. »Wir drei wissen doch, dass du alles noch einmal tun würdest, wenn du müsstest.«

»Wäre es dir lieber, ich würde sagen, dass es mir leidtut?«, fragt Gisella und zieht eine Augenbraue hoch. »Wäre es dir lieber, ich würde schwören, dass ich dich nie wieder betrügen werde und dass die Schuldgefühle mir nachts den Schlaf rauben? Und wie sehr ich das alles bereue? Das wäre nur eine weitere Lüge.«

Beatriz presst die Lippen zusammen, um nicht etwas zu sagen, was sie nachher bereuen würde. »Wann hast du beschlossen, König Cesare zu vergiften?«, fragt sie stattdessen.

Gisella blinzelt und sieht zum ersten Mal wirklich überrascht aus. »Vor mehr als einem Jahr, schätze ich.«

»Nachdem er Lord Savelles Tochter wegen der Verwendung

von Sternenmagie hinrichten ließ?«, fragt Beatriz. Von Lord Savelle und Pasquale hat Beatriz erfahren, was in jener Nacht geschehen war: König Cesare hatte Fidelia bedrängt, wie schon so viele andere Frauen und Mädchen zuvor, und obwohl sie sich in einem überfüllten Bankettsaal befanden und sie sich gegen ihn wehrte, war ihr niemand zu Hilfe gekommen. Fidelia hatte durch ein offenes Fenster zum Himmel geblickt, einen Stern gesehen und in einem Anfall von Verzweiflung die Worte ausgesprochen: *Ich wünschte, Ihr würdet mich loslassen.* Ein harmloser Satz, wäre Fidelia nicht, wie auch Beatriz selbst, eine junge Himmelsdeuterin gewesen, die ihre Gabe noch nicht richtig kontrollieren konnte. Ein Blitz war durch das Fenster eingeschlagen, sodass König Cesare gezwungen gewesen war, sie freizulassen. Aber ihm waren ihre Worte nicht entgangen, und als er den Zusammenhang erkannt hatte, ließ er Fidelia wegen der frevlerischen Anwendung von Magie hinrichten.

»Das«, erwidert Gisella achselzuckend, »war nur ein Tropfen auf den heißen Stein. Ich bin sicher, Pasquale kann dir das besser erklären als ich.«

Einen Moment lang sagt Pasquale nichts, dann räuspert er sich. »Ich trauere nicht um meinen Vater, und ich werde auch nicht so tun, als wäre er ein guter Mensch oder ein guter König gewesen«, antwortet er ruhig. »War es deine Idee oder die von Nicolo?«

Die Frage entlockt Gisella ein Schnauben. »Meine natürlich. Nicolo wollte abwarten und sich die Gunst des Königs verdienen. Er wäre mit einem Sitz in Kronrat zufrieden gewesen und wollte nicht nach Höherem streben. Das Gift war meine Idee, aber mein Bruder war derjenige, der Briefe mit der Königinmutter ausgetauscht hat, anfangs noch als Cesare, bevor er sich schließlich als Nicolo zu erkennen gab.«

»Und der Wein war das perfekte Mittel, denn Cesare hatte immer ein Glas in der Hand«, ergänzt Beatriz. »Aber warum die kleine Dosis? Du hättest ihn mit einer einzigen Gabe töten können.«

»Es war verlockend«, gibt Gisella zu. »Aber erstens hätte es Misstrauen erregt – und als Mundschenk wäre Nicolo sofort in Verdacht geraten –, und zweitens hätte es uns nicht weitergebracht. Nicolo musste zum Thronfolger aufsteigen, solange Cesare noch am Leben war – und ein wahnsinniger König ist ebenso manipulierbar wie gefährlich.«

»Du hättest auch einfach warten können, bis ich König bin, denn ich hätte Nicolo eine hohe Position angeboten. Abgesehen von Ambrose gab es niemanden am Hof, dem ich mehr vertraut habe«, sagt Pasquale, und Beatriz ist überrascht, wie wütend er klingt. Es ist nicht so, als würde er Gisella anbrüllen, aber seit Beatriz ihn kennt, ist er noch nie so laut geworden.

»Das ist es ja.« Gisella sieht ihm direkt in die Augen. »Wie lange, glaubst du, hättest du den Thron innegehabt? Tage? Wochen? Mag sein, dass du mit Beatriz an der Seite etwas länger durchgehalten hättest. Aber dein Sturz wäre unweigerlich gekommen und wir wären mit dir gestürzt. Abgesehen davon wärst du ein furchtbarer König gewesen, Pas. Du hättest jede einzelne Sekunde gehasst. Und ja, deshalb haben wir andere Vorkehrungen getroffen, mit dem Gift und mit Eugenia.«

Pasquale antwortet nicht, und Beatriz wünscht sich beinahe, Gisella würde doch wieder lügen. Sie tritt vor und lenkt Gisellas Aufmerksamkeit auf sich.

»Gehe ich recht in der Annahme, dass du aus dieser Zelle rauswillst?«

Gisella zuckt mit den Schultern und wirkt desinteressiert, aber Beatriz entgeht nicht das Aufblitzen in ihren Augen. »Sobald Nicolo um meine Freilassung verhandelt, dauert es nicht lange und ich bin hier weg.«

»Nach allem, was du uns erzählt hast – oder besser gesagt, nicht erzählt hast –, scheint seine Macht nicht mehr groß genug zu sein, um hart verhandeln zu können«, überlegt Beatriz laut. Gisellas Schweigen verrät ihr, dass sie den Nagel auf den Kopf getroffen hat. »Nicolo wird zu sehr damit beschäftigt sein, seine eigene Haut zu retten, um dabei auch noch an dich zu denken.« Beatriz glaubt das nicht wirklich – Gisella und Nicolo haben immer zueinandergehalten –, aber ihre Bemerkung prallt trotzdem nicht wirkungslos an Gisella ab, das erkennt sie an dem unsicheren Ausdruck in ihren Augen.

»Ich habe dir ja von vornherein gesagt, dass das passieren würde«, fährt Beatriz fort, als Gisella weiter schweigt. »Du bist hoch hinaufgeklettert, aber dafür kannst du umso tiefer fallen, und es gibt unzählige Menschen, die dich nur zu gerne von der Kante stoßen würden.«

»Dich eingeschlossen?«, fragt Gisella.

»Oh, ich ganz besonders«, bestätigt Beatriz, und nach einer Kunstpause fügt sie hinzu: »Aber nicht heute.«

Gisella presst für einen Moment die Zähne zusammen. »Warum bist du hergekommen?«

Beatriz und Pasquale tauschen einen kurzen Blick aus.

»Hast du das Gift für König Cesare selbst gemischt?«, fragt Beatriz, statt zu antworten.

»Ja«, bestätigt Gisella wachsam.

»Das war schlau von dir«, sagt Beatriz anerkennend. »Gemahlene Apfelkerne. Selbst wenn jemand gezielt nach Gift suchen würde, könnte er das leicht übersehen.«

»Du aber nicht«, stellt Gisella fest.

»Meine Schwester nicht«, stellt Beatriz richtig. Daphne kennt sich besser mit Giften aus als sie, aber Beatriz weiß auch, dass sie ihre Schwester in diesem Fall nicht um Hilfe bitten kann. »Wenn ich dich nach einem anderen Gift fragen würde, das schneller tötet, aber ebenso wenig entdeckt werden kann, was würdest du vorschlagen?«

Ein kurzes Heben der Augenbrauen ist Gisellas einzige Reaktion. »Und wer wäre das Opfer?«, fragt sie.

»Nicht du«, antwortet Beatriz. »Mehr musst du nicht wissen.«

Gisella schürzt die Lippen. »Ich brauche Informationen über die betreffende Person, wenn ich ein geeignetes Gift empfehlen soll. Alter, Gewicht, gesundheitlicher Zustand.«

Beatriz kennt die genaue Antwort auf die ersten beiden Fragen nicht, auch wenn sie einige Vermutungen hat. »Gesund, selten krank.«

»Wenn die Person häufig trinkt, wäre die Apfelsamenmischung, die ich bei Cesare verwendet habe, das passende Mittel – man müsste vielleicht die Dosis erhöhen, damit sie schneller tödlich ist, aber damit geht man das Risiko ein, entdeckt zu werden ...«

»Und es wäre immer noch nicht schnell genug. Es müsste in weniger als einer Woche wirken«, unterbricht Beatriz sie.

Gisella starrt sie an. »Du verlangst Unmögliches.«

Beatriz hält ihrem Blick stand, ohne auch nur einmal zu blinzeln. »Dann wirst du wohl in dieser Zelle sterben.«

Gisella hebt das Kinn. »Und wenn ich jemandem von diesem Gespräch erzähle?«

»Dann wirst du hier umso schneller sterben«, antwortet Beatriz. »Ich habe vielleicht nicht dein Talent als Giftmischerin, aber ich habe zwei Hände, die einen Dolch führen können.«

Gisella versucht, ihre Angst zu verbergen, aber Beatriz sieht sie in ihren Augen aufflackern. Gut so, denkt sie.

»Ich komme bald wieder, vielleicht hast du in der Zwischenzeit ja eine Erleuchtung«, sagt Beatriz, bevor sie mit Pasquale die Zelle verlässt.

Daphne

Am Morgen, nachdem Daphne mit Cliona über ihren Verdacht gesprochen hat, dass Levi nicht ist, wer er zu sein scheint, lässt Daphne ihn nicht aus den Augen, während sie Richtung Osten reiten, und versucht, sich die Porträts von König Leopold ins Gedächtnis zu rufen. Sie hat sein Bild nie so genau angesehen wie das von Cillian – wozu auch, es war nicht vorgesehen gewesen, dass sich ihre Wege je kreuzen würden. Leopold war Sophronias Mission, Daphne hatte ihre eigene. Aber sie weiß noch, dass er attraktiv war, mit markanten Gesichtszügen und einem breiten Lächeln, das all seine Zähne zeigte. Auf den Bildern hat er sie eher an einen Welpen erinnert als an den Prinzen, der er damals noch war. Sie hat nie verstanden, warum Sophronia so verrückt nach ihm war und mit roten Wangen ein ums andere Mal seine Briefe las, bis manchmal das Pergament so dünn wurde, dass es in ihren Händen riss.

Daphne betrachtet Levi, der vor ihr reitet und sich mit Bairre und Cliona unterhält, und sucht nach Ähnlichkeiten zwischen dem Jungen auf den Porträts und ihm. Sein Haar sieht anders aus – länger und dunkler –, aber das allein ist es nicht. Es dauert einen Moment, bis ihr klar wird, was genau der Unterschied ist: Der Welpencharme ist verschwunden. Auf jedem Porträt, das sie gesehen hat, wirkte Leopold fröhlich, selbst wenn er eine ernste Pose einnahm. Seine Augen haben immer gestrahlt, auch wenn sein Mund nicht lächelte.

Aber jetzt ist von diesem Funkeln nichts mehr da. Jetzt ähnelt er eher einer Gewitterwolke als einem Welpen, sein Lächeln hat sich in eine Grimasse verwandelt.

Und doch ist er es. Je länger Daphne ihn beobachtet, desto sicherer ist sie sich. Nicht unbedingt wegen der Ähnlichkeit mit den Porträts, sondern weil seine Haltung und die Art, wie er spricht, etwas unverkennbar Königliches an sich haben. Daran ändert auch sein grauenhafter Akzent nichts. Er ist nicht der Einzige von blauem Geblüt, nach dem derzeit gesucht wird, aber Levi passt genau auf diese eine Beschreibung, von der Haarfarbe einmal abgesehen.

Es ist nicht einmal ein besonders guter Deckname, denkt sie, während sie immer weiter reiten. Levi statt Leopold. Jemandem, der es nicht gewohnt ist, eine falsche Identität anzunehmen, fällt es leichter, auf einen Namen zu reagieren, der so ähnlich klingt wie sein eigener. Das war bestimmt die Idee des Dienstmädchens – *Violie*, wie Daphne sich missmutig erinnert.

Als die Sonne direkt über ihnen steht, macht der Reisetrupp halt, um ein mitgebrachtes Mittagessen zu verzehren, während die Pferde grasen und aus einem nahe gelegenen Bach trinken. Daphne nähert sich Levi, der neben seinem Pferd steht und in seiner Satteltasche wühlt. Sie kommt sich vor wie eine Löwin auf der Jagd. Der Vergleich ist durchaus passend, stellt sie fest, und bei dem Gedanken zieht sich ihr Magen zusammen. Wenn er tatsächlich Leopold ist, macht ihn das zu ihrer Beute, genau wie seine Brüder.

Sie muss besonnen vorgehen und sich klug anstellen. Wenn er merkt, dass sie seine wahre Identität erahnt, wird er die Flucht ergreifen, und dann wird es schwer werden, ihn wieder aufzuspüren. Sie mag sich gar nicht vorstellen, wie demütigend es wäre, ihrer Mutter schreiben zu müssen, dass Leopold ihr ein zweites Mal durch die Lappen gegangen ist.

Aber ganz unabhängig von den Befehlen ihrer Mutter will Daphne unbedingt Antworten, und Leopold ist der Einzige, der sie ihr geben kann. Vor allem muss sie wissen, warum er hier quicklebendig vor ihr steht, während Sophronia tot ist. Allein der Gedanke daran bringt das Blut in ihren Adern zum Kochen. Sie kennt nicht alle Einzelheiten der Ereignisse in Temarin, aber sie weiß, dass Leopold für den Aufstand verantwortlich ist – der törichte König, der sein Land in den Ruin getrieben hat.

Sophronia hatte nichts damit zu tun, sie hat sogar versucht, es wiedergutzumachen, gegen den Willen ihrer Mutter. Sie hat sich schon immer von ihren Gefühlen leiten lassen, aber dieses Mal ist Sophronia einen Schritt zu weit gegangen. Und auch dafür macht Daphne Leopold verantwortlich: dass sich ihre Schwester gegen ihre Familie und den Zweck, für den sie geboren wurde, aufgelehnt hat. Die Wut in ihr wächst.

Geduld, flüstert die Stimme ihrer Mutter in ihrem Kopf.

Leopold muss ihren Blick gespürt haben, denn er dreht sich zu ihr um. »Kann ich Euch irgendwie helfen, Prinzessin?«, fragt er und neigt den Kopf.

Daphne ruft sich innerlich zur Ordnung und zwingt sich zu einem freundlichen Lächeln, auch wenn es ihre Augen nicht erreicht.

»Ja, in der Tat. Ich habe dort hinten ein paar Apfelbäume gesehen.« Sie deutet auf den Weg, den sie gekommen sind. »Aber ich fürchte, ich komme nicht an die Äpfel heran. Könntest du mir vielleicht helfen?«

Er wirft einen Blick über ihre Schulter, wo Bairre mit Haimish und Cliona steht. Bestimmt fragt er sich, warum sie ausgerechnet ihn um Hilfe bittet – eine berechtigte Frage, aber keine, auf die sie eine Antwort für ihn hat. »Ich dachte, die Pferde würden sich über ein paar Äpfel freuen, doch wenn du zu beschäftigt bist, kann ich auch jemand anderen fragen.«

Sie hat sich schon ein paar Schritte entfernt, bevor er etwas sagt. »Nein, ich kann Euch helfen«, versichert er ihr und sieht immer noch perplex aus. Aber er holt sie ein und geht neben ihr her. Sie muss sich sein Vertrauen verdienen, erkennt Daphne und merkt, dass sie zum ersten Mal nicht weiß, wie sie jemanden für sich gewinnen soll. Alles, was sie über ihn weiß, ist, dass er ihre Schwester wirklich gernzuhaben schien, doch das hilft ihr nicht weiter. Daphne ist so anders als Sophronia, unterschiedlicher können zwei Menschen gar nicht sein.

All die Fragen, die sie ihm stellen möchte, brennen ihr auf der Zunge, aber sie unterdrückt sie. Dafür ist später noch Zeit. »Ich hatte auch eine Schwester, die Sophie hieß, weißt du«, sagt sie stattdessen. »Nun ja, eigentlich hieß sie Sophronia, aber alle, denen sie lieb und teuer war, nannten sie Sophie – Sophronia hätte viel zu pompös geklungen für ein Mädchen, das seine freie Zeit damit verbrachte, in der Küche Kuchen zu backen.«

Sie beobachtet sein Gesicht genau und wird mit einem fast unmerklichen Zusammenzucken belohnt. Leopold hat ihre Schwester geliebt, so viel steht fest – was nichts ändert, denn Daphne bedeutet weder Leopold noch sein Leben etwas. Aber vielleicht ist das der Weg, ihn für sich einzunehmen, denkt sie – indem sie ihm zeigt, wie sehr auch sie Sophronia geliebt hat. Dann ist die Rolle, die sie spielen muss, erschreckend einfach. Sie muss sich ihm als trauernde Schwester zeigen – etwas, das sie sich selbst keinen Moment lang zugestanden hat, seit sie von Sophronias Tod erfahren hat.

»Sie ist gestorben«, beginnt sie, doch die Worte bleiben ihr fast im Hals stecken, als wollten sie nicht ausgesprochen werden, als würden sie damit erst wahr werden. »Es ist jetzt etwas mehr als zwei Wochen her.«

Sie spürt, wie er ihr einen Seitenblick zuwirft, obwohl sie ihren Blick geradeaus, auf den Horizont gerichtet hält. Bairre und Cliona haben ihr beide Beileid ausgesprochen, und sie weiß, dass Bairre ihr wohl mehr nachfühlen kann, als die meisten Menschen es könnten, da er selbst vor Kurzem einen Bruder verloren hat, aber sie merkt, dass es etwas anderes ist, mit Leopold über Sophronia zu sprechen, denn für ihn ist ihre Schwester keine Fremde. Daphne atmet tief durch.

»Ich kann es immer noch nicht fassen, dass sie nicht mehr da ist«, fährt sie fort. »Dass ich ihr Lachen nie wieder hören werde. Sie hatte ein wunderbares Lachen, weißt du. Unsere Mutter hat es gehasst – sie meinte, es sei viel zu laut und würde eher zu einem Schwein passen, das sich quiekend im Schlamm wälzt, als zu einer Prinzessin.«

Erst als Daphne diese Worte ausspricht, merkt sie, dass sie sie fast vergessen hatte, dass sie fast vergessen hatte, wie Sophronia jedes Mal das Gesicht verzog, wenn ihre Mutter diese Bemerkung machte, und wie sehr ihre Schwester sich immer bemühte, ihr Lachen zu dämpfen, auch wenn es ihr nie ganz gelang, worüber Daphne sich insgeheim immer gefreut hat.

Einen Moment lang ist Leopold ganz still. »Das ist grausam«, sagt er schließlich.

Daphne blinzelt. »Ja, das war es wohl.« Sie schüttelt den Kopf. »Sie haben sich nie gut verstanden.«

Ihre Mutter ist Sophronia gegenüber schon immer grausam hart gewesen. Das ist nichts Neues für Daphne – sie hat die Grausamkeit stets als das erkannt, was sie war, schon in dem Moment, als ihre Mutter sie ausgeübt hat, vor Daphnes Augen. Auch Daphne selbst und Beatriz wurden mitunter Opfer dieser Grausamkeit – so war ihre Mutter eben –, doch Sophronia hat immer das Schlimmste abbekommen. Aber vor allem hat ihr die Grausamkeit ihrer Mutter stets stärker zugesetzt als Daphne und Beatriz.

Damals hat Daphne sich eingeredet, dass es nur daran lag, dass Sophronia schwächer war als sie, dass sie kein so dickes Fell hatte. Sie hat sich eingeredet, dass Sophronia die Grausamkeit ihrer Mutter auf gewisse Weise verdient hätte, dass die Kaiserin nicht so hart zu ihr wäre, wenn sie sich mehr anstrengen und tun würde, was man ihr auftrug, ohne es zu hinterfragen. Wenn sie einfach *stärker* gewesen wäre.

Doch wenn sie jetzt darüber nachdenkt, überkommen sie Schuldgefühle. Sie erinnert sich an Sophronias letzten Brief: *Ich brauche deine Hilfe, Daph. Gewiss hast du inzwischen erkannt, wie falsch sie liegt, wie falsch wir liegen, wenn wir ihrem Willen folgen.*

Wieder denkt Daphne an die schwierige Aufgabe, die ihre Mutter ihr gestellt hat, an die Leben, die Daphne für sie auslöschen soll, einschließlich das des jungen Mannes, der gerade neben ihr steht. Sophronia würde das als falsch empfinden, aber ihre Mutter sieht darin den einzigen Weg, um ihre Sicherheit zu gewährleisten. Können Taten sowohl falsch als auch notwendig sein?

»Unsere Mutter ist ein schwieriger Mensch«, erklärt sie und verdrängt die Gedanken und damit auch ihre Schuldgefühle. »Aber nur eine schwierige – und ja, manchmal grausame – Person kann sich auf dem Thron halten, wie sie es seit fast zwei Jahrzehnten tut. Sophie hat das immer verstanden.«

»Ja, das stimmt sicherlich«, sagt er leise. »Aber es kann nicht einfach gewesen sein, mit einer solchen Mutter aufzuwachsen. Für keine ihrer Töchter.«

Daphne versteift sich. Was hat Sophronia ihm erzählt? Oder war es dieses Dienstmädchen, Violie? »Meine Mutter hat ihre Töchter dazu erzogen, so stark zu sein wie sie selbst«, bemerkt sie kühl. »Dafür bin ich ihr jeden Tag dankbar.«

»Natürlich«, erwidert er, ein bisschen zu schnell. Daphne wäre es lieber gewesen, wenn er ihr nicht zugestimmt hätte, wenn er seine Maske fallen gelassen hätte, aber der Zeitpunkt ist noch nicht gekommen. Er spielt seine Rolle und sie muss ihre eigene spielen.

»Da oben.« Sie bleibt vor einem Baum stehen und deutet auf die Äpfel, die von den Zweigen hängen. »Wenn du ein Dutzend pflücken könntest, würden unsere Pferde sich sicherlich darüber freuen.«

»Natürlich, Eure Hoheit«, sagt Leopold und macht eine kleine Verbeugung.

»Es gibt keinen Grund, ihn zu schikanieren«, sagt Bairre zu ihr, als sie wieder im Sattel sitzen – für die letzte Etappe ihrer Reise, bevor sie am Abend das Sommerschloss am Südufer des Olveen-Sees erreichen werden.

»Wen zu schikanieren?«, fragt sie, obwohl sie ahnt, wen er damit meint. Sie würde es zwar nicht unbedingt so ausdrücken wie Bairre, aber sie hat Leopold heute in der Tat mehr Aufmerksamkeit gewidmet als Haimish, Rufus oder den beiden Begleitsoldaten.

»Levi ist nicht hier, um Äpfel für dich einzusammeln«, stellt er klar.

Daphne lacht. »Die Äpfel waren für die Pferde. Außerdem ist er genau deswegen hier. Oder hast du vergessen, dass er ein Diener ist? Und zu den Aufgaben eines Dieners gehört es, Dinge zu holen, unter anderem auch Äpfel.«

Bairre runzelt die Stirn und antwortet nicht. Daphne sieht ihn von der Seite an und unterdrückt einen Seufzer. Obwohl er als ein Mitglied der königlichen Familie am Hof aufgewachsen ist, hat Bairre immer noch seine hehren Ideale. Oder liegt es vielleicht an seinen guten Beziehungen zu den Rebellen? Kaum ist ihr der Gedanke gekommen, verwirft sie ihn auch schon wieder. Es hat nichts mit den Rebellen zu tun. Cliona steckt bis über beide Ohren in deren Machenschaften, hat aber keinerlei Skrupel, die Dienerschaft herumzukommandieren und für sich einzuspannen.

»Trotzdem«, sagt Bairre nach einer Weile. »Du schenkst ihm sehr viel Aufmerksamkeit – dafür, dass er nur ein einfacher Diener ist.«

Daphne lächelt ihn an. »Bist du etwa eifersüchtig?«, fragt sie.

Sie glaubt, die Röte in seine Wangen steigen zu sehen, aber vielleicht liegt es auch nur an der kalten Winterluft.

»Eher misstrauisch«, antwortet er nach einem Moment, und Daphne spürt ein flaues Gefühl im Magen – Enttäuschung, oder Beunruhigung, oder beides?

»Welchen Grund solltest du haben, misstrauisch zu sein?«, fragt sie und überspielt ihre Sorge mit einem Lachen. »Er ist ein Diener aus dem Hochland. Es sei denn, du glaubst, er spioniert für meine Mutter?« Sie lacht noch lauter, als wäre der Gedanke lächerlich, was er auch ist, wenn auch nicht unbedingt aus Gründen, die Bairre sich vorstellen kann. »Oder denkst du, er ist einer der Attentäter, die mich töten wollten, weshalb ich jetzt versuche, ihn auf meine Seite zu ziehen?«

Die Idee ist kaum weniger lächerlich, aber Bairre lächelt auch diesmal nicht. »Ich weiß es nicht, Daphne«, sagt er seufzend. »Aber du hast selbst gesagt, dass du Geheimnisse hast ...«

»Nicht mehr als du«, stellt Daphne klar. Sie spürt Ärger in sich aufsteigen. Bairre ist nicht mehr der naive Junge, für den sie ihn einmal gehalten hat, und es ist alles andere als aufrichtig, wenn er ihr das Gefühl vermittelt, dass nur sie allein unehrlich ist. »Solange du nicht bereit bist, mir die Wahrheit über die Pläne der Rebellen zu sagen, hast du kein Recht, etwas über meine Geheimnisse zu erfahren.«

»Das ist nicht fair ...«

»Tja, da bin ich anderer Meinung«, fällt sie ihm ins Wort. Sie merkt erst, dass ihre Stimmen immer lauter geworden sind, als die anderen vor ihnen sich umdrehen und sie anschauen. Daphne ringt sich ein Lächeln ab und macht eine beschwichtigende Geste. »Nur eine kleine Meinungsverschiedenheit unter Verliebten«, ruft sie.

»Musst du es unbedingt so nennen?«, ruft Cliona zurück und rümpft die Nase. »Ich verabscheue das Wort *Verliebte*.«

Haimish, der neben ihr reitet, beugt sich zu ihr und sagt etwas, so leise, dass nur sie es hören kann. Daraufhin versetzt sie ihm einen Stoß, dass er fast aus dem Sattel fällt, und beide fangen an zu lachen.

Bei ihrem Anblick krampft sich Daphnes Herz zusammen. Sie und Bairre waren nie für eine Romanze dieser Art bestimmt, die aus Scherzen, Neckereien und Leichtigkeit besteht. Aber Cliona und Haimish engagieren sich beide bei den Rebellen, sie kämpfen auf derselben Seite, ihre Interessen sind völlig deckungsgleich. Sie haben eine Zukunft, auf die sie gemeinsam zusteuern, mit der Aussicht darauf, für immer zusammenzubleiben.

Das ist bei Daphne und Bairre anders. Früher, als Daphne noch nicht wusste, wer Bairre wirklich ist und dass er zu den Rebellen gehört, hatte sie noch die Hoffnung auf eine gemeinsame Zukunft. Als er noch ein unglücklicher, unwilliger Prinz war, der nicht regieren wollte und kein Interesse an Politik hatte. Dann dachte Daphne, sie könnte Bairre vielleicht überzeugen, in den Hintergrund zu treten und als ihr Gemahl an ihrer Seite zu bleiben, wenn ihre Mutter Vesteria eroberte und sie irgendwann die Nachfolge ihrer Mutter als Kaiserin antreten würde.

Das war, wie sie jetzt feststellt, eine törichte Hoffnung. Wenn sie ihn jetzt so ansieht, kann sie sich keine Welt vorstellen, in der er bei ihr bleiben würde, sobald er erst einmal das Ausmaß ihres Verrats erkannt hätte. Und wenn sie ehrlich zu sich selbst ist, kann sie sich auch keine Welt vorstellen, in der ihre Mutter das zulassen würde.

Der Gedanke liegt ihr schwer im Magen. Ihre Mutter würde ihren Ehemann nicht umbringen, sagt sie sich. Aber er würde in ein anderes Land verbannt werden und nie wieder nach Vesteria zurückkehren dürfen. Er wäre so gut wie tot für sie, so wie sie auch für ihn so gut wie tot sein würde.

Zumindest hat sie sich ihr ganzes Leben lang eingeredet, dass es so kommen würde. Das war allerdings, bevor ihre Mutter ihr den Befehl gegeben hat, Leopold und seine Brüder umzubringen. Bairre ist vielleicht nicht wichtig genug, um ihn ermorden zu lassen, dafür ist sein Anspruch auf den Thron nicht gefestigt genug. Doch Daphne weiß nur zu gut, dass es für die Kaiserin wohl die sauberste Lösung wäre, ihn ganz aus dem Weg zu schaffen, und ihre Mutter hat saubere Lösungen schon immer bevorzugt.

Der Gedanke quält sie, während sie schweigend weiterreiten. Sie stellt sich vor, wie ihre Zukunft jetzt aussieht: Sie kehrt triumphierend nach Bessemia zurück, nachdem sie Friv an ihre Mutter übergeben hat; sie ist wieder mit Beatriz vereint, ihre Differenzen sind vergessen; ihre Mutter sagt ihr, wie stolz sie auf sie ist, und Daphne wird eines Tages als ihre Nachfolgerin ganz Vesteria regieren. Früher hätte der Gedanke an diese Zukunft sie beflügelt, sie schwindlig vor Glück gemacht und ihre Zielstrebigkeit noch verstärkt. Jetzt aber fühlt sie sich leer.

In dieser Zukunft gibt es keine Sophronia mehr. Es gibt keinen Bairre, keine Cliona, und es scheint immer wahrscheinlicher, dass es auch keine Beatriz geben wird.

Die Zukunft, auf die Daphne seit ihren allerersten Schritten immer zugesteuert hat, kommt ihr mit einem Mal unglaublich einsam vor.

Das Sommerschloss ist nicht annähernd so prächtig, wie der Name vermuten ließ, obwohl Daphne ihre Ansprüche an Pracht und Größe seit ihrer Ankunft in Friv bereits beträchtlich heruntergeschraubt hat. Zugegeben, es ist ein prächtiges Herrenhaus, das sich über drei Stockwerke erstreckt, aber es als Schloss zu bezeichnen, ist dennoch übertrieben. Sie schätzt, dass es mindestens zehnmal in den bessemianischen Palast passen würde.

Von Bairre hat sie erfahren, dass unmittelbar vor ihrer Ankunft eine kleine Anzahl Bediensteter die Türen geöffnet, die Bettwäsche gewechselt, die Kerzen angezündet und die Räume gelüftet hat, aber als ein Dienstmädchen Daphne durch den Westflügel führt, wo sich ihr Schlafzimmer befindet, fällt ihr auf, wie abgestanden die Luft ist. Sie vermutet, dass es im letzten Sommer, als Prinz Cillian so krank war, überhaupt nicht genutzt wurde, sodass es nun schon eine ganze Weile her ist, seit zuletzt jemand durch diese Korridore gegangen ist.

Das Zimmer, in das die Zofe Daphne führt, ist kühl, aber ein loderndes Feuer im Kamin sorgt dafür, dass es nicht lange dauert, bis es erträglich warm wird, und nach einem ganzen Tag im Sattel hat Daphne nicht die Energie, sich zu beschweren. Auf dem großen Himmelbett in der Mitte des Raumes liegt ein hoher Stapel Silberpelze bereit.

»Ich richte Euch ein Bad her, Eure Hoheit«, sagt das Dienstmädchen und macht einen Knicks, der wohl der zwanzigste in der letzten halben Stunde sein dürfte. »Braucht Ihr sonst noch etwas?«

»Ja«, sagt Daphne und wendet sich ihr zu. »Pergament und Feder. Wann geht die Post raus? Ich muss so schnell wie möglich einen Brief nach Bessemia schicken.«

Sie hat schon zu lange gezögert, ihre Mutter muss endlich von Leopold erfahren.

Die Augen der Magd werden groß und sie fängt an zu stottern. »Oh, ähm ... nun ja, Eure Hoheit, im Winter ist es für den Postwagen schwierig, durch den Schnee zu kommen. Wir haben natürlich berittene Boten für die örtliche Post, aber ich glaube nicht, dass irgendjemand in den nächsten Wochen einen Brief nach Bessemia bringen kann – nicht bevor der Winterfrost etwas schmilzt.«

Daphne starrt das Mädchen einen Moment lang an und spürt, wie Ärger in ihr aufsteigt. »In den nächsten Wochen«, wiederholt sie.

»Ja, leider«, bestätigt das Mädchen. »Wir haben nicht viel Anlass, Post nach Bessemia zu schicken. Ich fürchte, es ist besser, wenn Ihr mit dem Brief wartet, bis Ihr nach Eldevale zurückkehrt.«

Daphne schließt die Augen und knirscht mit den Zähnen. »Na gut«, stößt sie hervor und atmet tief aus. »Dann eben nur ein Bad. Danke.«

Das Dienstmädchen huscht aus dem Zimmer, schließt die Tür hinter sich, und Daphne lässt sich auf das Bett sinken. So aufgebracht sie ist, weil sie ihre Mutter nicht über Leopolds Aufenthaltsort in Kenntnis setzen kann, so erleichtert ist sie auch.

Violie

Violie verfügt zwar nicht über Sophronias Backkünste, aber sie schafft es, den Kuchen, den sie und Sophronia in Temarin für Eugenia gemacht haben, ganz ordentlich nachzubacken: einen leichten, fluffigen Zimtkuchen. In Temarin hatte Sophronia ihn mit frischen Blaubeeren dekoriert, aber die gibt es in Friv zu dieser Jahreszeit nicht, also ersetzt Violie sie durch eine Tasse roter Johannisbeeren.

Es ist schon früh am nächsten Morgen, als der Kuchen fertig gebacken und abgekühlt ist. In Nellies Küchenvorräten entdeckt Violie ein Stück Papier und einen Federkiel, mit dem sie die Einkaufslisten für die Botenjungen erstellt. Violie hat sich Sophronias Handschrift eingeprägt, lange bevor sie ihr persönlich begegnet ist, bisher jedoch nie Anlass gehabt, sie nachzuahmen. Aber kaum hat sie die Feder auf das Papier gesetzt, fließen die Buchstaben nur so aus ihr heraus.

Liebe Genia,

ich würde dich fragen, ob du mich vermisst, aber ich kenne die Antwort darauf bereits. Ich vermute, dass es zwei Menschen gibt, die du in diesem Moment hingegen

sehr vermisst, und ich werde sie beide von dir grüßen. Vielleicht wirst du sie wiedersehen, wenn du deine Untaten an mir gesühnt hast. In der Zwischenzeit, das versichere ich dir, sind sie bei mir gut aufgehoben.
S

Violie liest den Brief zweimal durch und runzelt unzufrieden die Stirn. Der Inhalt klingt überhaupt nicht nach Sophronia – Violie kann sich nicht vorstellen, dass sie jemanden bedroht hätte, schon gar keine Kinder. Aber das ist die Sophronia, die Violie kannte. Eugenia hingegen hat Sophronia seit ihrer ersten Begegnung als Bedrohung angesehen. Für sie ist Sophronia die Schurkin.

Unabhängig vom Inhalt des Briefs kann Violie im Geiste Sophronia aus den Zeilen sprechen hören. Sie ist sich nicht sicher, ob Sophronia es gutheißen würde, dass Violie ihre Erinnerung an sie auf diese Weise nutzt, aber je mehr Violie darüber nachdenkt, desto mehr glaubt sie, dass Sophronia diese Scharade sogar befürworten würde. Es mag eine moralische Grauzone sein, aber gemessen an den Dingen, die Violie allein in der letzten Woche getan hat, gehört diese Fälschung eher zu den harmloseren Delikten.

Violie schafft es erneut, sich in Eugenias Zimmer zu schleichen, diesmal eine Stunde vor Sonnenaufgang, während der ganze Palast noch tief im Schlaf versunken ist. Sie knackt das Türschloss, um in den Salon zu gelangen, schleicht auf Zehenspitzen hinein, stellt den Kuchen auf den Esstisch und legt den Brief daneben. Sie will eilig wieder das Zimmer verlassen, hat die Hand schon am Türknauf, als eine Stimme die Stille durchbricht.

»Genevieve?«, ruft Eugenia. »Würdest du bitte nach meinem Kaffee klingeln?«

Panik ergreift Violie, aber sie zwingt sich, ruhig zu bleiben. »Ja, Ma'am«, antwortet sie und ahmt dabei geschickt Genevieves ausgeprägten temarinischen Akzent nach.

Sie schlüpft aus der Tür und schließt sie fest hinter sich.

Keine zwanzig Minuten später stürmt Genevieve mit großen Augen in die Küche. Violie rührt geschäftig den Brei, den es zum Frühstück geben wird, aber ihr Herz pocht heftig. Sie ist überrascht und beeindruckt, dass Eugenia Genevieve geschickt hat, um in der Küche wegen des Kuchens nachzuforschen, auch wenn sie es sich eigentlich hätte denken können. Der Zeitpunkt ist allerdings schlecht – nur zwei Minuten später hätte Nellie mit ihrer täglichen Überprüfung der Vorräte in der Speisekammer begonnen und Violie wäre allein gewesen. Dann hätte sie Genevieve versichern können, dass niemand in der Küche gestern Abend einen Kuchen gebacken hat, und wie seltsam, dass jetzt einer im Zimmer von Lady Eunice steht, aber nun ja, im Schloss soll es spuken, ob sie davon noch nicht gehört hätten?

Stattdessen spricht jetzt Nellie leise mit Genevieve, und Violie macht sich auf die Anschuldigungen gefasst, die sie auffliegen lassen werden. Wenn sie sich jetzt aus dem Staub macht, kann sie in den Wald fliehen, bevor ...

Die Tür fällt ins Schloss, als Genevieve die Küche wieder verlässt, und zwischen Violie und Nellie herrscht einen Moment lang Schweigen, bevor die Köchin zu Violie kommt und sich vor ihr aufbaut.

»Ich weiß nicht, was für ein Spiel du da spielst, aber ich würde dir raten, vorsichtiger zu sein. Und wenn du schon Ränke schmiedest, dann nicht in meiner Küche«, sagt sie leise.

Violies Herzschlag verlangsamt sich, wenn auch nur leicht. »Du hast ihr nicht verraten, dass ich es war?«, fragt sie.

Nellie zögert kurz. »Wie gesagt, seit der gescheiterten Hochzeit suche ich verzweifelt nach Arbeitskräften«, antwortet sie dann. »Da werde ich die einzige Küchenhilfe, die ich gefunden habe, nicht so schnell den Wölfen zum Fraß vorwerfen. Du bist gar nicht aus Friv, stimmt's?«

»Wie kommst du darauf?«, fragt Violie zurück.

»Du weißt genau, wer diese Frau in Wahrheit ist, und ich wette, sie würde dich ebenfalls erkennen. Kommst du aus Temarin?«

Violie zögert und überlegt fieberhaft, ob sie eine Halbwahrheit vorbringen oder die ganze Wahrheit gestehen soll.

»Ich habe im temarinischen Palast gearbeitet«, bringt sie nach einem Moment hervor. »Die Dame hat einer Freundin von mir sehr wehgetan, also habe ich beschlossen, die berüchtigten frivianischen Geister im Schloss herumspuken zu lassen.«

Nellie schweigt, und Violie fragt sich, ob sie die Lücken in ihrer Geschichte heraushört, die Dinge, die Violie unausgesprochen lässt, oder ob sie einfach spürt, dass es die Wahrheit ist, und es so akzeptiert.

»Du weißt, dass sie keine verwitwete Adelige, sondern die Königinmutter ist«, sagt Violie, um Nellie abzulenken, bevor sie sie weiter ausfragen kann.

»Ich weiß, was ich wissen muss«, erwidert Nellie. »Jedenfalls war sie anscheinend ziemlich entsetzt, als sie den Kuchen und den Zettel sah, der ihm beigelegt war.«

»Gut«, sagt Violie.

Nellie sieht sie lange an, und Violie beschleicht das Gefühl, dass Nellie die meisten Menschen sehr gut einschätzen kann – aber Violie ist nicht wie die meisten Menschen, das weiß sie selbst. Sie begegnet Nellies Blick mit einer sorgfältig einstudierten nichtssagenden Miene. Nellie schürzt die Lippen.

»Nur ein Narr glaubt, er sei der klügste Mensch im Raum«,

sagt sie langsam. »Und du wärst eine Närrin, wenn du mir noch einmal solchen Ärger in meine Küche bringst. Verstanden?«

Violie kann nur nicken und schafft es, erst mit den Augen zu rollen, als Nellie ihr den Rücken zugewendet hat.

Als Violies Schicht in der Küche zu Ende ist, folgt sie nicht den anderen Bediensteten zurück in ihre Quartiere. Stattdessen tut sie so, als würde sie die Schnürsenkel ihrer Stiefel binden, um dann einen Gang entlang und eine Treppe hinauf zu schleichen und sich einen Stapel gefalteter weißer Bettwäsche aus der Waschküche zu schnappen, mit dem sie dann durch die schmalen, schwach beleuchteten Korridore huscht. Ihr Ziel ist der königliche Flügel. Die Wachen am Eingang halten sie auf. Als sie ihnen erklärt, dass sie geschickt wurde, um die Wäsche in Prinzessin Daphnes Zimmer zu wechseln, tauschen sie einen Blick aus.

»Sprecht ihr euch eigentlich nie ab?«, fragt der eine spöttisch. »Heute früh hat das schon jemand erledigt.«

»Heute früh *wollte* das jemand erledigen«, korrigiert Violie mit einem charmanten Lachen. »Das dumme Ding hat versehentlich die schmutzige Wäsche durch *andere* schmutzige Wäsche ersetzt. Man hat mich geschickt, um diesen Fehler zu korrigieren.«

Die Wachen tauschen einen weiteren Blick aus, bevor einer von ihnen nickt. »Dann beeil dich«, brummt er und tritt zur Seite, damit Violie passieren kann.

Sie geht auf direktem Weg zu Daphnes Gemächern, tritt ein und stößt die Tür mit der Hüfte zu, dann legt sie den Stapel Wäsche auf das kleine Sofa neben dem erloschenen Kamin. Im dämmrigen Abendlicht, das durch das Fenster fällt, ist kaum etwas zu erkennen, aber das stört Violie nicht. Schnell macht sie sich an die Arbeit und durchsucht den Raum nach allem, was Beatriz interessant finden könnte.

Obwohl Violie annimmt, dass Daphne alle Briefe der Kaiserin verbrannt hat, durchwühlt sie die Asche im Kamin nach irgendwelchen Resten, die die Flammen überlebt haben könnten. Aber da ist nichts. Sie durchkämmt den Salon und das Schlafzimmer und sämtliche Orte, an denen sie auf Anweisung der Kaiserin ihre eigenen Dinge verstecken würde – unter der Matratze und den Latten des Bettes, zwischen losen Ziegeln im Kamin, unter den schweren Teppichen. Sie sucht auch an den Orten, an denen, wie die Kaiserin ihr gesagt hat, Sophronia Dinge verstecken würde, wie die doppelten Böden ihrer Schmuck- und Schminkkästchen, die Innenfutter der Kleider und Mäntel in ihrem Schrank, die hohlen Absätze ihrer Schuhe.

Aber Violie findet wenig, was Beatriz interessieren könnte – und auch wenig, was sie interessiert. Sie entdeckt zwar ein Fläschchen Sternenstaub im Futter von Daphnes Wintermantel, das sie einsteckt, doch sonst ist da nichts.

Violie hat schon fast aufgegeben, als sie beschließt, noch einmal einen Blick auf Daphnes Schreibtisch zu werfen und die Schubladen zu durchwühlen. Als sie die Schublade auf der rechten Seite wieder schließen will, hört sie ein leises Geräusch. Sie öffnet sie erneut und wieder hört sie das seltsame Geräusch. Eine der Schreibfedern in der Schublade, so stellt sie fest, streift über etwas, was darüber klebt – ein Stück Pergament, wie es scheint.

Das Herz schlägt Violie bis zum Hals, als sie in die Schublade greift und sie oben abtastet. Ihre Finger streichen über ein zusammengefaltetes Stück Pergament, das an der Decke der Schublade klemmt, und ein Schauer des Triumphs durchfährt sie, als sie es vorsichtig herauszieht und auffaltet.

In dem schwachen Licht kann sie das Geschriebene kaum erkennen, daher geht sie zum Fenster, um im Schein der Sterne die Zeilen zu entziffern.

Der Brief ist in der Handschrift der Kaiserin geschrieben, aber die Aufregung über diese Entdeckung verfliegt, sobald Violie die Worte liest – und erst recht, als sie begreift, dass der Brief verschlüsselt ist, und als sie die wahre Botschaft entziffert.

»Bei allen Sternen des Himmels«, murmelt sie leise, bevor sie den Brief in ihre Tasche steckt und davoneilt, so gedankenverloren, dass sie erst im letzten Moment daran denkt, den Stapel Wäsche mitzunehmen.

Sie muss zu Leopold und Daphne. Und zwar sofort.

Beatriz

Beatriz geht den Korridor des Palastes entlang, gefolgt von zwei Soldaten der Palastwache. Der eine von ihnen folgt ihr mehr oder weniger auf Schritt und Tritt, seit sie wieder zu Hause ist – angeblich zu ihrem eigenen Schutz, allerdings nimmt Beatriz an, dass dies nicht der einzige Auftrag ist, den ihre Mutter ihm gegeben hat. Der zweite hat sich bisher mit drei anderen abgewechselt. Keiner von ihnen scheint besonders gesprächig zu sein, aber zumindest ist es ihr in den letzten Tagen gelungen, dem Oberwächter einige Informationen zu entlocken.

Er heißt Alban, so viel weiß sie jetzt, und da er sich partout nicht bezirzen lässt, geht sie davon aus, dass er ihrer Mutter gegenüber absolut loyal ist. Was eine Schande ist, denn er ist jung und sieht gut aus, und sie hätte ihn nur zu gerne auf ihre Seite gezogen, wenn auch nur die geringste Chance dafür bestanden hätte.

Sie ist auf dem Rückweg vom Tee mit einer entfernten Cousine väterlicherseits, mit der sie sich aus Langeweile getroffen hat – die Frau hat mehr als eine Stunde lang über ihre Gartenarbeit geplaudert –, und als sie jetzt den belebten Flur entlanggeht, stößt ein Diener mit ihr zusammen und packt sie am Arm, damit sie nicht das Gleichgewicht verliert.

»Verzeihung, Eure Hoheit«, sagt eine Stimme – eine vertraute Stimme in Bessemianisch, allerdings mit einem ausgeprägten cellarischen Akzent. Ein Stück Papier wird ihr in die Hand gedrückt, und sie erhascht noch einen Blick auf Ambroses Gesicht, bevor er wieder in der Menge verschwindet.

»Geht es Euch gut, Prinzessin Beatriz?«, fragt Alban.

»Alles bestens«, antwortet sie und steckt das Papier unauffällig in ihre Tasche. Sie hat Ambrose gesagt, er solle ihr Bescheid geben, sobald Violies Brief eingetroffen sei, und sie würde mehrere Fläschchen Sternenstaub darauf verwetten, dass er ihr gerade genau diese Nachricht zugesteckt hat. »Mir geht es bestens«, wiederholt sie.

Sie ermahnt sich, nicht in Hektik zu verfallen, denn das würde Fragen aufwerfen, aber sobald sie wieder allein in ihrem Zimmer ist, holt sie den Brief aus der Tasche und öffnet ihn. Ihre Vermutung bestätigt sich, als sie die fremde Handschrift, aber auch die ihr nur allzu vertraute Verschlüsselung sieht.

Sie setzt sich mit dem Brief an ihren Schreibtisch, greift nach der Feder im Tintenfass und macht sich an die Entschlüsselung. Am Ende lautet der Brief:

Liebe B,

Ihr hattet recht – D hat uns nicht gerade freundlich empfangen, aber ich habe eine Anstellung im Schloss bekommen. L ebenfalls, doch dann hat er sich freiwillig erboten, D, Prinz Bairre und einige frivianische Adlige auf eine Reise zum Olveen-See zu begleiten. Ich habe versucht, ihn aufzuhalten, doch es ist mir nicht gelungen. Er hat sich verkleidet, ich fürchte aber, Eure Schwester wird nicht besonders lange brauchen, um ihn zu durchschauen.

Weitere Neuigkeiten über D habe ich nicht zu berichten, wohl aber, dass Königinmutter Eugenia hier in Friv ist, auch wenn ich nicht genau weiß, warum. Jede Wette, dass es etwas mit Eurer Mutter zu tun hat. Ich werde sie so gut wie möglich im Auge behalten, allerdings unter größter Vorsicht, da sie mich sicherlich erkennen wird.

Mehr dazu demnächst.
V

Beatriz steht auf, geht zum Kamin und wirft den Brief hinein. Während sie zusieht, wie die Flammen Violies Worte verschlucken, geht sie das Geschriebene in Gedanken noch einmal durch.

Die Vorstellung, dass Leopold sich in Daphnes Nähe aufhält, gefällt ihr nicht. Ihre Schwester wird seine Identität aufdecken, falls sie es nicht schon längst getan hat, aber was das angeht, sind ihr die Hände gebunden, es sei denn, sie würde versuchen, sämtliche Briefe abzufangen, die Daphne ihrer Mutter schickt. Aber das ist ein Risiko, das sie nicht eingehen kann, denn wenn sie erwischt wird, sind sie und Pasquale in großer Gefahr. Nein, Leopold hat seine Entscheidung getroffen und er wird die Konsequenzen tragen müssen.

Und dann ist da noch die Sache mit Eugenia in Friv, die auch schon Daphne in ihrem Brief erwähnt hat. Violies Zeilen liefern Beatriz die endgültige Bestätigung, dass die Kaiserin hier ihre Finger im Spiel haben muss.

Beatriz kehrt an ihren Schreibtisch zurück, um eine Antwort an Violie aufzusetzen.

Liebe V,

ich muss dir sicher nicht sagen, dass es eine ganze Reihe von Problemen lösen würde, könnte E aus der Gleichung gestrichen werden. Ich fände es nicht ratsam, dies dem Zufall zu überlassen, aber es ist allein deine Entscheidung.

Was meine Schwester betrifft – lass mich wissen, wenn sie von ihrer Reise zurückkehrt oder du etwas von ihr hörst. Ebenso werde ich dir Bescheid geben, wenn sie meiner Mutter Ls Aufenthaltsort verrät, obwohl ich befürchte, dass dann nichts mehr zu machen ist.

Ich weiß, dass S ihn geliebt hat, aber ich fürchte, man kann einen Narren nicht vor sich selbst retten.

Deine Freundin
B

Nachdem sie den Brief verfasst und verschlüsselt hat, faltet sie ihn zu einem kleinen Quadrat, steckt ihn in ihre Tasche, geht zur Tür und schenkt den Wachen zu beiden Seiten ein strahlendes Lächeln.

»Ich fürchte, ich habe ein Armband verloren«, sagt sie zu Alban. »Ich weiß, dass ich es noch hatte, als ich das Haus meiner Cousine verließ, es muss also irgendwo zwischen dort und hier heruntergefallen sein.«

Und so folgen Alban und der andere Wächter Beatriz, als sie wieder durch den Palastflur geht und dabei so tut, als würde sie auf den Boden schauen, während sie in Wirklichkeit den Blick schweifen lässt, auf der Suche nach Ambrose. Sie entdeckt ihn zwischen Höflingen und Dienerschaft an einem Fenster stehend und nimmt Blickkontakt mit ihm auf. Er nickt ihr kurz zu.

»Oh, hier ist es ja.« Beatriz öffnet den Verschluss ihres Armbands, das sie die ganze Zeit über am Handgelenk getragen hat, geht in die Hocke und tut so, als würde sie es aufheben, während sie mit der anderen Hand den Brief aus ihrer Tasche hervorzieht. Als sie aufsteht, schiebt sich Ambrose an ihr vorbei und nimmt den Brief an sich, während sie die Aufmerksamkeit der Wachen auf sich zieht, indem sie mit dem Armband direkt vor ihren Nasen herumfuchtelt.

Auf eine funkelnde, glitzernde Ablenkung ist immer Verlass.

»Jetzt bin ich müde.« Sie täuscht ein Gähnen vor. »Ich würde gerne in meine Gemächer zurückkehren, bitte.«

Die Wachen eskortieren Beatriz auf dem Rückweg, und weil sie hinter ihr gehen, bleibt ihnen ihr zufriedenes Grinsen verborgen.

»Heute«, sagt Nigellus zu Beatriz bei ihrer nächsten Unterrichtsstunde in seinem Laboratorium, »werden wir den Ursprung Eurer Kräfte bestimmen.«

Beatriz mustert stirnrunzelnd die Instrumente, die er auf dem Arbeitstisch zwischen ihnen aufgebaut hat. Ein Dutzend Phiolen mit Sternenstaub, eine Sammlung von Bechern mit Flüssigkeiten in allen Regenbogenfarben, ein Rosenstrauch im Topf mit verwelkten Blättern und fest verschlossenen Knospen und, was vielleicht am verwirrendsten ist, ein Packen unbeschriebenes Pergament mit Feder.

»Den Ursprung?«, wiederholt Beatriz.

Nigellus legt den Kopf schief, seine silbernen Augen wandern über ihr Gesicht, als suchte er nach verborgenen Antworten auf Fragen, die er noch nicht gestellt hat. »Himmelsdeuter können Sterne vom Himmel holen, aber die meisten tun dies in ihrem Leben nur einmal ganz bewusst, wenn überhaupt. Daneben gibt es jedoch noch andere Gaben, die nur wir einsetzen können.«

Beatriz nickt. »Wie Eure kleinen Spielereien.« Sie denkt an die Armbänder, die er für sie und ihre Schwestern gemacht hat, mit einem darin enthaltenen Wunsch, der stärker ist als Sternenstaub.

Nigellus' Nasenflügel blähen sich. »Meine Spielereien«, wiederholt er verächtlich. »Ich bevorzuge den Begriff *Experimente*. Oder *Apparate*. Meinetwegen auch *Instrumente*.«

»Halt irgendwelche Dinger«, sagt Beatriz, nur um ihn zu ärgern, und beobachtet vergnügt, wie sich seine Mundwinkel zu einer Grimasse verziehen.

»Seid Ihr jetzt fertig?«, fragt er.

Beatriz kann sich ein Lachen nicht verkneifen. »Und die anderen Gaben?«, fragt sie. »Prophezeiungen? Amplifikation?«

Über diese beiden Gaben hat sie gelesen – Himmelsdeuter mit der Gabe der Vorhersage sind selten, aber sie hat in der Bibliothek Bücher mit Prophezeiungen durchgeblättert. Der jüngste Band ist allerdings erst ein Jahrhundert alt. Die Amplifikation hingegen …

»Die Amplifikation kommt am häufigsten vor«, erwidert Nigellus, als hätte er ihre Gedanken gelesen. »Also fangen wir damit an.«

Er nimmt eine Phiole mit Sternenstaub und reicht sie Beatriz, die die Phiole hin und her schwenkt. Dann deutet er auf den verwelkten Rosenstrauch. »Sternenstaub allein sollte reichen, um den Strauch aufzupäppeln. Aber wenn Ihr die Gabe der Amplifikation habt, wird Euer Wunsch so stark sein, dass neue Knospen aufblühen.«

Beatriz nickt konzentriert. Sie entkorkt die Phiole mit dem Sternenstaub und streut ihn auf ihren Handrücken. Dann wendet sie sich dem Rosenstrauch zu. »Ich wünschte, diese Pflanze wäre gesund und würde gedeihen«, sagt sie.

Nigellus nickt kurz zustimmend zu ihrer Wortwahl, aber seine Augen sind auf die Rosen gerichtet. Auch Beatriz beobachtet mit angehaltenem Atem, wie sich die Blätter von Braun zu Grün färben und sich an den verschrumpelten Stellen glätten. Die ganze Pflanze richtet sich auf und wird sogar ein Stückchen größer. Aber die Rosenknospen bleiben fest verschlossen.

»Hmmm«, brummt Nigellus.

Beatriz verzieht enttäuscht den Mund, sagt sich dann jedoch, dass es ganz gut so ist – sie hat eben kein Allerweltstalent. Sie hat etwas Selteneres, sie müssen nur noch herausfinden, was.

»Vielleicht liegt Eure Kraft in der Alchemie, so wie bei mir«, überlegt Nigellus, kann seine Zweifel aber nicht ganz verbergen. Er reicht ihr einen Lappen, mit dem sie sich den Sternenstaub von der Hand wischen kann, dann stellt er eine weitere Phiole mit Sternenstaub in einen Halter, damit sie aufrecht steht, und reicht ihr ein Fläschchen mit einer bernsteinfarbenen Flüssigkeit.

»Kiefernharz«, erklärt er und schaut Beatriz an, die das Fläschchen hin und her schwenkt und dabei das Harz beobachtet, wie es langsam von einer Seite zur anderen rinnt. »Eine entflammbare Substanz. Nun fügt etwas Sternenstaub hinzu und versucht, es mit einem Wunsch aufflammen zu lassen, ohne eigens Zunder zu benutzen.«

»Reicht dafür denn nicht ein normaler Wunsch mit Sternenstaub aus?«, fragt sie.

Nigellus schüttelt den Kopf. »Nicht ohne eine alchemistische Gabe.«

Beatriz kippt das Kiefernharz langsam in den Sternenstaub und schaut zu, wie sich die beiden Stoffe vermischen, achtet dabei aber vorsichtshalber auf ausreichenden Abstand. »Ich wünschte, dieses Kiefernharz würde Feuer fangen.« Sie rechnet mit einem Knall, der jedoch ausbleibt.

»Hmmm«, brummt Nigellus wieder, und diesmal steigt echte Enttäuschung in ihr hoch und setzt sich in ihrer Brust fest.

»Nehmt Stift und Papier«, weist Nigellus sie an, bevor er den Raum durchquert und zu einer Konstruktion mit Seil und Flaschenzug geht. Er zieht an dem Seil, woraufhin sich klappernd das Dach öffnet, sodass die Sterne direkt auf sie herabscheinen. Beatriz nimmt sich einen Moment Zeit, um den Himmel zu betrachten, und stellt fest, dass das Heldenhafte Herz, der Verirrte Reisende und die Bewölkte Sonne über ihnen zu sehen sind. Nigellus kehrt zum Tisch zurück und reicht ihr eine weitere Phiole mit Sternenstaub. »Wir werden es jetzt mit der Prophezeiung versuchen«, verkündet er, als sie den Sternenstaub nimmt.

»Verteilt ihn wieder auf Eurer Hand, aber dieses Mal, ohne einen Wunsch auszusprechen. Spürt stattdessen die Sterne über Euch, badet in ihrem Licht und schreibt dann auf, was Euch dabei durch den Kopf geht, auch wenn es auf den ersten Blick keinen Sinn ergibt.«

Beatriz wirft ihm einen skeptischen Blick zu, tut aber, was er sagt. Sie verteilt den Sternenstaub auf ihrem Handrücken und stellt die Federspitze auf das Papier. Wenn sie die Augen schließt, spürt sie die Sterne auf ihrer Haut, wie sie schimmern und in einer sanften Brise tanzen. Doch sosehr sie sich auch anstrengt, es fallen ihr keine Worte ein. Ihre Feder bewegt sich nicht von der Stelle. Nach einer gefühlten Ewigkeit blickt sie zu Nigellus, der sie mit einem tiefen Stirnrunzeln beobachtet.

»Wagt es nicht, wieder *hmmm* zu brummen«, sagt sie drohend. Sie setzt die Feder ab und greift nach dem Lappen, um sich den Sternenstaub von der Hand zu wischen.

»Jeder Himmelsdeuter hat eine besondere Gabe«, versichert Nigellus ihr. »Das sind die drei häufigsten, aber es gibt noch andere, die nicht so leicht zu überprüfen sind.«

»Zum Beispiel?«, fragt Beatriz.

Nigellus denkt einen Moment lang nach. »Ich habe von Himmelsdeutern gelesen, die bestimmte Konstellationen am Himmel heraufbeschwören und damit das Schicksal beeinflussen konnten«, sagt er dann. »Es hat seit Jahrhunderten keine mehr gegeben, aber das ist eine Möglichkeit.«

»Oder es war immer nur ein Mythos«, murmelt Beatriz.

Nigellus überlegt weiter, ohne ihren Einwand zu beachten. »Es gibt auch Gerüchte über Himmelsdeuter, die kommende Sternenschauer spüren und genau bestimmen können, wann und wo sie auftreten werden. Aber auch das können wir natürlich noch nicht testen.«

Beatriz hört die Enttäuschung in seiner Stimme, spürt, wie die Bitterkeit sich auch in ihren Adern ausbreitet. Sie hat das Gefühl, versagt zu haben. Auch wenn Nigellus darauf besteht, alle Himmelsdeuter hätten eine besondere Gabe – Beatriz bezweifelt, dass das für sie gilt. Und wenn sie keine hat, was kann sie dann überhaupt? Sie kann keine Sterne vom Himmel holen, ohne dass dies schlimme Folgen hat, also wozu ist ihre Magie gut?

Sie schaut in den Himmel und beobachtet, wie das Heldenhafte Herz sich aus dem Osten heranschiebt, während der Kelch der Königin von Süden her erscheint. Beatriz' Magen krampft sich zusammen, als sie sich an den Stern erinnert, den sie damals in der Schwesternschaft aus der Konstellation weggenommen hat. Die Schuldgefühle nagen noch immer an ihr, dabei würde sie jetzt gar nicht hier stehen, wenn sie es damals nicht getan hätte. Und Pasquale ebenso wenig. Sie kann es nicht bereuen, aber sie ist auch nicht stolz darauf.

Beatriz lässt ihren Blick über die einzelnen Sterne der Konstellation schweifen – und hält plötzlich inne. Irgendetwas stimmt nicht. Sie eilt zu Nigellus' Fernrohr.

»Beatriz?«, fragt Nigellus, aber sie ignoriert ihn, richtet das Teleskop auf den Kelch der Königin und fummelt an den Reglern an der Seite herum, bis sie die Konstellation und alle Sterne, die dazugehören, aus der Nähe sehen kann. Einschließlich eines Sterns in der Mitte, der nicht da sein sollte.

»Er ist wieder da«, stößt sie hervor und richtet sich auf. Sie muss sich beinahe zwingen, zur Seite zu treten, damit Nigellus auch etwas sehen kann. »Der Stern, den ich vom Himmel geholt habe, den ich für meinen Wunsch eingesetzt habe. Er ist wieder da. Klein und nicht sehr hell, aber er ist da.«

Daphne

Auch an ihrem zweiten Tag im Sommerschloss erwacht Daphne und weiß im ersten Moment nicht, warum sie hier ist. Sie starrt an die steinerne Decke und lässt die Ereignisse der letzten Tage Revue passieren: die Anweisungen ihrer Mutter, Gideon und Reid aufzuspüren und damit Bairre zuvorzukommen, damit sie die beiden Jungen töten kann; die Erkenntnis, dass der Diener Levi in Wahrheit König Leopold ist; die Einsicht, dass sie auch ihn töten muss, damit die Pläne ihrer Mutter funktionieren. Damit ihre eigenen Pläne funktionieren, wie sie sich im Stillen ermahnt.

Alle diese Gedanken sind nicht dazu angetan, ihr inneren Frieden zu verschaffen.

Die Sonne scheint durch das Fenster neben ihrem Bett, und Daphne begreift, dass sie schon länger geschlafen hat, als sie sollte. Am liebsten würde sie sich die Decke über den Kopf ziehen, ihr Gesicht in einem Kissen vergraben und die Welt ausblenden, auch ihre Mutter.

Ich brauche deine Hilfe, Daph. Die Worte aus Sophronias letztem Brief hallen in ihrem Kopf nach, so deutlich, als hätte Sophronia sie laut ausgesprochen. *Gewiss hast du inzwischen erkannt, wie falsch sie liegt, wie falsch wir liegen, wenn wir ihrem Willen folgen.*

Als Daphne diesen Brief erhielt, fand sie das Verhalten ihrer Schwester einfach lächerlich. Wie kam Sophronia darauf, dass ihre Mutter unrecht hatte, wo sie doch nichts von ihnen verlangte, was nicht dem Wohle Vesterias diente. Daphne glaubte es von ganzem Herzen, im Grunde glaubt sie es immer noch. Aber da ist eine Stimme in ihr, eine ganz leise Stimme, die sich fragt, ob Sophronia nicht vielleicht doch recht hatte, ob das, was die Kaiserin von ihr verlangt, falsch ist. Ob es falsch ist, dass sie sich darauf einlässt.

Nein, denkt Daphne. Sie setzt sich im Bett auf und schüttelt den Kopf, um ganz wach zu werden. Nein, solange das Haus Bayard existiert, hat ihre Mutter gesagt, so lange ist ihr Leben und das ihrer Familie in Gefahr. Es spielt keine Rolle, dass Reid und Gideon unschuldig sind, es spielt keine Rolle, dass Leopold Sophronia wirklich geliebt hat. Nichts davon zählt. Sie sind eine Bedrohung, ob mit Absicht oder nicht – und Daphne will niemanden mehr verlieren, den sie liebt.

Trotz des brennenden Kaminfeuers ist es kühl im Zimmer, daher zieht Daphne schnell ein schlichtes Wollkleid an, verzichtet aber darauf, ihre Zofe zu rufen, damit sie ihr beim Ankleiden hilft. Sie hüllt sich in ihren wärmsten Wollmantel, zieht dicke Socken und Stiefel an und verlässt den Raum. Im Korridor trifft sie auf ein Dienstmädchen, das ein Tablett mit einer Tasse dampfenden Tees zu Clionas Zimmer trägt. Sie hält sie an, um zu fragen, wo Bairre ist, und erfährt, dass er sich in den Ställen auf der Westseite des Schlosses aufhält. Daphne macht sich sofort auf den Weg und muss auch nicht lange nach ihm suchen – er steht draußen vor einer Stalltür und unterhält sich mit zwei jungen Pferdeknechten.

»Seid ihr euch sicher?«, fragt Bairre und schaut mit ernster Miene von einem zum anderen.

»Ja, Eure Hoheit«, bestätigt einer der beiden Stallburschen. Daphne schätzt ihn auf etwa dreizehn Jahre, sein Gesicht ist voller Sommersprossen und seine sandbraunen Haare stehen in alle Richtungen ab. »Ich schwöre bei den Sternen, genau das ist passiert.«

»Was ist passiert?«, fragt Daphne und geht auf sie zu.

Bairre dreht sich zu ihr um und trotz ihres unangenehmen Gesprächs vom Vortag fangen seine Augen an zu leuchten. »Daphne, die Prinzen ... sie sind ganz in der Nähe.«

»Tatsächlich?« Daphne weiß nicht, ob sie sich angesichts der Neuigkeit freuen oder fürchten soll. Ob sie die Antwort wirklich hören will.

Bairre deutet die widersprüchlichen Gefühle, die sich in ihrem Gesicht widerspiegeln, als Skepsis. »Ich meine es ernst«, versichert er ihr. »Es ist eine echte Spur.« Und zu den Jungen gewandt: »Na los, sagt es ihr.«

Der andere Stallbursche, der noch etwas jünger aussieht als der erste, mit dunkleren Haaren und rötlichen Wangen, strahlt Daphne aufgeregt an. »Da ist eine Gruppe von Männern im Wald. Sie haben Zelte aufgeschlagen. Einige von ihnen haben einen seltsamen Akzent.«

Daphne sieht rasch zu Bairre hinüber. Vielleicht ist es tatsächlich eine Spur. Wenn das so ist, muss sie sie ohne Bairre weiterverfolgen, und das geht nur, wenn sie ihn davon überzeugt, dass es sich nicht lohnt, ihr nachzugehen. »Das hat nichts zu bedeuten«, sagt sie und tut die Neuigkeit mit einem Schulterzucken ab. »Wir sind in der Nähe des Meeres, wo viele Reisende kommen und gehen. Hast du zwei Jungen in deinem Alter bei ihnen gesehen?«

»Nein, ich nicht und auch sonst keiner«, antwortet der Jüngere.

»Siehst du?«, wendet sich Daphne an Bairre. »Es gibt keine Hinweise darauf, dass es ...«

»Erzählt ihr von den Mänteln«, unterbricht Bairre sie.

»Den Mänteln?«, fragt Daphne.

»Ach ja, die Mäntel«, sagt der ältere Junge eifrig. »Na ja, also die Freundin von der Cousine der Nachbarin meiner Großmutter hat ein Geschäft in der Stadt, und die hat uns erzählt, dass ein Fremder hereinkam und Mäntel kaufen wollte, die zwei Jungen um die zwölf und vierzehn passen würden.«

»Zwölf und vierzehn?«, wiederholt Daphne, und ihr Herzschlag beschleunigt sich. »Bist du dir sicher?«

»Ja, Eure Hoheit«, bestätigt der ältere Junge. »Ich erinnere mich genau, denn ich bin dreizehn, aber groß für mein Alter. Meine Mutter hat meinen alten Mantel geholt und an diese Leute verkauft. Sie sagte, sie hätten mehr bezahlt, als der Mantel wert war, weil sie ihn dringend brauchten.«

Daphne und Bairre tauschen einen Blick aus. Gideon und Reid trugen Mäntel, als sie verschwanden, doch die waren nicht robust genug für das raue Wetter so weit im Nordosten, erst recht nicht, wenn man im Freien in einem Zelt übernachtet.

»Danke.« Bairre greift in seine Tasche, um für jeden Jungen einen Aster herauszuholen. »Und jetzt sattelt bitte die Pferde.«

Die Jungen schnappen sich die Münzen und rennen sofort los. Daphne sieht ihnen nach, während sie in Gedanken bereits einen Plan schmiedet.

»Wahrscheinlich hat es nichts zu bedeuten«, sagt sie zu Bairre und merkt selbst, wie wenig überzeugend sie klingt.

»Und wenn doch?«, fragt Bairre. »Ich habe ein gutes Gefühl bei der Sache, Daphne. Und ich möchte, dass du mitkommst. Ich könnte deine Hilfe gebrauchen.«

Ihre Hilfe bei der Rettung von Gideon und Reid, nicht bei deren Ermordung. Daphne spart sich jeden weiteren Einwand. Wenn ihre Mutter jetzt hier wäre, würde sie Daphne auffordern,

Bairre zu begleiten, ihn für ihre Zwecke einzusetzen und sich von ihm durch den Wald führen zu lassen, um danach das zu tun, was getan werden muss. Es wird ein Leichtes sein, ihn im Wald abzuhängen und allein nach den beiden Prinzen zu suchen. Sie hat ihre Dolche bei sich – es wird auch ein Leichtes sein, ihnen die Kehle durchzuschneiden. Die Jungen werden sie erst als Bedrohung wahrnehmen, wenn es zu spät ist. Sie wird es schnell und schmerzlos machen, die beiden werden nicht leiden müssen. Und danach wird sie schreien und so tun, als hätte sie die Jungen bereits tot aufgefunden, ermordet von ihren Entführern. Bairre wird sie niemals verdächtigen. Auf diese Idee käme er gar nicht.

Das ist es, was ihre Mutter ihr raten würde, und genau das wird sie tun, auch wenn sich ihr bei dem bloßen Gedanken daran der Magen umdreht.

»Ich bin bereit aufzubrechen, wenn du es bist«, sagt sie und zwingt sich zu einem Lächeln, das ihr wie die größte Lüge vorkommt, die sie ihm je aufgetischt hat.

»Ausgezeichnet.« Er erwidert ihr Lächeln. »Da ich nicht genau weiß, was uns erwartet, habe ich, kurz bevor du kamst, einen Pagen losgeschickt, damit er den anderen ausrichtet, dass sie sich bereit machen sollen.«

Daphne überlegt fieberhaft – ein Alleingang wird schwieriger, wenn Cliona, Haimish und Rufus mit von der Partie sind.

»Kommen der Diener und die Wachen auch mit?«, fragt sie.

Bairre sieht sie forschend an. »Levi, Niels und Evain«, bestätigt er. »Wie viele Männer sich in dem Lager aufhalten, konnten uns die beiden Stallburschen nicht sagen. Vorsicht ist besser als Nachsicht, besonders wenn das Leben von Kindern auf dem Spiel steht.«

»Natürlich«, sagt Daphne, und ihr Magen verknotet sich noch mehr.

Es dauert etwas mehr als eine Stunde, bis sie den Wald von Trevail erreichen, und anders als am Vortag führt Bairre die Gruppe jetzt weiter nach Norden, da die Stallburschen gesagt haben, das Lager liege in der Nähe des Flusses Tack.

»Wir gehen besser zu Fuß weiter, damit sie uns nicht kommen hören«, sagt Bairre und bringt sein Pferd zum Stehen. Er steigt ab und Daphne und die anderen folgen seinem Beispiel.

»Levi, Niels, Evain, ihr drei schleicht euch von Norden an, wir anderen kommen von Süden. Schwärmt aus, um so viel Fläche wie möglich abzudecken«, weist er alle an. »Falls ihr auf die Jungen stoßt, denkt daran: Ihre Sicherheit hat Vorrang vor allem anderen. Greift nicht an, wenn ihr in der Unterzahl seid, merkt euch die betreffende Stelle und holt Hilfe. Tötet nur, wenn es unbedingt nötig ist – ich will von den Entführern Antworten auf meine Fragen haben.«

Alle nicken, und Daphne ist beeindruckt von der Autorität, mit der Bairre seine Befehle erteilt. Seit er nach Cillians Tod widerwillig die Rolle des Prinzen übernehmen musste, hat er keinerlei Interesse am Regieren erkennen lassen, was jedoch, wie Daphne inzwischen weiß, zum Teil an seiner Sympathie für die Rebellen liegt. Aber wenn sie ihn jetzt so sieht, erkennt sie, dass er das Zeug zu einem starken Anführer hat, egal ob er jemals eine Krone tragen wird oder nicht.

An einer hohen Eiche binden sie die Pferde fest und schlagen dann getrennte Wege ein. Sobald Daphne genug Abstand zwischen sich und die anderen gebracht hat, zieht sie ihre Dolche und hält einen in jeder Hand, während sie sich einen Weg bahnt und nach Anzeichen sucht, dass sich hier Menschen aufhalten. Ihre Schritte sind leise, ihre Bewegungen schnell – wenn die Prinzen tatsächlich in der Nähe sind, muss sie den anderen zuvorkommen.

Beim Gehen dreht sie geistesabwesend die Dolche in ihren Händen, eine nervöse Angewohnheit, obwohl es doch, wie sie sich einzureden versucht, gar keinen Grund gibt, nervös zu sein. Ihr ist klar, was sie zu tun hat, und es wird auch nicht das erste Mal sein, dass sie jemanden umbringt. Alles, was sie über Gideon und Reid weiß, legt nahe, dass es noch nicht einmal eine echte Herausforderung sein wird. Doch in der tödlichen Stille des Waldes wird Sophronias Stimme in Daphnes Kopf immer lauter.

Gewiss hast du inzwischen erkannt, wie falsch sie liegt, wie falsch wir liegen, wenn wir ihrem Willen folgen.

Daphne ist so gefangen genommen von der Stimme, dass sie noch nicht einmal mehr sagen könnte, ob sie Minuten oder Stunden gelaufen ist. Der Stand der Sonne, die durch das Blätterdach der Bäume lugt, verrät ihr allerdings, dass es nicht allzu lange her sein kann. Dreißig Minuten? Fünfundvierzig?

»Gideon, bleib stehen.« Eine Stimme, die Temarinisch spricht, reißt Daphne abrupt aus ihren Gedanken, und sie bleibt stehen, hin- und hergerissen zwischen erwartungsvoller Aufregung und Furcht. Sie kennt diese Stimme. Reid. Die Jungen sind hier. Und was noch überraschender ist ... Reid klingt nicht ängstlich oder verärgert, er klingt, als würde er jeden Augenblick loslachen.

»Seid still, ihr beiden«, sagt eine zweite Stimme, ebenfalls in Temarinisch und ohne jede Spur eines anderen Akzents. Die Stimme ist männlich, und Daphne hat sie noch nie gehört, aber sie klingt nicht unfreundlich.

Sie schleicht sich näher heran, steckt im Gehen ihre Dolche weg und greift stattdessen nach Pfeil und Bogen. Geduckt erklimmt sie einen Schneegrat und geht dahinter in Deckung.

Sie betrachtet die Szene, die sich ihr bietet: eine kleine Waldlichtung mit drei Zelten und einem heruntergebrannten Lagerfeuer. Gideon und Reid befinden sich auf der gegenüberliegenden Seite und bewerfen sich gegenseitig mit Schneebällen, während ein junger Mann müßig auf einem Felsblock sitzt. Daphne hat sein Gesicht nur im Profil vor sich, erkennt aber genug, um festzustellen, dass er gut aussieht, wenn auch etwas mürrisch. Daphne richtet ihren Pfeil auf ihn, denn sie muss ihn als Erstes ausschalten. Aber wenn sie jetzt schießt, werden Gideon und Reid schreien und die anderen auf sich aufmerksam machen, und das kann sie nicht zulassen.

»Wie lange bleiben wir noch hier, Ansel?«, fragt Gideon und unterbricht die Schneeballschlacht mit seinem Bruder, um auf den Mann zuzugehen.

Ansel. Der Name löst bei Daphne eine vage Erinnerung aus, aber sie kann immer noch nicht zuordnen, woher sie ihn kennt.

»Mindestens noch einen Tag«, sagt er und schüttelt den Kopf. »Wegen des Wetters bleiben alle Schiffe vorerst im Hafen. Niemand geht das Risiko ein, das Whistall-Meer bei derart ungünstigen Bedingungen zu befahren.«

Gideon stößt einen lauten Seufzer aus. »Aber Leopold ...«

»Dein Bruder will bestimmt nicht, dass euer Schiff in einen Strudel gerät, er kann genauso gut noch ein paar Tage warten«, wehrt Ansel ihn ab.

Daphnes Haut fängt an zu kribbeln. Ansel – wer auch immer er ist – lügt Gideon und Reid an und verspricht ihnen, dass er sie zu Leopold bringen wird. Wer ist dieser Ansel, dass sie ihm das so einfach glauben?

Eugenia hat von einem Ansel gesprochen, fällt ihr plötzlich ein. So hieß der junge Aufständische, mit dem Violie angeblich konspiriert hat und der maßgeblich am Putsch in Kavelle beteiligt war. Der Gedanke daran versetzt sie in Wut, aber die Erkenntnis ergibt trotzdem keinen Sinn – warum sollten Gideon und Reid ihm vertrauen?

»Leo!« Reids Stimme lässt Daphne hochschrecken, und sie blickt zuerst zu ihm und dann zu der Gestalt, die von der anderen Seite des Waldes auf die Lichtung kommt. Levi, oder besser gesagt, Leopold. Ein und derselbe. Daphne richtet ihren Pfeil auf ihn, dann wieder auf Ansel. Nach kurzer Abwägung belässt sie ihn dort.

»Geht hinter mir in Deckung, alle beide«, befiehlt Leopold den Jungen, aber sein Blick ist auf Ansel gerichtet. Er umklammert sein Schwert mit beiden Händen, so fest, dass seine Fingerknöchel weiß hervortreten.

Mit vor Schreck aufgerissenen Augen tut Reid, was er sagt. Gideon will seinem Bruder folgen, doch da packt Ansel ihn, schiebt ihn als Schild vor sich und drückt ihm seinen Dolch an den Hals.

Daphne könnte mit ein paar Pfeilen die Sache erledigen – einen für Ansel, der Gideon im Sterben die Kehle durchschneidet, dann einen für Leopold und schließlich einen für Reid. Sie weiß, dass jeder Schuss sein Ziel treffen würde, aber sie kann keine drei Pfeile abfeuern, ohne zu verhindern, dass jemand schreit – und wenn der gesamte Suchtrupp zu Hilfe kommt und sieht, dass es ihre Pfeile sind, die in den Toten stecken, gerät Daphne in Erklärungsnot.

Sie stößt einen halblauten Fluch aus. Es bleibt ihr nichts anderes übrig, als zu warten und zu beobachten.

»Du solltest eigentlich tot sein«, fährt Ansel Leopold an. »Wenn diese Schlampe nicht ...«

»Sophronia war schlauer als du«, unterbricht Leopold ihn. Als sie den Namen ihrer Schwester hört, umklammert Daphne ihren Bogen noch fester.

»Leo, hilf mir«, wimmert Gideon leise. Selbst aus der Ferne kann Daphne sehen, wie sich Ansels Klinge in Gideons Hals drückt – es kommt noch kein Blut, aber viel fehlt nicht mehr.

»Lass ihn los, Ansel«, sagt Leopold sehr ruhig.

»Ich glaube nicht, dass ich das tun werde.« Ansel macht einen Schritt zurück, dann noch einen und zieht dabei Gideon mit sich. »Ich werde jetzt gehen, zusammen mit ihm.«

»Wohin bringst du ihn?«, will Leopold wissen. Zuerst wundert sich Daphne über diese lächerliche Frage, dann begreift sie, warum er sie stellt. Leopolds Augen huschen für einen kurzen Moment in ihre Richtung. Er weiß, dass sie da ist, und er erkauft ihr mit dieser Frage Zeit.

»Mein Auftraggeber bezahlt mich gut, damit ich das für mich behalte«, antwortet Ansel.

»Die Kaiserin, meinst du wohl«, sagt Leopold, und Daphne schluckt.

Nein. Das kann nicht sein. Nicht, weil ihre Mutter nicht in der Lage wäre, die Prinzen zu entführen, sondern weil sie ihr, Daphne, befohlen hat, sie zu töten.

»Die Kaiserin und ich gehen getrennte Wege, seit sie ihre Männer geschickt hat, um mich zu töten – und das obwohl ich genau das getan habe, was sie von mir wollte«, stößt Ansel hervor.

»Sophie töten, meinst du«, stellt Leopold klar.

Daphne scheint das Blut in den Adern zu gefrieren, als sie begreift, was Leopold vorhat: Er will nicht nur Zeit gewinnen, sondern sie gegen ihre eigene Mutter aufbringen. Glaubt er ernsthaft, sie würde den Worten dieses Fremden trauen?

»Sophie ...« Ansel spricht den Namen voller Hohn aus. »Willst du ihre letzten Worte hören? Was sie sagte, nachdem du sie verlassen hast ...«

»Das habe ich nicht«, begehrt Leopold auf, aber Ansel ignoriert ihn.

»Sie hat tagelang geschluchzt, war untröstlich. Fast hätte ich Mitleid mit ihr bekommen.«

Daphne ist so entgeistert von seinen Worten, von der schieren Falschheit, dass sie fast zu spät bemerkt, wie Ansel mit der freien Hand hinter seinem Rücken einen weiteren Dolch aus seinem Waffengürtel zieht. So wie er Gideon als Schutzschild vor sich hält, kann Leopold die Bewegung nicht sehen, und auch nicht, dass Ansel die Hand hebt, um den Dolch zu werfen.

Bevor sie es sich anders überlegen kann, lässt Daphne den Pfeil los. Er sirrt durch die Luft, knapp an Gideons Kopf vorbei, und bohrt sich in Ansels Hals.

Gideon schreit auf, Reid schreit auf, während Leopold und Daphne schweigend zusehen, wie Ansel gurgelnd zu Boden sinkt und stirbt.

Als es vorbei ist, sieht Leopold Daphne an und sie ihn. Aber es bleibt keine Zeit zum Reden, denn schon hört Daphne Schritte aus verschiedenen Richtungen auf sich zukommen. Sie klettert über die Schneewehe und rennt los, um vor den anderen bei Leopold zu sein.

»Du bleibst vorerst Levi, der Diener«, herrscht sie ihn an, dann wendet sie sich Gideon und Reid zu, die sichtlich aufgewühlt sind. »Ihr müsst so tun, als würdet ihr ihn nicht kennen, in Ordnung? Nur für eine Weile.«

Sie nicken, gerade als Bairre, Cliona und Rufus die Lichtung betreten.

»Was ist passiert?«, ruft Bairre. Seine Augen tasten Daphne von Kopf bis Fuß ab, suchen nach Verletzungen, bevor er sich dem Anblick widmet, der sich ihm bietet: Gideon und Reid lebendig und wohlauf, ein toter Mann mit Daphnes Pfeil in seinem Hals.

»Levi hat ihn abgelenkt und ich habe geschossen«, erklärt Daphne und zuckt mit den Schultern, als wäre es das Einfachste auf der Welt, was es für eine Schützin wie sie ja im Grunde auch ist.

»Gut gemacht.« Bairre nickt zuerst ihr, dann Leopold zu, bevor er zu den beiden Jungen geht. »Und jetzt bringen wir euch beide zurück zum Schloss und sagen eurer Mutter Bescheid. Sie hat sich große Sorgen gemacht.«

Erneut treffen sich die Blicke von Daphne und Leopold – das Letzte, was sie jetzt brauchen, ist, dass Eugenia informiert wird.

Als sie aus dem Wald hinaustreten, wird Daphne klar, wie viel einfacher die Dinge gewesen wären, wenn sie Ansel hätte gewähren lassen und ihn erst getötet hätte, nachdem er Leopold erledigt hatte. Leopold wäre gestorben, und wenn sie richtig gezielt hätte, hätte Ansel sogar noch Zeit gehabt, Gideon umzubringen, bevor auch er tot umgefallen wäre, sodass Daphne nur noch Reid hätte töten müssen. Ihre Gedanken kreisen immer wieder um das Wortgefecht zwischen Leopold und Ansel.

Mag sein, dass sie es sich selbst schwerer gemacht hat, aber zumindest wird Leopold jetzt lange genug leben, um ihre Fragen zu beantworten.

Daphne

Als Daphne an diesem Abend vor Leopolds Zimmer im Schloss steht, ist sie fast ein wenig enttäuscht, dass die Tür nicht abgeschlossen ist und ihr Talent im Schlösserknacken somit nicht gefragt. Nach einem festlichen Abendessen zur Feier des Tages ist sie zurück in ihr Zimmer geeilt und hat sich von ihrem Dienstmädchen bettfertig machen lassen, nur um sich wenig später wieder hinauszustehlen und in Leopolds Zimmer zu schleichen. Sie nutzt die Gelegenheit, um das Zimmer nach Briefen oder anderen Hinweisen zu durchsuchen, die für ihre Zwecke nützlich sein könnten, doch sie findet nichts weiter als ein paar Kleidungsstücke zum Wechseln. Also setzt sie sich auf die Kante seines schmalen Bettes und wartet.

Es dauert nicht lange, bis die Tür aufgeht und Leopold eintritt. Als er sie sieht, hält er inne.

Einen Moment lang starren sie sich nur an, und erneut sucht Daphne in seinem Gesicht nach Hinweisen darauf, was Sophronia an ihm so bezaubert hat, dass sie ihrer eigenen Familie den Rücken kehrte. Zugegeben, er sieht ganz gut aus, aber das allein kann es nicht sein, und Daphne versteht einfach nicht, was ihre Schwester an ihm fand.

»Ich weiß nicht mehr, wie ich dich nennen soll«, sagt er nach einem Moment und schließt die Tür hinter sich. »Es käme mir albern vor, dich immer noch mit Eure Hoheit anzusprechen, obwohl du längst weißt, wer ich bin.« Er zögert, aber als Daphne weiter schweigt, fährt er fort. »Sophie hat so oft von dir gesprochen, dass ich dich fast Daph nennen will.«

Daphne kann nicht verhindern, dass sie zusammenzuckt. »Nein«, sagt sie mit fester Stimme. »Daphne reicht völlig.«

»Dann eben Daphne.« Leopold nickt. »Ich bin dir ein Dankeschön schuldig, weil du mich und meine Brüder gerettet hast.«

In Daphnes Kopf verdrehen sich seine Worte in ihr Gegenteil – sie hat sie nicht gerettet, nicht wirklich, sie hat nur das Unvermeidliche ein wenig hinausgezögert.

»Es muss ein Schock für dich gewesen sein«, sagt er. »Als du herausgefunden hast, wer ich bin.«

Daphne lacht unwillkürlich laut auf. »Oh, ich bin fast sofort darauf gekommen«, stellt sie klar. »Aber zugegeben, ich war mir lange nicht sicher, was ich mit dieser Erkenntnis anfangen sollte, und ich wollte nicht, dass du die Flucht ergreifst, sobald du den Verdacht schöpfst, dass ich dich durchschaut habe.«

»Sollte ich denn die Flucht ergreifen?«, fragt er misstrauisch. Der Blick in seinen Augen erinnert Daphne an den eines eingesperrten Tiers, das nach einem Ausweg sucht. Sie könnte ehrlich zu ihm sein und ihm sagen, dass er seine Brüder zurücklassen muss, wenn er flieht, weil er sonst riskieren würde, dass Bairre ihm folgt. Er hat sie bereits einmal aufgespürt, er könnte es wieder tun, und Leopold ist ein Fremder in Friv. Es ist die Wahrheit, und es würde wahrscheinlich dem Zweck dienen, ihn in ihrer Nähe zu halten, aber Daphne entscheidet sich für einen sanfteren Ansatz. Sie beißt sich auf die Lippe, wie es Sophronias Angewohnheit war, und versucht, so zu wirken, als würde sie innerlich mit sich ringen.

»Du warst mit diesem Dienstmädchen unterwegs, bevor du nach Friv gekommen bist, nicht wahr?«, fragt sie. »Violie?«

Leopold runzelt die Stirn, nickt aber kurz.

»Sie hat mich überrumpelt«, erklärt Daphne. Auch wenn sie sich diese Worte in den letzten Stunden sorgsam zurechtgelegt hat, schmecken sie dennoch bitter, und sie muss sich regelrecht dazu zwingen, sie auszusprechen. »Wenn sie mir nur die Chance gegeben hätte, zu verstehen, was sie sagt – stell dir vor, jemand erzählt dir, deine Mutter hätte deine Schwester ermordet. Würdest du das sofort glauben?«

Ein seltsamer Ausdruck flackert über Leopolds Gesicht, aber er ist verschwunden, bevor Daphne ihn deuten kann. Sie fährt fort.

»Dabei hat Sophronia unserer Mutter tatsächlich gegen Ende ihres Lebens nicht mehr vertraut. Das hat sie mir selbst gesagt, aber ich habe sie nicht ernst genommen.« Sie hält inne und holt tief Luft. »Was auch immer du von mir denken magst, ich habe meine Schwester sehr geliebt und vermisse sie jeden Tag.« Zumindest das entspricht der Wahrheit. »Und wenn meine Mutter tatsächlich etwas mit ihrem Tod zu tun hatte, dann möchte ich, dass sie dafür geradesteht.«

Einen langen Moment herrscht Schweigen zwischen ihnen, und Daphne befürchtet schon, dass sie zu dick aufgetragen hat, dass sie doch keine so gute Schauspielerin ist, wie sie dachte, dass er ihr den Gesinnungswandel nicht abnimmt. Doch dann wird Leopolds Gesichtsausdruck weich.

»Sophie wollte es anfangs auch nicht glauben«, sagt er leise, und Daphne versteift sich.

»Wie meinst du das?«, fragt sie.

»Ansel war derjenige, der es ihr erzählt hat. Du hast ja selbst gehört, wie er zugab, dass er in Diensten deiner Mutter stand«, sagt er.

Daphne streitet es nicht ab, aber was sie von Ansel gehört hat, war nicht gerade ein besonders gewichtiges Geständnis. Und nur weil er einmal für ihre Mutter gearbeitet hat, bedeutet das nicht, dass sie hinter Sophronias Tod steckt. Viel wahrscheinlicher ist, dass Ansel ein falsches Spiel getrieben und die Kaiserin hintergangen hat.

Leopold fährt fort: »Zu diesem Zeitpunkt wusste sie wohl bereits, dass ihre Mutter mit den Rebellen zusammenarbeitete, dass sie das Komplott inszeniert hatte, um sie – um uns – zu töten. Aber da glaubte sie noch, es sei lediglich eine Reaktion der Kaiserin auf ihr eigenes Handeln – sie war überzeugt davon, dass sie in den Augen ihrer Mutter versagt und ihre Befehle missachtet hatte. Sie hielt es für eine Strafe.«

Daphne muss sich plötzlich anstrengen, um das Atmen nicht zu vergessen. Ihre Mutter ist keine nachsichtige Frau, darüber macht sie sich keine Illusionen. Wenn sie das so hört, kann Daphne beinahe glauben, dass ihre Mutter Sophronia wirklich getötet haben könnte. Wäre sie zu so einer Tat fähig gewesen, wenn sie den Verdacht gehabt hätte, dass Sophronia ihre Pläne in Gefahr bringt? Daphne möchte Nein sagen, aber die Wahrheit ist, dass sie die Antwort nicht kennt.

»War es eine Strafe?«, fragt sie.

Leopold sieht sie an, und einen Moment lang hat Daphne das Gefühl, dass er jedes ihrer wohlbehüteten Geheimnisse durchschaut. Sein Blick ist beinahe mitleidig.

»Nein«, antwortet er. »Ansel hat gesagt, dass der Mord an Sophronia von Anfang an geplant war. Dass deine Mutter jede von Sophies Handlungen vorausgesehen hat. Dass alles nach dem Plan eurer Mutter auf das Ende zugelaufen ist, das schließlich eingetreten ist – nun ja, fast. Deine Mutter wollte auch meinen Tod. Aber zumindest in diesem Fall hat Sophie es geschafft, sie zu überraschen, indem sie ihren Sternenwunsch nutzte, um mein Leben zu retten.«

Daphne tastet unwillkürlich nach ihrem eigenen Wunscharmband, das sie am Handgelenk trägt. Wenigstens eine ihrer Fragen ist damit beantwortet, obwohl sie sich mit dieser Information nicht besser fühlt. Sie vermisst ihre Schwester dadurch nur noch mehr.

»Beatriz hat es bestätigt, als sich unsere Wege kreuzten«, sagt Leopold und reißt Daphne aus ihren Gedanken.

Sie runzelt die Stirn. »Beatriz hat was bestätigt?«

»Dass eure Mutter Sophie absichtlich getötet hat. Sie sagte, sie hätte auch versucht, sie selbst, Beatriz, zu töten, nur dass in Cellaria dann nicht alles nach ihrem Plan verlief.«

Daphne kann sich ein Schnauben nicht verkneifen. »Ich würde Beatriz nicht allzu ernst nehmen – sie war schon immer diejenige von uns, die es nicht lassen konnte, um alles einen großen Wirbel zu machen. Wahrscheinlich wittert sie jetzt überall ein Mordkomplott, besonders nach Sophies Tod.«

»Da bin ich mir nicht so sicher«, sagt Leopold vorsichtig, und Daphne hat das Gefühl, dass er sie ganz bewusst mit Samthandschuhen anpackt, was sie verabscheut. »Als wir Beatriz getroffen haben, war sie mit Nigellus unterwegs. Er war derjenige, der sie über die Machenschaften der Kaiserin aufgeklärt hat.«

Daphne wird flau im Magen. »Nigellus?«, fragt sie. »Bist du sicher?«

»Ganz sicher«, bestätigt er. »Deshalb sind wir nach Friv gekommen – nicht nur, weil es der einzige Ort ist, an dem ich sicher sein kann, sondern ... nun ja ...« Er bricht ab, ringt nach Worten. »Ich glaube, Sophie hätte es so gewollt. Dass wir dich und Beatriz warnen und euch beschützen, wenn irgend möglich.«

Daphne weiß nicht, ob sie über seine Worte lachen oder

schluchzen soll. Sie bezweifelt, dass sie in Gefahr schwebt – und wenn, dann geht die Gefahr nicht von ihrer Mutter aus –, aber sie weiß auch, dass er recht hat, was Sophronia angeht. Selbst als ihr eigenes Leben auf dem Spiel stand, hat sie immer zuerst an andere gedacht: an Leopold, an sie und auch an Beatriz.

Zum ersten Mal, seit sie von Sophronias Tod erfahren hat, trifft sie diese Wahrheit wie ein Schlag vor die Brust. Sie hält sich eine Hand vor den Mund, als könne sie so ihre Gefühle zurückhalten, doch sie merkt erst, dass sie längst weint, als Leopold seine Hand auf ihre Schulter legt. Daphne blickt zu ihm auf, und in seinem Gesicht begegnet sie wieder diesem schrecklichen Mitleid, aber auch einem Ausdruck von Verständnis, was Daphne noch weniger erträgt.

Leopold kann sie nicht verstehen. Sie teilen nicht das gleiche Schicksal. Egal was er glauben mag, er hat Sophronia nicht geliebt, nicht wirklich, nicht so wie Daphne. Hätte er das, hätte er sie nicht sterben lassen.

Aber kaum ist dieser Gedanke da, hört sie Sophronias Stimme wieder in ihrem Kopf, in den Worten ihres letzten Briefs. *Ich brauche deine Hilfe, Daph.*

Sie streift Leopolds Hand ab und tritt einen Schritt zurück. »Mir geht es gut«, versichert sie und klingt rauer, als sie es beabsichtigt hat. Sie zwingt sich, Ruhe zu bewahren, zumindest nach außen hin. »Es geht mir gut«, wiederholt sie. »Es ist nur ... immer noch schwierig, über sie zu sprechen. Und den Gedanken zuzulassen, dass das, was du sagst, die Wahrheit ist.«

Leopold nickt und macht keine Anstalten, wieder auf sie zuzugehen. Stattdessen verschränkt er die Hände hinter dem Rücken, doch sein Blick verrät seine Anspannung. »So seltsam es auch klingen mag, ich kann das bis zu einem gewissen Grad nachvollziehen«, erklärt er. »Meine Mutter will mich ebenfalls tot sehen.«

Daphne schaut ihn forschend an, auch wenn sie nicht wirklich überrascht ist, wenn sie bedenkt, was Violie über Eugenia gesagt hat und wie die Königinmutter selbst in ihrer Gegenwart über Leopold gesprochen hat.

»Ich habe es anfangs genauso wenig geglaubt«, fährt er fort. »Aber ich wurde sehr viel schneller mit harten Beweisen konfrontiert als du.«

Ein beklommenes Gefühl setzt sich in Daphne fest, als sie sich zu einem Nicken zwingt. Auch wenn sie nur vorgibt, sich gegen ihre Mutter zu stellen, fühlt sie sich unwohl damit, obwohl sie sicher ist, dass die Kaiserin, wenn sie hier wäre, Daphnes Täuschungsmanöver angesichts ihrer höheren Ziele befürworten würde.

Aber gerade jetzt will sie keinen Moment länger in Leopolds Nähe bleiben, nicht mit dem Geist Sophronias und diesem vorgetäuschten Band zwischen ihnen, von dem er glaubt, sie hätten es aus gegenseitigem Verständnis füreinander geknüpft. Es ist zu viel, und plötzlich ist Daphne erschöpft, von dieser und von all den anderen Täuschungen. In diesem Moment würde sie alles in der Welt dafür geben, Sophronia zurückzuhaben, und sei es nur für ein paar kostbare Augenblicke.

»Er hat dich angelogen, weißt du«, platzt es aus ihr heraus, bevor sie sich zurückhalten kann.

»Wer?«, fragt Leopold.

»Ansel«, erklärt sie. »Als er behauptete, sie wäre untröstlich gewesen und hätte tagelang geschluchzt, nachdem du sie verlassen hattest.«

Er antwortet nicht, aber Daphne kann den Zweifel in seinen Augen sehen, die Schuldgefühle, die sich dort spiegeln. Sie selbst ist Leopold nichts schuldig, schon gar keine Gnade, aber Sophronia würde wollen, dass er zumindest diese Gewissheit hat, das weiß sie.

»Ich habe mit ihr gesprochen«, berichtet sie. »Der frivianische Sternenstaub kann mächtiger sein als der normale, er kann es uns Sternenberührten ermöglichen, Verbindung miteinander aufzunehmen. An dem Tag, an dem sie … Ich habe ihn benutzt, um mit ihr und Beatriz zu sprechen. Sie war nicht untröstlich und weinte auch nicht. Sie bat Beatriz und mich, auf dich aufzupassen, dich zu beschützen. In ihren letzten Momenten war sie nicht zornig auf dich, weil du sie verlassen hattest, sondern erleichtert, dass du entkommen konntest.«

Leopold schweigt einen Moment, aber sie kann förmlich sehen, wie ihre Worte zu ihm durchdringen. »Danke, Daphne«, sagt er. »Ich hatte gehofft, dass Sophie sich nicht in dir getäuscht hat.«

Diese letzten Worte verfolgen Daphne auf dem Weg aus seinem Zimmer. Sie schafft es gerade noch bis zur Treppe, dann kann sie ihre Tränen nicht mehr zurückhalten. Mit einer Hand hält sie sich am Geländer fest, während sie die andere auf die Lippen presst, um die aufwallenden Gefühle zurückzudrängen, doch ohne Erfolg. Die Schluchzer zerren schmerzhaft an ihrem Körper, aber noch schlimmer ist die Scham, die in ihr brennt. Sie fühlt sich erbärmlich schwach, wie sie da steht und heult wie ein kleines Mädchen. Sie weiß, dass ihre Mutter enttäuscht wäre, wenn sie sie jetzt sehen könnte, doch dieser Gedanke lässt sie nur noch mehr schluchzen.

Eine Hand legt sich auf ihre Schulter, und sie wirbelt herum, in der Erwartung, sich erneut Leopold und dem verhassten Mitleid in seinen Augen stellen zu müssen, aber stattdessen ist es Bairre, den sie vor sich sieht.

Sie entzieht sich nicht, sondern wendet sich ihm zu, drückt ihr Gesicht an seine Schulter und schlingt ihre Arme um seinen Hals, als könne sie in seiner Umarmung verschwinden, wenn sie ihn nur fest genug hält.

Sie spürt seine Überraschung, aber Bairre legt seine Arme um sie, eine Hand reibt sanfte kleine Kreise zwischen ihren Schulterblättern.

Er ist empfindsam genug, nichts zu sagen – keine Fragen, keine tröstenden Worte, keine bedeutungsleeren Plattitüden. Er hält sie einfach nur fest und lässt sie weinen.

Als sie keine Tränen mehr in sich hat, löst sie sich zögernd aus seinem Griff und fährt sich mit der Hand über die Augen.

»Levi ist König Leopold«, sagt sie und versucht, sich wieder auf das Wesentliche zu konzentrieren statt auf ihre eigenen Gefühlsduseleien. Sie hatte ohnehin vor, es ihm zu sagen, auch wenn sie gehofft hat, sich dabei besser unter Kontrolle zu haben.

Bairre wirkt überrascht, wenn auch nicht völlig schockiert angesichts der Neuigkeit. Wahrscheinlich ergibt es auch für ihn einen Sinn – Leopolds Akzent war von Anfang an verdächtig, und es war unübersehbar, dass Gideon und Reid ihm nach ihrer Rettung nicht von der Seite wichen. Bairre muss gewusst haben, dass etwas nicht stimmte, auch wenn er nicht benennen konnte, was es war.

»Im Moment interessiert mich Leopold nicht«, sagt Bairre, bevor er den Kopf schüttelt. »Ich meine, das tut er natürlich schon, aber du bist …«

»Mir geht es gut«, unterbricht sie ihn, obwohl die Worte eine offensichtliche Lüge sind und ihr klar ist, dass Bairre sie ihr nicht abnimmt. Sie glaubt ja nicht einmal selbst daran. Sie kann zwar nicht mehr weinen, fühlt sich jedoch völlig leer und so schwach, als könnte bereits der kleinste Windhauch sie von den Beinen fegen. Sie sieht zu Bairre auf und ist erleichtert, dass er sie wenigstens nicht mitleidig anschaut oder so tut, als würde er sie verstehen. Aber vielleicht ist es sogar noch schlimmer, denn er schaut sie an, als würde es ihm wehtun, sie leiden zu sehen.

»Wird es irgendwann leichter?«, fragt sie ihn.

Er fragt nicht, was sie meint. »Nein«, sagt er. »Darf ich dich zurück in dein Zimmer bringen?«

Daphne sollte Ja sagen. Sie sollte sich von ihm zurück in ihr Zimmer begleiten lassen, ihm Gute Nacht sagen und allein ins Bett gehen. Sie sollte morgen aufwachen und vergessen, dass dieses Gespräch jemals stattgefunden hat, diesen Moment der Schwäche für immer aus ihrem Kopf verbannen. Sie sollte vergessen, wie es sich angefühlt hat, von ihm gehalten zu werden, wie sicher sie sich in seinen Armen fühlte. Nicht schutzlos, selbst im Moment des Zusammenbruchs. Sie sollte die Tür zwischen ihnen schließen und sich in Erinnerung rufen, dass sie auch allein gut zurechtkommt – dass sie allein besser zurechtkommt.

Stattdessen schüttelt sie den Kopf. »Ich will nicht allein sein«, sagt sie leise. »Kann ich … kann ich bei dir bleiben?«

Die Frage zu stellen, fühlt sich an, als würde sie ihre Seele hungrigen Aasgeiern zum Fraß vorwerfen. Einen schrecklichen Moment lang fürchtet sie, dass er Nein sagen wird, dass er ihr sagen wird, dass er keinen Moment länger mit ihr zusammen sein will, weil sie sich zu offen, zu emotional, zu bedürftig gezeigt hat. Dass das zerbrechliche Band, das einst zwischen ihnen existierte, längst zerrissen ist, durchtrennt von den Lügen und Geheimnissen, die sich zwischen ihnen aufgebaut haben.

Es ist ein furchtbares Gefühl, wird ihr klar, jemanden zu brauchen, und sei es nur für einen Moment. Ihre Mutter hatte recht, es ist besser, auf niemanden angewiesen zu sein außer auf sich selbst.

Anstatt zu antworten, nimmt er ihre Hand in seine und führt sie die Wendeltreppe hinunter, weg vom Korridor der Dienerschaft und in den königlichen Flügel. Dort angekommen, steuert er nicht nach links auf ihr Zimmer zu, sondern biegt nach rechts ab und bringt sie zu seinem.

In vielerlei Hinsicht gleicht sein Zimmer ihrem eigenen, mit einem großen Bett, das mit warmen Pelzen ausstaffiert ist, einem prasselnden Kamin und schweren Samtvorhängen an den Fenstern, aber sein Zimmer ist in tiefem Marineblau gehalten und nicht in Lavendeltönen, wie sie ihren Raum bestimmen. Als er die Tür hinter ihr schließt, bleibt er unbeholfen stehen und beobachtet sie mit wachsamen Augen, als wüsste er nicht, was er von ihr erwarten soll.

Ihre Finger fahren zu dem Schnürband, das ihren Umhang am Hals festhält, und sie streift ihn ab, sodass sie nur noch in ihrem Nachthemd vor ihm steht. Dann geht sie zu seinem Bett und kriecht unter die Decke, dreht sich auf die Seite und betrachtet ihn, aber er rührt sich nicht vom Fleck.

»Ich habe nicht vor, dir dein Bett zu stehlen«, sagt sie ihm. »Es ist ja nicht das erste Mal, dass wir es teilen.«

»Das war etwas anderes«, wendet er ein. »Damals wurdest du vergiftet.«

»Es war schön«, gesteht sie. »Nicht, vergiftet worden zu sein«, fügt sie schnell mit einem kleinen Lächeln hinzu. »Aber gehalten zu werden. Es war schön, von dir gehalten zu werden.«

Er stößt die Luft aus, sagt jedoch nichts, also fährt Daphne fort.

»Kommt es dir auch so vor, als wären wir damals andere Menschen gewesen?«, fragt sie. »Aber genau das waren wir wohl. Gekleidet in Rüstungen aus Lügen.«

»Es war nicht alles Lüge«, sagt er leise.

»Du hast mich als Blitz bezeichnet«, sagt sie. »*Furchterregend und schön und gefährlich und strahlend zugleich*. Ich nehme an, jetzt bin ich nur noch furchterregend und gefährlich statt strahlend und schön.«

Einen Moment lang schweigt er, aber schließlich schüttelt er den Kopf. »Das bist du immer noch, alles davon. Daphne ...«

Sie weiß nicht, was er sagen will, aber sie weiß, dass sie es nicht hören will.

»Bitte, halt mich einfach fest«, unterbricht sie ihn, bevor er die Worte herausbringen kann.

Seine Schultern sacken herab, doch dann nickt er, kommt auf die andere Seite des Betts und streckt sich neben ihr aus, einen Arm um ihre Taille gelegt. Sie nimmt wahr, wie ihr ganzer Körper unter seiner Berührung weicher wird. Ihre Augenlider fallen zu, und während sie sich auf den Rhythmus seines Herzschlags konzentriert, spürt sie, wie ihr eigener sich verlangsamt.

»Leopold hat seine wahre Identität geheim gehalten, weil er davon überzeugt ist, dass meine Mutter für den Mord an Sophie verantwortlich ist, und nicht wusste, ob er mir trauen kann«, sagt sie in die Stille hinein. Sie hofft, dass die Worte laut ausgesprochen genauso lachhaft klingen wie in ihren Gedanken, aber das ist nicht der Fall. Während sich die Stille zwischen ihnen ausdehnt, kann sie regelrecht hören, wie Bairre darüber nachdenkt, wie er sie abwägt, als könnten sie die Wahrheit sein.

»Natürlich ist das nicht die Wahrheit, das wäre absurd«, fügt sie hinzu. »Aber ich habe so getan, als würde ich ihm glauben, um sein Vertrauen zu gewinnen.«

»Hmmm«, macht Bairre, der Laut ist wie ein Grollen in seiner Brust, das Daphne mehr fühlt als hört.

»Das ist nicht die Wahrheit«, wiederholt sie.

»Du kennst sie besser als ich«, sagt er nach einem Moment. »War es das, was dich so aufgewühlt hat?«

Sie runzelt die Stirn und denkt über seine Frage nach. »Nein, nicht nur. Es war einfach alles – ihn über Sophie reden zu hören. Er sagte, sie habe gewollt, dass er mich findet, bevor meine Mutter auch mich umbringen lassen könnte. Um mich zu beschützen … als ob das nötig wäre.«

»Nun ja, irgendjemand hat inzwischen schon drei Mal versucht, dich umbringen zu lassen«, gibt er zu bedenken. Sie hört, wie sein Atem stockt. »Daphne …«

»Das war nicht meine Mutter«, sagt sie schnell. »Sie liebt mich. Sie braucht mich.«

Er antwortet nicht, und Daphne stellt fest, dass sie dafür dankbar ist. Nach einer Weile werden seine Atemzüge immer gleichmäßiger, und bald darauf folgt Daphne ihm in den Schlaf.

Violie

Violie reitet auf direktem Weg zum Olveen-See und hält nur dann und wann kurz an, damit das Pferd, das sie aus den Stallungen des Schlosses gestohlen hat, sich ausruhen und fressen kann. Die ganze Zeit über droht sie in Schuldgefühlen unterzugehen. Sie hat Sophronia versprochen, Leopold zu beschützen, und stattdessen hat sie ihn und seine Brüder mitten in die Gefahr laufen lassen.

Beatriz hatte recht – Daphne kann man nicht trauen, man kann sie nicht überreden, man kann sie nicht zur Vernunft bringen. Wenn sie die Zeit zurückdrehen könnte, würde Violie nicht zulassen, dass Leopold mit Prinz Bairre und den anderen loszieht. Sie würde darauf bestehen, dass er in Eldevale bleibt, wo Violie ihn im Auge behalten und vor Daphne beschützen kann. Hätte sie das doch nur getan …

Aber jedes Mal, wenn sie mit ihren Gedanken an diesen Punkt kommt, muss sie sich die Wahrheit eingestehen. Selbst wenn sie das alles getan hätte, Leopold hätte ganz sicher nicht auf sie gehört. Sie hätte ihn fesseln müssen und alle paar Stunden mit dem Schlafserum aus Daphnes Ring betäuben – nur so hätte sie ihn aufhalten können.

Natürlich hätte sie den Ring tatsächlich benutzen können.

Leopold wäre nicht besonders erfreut gewesen, aber wenigstens wäre er jetzt in Sicherheit.

Und seine Brüder? Bei dem Gedanken dreht sich Violie der Magen um. Allerdings ist sie nicht für die beiden verantwortlich. Nur für Leopold.

Als die Türme des Sommerschlosses über den Baumwipfeln auftauchen, treibt Violie ihr Pferd an, denn der ängstliche Teil von ihr ist sich sicher, dass sie zu spät kommt, dass sie ihn tot vorfinden wird, dass an Daphnes Händen Blut klebt. In diesem Fall wird Violie nicht erst auf Beatriz warten – sie wird Daphne eigenhändig umbringen.

In das Schloss zu gelangen, ist für Violie eine Kleinigkeit. Hier gibt es noch weniger Wachen als im Palast von Eldevale, und selbst dort waren die Sicherheitsvorkehrungen weitaus nachlässiger, als Violie es von Bessemia und Temarin gewohnt ist. Sie macht sich sofort auf die Suche nach Daphnes Gemächern, denn das geht schneller, als in den Unterkünften der Bediensteten nach Leopold zu suchen, doch als sie durch die Tür hineinschlüpft, findet sie die Räume leer vor. Das Bett ist noch unberührt und im Kamin brennt ein schwaches Feuer. Sie weiß nicht, wo Daphne um diese Zeit sein könnte, aber sie verschwendet keine Zeit mit Überlegungen, sondern macht sich sofort daran, das Zimmer zu durchsuchen. Hier geht es schneller als auf dem Schloss in Eldevale, denn Daphnes Habseligkeiten beschränken sich mehr oder weniger auf eine Truhe, für die Violie nur wenige Minuten braucht. Sie hält inne, als sie zwischen den Seiten eines Gedichtbandes ein gefaltetes Pergament entdeckt.

Sie entfaltet es, und ihr Herz sackt nach unten, als sie liest, was dort geschrieben steht.

Liebe Mama,

die Reise zum Olveen-See war furchtbar, aber ich war angenehm überrascht, einen alten Freund in unserer Gruppe zu finden, den wir für tot hielten. Ich werde ihm deine und Sophronias Grüße ausrichten. Gleiches werde ich tun, wenn ich andere bekannte Gesichter treffe.

Deine pflichtbewusste Tochter
Daphne

Nein, nein, nein, denkt Violie und zerknüllt den Brief in ihrer Hand. Sie ist also doch zu spät gekommen. Sie hat Sophronia in der einzigen Sache enttäuscht, um die sie sie gebeten hat.

Die Tür hinter Violie geht auf, und sie wirbelt herum und sieht Daphne vor sich, die in ihrem weißen Nachthemd und mit einem über den Arm gefalteten Umhang in der Tür steht. Ihr geflochtenes Haar hat sich gelöst, und sie sieht erschöpft aus, ihre silbernen Augen sind blutunterlaufen. Diese Augen weiten sich, als sie Violie erblickt, den zerknitterten Brief in der Hand, hinter ihr die offene Truhe.

»Du«, zischt sie und schließt die Tür hinter sich, macht jedoch keine Anstalten, anzugreifen. Sie ist klug genug, um zu erkennen, dass sie unbewaffnet und nur mit einem Nachthemd bekleidet nicht in der Lage ist zu kämpfen, aber an Klugheit hat es Daphne noch nie gemangelt.

Violie hält den Brief hoch. »Habt Ihr ihn getötet?«, fragt sie, aber sie braucht keine Antwort und wartet auch nicht auf eine. »Sophronia hat Euch vertraut, sie dachte, Ihr würdet tun, was richtig ist, aber Ihr habt ihn getötet. Ich hoffe, dass sie Euch für alle Zeiten von den Sternen herab verfolgt.«

»Er ist nicht ...« Daphne verstummt, als die Bedeutung von Violies Worten sie mit voller Wucht trifft. Sie strafft die Schultern, um den Anflug von echter Angst zu verbergen, der nur für einen kurzen Augenblick in ihrem Gesicht aufblitzte. »Ich habe ihn nicht umgebracht.«

Violie kann das nicht glauben, nicht ohne Beweise, aber ein kleiner Funke der Hoffnung leuchtet dennoch in ihr auf. »Und seine Brüder?«, fragt sie und kramt in der Tasche ihres Umhangs, um den anderen Brief hervorzuholen. »Habt Ihr sie getötet?«

Daphnes Augen sind kalt, als sie zwischen den beiden Briefen in Violies Händen hin und her wandern. »Ich würde es wirklich zu schätzen wissen, wenn du meine persönlichen Sachen nicht durchwühlen würdest. Das gehört sich nicht, meinst du nicht auch?«

»Und Mord gehört sich?« Violie lacht laut auf.

»Ich habe niemanden ermordet.« Daphne verdreht entnervt die Augen. »Zumindest nicht, ohne dass man es als Selbstverteidigung bezeichnen könnte. Ich muss allerdings zugeben, dass ich versucht bin, bei dir eine Ausnahme zu machen.«

»Oh, wenn Ihr mich tötet, dann wird es tatsächlich in Notwehr sein, das kann ich Euch versichern«, erwidert Violie.

Für den Bruchteil einer Sekunde meint Violie, ein Lächeln auf Daphnes Gesicht gesehen zu haben, aber dann ist es auch schon wieder verschwunden.

»Wie dem auch sei«, sagt Daphne. »Leopold ist am Leben und wohlauf. Ich weiß, wer er ist, er weiß, dass ich es weiß, und gemeinsam haben wir seine Brüder gerettet und ihren Entführer getötet. Ich glaube, du kanntest ihn – Ansel?«

Violie spürt, wie ihr das Blut aus dem Gesicht weicht. »Ansel ist hier?«

»War hier«, korrigiert Daphne sie mit einem Schulterzucken. »Eugenia erwähnte, dass ihr beide ... euch etwas näher kanntet.«

Dafür hat Violie nur ein verächtliches Schnauben übrig. »Ja, ich bin sicher, sie hat Euch nichts als die reine Wahrheit gesagt, ohne auch nur auf die Idee zu kommen, den Verdacht von sich auf mich zu lenken.«

»Habe ich gesagt, dass ich ihr glaube?«, kontert Daphne. Als Violie schweigt, fährt sie fort: »Aber wir wissen beide, dass die besten Lügen auch einen winzigen Kern von Wahrheit enthalten.«

Violie gibt sich geschlagen. »Also gut, wir hatten eine Beziehung, vor fast einem Jahr. Als ich zum ersten Mal nach Temarin kam und lange vor Eurer Schwester. Es war nur von kurzer Dauer, und als ich mich zwischen meiner Loyalität zu ihm und meiner Loyalität zu Sophie entscheiden musste, fiel mir das so leicht, dass es kaum als Wahl zu werten ist. Aber Eugenia? Sie und Ansel haben sich verbündet und zusammengebracht wurden sie von Eurer Mutter.«

Violie beobachtet, wie ihre Worte bei Daphne ankommen, rechnet mit energischer Ablehnung und Zurückweisung, wie schon beim ersten Mal, als sie dieses Gespräch führten.

»Glaubt ... glaubt Ihr mir etwa?«, fragt Violie schließlich zögernd, weil sie es immer noch nicht recht zu hoffen wagt.

»Nein«, blafft Daphne sie an, aber der giftige Unterton, mit dem sie das Wort ausspricht, kann ihre Zweifel nicht überdecken.

Violie sieht Daphne an, sieht sie wirklich an, registriert ihre Erschöpfung, die blutunterlaufenen Augen, das zerzauste Haar und die Tatsache, dass sie um diese Zeit nicht in ihrem eigenen Bett lag. Und jetzt, da sie angefangen hat, sie wirklich zu sehen, entgehen ihr auch nicht die Risse auf ihrer Oberfläche, die mit einem Mal immer größer zu werden scheinen – die roten Augen, der fahle Teint, die Brüchigkeit in ihrem Gesicht.

Violie hat mit vielen Dingen gerechnet, als sie hier ankam, aber nicht mit einer Daphne, die allmählich zerbricht.

»Aber es ist auch nicht so, dass Ihr mir *nicht* glaubt«, stellt Violie fest, und ihre Stimme wird weicher.

Daphne schluckt heftig und blickt weg. »Ich glaube dir nicht«, sagt sie leise. Beim letzten Wort versagt ihr die Stimme.

Violie will sie weiter unter Druck setzen – wie kann es sein, dass Daphne all die Beweise vor ihren Augen noch immer nicht sieht? Wie kann sie immer noch nicht glauben, dass ihre Mutter Sophronia getötet hat und dass sie auch Daphne und Beatriz töten will? Für Violie liegt es geradezu schmerzhaft offensichtlich auf der Hand, und von Leopold weiß sie, dass auch Sophronia den Tatsachen sehr rasch ins Auge gesehen hat. Es ist frustrierend, Daphne von der Wahrheit überzeugen zu müssen, so wie man einem Kind erklären muss, dass der Himmel blau ist, wenn es darauf besteht, dass er rot ist.

Aber Daphne ist nicht Sophronia. Sie sind in derselben Welt aufgewachsen, mit derselben Mutter, und doch hatte jede ihre ganz eigene Beziehung zu ihr. Sophronia kannte die schlimmsten Züge ihrer Mutter, hat sie praktisch ihr ganzes Leben lang als gefährliche Gegnerin angesehen, als jemanden, den man fürchten muss. Beatriz hingegen sah in ihr eine Machtperson, gegen die man rebellieren konnte, und sei es nur aus reiner Freude am Widerstand. Auch sie war bereit gewesen, die Wahrheit zu erkennen.

Aber Daphne? Daphne ist nicht wie ihre Schwestern, das wusste Violie schon vor ihrer ersten Begegnung. Daphne hat keine Angst vor ihrer Mutter, sie hat Angst, sie zu enttäuschen. Sie sehnt sich nach ihrer Anerkennung und ihrer Liebe, die immer in unerreichbarer Ferne liegt.

Sie als Närrin zu beschimpfen, hilft niemandem, weder Daphne noch Violie, auch wenn Violie sie am liebsten packen und durchschütteln möchte.

Stattdessen räuspert sie sich und fragt: »Sind Leopold und seine Brüder in Sicherheit?«

Daphne richtet den Blick wieder auf Violie und nickt. »Sie sind in Sicherheit«, bestätigt sie, aber Violie nimmt in ihrer Stimme auch einen fragenden Unterton wahr. Daphne scheint ihr die Skepsis anzusehen, denn sie rollt mit den Augen.

»Du kannst Leopold morgen früh selbst fragen«, sagt sie. »Wir halten seine Identität vorerst noch geheim, daher schläft er bei den Dienstboten. Ich lasse dich auch dort unterbringen, ich behaupte einfach, dass ich nicht ohne eine Zofe auskomme und nach dir verlangt habe. Die meisten Leute werden mir das leicht glauben.«

Violie nickt. Das ist eine gute Idee. Sie geht zwar davon aus, dass Daphne Leopold und seinen Brüdern tatsächlich noch nichts getan hat, aber sie ist sich nicht sicher, ob das so bleiben wird. Wenn sie in Leopolds Nähe ist, kann sie ihn im Auge behalten und gleichzeitig weiter versuchen, Daphne umzustimmen.

»Wer kennt die Wahrheit über ihn?«, fragt sie.

»Du, ich und Bairre«, antwortet Daphne. Dass sie auch Bairre nennt, überrascht Violie – ebenso wie der Hauch von Verletzlichkeit in ihrer Stimme, als sie seinen Namen nennt. Violie kommt in den Sinn, dass Daphne heute Nacht nicht in ihrem eigenen Bett geschlafen hat. Ist es möglich, dass Daphne Sophronia doch ähnlicher ist als gedacht, dass sie womöglich Gefühle für den Prinzen entwickelt, den sie vernichten soll? »Cliona vermutet allerdings, dass Levi nicht der ist, der er zu sein scheint«, fügt Daphne hinzu.

»Cliona?«, fragt Violie.

»Lady Cliona«, korrigiert Daphne. »Eine ... Freundin. Von Bairre, und auch von Cillian, als er noch ...« Sie beendet den Satz nicht.

»Vertraut Ihr dieser Frau?«, fragt Violie.

Daphne schnaubt. »Mehr als wahrscheinlich gut für mich ist«, antwortet sie. »Aber du solltest das ganz sicher nicht.«

Violie folgt Daphne durch die verwinkelten Gänge des Sommerschlosses, obwohl diese sich selbst kaum zurechtzufinden scheint. Sie zeigt auf Leopolds Tür und protestiert noch nicht einmal, als Violie sie öffnet und ihren Kopf gerade so weit hineinsteckt, dass sie die Umrisse des schlafenden Leopold sehen kann. Im Mondlicht, das durch das Fenster fällt, ist sein Gesicht vage zu erkennen. Violie schließt die Tür wieder und nickt Daphne zu.

»Du siehst aus, als hättest du gesehen, wie sich die Sterne verdunkeln«, stellt Daphne fest. Auf dem Weg hierher hat sie es geschafft, sich zusammenzureißen, aber Violie sieht immer noch die Risse, die sich gebildet haben. Sie weiß, dass es nur eine Frage der Zeit ist, bis sie aufplatzen, und das macht Daphne gefährlich.

»Die Sterne verdunkeln sich?«, fragt Violie nach.

»Ein frivianischer Ausdruck«, erklärt Daphne achselzuckend. »Ich verstehe ihn nicht ganz, die Frivianer verwenden ihn für alles Mögliche. Ich vermute, er bedeutet das Ende der Welt.«

»Während wir in Bessemia höchstens sagen würden, jemand sieht schlimm aus«, erwidert Violie und fährt sich mit der Hand durch die wirr verknoteten Haare.

»Die meisten Zimmer der Dienerschaft sind leer«, sagt Daphne. »Ich glaube, die einzigen, die benutzt werden, sind an diesem Ende des Flurs. Nimm dir ein freies Zimmer. In der Waschküche – die Treppe runter und dann links – müsste es Ersatzwäsche geben«, fügt sie hinzu und deutet den Korridor entlang.

Violie nickt ein wenig verunsichert. Noch vor einer Stunde war sie bereit, Daphne in Stücke zu reißen, und jetzt ... nun, dazu könnte es immer noch kommen, aber nicht heute Abend.

»Danke«, sagt sie zu Daphne, die, ohne sich noch einmal umzudrehen, die Treppe hinaufgeht und sie allein zurücklässt.

Violie macht sich auf den Weg in die Waschküche, holt sich ein Nachthemd und ein Dienstmädchenkleid, das von der Größe ungefähr passt, und sucht sich dann ein Zimmer aus, dessen Tür offen steht und in dem niemand ist. Sie zieht das Nachthemd an und spritzt sich an einem Becken in der Ecke Wasser ins Gesicht. Nichts würde sie jetzt lieber tun als schlafen, aber zuvor muss sie noch mit Leopold sprechen. Sie kramt in ihrem Umhang nach den Briefen, als Beweis, dass Daphne ihn noch vor Kurzem töten wollte, aber die Briefe sind verschwunden.

Sie lacht rau auf. Daphne hat sie sich zurückgeholt, natürlich, das hätte sie sich ja denken können. Aber das spielt keine Rolle. Wenn Leopold Daphne mehr glauben will als ihr, dann ist es sinnlos, ihn retten zu wollen, auch wenn Violie nicht davon ausgeht, dass es tatsächlich so weit kommen wird.

Sie geht in sein Zimmer, schließt die Tür hinter sich und bemüht sich erst gar nicht, leise zu sein. Auf ihrer Reise hat sie bemerkt, dass er ein leichter Schläfer ist, der an ein weiches Bett, warme Decken und absolute Stille gewöhnt ist. Auch jetzt reißt er sofort seine Augen auf, und einen Moment lang starrt er sie nur an, blinzelt ein paarmal, als wüsste er nicht recht, ob er wach ist oder träumt.

»Violie?« Seine Stimme klingt heiser und verschlafen.

Violie atmet tief aus. Noch kurz zuvor, selbst als er schlafend vor ihr lag, hat sie sich Sorgen gemacht, aber er ist wirklich da – er lebt. Jetzt muss sie nur zusehen, dass es auch so bleibt.

»Daphne hatte vor, dich und deine Brüder zu töten«, platzt sie heraus und beobachtet, wie er sich aufrichtet und den Kopf schüttelt, wie um den Schlaf zu vertreiben.

»Meine Brüder?«, fragt er verwirrt.

»Wie ich hörte, hast du sie gefunden«, fährt sie fort. »Und Ansel steckte hinter der Entführung?« Sie kann es immer noch nicht fassen. Nicht, weil sie Ansel nicht zutraut, Gideon und Reid zu entführen und möglicherweise zu verletzen, sondern weil sie nicht weiß, was er damit zu gewinnen hätte.

»Gib mir eine Minute.« Leopold schwingt seine Beine über die Seite des schmalen Betts. »Daphne wollte uns umbringen? Warum ...« Er bricht ab und fährt nach kurzem Zögern fort. »Eine törichte Frage, nehme ich an. Auf Befehl der Kaiserin?«

Violie nickt. »Ich habe den Brief in Daphnes Zimmer auf Schloss Eldevale gefunden und bin so schnell wie möglich hergekommen – angeblich hat sie eine Erleuchtung gehabt und ihre Meinung geändert. Wir sind nahe an der Ostküste – du könntest einfach mit deinen Brüdern ein Schiff besteigen, das euch irgendwohin bringt, wo ihr außer Reichweite der Kaiserin seid.«

Leopold richtet sich auf. »Du glaubst Daphne nicht?«

»Ich traue ihr nicht«, korrigiert Violie ihn. »Sie ist ... innerlich zerbrochen.«

Leopold antwortet nicht sofort, aber auf seinem Gesicht spiegeln sich widersprüchliche Gefühle. »Sophronia war fest davon überzeugt, dass man ihr trauen kann«, sagt er nach einem Moment. »Dass sie es mit der Zeit einsehen würde und man sich auf sie verlassen kann.«

Violie schüttelt den Kopf. »Ich glaube ... ich glaube, die Vernunft wird siegen. Sie kennt die Wahrheit. Aber die Kaiserin hat sie völlig im Griff. Ich befürchte, dass sie sich nicht daraus befreien kann, ohne sich selbst dabei zu zerfleischen.«

Leopold nimmt ihre Worte auf und blickt sie aus seinen dunkelblauen Augen nachdenklich an. »Sophie war sicher, dass sie es kann – ich sage nicht, dass sie recht hat«, fügt er schnell hinzu, als er sieht, dass Violie ihm widersprechen will. »Aber wenn es eine Chance gibt ... dann muss ich sie nutzen.«

»Selbst wenn dabei dein Leben auf dem Spiel steht?«, fragt Violie und hätte fast laut aufgelacht. Sie hat Sophronia für naiv gehalten, aber Leopolds Naivität stellt wirklich alles in den Schatten. »Sie hat den Befehl, dich zu töten. Dich und deine Brüder.«

Leopold nickt. »Und ich bin bereit, mein Leben zu riskieren, aber nicht das meiner Brüder. Deshalb möchte ich dich um einen Gefallen bitten.«

Violies Magen verkrampft sich. Sie weiß, was er von ihr will, noch ehe er sie darum bittet, und sie weiß auch, dass er recht hat. Leopold ist bei Daphne weiter gekommen als irgendjemand sonst; wenn einer es schafft, sie davon zu überzeugen, sich gegen die Kaiserin zu stellen, dann nicht Violie, sondern er. Andererseits hat Violie Sophronia versprochen, ihn zu beschützen, und so macht er es ihr unmöglich, dieses Versprechen zu halten.

»Bring Gideon und Reid zu den Silvan-Inseln. Bring sie zu Lord Savelle, ich vertraue darauf, dass er sie beschützen wird. Niemand wird dort nach ihnen suchen. Alle werden annehmen, dass Ansel Komplizen hatte, die sie erneut entführt und nach Osten verschleppt haben, niemand wird auf die Idee kommen, den Blick nach Westen zu richten.«

Violie weiß, dass er recht hat, aber sie will es nicht wahrhaben. Sie kann ihn nicht vor Daphne beschützen, wenn sie Hunderte von Meilen weit weg ist.

»Bitte, Violie«, sagt er leise.

Das Letzte, was Violie tun möchte, ist, ihr Versprechen an Sophronia zu brechen, aber sie weiß auch, dass Sophronia, wenn sie jetzt hier wäre, ihm zustimmen würde.

»Einverstanden«, sagt sie schließlich. »Morgen früh reden wir weiter.«

Leopold nickt, die schiere Erleichterung erhellt sein Gesicht. »Danke«, sagt er.

Beatriz

In den zwei Tagen, seit Beatriz den vom Himmel heruntergeholten Stern wieder an seinem Platz gesehen hat, zermartert sie sich das Hirn, was das bedeuten könnte. Als Nigellus ihn an jenem Abend sah, wurde er noch blasser und scheuchte sie aus seinem Laboratorium, wobei er etwas von Wundern und Unmöglichkeiten murmelte. Dabei hatte Nigellus es doch selbst gesagt? *Viele Dinge scheinen unmöglich zu sein, bis sie dann irgendwann geschehen.* Und Beatriz hat den wieder erschienenen Stern mit eigenen Augen gesehen. Das heißt, es ist nicht unmöglich.

Seither wartet sie sehnsüchtig auf die nächste Unterrichtsstunde, aber bisher hat Nigellus sie nicht zu sich gerufen, und auch bei Hof wurde er nicht gesehen. Allerdings ist seine Abwesenheit nicht so ungewöhnlich, dass es jemandem auffallen würde.

Als ihre Mutter sie und Pasquale zu sich in den Rosengarten bestellt, ist Beatriz fast froh, sich auf etwas anderes konzentrieren zu können. Sie weiß, dass sie nur dann mit ihrer Mutter die Klingen kreuzen kann, wenn ihr Kopf frei von allem anderen ist, und sei es von Wundern.

»Sie wird versuchen, dich zu knacken«, warnt sie Pasquale halblaut, während sie, gefolgt von den Palastwachen, den Korridor entlanggehen. »Sie sieht dich als Schwachstelle an.«

»Verglichen mit dir, bin ich das vielleicht auch«, murmelt er.

»Du schaffst das schon«, spricht Beatriz ihm Mut zu und versucht dabei, zuversichtlicher zu klingen, als sie ist. »Im Zweifelsfall sagst du einfach kein Wort.«

Pasquale nickt, aber Beatriz bemerkt, dass seine Gesichtsfarbe einen grünlichen Ton angenommen hat. Sie ergreift seine Hand und drückt sie. »Wir schaffen das«, versichert sie ihm. »Und heute Abend gehen wir noch einmal zu Gisella, um herauszufinden, ob sie ihre Meinung geändert hat.«

Er sieht sie von der Seite an, runzelt die Stirn. »Und du?«, fragt er. »Bist du immer noch fest entschlossen…?« Er bricht ab, und das ist auch gut so. Sie sprechen so leise, dass die Wachen sie nicht hören können, aber wenn es um den Mord an der Kaiserin geht, kann man nicht vorsichtig genug sein.

»Ich sehe keine andere Möglichkeit«, erwidert Beatriz. »Bist du nicht dieser Meinung?«

Pasquales moralische Bedenken sollten ihre geringste Sorge sein, dennoch merkt Beatriz, dass sie mit angehaltenem Atem auf seine Antwort wartet. Sie weiß, dass sie auf jeden Fall weitermachen wird, aber sie möchte trotzdem sein Einverständnis haben.

»Doch«, sagt er nach einem Moment. Er wirft einen Blick über die Schulter zu den Wachen, bevor er weiterspricht. »Was Gisella und Nicolo getan haben … Wie viele Leben hätten gerettet werden können, wenn ich die Kraft gehabt hätte, es früher zu tun? Nein, da bin ich überhaupt nicht anderer Meinung, Beatriz. Und ich möchte dir helfen, wie ich nur kann.«

Beatriz nickt und kann nur mit Mühe verbergen, wie viel ihr seine Worte bedeuten, aber für eine Antwort bleibt keine Zeit, denn sie sind an der Tür angelangt, die zum Rosengarten ihrer Mutter führt. Ein wartender Diener öffnet sie und fordert sie mit einer Verbeugung auf einzutreten.

Inmitten der duftenden und in allen Farbschattierungen blühenden Rosen braucht Beatriz einen Moment, bis sie ihre Mutter entdeckt. Sie kauert neben einem Rosenstrauch, dessen Blüten die Farbe von frischen Zitronen haben, einige Blätter sind allerdings schon braun verfärbt. Als Beatriz und Pasquale auf sie zugehen, nimmt die Kaiserin eine Schere und schneidet energisch den Kopf einer welkenden Rose ab, sodass er davonrollt und vor Beatriz' Füßen liegen bleibt. Beatriz dreht sich der Magen um, denn sie muss unwillkürlich daran denken, dass auch Sophronias Kopf einfach abgeschlagen wurde. Ebenfalls das Werk ihrer Mutter.

Als die Kaiserin sie erblickt, richten sich ihre dunkelbraunen Augen zuerst auf Pasquale, dann auf Beatriz, während sie sich auf die Fersen stellt und zu ihrer vollen Größe erhebt.

»Ihr seid spät dran«, stellt sie fest.

»Sind wir das?«, fragt Beatriz und legt den Kopf schief. »Deine Einladung kam ziemlich kurzfristig, Mutter. Wir sind so schnell gekommen, wie es uns möglich war.«

Die Nasenflügel der Kaiserin beben, aber sie dreht sich wortlos um und geht den Gartenweg entlang, sodass Beatriz und Pasquale keine andere Wahl haben, als ihr zu folgen. Die Wachen, bemerkt Beatriz, bleiben, wo sie sind.

Die Kaiserin möchte also ungestört sein, denkt Beatriz und starrt auf den Rücken ihrer Mutter. Aber ob sie damit lauschende Ohren von ihrem Gespräch oder neugierige Augen von etwas Unheimlicheren fernhalten will, kann Beatriz nicht genau sagen. Es ist schon oft vorgekommen, dass die Kaiserin Beatriz und ihre Schwestern in eine abgelegene Ecke geführt hat, um ihnen dort eine Lektion zu erteilen. Einmal sind Beatriz, Daphne und Sophronia genau hier in diesem Garten plötzlich von fünf Attentätern angegriffen worden. Für Sophronia endete es mit einem gebrochenen Arm, für Beatriz mit gebrochenen Rippen. Nur

Daphne kam unverletzt davon, und auch nur, weil sie als Einzige daran gedacht hatte, ihren Dolch mitzunehmen.

Aber wenn die Kaiserin hofft, heute einen ähnlichen Vorfall inszenieren zu können, wird sie enttäuscht werden. Beatriz hat ihre Lektion gelernt und trägt nicht nur einen, sondern zwei Dolche – einen am Unterarm, den anderen am Oberschenkel. Sie hat dafür gesorgt, dass auch Pasquale bewaffnet ist. Er hat einen Dolch in seinem Stiefel stecken, auch wenn Beatriz bezweifelt, dass er besonders geschickt damit umgehen kann.

Nachdem sie ein paar Schritte gegangen sind, bleibt die Kaiserin stehen und dreht sich zu ihnen um. Sie greift in die Tasche ihres Rocks. Beatriz erstarrt – vielleicht hat ihre Mutter herausgefunden, was sie vorhaben, und beschlossen, ihnen zuvorzukommen und sie zu ermorden, bevor sie sie töten können. Als die Kaiserin einen Brief und keine Waffe herauszieht, atmet Beatriz erleichtert auf.

»König Nicolo hat auf deinen Brief geantwortet«, sagt sie und reicht Beatriz das Schreiben.

Das Siegel ist gebrochen, was Beatriz nicht überrascht, sie aber trotzdem beunruhigt. Sie kann sich vorstellen, was Nicolo über sie schreibt, und hofft, dass es nicht allzu verfänglich ist. Wenn ihre Mutter erfährt, dass er Beatriz zur Königin machen will, ist Pasquales Leben in Gefahr. Beatriz mit Nicolo zu verheiraten, würde alle Probleme ihrer Mutter lösen, daher darf sie nie von dieser Möglichkeit erfahren.

»Er ist ziemlich wütend auf dich«, bemerkt ihre Mutter und wieder ist Beatriz sehr erleichtert.

»Das ist er meistens«, lügt sie und macht keine Anstalten, den Brief zu öffnen. Das kann warten, bis sie einen Moment Ruhe hat, außerdem will sie vor ihrer Mutter nicht den Eindruck erwecken, als könnte sie es gar nicht erwarten, seine Zeilen zu lesen.

»Ich nehme an, da ist noch etwas anderes. Für einen Brief hätten wir uns nicht hierher zurückziehen müssen, dieses Treffen wäre unnötig gewesen.«

Die Nasenflügel der Kaiserin blähen sich erneut, ihre Augen wandern zwischen Beatriz und Pasquale hin und her. »Nun gut«, sagt sie. »Ich wollte euch mitteilen, dass Daphnes Leben in Gefahr ist.«

Zu ihrem sechsten Geburtstag war eine reisende Akrobatentruppe eingeladen worden, um für Beatriz und ihre Schwestern aufzutreten, und eine der Akrobatinnen war über ein dünnes, hoch über dem Marmorboden gespanntes Seil balanciert. Beatriz weiß noch genau, wie sie den Atem angehalten hat, als die Akrobatin einen Fuß vor den anderen setzte, denn sie wusste, dass jedes Wackeln ihren Tod bedeuten könnte.

Genau wie diese Akrobatin fühlt Beatriz sich jetzt.

»Woher weißt du das?«, fragt sie und reißt erschrocken die Augen auf. »Geht es Daphne gut?«

»Ja, im Moment schon«, antwortet die Kaiserin. »Eine meiner Quellen in Temarin berichtet mir, dass Sophronia sich mit einem Dienstmädchen angefreundet hatte, dem später eine Verbindung zu Rebellen nachgesagt wurde, und zwar ebenjenen Rebellen, bei deren Aufstand Sophronia den Tod fand.«

Violie, denkt Beatriz und versucht, sich nichts anmerken zu lassen.

»Ich habe Grund zu der Annahme, dass dieses Dienstmädchen sich derzeit in Friv aufhält«, fährt ihre Mutter fort.

Beatriz runzelt die Stirn, als ob ihr das völlig neu wäre. »Aber warum? Ein temarinisches Dienstmädchen hat doch sicher kein Interesse an Friv. Und sie wird wohl kaum hingegangen sein, um das Wetter zu genießen.«

»Das hat mich auch verwirrt«, gibt die Kaiserin zu. »Aber ich habe kürzlich eine Entdeckung gemacht – besagtes Mädchen stammt gar nicht aus Temarin, sondern aus Bessemia, sie ist hier geboren und aufgewachsen, keine ganze Meile vom Palast entfernt. Ich habe allen Grund zu der Annahme, dass sie Teil einer schändlichen Verschwörung ist, mit dem Ziel, nicht nur Sophronia, sondern auch dich und Daphne zu töten.«

Es kostet Beatriz ihre ganze Selbstbeherrschung, nicht laut zu lachen. Wie genial von ihrer Mutter, Violie zum Sündenbock für alle ihre Untaten zu machen. Hätte sie das Mädchen nicht selbst kennengelernt und hätte Nigellus ihr nicht erzählt, dass ihre Mutter ihre drei Töchter töten will, wäre sie vielleicht darauf reingefallen.

Auch Ambroses Worte kommen ihr wieder in den Sinn, und sie erkennt, dass er recht hatte. Indem sie Beatriz dies erzählt, schubst ihre Mutter sie noch weiter in Richtung Friv, manipuliert ihre nächsten Schritte auf eine Weise, die keinen Verdacht auf sie fallen lässt. Die Frage ist nur, warum.

»Was hätte sie davon?«, fragt Beatriz nach einem Moment.

Die Kaiserin ist eine ausgezeichnete Schauspielerin, stellt Beatriz wieder einmal fest, als sie sieht, wie ihre Mutter den Blick abwendet und sich auf die Lippe beißt, als zögere sie, etwas preiszugeben, von dem Beatriz ohnehin annimmt, dass es frei erfunden ist.

»Ich habe erfahren, dass einige meiner Feinde in Bessemia zehn Jahre auf den richtigen Zeitpunkt gewartet haben, um sich meine Töchter zu schnappen, wenn sie leichte Beute sind. Es gibt Hinweise darauf, dass sie sich verbündet haben und dass diese Dienstmagd eine von ihnen ist«, offenbart sie.

Beatriz wirft einen Blick auf Pasquale, der alles in stoischer Ruhe aufnimmt. Das Theater, das ihre Mutter hier veranstaltet, gilt auch ihm, denn die Kaiserin kann nicht genau wissen, wie viel Beatriz ihm erzählt hat.

»Aber ich habe eine gute Nachricht«, fährt die Kaiserin fort. In ihren Augen liegt ein Funkeln, bei dem Beatriz ganz flau wird.

»Ja?«, hört sie sich selbst sagen.

»Dieses skrupellose Dienstmädchen ist zwar noch auf freiem Fuß, aber immerhin ist es mir gelungen, einen ihrer Mitstreiter in Hapantoile gefangen nehmen zu lassen, von dem ich glaube, dass er mit ihr in Kontakt steht.«

Beatriz spürt, wie Pasquale neben ihr erstarrt. Ambrose.

»Noch beunruhigender ist allerdings, dass dieser junge Mann aus Cellaria kommt«, bemerkt die Kaiserin kopfschüttelnd, doch Beatriz nimmt ihr die Bestürzung nicht ab. Sie ist sich nicht sicher, wie viel die Kaiserin über Ambrose oder seine Beziehung zu Pasquale weiß, aber wenn sie noch nicht die ganze Wahrheit herausgefunden hat, ist es nur eine Frage der Zeit, bis sie es tut.

»Ach ja?«, erwidert sie betont gelassen. »Beunruhigend, in der Tat.«

»Ja, ich glaube, ihr könnt von Glück sagen, dass dieser junge Mann es nicht geschafft hat, euch beide noch in Cellaria zu töten. Aber ich fürchte, er ist euch hierhergefolgt, um genau das zu tun! Aus zuverlässiger Quelle weiß ich, dass er euch erst vor zwei Tagen in ein Teehaus gefolgt ist. Hat euch dort jemand angesprochen?«

Beatriz spürt die Augen ihrer Mutter auf sich ruhen, spürt, wie sie die kleinste Veränderung in ihrem Gesichtsausdruck registriert. Das ist auch gut so, denkt Beatriz. Soll die Kaiserin sie nur weiter beobachten, wichtig ist nur, dass sie Pasquale nicht ansieht. Er kann seine Gefühle nicht annähernd so gut verbergen wie sie, denn er ist für diese Art der Befragung nicht gerüstet. Außerdem macht er sich Sorgen um Ambrose, und wenn sie nicht aufpasst, wird er etwas Dummes sagen.

»Nein«, sagt Beatriz und zuckt mit den Schultern. »Wir waren nicht länger als zwanzig Minuten dort. Ein junger Mann saß in unserer Nähe, das weiß ich noch, aber er blieb für sich und las in einem Buch.«

»Hmm«, murmelt die Kaiserin und verrät mit keiner Regung, ob sie Beatriz glaubt oder nicht. »Da hast du aber Glück gehabt, dass er nicht zugeschlagen hat, meinst du nicht?«

»In der Tat, Glück gehabt«, stimmt Beatriz ihr zu. Sie wirft einen Blick auf Pasquale, der ziemlich blass geworden ist, doch das lässt sich auch mit seinem Entsetzen über die lebensgefährliche Situation und der Begegnung mit dem Spion begründen. Aber es ist klar, dass sie ihn so schnell wie möglich von hier wegbringen muss. »Du sagst, dieser Cellarier hatte Kontakt zu dem Dienstmädchen?« Beatriz legt den Kopf schief und tut so, als sei ihre nächste Frage nur von geringem Interesse für sie. »Woher weißt du das? Hatte er einen Brief bei sich?«

Wenn er ihren eigenen Brief noch bei sich hatte, wird ihre Mutter ihn bald entschlüsselt haben, und dann wird sie das meiste von dem wissen, was Beatriz vor ihr zu verbergen sucht.

»Leider nicht«, sagt die Kaiserin mit so viel Verärgerung in der Stimme, dass Beatriz ihr die Antwort abnimmt. »Der Postmeister meldete, dass ein Brief aus Friv für ihn eingetroffen sei, aber als der Mann festgenommen wurde, hatte er ihn nicht mehr bei sich.«

Zumindest das ist eine gute Nachricht, allerdings fragt Beatriz sich, was mit dem Brief passiert ist, den sie Ambrose mitgegeben hat. Sie zwingt sich zu einem Lächeln. »Danke, dass du uns Bescheid gegeben hast, Mama«, sagt sie, bevor sie betont beiläufig zu Pasquale schaut. »Oh, Pas, du siehst aus, als ginge es dir nicht gut.« Sie legt ihre Hand auf seinen Arm. »Das muss ein Schock für dich sein – auch ich bin schockiert. Brauchst du noch etwas, Mutter, oder ist es in Ordnung, wenn wir uns zurückziehen?«

Die Augen der Kaiserin huschen einen Moment lang zwischen

ihnen hin und her, dann nickt sie kurz und entlässt sie mit einer knappen Handbewegung.

Pasquale schafft es zurück in Beatriz' Zimmer, bevor er zusammenbricht – und Beatriz ist tatsächlich überrascht und beeindruckt von seiner Selbstbeherrschung –, aber kaum haben sie die Tür hinter sich geschlossen, lässt er sich auf das Sofa sinken und vergräbt den Kopf in den Händen.

Sie schaut ihn an und weiß nicht, was sie tun soll. Sie möchte ihn trösten, aber Ambroses Verhaftung ist allein ihre Schuld. Bestimmt ist sie die Letzte, von der Pasquale jetzt Trost will.

»Es tut mir leid, Pas«, sagt sie nach einem Moment. »Ich ... es tut mir leid.«

Er blickt überrascht auf. »Es ist nicht deine Schuld, Beatriz«, erwidert er langsam. »Sondern ihre.«

Beatriz schüttelt den Kopf. »Sie ist meine Mutter, und ich wusste genau, wozu sie fähig ist ...«

»Das gilt mehr oder weniger auch für mich.« Er fährt sich mit der Hand durchs Haar. »Und Ambrose wusste es übrigens auch. Wir hatten alle die Möglichkeit, woanders hinzugehen, aber wir haben es nicht getan, obwohl wir die Risiken kannten.«

Beatriz möchte ihm widersprechen, aber ihr ist klar, dass es nichts bringt. »Ich weiß nicht, wie viel sie weiß«, sagt sie schließlich. »Ob sie ihn einfach verdächtigt, mit Violie zu konspirieren, oder ob sie ihn benutzt, um uns eine Falle zu stellen. Ich weiß nicht ...« Sie hält inne und schluckt. »Meine Mutter ist mir immer fünf Schritte voraus, selbst wenn ich mir einbilde, dass ich mit etwas davongekommen bin. Vielleicht weiß sie alles – über deine Beziehung zu Ambrose, über mein Komplott gegen sie, über unsere Zusammenarbeit mit Violie.«

Pasquale Atem geht schwer und er sagt lange nichts. »Wenn sie das alles wüsste«, fragt er Beatriz schließlich, »würde sie uns dann immer noch frei herumlaufen lassen?«

Beatriz überlegt. »Sie könnte uns zumindest in dem Glauben lassen, wir dürften uns frei bewegen. Aber ich glaube, ich würde es merken, wenn ich unter strengerer Bewachung stünde, als es bei den normalen Palastwachen der Fall ist.«

»Wenn sie uns beschatten lässt, wüsste sie dann nicht auch von unserem Treffen mit Gigi?«, fragt Pasquale.

Beatriz nickt langsam. »Nein, das kann ich mir nicht vorstellen«, sagt sie nach kurzer Überlegung. »Mit Gigi hätte sie leichtes Spiel, wenn sie wüsste, dass wir uns in dieser Nacht mit ihr getroffen haben. Deine Cousine würde alle unsere Geheimnisse ausplaudern, meine Mutter müsste ihr nur das richtige Angebot machen. Aber in diesem Fall säßen wir jetzt schon längst im Kerker, direkt neben ihr.«

»Und Ambrose«, fügt Pasquale hinzu.

Beatriz beißt sich auf die Lippe. »Sie wird ihn nicht töten«, sagt sie und versucht, ihre eigenen Zweifel zu verdrängen. »Zumindest nicht sofort. Und ich schwöre dir, wir werden ihn da rausholen, lebend und gesund.«

Pasquale sieht sie lange schweigend an. »Ich glaube dir«, sagt er schließlich, und sein Mund verzieht sich zu einem traurigen Lächeln. »Wir haben es schon einmal geschafft, aus dem Gefängnis auszubrechen. Beim zweiten Versuch kann es nur noch besser laufen.«

»Das wird es«, versichert Beatriz ihm. »Dieses Mal werden wir den richtigen Leuten vertrauen. Mit anderen Worten: Wir werden niemandem trauen außer uns selbst.«

Später, nachdem Pasquale in seine Zimmer zurückgekehrt ist, fischt Beatriz den Brief von Nicolo aus der Tasche ihres Kleides, entfaltet ihn und setzt sich damit auf das Sofa im Salon. Sie beginnt zu lesen.

Beatriz,

meine Schwester hat sich diesen Schlamassel selbst zuzuschreiben, und ich gehe davon aus, dass sie ihn auch selbst wieder in Ordnung bringen kann.

Nicolo

Beatriz runzelt die Stirn und dreht den Brief um, überzeugt davon, dass mehr dahintersteckt, aber die Rückseite ist leer. Ein einziger Satz. Sie hat fast eine ganze Stunde damit verbracht, den perfekten Brief zu verfassen, damit er Nicolo so richtig unter die Haut geht, und er hat es geschafft, ihr mit einem einzigen Satz das Gleiche anzutun. Kein einziges Wort über sie, kein einziges über ihn selbst, kein Hinweis darauf, was er tut und wie es ihm geht.

Erst in diesem Moment wird Beatriz klar, dass sie genau das wissen will. Sie schüttelt sich innerlich, faltet den Brief zusammen und legt ihn in ihre Schreibtischschublade.

Nun gut, denkt sie – nur weil sie aus dem Brief nichts erfahren hat, heißt das nicht, dass er ihr nicht von Nutzen sein kann. Sie fragt sich, wie Gisella es wohl finden wird, dass ihr Bruder sie im Stich lässt.

Daphne

Am nächsten Morgen erwacht Daphne völlig ausgelaugt. Nach der Begegnung mit Violie hat sie in dieser Nacht nur wenig Schlaf gefunden und sich im Bett von einer Seite auf die andere gewälzt, während sie die Gespräche mit Violie und Leopold in Gedanken wieder und wieder durchspielte. Noch erschöpfter fühlt sie sich, wenn sie daran denkt, dass sie wohl kaum umhinkann, erneut mit ihr und Leopold zu sprechen. Sie macht sich keine Illusionen darüber, dass die beiden nicht jede sich bietende Gelegenheit nutzen werden, um die Worte ihrer Mutter in ihr Gegenteil zu verdrehen und Lügen daraus zu stricken.

Unten im Speisesaal angekommen, findet sie den Rest ihrer Reisegruppe bereits wach und in dicke Wolle und Pelze gekleidet vor. Sogar Gideon und Reid sind da und tragen Umhänge, die ihnen mehrere Nummern zu groß sind – wahrscheinlich von Bairre, Rufus oder Haimish geliehen.

»Kommst du auch mit Schlittschuhlaufen, Daphne?«, fragt Gideon, als er sie sieht.

Daphne schnaubt und geht zu einem Tisch an der Seite des Raums, um sich eine dampfende Tasse Kaffee einzuschenken. »Ich laufe nicht auf Schlittschuhen«, erwidert sie knapp.

»Komm schon, Daphne«, sagt Cliona und schüttelt den Kopf. »Du wirst so viel Spaß haben.«

Haimish prustet los und Cliona versetzt ihm einen Stoß mit dem Ellbogen. Als Cliona Daphnes hochgezogene Augenbrauen bemerkt, zuckt sie lapidar mit den Schultern.

»Du solltest mitkommen«, sagt sie, diesmal mit mehr Nachdruck. »Wir haben uns alle ein bisschen Ruhe und Entspannung verdient, meinst du nicht auch? Und für dich gilt das nach dem gestrigen Tag ganz besonders.«

Daphne öffnet den Mund, um zu widersprechen, schließt ihn aber wieder. Schlittschuhlaufen hört sich nicht nach etwas an, das über das Alter von zehn Jahren hinaus Spaß macht, aber wenn sie hierbleibt, bedeutet das nur eine weitere Unterhaltung mit Violie und Leopold, und verglichen damit ist Schlittschuhlaufen sicherlich das reine Vergnügen. Ihr Blick wandert zu Bairre, der am Fenster sitzt und sie aus wachsamen Augen beobachtet. Sie hat sich in der Nacht zuvor aus seinem Zimmer gestohlen, während er noch schlief, und ihr ist klar, dass sie auch ihm ein Gespräch schuldet. Wird sie das mehr oder weniger Kraft kosten als eine Unterhaltung mit Violie und Leopold?

»Na gut.« Sie nimmt einen langen Schluck von ihrem Kaffee und ignoriert das heiße Brennen auf ihrer Zunge. »Dann eben Schlittschuhlaufen.«

Eine halbe Stunde später hat Daphne ein wärmeres Kleid angezogen, mit dicken Strümpfen darunter und einem schweren Pelzumhang über den Schultern, aber es reicht nicht als Schutz gegen das Beißen der eisig kalten Luft, die sie vor der Tür erwartet. Bairre führt die Truppe an, Gideon und Reid bleiben dicht bei ihm, während Daphne sich in den hinteren Teil zurückfallen lässt.

»Ich kann nicht glauben, dass du noch nie Schlittschuh gelaufen bist, Daphne«, sagt Cliona neben ihr und hakt Daphne unter, wofür sie dankbar ist, denn sie ist es nicht gewohnt, durch so tiefen Schnee zu stapfen.

»Ich habe mich auch noch nie auf einen Ringkampf mit einem Bären eingelassen und ich sehe in dem einen genauso wenig Sinn wie in dem anderen«, brummt Daphne. Sich Kufen an die Stiefel zu schnallen, um damit über Eis zu gleiten, das jederzeit unter ihrem Gewicht brechen könnte, ist nicht gerade Daphnes Vorstellung von Spaß, aber wenn alle anderen darin kein Problem zu sehen scheinen, will sie sich keine Blöße geben.

»Du wirst oft hinfallen«, verkündet Cliona fröhlich. »So geht es beim ersten Mal jedem, also lass dich nicht entmutigen. Und wir haben ein Fläschchen mit Sternenstaub dabei, solltest du dich ernsthafter verletzen. Aber ich freue mich schon auf deinen Anblick, das wird lustig.«

»Wie gut, dass ich nur zu eurem Vergnügen da bin«, erwidert Daphne.

Die Winterkälte ist bereits bis auf ihre Knochen vorgedrungen und macht sie mürrisch – wovon sich Cliona offenbar nicht im Geringsten beeindrucken lässt. Stattdessen lacht sie.

»Unser Freund hält sich seit seinen Heldentaten bedeckt«, stellt Cliona fest. Die Worte sind scheinbar nur so dahingesagt, aber Daphne lässt sich nicht täuschen. Sie zuckt mit den Schultern.

»Sicherlich hat ihn all das ziemlich erschöpft, und ich kann es ihm nicht verübeln, dass er lieber in der Sicherheit und Wärme des Schlosses bleiben möchte, nachdem er so knapp mit dem Leben davongekommen ist.«

»Hmmm«, erwidert Cliona und aus ihrer Stimme ist nichts herauszuhören. Doch dann verkündet sie unvermittelt: »Ich habe eine Theorie.«

»Eine Theorie?«, fragt Daphne, und ihr Blick wandert zum

Hinterkopf von Bairre, dessen kastanienbraune Locken von der Pelzmütze verdeckt werden, die er tief über beide Ohren gezogen hat. Ein Gefühl der Enttäuschung macht sich in ihrem Bauch breit. Wie es aussieht, konnte er es kaum erwarten, zu Cliona zu eilen, um ihr Levis wahre Identität zu enthüllen, nachdem Daphne ihn eingeweiht hatte. Sie sollte sich nicht verraten fühlen, ruft sie sich in Erinnerung, sondern eher erleichtert sein, schließlich entscheidet Bairre ganz offensichtlich selbst, wo seine Loyalitäten liegen, genau wie sie es umgekehrt auch tut.

»Ich glaube, er ist tatsächlich mit der temarinischen Königinmutter im Bunde«, sagt Cliona und reißt Daphne aus ihren Gedanken. »Vielleicht wurde er aus Temarin verbannt oder so etwas in der Art – seine ganze Haltung verrät, dass er adeliger Abstammung ist, nicht wahr? Sie muss ihn mitgeschickt haben, weil sie uns nicht traut.«

Es ist mehr oder weniger dieselbe Geschichte, die sich Daphne ein paar Tage zuvor selbst zurechtgelegt hatte, aber sie ist zu erleichtert, um sich darüber zu ärgern. Bairre hat Cliona also nichts verraten.

»Ja, vielleicht«, sagt Daphne nur.

Daphne hat Cliona gerade erklärt, dass sie schon viele Seen gesehen hat, was sollte der Olveen-See da Besonderes sein – schließlich ist ein See nicht mehr als ein großes, stehendes Gewässer, oder etwa nicht? Schwer vorstellbar, dass sich dieser eine See von all den anderen unterscheiden soll.

Doch als sie sich dem Ufer nähern, wird Daphne klar, dass sie sich geirrt hat. Na ja, vielleicht nicht ganz: Im Grunde genommen ist der Olveen-See tatsächlich wie jeder andere See: ein Gewässer, das halbwegs rund, halbwegs groß und – so stellt sie sich vor – unter der Eisschicht wohl halbwegs ruhig ist. Der See selbst hat nichts Bemerkenswertes an sich. Die Umgebung, in die er eingebettet ist, raubt Daphne jedoch fast den Atem.

An der Nordseite des Sees ragen große schneebedeckte Berge in den Horizont, glitzern im hellen Morgenlicht, als wären sie von einer dicken Schicht Sternenstaub bedeckt. An der Ostseite wachsen Kiefern, die größer sind als alle Bäume, die Daphne je gesehen hat, und deren Nadeln ebenfalls mit funkelndem Schnee bestäubt sind. Im Westen hingegen erstreckt sich eine Wiese, und obwohl das Ufer auf dieser Seite ziemlich weit von Daphne entfernt ist, kann sie rot gesprenkeltes Grün ausmachen – Sträucher voller Beeren.

Auf dem See selbst gleitet eine Schar von Stadtbewohnern, von kleinen Kindern bis hin zu Erwachsenen, über die Oberfläche. Sie stolpern und lachen und scheinen die Kälte ganz vergessen zu haben.

Es liegen Welten zwischen diesem See und denjenigen, die sie aus Bessemia kennt, denkt Daphne und atmet tief die frische Bergluft ein, während sie die Landschaft auf sich wirken lässt.

»Komm schon«, sagt Bairre, der stehen geblieben ist und wartet, bis sie zu ihm aufgeschlossen hat. »Ich helfe dir mit deinen Schlittschuhen.«

Daphne sieht sich nach Cliona um, aber die ist bereits auf und davon, wirft Haimish gerade einen Schneeball an den Hinterkopf und springt lachend davon, bevor er in ihr Gelächter einstimmt und ihr mit großen Schritten nachjagt.

Daphne folgt Bairre zu einem großen flachen Felsbrocken am Rande des Sees und setzt sich darauf, während er in seinem Beutel kramt und zwei Vorrichtungen herauszieht, die Daphne für tückische Waffen halten würde, wenn sie es nicht besser wüsste.

Wortlos setzt er sich neben sie und sie wendet sich ihm zu und hebt vorsichtig ihren Fuß in seinen Schoß. Seine Hand umgreift ihren Knöchel, um ihren Fuß etwas zur Seite zu drehen, damit er die Kufe unten an ihrem Stiefel befestigen kann, wobei er einen Riemen um ihren Fußballen, den zweiten um die Ferse und einen dritten um ihren Knöchel legt.

Es sollte, es dürfte sich nicht nach einem intimen Moment anfühlen – nicht, nachdem sie die Nacht in seinem Bett verbracht hat, in seinen Armen eingeschlafen und aufgewacht ist –, aber dennoch spürt Daphne, wie ihre Wangen rot werden.

»Du hast Cliona nichts gesagt«, platzt es aus ihr heraus. »Was Leopold angeht, meine ich.«

Bairre zurrt alles noch einmal fest und blickt dann stirnrunzelnd zu ihr hoch, bevor er mit ihrem anderen Fuß fortfährt. »Nein«, sagt er langsam. »Ich habe weder Cliona noch sonst jemandem etwas davon erzählt.«

Daphne antwortet nicht sofort, und einen Moment lang schweigen sie beide, während er ihr die Kufe um den zweiten Stiefel schnallt.

»Warum nicht? Ich kann mir vorstellen, dass die Rebellen großes Interesse an dieser Information hätten.«

Er zuckt mit den Schultern. »Ich finde nicht, dass es sie etwas angeht. Er ist ein untergetauchter König aus Temarin, der seine Brüder gerettet hat. Das hat nichts mit der Rebellion zu tun.«

»Ich kann mir vorstellen, dass sie das anders sehen«, beharrt sie.

»Ja, das ist ihr gutes Recht«, räumt er ein. »Aber ich habe meine Entscheidung getroffen, und dein Vertrauen zu bewahren war mir wichtiger, als Gerüchte weiterzuverbreiten, denn darauf läuft es ja hinaus.«

Daphne weiß nicht, was sie darauf erwidern soll, also schweigt sie und lässt sich von ihm auf die Beine helfen, bis sie auf wackeligen Füßen steht. Sie versucht, die Balance nicht gleich wieder zu verlieren, aber auf dem Weg zum Ufer muss sie sich an seinem Arm festhalten, um nicht zu fallen.

»Bist du oft mit Cillian hierhergekommen?«, fragt sie, um das Thema zu wechseln.

Er schüttelt den Kopf. »Nein, wir waren meistens im Sommer hier, ein- oder zweimal war es Spätherbst oder Frühlingsbeginn, bevor das Eis geschmolzen ist. Aber es gibt auch Seen in der Nähe von Eldevale, auf denen wir Schlittschuh gefahren sind. Wir sind oft Wettrennen gelaufen.«

»Und wer hat gewonnen?«, fragt sie.

»Meistens ich«, gibt Bairre zu. »Aber manchmal habe ich ihn auch gewinnen lassen.«

»Das Gleiche habe ich mit Sophie gemacht«, sagt Daphne nach einer Weile, während ihr die Erinnerungen durch den Kopf schwirren. »Nicht unbedingt bei Wettrennen, aber bei anderen Dingen, im Unterricht und so weiter.« Sie geht nicht näher darauf ein, was sie damit meint – was auch immer er sich denkt, bestimmt liegt es außerhalb seines Vorstellungsvermögens, dass ihre Mutter die drei Schwestern im Nahkampf, Schießen und anderen Disziplinen gegeneinander antreten ließ, um ihre Kräfte zu stählen.

»Bogenschießen?«, fragt Bairre.

Daphne lacht spöttisch auf. »Im Bogenschießen hätte ich sie nie gewinnen lassen«, stellt sie klar. »Außerdem hatte Sophie daran wenig Interesse. Sie zog es vor, ihre Zeit in der Küche zu verbringen und die Köchin zu belagern, damit sie ihr das Backen beibringt.«

Bairre führt sie auf das Eis, und sie packt seinen Arm fester, als die Kufen unter ihren Füßen wegrutschen. Nur mit Mühe schafft sie es, nicht sofort das Gleichgewicht zu verlieren. Als sie verlegen zu ihm aufblickt, kann er sich gerade noch ein Lachen verkneifen, aber er stützt sie und hilft ihr, sich auf den Beinen zu halten.

»Es kommt mir vor, als würde ich ständig nur von ihr reden.« Sie schüttelt den Kopf.

»Das tust du nicht«, widerspricht er. »Und wenn du doch über sie sprichst, dann meist in Zusammenhang mit Beatriz und dir, als Teil eures Gespanns.«

»Oh«, haucht sie und fragt sich unwillkürlich, ob es stimmt, was er sagt. »Tja, das ist wohl die Gefahr am Dasein als Drilling. Die Leute neigen dazu, uns stets als eine Einheit zu betrachten, und da passiert es leicht, dass man diese Denkweise übernimmt. Aber Sophie war ganz anders als ich, und auch als Beatriz. Ich bin sicher, du hättest sie gemocht.«

Bairre antwortet nicht, und für einen Moment herrscht Stille zwischen ihnen. Dann lässt er ihren Arm los und ergreift stattdessen ihre Hände. Er fährt rückwärts, um so viel Abstand zwischen sie zu bringen, wie er kann, ohne ihre Hände loszulassen.

»Und jetzt komm langsam – ganz langsam – auf mich zu«, fordert er sie auf.

Etwas in Daphne rebelliert gegen den Tonfall in seiner Stimme – sie ist alles andere als unfähig. Sie kann Schlösser knacken, Meuchelmörder abwehren und Komplotte schmieden, um Könige von ihren Thronen zu stürzen. Da wird sie wohl in der Lage sein, eine Fortbewegungsart zu meistern, die bevorzugter Zeitvertreib von kleinen Kindern ist.

Aber sobald sie auch nur versucht, sich auf dem Eis zu bewegen, rutschen ihr die Kufen unter den Füßen weg, und im selben Moment, als Daphne ihre grobe Fehleinschätzung erkennt, stürzt sie schon auf ihn zu, greift Halt suchend nach seinen Schultern und reißt ihn mit sich auf die hart gefrorene Oberfläche des Sees. Bairre knallt mit dem Rücken aufs Eis und Daphne fällt quer über ihn.

»Uff«, keucht Bairre und legt seine Arme um ihre Taille, um sie zu stützen.

»Tut mir leid.« Daphne versucht, von ihm herunterzuklettern, aber als sie aufstehen will, finden ihre Schlittschuhe keinen Halt und sie purzelt wieder über ihn. »O nein«, stöhnt sie.

Bairre sagt nichts, aber sein ganzer Körper bebt, sein Gesicht ist in ihrer Schulter vergraben.

»Bairre?«, fragt sie erschrocken. Sie zieht sich behutsam zurück, in Sorge, ihn verletzt zu haben, aber als sie in sein Gesicht blickt, erkennt sie, dass er lacht.

»Du bist ja eine große Hilfe«, beschwert sie sich und knufft ihn in die Schulter.

»Tut mir leid, tut mir leid«, sagt er, immer noch lachend, aber es gelingt ihm, ihre Ellbogen zu ergreifen und sie hochzustemmen, sodass sie beide wieder auf die Beine kommen. »Ich hätte nie gedacht, dass ich einmal den Tag erleben würde, an dem du an irgendetwas scheiterst«, gibt er zu.

Daphne wirft ihm einen bösen Blick zu, obwohl sie sich immer noch so fest um seinen Arm klammert, dass sie bestimmt blaue Flecken hinterlässt. Aber wenn sie ihren Griff lockert, wird sie wieder fallen, so viel steht fest. »Ich bin nicht gescheitert«, stellt sie klar. »Warte nur ab, bevor der Tag zu Ende ist, werde ich besser eislaufen als du.«

Bairre lacht. »Daran zweifle ich keine Sekunde.«

Im Laufe des Tages schafft es Daphne tatsächlich, allein zu laufen, mit weit ausgebreiteten Armen, um die Balance zu halten, aber das ist auch schon alles, was sie zustande bringt. Selbst Gideon und Reid laufen ihr im wahrsten Sinne des Wortes davon. Es ist frustrierend zu sehen, wie die anderen an ihr vorbeiziehen, wie viele von ihnen Drehungen und Sprünge vollführen, während sie es gerade so schafft, sich aufrecht zu halten und sich dabei vorkommt wie ein junges Rehkitz bei seinen ersten Schritten.

Aber dennoch genießt sie es. Nach ein paar Stunden spürt sie die Kälte gar nicht mehr, vor allem, nachdem eine Dorfbewohnerin einen großen Krug mit heißem Kakao für alle Schlittschuhläufer gebracht hat.

Daphne probiert einen Schluck und beschließt, dass sie für heißen Kakao viele Qualen auf sich nehmen würde, unter denen eisiges Wetter noch die geringste ist.

Erst als sie wahrnimmt, dass die Sonne kurz vor dem Untergang steht, wird ihr klar, dass fast ein ganzer Tag vergangen ist, ohne dass sie an ihre Mutter oder an ihre Schwestern gedacht hat oder an all die Dinge, die sie eigentlich tun sollte. Nichts von dem, was sie heute getan hat, hat die Pläne ihrer Mutter auch nur im Geringsten vorangebracht, und Daphne kann sich nicht erinnern, wann sie das zuletzt von sich hätte sagen können. Alles, was sie in den letzten Stunden getan hat, war, sich zu amüsieren. Was für eine Zeitverschwendung.

Aber es fühlt sich gar nicht wie verschwendete Zeit an.

Daphne hat so viel Spaß, dass sie fast nicht bemerkt hätte, wie Cliona sich absondert und auf das Ufer zusteuert, wo der Waldrand auf den See trifft. Wo will sie hin? Und nicht einmal Haimish folgt ihr, obwohl er sonst wie ein Schatten an ihrer Seite bleibt, seit sie Eldevale verlassen haben. Und, noch verdächtiger: Als Cliona davongleitet, scheint Haimish plötzlich das Gleichgewicht auf seinen Schlittschuhen zu verlieren, wobei er sowohl Bairre als auch Rufus umstößt und damit alle gründlich ablenkt. Alle außer Daphne.

Entschlossen macht sich Daphne auf den Weg Richtung Waldrand, nicht so flink, wie sie zu Fuß sein könnte, aber schnell genug.

»Daphne!«, ruft Haimish hinter ihr, und in Sekundenschnelle ist er an ihrer Seite. »Wohin so eilig?«, fragt er, und für ungeübte Ohren würde seine Frage vielleicht unschuldig klingen.

Sie wirft ihm einen Seitenblick zu. »Es gehört sich nicht, eine Dame zu fragen, warum sie sich in den Wald begibt, aber es genügt wohl, wenn ich sage, dass ich mich in einer heiklen Bedrängnis befinde. Tu uns beiden einen Gefallen und belasse es dabei.«

»Der Wald ist gefährlich«, wendet er ein. »Du kannst es doch sicher noch aushalten, bis wir wieder zurück im Schloss sind.«

»Ach, ist er das?«, fragt sie und blickt ihn mit hochgezogenen Augenbrauen an. »Nun, ich habe Cliona gerade in diese Richtung verschwinden sehen – sicherlich mit demselben Zweck vor Augen wie ich. Falls sie sich tatsächlich in Gefahr befindet, sollten wir die anderen zusammentrommeln, um nach ihr zu suchen. Meinst du nicht auch?«

Haimish starrt sie an, aber er lässt den Schwung seiner Schlittschuhe langsam ausgleiten, damit sie allein das Ufer erreichen kann. Sie stolpert auf festen Boden, aber hier ist sie auf sicheren Füßen, obwohl sie immer noch Kufen unter ihren Stiefeln hat. Daphne geht tiefer in den Wald hinein und hält erst inne, als sie Stimmen hört. Zwei Stimmen, beide vertraut.

»Ich nehme keine Befehle von dir an«, sagt Cliona eisig. Obwohl Daphne sie nicht sieht, kann sie sich ihren Gesichtsausdruck vorstellen – ihr trotzig erhobenes Kinn, das wütende Funkeln in ihren braunen Augen und eine überheblich hochgezogene Augenbraue.

»Ach, aber von deinem Vater schon?«, sagt die zweite Stimme und Daphne verliert beinahe ihr ohnehin schon fragiles Gleichgewicht. Aurelia.

»Mein Vater würde so etwas nie anordnen«, stellt Cliona klar.

Daphne kann zwar ihr Gesicht nicht sehen, hört aber den Zweifel in ihrer Stimme. »Gideon und Reid sind Kinder und sie haben sich nichts zuschulden kommen lassen.«

Daphne fühlt sich, als hätte man ihr einen Eimer Schnee über den Kopf gekippt.

»Du bist hier diejenige, die sich wie ein Kind benimmt, und du weißt genau, dass dein Vater das Gleiche sagen würde, wenn er hier wäre«, entgegnet Aurelia kühl. »Es gibt einen Grund, warum du deinen Vater regelrecht anflehen musstest, dich in die Planungen der Rebellen einzubeziehen. Bist du so erpicht darauf, ihm bei erster Gelegenheit zu zeigen, dass er recht hatte?«

Cliona schweigt einen Moment. »Vielleicht wäre es anders, wenn ich verstehen würde, warum«, sagt sie.

Aurelia lacht, aber ihre Stimme ist rau. »Aus demselben Grund, aus dem wir alles andere tun, Cliona. Für Friv. Du bist schon zu weit gegangen, um plötzlich Skrupel zu zeigen. Wir treffen uns morgen um Mitternacht am alten Uhrenturm. Bis dahin solltest du Zeit genug haben, um dir zu überlegen, wie du die beiden dorthin bringen kannst.«

Es sind Schritte im Schnee zu hören – sie gehören zu Aurelia, vermutet Daphne –, aber bei Clionas nächsten Worten halten sie inne.

»Und wenn ich sie dir gebracht habe?«, fragt sie. »Was wird dann aus ihnen?«

Aurelia stößt einen langen, gequälten Seufzer aus. »Stell keine Fragen, deren Antworten du nicht hören willst, Cliona. Befolge einfach deine Befehle.«

Daphne schafft es zurück ans Seeufer, bevor Cliona sie entdeckt, aber da Haimish genau wusste, was Daphne vorhatte, als sie ihr in den Wald folgte, überrascht es sie nicht, dass Cliona bald zu ihr aufschließt, als sie zurück zum Schloss gehen, während die Sonne hinter dem Wald versinkt.

»Was du gehört hast …«, beginnt Cliona ohne Vorrede, und ihre Stimme klingt schroff. »Es war nicht das, wonach es sich anhörte.«

Daphne lacht auf. Sie kann nicht anders. Cliona war noch nie eine gute Lügnerin, aber jetzt gibt sie sich nicht einmal mehr Mühe, so zu tun, als würde sie die Wahrheit sagen.

»Nichts daran ist lustig«, schnauzt Cliona.

»O ja, das weiß ich«, erwidert Daphne, noch immer ein Lachen in der Stimme. Im Grunde genommen ist es so absurd, dass es tatsächlich beinahe lustig ist, denkt sie. Da sind sie nun, Cliona und sie, mit dem gleichen Befehl und den gleichen zwiespältigen Gefühlen. Aber es gelingt ihr, das Lachen zu unterdrücken, und sie sieht Cliona mit offenem Blick an. »Wirst du es tun?«, fragt sie.

Cliona setzt zum Sprechen an, und Daphne rechnet fest damit, dass alles, was sie sagen will, eine Lüge sein wird, aber sie schließt den Mund so schnell, wie sie ihn geöffnet hat. »Ich habe keine andere Wahl«, sagt sie nach einer Weile. »Er ist mein Vater. Wenn er meint, dass es das Beste für die Rebellion ist, dann ist das so. Und sie wird nicht … Sie hat nichts davon, ihnen etwas anzutun. Sie will sie nur vom Schachbrett entfernen, bevor sie Komplikationen verursachen.«

Cliona glaubt nicht an ihre eigenen Worte, genauso wenig wie Daphne anfangs glauben konnte, dass ihre Mutter tatsächlich von ihr verlangt, Gideon und Reid zu töten, um ihre Familie zu schützen. Sie *wollte* es glauben. Sie wollte es geradezu verzweifelt, aber wenn sie ehrlich zu sich ist, hat sie die Wahrheit immer gekannt. Genauso wie sie von Anfang an wusste, dass sie es nicht über sich bringen würde, diesen Plan in die Tat umzusetzen. Auch wenn sie bis jetzt gebraucht hat, um sich das einzugestehen – bis zu dem Moment, in dem sie Cliona im selben Zwiespalt gesehen hat.

Sie seufzt. »Ich habe eine Idee«, sagt sie langsam. »Aber ich muss sichergehen, dass ich dir vertrauen kann. Und du musst mir im Gegenzug vertrauen.«

Für einen langen Augenblick mustert Cliona sie nur, ihr Blick ist unergründlich. »Wenn wir uns jetzt nicht gegenseitig vertrauen, Daphne, dann weiß ich nicht, wann wir es jemals könnten.«

Daphne schweigt einen Moment lang. »Sag mir die Wahrheit über Aurelia«, fordert sie. »Und ich sage dir die Wahrheit über Levi.«

Violie

Während der Großteil der Familie am See Schlittschuh läuft, nutzt Violie die Gelegenheit, um sich erneut in Daphnes Schlafzimmer zu schleichen, doch dieses Mal ist Leopold auf Schritt und Tritt mit dabei.

»Man wird dich erwischen«, flüstert er.

Sie blickt ihn über die Schulter an und zieht eine Augenbraue hoch, während sie bereits zielstrebig zu Daphnes Kleiderschrank geht. »Das ist mir noch nie passiert, zumindest nicht aus Versehen«, sagt sie schnippisch. »Mach die Tür zu, aber schließ sie nicht ab«, weist sie ihn an und nickt zufrieden, als er ihrer Aufforderung nachkommt.

»Warum nicht abschließen?«, fragt er.

»Eine verschlossene Tür ist verdächtig«, erklärt sie ihm.

»Ach, und wenn jemand reinkommt und uns hier entdeckt, ist das etwa nicht verdächtig?«

»Wenn jemand reinkommt, können wir ihn davon überzeugen, dass wir uns aus ganz harmlosen Gründen hierhergeschlichen haben«, erklärt sie, während sie Daphnes Schminkkästchen hervorholt. Als sie zu Leopold aufblickt und seinen verwirrten Gesichtsausdruck sieht, muss sie lachen. Manchmal vergisst sie einfach, wie behütet er aufgewachsen ist.

»Wir wären nicht die ersten Bediensteten, die sich in ein leeres Schlafzimmer zurückziehen, um ein wenig ... Privatsphäre zu genießen«, hilft sie ihm auf die Sprünge.

Als Leopold begreift, worauf sie anspielt, wird er rot und senkt den Blick.

»So etwas tut doch niemand«, behauptet er.

»Viele Leute tun das«, widerspricht sie lachend. »Die meisten würden sich zwar nicht in das Schlafzimmer der Prinzessin trauen, aber als Ausrede wäre es immer noch glaubwürdiger als die Alternative.«

Sie öffnet den Deckel des Schminkkästchens und beginnt, Fläschchen und Puder herauszunehmen und in zwei Stapel zu sortieren.

»Und die besteht ... im Diebstahl von Lippenfarbe?«, fragt Leopold, der ihr beim Sortieren zusieht.

Sie blickt zu ihm auf. »Sophronia hatte die gleiche Ausstattung«, erklärt sie ihm und deutet auf den einen Stapel. »Das sind Schminksachen.« Sie deutet auf den anderen. »Das sind Gifte.«

Er starrt sie einen Moment lang an. »Gifte«, wiederholt er langsam. »Sophie hat ihre Schminksachen zusammen mit Gift aufbewahrt?«

»Soweit ich weiß, hat sie nie welches benutzt, aber ich bin sicher, der Kaiserin wäre es anders lieber gewesen«, sagt Violie. »Daphne ist da weniger zimperlich.«

Sie sortiert den Inhalt des Kästchens zu Ende, einschließlich aller Fläschchen und Tuben, die sie in einem versteckten Fach am Boden findet.

»Kannst du die Schmuckschatulle aus dem Schrank holen?«, fragt sie, während sie die harmlosen Schminkutensilien wieder an ihren Platz stellt und die Gifte in ihrer Schürzentasche verschwinden lässt.

Leopold hebt die Augenbrauen, tut aber, worum sie ihn bittet. Er holt die Schatulle hervor und öffnet neugierig den Deckel.

»Sind die auch giftig?«, fragt er misstrauisch.

Violie steht auf, geht zu ihm und späht über seine Schulter. »Das ist es«, sagt sie und zeigt auf einen schweren Goldanhänger in Form einer Sternenkonstellation, die dem Stock des Eremiten nachempfunden ist. Leopold nimmt den Schmuck in die Hand und betrachtet ihn, bevor er ihn an Violie weiterreicht, die ihm zeigt, wie der obere Teil des Anhängers abgeschraubt wird.

»Es ist nur Schlafpulver«, meint sie achselzuckend, »aber ich will kein Risiko eingehen.«

Sie nimmt auch noch die Halskette an sich, dann kauert sie sich neben Leopold und durchwühlt den restlichen Schmuck. Sie zieht ein Armband hervor, in dem ein kleiner Dolch steckt, sowie einen schweren Ring, der ein giftiges Gas ausstößt, wenn man zwei seiner Steine gleichzeitig drückt, und eine mondförmige Diamantbrosche, die sicher ebenfalls irgendeine versteckte und gefährliche Eigenschaft hat, allein schon deshalb, weil sie für Violies Geschmack viel zu hässlich ist, um ein echtes Schmuckstück zu sein.

Nachdem das erledigt ist, verstauen sie alles wieder und Leopold stellt die Kästchen zurück in den Schrank.

»Glaubst du, dass ich jetzt vor ihr sicher bin?«, fragt er.

Violie schnaubt. »Bei allen Sternen, nein. Daphne könnte dich mit bloßen Händen umbringen, Leo. Sie könnte aus praktisch allem, was sie hier oder in irgendeinem anderen Raum findet, eine Waffe machen, und ich habe gehört, dass sie äußerst geschickt darin ist, ihre eigenen Gifte herzustellen. Wenn sie beschließt, dich zu töten, hast du die gleiche Überlebenschance, wie wenn du im Winter nackt durch Friv wanderst. Aber ich bin entschlossen, ihr das Töten nicht auch noch leichter zu machen.«

Leopold blinzelt. »Willst du mir Angst einjagen?«, fragt er.

Violie verdreht die Augen. »Du bist derjenige, der darauf besteht, mich, die Einzige, die es mit ihr aufnehmen kann, wegzuschicken und allein in der Gesellschaft einer Prinzessin zu bleiben, die sich allem Anschein nach einfach nicht entscheiden kann, ob sie dich nun töten will oder nicht.«

Einen Moment lang schweigt Leopold. »Du bist die Einzige, die eine Chance gegen sie hat«, sagt er langsam. »Deshalb musst du meine Brüder von hier wegbringen.«

Violie weiß, dass man ihm diesen Entschluss nicht ausreden kann, trotzdem seufzt sie verärgert. Sie versteht, was er will und warum er sie darum bittet, aber das macht es ihr nicht leichter zuzustimmen.

»Bist du sicher, dass du mir deine Brüder anvertrauen willst?«, fragt sie ihn. »Ich könnte sie in einer Taverne mit einigen fragwürdigen Gestalten bekannt machen. Ihnen beibringen, wie man beim Würfeln betrügt. Ihnen die besten Beutelschneidertricks zeigen.«

Sie meint es als Scherz, aber Leopold sieht sie ernst an.

»Bring sie einfach nur lebend zu Lord Savelle«, bittet er sie. »Das ist alles, was ich verlange.«

Violie zögert eine Sekunde, bevor sie nickt. »In Ordnung. Rede heute Abend mit ihnen und sag ihnen, dass ich sie holen komme – damit sie nicht denken, sie würden ein zweites Mal entführt. Um Mitternacht brechen wir auf.«

Als Daphne, Prinz Bairre, Gideon, Reid und die anderen an diesem Abend wieder im Schloss eintreffen, stimmt etwas nicht. Violie bemerkt es sofort, als sie einen Blick auf Daphne erhascht, die den Festsaal betritt, wo Violie gerade den langen Holztisch abwischt. Daphnes Kopf ist tief zu dem einzigen anderen Mädchen der Gruppe geneigt – Cliona, so hat Daphne sie genannt. Alle zwei haben einen düsteren Gesichtsausdruck, und Violie kann nicht genau sagen, ob sie sich gerade streiten oder sich verschwören.

Beides ist besorgniserregend.

Daphne blickt auf, ihre Blicke treffen sich, und Violie senkt den Kopf, weil sie weiß, dass jetzt nicht der richtige Zeitpunkt für ein Gespräch ist. Aber Daphne überrascht sie, indem sie ihren Namen sagt, der wie eine Glocke in dem stillen Raum erklingt.

Violie hebt den Kopf. Ihr Blick fällt auf Cliona, die sie misstrauisch beäugt, als würde sie versuchen, sie einzuschätzen. Violie beschließt, auf Nummer sicher zu gehen.

»Ja, Eure Hoheit?«, fragt sie und behält ihren frivianischen Akzent bei.

Cliona lacht. »Ich muss sagen, dein Akzent ist viel besser als der von Levi ... oder besser gesagt, der von König Leopold«, bemerkt sie.

Violies Hände ballen sich zu Fäusten. »Ihr habt es ihr gesagt?«, fragt sie Daphne mit zusammengebissenen Zähnen.

»Du wirst es mir danken, wenn du mir einen Moment Zeit gibst, es zu erklären«, antwortet Daphne ruhig.

»Ihr habt gesagt, ich soll ihr nicht trauen«, ruft Violie ihr in Erinnerung.

»Autsch«, stöhnt Cliona, aber es klingt nicht beleidigt, eher amüsiert.

Daphne streitet es nicht ab. »In manchen Dingen sind wir auf derselben Seite«, sagt sie zurückhaltend. »Und in diesem Fall sind wir auf deiner Seite.«

»Worin genau?«, fragt Violie.

Daphne wirft einen Seitenblick auf Cliona, bevor sie zu Violie sagt: »Der Ostflügel des Schlosses ist noch geschlossen. Wir treffen uns dort.«

»Im Erdgeschoss ist ein Salon«, mischt Cliona sich ein. »Die Treppe von den Dienstbotenquartieren hoch und dann die dritte Tür rechts.«

Daphne nickt. »Gut. Bring Leopold mit.«

»Und Ihr kommt allein?«, fragt Violie misstrauisch. »Was ist mit Bairre?«

Daphne und Cliona tauschen einen vielsagenden Blick aus, den Violie nicht deuten kann.

»Nicht Bairre«, sagt Daphne schließlich bedeutungsvoll. »Noch nicht.«

Violie holt Leopold herbei und gemeinsam folgen sie Clionas Anweisungen und gehen in den Salon im Ostflügel. Dort sind die Fenster mit Brettern vernagelt, der Kamin ist kalt und die Möbel sind mit Laken abgedeckt. Daphne und Cliona erwarten sie bereits, sie stehen nebeneinander, beide noch in ihren schweren Mänteln, die sie für den Ausflug zum See angezogen haben. Nachdem Violie die Tür hinter sich geschlossen hat, nimmt sich Cliona einen Moment Zeit, um Leopold zu mustern.

»Soll ich mich verbeugen, Majestät?«, fragt sie trocken.

Leopold lässt sich nicht aus der Ruhe bringen. »Ich würde nicht im Traum daran denken, einer Dame vorzuschreiben, was sie zu tun hat«, sagt er mit dem natürlichen Akzent eines Temariners.

Cliona lacht laut auf, bis Daphne sie mit dem Ellbogen anstößt und einen Finger an den Mund legt.

»Oh, aber ich mag ihn«, versichert Cliona.

»Das beruht nicht auf Gegenseitigkeit, wenn du bei der Entführung seiner Brüder hilfst«, sagt Daphne.

Und schon ist jeder Anflug von Heiterkeit verflogen.

»Ich dachte, das wäre Euer Auftrag«, sagt Violie und sieht Daphne an.

»Mein Auftrag war es, sie zu ermorden«, antwortet Daphne schlicht. »Und dich«, fügt sie an Leopold gewandt hinzu. »Aber offenbar ist Cliona in dieser Sache genauso ... zwiegespalten wie ich.«

»Zwiegespalten ist nicht das Wort, das ich in diesem Zusammenhang verwenden würde«, sagt Leopold mit einem drohenden Unterton.

»Wenn es dir lieber ist, dass ich dich anlüge, werde ich das für die Zukunft im Hinterkopf behalten«, erwidert Daphne. »Ich habe Violie erklärt, dass wir das gleiche Ziel haben, zumindest in diesem Fall, und das meinte ich auch so.« Sie wirft einen Blick auf Cliona und dann wieder auf Leopold. »Keiner von uns will unschuldigen Kindern Schaden zufügen.«

Es ist nicht das erste Mal, dass Violie hört, wie Gideon und Reid als Kinder bezeichnet werden, und jedes Mal ist sie erstaunt über diese Beschreibung. Sie sind zwölf und vierzehn Jahre alt. Als Violie in ihrem Alter war, stand sie bereits in den Diensten der Kaiserin – und sah sich selbst nicht als unschuldiges Kind, das um jeden Preis beschützt werden muss. Sie kann sich auch nicht vorstellen, dass Daphne das in dem Alter so gesehen hat. Aber nichts liegt ihr ferner, als diese von Daphne gezogene Grenze infrage zu stellen. Sie ist froh, dass es sie gibt.

Violie kämpft darum, nicht zu Leopold hinzuschauen, denn sicher denkt er das Gleiche wie sie – dass, wenn ihr Plan heute Abend wie erhofft aufgeht, Gideon und Reid außer Reichweite von Daphne und Cliona sein werden.

Ein leises Klopfen ist zu hören. Violie zuckt zusammen, während Cliona und Daphne nicht sonderlich überrascht zu sein scheinen.

»Komm rein, Rufus«, ruft Daphne.

Die Tür geht auf und ein großer, schlaksiger junger Mann mit wildem rotem Haarschopf tritt ein. Sein breites, attraktives Gesicht und sein unbekümmertes Lächeln kommen Violie bekannt vor – er ist ein Freund von Bairre, erinnert sie sich, und sie hat ihn heute bereits im Sommerschloss gesehen.

»Ich wurde herbeigerufen«, sagt er und schließt die Tür hinter sich.

»Rufus«, erklärt Daphne den anderen, »hat keine Verbindung zu meiner Mutter und keine Verbindung zu den Rebellen in Friv, nicht wahr, Rufus?«

Rufus schaut verwirrt drein, unsicher, in welche Situation er da gerade hineingeraten ist. »Ich ... äh ... ja, das ist richtig.«

»Und du hast nicht den geringsten Grund, Gideon und Reid etwas Böses zu wünschen«, fährt Cliona fort.

»Warum, im Namen aller Sterne, sollte ich? Was geht hier eigentlich vor ...«

»Dann ist es abgemacht«, sagt Daphne und schenkt ihm ein strahlendes Lächeln. »Du wirst die beiden Jungen zum Anwesen deiner Familie bringen – es ist weit genug von Eldevale entfernt, dass niemand auf die Idee kommen wird, dort nachzusehen.«

»Und falls doch«, fügt Cliona hinzu, »behauptest du einfach, sie seien die verwaisten Kinder eines Dieners und du hast sie als Mündel zu dir genommen.«

Rufus sagt einen Moment lang nichts. »Ich bin völlig verwirrt«, gibt er schließlich zu. »Aber wenn es um die Sicherheit von Gideon und Reid geht, sind sie natürlich jederzeit im Haus der Cadringals willkommen.«

»Das wird nicht nötig sein«, mischt Leopold sich ein.

Rufus starrt ihn an. »Levi, dein Akzent ...«

»Das ist jetzt nicht wichtig, Rufus«, unterbricht Daphne ihn sanft.

»Da bin ich anderer Meinung«, stellt Rufus klar. »Wenn ihr vier mir nicht sagt, was genau hier los ist, gehe ich sofort wieder durch diese Tür.«

Einen Moment lang rührt sich niemand, bis Daphne schließlich einen Seufzer loslässt. »Also gut.« Dann fordert sie Leopold mit einem Nicken auf: »Sag ihm, was du für richtig hältst.«

Leopold ist misstrauisch. »Wirklich?«, fragt er und blickt zu Violie, wie um von ihr die Bestätigung zu bekommen.

»Du vertraust ihm?«, fragt Violie Daphne.

Daphne sieht ihr fest in die Augen. »In dieser Sache, ja. Weil Rufus mir für meine Großzügigkeit gegenüber seiner kleinen Schwester etwas schuldet. Ist es nicht so, Rufus?«

Rufus zögert. »Ja, das stimmt«, bestätigt er.

Violie blickt zu Leopold und nickt. Leopold schüttelt skeptisch den Kopf, doch dann wendet er sich Rufus zu und gibt ihm eine Kurzfassung dessen, was er ihm als Wahrheit zugesteht – seinen wahren Namen und Titel, die Identität seiner Brüder und die Tatsache, dass Eugenia hinter dem Mordkomplott gegen ihn steckt, weshalb er sich verstecken muss.

»Ich möchte meine Brüder nicht wieder in ihre Obhut geben, aus offensichtlichen Gründen«, erklärt er zum Schluss. »Aber ich werde sie auch nicht zu völlig Fremden schicken. Nichts für ungut.«

»Es gibt keine andere Möglichkeit«, erwidert Daphne.

»Doch, die gibt es«, wirft Violie ein. »Leopold hat recht – offen gesagt haben wir keinen Grund, Euch so weit zu vertrauen, dass Ihr genau wissen solltet, wohin sie geschickt werden. Wenn ihr es euch anders überlegt ...«

»Das werden wir nicht«, unterbricht Cliona sie, beleidigt, dass Violie überhaupt so etwas denken kann.

»Ich bitte um Verzeihung, aber Euer Wort allein genügt mir

nicht«, erwidert Violie – und stellt zufrieden fest, dass Cliona keine Antwort parat hat. »Ich habe einen besseren Plan«, fährt sie fort. »Rufus und ich werden die Prinzen an einen Ort bringen, den Leopold und ich bereits ausgewählt haben.«

Als sie Daphnes Überraschung sieht, lacht Violie laut auf.

»Ihr habt doch nicht wirklich geglaubt, dass wir sie Eurer Obhut überlassen?«, fragt sie.

Daphnes Kiefer spannt sich, aber nach kurzem Zögern und einem raschen Blick zu Cliona nickt sie.

»Also gut«, sagt sie. »Rufus, das ist vorerst alles. Ich schicke dir eine Nachricht, wenn es so weit ist.«

Rufus sieht sie nacheinander an, noch nicht bereit, es damit bewenden zu lassen. »Ich nehme an, weitere Fragen sind nicht erlaubt?«

»Nein«, sagt Daphne. »Aber wenn das hier vorbei ist, sind wir wegen Zenia quitt.«

Rufus sieht aus, als wolle er sich immer noch nicht damit zufriedengeben, aber schließlich nickt er. »Na gut«, sagt er und wendet sich zum Gehen.

Als er weg ist, sieht Daphne Cliona an. »Und wer von uns eröffnet Bairre, dass seine Mutter für die Entführung der Jungen verantwortlich ist, deren Rettung ihm so wichtig war?«, fragt sie.

Cliona zuckt zurück. »Ich glaube immer noch nicht, dass es die Rebellen waren«, sagt sie. Als Daphne ihr widersprechen will, schüttelt Cliona den Kopf. »Ich weiß, ich weiß, aber ich muss mit meinem Vater darüber sprechen. Sie könnte auf eigene Faust gehandelt haben.«

»Die frivianischen Rebellen haben Gideon und Reid entführt?«, fragt Leopold stirnrunzelnd.

Mehr noch, denkt Violie. Wenn sie das Gespräch richtig verstanden hat, ist Cliona sogar ein Mitglied der Rebellen. Und wenn sie daran denkt, wie die Kaiserin die temarinischen Revolutionäre für ihre Zwecke eingespannt hat, wird sie erst recht misstrauisch.

»So scheint es«, sagt Daphne zu Leopold, und nach einer kurzen Pause fügt sie hinzu: »Ich hätte erwartet, dass du deine Brüder selbst begleiten willst und nicht Violie schickst.«

Leopold sieht zu Violie und zuckt mit den Schultern. »Hättest du mich denn gehen lassen?«, fragt er Daphne.

Daphne schürzt die Lippen, aber statt ihm zu antworten, wendet sie sich mit einem Achselzucken an Violie. »Ihr werdet heute Abend aufbrechen. Wenn Bairre es merkt, werden Cliona und ich ihm die Wahrheit sagen, dann wird er euch nicht folgen. Bringt die Kinder dorthin, wo sie sicher sind.«

Ohne ein weiteres Wort rauscht Daphne an Violie und Leopold vorbei und verlässt den Raum, dicht gefolgt von Cliona.

Am Abend geht Violie mit Leopold in das Zimmer seiner Brüder und findet Gideon und Reid bereits in ihren Nachthemden vor. An Schlaf ist jedoch nicht zu denken. Gideon liest in seinem Bett in einem Buch über frivianische Sagen, während Reid im Schneidersitz auf dem Boden neben dem Feuer sitzt, umgeben von einem halben Dutzend Zetteln mit Zeichnungen, die Violie nicht ganz deuten kann.

Gideon bemerkt Leopold zuerst. Er klappt sein Buch zu, richtet sich auf und beim Anblick seines großen Bruders strahlen seine blauen Augen.

»Leopold!«, ruft er, woraufhin auch Reid aufmerksam wird.

Leopold legt seinen Finger an die Lippen, um ihnen zu signalisieren, dass sie leise sein sollen, während Violie die Tür schließt. Dann setzt er sich an den Rand von Gideons Bett und winkt Reid zu sich. Violie hält sich im Hintergrund, sie beobachtet und hört zu, wie er Gideon und Reid erklärt, dass sie heute Abend das Schloss verlassen werden – ohne ihn.

»Gehen wir zurück zu Mutter?«, fragt Reid.

Über seinen Kopf hinweg wirft Leopold Violie einen gequälten Blick zu und in diesem Moment beneidet sie ihn wirklich nicht. Für Gideon und Reid ist ihre Mutter die Frau, die ihre Tränen getrocknet und sie ins Bett gebracht hat, die ihnen Geschichten erzählt und Schlaflieder gesungen hat.

»Nein, dort seid ihr nicht sicher«, antwortet Leopold ohne eine weitere Erklärung. »Ihr werdet mit Violie gehen«, fügt er hinzu und deutet mit einem Nicken auf sie.

Beide Jungen drehen sich zu ihr um und sehen sie an.

»Ich kenne dich«, sagt Reid und runzelt die Stirn. »Du warst im Palast, in Kavelle.«

Violie will ihm antworten, aber Leopold kommt ihr zuvor.

»Violie war eine Freundin von Sophie«, erklärt er den beiden. »Sie bringt euch zu einem anderen Freund – Lord Savelle.«

Der Name scheint ihnen nichts zu sagen, aber Violie nimmt an, dass sie noch sehr jung waren, als Lord Savelle sich das letzte Mal am temarinischen Hof aufgehalten hat, falls sie sich überhaupt je begegnet sind.

»Er lebt auf den Silvan-Inseln«, erklärt Leopold weiter. »Ich bin sehr neidisch – ihr werdet viel besseres Wetter haben als ich hier.«

Violie hört die gezwungene Leichtigkeit in seiner Stimme, und sie weiß, dass ihm der Abschied von seinen Brüdern schwerfällt, auch wenn er überzeugt von dessen Notwendigkeit ist.

»Du musst nicht neidisch sein. Komm doch einfach mit«, schlägt Gideon vor.

»Ich kann nicht, Gid.« Leopold schüttelt den Kopf. »Ich habe Sophie versprochen, Daphne zu helfen, und das Versprechen muss ich halten. Aber wenn alles vorbei ist, sehen wir uns wieder. Darauf gebe ich euch mein Wort.«

Violie wendet ihren Blick ab, als Leopold seine beiden Brüder umarmt und ihnen leise etwas sagt, was nicht für ihre Ohren bestimmt ist. Dann bittet er die beiden, ihre wärmste Kleidung anzuziehen. Es gibt nichts zu packen, da sie mit nichts angekommen sind, aber Violie geht davon aus, dass Rufus genügend Reisegeld erhalten hat und alles kaufen kann, was sie brauchen.

Während Gideon und Reid sich umziehen, treten Leopold und Violie hinaus in den Gang. Leopold sagt kein Wort.

»Leo ...«, beginnt Violie, unsicher, was sie sagen soll. Sie weiß, dass sie ihm nicht versprechen sollte, dass er seine Brüder eines Tages wiedersehen wird, aber sie will es trotzdem tun.

»Bitte, versuch nicht, mich zu überreden, mit ihnen zu gehen«, sagt er leise. »Ich bin kurz davor, es zu tun, aber ich kann nicht.«

»Nein«, stimmt Violie ihm zu. »Du hast recht – wenn einer Daphnes Meinung ändern kann, dann du. Sie ist schon fast so weit. Ich glaube nicht, dass sie deine Brüder gehen lassen würde, wenn sie es nicht wäre.«

Leopold lacht, aber es klingt hart. »Sie schickt sie weg, weil sie sich selbst nicht traut. Sie hat Angst, sie womöglich doch noch umbringen zu müssen«, sagt er. »Und weil sie fürchtet, dass Clionas Skrupel geringer sind als ihre.«

Auch damit hat er recht, Violie weiß selbst, dass es so ist. Aber ihr ist auch bewusst, dass Leopold sich vor zwei Wochen diese Wahrheit noch nicht eingestanden hätte.

»Ich werde sie beschützen, Leopold«, versichert Violie sanft. Sie legt ihre Hand auf seine Schulter und drückt sie. »Das verspreche ich dir.«

Leopold sieht sie an, seine dunkelblauen Augen leuchten fast in der Dunkelheit. »Danke, Violie«, sagt er. »Ich würde sie niemand anderem anvertrauen.«

Als Gideon und Reid in ihren dicken Mänteln und Stiefeln aus dem Zimmer kommen, verabschieden sie sich rasch von Leopold und lassen sich dann von Violie aus dem Palast zu den Ställen führen, wo Rufus bereits mit vier gesattelten Pferden auf sie wartet.

Beatriz

Beatriz geht viel zu viel durch den Kopf, als dass sie auch nur einen Gedanken an Nicolo verschwenden könnte – zumindest versucht sie sich das einzureden. Sie hat die Macht, Sterne vom Himmel zu holen, und einer von ihnen ist einfach wieder aufgetaucht! Seither hat sie nichts mehr von Nigellus gehört. Sie ist gerade dabei, einen Umsturzplan zu schmieden, der zugleich ein Mordkomplott ist – gegen die Kaiserin, gegen ihre eigene Mutter –, und sie muss einen Weg finden, den Geliebten ihres Ehemanns aus dem Kerker zu befreien. Für Nicolo dürfte zwischen all dem kein Platz übrig sein, aber stattdessen schleicht er sich mittlerweile so oft in ihre Gedanken, dass sie allmählich bezweifelt, dass sie ihn jemals wirklich daraus verbannt hatte.

Ob beabsichtigt oder nicht, sein kurzer Brief ist ihr unter die Haut gegangen, und das Einzige, was sie mehr ärgert als diese wenigen Zeilen, ist die Tatsache, dass sie immer noch darüber nachdenkt.

Während sie an ihrem Schlafzimmerfenster steht und beobachtet, wie die Sonne hinter dem Horizont verschwindet und die Sterne an einem tintenschwarzen Himmel erwachen, läuft ihr ein kribbelnder Schauer über den Rücken. Da ist es wieder – dieses Gefühl, das sie schon in Cellaria zweimal gespürt, aber nie ganz verstanden hat. Jetzt weiß sie, dass es die Sterne sind, die sie auffordern, ihre Magie einzusetzen. Sie muss mit Nigellus sprechen, beschließt sie, ob er sie nun zu sich ruft oder nicht.

Beatriz achtet noch mehr auf jeden ihrer Schritte als sonst, als sie gegen Mitternacht zu Nigellus schleicht. Seit Ambroses Verhaftung steht sie ständig unter Anspannung und fragt sich, wie viel ihre Mutter über ihn weiß und ob sie ahnt, in welcher Verbindung er zu ihr und Pasquale steht. Sie entscheidet sich für einen Umweg und nutzt mehrere Geheimgänge, die sie mit ihren Schwestern entdeckt hat, als sie noch Kinder waren. Nach jeder Ecke, die sie umrundet hat, bleibt sie kurz stehen, lauscht auf Geräusche und sucht nach Schatten, aber es ist nichts zu entdecken. Niemand folgt ihr, stellt sie fest, und aus unerfindlichen Gründen beruhigt sie das nicht im Geringsten.

Als sie schließlich die Tür zu Nigellus' Laboratorium aufstößt, erwartet sie dort das reinste Chaos. Wo zuvor stets penible Ordnung herrschte – so befanden sich auf den Arbeitsflächen und dem Schreibtisch stets nur die Instrumente und Texte, mit denen der Himmelsdeuter gerade arbeitete –, sind nun sämtliche Apparaturen achtlos zur Seite geschoben, und jeder freie Platz im Raum ist mit unzähligen Büchern bedeckt, die an unterschiedlichen Stellen aufgeschlagen sind. Zwischen all den aufgeblätterten Folianten gelingt es ihr kaum, einen Fuß vor den anderen zu setzen.

Ihr Blick fällt auf eine Illustration in einem der Bücher, und sie erkennt, dass es dieselbe Darstellung ist, die Nigellus ihr vor Kurzem gezeigt hat: der Himmel, wie er vor Äonen von Jahren aussah. Sie bahnt sich einen Weg zwischen all den Büchern hindurch, vorsichtig, um keines davon zu beschädigen, und sieht sich nach einem Lebenszeichen von Nigellus um.

Beatriz entdeckt ihn unter dem Arbeitstisch, tief und fest schlafend. Als sie mit der Stiefelspitze gegen sein Bein tippt, schreckt er hoch und stößt sich den Kopf an der Tischkante.

»Au«, murmelt er und hält sich eine Hand an den Kopf, während er gegen das schwache Licht anblinzelt, bis sich seine Augen daran gewöhnt haben und er Beatriz erkennt. Er runzelt die Stirn.

»Was wollt Ihr hier?«, fragt er und richtet sich auf. »Ich habe nicht nach Euch geschickt.«

»Ich habe seit zwei Tagen nichts mehr von Euch gehört und mir langsam Sorgen gemacht«, erklärt Beatriz und schaut sich wieder im Zimmer um. »Seid Ihr die ganze Zeit hier gewesen?«

»Nein«, sagt er. »Nun ja, vielleicht«, fügt er dann hinzu und runzelt die Stirn. »Ich habe Bücher aus allen Zeiten zurate gezogen, aber nirgends auch nur den kleinsten Hinweis auf eine Himmelsdeuterin gefunden, die dem Himmel Sterne zurückgeben kann.«

»Ist ... ist es das, was ich getan habe?«, fragt Beatriz. Der Stern, den sie aus dem Kelch der Königin geholt hat, ist wieder am Firmament aufgetaucht, ja – aber das Gleiche gilt auch für den Stern, den Nigellus vor langer Zeit für Sophronias Geburt verwendet hatte, und damit hatte sie nichts zu tun. »Vielleicht habt Ihr Euch in dem Stern geirrt, den ich in Cellaria für meinen Wunsch geopfert habe. Außerdem steht auch Sophies Stern wieder am Himmel, also ist vielleicht gerade eine größere Veränderung der Konstellationen im Gange?«

»Sophronias Stern ist wieder erschienen, weil sie gestorben ist«, stellt Nigellus richtig. »Keiner der anderen Sterne, die ich vom Himmel geholt habe, ist je zurückgekehrt. Bei Euch hingegen ... nicht nur der Kelch der Königin hat sich verändert, sondern auch die Stechende Biene und das Rad des Wanderers. Beide Konstellationen waren in den letzten zwei Tagen wieder zu sehen, und keiner von beiden fehlt der Stern, den Ihr in einen Wunsch umgewandelt habt.«

Beatriz starrt ihn an und versucht zu verstehen, was sie da gerade gehört hat. »Ihr glaubt, ich war das?«, fragt sie. »Das wüsste ich doch, oder etwa nicht?«

»Ihr wart Euch ja nicht einmal darüber bewusst, dass Ihr die Sterne vom Himmel geholt habt«, ruft er ihr in Erinnerung. »Da ist es kaum verwunderlich, dass Ihr ebenso ahnungslos seid, wenn es um das Gegenteil geht.«

Das Wort *ahnungslos* versetzt Beatriz einen Stich, obwohl sie zugeben muss, dass sie in Sachen Sternenmagie tatsächlich ahnungslos ist, zumindest verglichen mit Nigellus.

»Wenn ich die Sterne wieder an den Himmel zurückkehren lassen kann, nachdem sie mir einen Wunsch erfüllt haben – ist das nicht eine gute Nachricht?«, fragt sie. »Ihr habt mir vor Augen geführt, wie wenig Sterne noch am Himmel übrig sind – wenn ich sie zurückholen kann, dann ...«

»Ich habe mein ganzes Leben dem Studium der Sterne gewidmet, Prinzessin. Und wenn ich dabei eines gelernt habe, dann, dass Magie immer ihren Preis hat. Nur weil wir diesen Preis noch nicht kennen, heißt das nicht, dass er nicht existiert. Also nein, ich bin noch nicht geneigt, diese Entdeckung zu bejubeln – und auch Ihr solltet Euch davor hüten.«

»Wenn ich noch einen weiteren Versuch unternehme, würde uns das vielleicht mehr Informationen verschaffen«, schlägt sie vor. »Ich kann spüren, dass die Sterne mich dazu auffordern.«

Nigellus sieht sie verblüfft an. »Euch wozu auffordern?«

Beatriz zuckt mit den Schultern. »Ihr wisst ja sicher, wie das ist ... Es fühlt sich an, als würden die Sterne auf meiner Haut tanzen und mich kitzeln. Dieses Gefühl geht erst dann weg, wenn ich einen Wunsch ausspreche.«

Nigellus starrt sie einen Moment lang unverwandt an, bevor er den Kopf schüttelt. »Das habt Ihr bislang noch nie erwähnt.«

»Ich dachte nicht, dass es von Bedeutung ist«, erwidert sie. »Und ich habe lange gebraucht, um zu begreifen, was es ist – wie gesagt, ich habe in Cellaria zweimal einen Wunsch an die Sterne ausgesprochen, ohne zu wissen, was ich tat, aber in beiden Fällen habe ich unmittelbar zuvor diese ... Ruhelosigkeit in mir gespürt. Zuerst dachte ich, es seien einfach Schlafprobleme.«

»Und ... jetzt ist es wieder so?«, fragt er stirnrunzelnd.

Beatriz nickt. »Habt Ihr das nie verspürt?«, fragt sie. Als Nigellus den Kopf schüttelt, beißt sie sich auf die Lippe. »Ich bin davon ausgegangen, dass es nichts Besonderes ist – zumindest nicht für Himmelsdeuter.«

»Nun, was auch immer diese Anziehungskraft zu bedeuten hat, Ihr werdet ihr widerstehen müssen. Es ist gefährlich, Eure Macht einzusetzen, solange wir so wenig von ihr verstehen.«

Beatriz lacht. »Wenn es stimmt, was Ihr sagt, dann kann ich Wünsche aussprechen, ohne dabei Sterne zu opfern«, sagt sie. »Warum seid Ihr so erpicht darauf, in allem nur Unheil zu sehen? Warum sollten wir es nicht einfach als wundersames Geschenk des Himmels annehmen?«

»Mag sein, dass es so ist«, gibt er zu. »Aber noch wissen wir nicht genug darüber, um uns damit auf sicherem Boden zu bewegen. Und außerdem: Woher nehmt Ihr die Gewissheit, dass Eure Sterne tatsächlich an den Himmel zurückgekehrt sind? Womöglich habt Ihr stattdessen neue Sterne entstehen lassen, die nun den Platz der alten einnehmen.«

Der Gedanke ist Beatriz noch gar nicht in den Sinn gekommen, aber es erscheint ihr eher unwahrscheinlich, dass sie neue Sterne erschaffen hat, ohne es zu wissen. »Spielt das denn eine Rolle?«, fragt sie. »Der Stern ist eben da, wo vorher auch einer war.«

»Natürlich spielt das eine Rolle!«, schnauzt Nigellus sie an, und Beatriz weicht einen Schritt vor ihm zurück.

Sie hat keine Angst vor Nigellus, nicht ernsthaft, aber sie kennt ihn schon ihr ganzes Leben lang als unerschütterlichen, distanzierten Mann. Ihn jetzt so aufgebracht zu sehen, ist beunruhigend. Er atmet tief durch, schließt die Augen und legt den Kopf in den Nacken, um sein Gesicht dem Licht der Sterne zuzuwenden, das durch das geöffnete Dach scheint.

»Ich brauche mehr Zeit, Prinzessin Beatriz«, sagt er schließlich. »Ich habe an andere Himmelsdeuter geschrieben, um in Erfahrung zu bringen, ob sie mehr darüber wissen als ich, aber es wird dauern, bis wir Antworten haben. Bis dahin müsst Ihr Euch in Geduld und Vorsicht üben – zwei Disziplinen, von denen ich weiß, dass sie Euch nicht besonders liegen, aber wenn Ihr als Himmelsdeuterin bestehen wollt, werdet Ihr beides erlernen müssen.«

Nachdem Nigellus sie mit diesen Worten aus seinem Laboratorium hinauskomplimentiert hat und weil die Sterne sie in dieser Nacht noch rastloser machen als sonst, schlägt Beatriz den Weg zu den Kerkern ein. Sie benutzt eine Phiole mit Sternenstaub, die sie beim Hinausgehen heimlich aus Nigellus' Vorräten eingesteckt hat, um sich unsichtbar zu machen – ein flüchtiger Schutz, der dank der schwachen Wirkung des Sternenstaubs nur wenige Minuten anhält, aber es reicht, um unentdeckt durch die Gänge und Treppen des Schlosses zu huschen, bis sie den nächtlich stillen Kerker erreicht.

Gisellas Zelle liegt in einem separaten Flügel, der für ausländische Würdenträger reserviert ist, aber anstatt gleich dorthin zu gehen, wendet sich Beatriz zuerst dem Herzstück des Verlieses zu, dem Zellenblock, der zur Hälfte mit gewöhnlichen Gefangenen besetzt ist, die sie stumm ansehen, als sie an ihren Gittern vorübergeht.

Ganz hinten in der letzten Zelle findet sie Ambrose, in schmutzige Lumpen gekleidet und mit dreckverschmiertem Gesicht, aber ansonsten dem Anschein nach unversehrt. Sie atmet tief durch, bleibt vor den Gitterstäben stehen und lehnt sich dagegen. Als er aufschaut und sie erkennt, springt er auf.

»Triz«, sagt er leise, wohl wissend, dass die Gefangenen in den benachbarten Zellen sie womöglich belauschen.

»Ambrose«, erwidert sie. »Ist alles in Ordnung mit dir? Bist du verletzt?«

»Alles gut«, versichert er ihr. »Ich habe deinen Brief im Karmesinroten Blütenblatt abgegeben – sie haben versprochen, ihn mit der Post zu verschicken.«

»Im Karmesinroten Blütenblatt?«, fragt sie und runzelt die Stirn. »Dem Bordell?«

Selbst im dämmrigen Licht des Kerkers ist zu erkennen, wie Ambroses Wangen sich beim Klang dieses Wortes röten. »Ich habe so oft wie möglich nach Violies Mutter geschaut«, erklärt er. »Wie geht es Pasquale?«

»Er ist besorgt, auch wenn er versucht, sich nichts anmerken zu lassen«, antwortet sie. »Ich habe überlegt, ihn mitzunehmen, aber ich bin mir nicht sicher, ob er das so gut verkraftet hätte.«

»Nein.« Ambrose verzieht das Gesicht. »Ich möchte nicht, dass er mich so sieht.«

»Es wird noch ein paar Tage dauern«, sagt Beatriz. »Aber ich werde dich hier rausholen, das schwöre ich dir.«

Einen Moment lang spielt sie mit dem Gedanken, Nigellus' Mahnungen zu Vorsicht und Geduld in den Wind zu schlagen und zum Fenster zu gehen, um Ambrose mit einem Wunsch zu befreien. Aber im Grunde, das weiß sie, würde das die Sache nur noch schlimmer machen. Wenn ihre Mutter herausfände, dass Ambrose zu ihr und Pasquale gehört, und mehr noch, dass Beatriz eine Himmelsdeuterin ist, würden sich die Schlingen noch viel enger ziehen, für sie alle. Und dann wäre da noch die Frage, wo Ambrose überhaupt Zuflucht suchen könnte. Im Moment bleibt der Kerker der sicherste Ort für ihn, zumindest kann Beatriz sich das einreden.

»Daran zweifle ich keine Sekunde«, erwidert Ambrose, und die Zuversicht in seiner Stimme versetzt Beatriz einen Stich ins Herz.

»Ich denke nicht, dass meine Mutter von der Verbindung zwischen dir und Pasquale weiß – auch wenn wir uns da nicht sicher sein können«, sagt sie ihm. »Aber sie glaubt, dass du mit Violie unter einer Decke steckst. Ich kann mir vorstellen, dass sie dich verhören lassen wird.«

Angst flackert in Ambroses Augen auf. »Unter Folter?«, fragt er.

Beatriz zögert. »Ich weiß es nicht«, gibt sie zu. »Aber wenn es so weit kommt, schiebst du alles auf mich, ja?«

Ambrose runzelt die Stirn. »Triz ...«

»Alles«, beharrt sie. »Genau das wird meine Mutter hören wollen, also wirst du sie nicht lange überzeugen müssen. Ich will dir nichts vormachen, das nimmt weder dich noch Pas aus dem Kreuzfeuer, aber ich trage die größte Schuld. Und es ist nur richtig, wenn ich dafür einstehe«, fügt sie schnell hinzu, als er widersprechen will. »Es war meine Idee, ihr seid mir hierhergefolgt.«

»Ja, aus freien Stücken, nicht unter Androhung von Gewalt«, entgegnet Ambrose, was sich kaum von dem unterscheidet, was Pasquale gesagt hat, aber Beatriz kann diesen Worten immer noch nicht ganz glauben.

»Versprich es mir«, drängt sie. »Wenn es hart auf hart kommt und du jemandem die Schuld zuweisen musst, dann mir.« Sie hält inne. »Und falls es so weit kommt, werde ich einen Weg finden, um uns alle zu schützen.« Mag sein, dass Nigellus es für leichtsinnig hält, ihre Sternenmagie einzusetzen – aber wenn es darum ginge, sich selbst, Pasquale oder Ambrose zu retten, würde sie keinen Moment zögern, so viel steht fest.

»Wenn es hart auf hart kommt, dann werde ich das«, sagt er zögernd. »Aber das wird nicht nötig sein. Ich bin stärker, als du denkst.«

Beatriz schenkt ihm ein sanftes Lächeln. Sie weiß, dass er ernst meint, was er sagt – aber er hat noch nicht die Bekanntschaft ihrer Mutter gemacht.

Als Beatriz im anderen Flügel des Kerkers vor Gisellas abgesonderter Zelle stehen bleibt, ist sie wenig erfreut, Gisella friedlich schlafend vorzufinden, auf ihrer schmalen Pritsche mit dem Rücken zu Beatriz unter ihrer fadenscheinigen Decke zusammengerollt, die sie über ihren schmalen Körper gezogen hat.

Beatriz räuspert sich, aber Gisella rührt sich nicht.

»Gisella«, sagt sie, so laut sie sich traut. Die nächsten Wachen befinden sich am Eingang des Kerkers, gut fünfzig Fuß weiter den gewundenen Gang entlang, aber sie will kein unnötiges Risiko eingehen.

Ein paar Sekunden lang rührt sich Gisella nicht, aber bevor Beatriz noch einmal ansetzen kann, dreht sie sich zur Seite und blinzelt Beatriz an, noch halb verschlafen, aber nicht minder verärgert als Beatriz.

»Ist dir eigentlich klar, wie schwer es ist, hier etwas Schlaf abzubekommen?«, fragt sie und setzt sich langsam auf. »Gerade hatte ich endlich eine bequeme Position auf diesem Bett aus Stein gefunden.«

Beatriz war noch nie selbst in diesem Kerker, aber Gisella übertreibt nicht, da ist sie sicher. Die Matratze sieht selbst aus der Ferne hart wie ein Brett aus, und die Winterkälte dringt durch die steinernen Wände, ohne dass ein Feuer sie zurückdrängen könnte. Ein Anflug von Mitleid überkommt Beatriz, aber sie verdrängt es sofort wieder. Alles in allem würde sie diesen Kerker immer noch ihrer Zelle in der Schwesternschaft vorziehen.

Sie greift in die Tasche ihres Umhangs, holt Nicolos Brief heraus und schiebt ihn durch die Gitterstäbe. »Ein Brief von Nico«, erklärt sie, als Gisella ihn misstrauisch beäugt.

Mit einem Mal scheint Gisella hellwach zu sein, denn sie springt auf und ist mit wenigen Schritten bei ihr, entreißt ihr den Brief und faltet ihn auf.

Zufrieden beobachtet Beatriz, wie Gisellas Augen das Pergament abtasten und die Hoffnung in ihrem Blick der Wut weicht, als sie den einen Satz liest, aus dem der Brief besteht.

»Soll das ein Scherz sein?«, fragt sie.

Beatriz zuckt mit den Schultern. »Wenn ja, dann verstehe ich den Humor nicht. Ich nehme an, Nico hat gerade alle Hände voll damit zu tun, sich auf dem Thron zu halten.«

»Auf dem Thron, den *ich* ihm verschafft habe«, faucht Gisella. »Ohne mich wäre er immer noch der Junge, der einem verrückten König den Weinkelch hinterherträgt.«

»Tja, vielleicht wäre ihm das lieber«, erwidert Beatriz und denkt an das letzte Mal, als sie Nicolo gesehen hat, betrunken und unglücklich und frisch gekrönt.

Wäre sie nicht gerade noch im Halbschlaf gewesen, hätte Gisella sicherlich den Ausdruck verbergen können, der bei diesen Worten über ihr Gesicht huscht – das leichte Augenrollen, das müde Seufzen.

»Hat er dir das gesagt?«, fragt Beatriz und legt den Kopf schief. Die Puzzleteile fügen sich in ihrem Kopf langsam zusammen. »Lass mich raten.« Sie verschränkt die Arme vor der Brust. »Ihr habt euch gestritten, nachdem Pas und ich in die Berge verbannt worden waren, und da hat er genau das Gleiche gesagt. Er war wütend auf dich. Es war keine Ehre, dass er dich als Botin nach Bessemia geschickt hat, sondern eine Strafe.«

Gisella beißt die Zähne zusammen, als versuche sie angestrengt, die Wahrheit für sich zu behalten. »Ja, er brauchte etwas Freiraum«, antwortet sie nach einem Moment. »Aber ich dachte nicht …« Sie lässt den Satz in der Schwebe und ihr Blick schweift ab. »Dieser undankbare Bastard«, flucht sie, zerknüllt den Brief und wirft ihn in Richtung von Beatriz. Er landet auf dem Steinboden, rutscht unter den Gitterstäben hindurch und bleibt vor Beatriz' Füßen liegen.

»Leider stimmt das nur zur Hälfte, sonst wäre er nicht König«, sagt Beatriz.

Gisella lacht, doch in ihrer Stimme ist nur Bitterkeit. Sie lässt sich wieder auf ihre Pritsche sinken und sieht Beatriz finster an. »Aber er hat nicht unrecht, oder?«, fragt sie. »Ich kann das hier selbst in Ordnung bringen, zumal du mir das nötige Hilfsmittel in die Hand gegeben hast.«

Beatriz schaut sie forschend an. Gisella steht mit dem Rücken zur Wand, sie ist geschlagen, machtlos, und doch traut Beatriz ihr nicht über den Weg. Sie darf es nicht. Aber sie braucht Gisella jetzt, also muss sie zumindest so tun als ob.

»Heißt das, du bist bereit, mir zu helfen?«, fragt sie.

Gisella nickt langsam, ihr Blick ist abwesend. »Wobei ich hier drin wohl schlecht Gift zusammenbrauen kann, oder?«

»Das ist auch nicht nötig«, erwidert Beatriz. »Sag mir, wie man es anmischt, und ich mache es selbst.«

Gisella gibt einen nicht näher bestimmbaren Laut von sich. »Und ich soll dich einfach beim Wort nehmen, dass du mich hier rausholst, wenn ich dir gebe, was du willst?«

Beatriz grinst. »Von uns beiden habe ich wohl mehr Grund, dir nicht zu trauen als umgekehrt«, stellt sie klar.

»Das sehe ich anders.« Gisella zieht eine Augenbraue hoch. »Du bist wütend auf mich. Du willst Rache. Und du weißt ganz genau, wozu ich fähig bin, aber ich glaube nicht, dass ich meinerseits das Gleiche von dir behaupten kann.«

Beatriz hat Gisella nie für dumm gehalten, und auch jetzt muss sie sich eingestehen, dass Nicolos Schwester mit dem, was sie sagt, nicht ganz unrecht hat.

»Ich bin nicht mehr wütend«, widerspricht sie. »Und ich habe meine Rache bekommen. Alles, was ich dir vorausgesagt habe, ist eingetreten – du bist nicht mehr an der Macht und dein eigener Zwillingsbruder will nichts mehr mit dir zu tun haben. Meine Rache ist vollkommen, und ich musste dazu nicht einmal einen Finger rühren.« Gisella zuckt bei ihren Worten zusammen, streitet sie aber nicht ab. Nach ein paar Sekunden seufzt Beatriz. »Also gut. Was schlägst du vor, wenn keine von uns beiden der anderen vertrauen kann?«

Gisella schürzt die Lippen. »Ich werde dir jetzt fast alle Zutaten nennen, bis auf eine. Wenn du deinen Teil der Abmachung eingehalten hast, verrate ich dir, was fehlt.«

Beatriz schüttelt den Kopf. »Ich sehe schon, wie du auf halbem Weg zurück nach Cellaria bist, bevor ich herausfinde, dass dein sogenanntes Gift nichts ist als Rattenpisse.« Sie zögert einen Moment, dann beschließt sie, sich so weit wie möglich an die Wahrheit zu halten, ohne dabei etwas preiszugeben, was Gisella später gegen sie verwenden könnte. »Ambrose wurde gestern verhaftet«, berichtet sie.

Gisellas Augenbrauen schießen in die Höhe. »Ambrose ist hier?«

Beatriz nickt. »Am anderen Ende des Kerkers«, sagt sie. »Seine Gefangennahme ist ein Missverständnis, aber keines, das ich aufklären könnte. Meine Mutter plant, Pasquale und mich in einigen Tagen mit einer Armee im Rücken nach Cellaria zu schicken, um den Thron von Nicolo zurückzuerobern. Mein Plan ist, das Gift kurz vor unserem Aufbruch zu verabreichen, und dann Ambrose mit auf die Reise zu nehmen – und auch dich.«

»Damit ihr mich als Geisel nach Cellaria bringen könnt?«, fragt Gisella.

Beatriz hat nicht die Absicht, jemals nach Cellaria zurückzukehren, aber das wird sie Gisella nicht verraten. Stattdessen zuckt sie mit den Schultern. »Was du tust, wenn du wieder auf freiem Fuß bist, liegt ganz allein bei dir – auch wenn ich nicht wüsste, wohin du sonst gehen solltest, wenn nicht nach Cellaria.«

Gisella überlegt einen Moment lang. »Wenn ich dir alle Zutaten für das Gift nenne, bevor ich mir sicher sein kann, dass du deinen Teil der Abmachung einhältst, trage ich das gesamte Risiko.«

»Tja, das ist nicht mein Problem, oder?« Beatriz lacht. »Falls du es noch nicht gemerkt hast, ich sitze hier am längeren Hebel. Du hingegen sitzt in einer Zelle fest, und es gibt noch andere Giftmeister in Bessemia, die ich fragen kann.«

»Und doch stehst du hier«, kontert Gisella. »Um mit mir zu verhandeln.«

Beatriz presst die Zähne zusammen, denn Gisella hat recht. Ja, sie könnte einen anderen Giftmeister um Rat fragen – aber nicht, ohne dass ihre Mutter davon erfährt.

»Entweder du vertraust mir oder eben nicht«, sagt Beatriz nach einem Moment des Schweigens. »Von uns beiden bist du diejenige, die gerade am meisten zu verlieren hat – oder zu gewinnen.«

Beatriz wendet sich von Gisella ab und tritt zurück in den Gang. Sie kommt drei Schritte weit, bevor sie Gisellas Stimme hört.

»Warte.« Ihrem Tonfall ist anzuhören, dass sie sich geschlagen gibt. »Wir haben eine Abmachung.«

Grinsend dreht sich Beatriz wieder zu Gisella. »Dachte ich mir doch, dass du dich meiner Sicht auf die Dinge anschließen würdest. Ich brauche ein Gift, das bei Berührung wirkt, nicht erst nach Einnahme. Die Zielperson ist viel zu misstrauisch, was versteckte Gifte in ihrem Essen oder Trinken angeht. Und es muss wie ein Unfall aussehen.«

Gisella nickt. »Ich habe da eine Idee, aber ich brauche etwas Zeit, um nachzudenken.«

»Dann komme ich morgen wieder«, sagt Beatriz. Damit dreht sie sich um und lässt Gisella allein in der Dunkelheit zurück.

Was auch immer diese Anziehungskraft zu bedeuten hat, du wirst ihr widerstehen müssen. Nigellus' Worte hallen in Beatriz' Kopf nach, während sie nach der Rückkehr aus dem Kerker schlaflos in ihrem Bett liegt und beobachtet, wie die Zeiger der großen Standuhr in der Ecke von ein Uhr morgens auf zwei Uhr morgens vorrücken. Doch das ist leichter gesagt als getan. Es fühlt sich nicht nur an wie ein Kribbeln, das immer stärker wird, je mehr sie darüber nachdenkt, bis es von ihrem ganzen Körper Besitz ergreift – es kommt ihr vor, als wäre sie selbst nichts anderes mehr als dieses Gefühl.

Beatriz wälzt sich von einer Seite auf die andere, aber der Schlaf scheint unerreichbar, und als die Uhr drei schlägt, gibt sie es auf. Sie schlägt ihre Decke zurück, klettert aus dem Bett, geht zu einem der großen Fenster und stößt es auf, damit die Nachtluft sie umschmeicheln kann. Beatriz schließt die Augen und spürt das Licht der Sterne auf ihrer Haut, eine himmlische Tortur.

Was, wenn sie jetzt einen Wunsch ausspricht? Nigellus hat es ihr verboten, aber andererseits hat er selbst zugegeben, dass er nichts über Beatriz' Gabe weiß und darüber, wozu sie fähig ist. Die Sterne jedoch wissen es, nicht wahr? Sie haben Nigellus dazu gedrängt, Beatriz zu der zu machen, die sie ist – zu einer Himmelsdeuterin. Und jetzt drängen die Sterne sie dazu, ihre Magie zu nutzen. Wäre es da nicht ein Frevel, sich dem Wunsch der Sterne zu widersetzen?

Entschlossen öffnet sie die Augen und sucht den Himmel ab, um zu sehen, welche Sternbilder gerade aufgehen und welche am Horizont verschwinden.

Der Tanzende Bär für Leichtsinn.

Die Schillernde Sonne für Erleuchtung.

Der Funkelnde Diamant für Stärke.

Ihr Blick bleibt an einer Konstellation hängen, die sich von Süden her in ihr Blickfeld drängt – aus der Richtung von Cellaria, wie sie feststellt: die Stechende Biene. Wenn sie genau hinschaut, kann sie den Stern entdecken, den sie vor ein paar Wochen vom Himmel geholt hat, kurz bevor Nicolo sie in einem dunklen Korridor küsste. Allein der Gedanke daran entfacht ihre Wut, nicht nur auf Nicolo, sondern auch auf sich selbst, weil sie so töricht war, ihm zu vertrauen.

Doch hier, wo niemand außer den Sternen über sie urteilt, kann sie sich eingestehen, dass es nicht nur Wut ist, die sie empfindet, sondern auch Kummer. Sie hat sich nie der Illusion hingegeben, in Nicolo ihre große Liebe gefunden zu haben, aber er hat ihr viel bedeutet, als Freund oder Komplize und darüber hinaus, und sein Verrat hat sie nicht nur geärgert – er hat sie verletzt. Selbst jetzt noch ist es für Beatriz beschämend, sich das eingestehen zu müssen. Die Kaiserin hat ihre Töchter zu jungen Frauen erzogen, die zu stark sind, um sich verletzen zu lassen, unverwundbar – für alle außer sie selbst.

Das Eingeständnis, dass Nicolo es geschafft hat, Beatriz wehzutun, und sei es auch nur ihren Gefühlen, kommt für sie einem Versagen gleich.

Wenn sie zuvor daran dachte, wie sehr Nicolo ihr das Herz gebrochen hat, hatte sie zumindest das Gefühl, als wären sie in gewisser Weise quitt. Er hat sie verletzt, sie hat ihn verletzt. Aber jetzt steht sie hier und Nicolo geistert noch immer durch ihren Kopf, wohingegen er seinem Brief nach zu urteilen keinen Gedanken mehr an sie verschwendet.

Diese Erkenntnis schmerzt mehr, als sie sollte. Doch als die Stechende Biene über ihr immer höher in den nachtschwarzen Himmel steigt, kommt Beatriz eine Idee.

Ihre Augen suchen einen Stern an der Spitze des Bienenstachels.

»Ich wünschte, ich könnte König Nicolo sehen und mit ihm sprechen«, sagt sie leise, aber bestimmt, während sie sich ganz auf den Stern konzentriert.

Sie blinzelt, und als sie die Augen wieder öffnet, ist sie nicht mehr in ihrem Zimmer. Stattdessen befindet sie sich wieder im Palast von Cellaria und geht durch einen dunklen Gang, der von herunterbrennenden Kerzen auf Wandleuchtern erhellt wird. Aber nein, stellt sie fest – in Cellaria war die Luft wärmer und so feucht, dass sie sich schwer auf die Haut legte. Es fühlt sich anders an, und wenn sie tief einatmet, kann sie immer noch den Duft der Rosen aus dem Garten ihrer Mutter riechen. Sie spürt immer noch den kühlen Stein des Fenstersimses unter ihren Handflächen.

Zumindest körperlich ist sie noch in Bessemia. Aber ein Teil von ihr ist es nicht. Ein Teil von ihr ist in Cellaria, in einem Palast, von dem sie nie gedacht hätte, dass sie ihn je wiedersehen würde.

»Es ist spät, Eure Majestät. Vielleicht solltet Ihr Euch etwas ausruhen«, sagt eine Stimme und Beatriz folgt ihrem Klang zu einer offen stehenden Tür am Ende des Gangs. Dahinter liegt ein Raum, den sie erst jetzt als den Thronsaal wiedererkennt. Als sie eintritt, stellt sie fest, dass er beinahe menschenleer ist.

Nur ein Mann steht vor dem großen goldenen Thron, auf dem Nicolo sitzt, in sich zusammengesunken, die Krone schief auf dem blassblonden Haar und einen Kelch in der Hand. Obwohl sie nicht erkennen kann, was sich darin befindet, lässt der glasige Blick von Nicolos Augen sie vermuten, dass es sich um Wein oder Stärkeres handelt.

Noch während Beatriz überlegt, welche Spielregeln die Sterne für diese Situation vorsehen, spürt sie Nicolos unverwandten Blick auf sich und weiß zumindest, dass er sie sehen kann.

»Beatriz«, sagt er und seine Stimme klingt heiser.

Verwirrt dreht sich der andere Mann zu ihr um, und sie erkennt ihn als Lord Halvario, der König Cesares Rat angehörte. Seine Augen gleiten an ihr vorbei ins Leere und Beatriz lächelt, als ihr klar wird, dass Nicolo der Einzige ist, der sie sehen kann.

»Äh ... Eure Majestät?«, fragt Lord Halvario verwirrt, als er sich wieder zu Nicolo wendet.

»Er kann mich nicht sehen«, erklärt Beatriz und versucht gar nicht erst, die Freude in ihrer Stimme zu unterdrücken, als sie in den Raum hineinschreitet und sich direkt vor Lord Halvario stellt. Sie beugt sich nah zu ihm heran, aber er zuckt nicht einmal mit der Wimper. Beatriz wirft einen Blick auf Nicolo, der sie weiterhin anstarrt, als wäre ihm ein Geist erschienen.

»Das wäre alles, Hal«, sagt Nicolo. »Mach die Tür hinter dir zu, wenn du gehst.«

Mit einer eiligen Verbeugung und einem letzten ratlosen Blick auf Nicolo tut Lord Halvario, wie ihm geheißen. Als die Tür hinter ihm ins Schloss gefallen ist, schnalzt Beatriz mit der Zunge.

»Oje, Nico, bis zum Frühstück wird die Neuigkeit die Runde gemacht haben, dass du den Verstand verloren hast, und du weißt ja, wie man in Cellaria mit verrückten Königen umzugehen pflegt«, bemerkt sie.

»Wie kommst du hierher?«, fragt Nicolo. Er steht auf und will auf sie zukommen, aber Beatriz weicht keinen Schritt zurück. Selbst wenn sie auch mit ihrem Körper in Cellaria wäre, glaubt sie nicht, dass Nicolo ihr wirklich etwas antun würde.

»Magie«, erwidert sie und genießt seine Verunsicherung. »Sag mir, macht dich das jetzt ebenfalls zu einem Ketzer? Wobei es wohl eher so ist, dass die Magie von dir Besitz ergreift statt du von der Magie.«

Er lässt sich auf seinen Thron zurücksinken und nimmt einen weiteren Schluck aus seinem Kelch. »Vielleicht werde ich wirklich verrückt«, murmelt er.

Anstatt ihn zu beruhigen, zuckt Beatriz nur mit den Schultern. »Das liegt wohl in deiner Blutlinie«, sinniert sie. »Aber wenigstens kannst du dir sicher sein, dass Gisella deinen Wein nicht vergiftet.«

Einen Moment lang blickt er sie nur an. »Wie geht es ihr?«, fragt er dann, seine Stimme kaum mehr als ein Flüstern.

Er glaubt also doch, dass er die echte Beatriz vor sich hat. »Wie ich in meinem Brief schon schrieb, kommt sie in den Genuss einer komfortableren Zelle, als ich sie in der Schwesternschaft hatte«, antwortet sie.

Nicolo runzelt die Stirn, und seine Falten sind so tief, dass Beatriz sich unwillkürlich daran erinnert fühlt, wie er sich mithilfe von Schminke das Aussehen eines alten Mannes verpassen ließ, als sie Lord Savelle befreien wollten.

»In deinem Brief?«, fragt er. »Der einzige Brief, den ich erhalten habe, war von deiner Mutter.«

Ein Lachen kommt über ihre Lippen, bevor ihr Verstand einsetzt und sie daran hindern kann. Aber sie dürfte nicht überrascht sein. Ihre Mutter versucht sie zu manipulieren – sie alle beide – und Beatriz war dumm genug, darauf hereinzufallen.

»Was genau hat meine Mutter geschrieben?«

Aber Nicolo antwortet nicht. Er lehnt sich in seinem Thron zurück, die dunkelbraunen Augen auf Beatriz gerichtet, plötzlich klar und abschätzend.

»Was stand denn in deinem Brief?«, fragt er.

Beatriz' Gedanken rasen – sie hat Nicolo schon einmal unterschätzt und diesen Fehler wird sie nicht wiederholen. Auch ohne Gisella an seiner Seite ist er gefährlich. Doch wenn Beatriz jemals den wahren Nicolo gesehen hat, dann war es die Seite von ihm, die er ihr zeigte, als er vor ihrem Schlafzimmerfenster kauerte, betrunken und verzweifelt. Das kann sie sich zunutze machen – sofern sie mit Bedacht vorgeht. Sie kennt Nicolo gut, ja, aber er sie umgekehrt auch.

Sie beschließt, so nah an der Wahrheit zu bleiben wie möglich.

»Ich habe meiner Mutter angeboten, dich über Gisellas Gefangennahme in Kenntnis zu setzen, auch wenn ich natürlich wusste, dass meine Mutter den Brief lesen würde, bevor ich ihn abschicke, genau wie er auch hier zweifellos durch viele Hände geht, bevor er in deine gelangt. Daher musste ich mich kurzhalten. Ich schrieb, dass Gisella in Bessemia ist, sie kam nur wenige Tage nach Pas und mir dort an. Er ist ebenfalls in Sicherheit, falls du dich das gefragt hast.«

»Das habe ich«, versichert Nicolo. »Er ist mein Cousin – und mein Freund. Zumindest war er das.«

Beatriz zwingt sich, ihren Zorn zu zügeln, obwohl sie ihm nur zu gerne ins Gesicht sagen würde, was seine sogenannte Freundschaft mit Pasquale gemacht hat, in welchem Zustand er war, als er aus der Bruderschaft befreit wurde.

»Er ist in Sicherheit«, sagt sie stattdessen. »Aber ich wage zu behaupten, dass er dich nicht mehr als Freund oder Teil der Familie betrachtet. Auch das habe ich in meinem Brief erwähnt.«

»War das alles?«, fragt Nicolo, als ob er die Antwort bereits wüsste, und Beatriz ist erneut erstaunt, wie gut er sie kennt.

»Nun ja, der Brief enthielt vielleicht noch die ein oder andere Gemeinheit«, gibt sie zu.

»Komm schon, Beatriz.« Ein Lächeln breitet sich auf seinem Gesicht aus. »Ich bin sicher, du kannst dich noch ganz genau erinnern. Erzähl es mir.«

Na schön, denkt Beatriz, wenn er es wirklich wissen will – allein die Worte aufzuschreiben, hat ihr schon Genugtuung verschafft, aber noch weitaus mehr Freude wird es ihr bereiten, sie ihm ins Gesicht zu sagen. »Ich bin nur noch kurz auf das letzte Mal eingegangen, als wir miteinander gesprochen haben. Ich wollte dich wissen lassen, dass ich die Erinnerung daran, wie ich dich zuletzt gesehen habe – betrunken, verzweifelt und am Ende deiner Kräfte – immer bei mir tragen werde, damit sie meine dunkelsten Stunden erhellt, auch wenn der Anblick von Gisella, wie sie in Ketten abgeführt wird, sie vielleicht sogar noch übertreffen kann.«

Nicolo denkt einen Moment lang über ihre Worte nach und nimmt einen weiteren Schluck von seinem Wein. »Und?«, fragt er dann. »Welche dieser Erinnerungen hat den Sieg davongetragen?«

Beatriz' triumphierendes Lächeln erlischt für einen kurzen Moment, eine flüchtige Illusion von Verletzlichkeit, auf die Nicolo zweifellos nur wartet. »Glücklicherweise habe ich ein gutes Erinnerungsvermögen und meine Vorstellungskraft ist groß genug, um den dunkelsten Momenten von euch beiden Platz zu bieten.«

Er lacht. »Ich würde wetten, Beatriz, dass ich in deinen Gedanken genauso oft vorkomme wie du in meinen.«

Beatriz lässt zu, dass seine Worte sie erwärmen, aber nur für einen Augenblick, bis Nicolo diese Wärme in ihrem Gesicht aufflammen sehen kann, keine Sekunde länger.

»Jetzt bist du dran, Nico«, sagt sie dann. »Was hat meine Mutter dir geschrieben?«

Nicolo nimmt einen großen Schluck, und einen Moment lang fragt sich Beatriz, ob er ihr überhaupt eine Antwort geben wird. Nach einer gefühlten Ewigkeit setzt er wieder zu sprechen an.

»Sie hat mich darüber informiert, dass die Loyalität von Bessemia ganz dir und deinem Ehemann gilt«, antwortet er schulterzuckend. »Und dass Gisella wie eine Geisel behandelt wird, bis du wieder auf dem Thron von Cellaria sitzt.«

Beatriz erinnert sich daran, wie sie mit Nicolo, Gisella, Pasquale und Ambrose *Beichten und Bluffen* gespielt hat, wie sie jede von Nicolos Lügen durchschaute und er jede von ihren. Damals hat sie die Erkenntnis, ihm auf Augenhöhe zu begegnen, nur noch verliebter gemacht, aber jetzt macht es sie misstrauisch.

Beatriz weiß, dass jedes der Worte, die Nicolo gerade gesagt hat, wahr ist, genau wie sie zugleich spürt, dass sie nicht die ganze Wahrheit sind. Sie vermutet, dass es Nicolo mit ihr zuvor genauso ergangen ist.

»Und was hast du meiner Mutter geantwortet?«, fragt sie. »Ich muss sagen, Gisella war ziemlich verärgert über die Nachricht, von der sie annehmen musste, sie würde von dir stammen.«

»Was für eine Nachricht war das?«, fragt er.

»Du – oder vielmehr *jemand* – schrieb, Gisella sei gewiss in der Lage, ihr selbstverschuldetes Schlamassel allein wieder in Ordnung zu bringen«, berichtet Beatriz.

Nicolo lacht auf. »Das mag stimmen, aber es war nur die eine Hälfte meiner Botschaft.«

»Und die andere Hälfte?« Beatriz lässt nicht locker.

Nicolo antwortet nicht. Stattdessen erhebt er sich, stellt seinen Weinkelch auf die Armlehne seines Throns und steigt die Stufen hinab. Er bleibt direkt vor ihr stehen, so nah, dass sie, wenn sie wirklich im selben Raum stünden, seinen Atem auf ihrer Wange spüren könnte. So nah, dass sie nur die Hand ausstrecken müsste, um ihre Finger in seinem blassblonden Haar zu vergraben – oder ihre Hände um seine Kehle zu legen und zuzudrücken.

»Wenn ich dir das verrate ...«, sagt er leise in ihr Ohr. Eine Gänsehaut bildet sich auf ihren Armen, und sie hofft, dass er es nicht bemerkt, dass er nicht sieht, welche Wirkung er noch immer auf sie ausübt. »... wo bliebe dann das Vergnügen?«

Beatriz öffnet den Mund, um etwas zu erwidern, aber mit dem nächsten Wimpernschlag ist sie plötzlich wieder in ihrem Schlafzimmer im Palast von Bessemia. Ihr dreht sich der Kopf, und sie muss sich am Fenstersims festhalten, bis ihre Fingerknöchel weiß hervortreten. Vor sich, auf der steinernen Fensterbank zwischen ihren Händen, sieht sie ein Häufchen Sternenstaub, ungefähr die Menge eines Esslöffels.

Benommen stolpert sie vom Fenster weg und stützt sich mit beiden Händen an der Holzkante ihres Schreibtisches ab. Galle steigt in ihr hoch, und sie zwingt sich, tief einzuatmen, um ihren aufgewühlten Magen zu beruhigen.

Es wird vorübergehen, das weiß sie, und dann wird sie erst einmal für eine halbe Ewigkeit schlafen. So wirkt die Magie auf ihren Körper, aber im Moment fühlt sie sich, als müsse sie sterben. Sie weiß, dass sie den Sternenstaub einsammeln sollte, ein Fläschchen holen und ihn für einen anderen Tag, einen anderen Wunsch aufbewahren, aber ihr fehlt die Kraft dazu. So bleiben ihr nur zwei Möglichkeiten: Entweder sie lässt den Sternenstaub liegen, was bedeuten würde, dass er am nächsten Morgen entdeckt wird, sodass die Dienerschaft – und damit auch ihre Mutter – von ihrer Gabe erfährt, oder sie lässt ihn verschwinden. Die Entscheidung fällt ihr nicht schwer. Beatriz stolpert zurück an das Fenster, streicht den Sternenstaub mit der Hand vom Sims und sieht zu, wie die glitzernden Partikel in die Dunkelheit hinabsinken.

Danach macht sie einen Schritt auf ihr Bett zu, noch einen, und mit zitternden Beinen schafft sie es schließlich, unter ihre Decke zu kriechen, während der Schlaf bereits an ihr zerrt. Doch bevor die Müdigkeit ihren Geist ganz benebeln kann, spürt sie ein Kribbeln im Hals. Sie setzt sich auf und hustet schwer in den Ärmel ihres weißen Nachthemds. Als sie nach unten schaut, fragt sie sich blinzelnd, ob sie immer noch Halluzinationen vor Augen hat, aber das ist nicht der Fall.

Blut sprenkelt den Ärmel ihres Nachthemds. Wieder fängt alles an sich zu drehen und im nächsten Moment wird ihr schwarz vor Augen.

Daphne

»Ihr habt *was* getan?«, fragt Bairre am nächsten Morgen, als Daphne und Cliona vor dem Frühstück plötzlich in seinem Schlafzimmer auftauchen, um ihn einzuweihen, bevor er von jemand anderem erfahren kann, dass Gideon und Reid verschwunden sind.

Daphne und Cliona haben sich abgesprochen, wie sie es ihm beibringen sollen, und beide waren nicht sonderlich erpicht darauf, ihm zu erklären, dass es seine Mutter war, die Cliona mit der Entführung von Gideon und Reid beauftragt hat. Daphne konnte Cliona davon überzeugen, ihm nichts von den Befehlen der Kaiserin zu erzählen, aber wie immer, wenn es um Cliona geht, fragt sie sich, was sie für diesen Gefallen einfordern wird. Doch was auch immer es sein wird – das Opfer ist es wert, wenn sie dafür die Wahrheit noch ein wenig länger vor Bairre verbergen kann.

»Es war die einzige Möglichkeit, sie zu beschützen«, erklärt Daphne ganz sachlich.

»Vor wem zu schützen?«, fragt er und schaut verwirrt zwischen Daphne und Cliona hin und her. Er ist erst vor wenigen Augenblicken aufgewacht und sein braunes Haar ist wirr und steht in seltsamen Winkeln ab.

»Vor deiner Mutter«, antwortet Cliona.

Daphne wirft ihr einen bösen Blick zu – es so deutlich auszusprechen, hatten sie nicht vereinbart.

»Was denn?«, wehrt Cliona sich. »Du hättest es ihm bestimmt nicht gesagt.«

Daphne gibt es nur ungern zu, aber Cliona hat recht. Im Grunde ist sie sogar dankbar, dass Cliona die Aufgabe übernommen und ihm reinen Wein eingeschenkt hat.

»Ihr habt beide den Verstand verloren«, stellt Bairre kopfschüttelnd fest.

»Ach ja?«, erwidert Daphne. »Wir leiden also beide unter den gleichen Wahnvorstellungen? Findest du das glaubwürdiger als das, was Cliona dir gesagt hat?«

»Ehrlich gesagt, ja«, blafft Bairre sie an. Er fährt sich mit den Händen durch die Haare und atmet tief ein. »Das war nicht … Ich habe es nicht so gemeint. Aber das muss ein Missverständnis sein.«

»Cliona hat mit ihr gesprochen und ich habe alles mitangehört. Hältst du eine von uns beiden für so dumm, dass sie das Gespräch missverstehen könnte – oder womöglich sogar uns beide?«

Bairres Mund wird schmal. »Aber warum?«, fragt er.

»Das weiß ich nicht«, gibt Cliona zu. »Sie sagte, es sei auf Anweisung meines Vaters geschehen, es fällt mir allerdings schwer, das zu glauben.«

»Es würde aber am ehesten einen Sinn ergeben«, meint Daphne und nimmt dafür Clionas bösen Blick in Kauf. »Es lässt sich nun mal nicht bestreiten«, fährt sie fort. »Für ihn und die anderen Rebellen ist Gideon der rechtmäßige Erbe des temarinischen Throns und Reid der Nächste in der Reihe. Es gibt viele Gründe, warum diese Leute die beiden Jungen in ihrer Gewalt haben möchten – und sei es auch nur, um dringend benötigte Geldmittel zu erpressen.«

»Wir benötigen keine Geldmittel«, fährt Cliona sie an.

Daphne hat für ihre Bemerkung nur ein Augenrollen übrig. »Wie dem auch sei, der sicherste Ort für die Jungen ist weit weg von hier, also bringen Rufus und Violie sie dorthin.«

»Wohin genau?«, fragt Bairre.

Daphne und Cliona tauschen einen Blick aus.

»Es ist wohl besser, wenn wir das nicht wissen«, antwortet Daphne.

Bairre runzelt die Stirn. »In Bezug auf Cliona leuchtet mir das ein, aber du weißt es auch nicht?«

Daphne presst die Zähne zusammen. »Nein«, sagt sie.

»Warum haben sie es dir vorenthalten?«, fragt er.

»Es schien ratsam, den Kreis derer, die den Aufenthaltsort kennen, möglichst klein zu halten«, antwortet sie, was selbst in ihren eigenen Ohren falsch klingt. Andererseits kann sie ihm wohl kaum sagen, dass von ihnen beiden Cliona die geringere Bedrohung für Gideon und Reid ist.

Eine Ewigkeit lang sagt Bairre nichts, und Daphne fürchtet bereits, dass er sich trotzdem auf die Suche nach den beiden Jungen machen wird. Wenn er das vorhat, wird sie ihn kaum aufhalten können. Dann kann sie nur hoffen, dass er sich nach Osten und nicht nach Westen wendet. Aber schließlich seufzt er.

»Ihr haltet das wirklich für das Beste?«, fragt er sie.

»Unter den gegebenen Umständen, ja«, antwortet Cliona. »Außerdem vertraust du Rufus.«

»Ich vertraue Rufus«, stimmt er ihr zu, doch seine Augen ruhen dabei auf Daphne, und sie hört die Worte, die er nicht ausspricht. *Aber dir vertraue ich nicht.*

Sie kann es ihm nicht verübeln. Was nicht heißt, dass es nicht trotzdem wehtut.

In dieser Nacht zeigen sich endlich die Nordlichter. Als ein Späher nach dem Abendessen diese Nachricht überbringt, brechen Daphne, Bairre, Cliona, Haimish und Leopold zum Ufer des Olveen-Sees auf.

Sie alle wissen mittlerweile, wer Leopold wirklich ist.

Daphne vermutet, dass Cliona es Haimish bei der ersten Gelegenheit erzählt hat. Solange die Wahrheit unter ihnen bleibt, wird es keine Probleme geben, überlegt sie, aber noch während ihr der Gedanke durch den Kopf geht, taucht ein anderer auf.

Nur weil sie beschlossen hat, sich in Bezug auf Gideon und Reid gegen ihre Mutter zu stellen, ändert sich an ihrem Auftrag in Bezug auf Leopold nichts. Denn anders als bei seinen Brüdern versteht Daphne, dass er für ihre Mutter und ihren Einfluss auf Vesteria eine Bedrohung darstellt. Und im Gegensatz zu seinen beiden Brüdern ist Leopold in Daphnes Augen kein Unschuldiger.

Jetzt, da Violie fort ist, hält Daphne nichts mehr davon ab, ihn noch in dieser Nacht zu töten.

Leopold ist sich der Wendung, die ihre Gedanken genommen haben, nicht bewusst, denn als ihre Blicke sich begegnen, schenkt er ihr ein kleines Lächeln, das sie zu erwidern versucht, bis Bairre sich schließlich räuspert und ihre Aufmerksamkeit auf sich zieht.

Bairre trägt Cillians Urne – die so königlich und schlicht ist, wie Cillian es, nach allem was Daphne gehört hat, selbst auch war –, während Haimish und Leopold mit Spitzhacken ein Loch in die dicke Eisschicht des Sees brechen. In warme Pelze gehüllt warten Daphne und Cliona am Ufer, in den Händen einen Becher mit heißem Würzwein.

Seit heute Morgen haben sie nicht mehr miteinander geredet, aber das Unausgesprochene lastet schwer auf ihnen. Cliona weiß, dass Daphne nicht ganz ehrlich zu Bairre war, und sie muss davon ausgehen, dass Daphne auch nicht ganz ehrlich zu ihr ist – aber sie drängt sie nicht. Zumindest jetzt noch nicht. Und Daphne ist dankbar dafür.

Bald werden Cliona und Bairre und alle anderen die Wahrheit über sie erfahren, werden das ganze Ausmaß der Machenschaften ihrer Mutter erkennen. Daphne hat von Anfang an gewusst, dass man ihr das nicht verzeihen wird, aber inzwischen fragt sie sich, ob sie selbst es sich wohl je verzeihen kann.

Sie senkt den Blick, sieht, wie Bairre die Urne seines Bruders umklammert, wie seine Hände zittern, was, wie sie vermutet, nicht an der eisigen Kälte liegt. Sie verspürt den Wunsch, ihn so fest zu umarmen, dass ihre beiden zerbrochenen Herzen zu einem verschmelzen.

Du klingst schon wie Beatriz, denkt sie und schüttelt sich.

»Bei allen Sternen!«, ruft Leopold. Daphne folgt seinem Blick zum Himmel, und ihr stockt der Atem beim Anblick der neongrünen, violetten und türkisen Farben, die über den sternenübersäten Himmel ziehen. Mit offenem Mund beobachtet Daphne, wie sich die Farben wie Tintentropfen im Wasser über den Himmel ausbreiten.

Sie hat zwar schon öfter Bilder von Nordlichtern gesehen, aber nicht damit gerechnet, wie eindrucksvoll es ist, sie mit eigenen Augen zu erleben. Kein Vergleich dazu, ein Gemälde anzuschauen – es ist eher so, als würde man in ein Kunstwerk eintreten. Daphne könnte jahrhundertelang nach den richtigen Worten suchen, um es zu beschreiben, es würde ihr trotzdem nicht gelingen. Sie versteht, wie dieser Anblick Geschichten hervorbringen kann, die über die Realität hinausgehen; wenn man unter den Sternen, den Lichtern und dem weiten, frivianischen Himmel steht, scheint alles möglich, sogar Märchen und Mythen.

Der atemberaubende Augenblick vergeht, als Bairre sich räuspert und sie sich von dem Anblick am Himmel losreißt und stattdessen ihm zuwendet. Er steht mit dem Rücken zu ihr, mit Blick auf den See und das Loch im Eis, das Haimish und Leopold geschaffen haben.

»Cillian, du warst der beste Bruder, den ich mir wünschen konnte«, sagt er, und obwohl seine Stimme leise ist, trägt der Wind die Worte über den See. »Als du noch gelebt hast, hatte ich das Gefühl, für immer in deinem Schatten zu stehen. In fast allem warst du klüger, stärker, mutiger, besser als ich. Es gab Zeiten, da habe ich dir das sogar übel genommen. Und jetzt würde ich alles dafür geben, dich wieder bei mir zu haben, egal wie unausstehlich du sein konntest. Aber es vergeht kein Tag, an dem ich nicht spüre, dass du da bist und mich leitest.« Er hält inne und holt tief Luft. »Ich hoffe, du verstehst, was ich tue, auch wenn du nicht damit einverstanden bist. Ich hoffe, du kannst mir eines Tages verzeihen.«

Daphne schluckt, ihre Kehle wird plötzlich eng. Von Bairre weiß sie, dass Cillian nie etwas von seiner Verbindung zu den Rebellen gewusst hat. Bairre hat immer gehofft, dass Cillian es mit der Zeit verstehen würde, doch dazu ist es nicht mehr gekommen. Plötzlich versteht sie, wie machtvoll es ist, während einer Sternenreise mit den Toten zu sprechen, auch wenn die Toten nicht antworten.

Sie wünschte, sie könnte Sophronia um Vergebung bitten.

»Mögen die Sterne dich nach Hause führen, mögest du unter ihnen deine wohlverdiente Ruhe finden«, spricht Bairre den traditionellen frivianischen Trauerspruch.

Daphne und die anderen wiederholen die Worte, während Bairre Cillians Urne umdreht und die Asche in den Olveen-See rieseln lässt.

Ein Moment der Stille breitet sich aus und Daphne blickt wieder hinauf zum Himmel und sucht in den Sternbildern nach irgendeiner Bedeutung.

Ihr Blick fällt auf das Einsame Herz, das von Süden her über den Himmel zieht – eine der Geburtskonstellationen, die allen drei Schwestern gemeinsam ist.

Das Einsame Herz steht für Opfer und Leiden. Ein unheilvolles Zeichen für ein Neugeborenes, aber Daphne hat dessen Bedeutung noch nie so sehr gespürt wie in dieser Nacht. Grauen erfüllt sie, und sie fragt sich, wie viel sie wohl noch ertragen kann.

Der Geruch von warmem Zucker und Rosen erfüllt die Luft. Daphne atmet tief ein. Sophie. Wenn sie die Augen schließt, kann sie so tun, als stünde Sophronia neben ihr. Sogar der Duft ist ihrer – eine Mischung aus der Rosenseife, die sie benutzt hat, und dem zuckrigen Aroma, das ihr nach ihren Ausflügen in die Küche anhaftete.

Wenn Daphne sich konzentriert, kann sie Sophronias Lachen hören und auch ihre Stimme. *Ich liebe euch bis zu den Sternen.*

Sie kann sogar ihre Arme um sich spüren. Sie erinnert sich an all die Nächte, in denen Sophronia aus Albträumen hochgeschreckt und mal in Daphnes Bett gekrochen ist, um sich von ihr trösten zu lassen, mal in das von Beatriz; manchmal haben sie sich auch alle drei in ein Bett gelegt und sind stundenlang wach geblieben, haben miteinander geflüstert und gekichert, bis die Sonne aufging.

Erst als sie die Tränen auf ihren Wangen spürt, merkt sie, dass sie weint. Als sie die Augen öffnet, sind die Nordlichter heller als zuvor – so hell, dass die Nacht zum Tag zu werden scheint. So hell, dass sie Daphne kurzzeitig blenden.

Noch während ihre Augen sich an das Licht anpassen, wird plötzlich alles um sie herum dunkel, und Sophronia steht vor ihr, in demselben blassgelben Kleid, das sie trug, als Daphne sie das letzte Mal sah. Aber Daphne hat ihre Schwester noch nie so aufrecht stehen sehen, noch nie eine solche Überzeugung in ihren Augen gesehen.

»Ich träume«, sagt Daphne, als sie ihre Stimme wiederfindet.

Sophronia lächelt und bei diesem Anblick drohen Daphne die Beine zu versagen.

»Oh, Daph ...« Es ist die Stimme ihrer Schwester, die Art, wie sie ihren Namen ausspricht, die sie letztlich zerbrechen lässt. Sie zerfällt in zahllose Teile, so viele, dass sie das Gefühl hat, nie wieder ganz sein zu können, doch dann spürt sie, wie Sophronias Arme sie umfangen, und sie vergräbt ihr Gesicht an ihrer Schulter, während heftige Schluchzer ihren Körper schütteln. Der Duft von warmem Zucker und Rosen überwältigt sie.

»Es tut mir so leid, Sophie«, bringt Daphne zwischen den Schluchzern hervor.

»Ich weiß«, erwidert Sophronia. Als Daphne ruhiger wird, löst ihre Schwester sich sanft von ihr und hält sie auf Armeslänge von sich, um sie anzuschauen. Und da ist er wieder, dieser eisern entschlossene Blick in ihren silbernen Augen, den Daphne noch nie gesehen hat. »Aber es reicht nicht aus, dass es dir leidtut.«

Daphne schluckt. »Erfahre ich jetzt die Wahrheit?«, fragt sie. »Über das, was wirklich mit dir passiert ist?«

Daphne will es hören und sie will es nicht. Sie merkt, dass sie den Atem anhält und auf Sophronias Antwort wartet, aber ihre Schwester lächelt nur und streckt die Hände aus, um Daphnes Tränen wegzuwischen.

»Du weißt, was mit mir passiert ist, Daphne«, sagt sie leise.

Daphne schüttelt den Kopf, findet keine Worte.

»Du hast es immer gewusst«, fährt Sophronia fort.

Bevor Daphne etwas erwidern kann, beugt sich Sophronia zu ihr und küsst sie auf die Wange. Ihre Lippen sind wie Eis auf Daphnes Haut.

»Sag Beatriz, dass ich sie lieb habe«, bittet sie Daphne. »Sag Violie, ihre Schuld ist beglichen. Und sag Leopold ...« Sophronias

Lächeln wird traurig. »Sag ihm, dass ich ihm vergebe und hoffe, dass auch er mir verzeihen kann.«

»Er ist ein Dummkopf«, stößt Daphne hervor, ihre Stimme rau von Tränen.

»Er ist mutig«, widerspricht Sophronia ihr. »Man braucht Mut, um die Augen zu öffnen und sie nicht wieder zu verschließen, obwohl das so viel einfacher wäre.«

Daphne schluckt ihren Protest hinunter und ringt sich stattdessen dazu durch, ihr mit einem Nicken zuzustimmen. Sie spürt den Abschied nahen und weiß, dass dies – was auch immer es ist – nicht ewig dauern wird. Dabei würde sie alles für weitere fünf Minuten geben. Sophronia nimmt Daphnes Hände in ihre und drückt sie ganz fest.

»Du musst jetzt auch mutig sein, Daphne.«

Als Sophronia dieses Mal ihre Arme um ihre Schwester legt, ist die Berührung wie Rauch auf Daphnes Haut, der sie in die Dunkelheit hinabzieht.

Daphne kommt zu sich und steht immer noch unter den Nordlichtern. Soweit sie es beurteilen kann, sind nur Sekunden vergangen, aber jede Faser ihres Körpers fühlt sich völlig verändert an. Mehr als das, sie fühlt sich aufgebrochen, rau und verletzlich. Und dieses Mal ist Sophronia nicht hier, um sie wieder zusammenzusetzen.

Sie versteht nicht, was passiert ist und wie es möglich war, mit Sophronia zu sprechen, ihre Berührung zu spüren, aber sie weiß, dass es real war. Dass *sie* real war.

Daphne hätte gewollt, dass ihre Schwester ihr einfach die Wahrheit sagt, aber tief im Innern weiß sie, dass Sophronia recht hatte – das braucht es gar nicht. Daphne kennt die Wahrheit, hat sie schon immer gekannt. Das heißt aber nicht, dass sie weiß, was sie mit der Erkenntnis anfangen soll – es ist nicht so einfach, ihre Mutter zu verleugnen und die Hände in Unschuld zu waschen, so verlockend dieser Gedanke im Moment auch sein mag. Es gibt zu viele Fäden, die sie miteinander verbinden, zu viel von Daphnes Identität geht auf sie zurück und auf die Rolle, für die Daphne geboren wurde. Aber eines weiß sie.

Mit zitternden Gliedern geht sie auf Leopold zu und stellt sich an seine Seite.

»Reite morgen früh zu deinen Brüdern«, sagt sie, ohne ihn anzusehen. »Nimm sie und bring sie ganz weit weg.«

Einen Moment lang antwortet Leopold nicht, aber als er spricht, ist seine Stimme heiser. »Nein. Ich laufe nicht davon.«

Da begreift Daphne, dass sowohl sie als auch Sophronia recht hatten – er ist ein sehr mutiger Narr, aber trotzdem ein Narr. »Sophie hat ihr Leben gegeben, um deines zu retten. Du bist es ihr schuldig, etwas Gutes damit anzufangen.«

Wieder schweigt er einen Moment lang.

»Ihr Opfer wäre verschwendet, wenn ich jetzt wegliefe«, sagt er dann. »Und sie hat sich nicht nur für mich geopfert, weißt du.«

Daphne runzelt die Stirn. »Was soll das heißen?«

»Wenn Sophie und ich zusammen gestorben wären, hättet du und Beatriz nie die Wahrheit erfahren. Ihr hättet gedacht, dass Sophie versagt hat oder dass ihre Hinrichtung ein bedauerlicher Fehler war.«

Daphne möchte das bestreiten, aber sie weiß, dass er recht hat. Es wäre so leicht gewesen, das zu glauben. Sie hätte Sophronia für ihr eigenes Versagen, für ihren eigenen Tod verantwortlich gemacht und sie hätte auch Temarin die Schuld gegeben. Es wäre einfach gewesen, so viel einfacher, als ihrer Mutter als Schuldige anzusehen.

»Beatriz hat noch rechtzeitig die Wahrheit von Nigellus erfahren, was eine glückliche Fügung war, aber wenn Sophronia nicht ihr Leben gegeben hätte, wäre auch deines verwirkt gewesen. Sie hat sich für dich geopfert, Daphne. Für dich und Beatriz.«

Daphne wischt sich die Tränen aus den Augen. Sie ist nicht dankbar, dass Sophronia diese Entscheidung getroffen hat – wenn überhaupt, dann hätte Daphne sie noch eher verstanden, wenn es dabei nur um Leopold gegangen wäre. Die Welt ist mit Daphne nicht besser geworden, nicht so wie sie es mit Sophronia war. Es war kein fairer Tausch.

»Die beste Art, Sophies Opfer zu ehren, ist nicht, dass ich mich in Sicherheit bringe«, erklärt Leopold. »Es geht vielmehr darum, dir auf jede erdenkliche Weise zu helfen, damit du am Leben bleibst und Gerechtigkeit wiederherstellen kannst. Sorge dafür, dass deine Mutter für alles bezahlt.«

Sorge dafür, dass deine Mutter für alles bezahlt. Die Worte hallen in Daphnes Kopf nach, aber sie kann sie nicht begreifen. In ihrer Vorstellung ist ihre Mutter unfehlbar. Der Versuch, sie für Sophronias Tod zur Verantwortung zu ziehen, ist ein aussichtsloses Unterfangen. Sie wüsste nicht einmal, wo sie anfangen sollte, und bei dem Gedanken, gegen die Kaiserin vorzugehen, wird ihr ganz flau. *Du musst jetzt auch mutig sein, Daphne.*

»Sag mir die Wahrheit«, fordert Daphne Leopold auf. »Sag mir ganz genau, was mit Sophronia passiert ist.«

Beim Einschlafen denkt Daphne noch darüber nach, was Leopold ihr über Sophronias letzte Tage erzählt hat – wie sie beschloss, sich gegen die Pläne ihrer Mutter für Temarin zu stellen, wie sie die ersten Anstrengungen unternahm, die Wirtschaft des Landes in Ordnung zu bringen und Leopold zu zeigen, wie man ein besserer Herrscher ist, wie sie sich Leopolds Mutter Eugenia zur Feindin machte – und wie dies Sophronia schließlich das Leben kostete.

Das klingt nicht nach der Schwester, die Daphne kannte. In den sechzehn gemeinsamen Jahren hat Daphne nie erlebt, dass Sophronia sich in irgendeiner Weise gegen ihre Mutter aufgelehnt hätte, im Gegensatz zu Beatriz, der es Spaß zu machen schien, aus lauter Trotz zu rebellieren. Sophronia ist immer genauso gehorsam gewesen wie Daphne oder hat es zumindest versucht. Sophronia hat ihre Mutter oft enttäuscht, aber nie mit Absicht.

Nicht vor Temarin.

Du musst jetzt auch mutig sein, Daphne.

Die Worte kreisen in ihrem Kopf herum, aber wenn sie daran denkt, offen gegen ihre Mutter zu opponieren – Bairre die Wahrheit über ihre Verschwörung zu sagen, sich voll und ganz auf die Seite der Rebellen zu stellen, ja sogar Beatriz die Hand zu reichen und ihr zu versichern, dass sie ihr glaubt und sie beide auf der gleichen Seite stehen –, wird ihr jedes Mal schlecht.

Als Daphne am nächsten Morgen erwacht, steht sie nicht sofort auf. Stattdessen starrt sie auf den samtenen Baldachin über ihr, und ihr wird klar, dass es noch jemanden gibt, gegen den sie zum Schlag ausholen kann, ohne auch nur einen Funken Schuldgefühle zu verspüren. Jemanden, der für seinen Anteil an Sophronias Tod bezahlen muss.

Daphne zwingt sich aus dem Bett und geht zu ihrem Kleiderschrank, durchsucht die drei dort hängenden Umhänge, bis sie das Fläschchen mit dem Sternenstaub in einer versteckten Tasche findet. Sie nimmt es mit zurück zum Bett und setzt sich im Schneidersitz auf die Decke. Sie atmet tief durch, krempelt den Ärmel ihres Nachthemds hoch, entkorkt das Fläschchen und kippt den Sternenstaub auf ihren Handrücken.

Und spricht ihren Wunsch laut aus.

Violie

»Violie.«

Violie fällt fast aus dem Sattel, als sie Daphnes leise Stimme hört. Sie dreht sich in alle Richtungen, lässt ihren Blick durch den Wald schweifen, aber außer Gideon, Reid und Rufus, die alle auf ihren Pferden sitzen, ist niemand zu sehen. Rufus schaut sie verwundert an und zieht fragend die Augenbrauen hoch.

Seit sie das Sommerschloss verlassen haben, ist nicht viel Zeit zum Reden geblieben. Sie haben in einer Herberge übernachtet, aber bei ihrer Ankunft waren alle vier so erschöpft, dass sie nur kurz mit dem Gastwirt sprachen, damit er ihnen die Zimmer zuwies, und untereinander kaum das Allernötigste redeten. Dabei ist Rufus immer freundlich zu ihr gewesen. Gideon und Reid mögen ihn viel lieber als sie, was nicht verwunderlich ist, denn er hält stets ein Lächeln und einen kleinen Scherz für sie bereit, während Violie zu sehr damit beschäftigt ist, über Leopold und die vertrackte Situation nachzudenken, in der sie ihn zurückgelassen hat.

Jetzt schüttelt sie den Kopf und lächelt verlegen. »Tut mir leid, ich glaube, ich bin im Sattel fast eingeschlafen.«

»Violie.«

Diesmal gibt es keinen Zweifel. Es ist unverkennbar Daphnes Stimme, in ihrem Kopf.

»Daphne?«, denkt sie. Sie hat im Gasthaus nicht viel geschlafen, bevor sie sich wieder auf den Weg gemacht haben – vielleicht leidet sie unter Halluzinationen.

»Ja, ich bin es. Menschen, die von den Sternen berührt sind, können mithilfe von Sternenstaub Kontakt zu anderen aufnehmen. Aber wir haben nicht viel Zeit.«

»Leopold …«, sagt Violie in Gedanken und ihr Herzschlag beschleunigt sich.

»Es geht ihm gut«, versichert Daphne ihr mit unüberhörbarer Ungeduld in der Stimme.

Dann beginnt sie mit einer Geschichte über die Nordlichter, über ein Gespräch mit Sophronia und darüber, dass sie sich endlich die Wahrheit über ihre Mutter und die Umstände des Todes ihrer Schwester eingestanden hat.

»Leopold hat mir alles erzählt«, sagt sie zum Schluss. »Und ich habe ihm zugehört.«

Es könnte eine Falle sein, aber Violie kann noch nicht erkennen, worauf das hinausläuft.

»Sophie bat mich, dir auszurichten, dass deine Schulden abgegolten sind, dass du sie restlos beglichen hast.«

Violie bringt ihr Pferd zum Stehen und ignoriert die verwirrten Blicke von Rufus, Gideon und Reid.

»Ich habe keine Ahnung, was sie damit gemeint hat, aber das waren ihre Worte. Was auch immer du tust, weil du meinst, ihr etwas schuldig zu sein – sie hat dir die Erlaubnis gegeben, damit aufzuhören.«

Einen Moment lang weiß Violie nicht, was sie sagen soll. »Ist das ein Trick?«, fragt sie. »Glaubt Ihr, ich lasse Gideon und Reid einfach im Stich, nur weil Ihr mal eben ihren Namen erwähnt?«

»Nein.« Daphne scheint sich von Violies Vorwurf nicht brüskiert zu fühlen. »Aber wir beide sind uns ähnlicher, als wir zugeben wollen, und ich glaube, es gibt etwas, das du lieber tun würdest, als Kindermädchen zu spielen.«

Violie wirft einen Blick auf Gideon und Reid, die sie etwas ratlos beobachten.

»Ich will dir nicht vorschreiben, was du zu tun hast«, fährt Daphne fort, als Violie nichts sagt. »Aber Rufus ist ein guter Mensch, und Gideon und Reid werden bei ihm in Sicherheit sein, falls du dich entscheidest, nach Eldevale zurückzukehren, weil du dort noch etwas zu erledigen hast.«

In diesem Moment wird Violie klar, wovon Daphne redet – das Einzige, was Violie in Eldevale interessiert, ist Eugenia. Wenn Leopold Daphne die Wahrheit über Sophronias Tod erzählt hat, weiß sie jetzt auch, welche Rolle Eugenia dabei gespielt hat.

»Ich werde für Euch nicht zur Meuchelmörderin«, stellt Violie klar. »Wenn Ihr Eugenia tot sehen wollt, dann müsst Ihr sie schon selbst umbringen.«

»Oh, das werde ich«, erwidert Daphne. »Ich wollte sie dir zuerst anbieten. Betrachte es als ein Friedensangebot, von mir für dich.«

Violie spürt, wie sich ihr Kiefer verkrampft. Eugenia eigenhändig umzubringen, sollte kein derart verlockender Gedanke sein, aber er ist es, zudem steht ihr Daphnes Sammlung an Waffen und Giften zur Verfügung. Und dennoch ...

»Wenn es wirklich ein Friedensangebot sein soll, dann behandelt mich nicht wie ein dummes Kind. Es gibt einen Grund, warum Ihr es nicht selbst tun wollt, und ich bezweifle, dass es daran liegt, dass Ihr zimperlich seid.«

Einen Moment lang schweigt Daphne. »Ich glaube dir, was du über meine Mutter gesagt hast«, erklärt sie schließlich. »Aber es ist in unser aller Interesse, wenn meine Mutter das nicht weiß. Wenn sie denkt, ich könnte etwas mit dem Mord an Eugenia zu tun haben, wird sie früher oder später auch denken, dass sich meine Loyalität geändert hat.«

Aber wenn Violie die Tat ausführt, während Daphne nicht auf dem Schloss weilt, gerät sie gar nicht erst in Verdacht. Violie muss zugeben, dass das ein überzeugendes Argument ist, trotzdem besteht noch lange kein Grund zur Eile.

»Ich kehre nach Eldevale zurück, nachdem ich die Prinzen wohlbehalten abgeliefert habe«, beschließt sie.

»Wir werden morgen früh aufbrechen«, sagt Daphne. »Ich weiß zwar nicht, wohin ihr unterwegs seid, aber ich bezweifle, dass euer Ziel so nahe ist, dass wir für die Strecke nach Eldevale länger brauchen als du.«

Sie hat recht – die Reise zu den Silvan-Inseln wird Violie zwei Tage mehr kosten, je nachdem, wie der Zeitplan des Schiffes aussieht und wie lange es dauert, Lord Savelle ausfindig zu machen.

Violie flucht und merkt erst, dass sie laut gesprochen hat, als Rufus wieder die Augenbrauen hochzieht.

»Gut«, erwidert Violie in Gedanken. »Ich sollte Euch vielleicht noch sagen, dass ich die Gifte aus Eurem Kästchen gestohlen habe – gibt es eines, das Ihr mir besonders empfehlen würdet?«

Daphne schweigt einen Moment lang, und als sie wieder spricht, kann Violie die leichte Verärgerung in ihrer Stimme hören. »Das durchsichtige Pulver in der Dose mit den Rubinen. Sie muss es nur einatmen, mehr nicht. Was du lieber nicht tun solltest.«

»Ich weiß, was ein Septin-Nebel ist«, sagt Violie.

»Dann weißt du auch, wie man ihn benutzt«, antwortet Daphne.

Die Verbindung reißt ab wie ein mit der Schere abgeschnittener Faden. Violie blinzelt und blickt zwischen Rufus, Gideon und Reid hin und her, die sie anschauen, als hätte sie plötzlich den Verstand verloren. Violie fragt sich, ob sie nicht vielleicht recht haben.

»Es gibt eine Planänderung«, verkündet sie ihnen.

Beatriz

Beatriz wacht auf, als die Sonne durch ihr Schlafzimmerfenster scheint. Die Standuhr in der Ecke zeigt an, dass es fast Mittag ist, aber das Hämmern in ihrem Kopf ist so stark, dass sie sich umdreht und ihr Gesicht im Kissen vergräbt, in der Hoffnung, noch ein wenig schlafen zu können. Dabei fällt ihr Blick auf den Ärmel ihres Nachthemds – strahlend weiß mit dunkelroten, fast braunen Flecken. Beatriz weiß nur zu gut, wie getrocknetes Blut aussieht, und als sie sich aufrichtet, wobei ein weiteres Feuerwerk in ihrem Kopf explodiert, überfluten sie die Ereignisse der letzten Nacht: ihr törichter Wunsch an den Stern, das Gespräch mit Nicolo, sein Gesicht und dann der Bluthusten.

Hat Nicolo ihr das angetan? Aber wie – sie war nicht physisch in Cellaria und Nicolos Kenntnisse der Magie sind überschaubar. Nein, sie selbst ist dafür verantwortlich. Bei dem Gedanken wird ihr flau im Magen.

Beatriz starrt auf den blutbespritzten Ärmel, ihre Gedanken rasen so schnell, dass sie ihre Kopfschmerzen fast nicht mehr spürt.

Magie hat ihren Preis, davor hat Nigellus sie gewarnt. Vielleicht ist dies nur eine Steigerung der üblichen Beschwerden nach dem Aussprechen eines Wunsches.

Die Erklärung ist sicherlich nicht völlig falsch, aber auch nicht so überzeugend, dass sie sich damit zufriedengeben kann. Immerhin hat sie Blut gehustet. Das ist etwas ganz anderes als Kopfschmerzen und Müdigkeit.

»Verzeihung, Eure Hoheit.« Eine gedämpfte Frauenstimme dringt durch die Wand, die Beatriz' Zimmer von dem Salon nebenan trennt, der früher der gemeinsame Wohnraum der drei Schwestern war. Beatriz erkennt an der Stimme, dass es sich um eine ihrer Zofen handelt. »Prinzessin Beatriz ist noch nicht aufgewacht.«

»Es ist fast Mittag«, sagt eine andere Stimme. Pasquale. Sie stößt die Decke weg und steigt auf wackligen Beinen aus dem Bett.

»Ich bin wach«, ruft sie. »Komm rein, Pas!«

Sekunden später öffnet sich die Tür zu ihrem Schlafzimmer und Pasquale kommt herein. »Du hast lange geschlafen. Ist es gestern spät geworden?« Als sein Blick auf das Blut am Ärmel ihres Nachthemds fällt, hält er abrupt inne und schließt die Tür hinter sich.

»Beatriz ...«, sagt er langsam und mit gesenkter Stimme.

»Mir geht es gut.« Sie zwingt sich zu einem strahlenden Lächeln, obwohl sie eigentlich gar nicht so genau weiß, wie es ihr geht. Mit hastigen Worten erzählt sie ihm von den Ereignissen der letzten Nacht, von der vorzeitig beendeten Unterrichtsstunde bei Nigellus, dem Besuch bei Ambrose und Gisella im Kerker, dem Wunsch, mit Nicolo zu sprechen, und dem anschließenden Gespräch mit ihm.

»Das Letzte, woran ich mich erinnere, sind der Husten und das Blut, dann muss ich ohnmächtig geworden sein«, schließt Beatriz kopfschüttelnd. Als sie die Besorgnis in Pasquales sanften haselnussbraunen Augen sieht, ergreift sie seine Hand. »Jetzt geht es mir gut«, versichert sie ihm erneut, was nicht die ganze

Wahrheit ist, aber das mit den Kopfschmerzen muss er ja nicht wissen.

»Trotzdem«, beharrt Pasquale. »Einen Bluthusten sollte man nicht auf die leichte Schulter nehmen. Ich rufe einen Arzt.«

Er wendet sich zum Gehen, aber Beatriz, die immer noch seine Hand hält, hindert ihn daran. »Nein«, sagt sie. »Wenn es tatsächlich mit der Magie zusammenhängt, wird ein Arzt nichts tun können, außer es meiner Mutter zu erzählen. Ich muss mit Nigellus sprechen, aber auch das kann ich zu dieser Stunde nicht, ohne Verdacht zu erregen.«

»Ich gehe zu ihm«, bietet Pasquale ihr an, genau wie Beatriz es erwartet und erhofft hat.

»Danke.« Sie tritt an den Schreibtisch und holt Papier und Stift heraus. »Ich schreibe genau auf, was passiert ist, und während du mit ihm sprichst, lenke ich meine Mutter ab.«

Bevor sie Bessemia verließen, nahmen Beatriz und ihre Schwestern regelmäßig an den Ratssitzungen ihrer Mutter teil – Daphne lauschte aufmerksam, Sophronia machte sich Notizen und kam aus dem Stirnrunzeln gar nicht mehr heraus, während Beatriz nur halb zuhörte und ihre Gedanken zu interessanteren Themen schweifen ließ. Manchmal schaffte sie es sogar, heimlich einen Gedichtband auf ihrem Schoß aufzuschlagen.

Heute wird Beatriz nicht bei der wöchentlichen Sitzung ihrer Mutter erwartet, und dem Blick der Kaiserin nach zu urteilen, als Beatriz fünf Minuten zu spät den Ratssaal betritt, ist sie auch nicht willkommen. Sie will absichtlich den Zorn ihrer Mutter auf sich ziehen, damit Pasquale freie Bahn hat, um ihre Botschaft an Nigellus zu überbringen.

Sich zur Zielscheibe ihrer Mutter zu machen, um jemand anderen zu schützen, ist nichts Neues für sie. Sie hat es oft für

Sophronia getan. Der Gedanke versetzt ihr einen Stich und für einen Moment verspürt Beatriz tiefe Trauer.

Sie ignoriert den verärgerten Blick ihrer Mutter und lächelt die Ratsmitglieder an, die sich um den großen Marmortisch versammelt haben, an dessen Kopfende die Kaiserin thront: Madame Renoire, die die Staatskasse verwaltet, der Herzog von Allevue, der den Adel vertritt, Mutter Ippoline, die Leiterin einer nahe gelegenen Schwesternschaft, die die geistlichen Interessen wahrt, und General Urden, der in militärischen Fragen berät. Manchmal nehmen auch andere Berater an diesen Treffen teil, um über Handel oder Landwirtschaft zu sprechen, aber diese vier Gesichter sind Beatriz am vertrautesten, und sie erwidern alle ihr Lächeln, wenn auch etwas zögerlich.

»Ich hoffe, es macht dir nichts aus, Mama«, sagt Beatriz und wendet sich mit einem besonders strahlenden Lächeln der Kaiserin zu. »Ich nehme an, in dieser Besprechung geht es auch um Cellaria, und ich möchte gerne auf dem Laufenden gehalten werden.«

Ihre Mutter erwidert ihr Lächeln, und Beatriz vermutet, dass sie die Einzige ist, die die Eiseskälte darin sieht.

»Natürlich, meine Liebe«, erwidert die Kaiserin. »Ich wundere mich ein bisschen, dass du Prinz Pasquale nicht mitgebracht hast.«

»Möchtest du, dass ich ihn hole?«, fragt Beatriz. Sie weiß, wie die Antwort ihrer Mutter lauten wird, dennoch hält sie unwillkürlich den Atem an.

»Nein«, sagt die Kaiserin nach kurzem Zögern. »Setz dich, Beatriz. Du bist ohnehin schon spät dran und wir haben noch viel zu besprechen.«

Beatriz neigt kurz den Kopf vor der Kaiserin und lässt sich dann auf einen leeren Stuhl neben Mutter Ippoline sinken.

»Wie ich schon sagte, Eure Majestät«, fährt General Urden fort, ein kleiner, stämmiger Mann mit einer glänzenden Glatze. Er hat Beatriz schon immer an eine Abbildung erinnert, die sie einmal von einem Walross gesehen hat, was wohl vor allem an seinem spektakulären gelben Schnurrbart liegen dürfte. »Die Lage in Temarin ist etwas prekär geworden.«

»Nichts, was ich bisher gehört habe, deutete darauf hin, dass unser Einfluss in Temarin gefährdet sein könnte«, wendet die Kaiserin ein, und selbst der General, der während des Celestianischen Krieges zweifellos allerlei Schreckliches gesehen hat, scheint unter dem Blick der Kaiserin zu schrumpfen.

»So war es – so *ist* es, aber meine Männer berichten auch, dass es in den letzten Tagen vereinzelt zu Aufständen gekommen ist«, erwidert er.

Die Kaiserin blinzelt langsam. »Bei allen Sternen, wogegen haben sie zu rebellieren?«, fragt sie. »Sind sie nicht dankbar, dass Bessemia eingeschritten ist, als es nötig war?«

»Viele sind es«, versichert der General hastig. »Aber es gibt auch einige, die glauben, König Leopold habe überlebt, und die nun seine Wiedereinsetzung fordern.«

Die Kaiserin verzieht den Mund. »Seit der Hinrichtung Sophronias hat man nichts mehr von König Leopold gehört; es ist schwer vorstellbar, dass er noch am Leben sein könnte.«

»In der Tat, Eure Majestät, dennoch hofft das Volk auf einen temarinischen König und viele stellen sich offen gegen Eure Herrschaft«, wagt General Urden sich vor.

»Verstehe«, sagt die Kaiserin knapp, und in diesem einen Wort liegt ein wahrer Ozean von Gift. »Lassen diese Rebellionen sich denn nicht niederschlagen?«, fragt sie. »Soweit ich weiß, hatte Leopold nur wenige Anhänger, als er noch regierte – ich kann mir nicht vorstellen, dass es allzu viele gibt, die auf seine Rückkehr hoffen.«

»Ihr habt zwar recht, Eure Majestät, aber der Stolz der Temariner ist nicht zu unterschätzen«, gibt General Urden zu bedenken.

»Das temarinische Volk zieht einen toten, unfähigen König unserer erhabenen Kaiserin vor?«, fragt Beatriz und reißt die Augen auf. Die Ratsmitglieder nehmen ihr das gespielte Erstaunen vielleicht sogar ab, ihre Mutter jedoch kennt sie gut genug, um den Sarkasmus in ihren Worten zu hören. Ihre Augen verengen sich, als sie Beatriz mustert.

»Du kannst gerne bleiben, Beatriz, aber deine Kommentare sind weder erwünscht noch nötig.«

»Natürlich, Mutter«, sagt Beatriz. »Es ist nur ... man muss sich doch fragen ...«

»Muss man?«, kontert die Kaiserin, und Beatriz weiß, dass ihre Mutter sie jetzt auseinandernehmen würde, wenn sie allein in diesem Raum wären, doch vor einem Publikum hält selbst sie sich zurück. Die Vergeltung wird auf Umwegen kommen, aber Beatriz sagt sich, dass es sich lohnt, ihre Mutter aus dem Gleichgewicht zu bringen und ein paar Zweifel in den Köpfen ihrer Ratsmitglieder zu säen.

»Nun«, sagt Beatriz betont gelassen, »vielleicht sollten wir uns bemühen, die verschwundenen Prinzen ausfindig zu machen. Es sieht sicher nicht gut aus, auch nicht für unsere Verbündeten, dass die Kaiserin von Bessemia einen Thron an sich reißt, der rechtmäßig zwei auf mysteriöse Weise entführten Kindern gehört.« Sie hält kurz inne, ehe sie hinzufügt: »Vorausgesetzt, König Leopold ist tatsächlich tot.«

Die verkniffene Miene der Kaiserin weicht einem Lächeln, bei dem Beatriz ganz schlecht wird. Es ist ein triumphierendes Lächeln, was bedeutet, dass Beatriz einen Fehler gemacht hat, den sie nur noch nicht erkennt.

»Zumindest darin sind wir uns einig, Beatriz.« Die Kaiserin

wendet sich ihrem Rat zu. »Tatsächlich habe ich von meinen Spionen in Friv erfahren, wohin die Entführer die Prinzen gebracht haben, und unverzüglich Soldaten geschickt, um sie abzufangen. Die Spione vermelden, dass die Jungen in Sicherheit sind, aber da der Rest seiner Familie nach allem, was wir jetzt wissen, tot ist, wird Gideon die Hilfe einer unterstützenden Regentschaft brauchen, bis er volljährig ist.«

Beatriz bemüht sich, eine ausdruckslose Miene beizubehalten, während sie versucht, den neuen Plan ihrer Mutter zu verstehen. Einen Plan, der ihre Beziehung zu Eugenia aufs Spiel setzt – und wie Beatriz ihre Mutter kennt, vielleicht noch mehr als das. Sie muss Violie so schnell wie möglich einen Brief schicken, um sie über die neueste Entwicklung zu informieren.

»Ich weiß, dass Pasquale der Cousin der Jungen und ihr engster lebender Verwandter ist, aber er scheint im Moment alle Hände voll zu tun zu haben, um die Dinge in seinem eigenen Land zu regeln«, fährt ihre Mutter fort. »Und mir ist auch bewusst, dass meine verwandtschaftliche Beziehung zu den beiden Knaben nur durch unsere liebe Sophronia besteht, aber ihr zu Ehren fühle ich mich verpflichtet, diesen neuen König Gideon zu unterstützen, solange er mich braucht.«

Einen Moment lang starrt Beatriz ihre Mutter nur an und versucht, die Regeln des neuen Spiels zu verstehen. Steckt in Wahrheit sie hinter der Entführung? Hat sie sich die Prinzen geschnappt, nur um das hier einzufädeln? Beatriz würde es nicht wundern, allerdings hätte sie die beiden Jungen doch wohl sofort hierhergebracht. Vielleicht ist an der Geschichte, die sie den Ratsmitgliedern präsentiert hat, doch etwas dran. Als sich das angespannte Schweigen immer länger hinzuziehen droht, räuspert sich General Urden.

»Ausgezeichnet, Eure Majestät«, sagt er. »Es wäre besser, in einem unabhängigen Temarin einen soliden Verbündeten zu haben, als über ein Land zu herrschen, das sich selbst auffrisst.«

Die Kaiserin neigt zustimmend den Kopf, aber ihr Mund ist wieder verkniffen, was Beatriz mit einem Anflug von Genugtuung zur Kenntnis nimmt, auch wenn ihre Gedanken bereits Karussell fahren. Sie hat ein Puzzle vor sich, bei dem die Hälfte der Teile fehlt, und sie weiß nicht, wie das fertige Bild aussehen soll.

»Nun, was Cellaria betrifft, haben wir von unseren Spionen interessante Neuigkeiten erhalten«, verkündet General Urden und ordnet die Papiere vor sich. »Es gibt Gerüchte über einen geplanten Sturz von König Nicolo, angeführt vom Herzog von Ribel, einem weiteren Cousin von Prinz Pasquale.«

Beatriz runzelt die Stirn. Während ihrer Zeit in Cellaria ist sie dem Herzog von Ribel nicht begegnet – sie kennt ihn dem Namen nach, aber er hat sich nie am Hof blicken lassen. Offenbar sind König Cesare und er nicht gut miteinander ausgekommen, und der Herzog hat zu Recht angenommen, dass er gut daran tat, in seinem Sommerschloss an der Westküste zu bleiben, wenn er seinen Kopf auf den Schultern behalten wollte.

»Der Herzog von Ribel hat um die Gunst anderer Adelsfamilien geworben, die während Cesares Herrschaft verstoßen wurden. Man geht davon aus, dass er als König weitaus beliebter wäre als König Nicolo, der schon in seinen eigenen Kreisen viele Gegner hat.«

Die Kaiserin wendet sich mit hochgezogenen Augenbrauen an ihre Tochter. »Nun, Beatriz?«, fragt sie. »In dieser Sache könnte deine Meinung tatsächlich einmal von Nutzen sein.«

Beatriz widersteht dem Drang, ihre Mutter böse anzufunkeln, und wählt ihre nächsten Worte mit Bedacht.

»Nicolo und seine Schwester haben viel zu viel Zeit damit verbracht, den Thron zu erringen, und nicht annähernd genug Zeit, um herauszufinden, wie man ihn behält«, sagt sie und denkt an Nicolo, wie sie ihn gestern Abend gesehen hat, betrunken und leichtsinnig, aber keineswegs besiegt. Er hat noch etwas in der Hinterhand, da ist sich Beatriz sicher, und sie wird ihn nicht noch einmal unterschätzen, im Gegensatz zur Kaiserin, die das ruhig tun soll. »Wenn Gisella an seiner Seite wäre, würde ich davor warnen, sie zu unterschätzen, aber getrennt von ihr hat er gegen Ribel keine Chance.«

»Gut«, sagt die Kaiserin. »Dieses Machtgerangel kann dir und Pasquale nur nützen, wenn ihr euch euren rechtmäßigen Thron zurückholen wollt. Glaubst du, ihr schafft das?«

Beatriz starrt ihre Mutter an. Es wird also immer noch so getan, als würden Beatriz und Pasquale nach Cellaria zurückkehren und ihren Thron besteigen, obwohl niemand in Cellaria sie dort haben will.

Auf cellarischem Boden, durch cellarische Hände, hat Nigellus gesagt. Nur wenn ein Cellarier Beatriz in Cellaria tötet, kann die Magie, die Nigellus bei ihrer Geburt heraufbeschworen hat, ihre Erfüllung finden. Aber Beatriz ist fest entschlossen, ihrer Mutter erst gar keine Gelegenheit zu bieten.

»Wie viele Soldaten können wir hier entbehren, damit sie uns eskortieren?«, fragt Beatriz – nicht ihre Mutter, sondern den General.

Bevor Urden ihr antwortet, vergewissert er sich mit einem schnellen Blick bei der Kaiserin. »Ihre kaiserliche Hoheit hat mir versichert, dass fünfhundert Mann ausreichen werden«, sagt er vorsichtig.

Beatriz verkneift sich ein Lachen. »Verstehe«, sagt sie mit ernstem Gesicht. »Und könnt Ihr mir auch sagen, wie viel Soldaten Nicolo und dem Herzog zur Verfügung stehen?«

Der General will antworten, aber die Kaiserin kommt ihm zuvor.

»Das ist nicht von Belang«, sagt sie mit einem sanften Lächeln. »Ihr seid der rechtmäßige König und die rechtmäßige Königin von Cellaria, und wenn uns diese Angelegenheit in Temarin etwas gezeigt hat, dann, dass die Loyalität zur königlichen Linie immer siegt. Oder denkst du, ihr habt weniger Loyalität verdient als zwei Jungen, die gerade erst der Kindheit entwachsen sind?«

Es ist eine Fangfrage – die Situation von Beatriz und Pasquale lässt sich nicht mit der von Leopolds Brüdern vergleichen. Die Kaiserin weiß das, und alle anderen in diesem Raum auch, da ist sich Beatriz sicher. Was jedoch nichts an der Einschätzung ihrer Mutter ändert.

»Ich glaube, wir schaffen das«, antwortet Beatriz auf die Frage ihrer Mutter, wenn auch mit zusammengebissenen Zähnen.

»Davon bin ich überzeugt«, erwidert die Kaiserin. »Habe ich dich nicht dazu erzogen, Berge zu versetzen, meine Liebe? Wie sollte da ein Ameisenhaufen ein Problem für dich sein?«

Weil Ameisen beißen, denkt Beatriz, während das Gespräch sich bereits den Einfuhrzöllen für cellarische Seide widmet. Berge tun das nicht.

Als sich die Sitzung dem Ende zuneigt und die Ratsmitglieder sich eilig von der Kaiserin verabschieden, bleibt Mutter Ippoline neben Beatriz stehen und schenkt ihr ein kleines Lächeln, das Beatriz etwas unsicher erwidert. Mutter Ippoline hat etwas Beunruhigendes an sich – seit Beatriz sich erinnern kann, schwebt eine Wolke der Missbilligung über der älteren Frau. Eine freundliche Gefühlsregung von ihr zu sehen, und sei es auch nur der Anflug eines Lächelns, ist für Beatriz ungefähr so seltsam, wie eine Katze bellen zu hören.

»Ich habe von Euren bestürzenden Erlebnissen in der cellarischen Schwesternschaft gehört, Prinzessin Beatriz«, sagt Mutter Ippoline leise. »Gewiss haben sie bei Euch einen schrecklichen Eindruck hinterlassen. Soweit ich weiß, habt Ihr meine Schwesternschaft noch nie besucht?«

»Nein, Mutter«, antwortet Beatriz und versucht zu verbergen, wie wenig ihr diese Vorstellung behagt. Wenn Beatriz nie wieder ihren Fuß in eine Schwesternschaft setzen muss, wird sie glücklich sterben.

»Das solltet Ihr ändern«, schlägt Mutter Ippoline vor. »Ich würde Euch gerne zeigen, wie anders unsere bessemianischen Schwesternschaften sind als die, in der Ihr festgehalten wurdet – allein schon, weil jede in unseren Mauern freiwillig dort ist.«

»Oh, ich weiß, Mutter Ippoline«, versichert Beatriz ihr. »Zwar habe ich Eure Schwesternschaft nicht von innen gesehen, aber ich habe mehrere Schwestern getroffen, die dort gelebt haben, und sie alle haben in den höchsten Tönen von dem Ort und von Euch gesprochen. Leider hält meine Mutter mich derzeit ziemlich auf Trab. Ich bezweifle, dass ich in meinem Terminkalender noch Platz für einen Besuch bei Euch finden werde, bevor ich nach Cellaria zurückkehre.«

Mutter Ippolines Augen flackern zur Kaiserin und Beatriz folgt ihrem Blick. Ihre Mutter ist in ein Gespräch mit General Urden vertieft.

»Ich hoffe, Ihr werdet Euch die Zeit nehmen, Prinzessin«, beharrt Mutter Ippoline. »Es gibt dort jemanden, der Eure Bekanntschaft machen möchte.«

Beatriz sieht Mutter Ippoline an und runzelt nachdenklich die Stirn. Wer in einer Schwesternschaft würde wohl auf ihren Besuch warten? Bevor Beatriz noch etwas fragen kann, erhebt sich Mutter Ippoline.

»Solltet Ihr doch noch Zeit finden, wäre es für uns alle das Beste, wenn Eure Mutter nichts von Eurem Besuch erführe«, raunt sie Beatriz zu, bevor sie einen Knicks macht und sich zu den anderen Ratsmitgliedern gesellt, die um die Kaiserin versammelt sind.

Beatriz schaut ihr hinterher und versucht vergeblich, den Sinn hinter ihren Worten zu erkennen. Aber eines weiß sie: Sie wird also doch noch einen Fuß in eine andere Schwesternschaft setzen.

Als Beatriz in ihre Gemächer zurückkehrt, wartet Pasquale bereits im Salon auf sie. Er geht vor dem Kamin auf und ab, an dem die Geburtskonstellationen von Beatriz und ihren Schwestern verewigt sind. Als sie eintritt, bleibt er stehen, und die Art, wie er sie ansieht, verrät Beatriz, dass er keine guten Nachrichten für sie hat.

»Ich nehme an, Blut zu husten, nachdem man sich etwas gewünscht hat, ist kein gutes Zeichen«, sagt sie leichthin, um die Anspannung zu mindern, die sich auf seiner gefurchten Stirn ablesen lässt – etwas, das sie sonst immer für Sophronia getan hat, erinnert sie sich, bevor sie den Gedanken sofort wieder verdrängt.

»Nigellus war alles andere als begeistert«, antwortet er und ringt die Hände. »Er … er sagte, du hättest dir nichts wünschen sollen, nachdem er es dir ausdrücklich verboten hat.«

Beatriz verdreht die Augen und lässt sich auf das Sofa fallen. »Ich wette, er hat noch ganz andere Dinge gesagt, aber es ist nett von dir, dass du sie beschönigst.«

Pasquales Mundwinkel zuckt, nur ganz leicht, nur für einen Augenblick, aber für Beatriz ist es ein kleiner Triumph. »Er sagte, er habe nicht gewusst, dass die Sterne dich verflucht haben, sowohl eine Närrin als auch eine Himmelsdeuterin zu sein«, gibt er zu.

»Das klingt schon eher nach Nigellus.« Beatriz seufzt. »Ich

muss mich heute Abend noch einmal zu ihm schleichen. Es wird nicht leicht sein, aber …«

»Eigentlich«, unterbricht Pasquale sie, »hat er ausdrücklich gesagt, dass du heute Abend nicht kommen sollst. Anscheinend braucht deine Mutter ihn.«

Beatriz runzelt die Stirn und setzt sich aufrecht hin. »Inwiefern braucht sie ihn?«

Pasquale überrascht sie, indem er auf ihre Frage hin nur laut schnaubt, und Beatriz schüttelt den Kopf.

»Richtig. Natürlich hat er es dir nicht gesagt.« Sie hält inne. »Das heißt aber auch, dass mein Zustand nicht so ernst sein kann. Denn wenn ich … wenn ich daran …«

»Sterben könnte?«, ergänzt Pasquale den Satz.

Beatriz nickt. »Ich meine, das hätte sicher Vorrang vor dem, was meine Mutter von ihm will.«

Pasquale antwortet nicht, aber sie hört den Zweifel in seinem Schweigen, spürt ihn in ihren eigenen Knochen. Bestimmt wäre es Nigellus nicht gleichgültig, wenn sie im Sterben läge, oder? Und sei es auch nur, weil sie dann ein ungelöstes Rätsel bliebe, und das würde sein Stolz nicht zulassen.

»Ich sterbe nicht«, versichert sie Pasquale. »Mir geht es wieder gut – es war ein dummer Zufall, mehr nicht.«

Sie spürt, dass Pasquale ihr immer noch nicht ganz glaubt, also erzählt sie ihm von Mutter Ippoline, um ihn abzulenken.

»Was könnte sie von dir wollen?«, fragt er nachdenklich, als sie ihm alles berichtet hat.

»Ich weiß es nicht, aber wenn ich Nigellus heute Abend nicht treffen kann, dann habe ich noch einen Termin in meinem Kalender frei, um dieser Frage nachzugehen. Möchtest du mich begleiten?«, fragt sie.

Diesmal ist Pasquales Lächeln echt. »Das fragst du noch?«

Beatriz und Pasquale schleichen sich aus dem Palast, wie Beatriz und ihre Schwestern es oft getan haben: Sie ziehen aus der Wäscherei gestohlene Dienstbotenkleidung an und Beatriz verbirgt ihr kastanienbraunes Haar unter einem Kopftuch. Dann warten sie ab, bis die Wachen vor der Tür den abendlichen Schichtwechsel vollziehen, bevor sie sich hinausschleichen.

»Prinzessin Beatriz und Prinz Pasquale haben sich zur Ruhe gelegt«, informiert Beatriz einen Wachsoldaten. Sie achtet darauf, stets den Kopf gesenkt zu halten und die ersten Schatten der Abenddämmerung zu nutzen, die sich bereits in dem immer dunkler werdenden Gang ausbreiten.

Die Wachen scheinen dies bereitwillig zu akzeptieren, und von da an ist es für Beatriz und Pasquale ein Kinderspiel, sich aus dem Palast und in die Stadt zu schleichen. Pasquale treibt eine Mietkutsche auf, und Beatriz bittet den Kutscher, sie zur Schwesternschaft der Heiligen Elstrid zu bringen – ein Ort, den sie zwar dem Namen nach kennt, aber noch nie mit eigenen Augen gesehen hat. Als sie dort ankommen, gibt Beatriz dem Kutscher zwei Goldmünzen, bittet ihn, zu warten, und verspricht ihm eine dritte, wenn er es tut.

Als sie sich der Schwesternschaft nähern, blickt Beatriz zu dem großen weißen Steinbau hinauf, der in der Dämmerung silbern schimmert. Sie haben die Eingangstür noch nicht erreicht, da schwingt sie bereits auf und Mutter Ippoline tritt heraus. Sie sieht genauso aus wie bei ihrer Begegnung in der Ratssitzung.

»Ihr habt keine Zeit verschwendet«, stellt sie fest. Ihre zusammengekniffenen blauen Augen wandern von Beatriz zu Pasquale. »Und wie ich sehe, habt Ihr einen Begleiter mitgebracht.«

»Die Sterne wollen doch sicher nicht, dass ich Geheimnisse vor meinem Mann habe, Mutter«, erwidert Beatriz in zuckersüßem Ton.

Mutter Ippoline gibt ein undefinierbares Grummeln von sich,

aber sie lässt auch Pasquale eintreten und schließt die schwere Tür hinter ihnen. »Hier entlang«, sagt sie und führt die beiden durch einen dunklen, verwinkelten Gang, der nur von ein paar Laternen beleuchtet wird.

Beatriz nutzt die Gelegenheit, um einen Eindruck von der Schwesternschaft zu gewinnen – wie sehr sie sich in mancher Hinsicht von der cellarischen Schwesternschaft unterscheidet, in der Beatriz gefangen gehalten wurde, und wie sehr sie sich in anderer Hinsicht ähneln. Die Einrichtung ist genauso karg und genauso streng, aber hier und da gibt es etwas Wärme – dicke Teppiche auf den steinernen Fußböden der Flure, eine Tapete mit einem Dutzend Sternbildern an einer Wand. Der größte Unterschied ist jedoch die gläserne Decke, durch die man die Sterne am Himmel betrachten kann. In der cellarischen Schwesternschaft, zumindest in den Bereichen, zu denen Beatriz Zugang hatte, bekam man die Sterne überhaupt nicht zu Gesicht.

»Wie geht es dir?«, fragt Pasquale mit gedämpfter Stimme.

»Gut«, flüstert Beatriz zurück und schenkt ihm ein kleines Lächeln. Und es ist die Wahrheit, wie sie feststellt. Dieser Ort hat nichts mit der Schwesternschaft in Cellaria zu tun, in erster Linie deshalb, weil sie wieder durch die Tür hinausgehen kann, wann immer sie will.

Mutter Ippoline bleibt vor einer Holzpforte stehen, öffnet sie und führt Beatriz und Pasquale in eine kleine Kapelle mit fünf Reihen Kirchenbänken, einem Altar und dem freien Himmel darüber. Vorn kniet eine Gestalt und zündet kleine Kerzen an.

»Schwester Heloise«, sagt Mutter Ippoline. »Dein Gast ist eingetroffen.«

Die Frau dreht sich zu ihnen um. Sie ist um die sechzig, hat faltige Haut, hellgrüne Augen und unter ihrer Haube lugen ein paar graue Locken hervor. Sie mustert Beatriz von Kopf bis Fuß und blinzelt, als würde sie einen Geist sehen. Dann richtet sie ihre Aufmerksamkeit auf Mutter Ippoline.

»Danke, Mutter«, sagt sie. Ihre Stimme klingt sanft, aber sie hat den geschliffenen Akzent, der die Hofgesellschaft Bessemias auszeichnet. Anmutig erhebt sie sich auf ihre Füße.

»Du hast nicht viel Zeit«, mahnt Mutter Ippoline. »Wenn die Kaiserin davon erfährt ...«

»Die Kaiserin macht mir keine Angst«, erwidert Schwester Heloise. »Und dir, Mutter Oberin, sollte sie auch keine Angst einjagen.«

Mutter Ippoline presst die Kiefer zusammen, antwortet aber nicht, sondern neigt nur den Kopf. Mit gesenktem Blick verlässt sie den Raum und schließt die Tür hinter sich.

Schweigen breitet sich in der Kapelle aus, und Beatriz weiß nicht, was sie damit anfangen soll. Sie weiß nicht, wer diese Frau ist, warum sie Beatriz zu sich gerufen hat und auch nicht, woher Schwester Heloise ihre Mutter kennt. Bevor sie jedoch eine dieser Fragen stellen kann, ergreift die Frau das Wort und kommt auf sie zu.

»Du hast etwas von deinem Vater«, stellt sie fest, und ihre Augen gleiten forschend über Beatriz' Gesicht, als ob sie nach etwas suchen würde.

Was auch immer Beatriz erwartet hat, damit hat sie nicht gerechnet. Überrascht weicht sie einen Schritt zurück. Soweit sie weiß, hat in den vergangenen sechzehn Jahren noch nie jemand sie mit ihrem Vater verglichen oder überhaupt viel von ihm gesprochen. Die meiste Zeit hätte man vielmehr den Eindruck gewinnen können, die Kaiserin habe sie aus dem Nichts erschaffen.

»Es ist die Nase«, fährt Schwester Heloise fort, als Beatriz nicht antwortet. »Ich frage mich ... darf ich dein Haar sehen?«

Beatriz und Pasquale schauen sich kurz an. Als Pasquale keinen Einwand vorbringt, sondern nur mit den Schultern zuckt, löst Beatriz das Tuch, das sie sich umgebunden hat, und lässt ihr kastanienbraunes Haar über ihre Schultern fallen. Der Anblick entlockt der Frau ein Lächeln.

»Ach ja.« Schwester Heloise nickt. »Man hat mir gesagt, dass du sein Haar hast. Alles andere geht auf sie zurück, soweit ich das beurteilen kann.«

Sie. Die Kaiserin.

»Wer bist du?«, fragt Beatriz.

»Schwester Heloise«, antwortet die Frau mit einem schiefen Lächeln. »Aber bevor ich diesen Namen annahm, war ich Kaiserin Seline.«

Kaiserin Seline. Der Name wirbelt durch Beatriz' Gedanken, ohne dass sich eine Erinnerung daran knüpft. Schwester Heloise lächelt, als sie den verständnislosen Ausdruck auf Beatriz' Gesicht sieht.

»Du kennst mich also wirklich nicht«, sagt sie und klingt dabei eher amüsiert als beleidigt.

Pasquale räuspert sich und setzt zu einer Erklärung an. »Seline war der Name der ersten Frau von Kaiser Aristede.«

Das hilft Beatriz nicht auf die Sprünge, sondern verwirrt sie nur noch mehr. »Ich dachte, die erste Frau meines Vaters sei tot.« Und obendrein kommt es ihr jetzt seltsam vor, dass sie den Namen der ehemaligen Kaiserin nicht kennt. Sie hat ihn am bessemianischen Hof nie vernommen, hat kaum Hinweise auf sie gehört, außer wenn es unumgänglich war.

Allerdings braucht sie nur wenige Sekunden, um zu verstehen, warum der Name der Frau, die vor ihr steht, so gründlich ausradiert worden ist. Schwester Heloise, oder Kaiserin Seline oder wer auch immer sie sein mag, lächelt verständnisvoll, als sie sieht, dass Beatriz die Wahrheit dämmert.

»Deine Mutter hat mich gehasst«, erklärt sie mit einem Achselzucken. »Ich werde nicht lügen und sagen, dass ich sie nicht auch gehasst habe, dass ich ein Ausbund an Tugend war, während sie mir alles genommen hat. Aber ... nun ja ... gerade du solltest wissen, dass deine Mutter eine Furcht einflößende Gegnerin ist.«

Beatriz weiß nicht, was sie darauf antworten soll. »Du sagst, ich sehe aus wie mein Vater«, erwidert sie stattdessen. »Hast du ihn geliebt?«

Schwester Heloise lacht. »Du kommst mir nicht wie ein naives Mädchen vor. Du bist Prinzessin Beatriz und weißt sicher genau, worauf es bei königlichen Ehen ankommt.« Ihr Blick wandert zu Pasquale und wieder zurück zu Beatriz. Sie zieht die Augenbrauen hoch. »Es sei denn, du bist wirklich so naiv?«

Beatriz lässt sich nicht einschüchtern, sondern hält Schwester Heloises Blick stand. »Ich bin nicht naiv«, sagt sie. »Aber falls du denkst, ich würde davor zurückschrecken, die ganze Welt niederzubrennen, obwohl ich damit Pasquale beschützen könnte, dann ...«

»Triz«, unterbricht Pasquale sie leise.

»Das ist schon in Ordnung«, sagt Schwester Heloise. »Es ist mehr, als ich je für Aristede empfunden habe, das gebe ich zu, aber ich habe ihn auf meine Art gemocht. Eine Zeit lang mochte er mich auch.«

»Bis meine Mutter auftauchte«, sagt Beatriz.

»Bei den Sternen, nein«, entgegnet Schwester Heloise verächtlich. »Nein, ich habe die Frauen nicht gezählt, die vor deiner Mutter kamen. Aber ich will dich nicht mit den Details meiner gescheiterten Ehe langweilen. Ich habe Mutter Ippoline gebeten, dich hierherzubringen, weil du in großer Gefahr schwebst, und deine Schwester auch.«

»Daphne?«, fragt Beatriz. »Wie meinst du das?«

Schwester Heloise holt tief Luft. »Ich weiß, es wird dir schwerfallen, das zu glauben, aber deine Mutter hat dich und deine Schwestern mit einem Wunsch erschaffen – ihr Ziel ist es, ganz Vesteria unter ihre Herrschaft zu bringen, und um das zu erreichen, muss sie euch töten. Sophronia war die Erste, aber du und Daphne ...«

Sie bricht ab, als Beatriz zu lachen beginnt.

»Ich versichere dir, das ist kein Scherz«, sagt Schwester Heloise kühl.

»Oh, ich weiß, dass es keiner ist«, erwidert Beatriz, als sie wieder zu Atem gekommen ist. »Und ich weiß auch, wie ernst es ist.«

Pasquale legt ihr seine Hand auf den Arm. »Was Beatriz damit sagen will: Wir wissen von den Plänen der Kaiserin.«

»Ihr wisst davon?«, wiederholt Schwester Heloise langsam. »Ihr wisst es? Was um alles in der Welt macht ihr dann noch hier? Ihr müsst Bessemia unverzüglich verlassen! Geht nach Friv, holt deine Schwester und dann flieht möglichst weit weg.«

»Wohin denn?«, fragt Beatriz und lacht erneut auf, diesmal mit einem scharfen Unterton. »Zu einer Schwesternschaft? So wie du?«

»Immerhin lebe ich noch«, gibt Schwester Heloise zu bedenken. »Wenn ich mich nicht ergeben hätte, wenn ich mich geweigert hätte, ohne Gegenwehr zu gehen, dann wäre ich schon lange tot.«

»Mag sein, dass das für dich das Richtige war, aber ich bin kein Feigling«, gibt Beatriz schroff zurück.

Einen Moment lang sieht Schwester Heloise sie nur an. Als sie schließlich wieder spricht, ist ihre Stimme weicher. »Du bist noch so jung«, sagt sie und schüttelt den Kopf. »Und es gibt so vieles, was du nicht verstehst.«

Das erzürnt Beatriz mehr als alles andere, was die Frau gesagt hat. »Ich verstehe genug. Sie hat meine Schwester ermordet, und wenn man sie nicht aufhält, wird sie auch noch die andere ermorden. Und wenn ich davonlaufe, wird sie nicht einfach aufgeben. Sie wird alles tun, was in ihrer Macht steht, um mich zu töten.«

Das lässt Schwester Heloise verstummen und Pasquales Griff um Beatriz' Arm wird fester. Mit zusammengebissenen Zähnen spricht Beatriz weiter.

»Meine Mutter ist ein Ungeheuer. Wenn es das ist, was du mir sagen willst, dann kann ich dir versichern, dass ich das schon mein ganzes Leben lang weiß.« Beatriz schüttelt Pasquales Arm ab, dreht sich um, ist aber noch keine drei Schritte gegangen, als Schwester Heloises Stimme sie aufhält.

»Warte.« Obwohl sie leise gesprochen hat, spürt Beatriz, wie dieses eine Wort sie umfängt und sie zwingt, der Aufforderung zu folgen.

»Willst du sie töten?«

In der Stille der Kapelle ist die Frage unnatürlich laut, und Beatriz kann nicht anders, als sich misstrauisch umzusehen, ob jemand mithört. Aber da sind nur sie, Pasquale und Schwester Heloise.

»Wenn ich es wollte«, sagt sie vorsichtig, »würde ich es dir kaum sagen, und schon gar nicht in einer Kapelle.« Sie wirft einen bedeutungsvollen Blick auf die Sterne, die über ihnen wachen. Sie entdeckt den Flug des Schwans, das Schiff im Sturm und den Wurm im Apfel.

»Wenn du es wolltest«, ahmt Schwester Heloise Beatriz' Tonfall nach, »würden die Sterne es dir kaum verdenken. Und ich auch nicht.«

»Da kann ich ja beruhigt sein.« Aus Beatriz spricht der pure Sarkasmus, doch das scheint Schwester Heloise nicht zu beeindrucken. Sie schweigt einen Moment lang, aber Beatriz sieht, wie sie fieberhaft überlegt. Schließlich geht sie auf Beatriz und Pasquale zu, bleibt nur einen halben Schritt von ihnen entfernt stehen und senkt ihre Stimme zu einem Flüstern.

»Es gibt einen Fluchttunnel, der aus den Gemächern des Kaisers hinausführt. Ich nehme an, dass deine Mutter seine Räume bezogen hat?«

Beatriz runzelt die Stirn, dann nickt sie kurz. »Von einem Fluchttunnel weiß ich nichts.« Sie kennt viele andere Geheimgänge im Schloss, aber nicht diesen.

»Ich wage zu behaupten, dass man die Menschen, die ihn kennen, an einer Hand abzählen kann«, erklärt Schwester Heloise. »Der Tunnel wurde gebaut, falls es einmal zu einer Belagerung des Palasts kommen sollte. Er führt zu einem Unterschlupf in den Wäldern außerhalb von Hapantoile.«

In Beatriz' Kopf wirbeln die Möglichkeiten nur so durcheinander. »Erzähl mir alles, was du darüber weißt«, sagt sie.

Daphne

Am Morgen, nachdem Daphne unter Einsatz von Sternenmagie mit Violie gesprochen hat, bricht die Reisegruppe nach Eldevale auf. Auf dem Rückweg scheinen die Stunden schneller zu vergehen als auf dem Hinweg, und während sie durch die Wälder reiten, stellt Daphne fest, dass sie die Auszeit vom Schloss mehr genossen hat als erwartet. Ihr Blick streift über die kargen Bäume mit ihren von glitzerndem Schnee überzogenen Ästen, das Tack-Gebirge am nördlichen Horizont und den Himmel voller Sterne, die hier draußen so viel zahlreicher und heller sind als in der Stadt, und sie muss sich eingestehen, dass sie in Friv längst nicht mehr nur die reizlose, eisige Einöde sieht, für die sie das Königreich bei ihrer Ankunft aus Bessemia hielt.

Auf seine eigene Art und Weise kann es ganz schön sein, denkt sie. Vielleicht wird sie sogar traurig sein, wenn der Tag kommt, an dem sie gehen muss.

Es ist ein Gedanke, der sie selbst überrascht. Ihre Zukunft war immer in Stein gemeißelt, aber das ist jetzt nicht mehr der Fall. Plötzlich eröffnet sich die Möglichkeit einer Zukunft, die nicht in Bessemia liegt, zurück in der Heimat und unter den Fittichen ihrer Mutter. Ihre neue Zukunft könnte überall auf sie warten – vielleicht sogar hier, in Friv.

Früher hätte diese Vorstellung sie in Schrecken versetzt.

Aber wenn sie sich jetzt umschaut, sieht sie nicht nur die winterliche Waldlandschaft, sondern auch Bairre, Cliona und die anderen – und es ist kein Anblick, der ihr Angst macht. Sie hat noch immer Heimweh nach Bessemia und sehnt sich nach ihren Schwestern, ja sogar nach ihrer Mutter, trotz allem, aber – und das ist ein neuer Gedanke – zurück in Bessemia würde sie vielleicht noch mehr Heimweh haben, und zwar nach Friv.

In der Herberge, in der sie auf halbem Weg zwischen dem Olveen-See und Eldevale Rast machen, trifft Daphne am Abend kurz entschlossen die Entscheidung, sich nicht in ihr eigenes Zimmer zurückzuziehen, sondern in das von Bairre zu gehen, wo sie sich auf das Fußende seines Bettes setzt und auf ihn wartet, während er noch die Pferde versorgt und sich vergewissert, dass allen anderen nichts fehlt. Als er schließlich durch die Tür kommt, bleibt er bei ihrem Anblick wie angewurzelt stehen. Die Stimmung zwischen ihnen ist angespannt, und Daphne rechnet damit, dass er, wenn sie es zulässt, auf der Stelle wieder umdrehen und zur Tür hinausgehen wird, weil er lieber im Stall schlafen würde, als mit ihr zu reden, nachdem sie sich hinter seinem Rücken mit Cliona abgesprochen hat.

Sie beschließt, es nicht zuzulassen.

»Meine Mutter hat meine Schwestern und mich dazu erzogen, eines Tages die Prinzen von Vesteria zu heiraten, aber das war nie unsere einzige Bestimmung«, platzt es aus ihr heraus.

Bairre zögert noch eine Sekunde länger. Es ist nichts, was er nicht bereits wüsste, aber die Worte aus ihrem Mund zu hören, scheint ihn dann doch zu überraschen. Schließlich tritt er in den Raum, schließt die Tür hinter sich und wartet darauf, dass Daphne fortfährt.

Im Geiste hört sie, wie ihre Mutter sie eine Närrin nennt, spürt ihre Enttäuschung, die von Bessemia bis hierher reicht. Sie wünschte, es würde ihr nicht noch immer den Atem rauben, wenn sie sich gegen die Erwartungen ihrer Mutter stellt. Doch dieses Mal hält das Gefühl nicht lange an.

»Wir wurden nicht nur in Diplomatie und in der Sprache und Kultur unserer zukünftigen Heimatländer unterrichtet, sondern lernten alles über die Prinzen, die wir heiraten sollten. Vor allem aber wurden wir jeweils in besonderen Fähigkeiten ausgebildet, die wir brauchen würden, um unsere Ehemänner und ihre Reiche in den Ruin zu treiben, damit unsere Mutter eines Tages den alleinigen Anspruch auf sie erheben könnte.«

Ihre Offenheit trifft ihn unvorbereitet. Sie kann ihm förmlich ansehen, wie seine Gedanken sich überschlagen, während er all das, was er über die Geschehnisse in Temarin erfahren hat, mit all dem, was er über sie weiß, und jedem Schritt, den sie seit ihrer Ankunft in Friv gemacht hat, in Einklang zu bringen versucht. Er wendet seinen Blick von ihr ab, doch statt hinauszugehen, kommt er ins Zimmer und lässt sich in den abgenutzten Sessel vor dem Kaminfeuer fallen. Bairre schaut sie nicht an, aber sie weiß, dass er ihr zuhört.

»Ich wusste alles über Cillian«, fährt sie fort. Die Worte sprudeln jetzt nur so aus ihr heraus wie das Wasser eines Flusses, dessen Damm gebrochen ist. »Ich habe Bogenschießen gelernt, weil ich wusste, dass er Bogenschießen mochte, ich habe Gedichte gelesen, weil er gerne Gedichte las – sosehr ich sie selbst auch verabscheute. Du hast einmal gesagt, er sei verrückt nach mir gewesen, obwohl er mich nur aus meinen Briefen kannte. Das war kein Zufall, Bairre. Meine Mutter hatte Spione an eurem Hof, die mir alles zutrugen, was ich brauchte, um ihm den Kopf zu verdrehen. Ich wusste nicht nur, dass er ein freundlicher Mensch ist, ich wusste auch genau, wie ich diese Freundlichkeit gegen ihn einsetzen konnte.«

Sie muss sich zwingen, diese Worte auszusprechen und mitanzusehen, wie ein Ausdruck von Abscheu in Bairres Gesicht aufflackert, aber es fühlt sich auch befreiend an, ihm ihre Geheimnisse anzuvertrauen.

»Und dann bin ich nach Friv gekommen und du ... du hast alles verkompliziert, weil du nicht Cillian warst und ich keine Ahnung hatte, wie ich dich gefügig machen, wie ich dich zerstören sollte. Und als wäre das noch nicht genug, wurde – *wird* – unsere Hochzeit immer wieder verschoben. Siebzehn Jahre hat meine Mutter an diesem Plan geschmiedet und ich scheitere ein ums andere Mal an der Umsetzung.«

»War es denn tatsächlich ein Scheitern?« Es sind seine ersten Worte, seit er das Zimmer betreten hat. »Das Siegel meines Vaters – du hast es gestohlen, nicht wahr?«

Daphne nickt. »Das Siegel in seinem Besitz ist ein Duplikat, hergestellt mit Sternenstaub, den ich von Cliona bekommen habe«, erklärt sie. »Das echte Siegel habe ich nach Temarin geschickt, zu Sophie, die es benutzen sollte, um damit einen Brief deines Vaters zu fälschen, in dem er Leopold seine Unterstützung im Krieg zwischen Temarin und Cellaria anbietet.«

Sie sieht zu, wie die Rädchen sich in Bairres Kopf weiterdrehen. »Aber diese Fälschung wurde nie ausgeführt«, stellt er fest.

Daphnes Kehle schnürt sich zu, aber sie schluckt die Tränen hinunter. Nicht aus Angst oder Scham, sondern weil sie weiß, dass Bairre sie trösten würde, wenn sie jetzt weinen müsste, und das will sie nicht. In diesem Moment geht es nicht darum, ihre Gefühle zu besänftigen. Also unterdrückt Daphne die Tränen und zwingt sich weiterzusprechen.

»Sophie hat ihre Meinung geändert«, sagt sie. »Sie hat mir einen

Brief geschickt, in dem sie mir das anvertraute und mich bat, ihr zu helfen, weil die Pläne unserer Mutter falsch seien, wie sie schrieb. Ich wollte es nicht lesen, wollte es nicht glauben. Ich war so wütend auf sie, Bairre, weil sie es nicht schaffte, die eine Sache zu tun, zu der sie geboren worden war – die eine Sache, für die wir auf sie angewiesen waren. Ich habe nicht ...« Sie bricht ab. Die ersten Tränen lassen ihre Sicht verschwimmen, aber sie blinzelt sie weg. »Ich wusste nicht, wohin das alles führen würde.«

Einen Moment lang schweigt Bairre. »Du sagtest, dass Leopold eure Mutter für Sophronias Tod verantwortlich macht. Hat sie Sophronia umgebracht, weil sie ihr nicht gehorsam war?«

Daphne lacht, aber ohne jede Spur von Heiterkeit. »Nein«, antwortet sie. »Wie sich herausstellt, hat meine Mutter ihre Hinrichtung vor aller Augen inszeniert, weil genau das von Anfang an ihr Plan war. Sophronias Tod für die Herrschaft über Temarin, Beatriz' Tod für die Herrschaft über Cellaria ...«

»Und dein Tod für die Herrschaft über Friv«, schließt er.

Daphne bringt ein zittriges Nicken zustande.

»Die Attentate auf dich«, sagt er langsam. »Steckt deine Mutter dahinter?«

Der Gedanke ist Daphne noch gar nicht gekommen. Ist es möglich, dass ihre Mutter die Meuchelmörder angeheuert hat? Daphne hat seit ihrer Ankunft in Friv noch keine Gelegenheit gehabt, eigene Schritte in die Wege zu leiten, aber vielleicht hat Cillians Tod die Kaiserin unruhig werden lassen. Vielleicht hat sie Daphne bereits damals als Versagerin abgestempelt und beschlossen, dass es einfacher sein würde, sie kurzerhand aus dem Weg räumen zu lassen, um Friv dann mit kriegerischer Gewalt einzunehmen.

»Ich weiß es nicht«, gibt Daphne zu. »Aber es ist durchaus möglich.«

»Warum erzählst du mir das jetzt, Daphne?«, fragt Bairre, und die Art, wie er ihren Namen sagt, lässt einen kleinen Funken Hoffnung in ihr aufkeimen. Er kann unmöglich ihren Namen auf diese Weise aussprechen und sie zugleich hassen – aber sie ist auch noch nicht am Ende mit ihrem Geständnis.

»Ich war so entschlossen, mit auf diese Reise zu kommen, weil meine Mutter mir zuvor einen Brief geschickt hatte – nun ja, zwei Briefe, um genau zu sein. Der erste war sehr vage gehalten, aber zwischen den Zeilen war der Sinn ganz klar: Wenn mir Leopold in die Arme laufen sollte, würde ich ihn töten müssen. Schließlich sei seine bloße Existenz eine Bedrohung für ihre Herrschaftsansprüche. Sein Leben zu retten, war Sophronias letzter Schlag gegen meine Mutter, und noch dazu einer, der es in sich hatte. Ich wusste nicht genau, wo er sich aufhält, aber ich ahnte bereits, dass er nicht weit sein konnte – Violie hat mir einen Besuch abgestattet und mir zumindest so viel verraten, obwohl sie klug genug war, mir keine weiteren Details anzuvertrauen. Der zweite Brief traf ein, nachdem die Prinzen entführt worden waren. Meine Mutter schrieb, sie habe Grund zu der Annahme, dass die Brüder sich in der Nähe des Olveen-Sees aufhielten, und dass ich sie finden solle und ... nun, um es mit ihren Worten auszudrücken: Die einzige Möglichkeit, um mich selbst, Beatriz und sie zu schützen, bestünde darin, die Prinzen ganz verschwinden zu lassen. Sie schrieb, ich dürfe nichts dem Zufall überlassen und solle mich dabei der Mittel bedienen, die ich für geeignet hielte, aber sie empfahl mir ein Gift, das sie als ›gnädige Lösung‹ beschrieb.«

»Bei allen Sternen, Daphne!«, ruft er und fährt sich mit der Hand durchs Haar. »Du warst nur deshalb so erpicht darauf, mit auf Cillians Sternenreise zu kommen, weil du den Plan hattest, zwei Kinder zu ermorden?«

»Ich habe es ja nicht getan«, verteidigt sie sich, aber es ist eine leere Beteuerung, mit der sie nicht einmal sich selbst überzeugt. »Wie du sehen kannst, habe ich meine Meinung geändert.«

»Die Tatsache, dass du überhaupt deine Meinung ändern musstest ...«

»Ich weiß«, unterbricht ihn Daphne, die bei seinen Worten zusammengezuckt ist. »Ich werde nicht versuchen, mich zu rechtfertigen, ich kann es nicht. Und ich kann nicht beschwören, dass ich es nicht in die Tat umgesetzt hätte, wenn die Dinge anders gelaufen wären. Ich wünschte, ich könnte es, Bairre. Aber meine Mutter ... Ich konnte noch nie Nein zu ihr sagen. Sie hat dafür gesorgt, dass diese Option undenkbar für mich war.«

»Deine Schwester hat genau das getan«, wendet er ein.

»Meine beiden Schwestern«, korrigiert ihn Daphne und denkt an Beatriz, an ihren letzten Brief, in dem sie Daphne warnte, so klar und deutlich sie nur konnte, was Daphne damals als eine ihrer theatralischen Gesten abtat. »Und ich hätte schon viel früher ihrem Beispiel folgen sollen, aber jetzt bin ich so weit. Deshalb habe ich dafür gesorgt, dass Gideon und Reid in Sicherheit gebracht werden, an einen Ort, den noch nicht einmal ich kenne. Aus diesem Grund ist Leopold noch immer bei uns, obwohl ich mehr als genug Möglichkeiten gehabt hätte, seinem Leben ein Ende zu setzen. Ich will ihre Befehle nicht länger befolgen, Bairre.«

Endlich sieht er sie an, aber sein Blick ist unergründlich. Doch zumindest ist er immer noch da, und das ist mehr, als Daphne zu hoffen gewagt hat. Er hört ihr immer noch zu.

»Was willst du dann?«, fragt er.

Verschiedene Antworten schießen ihr durch den Kopf. *Ich will dich. Ich will Beatriz wiedersehen. Ich will Sophronias Tod rächen.* Jede dieser Antworten ist wahr, aber keine davon ist die ganze Wahrheit. Stattdessen entscheidet sie sich für die Antwort, die die aufrichtigste von allen ist.

»Ich weiß es nicht.« Ihre Stimme ist leise, kaum hörbar selbst in der Stille des Zimmers.

Bairre nickt langsam, dann steht er auf und geht zur Tür. Er öffnet sie. »Versuch, ein wenig Schlaf zu bekommen, Daphne. Wir reisen bei Tagesanbruch weiter.«

Einen Moment lang sieht Daphne ihn an, unschlüssig, was sie davon halten soll, dass er sie auf diese Weise aus dem Zimmer schickt. Was sie ein wenig zuversichtlich stimmt, ist die Tatsache, dass er in der *Wir*-Form von ihnen spricht. Er wirft sie also nicht aus dem Haus, verbannt sie nicht aus Friv und lässt sie auch nicht auf der Stelle für eines ihrer vielen Vergehen verhaften. Aber als sie aufsteht und an ihm vorbei durch die Tür geht, weicht er einen Schritt zurück, um jede Berührung zu vermeiden, als sei sie selbst ein tödliches Gift – und aus irgendeinem Grund schmerzt diese kleine Geste mehr als jedes wütende Wort es vermocht hätte.

Zurück in ihrem eigenen Zimmer findet Daphne keinen Schlaf, Bairres mahnenden Worten zum Trotz. Clionas Bett hat sie leer vorgefunden – nicht dass sie das besonders überrascht hätte. Sie könnte wetten, dass sie bei Haimish ist, wofür Daphne ihr nur dankbar sein kann, denn im Moment könnte sie keine Gesellschaft ertragen.

Anstatt ins Bett zu gehen, sucht sie in ihrer Reisetruhe nach unbeschriebenem Pergament sowie Feder und Tinte, dann setzt sie sich damit an den Schreibtisch. Eine gefühlte Ewigkeit lang starrt sie auf das leere Pergament vor sich, während Bairres Worte in ihrem Kopf widerhallen. *Was willst du dann?*

Es ist noch nicht ganz Mitternacht, und das Stimmengewirr der anderen Gäste dringt von unten zu ihr hinauf, aber sie versucht, alles auszublenden und sich ganz auf das zu konzentrieren, was sie Beatriz sagen will. Sie nimmt die Feder in die Hand, taucht sie in das Tintenfass, lässt sie einen Moment lang über dem Pergament schweben, setzt sie wieder ab. Dieser Ablauf wiederholt sich immer wieder, doch selbst als die Stimmen von unten längst verstummt sind und das Gasthaus um sie herum im Schlaf versinkt, wollen ihr die Worte nicht kommen.

Es ist nicht so, als gäbe es nicht genug, was sie ihrer Schwester sagen sollte – aber die Gedanken mit Tinte auf Pergament festzuhalten, scheint schier unmöglich. Sie schließt die Augen und stützt den Kopf in die Hände. Die Zeit verstreicht, bis sie sich schließlich wieder aufrichtet. Ja, es gibt tatsächlich vieles, was sie ihrer Schwester sagen sollte – aber all das schiebt sie jetzt beiseite. Was ist es, das sie Beatriz sagen *will*?

Liebe Triz,

erinnerst du dich noch an unseren zehnten Geburtstag? Wir trugen diese grässlichen, genau aufeinander abgestimmten Kleider mit riesigen blauen Schleifen auf dem Rücken. Natürlich haben wir uns gestritten, aber ich weiß nicht mehr, worum es dabei ging – bestimmt etwas Lächerliches, auch wenn es uns damals zweifellos sehr wichtig vorkam.

Da standen wir also, auf dem prachtvollen Ball, den Mama für uns gab, Seite an Seite, ohne auch nur ein Wort miteinander zu sprechen. Keine von uns bemerkte, wie Sophronia heimlich die Schleifen unserer Kleider zusammenband, bis wir uns bewegen wollten und in einem Haufen aus weißem Chiffon übereinanderpurzelten. Ich kann immer noch Sophronias Lachen hören und sehe immer noch Mamas zornigen Gesichtsausdruck vor mir. Sie wurde vor Wut ganz blass unter ihren Schichten aus Creme und Puder.

Du und ich, wir haben auch gelacht. Es war unmöglich, nicht zu lachen, wenn Sophie dabei war.

Sophie war immer das Band, das uns zusammenhielt – manchmal schien es, als sei sie das einzige Band zwischen uns. Du wirst mir wohl nie ganz verzeihen können, dass ich sie im Stich gelassen habe, das weiß ich – aber du sollst wissen, dass ich nicht vorhabe, diesen Fehler zu wiederholen.

Es gibt noch ein anderes Band, das uns zusammenhält. Mama. Auch wenn ich jetzt erkannt habe – wie du und Sophie –, dass dieses Band in Wahrheit eine Schlinge ist. In Sophies letztem Brief an mich schrieb sie, dass wir eine echte Chance hätten, sie mit geeinten Kräften zu besiegen. Es tut mir leid, dass wir nun nie erfahren werden, ob sich diese Hoffnung bewahrheitet hätte. Aber ich stehe jetzt an deiner Seite und selbst die Sterne können mich nicht mehr ins Wanken bringen.

Komm nach Friv. Bitte.
Daphne

Violie

Kurz vor Eldevale trennen sich ihre Wege: Violie nimmt die Abzweigung zum Schloss, während Rufus mit den Prinzen weiter nach Westen in Richtung der Silvan-Inseln reist. Sie verzichten auf große Abschiedsworte, aber als Rufus sie zur Vorsicht mahnt, liegt eine Ernsthaftigkeit in seiner Stimme, bei der sie sich unwillkürlich fragt, ob er hinter seiner leichtherzigen Fassade nicht doch scharfsinniger ist, als sie es ihm bislang zugetraut hat.

Nachdem Violie das Pferd in den Stall gebracht hat, geht sie ohne Umwege zum Schloss. Es gibt hier keine Uhren, die ihr die Zeit verraten, aber angesichts der menschenleeren Korridore kann sie erahnen, dass es weit nach Mitternacht ist, kurz vor Anbruch des Morgengrauens, und somit ist keine Zeit zu verlieren. Sie geht an einer Ecke in Deckung, versteckt sich hinter der Marmorbüste irgendeines Mannes aus Friv mit langem Bart, kramt in ihrem Reisebündel und holt die rubinbesetzte Dose heraus, die Daphne erwähnt hat.

Das wird ein Kinderspiel, sagt sie sich. Sie muss Eugenia nur das Pulver unter die Nase halten, damit sie etwas davon einatmet.

Es ist tatsächlich nicht schwierig, durch die verlassenen Gänge des Schlosses zu eilen, wenn keine Menschenseele in Sicht ist. Und es ist auch kein Problem, unbemerkt in die Gemächer der Königinmutter zu gelangen und bis in ihr Schlafzimmer vorzudringen. Als Violie am Fußende des Bettes steht, in dem Eugenia tief und fest schläft, kommt es ihr geradezu lächerlich einfach vor, eine Königinmutter zu ermorden. Müsste es nicht viel schwieriger sein? Ein Teil von ihr wünscht beinahe, dass diese Tat sie vor eine größere Herausforderung stellen würde.

Das Giftpulver wird schnell wirken. Gut möglich, dass Eugenia nicht einmal mehr aufwacht. Sie wird einfach im Schlaf sterben, leicht und schmerzlos. Als Violie die Augen schließt, sieht sie vor sich, wie Sophronia zum Henkersblock geführt wird, wie das Beil nach unten saust, wie der Kopf ihrer Freundin von ihrem Körper getrennt wird.

Auch das, so nimmt sie an, war ein schneller Tod, was ihren Hass auf Eugenia jedoch nicht im Geringsten mindert. Das Giftpulver als Mittel der Wahl kommt ihr vor, als würde sie der Königinmutter einen Gefallen erweisen, den sie nicht verdient hat. Es wäre viel befriedigender, ihre eigenen Hände um Eugenias Hals zu legen und zu sehen, wie sie die Augen aufreißt. Violie möchte, dass Eugenia sie erkennt, dass sie begreift, was passiert, warum der Tod sie ereilt, hier und jetzt. Sie will, dass Eugenia weiß, dass es Violie ist, die sie tötet.

Der Gedanke überrascht Violie. Die letzten beiden Male, als sie Menschen umgebracht hat, waren emotionslose Angelegenheiten. Sie hat aus Notwehr gehandelt, ihre Opfer waren eher Hindernisse als Feinde. In beiden Fällen fühlte die Tat sich nüchtern und unpersönlich an.

Aber an diesem Moment ist nichts Unpersönliches, denkt sie, während sie beobachtet, wie Eugenias Brust sich hebt und senkt.

Violie zieht ihren Mantel hoch, um vorsichtshalber Nase und Mund zu bedecken, bevor sie die kleine Dose aus der Tasche ihres Kleids holt und den Deckel abschraubt, während sie neben Eugenia an das Bett tritt.

Die Königinmutter liegt auf dem Rücken, die Decke im Schlaf bis ans Kinn gezogen und das dunkelbraune Haar zu einem langen Zopf geflochten. Eugenia wirkt jünger, als Violie sie in Erinnerung hat. Aber dieser Anschein von Unschuld, das weiß sie, ist trügerisch. Sie wird nicht zögern, sagt sie sich. Entschlossen hält Violie das Döschen unter Eugenias Nase und wartet auf ihren nächsten Atemzug.

Als es so weit ist, passieren mehrere Dinge fast gleichzeitig.

Eugenia schreckt hoch, setzt sich ruckartig auf und schlägt Violie dabei das Döschen aus der Hand.

Das Pulver verteilt sich in alle Richtungen, ein Großteil davon landet auf Eugenia, aber es schweben genug Partikel in der Luft, um Violie gefährlich zu werden. Sie hält den Atem an und drückt hastig ihren Mantel fester auf Nase und Mund.

Dann zerreißt Eugenias Schrei die Stille und mit einem Mal erfüllt sich Violies Wunsch – Eugenia blickt sie an, erkennt sie, und unter anderen Umständen würde Violie die Angst auskosten, die in den Augen der Königinmutter aufblitzt, aber nicht jetzt. Jetzt muss sie hier raus.

»Was hast du getan?«, fragt Eugenia hustend und streckt ihre Hand aus, um Violies Arm zu packen.

Violie versucht, sich aus ihrem eisernen Griff zu winden, aber schon jetzt beginnt sich alles um sie zu drehen. Es ist der Sauerstoffmangel, der sie schwindelig macht, aber sie darf sich nicht erlauben, zu atmen, nicht in diesem Raum voller Gift.

Sie hat es fast bis zur Tür geschafft, als diese von der anderen Seite aufgestoßen wird, Violie am Kopf trifft und sie rückwärtstaumeln lässt. Der Mantel rutscht ihr vom Gesicht, als Genevieve hereinplatzt und den Anblick, der sich ihr bietet, mit großen Augen in sich aufnimmt.

Es ist das Letzte, was Violie sieht, bevor ihr schwarz vor Augen wird.

Beatriz

Am Tag nach ihrem Besuch in der Schwesternschaft der Heiligen Elstrid kehren Beatriz' Gedanken immer wieder zu ihrem Gespräch mit Schwester Heloise zurück. Was sie über ihre Mutter und – in gewisser Weise noch überraschender – über ihren Vater gesagt hat, will Beatriz einfach nicht aus dem Kopf gehen. Und wenn sie zwischendurch einmal nicht darüber nachgrübelt, dann wird ihr beim Gedanken an die für den heutigen Abend angesetzte nächste Unterrichtsstunde mit Nigellus angst und bange. Sie fürchtet sich vor dem, was er ihr sagen wird – vor dem, was sie bereits zu wissen glaubt.

Pasquale ist ihr keine große Hilfe, obwohl sie ihm das nie ins Gesicht sagen würde. Er meint es nur gut, aber sein Instinkt ist es, das Gute in jeder Situation zu sehen.

»Die Sterne haben dir ein Geschenk gemacht, Triz«, hat er an diesem Morgen beim Frühstück gesagt, als Beatriz ihm ihre Ängste gestand. »Sie würden niemals so grausam sein, dieses Geschenk in einen Fluch zu verwandeln. Was passiert ist, war ein ... Missverständnis. Oder vielleicht auch ein Zufall.«

»Ein Zufall?«, hat Beatriz skeptisch gefragt.

Er hob die Augenbrauen und nahm einen Schluck von seinem Kaffee. »Mir fällt eine ganze Reihe von Leuten in diesem

Palast ein, die alle mehr Grund haben, deinen Tod zu wollen, als die Sterne. Wir können nicht ausschließen, dass dein plötzlicher Krankheitsanfall gar nichts mit deinem Wunsch zu tun hatte.«

Der Gedanke war Beatriz noch gar nicht gekommen, aber er schien ihr nicht besonders plausibel. Wenn ihre Mutter sie tot sehen wollte, wäre sie es längst, und wenn Gisella die Macht hätte, sie von ihrer Kerkerzelle aus zu vergiften, wäre sie dennoch klug genug zu wissen, dass Beatriz ihre beste Chance auf Freiheit ist. Doch diese Gedanken behielt sie für sich. Es war besser, Pasquale an seiner tröstlichen Geschichte festhalten zu lassen, bis sie die wahre Antwort kennen würden.

Aber Pasquale war noch nicht fertig. Er stellte seine Kaffeetasse auf dem Unterteller ab und beugte sich über den kleinen Tisch in ihrem Salon zu ihr. »Selbst in Cellaria wird man dich wie eine Heilige verehren, wenn die Neuigkeit erst einmal die Runde gemacht hat. Das Mädchen, das Sterne erschaffen kann«, sagte er mit gesenkter Stimme.

Die Worte jagten ihr einen Schauer der Aufregung oder des Entsetzens über den Rücken – sie hätte nicht genau sagen können, was von beidem es war – und ließen sie für den Rest des Tages nicht mehr los. Selbst in diesem Moment, als sie gemeinsam die Treppe zu Nigellus' Laboratorium hinaufsteigen, denkt Beatriz über die Vorstellung nach und kommt zu dem Schluss, dass sie darauf verzichten kann, zur Heiligen zu werden. Ist das Mädchen, das Sterne erschaffen kann, auch zu anderen Dingen fähig?

Außerdem sterben Heilige doch immer, oder etwa nicht? Das Märtyrertum ist ein festgeschriebener Bestandteil dieser Rolle und auch darauf kann Beatriz verzichten.

Wieder einmal wünscht sie sich mehr als alles andere, mit Daphne reden zu können. Doch das ist unmöglich, da macht sie sich keine Illusionen – nicht nur, weil sie sich nicht erklären kann, wie Daphne es geschafft hat, die Verbindung zwischen ihnen herzustellen, und klug genug ist, die Worte, die sie schreiben möchte, nicht schwarz auf weiß zu Papier zu bringen, sondern auch, weil sie Daphne nicht vertrauen kann. Und dem Schweigen ihrer Schwester seit Sophronias Tod nach zu urteilen, beruht dieses Misstrauen auf Gegenseitigkeit.

Ein Schauer überläuft Beatriz.

Kurz vor Nigellus' Tür hält sie inne und blickt Pasquale an. »Danke, dass du mit mir kommst. Ich weiß nicht ...« Sie bricht ab, weil sie keine Worte findet, die ihrem inneren Aufruhr Ausdruck verleihen würden – vor allem nicht der Angst, die sie durchströmt. Angst zuzugeben, bedeutet Schwäche zuzugeben, denkt sie. Beatriz erinnert sich nicht, ob ihre Mutter diese Worte jemals genauso ausgesprochen hat, aber es ist die Stimme der Kaiserin, die sie in diesem Moment in ihrem Kopf hört.

Doch Pasquale ist nicht ihre Mutter. Er schenkt ihr ein kleines Lächeln. »Ich werde nicht von deiner Seite weichen«, verspricht er ihr.

Beatriz nickt und öffnet die Tür. Gemeinsam treten sie in das Laboratorium ein, wo Nigellus über das Teleskop am Fenster gebeugt steht. Er hat sie zweifellos kommen hören, aber er dreht sich nicht sofort zu ihnen um. Die Minuten verstreichen, Beatriz räuspert sich, aber er rührt sich nicht. Irgendwann richtet er sich schließlich auf und wendet sich ihnen zu, dem Anschein nach über ihr bloßes Dasein verärgert.

»Ihr seid spät dran«, sagt er zu Beatriz. Sein Blick flackert kurz zu Pasquale, aber er stellt seine Anwesenheit nicht infrage.

»Was habt Ihr erwartet? Wenn Euch das immer noch überrascht, ist Euch nicht mehr zu helfen«, erwidert Beatriz. »Pas ist hier für den Fall, dass ich sterbe.«

Nigellus kneift die Augen zusammen und mustert Pasquale, bevor er sich wieder Beatriz zuwendet. »Ich wüsste nicht, was Ihr Euch in diesem Fall von seiner Anwesenheit zu versprechen hättet.«

Beatriz schnalzt mit der Zunge. »Die richtige Antwort, Nigellus, lautet: *Natürlich werdet Ihr nicht sterben, Beatriz*«, stellt sie klar. »Aber von seiner Anwesenheit verspreche ich mir, zumindest nicht allein zu sterben – und einen Augenzeugen zu haben, sollte ich ihn brauchen.«

Das veranlasst Nigellus, die Augenbrauen hochzuziehen. »Vertraut Ihr mir immer noch nicht, Beatriz? Nach allem, was wir zusammen durchgestanden haben?« Die Bemerkung soll wohl sarkastisch sein, auch wenn das bei Nigellus schwer zu sagen ist.

»Nein«, sagt sie schlicht. »Wollen wir anfangen?«

Nigellus antwortet nicht, sondern bedeutet ihr mit einer Geste, an das Teleskop zu treten.

»Wenn ich schon sterben muss«, sagt Beatriz, »oder wenn es nicht klappt, einen neuen Stern zu erschaffen oder dem Himmel einen alten zurückzugeben, dann möchte ich wenigstens, dass mein Wunsch etwas Gutes bewirkt.«

Nigellus runzelt die Stirn. »Das klingt, als hättet Ihr bereits entschieden, was Ihr Euch wünschen möchtet. Aber ich würde Euch zur Vorsicht raten, wenn Ihr den Wunsch einsetzen wollt, um Eurer Mutter zu schaden. Es ist nicht möglich, jemandem, sagen wir mal – den Tod zu wünschen.«

Beatriz blinzelt. Nicht dass sie nicht mit diesem Gedanken gespielt hätte, aber es hat keinen Sinn, einen Sternenwunsch auf etwas zu verschwenden, für das auch eine herkömmliche Vergiftung ausreicht. Dennoch ist ihr diese Information neu.

»Das ist nicht möglich?«, hakt sie nach.

Nigellus schüttelt den Kopf. »Es gehört zu den wenigen Dingen, die nicht in der Macht der Sterne liegen. Genau wie man mit einem Wunsch keine Liebe erzwingen oder Tote ins Leben zurückbringen kann. Aber verratet mir, was Ihr Euch wünscht, und ich werde Euch sagen, ob es möglich ist.«

»Also gut«, sagt Beatriz. Sie begegnet Nigellus' Blick und hebt ihr Kinn. »Ich werde mir wünschen, jemanden zu heilen.«

Nigellus sieht sie an, als würde er darauf warten, dass sie weiterspricht, aber das tut sie nicht. »Wen?«, fragt er.

Beatriz lächelt. »Das verrate ich Euch nicht.«

Violie hat erzählt, dass Nigellus ihre Mutter mit Sternenstaub von ihrer Vexis heilen sollte, aber von Ambrose hat sie erfahren, dass die Frau immer noch krank ist und sogar im Sterben liegt. Pasquale hat heute Nachmittag bestätigt, dass sie noch am Leben ist, auch wenn fraglich ist, wie lange das noch so bleibt. Beatriz ist sich nicht sicher, ob der schlechte Zustand von Violies Mutter auf den Verrat ihrer Tochter an der Kaiserin zurückzuführen ist, oder ob Kaiserin Margaraux ohnehin nie die Absicht hatte, die Prostituierte von Nigellus heilen zu lassen – aber wenn sie eines weiß, dann, dass es nun in ihrer Hand liegt, dieses Unrecht geradezurücken. Es wäre ohne jeden Zweifel das, was Sophronia in ihrer Lage tun würde.

Einen Moment lang hält Nigellus ihren Blick fest, als würde er abwägen, ob er weiter nachbohren soll oder nicht. Seine Augen verengen sich. »Ist die Person krank oder verletzt?«, fragt er schließlich.

»Macht das denn einen Unterschied?«, entgegnet Beatriz. »Heilung ist Heilung, oder etwa nicht? Und immerhin haben wir nichts Geringeres vor, als einen Stern vom Himmel zu holen – ich glaube kaum, dass ein solcher Wunsch für diesen Zweck nicht ausreicht.«

»Und mehr wollt Ihr nicht preisgeben?«, fragt Nigellus.

Beatriz schüttelt den Kopf.

Nigellus wirkt ungehalten, aber nach einem kurzen Blick über die Schulter auf das Teleskop seufzt er und seine Schultern sacken nach unten. »Na schön, dann wünscht Euch, was Ihr wollt. Ihr wisst ja inzwischen, wie es geht. Das eigentliche Rätsel ist, was danach passiert.«

Und schon schwindet das Gefühl des Triumphs, weil es ihr gelungen ist, ein Geheimnis vor Nigellus zu bewahren, und wird überschattet von der heraufziehenden Angst.

»Ja genau«, sagt sie, angestrengt darum bemüht, sich nichts anmerken zu lassen. »Dann werde ich das jetzt tun.«

Pasquale drückt Beatriz' Hand, dann löst sie sich von ihm und geht zum Teleskop. Mit einer Geste gibt sie Nigellus zu verstehen, dass er auf der anderen Seite des Raumes stehen bleiben soll. Sie spürt seinen Blick – und auch den von Pasquale – im Rücken, als sie sich vorbeugt und ihr Auge an das Okular drückt, um in den vergrößerten Ausschnitt des Himmels zu schauen. Da sind der Verirrte Reisende, die Bewölkte Sonne und der Tanzende Bär – aber keines dieser Sternzeichen scheint zu ihrem Wunsch zu passen. Auch die Stechende Biene ist nicht zu sehen. Beatriz hält trotzdem nach ihr Ausschau und fragt sich, ob der Stern, den sie in der letzten Nacht vom Himmel herabgewünscht hat, inzwischen schon wieder an seinen Platz zurückgekehrt ist. Hätte Nigellus ihn entdeckt, hätte er es ihr bestimmt gesagt, denkt sie. Langsam bewegt sie das Teleskop in Richtung des östlichen Horizonts, als der Funkelnde Diamant in ihr Blickfeld aufsteigt.

Der Funkelnde Diamant steht für Wohlstand, aber auch für Stärke. Violies Mutter kann alle Kraft gebrauchen, die sie bekommen kann, wenn sie wieder gesund werden soll.

Beatriz konzentriert sich auf den Punkt am Firmament, an dem die Konstellation aufgetaucht ist, und dreht an den Rädchen an der Seite des Teleskops, bis sie die Sterne des Funkelnden Diamanten deutlich am Himmel erkennen kann. Sie sollte einen kleinen Stern wählen, einen, der gerade so sichtbar ist, wie sie es zuvor immer getan hat – andererseits muss sie dieses Mal auf Nummer sicher gehen, deshalb richtet sie ihre Aufmerksamkeit auf einen großen Stern, der die Spitze einer der wie geschliffen aussehenden Facetten im Herzen des Diamanten funkeln lässt.

Da, denkt sie. Das ist mein Stern.

Beatriz schließt die Augen und stellt sich den Stern vor, während sie ihren Wunsch flüstert, wohl wissend, dass sie ihn so präzise wie möglich formulieren muss, um sicherzustellen, dass er die erhoffte Wirkung entfaltet.

»Ich wünsche mir, dass Avalise Blanchette im Karmesinroten Blütenblatt von ihrer Vexis geheilt wird.« Sie denkt die Worte mehr, als dass sie sie laut ausspricht, gibt ihnen gerade genug Atem, um sie zum Lufthauch werden zu lassen, der zu den Sternen aufsteigt, ohne jedoch die Ohren von Nigellus zu erreichen.

Sie spürt, wie der Sog der Magie sie durchströmt – flüchtig, wie eine Sommerbrise, die eine Gänsehaut hinterlässt. Obwohl das Laboratorium auch zuvor bereits in Schweigen gehüllt war, wird es plötzlich so still, dass Beatriz überhaupt nichts mehr hören kann – weder ihren eigenen Herzschlag noch ihren Atem oder die angespannte Unruhe von Pasquale hinter ihr. Alles, was existiert, sind Beatriz selbst und die Sterne über ihr. Und dann sind es nur noch die Sterne und Beatriz hört auf zu existieren.

Das Erste, was Beatriz wahrnimmt, ist der kalte Steinboden unter ihr und zwei vertraute Arme um ihre Schultern.

Aus der Ferne hört sie jemanden ihren Namen rufen – Pasquale, denkt sie, aber er ist so weit weg.

»Beatriz«, hört sie wieder. Die Stimme klingt verängstigt. »Mach die Augen auf. Bitte.«

Beatriz hat das Gefühl, als könne sie leichter die ganze Welt auf ihre Schultern heben als die Augen aufzumachen, aber für Pasquale versucht sie es. Nur mit Mühe gelingt es ihr, die Lider so weit zu öffnen, dass sie die nebeligen Konturen von Nigellus' Laboratorium sieht. Verschwommen erkennt sie Nigellus selbst, der vor ihr steht, und darüber das sorgenvolle Gesicht von Pasquale.

»Den Sternen sei Dank«, murmelt er. »Geht es dir gut?«

»Nein.« Beatriz braucht einen Moment, bis ihr klar wird, dass sie das Wort laut ausgesprochen hat. Ihre Stimme fühlt sich an, als gehöre sie nicht zu ihr – und auch ihr Körper fühlt sich nicht wie ihr eigener an. Ein Teil von ihr scheint immer noch irgendwo da oben zwischen den Sternen zu schweben. Aber schon jetzt bahnt sich ein dumpfer Schmerz seinen Weg durch ihre Muskeln, wie um sie daran zu erinnern, dass sie aus Fleisch und Blut besteht.

Nigellus sagt nichts, sondern reicht ihr stumm ein Fläschchen mit einer schiefergrünen, schillernden Flüssigkeit. Beatriz nimmt es entgegen, trinkt jedoch nicht davon, sondern sieht Nigellus mit einem Blick an, von dem sie hofft, dass er ihre Skepsis zum Ausdruck bringt. Sie will eine Augenbraue hochziehen, beschließt aber dann, dass es die schier unmenschliche Anstrengung nicht wert ist.

»Eine Kräutermischung mit etwas Sternenstaub«, erklärt er knapp. Ihr derzeitiger Zustand scheint ihn nicht weiter zu beunruhigen, jedenfalls nicht wie Pasquale, der sie mit panisch geweiteten Augen anstarrt. »Sie lindert den Schmerz, der auf die Magie folgt. Mir war nicht klar, dass Ihr einen so großen Stern wählen würdet, aber wie Ihr seht, zeigen sich die Nachwirkungen umso heftiger, je größer der Stern ist.«

Ihre Mutter würde sie für eine hoffnungslose Närrin halten,

wenn sie wüsste, dass sie einen Trank zu sich nimmt, dessen genaue Zutaten sie nicht kennt, aber Beatriz braucht Linderung, und zwar sofort. Ihren bisherigen Erfahrungen mit Magie nach zu urteilen, werden Schmerzen und Erschöpfung über die nächsten Stunden nur noch schlimmer, und Beatriz wüsste nicht, wie sie das überleben soll. Sie nimmt einen Schluck von dem Trank, der so scharf ist, dass er ihre Kehle beinahe verätzt, aber sie kippt alles herunter.

»Hat es funktioniert?«, krächzt sie und richtet sich auf, auch wenn der Schmerz in ihrem Kopf sie kaum aufrecht sitzen lässt. Pasquale kommt ihr zu Hilfe, indem er den Arm um ihre Schultern legt, um sie zu stützen.

»Schwer zu sagen«, antwortet Nigellus mit einem Blick auf das Teleskop, das ein paar Schritte hinter ihm steht, und das Häufchen Sternenstaub, das nun dort liegt, wo Beatriz stand, bevor sie ohnmächtig wurde. »Ihr habt den Stern vom Himmel geholt und seid offensichtlich noch am Leben, mehr kann ich im Moment nicht sagen. Wir müssen uns wohl gedulden, bis der Funkelnde Diamant wieder am Himmel erscheint. Aber bevor Ihr heute geht, muss ich Euch eine Blutprobe entnehmen und die Werte der wichtigsten Organe überprüfen.«

Beatriz nickt und versucht aufzustehen, gestützt auf Pasquales Arm. Die Welt unter ihren Füßen gerät ins Wanken, und sie ist dankbar, dass er sie festhält, denn sonst würde sie gleich wieder zu Boden stürzen.

Als sie husten muss, reicht Nigellus ihr ein Taschentuch. Es brennt in ihrer Kehle und sticht in ihrer Brust, und schon bevor sie das Taschentuch wieder absetzt, weiß sie, was sie erwartet – aber dennoch ist es ein Anblick, bei dem sich ihr der Magen umdreht.

Tiefrote Flecken sprenkeln den strahlend weißen Stoff – es ist noch mehr Blut als beim letzten Mal.

Am Morgen nach ihrem Experiment wacht Beatriz mit Kopfschmerzen auf, obwohl Nigellus' Trank das Schlimmste verhindert zu haben scheint. Die Vorhänge sind fest zugezogen, um das Sonnenlicht draußen zu halten, und die Dienerschaft hat die Anweisung, sie nicht zu stören, es sei denn, im Palast würde ein Feuer ausbrechen. Gegen Mittag sind die Schmerzen jedoch abgeklungen, und Beatriz schafft es, aus dem Bett zu klettern und nach ihrer Zofe zu rufen, damit sie ihr beim Ankleiden hilft.

Als die Zofe ihr das Kleid am Rücken schnürt, räuspert sie sich.

»Prinz Pasquale hat darum gebeten, benachrichtigt zu werden, sobald es Euch besser geht, Eure Hoheit«, sagt sie.

Beatriz nickt, denn das hatte sie erwartet, und sie hat ihm viele Fragen zu stellen, obwohl sie schon jetzt fürchtet, dass ihr die Antworten nicht sonderlich gefallen werden. Sie muss noch in Nigellus' Laboratorium ohnmächtig geworden sein. Das Letzte, woran sie sich erinnert, ist, dass sie wieder Blut gehustet hat, heftiger als zuvor. Bestimmt macht Pasquale sich Sorgen, aber vielleicht – hoffentlich – hat er auch ein paar Antworten von Nigellus erhalten.

»Bitte serviere das Mittagessen heute in meinem Salon«, sagt sie mit einem matten Lächeln. »Zu mehr bin ich heute nicht in der Lage, fürchte ich.«

»Natürlich, Eure Hoheit«, erwidert die Zofe. Sie bindet die Bänder an Beatriz' Kleid zu einer ordentlichen Schleife und macht einen kleinen Knicks, bevor sie aus dem Zimmer eilt.

Wenige Augenblicke später öffnet sich die Tür erneut. Beatriz dreht sich um, in der Erwartung, Pasquale zu sehen, doch stattdessen steht Nigellus in ihrem Zimmer, in seinen üblichen schwarzen Umhang gehüllt und mit demselben düsteren Blick wie immer.

»Wie seid Ihr hier hereingekommen?«, fragt sie und weicht überrascht einen Schritt zurück.

»Ihr seid nicht die Einzige, die sich auf geheimen Wegen durch den Palast zu bewegen weiß«, sagt er.

Beatriz stößt einen langen Atemzug aus. »Und?«, fragt sie dann. Sie nimmt an, dass er die Blutproben, die er ihr letzte Nacht gewiss abgenommen hat, nachdem sie ohnmächtig geworden war, inzwischen ausgewertet hat. »Sterbe ich jetzt?«

Nigellus lässt sich Zeit mit seiner Antwort, aber gerade als Beatriz ihn anfahren will, endlich mit seiner sternenverfluchten Geheimnistuerei aufzuhören, spricht er mit erstaunlich weicher Stimme.

»Nicht heute«, sagt er.

»Was soll das heißen?« Beatriz hat Mühe, ihre Stimme ruhig klingen zu lassen.

»Magie hat immer ihren Preis, Prinzessin«, sagt er. »Eure Gabe tötet keine Sterne, aber sie tötet Euch – wenn auch nicht sofort. Ich müsste mehr Tests durchführen, um genauer sagen zu können, wie viel Euch jeder Wunsch an die Sterne kostet, aber ...«

»Aber je öfter ich meine Gabe einsetze, desto schneller werde ich sterben«, beendet Beatriz seinen Satz und kämpft darum, ihre Fassung zu bewahren, der nagenden Panik nicht nachzugeben und auch nicht der verzweifelten Hoffnung, dass er jeden Moment in Lachen ausbricht und ihr erklärt, dass er nur gescherzt hat, dass ihre Magie sie *natürlich nicht* umbringt. Aber sie bezweifelt, dass Nigellus jemals in seinem Leben einen Scherz gemacht hat – und er wird wohl kaum ausgerechnet jetzt damit anfangen.

Beatriz verschränkt die Arme vor der Brust. »Ist das jetzt der Moment, in dem Ihr anmerkt, Ihr hättet es mir ja gesagt?«

»Ich glaube nicht, dass ich das muss«, erwidert er. »Aber nun kennt Ihr die Wahrheit. Ich vertraue darauf, dass Ihr nicht so töricht sein werdet, weiterhin Magie wirken zu wollen.«

Beatriz öffnet den Mund, um zu sagen, dass sie das natürlich nicht tun wird, aber es kommen keine Worte heraus. Sie denkt über das nach, was sie sich bisher gewünscht hat – manches davon war sicherlich töricht, anderes jedoch nicht. Wenn sie die Zeit zurückdrehen könnte, würde sie mit dem Wissen, das sie jetzt hat, keine Wünsche mehr auf Nicolo oder eigennützige Sehnsüchte wie Heimweh verschwenden. Aber sie würde jederzeit einen Wunsch aussprechen, um ihr Leben und das von Pasquale zu retten, wie sie es in der Schwesternschaft getan hat. Und sie würde auch den Wunsch des gestrigen Abends wiederholen – Violies Mutter zu heilen –, auch wenn sie es in Zukunft vielleicht zuerst mit Sternenstaub versuchen würde, bevor sie diesen Schritt geht.

»Ich werde von nun an auf jeden Fall vorsichtiger sein«, sagt sie schließlich.

Nigellus' dunkle Augenbrauen schießen in die Höhe. »Heißt das, Ihr würdet Eure Magie auch weiterhin einsetzen, obwohl Ihr jetzt wisst, was sie anrichtet?«

»Das hängt ganz von den Umständen ab«, antwortet sie. »Aber ich bin froh, dass ich jetzt wenigstens weiß, welches Opfer ich dafür bringen muss. Danke, dass Ihr mir dabei geholfen habt, das herauszufinden.«

Nigellus blickt sie unverwandt an. »Ihr wart schon immer ein leichtsinniges Kind«, sagt er kopfschüttelnd.

Seine Worte versetzen ihr einen Stich. »Mag sein«, erwidert sie. »Doch eines Tages werde ich sterben – und wenn es nach meiner Mutter geht, kommt dieser Tag eher früher als später. Verzeiht mir, wenn ich keinen Wert darin sehe, jede Stunde eines Lebens festhalten zu wollen, das mir ohnehin nur mit Glück vergönnt ist. Ich werde meine Wünsche nicht mehr leichtfertig einsetzen, aber wenn es darum ginge, mich selbst zu retten oder Pasquale oder Daphne ...«

»Nein«, sagt Nigellus, und das Wort trifft sie hart wie eine Ohrfeige. »Das ist zu riskant.«

»Für mich«, stellt Beatriz klar. »Und dank Euch weiß ich jetzt, wie ich dieses Risiko einzuschätzen habe.«

»Und was, wenn nicht nur Euer eigenes Leben auf dem Spiel stünde?«, fragt er.

Beatriz blinzelt. »Wie meint Ihr das?«

Nigellus schüttelt den Kopf. »Ich habe mich mit anderen Himmelsdeutern beraten«, sagt er nach einem Moment.

»Über mich und meinen Fall?«, fragt sie erschrocken. »Nigellus, niemand darf von meiner Gabe erfahren. Meine Mutter hat überall Ohren ...«

»Das ist mir bewusst«, unterbricht er sie. »Aber diese Angelegenheit ist wichtiger, größer als die Macht Eurer Mutter.«

Allein der Gedanke ist lachhaft – nichts ist größer als die Macht ihrer Mutter.

»Ich habe eine Antwort erhalten«, fährt er schließlich fort. »Von einer Himmelsdeuterin mit der Gabe der Prophezeiung – sie glaubt, dass der Wunsch Eurer Mutter und Eure Gabe ein Zeichen der Sterne sind, als Omen eines Schicksals, das sie seit Jahrzehnten kommen sieht.«

»Und welches Schicksal soll das sein?«, fragt Beatriz.

Er hält ihrem Blick stand. Sie hat Nigellus wohl niemals anders als ernst, mürrisch oder missmutig gesehen, doch der Ausdruck, der jetzt auf seinem Gesicht steht, lässt sich nur mit Angst beschreiben. Es ist ein Anblick, bei dem auch sie die Furcht in sich hochsteigen spürt, auch wenn es das Letzte ist, was sie in diesem Moment will.

»Um den Wortlaut ihres Briefes zu zitieren: *Die Sterne werden sich verdunkeln*«, sagt er.

Beatriz dreht sich der Magen um, aber sie gibt sich alle Mühe, nicht zu zeigen, wie sehr seine Worte sie verunsichern. »Ich verstehe nicht, was das mit mir oder meiner Magie zu tun haben soll.«

»Der Prophezeiung zufolge seid Ihr, Prinzessin, diejenige, die diese Geschehnisse über uns bringt.«

Beatriz kann sich ein Lachen nicht verkneifen. »So geschmeichelt ich auch bin, diese Art von Macht angedichtet zu bekommen, so halte ich es doch für wahrscheinlicher, dass deine Himmelsdeuter-Freundin vielleicht einfach ein bisschen zu tief ins Glas geschaut hat.«

»Das ist kein Scherz«, fährt Nigellus sie an.

Beatriz weiß das. Die Tragweite dessen, was Nigellus ihr erzählt hat, lastet schwer auf ihr, eine schier unerträgliche Bürde. Wenn sie die Gedanken daran zulässt, ahnt sie, dass sie daran zerbrechen wird, also tut sie, was sie schon immer getan hat, wenn ihr jemand Probleme aufbürden wollte – sie zuckt mit den Schultern, um sie abzuschütteln.

»Was Ihr mir gerade eröffnet habt, ist ein abstraktes, langfristiges Problem«, stellt sie fest. »Und im Moment habe ich viel zu viele ganz konkrete Probleme direkt vor meiner Nase.«

Nigellus' blasses Gesicht wird ganz rot, und sie macht sich auf eine Schimpftirade gefasst, aber in diesem Moment klopft es an der Tür und Pasquale tritt ein. Sein Blick wandert zwischen Beatriz und Nigellus hin und her.

»Ist alles in Ordnung?«, fragt er.

Nein, denkt Beatriz. Die Magie der Sterne zerstört mich, und wenn eine mir unbekannte Himmelsdeuterin recht behält, werde ich den Sternen Gleiches mit Gleichem vergelten und im Gegenzug ihre Magie zerstören. Nichts ist in Ordnung.

»Ja«, sagt sie und schenkt ihm ein strahlendes Lächeln, das sich leer anfühlt. »Nigellus wollte gerade gehen.«

Nigellus hält ihren Blick fest, ein zorniges Blitzen in den Augen. »Euer Unterricht ist für heute beendet«, sagt er. »Aber glaubt bloß nicht, dass damit alles geklärt wäre.«

Beatriz antwortet nicht, sondern blickt Nigellus nach, der an Pasquale vorbei zur Tür rauscht und sie fest hinter sich schließt. Als er weg ist, sieht Pasquale sie an, die Sorge steht ihm ins Gesicht geschrieben.

»Ich nehme mal an, das bedeutet, er hatte keine guten Nachrichten«, sagt er.

Beatriz schluckt und überlegt kurz, wie viel sie ihm anvertrauen soll.

»Die Magie hat negative Auswirkungen auf mich«, sagt sie vorsichtig. »Nigellus vermutet, dass es schlimmer wird, je mehr Magie ich verwende, weshalb er der Meinung ist, ich solle ganz darauf verzichten. Ich glaube, es ist besser, wenn ich mir meine Wünsche zukünftig für Notfälle aufspare.«

Pasquales Augen weiten sich. »Ich glaube, in diesem Fall bin ich einmal einer Meinung mit Nigellus. Wenn dein Leben auf dem Spiel steht …«

»Wenn ich keine Magie eingesetzt hätte, um uns aus Cellaria herauszuholen, wären wir jetzt so gut wie tot«, unterbricht sie ihn. »Und wenn ich gestern keinen Sternenwunsch ausgesprochen hätte, wäre Violies Mutter …« Sie lässt den Satz in der Schwebe. »Wie geht es ihr?«

»Im Karmesinroten Blütenblatt herrschte Jubelstimmung, als ich dort eintraf«, antwortet er. »Es wird wie ein Wunder gefeiert, dass Avalise geheilt vom Sterbebett aufgestanden ist und sich nun blühender Gesundheit erfreut.«

Beatriz atmet tief aus. Eine Frau darf weiterleben, weil sie es sich gewünscht hat. Das Gefühl von Macht durchströmt ihre Adern, gefolgt von etwas anderem, etwas Warmem und Schönem. Es ist das erste Mal, dass sie ihre Kräfte selbstlos eingesetzt hat, um jemandem zu helfen, noch dazu einer völlig Fremden. Es mag sie etwas von ihrem Leben gekostet haben, aber sie hat einem anderen Menschen neues Leben geschenkt.

Und wenn Nigellus doch recht hat?, flüstert eine Stimme in ihrem Kopf. Was, wenn der Preis ein viel höherer ist?

Sie schiebt den Gedanken weg. Die Prophezeiung, von der Nigellus ihr erzählt hat, ist geradezu lächerlich, und Beatriz wird ihr nicht mehr Beachtung schenken, als sie verdient.

»Beatriz«, beginnt Pasquale, »was Nigellus dir gesagt hat …«

Beatriz unterbricht ihn mit einem Lächeln und tritt auf ihn zu, um seine Hände in ihre zu nehmen. »Ich verspreche es, Pasquale. Ich werde keine Magie mehr anwenden, es sei denn, es ist wirklich ein Notfall ohne anderen Ausweg.«

Pasquale sieht aus, als wolle er diese Worte nicht so stehen lassen, aber da werden sie durch ein weiteres Klopfen an der Tür unterbrochen, und schon kommt eine ganze Parade von Bediensteten herein, die sechs mit Hauben abgedeckte Teller und zwei Gläser Limonade auf dem kleinen Tisch verteilen.

»Wir nehmen stattdessen Wasser«, sagt Beatriz zu der Dienerin, die gerade die Gläser mit Limonade abstellt. Das junge Mädchen nickt und eilt davon, um neue Gläser und einen Keramikkrug zu bringen. Als Beatriz und Pasquale Platz genommen haben und die Dienerschaft sich zurückzieht, nimmt Pasquale wieder ihre Unterhaltung auf.

»Magst du keine Limonade?«, fragt er.

»O doch, ich liebe Limonade«, sagt sie und greift nach dem Krug, um Wasser in die Gläser zu gießen. »Aber mit der Bitterkeit von Säure lassen sich mehr Gifte verdecken, als ich zählen kann.«

Pasquale, der gerade sein Wasserglas an die Lippen gehoben hat, erstarrt mitten in der Bewegung und stellt es verunsichert wieder ab. »Haben wir ... ist das denn zu befürchten?«, fragt er alarmiert.

Beatriz ist versucht, ihn mit einer Lüge abzuspeisen, aber sie tut es nicht. »Wie es scheint, ist meine Mutter mir immer einen Schritt voraus«, sagt sie stattdessen. »Angesichts unseres Plans, sie zu vergiften, befürchte ich, dass sie längst ihrerseits den Entschluss gefasst hat, mich zu vergiften. Meine Vernunft hingegen sagt mir, dass dies nicht ihren Zielen dienen würde. Sie will, dass wir auf cellarischem Boden sterben, getötet durch cellarische Hände.«

Pasquale nickt und nimmt einen kleinen Schluck von seinem Wasser.

»Ihr seid euch ähnlicher, als du zugeben willst«, sagt er schließlich. Bevor Beatriz ihm vehement widersprechen kann, fährt er fort: »Ich meine das nicht als Beleidigung, Triz. Aber so, wie ich inzwischen deine Mutter kennengelernt habe, könnt ihr beide dickköpfig, listig und schonungslos hart sein. Das sind an sich keine schlechten Eigenschaften – es kommt darauf an, wie man sie einsetzt.«

Beatriz will noch immer protestieren. Sie verabscheut die Vorstellung, ihrer Mutter ähnlich zu sein, mehr als nur ihr Blut zu teilen – aber sie weiß selbst, dass sie dickköpfig, listig und schonungslos hart sein kann, und sie weiß auch, woher sie diese Eigenschaften hat.

»Ich hasse sie«, sagt sie nach einem Moment des Schweigens. Beatriz kann sich nicht an eine Zeit erinnern, in der sie ihre Mutter mochte. Schon als kleines Mädchen hat sie sich gegen alles aufgelehnt, was die Kaiserin sagte – aber es war ein langer Weg von kindlicher Rebellion zu offenem Hass.

Andererseits war der Weg vielleicht doch nicht so lang. Genau genommen war er exakt so lang wie der Weg, den das Fallbeil der Guillotine bis zu Sophronias Hals nahm. Seit diesem Moment gibt es kein Zurück mehr, das weiß sie. Keine mütterliche Liebe, die alles wiedergutmachen könnte, keine Blutsbande. Sie verbindet nur der Hass, und ja, vielleicht der ein oder andere geteilte Charakterzug, im Guten wie im Schlechten.

»Stell dir nur mal vor, was deine Mutter an deiner Stelle getan hätte«, sagt Pasquale sanft, als sie in Schweigen versinkt. »Wenn sie in der Lage gewesen wäre, eine Fremde retten zu können, indem sie sich selbst in Gefahr bringt? Wenn dabei nichts in ihrer Waagschale liegen würde, außer hartnäckige Schmerzen und ein näher rückender Tod? Ich kenne sie nicht gut, aber ich glaube nicht, dass sie vor diese Wahl gestellt auch nur einen Moment lang zögern würde. Du bist nicht wie sie – nicht in den Dingen, auf die es ankommt.«

Beatriz nickt und presst die Lippen aufeinander. Sie will jetzt nicht darüber reden, will nicht über ihre Mutter, ihre Magie oder ihren Tod nachdenken. Statt einer Antwort nimmt sie einen weiteren Schluck Wasser, um ihr Unbehagen zu verbergen. »Wie wurde es denn aufgenommen, dass Prinz Pasquale von Cellaria in ein Bordell kommt, um sich nach dem Befinden einer der Damen zu erkundigen?«, fragt sie dann, um das Thema zu wechseln.

Pasquales Wangen werden rot. »Niemand hat mir Avancen gemacht, falls du das meinst«, erwidert er. »Offenbar hat Ambrose Avalise und ihren Freundinnen so viel erzählt, wie er sich traute, und vermutlich haben sie sich den Rest zusammengereimt, als sie von seiner Verhaftung erfuhren.«

Beatriz runzelt die Stirn und greift über den Tisch hinweg nach einem der Schnittchen, die zu einem fragilen Turm angeordnet sind – es sind viel zu viele, als dass sie und Pasquale sie alle aufessen könnten.

»Ist es nicht riskant, wenn so viele Leute davon wissen?«, fragt sie.

Pasquale scheint seine nächsten Worte mit Bedacht zu wählen. »Ambrose ist gut darin, Menschen einzuordnen«, sagt er nach einem Moment. »Und ich hatte den Eindruck, dass Violie allen Frauen dort sehr am Herzen liegt. Die meisten von ihnen kennen sie seit ihrer Geburt, haben sie aufwachsen sehen und hatten Anteil an ihrer Erziehung. Als sie das letzte Mal von ihr hörten, war sie noch in Temarin. Umso dankbarer waren die Frauen, als Ambrose ihnen versicherte, dass sie wohlauf ist. Und jetzt, wo du Violies Mutter geheilt hast ...«

»Sie wissen doch gar nicht, dass ich das war«, wendet Beatriz ein.

Pasquale blickt sie einen Moment lang nachdenklich an. »Sie wissen nicht, *wie* du sie geheilt hast«, stellt er dann richtig. »Aber dass ich nur wenige Stunden nach der wundersamen Heilung auftauche und mich nach ihr erkundige ...«

»Eben, also hättest es genauso gut du selbst sein können.«

»Ich bin aus Cellaria«, erwidert er mit einem Schulterzucken. »Und Ambrose ebenso. Doch sie wissen von meiner Verbindung zu dir, und als ich mich heute verabschieden wollte, nahm mich die Madame zur Seite. Ihre genauen Worte waren: *Richtet Prinzessin Beatriz aus, dass das Karmesinrote Blütenblatt auf ihrer Seite steht.*«

Beatriz lässt sich das, was Pasquale ihr gesagt hat, durch den Kopf gehen.

»Ich weiß, es ist nicht der Rede wert«, sagt Pasquale, der Beatriz' Schweigen falsch deutet. »Aber sie werden uns nicht in den Rücken fallen, da bin ich mir sicher.«

»Nein, das glaube ich auch gar nicht.« Beatriz schüttelt den Kopf, wie um ihre Gedanken zu ordnen. »Doch du irrst dich – es ist sehr wohl der Rede wert.«

Pasquale runzelt die Stirn. »Wie meinst du das? Eine Handvoll Frauen ...«

»Eine Handvoll Kurtisanen«, korrigiert Beatriz. »Zu den Kunden des Karmesinroten Blütenblatts gehören die einflussreichsten Männer des Landes. Das ist nicht geringzuschätzen – es gibt uns ein Werkzeug an die Hand. Wir müssen nur herausfinden, wie wir es benutzen können.«

In dieser Nacht träumt Beatriz von Sternen, die sich verdunkeln, während der Nachthimmel um sie herum sich aufhellt, bis die Sterne sich in Blutstropfen verwandeln, die ein weißes Taschentuch besprenkeln, und Beatriz hustend aufwacht. Diesmal kommt jedoch kein Blut, und als ihr Husten nachlässt, wirft sie einen Blick auf die Uhr in der Ecke. Es ist fast drei Uhr morgens, aber sie ahnt, dass sie nicht so bald wieder in den Schlaf finden wird, also schlüpft sie aus dem Bett, hüllt sich in den Mantel ihrer Dienerin und schleicht sich auf Zehenspitzen aus ihren Gemächern. Ihre Füße finden wie von selbst den Weg zu den Kerkern bis vor Gisellas Zelle.

»Gemahlene Regenblumen«, sagt Gisella ohne Vorrede. Ihre dunkelbraunen Augen leuchten Beatriz im schwachen Licht entgegen, sie scheint auf sie gewartet zu haben.

»Wie bitte?«, fragt Beatriz.

»Regenblumen«, wiederholt Gisella. »Sie sind im Alder-Gebirge heimisch, aber ich glaube, es gibt sie auch anderswo ...«

»Ich weiß, was Regenblumen sind«, unterbricht sie Beatriz. »Und ja, ich kann sie als getrocknete Blüten besorgen. Aber mir war nicht bewusst, dass Regenblumen giftig sind.«

»Sind sie auch nicht«, sagt Gisella und streckt die Beine vor sich aus, bevor sie sich von ihrer Pritsche erhebt. »Allerdings habe ich gehört, dass das Pulver der getrockneten Blüten mit Sternenstaub vermischt als Gift wirken kann, wenn es in die Blutbahn gelangt. Ich habe es selbst natürlich nie ausprobiert, aber ich gehe mal davon aus, dass es für dich ein Leichtes sein dürfte, an Sternenstaub zu kommen.«

»An Sternenstaub, ja«, erwidert Beatriz. »Das Problem liegt eher darin, an den Blutkreislauf heranzukommen.« Sie kann sich nicht erinnern, ihre Mutter jemals bluten gesehen zu haben. Und sollte Beatriz jemals auf sie einstechen, wäre sie nicht überrascht, wenn sich die Klinge von selbst verbiegen würde, bevor sie es wagt, die Haut der Kaiserin zu durchbohren. »Ich habe dir doch gesagt, dass das Gift bei Berührung aufgenommen werden muss.«

»Da verlangst du Unmögliches. Aber der Ring, den du mir geliehen hast, als wir Lord Savelle zur Flucht verholfen haben – der mit dem Gift im Schmuck und der Nadel. So etwas könntest du doch benutzen«, schlägt Gisella vor.

Beatriz schnaubt. Was für eine Anmaßung von Gisella zu behaupten, sie hätte auch nur einen Anteil an der Rettung von Lord Savelle gehabt. »In der Sekunde, in der die Nadel die Haut des Opfers durchsticht, würde ich auffliegen«, wendet sie ein. »Außerdem, wenn ich den Giftring benutzen wollte, könnte ich auch einfach eines der geläufigeren Gifte verwenden und fertig. Das kann ich aber nicht, weshalb ich nach einem Mittel gefragt habe, das allein durch Berührung übertragen werden kann.«

Gisella schürzt die Lippen. »Wenn dein Opfer genug davon einatmet, könnte das Gift auch auf diesem Weg in seinen Blutkreislauf gelangen«, überlegt sie. »Auf diese Weise tritt der Tod nicht sofort ein, doch wenn dein Opfer das Mittel täglich einatmet, würde es schneller gehen als bei König Cesare. Benutzt die Person zum Beispiel einen Gesichtspuder oder etwas Ähnliches?«

Beatriz gibt ihr keine Antwort, aber in ihrem Kopf beginnt ein Plan Gestalt anzunehmen. Er bedeutet, dass ihre Mutter nicht vor ihren eigenen Augen sterben wird, aber Beatriz könnte nicht sagen, ob das ein Vor- oder ein Nachteil ist.

»Halte dich bereit, wenn die Zeit zum Aufbruch kommt«, sagt sie, ohne auf Gisellas Überlegungen einzugehen.

Gisella zieht eine Augenbraue hoch. »Es ist ja nicht so, als hätte ich schon etwas anderes vor«, bemerkt sie. »Ich nehme an, du wirst mir nichts Genaueres verraten?«

Anstatt zu antworten, dreht sich Beatriz auf dem Absatz um und lässt Gisella in ihrer Zelle zurück.

Beatriz

Weil sie keinen Verdacht erregen will, entscheidet sich Beatriz dagegen, einen Diener nach Regenblumen zu fragen. Stattdessen geht sie selbst in die Stadt, mit Pasquale an ihrer Seite und von vier Wachen eskortiert. Beatriz ist sich sicher, dass ihre Mutter von jedem ihrer Schritte erfahren wird – bestimmt sind mehr Spitzel auf sie angesetzt als die vier, die sie sieht –, aber sie ist entschlossen, nicht die kleinste berichtenswerte Auffälligkeit zu liefern. Sie und Pasquale sind ein königliches Paar, das mit einem Einkaufsbummel etwas Abwechslung in den Müßiggang des Palastlebens bringen will, nicht mehr und nicht weniger.

Beatriz hakt sich bei Pasquale unter, und gemeinsam flanieren sie die Hauptstraße von Hapantoile entlang, die auf beiden Seiten von makellos herausgeputzten Geschäften gesäumt ist, in denen man alles kaufen kann, was das Herz begehrt, von Schokolade über Parfüm bis hin zu kunstvollen Hutkreationen. Obwohl an diesem Tag reges Treiben herrscht, machen die Menschen einen großen Bogen um die beiden und verbeugen sich oder knicksen, wenn Beatriz und Pasquale vorübergehen. Beatriz zwingt sich, ein Lächeln aufzusetzen und jedem freundlich zuzunicken, auch wenn sie sich viel lieber mit einer Verkleidung und im Schutz der Dunkelheit aus dem Palast geschlichen hätte, wie sie es früher so oft getan hat.

Aber wer sich aus dem Palast schleichen muss, der hat etwas zu verbergen – und Beatriz macht sich keine Illusionen darüber, dass sie sich unbemerkt und ohne beschattet zu werden in die Stadt stehlen könnten, egal wie vorsichtig sie sein würden. Es ist also besser, sich vor aller Augen zu verstecken.

»Oh, Pas, du musst unbedingt die Schokolade von Renauld probieren«, sagt sie und zieht ihn mit einem strahlenden Lächeln in einen kleinen Laden, dessen Schaufenster elegante dunkelgrüne Schachteln zieren, in denen ein Sortiment von Pralinen in verschiedenen Farben und Formen ausgestellt ist, von denen jede einzelne fast zu schön zum Essen ist. Der Laden ist so klein, dass die Wachen gezwungen sind, draußen zu warten. Doch Beatriz geht davon aus, dass sie und Pasquale noch immer unter Beobachtung stehen, und Lippenlesen kann man auch durch Fensterscheiben. Sobald sie weg sind, wird vermutlich sofort jemand in den Laden gestürmt kommen und den armen Renauld ausfragen, was sie gekauft und was sie gesagt haben.

»Hallo, Renauld«, sagt sie und lächelt den Mann an, der diesen Laden führt, seit Beatriz ein kleines Kind war. Er hat eine korpulente Statur, kurz geschnittenes rotes Haar und freundliche Augen.

»Eure Hoheit.« Er verbeugt sich tief, doch als er sich wieder aufrichtet, runzelt er die Stirn. »Oder heißt es jetzt Eure Majestät?« Er blickt fragend zu Pasquale.

Offen gesagt kann ihm Beatriz da selbst keine Antwort geben. Seit sie und Pasquale hier in Hapantoile sind, werden sie mal mit dem einen, mal mit dem anderen Titel angesprochen. Sie wurden nie offiziell zum König und zur Königin von Cellaria gekrönt, doch da sie den Thron bald für sich beanspruchen sollen, dürfte das wohl eher nebensächlich sein.

Sie antwortet mit einem breiten Grinsen. »Habe ich dir nicht immer wieder gesagt, dass du mich einfach Beatriz nennen sollst?«, neckt sie ihn, auch wenn sie nur zu gut weiß, dass er das nie tun würde.

»Nun, welchen Titel Ihr auch tragen mögt, ich freue mich sehr darüber, Euch wieder in meinem Laden begrüßen zu dürfen«, sagt er herzlich, doch dann fügt er ernst hinzu: »Und es hat mir sehr leidgetan, zu erfahren, was mit Eurer Schwester geschehen ist.«

Beatriz' Brust zieht sich zusammen. Egal wie oft sie diese Worte in den vergangenen Wochen schon gehört hat, sie fühlen sich jedes Mal an wie ein Eimer kaltes Wasser, der über ihrem Kopf ausgegossen wird. Noch immer ist die Erinnerung daran, dass Sophronia wirklich tot ist, schmerzhaft.

»Danke«, bringt sie heraus, bevor sie rasch das Thema wechselt. »Mein Ehemann ist ganz verrückt nach Schokolade.« Sie drückt Pasquales Arm. »Ich habe ihm gesagt, dass er deine Kostbarkeiten unbedingt probieren muss. Und natürlich bin ich so egoistisch, dass ich auch meine eigene Schachtel haben möchte. Wir hätten gerne die größte, die du hast, gefüllt mit allem, was du empfehlen kannst«, verkündet sie.

»Selbstverständlich, Eure Majestät«, sagt Renauld, der mit der Wahl ihrer Anrede offensichtlich auf Nummer sicher gehen will.

Während er geschäftig die Pralinenschachteln bestückt, tut Beatriz so, als würde sie sich für ein Regal voller Fläschchen mit Schokoladenpulver interessieren. Dabei dreht sie ihren Körper so, dass die Wachen vor dem Fenster ihr Gesicht nicht sehen können.

»Sag jetzt nichts«, raunt sie Pasquale zu. »Und sieh mich nicht an. Schau aus dem Fenster, damit keiner da draußen mitbekommt, dass wir miteinander sprechen.«

Aus dem Augenwinkel sieht sie, dass Pasquale tut, was sie ihm sagt, auch wenn er bei ihren Worten leicht die Stirn runzelt.

»Und hör auf, die Stirn zu runzeln, sonst merken sie, dass etwas nicht stimmt«, fügt sie hinzu. »Es ist alles in Ordnung – jedenfalls nicht weniger als sonst auch. Aber ich bin mir sicher, dass sie uns beobachten und vielleicht sogar von unseren Lippen lesen.«

Pasquale sagt nichts, aber Beatriz spürt seine Verwirrung. »Lippenlesen ist eine Fähigkeit, die sich als ziemlich nützlich erweisen kann, auch wenn es zugegebenermaßen nie zu meinen Talenten gehört hat. Daphne allerdings ist ziemlich gut darin.«

Pasquale sagt immer noch nichts und Beatriz holt tief Luft. »Ich kann es nicht erklären, aber ich habe das Gefühl, dass sie jeden unserer Schritte genau beobachten – jeden *meiner* Schritte, um genau zu sein. Vielleicht denken sie sich nichts dabei, wenn wir einen kleinen Abstecher in den Blumenladen machen, aber ich will kein Risiko eingehen. Wenn ich sie ablenke, verschafft dir das den nötigen Freiraum, um die Regenblumen allein zu besorgen.«

»Du meinst ...«, beginnt Pasquale, bevor ihm wieder einfällt, dass er nicht sprechen soll. Hastig wandelt er die Worte in ein Husten um und hält sich eine Hand vor den Mund.

»Es ist ganz einfach – der Blumenladen ist nur zwei Türen weiter. Sag ihnen, dass du einen Strauß mit den Lieblingsblumen von Prinzessin Beatriz möchtest – sie werden wissen, was du meinst. Und dann bitte sie, ein paar Regenblumen hinzuzufügen. Behaupte einfach, dass ich in Cellaria eine besondere Vorliebe dafür hatte.«

Pasquale sagt immer noch nichts, und auch wenn sie nur vermuten kann, was ihm durch den Kopf geht, fährt sie mit beschwichtigenden Worten fort.

»Du wirst damit keinen Verdacht erregen«, sagt sie. »Meine Mutter unterschätzt dich, Pas. Und niemand wird sich darüber wundern, dass du deiner Ehefrau einen Strauß Blumen kaufst. Die Wachen werden dich nicht ständig im Blick haben, dafür sorge ich.«

Gemeinsam verlassen Beatriz und Pasquale das Geschäft. Pasquale trägt zwei smaragdgrüne, mit goldenen Bändern verschnürte Schachteln, die er einer der draußen postierten Wachen reicht. Beatriz schaut erst nach rechts, dann nach links, und versucht dabei so verdächtig wie möglich auszusehen. Mit einem strahlenden Lächeln wendet sie sich wieder an Pasquale.

»Ach je, Liebling, ich habe ganz vergessen, dass ich noch rasch eine Besorgung machen muss«, flötet sie und verleiht ihrer Stimme einen Hauch zu viel Fröhlichkeit. »Ich wollte noch bei der Hutmacherin vorbeischauen, um einen Hut für Daphne zu kaufen.«

»Zur Hutmacherin«, sagt Pasquale unsicher, aber bemüht darum, mitzuspielen. »Wo geht es lang?«

Beatriz schüttelt lachend den Kopf. »Es ist wirklich nicht nötig, dass du mich begleitest – ich brauche nicht lange, und du wirst dich dort nur furchtbar langweilen.«

»Es macht mir nichts aus, mitzukommen«, beharrt Pasquale, und für eine Sekunde befürchtet Beatriz, dass sie sich in Renaulds Laden nicht klar genug ausgedrückt hat und er die kurzfristige Planänderung nicht versteht, doch dann bemerkt sie das Funkeln in seinen Augen. Pasquale weiß genau, was er tut – wenn sie sich ihm erst widersetzen muss, werden die Wachen umso mehr denken, dass sie etwas im Schilde führt.

»Nein!«, ruft sie, etwas zu energisch, bevor sie ihren scharfen Tonfall mit einem süßen Lächeln mildert. »Nein, das ist wirklich nicht nötig, Pas. Wir sehen uns im Palast, sobald ich fertig bin.« Ohne seine Antwort abzuwarten, wendet sie sich zu den Wachen um.

»Ihr solltet bei meinem Ehemann bleiben«, sagt sie mit Blick auf die vier Soldaten. »Es ist gut möglich, dass König Nicolo Meuchelmörder auf ihn angesetzt hat, jetzt, da er weiß, dass wir seine Schwester als Geisel haben.«

Ihr ist klar, dass die Wachen sie auf keinen Fall allein losziehen lassen werden, aber diese Bitte wird sie noch misstrauischer machen.

»Wir haben die strikte Anweisung, Euch beide zu begleiten«, wendet Alban ein, der Anführer der Eskorte, und lässt Beatriz nicht aus den Augen. Zufrieden registriert sie die gesunde Portion Misstrauen in seinem Blick.

Beatriz tut so, als würde sie sich über seine Antwort ärgern. »Na schön«, sagt sie nach einem Moment. »Auch wenn ich nicht wüsste, wer mir ausgerechnet bei einer Hutmacherin auflauern sollte. Zwei von euch kommen mit mir, die anderen beiden begleiten meinen Ehemann.«

Alban öffnet den Mund, um zu widersprechen, aber Beatriz lässt ihn gar nicht so weit kommen. »Komm schon, Alban – du und deine Männer scheint sehr fähige Soldaten zu sein, da dürfte es doch keine allzu große Herausforderung sein, einen kleinen Abstecher zur Hutmacherin mit zwei Wachen zu bewältigen – und Pas geht ohnehin nur zum Palast zurück. Es sei denn, das übersteigt eure Fähigkeiten ...«

»Nein, das tut es nicht«, versichert Alban, etwas zu schnell. Er zögert einen Moment, sein Blick huscht zwischen Beatriz und Pasquale hin und her, und Beatriz kann fast sehen, wie sich in seinem Kopf die Rädchen drehen. »Torrence, du eskortierst Prinz Pasquale zurück zum Palast, wir anderen begleiten Prinzessin Beatriz.« Als sie die Augenbrauen hochzieht, schüttelt er entschieden den Kopf.

»Der Prinz wird in Hapantoile nicht so leicht erkannt wie Ihr«, stellt er klar. Damit mag er sogar recht haben, aber Beatriz hatte in dieser Stadt noch nie Sorge um ihre Sicherheit, auch nicht damals, als sie die Wachen hin und wieder abschüttelte, um ganz allein unterwegs zu sein. Die Tatsache, dass Alban sie offenbar als ernst zu nehmende Bedrohung einschätzt, macht sie ein wenig stolz. Trotzdem setzt sie eine missmutige Miene auf.

»Ist das wirklich nötig?«, beschwert sie sich.

Alban nickt. »Es sei denn, Ihr möchtet lieber, dass wir Euch alle zur Hutmacherin begleiten …«

»Nein«, wehrt Beatriz ab. »Drei von euch sind mehr als genug.« Sie wendet sich wieder Pasquale zu, haucht ihm einen Kuss auf die Wange und drückt beruhigend seine Hand. »Wir sehen uns dann im Palast.«

Pasquale ist ein bisschen blass um die Nase, aber er nickt und schenkt ihr ein kleines Lächeln, bevor sie getrennter Wege gehen.

Beatriz hat viel Spaß dabei, die Wachen durch die Gegend zu dirigieren. Zuerst entscheidet sie bei der Hutmacherin, dass Daphne wohl doch keinen Hut wollen wird, da die meisten modischen Kopfbedeckungen sich in dem für sein stürmisches Wetter bekannten Friv vermutlich als ziemlich unpraktisch erweisen würden, aber sie kauft drei für sich selbst und versichert der Besitzerin des Geschäfts, Madame Privé, dass es nicht nötig ist, sie in den Palast liefern zu lassen, weil ihre Wachen sie tragen können. Als Nächstes schleppt sie die Soldaten in eine Buchhandlung, wo sie in aller Ruhe die Regale durchstöbert und dem Verkäufer schöne Augen macht, um schließlich einen Schwung Bücher für Pasquale zu kaufen, den die Wachen auf die Stapel in ihren Armen türmen. Dann geht es weiter in die Parfümerie, wo die Ladenbesitzerin ihr erlaubt, einen eigenen Duft für Daphne anzumischen. Als die Parfümeurin sie durch den Laden führt und ihr verschiedene Düfte vorstellt, kommt Beatriz eine Idee. Zu den Geheimsprachen, die sie und ihre Schwestern von klein auf gelernt haben, gehört auch die Sprache der Blumen. Mit Blüten lassen sich ganz unterschiedliche Botschaften vermitteln, und auch wenn der feine Unterschied zwischen einer rosafarbenen Rose, die für Glück steht, und einer dunkelroten Rose, die Trauer versinnbildlicht, sich wohl kaum aus den Duftnoten eines Parfüms herauslesen lässt, gibt es genug andere Blumen, durch die sie Daphne eine schlichte Nachricht übermitteln kann.

Während sie durch den Laden schlendert, überlegt sie, welche Botschaft sie ihrer Schwester schicken will, und einen Moment lang ist sie ratlos.

Dann wählt sie ein kleines Fläschchen mit Ringelblumen für Trauer aus und stellt es auf den Tresen.

Als Nächstes greift sie nach Rhododendron, dem Zeichen für Gefahr, obwohl sie bezweifelt, dass Daphne dieser Warnung mehr Gehör schenken wird als all den anderen, die sie ihr bereits geschickt hat.

Nach reiflicher Überlegung wählt sie zuletzt ein Fläschchen mit Schafgarbe und stellt es neben die beiden anderen. Die Parfümeurin runzelt die Stirn.

»Seid Ihr sicher, Eure Hoheit?«, fragt sie. »Diese Duftnoten gehören nicht zu den gängigen Kombinationen. Vielleicht ein paar Nesseln zu der Schafgarbe? Oder Vanille zu Rhododendron? Auch aus Ringelblumen mit Zitrusfrüchten ließe sich eine etwas ausgewogenere Mischung kreieren?«

Beatriz tut so, als würde sie über die Vorschläge nachdenken. »Nein danke«, sagt sie dann. »Ich glaube, meine Schwester verdient ein Parfüm, wie es noch nie jemand hatte – einen Duft, der so einzigartig ist wie sie.«

Die Parfümeurin zögert noch eine Sekunde, nickt dann aber

und nimmt die Fläschchen entgegen. Beatriz folgt ihr zu ihrem Arbeitstisch und sieht zu, wie sie ein paar Tropfen jedes Duftes in ein bernsteinfarbenes Kristallfläschchen gibt. Dann schraubt sie den Deckel mit einem korallenroten Zerstäuber zu.

»Möchtet Ihr eine Probe davon, bevor ich es einpacke?«, fragt sie.

Beatriz nickt, und die Ladenbesitzerin drückt auf den Zerstäuber, der eine Parfümwolke in den Raum entlässt. Beatriz beugt sich vor und atmet ein.

Es ist kein Duft, den sie selbst tragen würde, und auch Daphne würde ein etwas feiner abgestimmtes Parfüm bevorzugen, aber der Geruch ist unaufdringlich. Auf jeden Fall nicht auffällig genug, um Verdacht zu erregen.

»Es ist perfekt – Daphne wird es lieben«, sagt sie der Parfümeurin. »Ich bin sicher, dass es sie an all die schönen Tage erinnern wird, die wir im Garten meiner Mutter verbracht haben. Darf ich darum bitten, dass es direkt nach Friv geschickt wird?«

Nachdem sie die Parfümerie verlassen haben, kehrt Beatriz in den Palast zurück – zur Verwirrung ihrer Wachen, deren Ratlosigkeit sie auf dem Rückweg geradezu spüren kann. Als sie endlich ihre Gemächer erreicht und die Tür hinter sich ins Schloss zieht, wartet Pasquale bereits auf sie, auf dem gepolsterten Sofa und mit einem Blumenstrauß auf den Knien. Bei ihrem Anblick springt er sofort auf.

»Gab es Probleme?«, fragt sie.

Er schüttelt den Kopf und hält ihr die Blumen hin. Es ist eine bunte Mischung ihrer Lieblingsblumen – Hortensien, Orchideen und Nieswurz –, aber sie erkennt auch fünf Stängel getrockneter Regenblumen darin.

»Ich fand es eigentlich ganz amüsant«, gibt er etwas kleinlaut zu. »All die Heimlichtuerei und das Versteckspiel.«

Beatriz lacht und zieht eine der Regenblumen aus dem Strauß. Sie mustert Stiel und Blüte genau, bevor sie wieder zu Pasquale schaut.

»Hast du schon einmal davon gehört, dass Regenblumen giftig sind?«, fragt sie mit einem plötzlichen Anflug von Misstrauen. Nach allem, was zwischen ihr und Gisella vorgefallen ist, wäre sie eine Närrin, wenn sie Nicolos Schwester einfach beim Wort nähme.

Pasquale schüttelt den Kopf. »Aber ich habe die Frau im Blumenladen gefragt – natürlich so, dass es keinen Verdacht erregt«, fügt er schnell hinzu, als er ihren entsetzten Blick sieht. »Ich habe ihr einfach gesagt, dass es in Cellaria ein altes Ammenmärchen über Regenblumen gibt und ich meiner Frau nicht aus Versehen Blumen schenken möchte, die ihr schaden könnten.«

Beatriz atmet auf, zumindest ein wenig. »Und, was hat sie gesagt?«, fragt sie.

»Sie meinte, ich solle mir keine Sorgen machen – Regenblumen seien nur dann giftig, wenn ihre Essenz in großen Mengen in den Blutkreislauf gelangen würde. Und das, so sagte sie, sei unmöglich.«

»Also hat Gisella recht: Der Sternenstaub dient dazu, das natürliche Gift der Regenblumen zu verstärken und das Mittel wirksamer zu machen«, stellt Beatriz fest. Nachdenklich dreht sie den Stiel der Regenblume in ihren Händen. Sie hat, was sie braucht – jetzt muss sie die Blumen nur noch zermahlen und eine kleine Prise in den Gesichtspuder ihrer Mutter mischen. Bei dem Gedanken daran wird ihr schlecht, wenn auch nur flüchtig. Sie glaubt nicht, dass sie der Kaiserin auch nur eine Träne nachweinen wird – nicht, nachdem sie erfahren hat, dass sie hinter Sophronias Tod steckt –, aber es ist immer noch ihre Mutter.

Es führt kein Weg daran vorbei, denkt sie. Und da es niemand sonst tun wird, liegt es jetzt an ihr.

Daphne

Als Daphne und die anderen wieder auf Schloss Eldevale ankommen, herrscht dort Chaos.

»Jemand hat letzte Nacht versucht, Lady Eunice zu ermorden«, erklärt ihr der Stallmeister, während er und eine Handvoll Stallburschen sich um die Pferde kümmern. Bei dem Wort *versucht* hat Daphne Mühe, ihre Enttäuschung zu verbergen. Offensichtlich hat sie Violies Talente überschätzt. Sie ist so sehr damit beschäftigt, darüber nachzudenken, wie sie die Tat richtig ausführen kann, dass sie die nächsten Worte des Stallmeisters fast überhört. »Die Übeltäterin wurde zum Glück gefasst, und Lady Eunice wird sich voraussichtlich erholen, aber ihre Zofe hatte nicht so viel Glück. Das hat heute alle in ziemliche Aufregung versetzt.«

»Verständlicherweise«, bringt Daphne heraus. Sie hofft, dass man ihr den Aufruhr ihrer Gefühle nicht ansieht, aber sobald der Stallmeister weg ist, hält Bairre sie am Ellbogen fest und führt sie von den anderen weg.

»Daphne, was hast du getan?«, fragt er, und trotz seines schroffen Tonfalls ist sie fast froh, dass er überhaupt mit ihr redet. Seit ihrem Gespräch im Gasthaus am Abend zuvor hat er kein einziges Wort mehr an sie gerichtet.

»Nichts«, sagt Daphne, und das stimmt ja auch. Sie hat nichts getan, abgesehen davon, dass sie Violie auf Eugenia angesetzt hat. Bevor sie weitere Erklärungen abgeben kann, kommt Leopold auf sie zu.

»Jemand hat versucht, meine Mutter zu töten?« Er klingt nicht im Geringsten verstört.

Daphne blickt zwischen den beiden hin und her. »Ich ... ich habe Sternenstaub benutzt, um mit Violie Kontakt aufzunehmen. Ich habe ihr gegenüber erwähnt, dass es für sie von Vorteil sein könnte, sich selbst um Eugenia zu kümmern, wenn sie sich erst einmal davon überzeugt hätte, dass deine Brüder in Rufus' Obhut in Sicherheit sind.«

»Du hast was?«, fragt Bairre.

Daphne atmet aus. »Ich weiß, dass ich für viele Sünden geradezustehen habe, Bairre, aber Eugenias Ermordung zu arrangieren, gehört nicht dazu. Sag es ihm, Leopold.«

Leopold sieht Bairre an. »Da liegt sie nicht ganz falsch«, sagt er. »Die Sterne werden sich nicht verdunkeln, wenn das Leben meiner Mutter endet. Aber du darfst nicht zulassen, dass Violie den Preis dafür bezahlt.«

Daphne spürt, wie das kalte Grauen in ihr hochsteigt, und sie weiß, dass Leopold recht hat. Daphne hätte die Sache selbst in die Hand nehmen sollen, auch wenn es ihre Mutter verärgert hätte, auch wenn es Daphnes Abkehr von ihr offenbart hätte. *Du musst jetzt auch mutig sein, Daphne*, hört sie Sophronia sagen.

»Nein, das werde ich nicht zulassen«, versichert Daphne Leopold. »Aber wir müssen jetzt genau überlegen, wie wir vorgehen. Der Grund, warum ich Violie die Angelegenheit überlassen habe, war, dass meine Mutter nicht wissen darf, dass sich meine Haltung geändert hat. Wenn sie davon erfährt, können wir uns gleich auf einen Krieg vorbereiten.«

Ihr Blick verweilt auf Bairre. In einer idealen Welt hätte sie ihm Zeit gegeben, sich über seine Gefühle und seinen eigenen Standpunkt klar zu werden, und um alles zu verarbeiten, was sie ihm gesagt hat, aber Zeit ist ein Luxus, den sie nicht mehr haben.

Bairre hält ihrem Blick einen Moment lang stand, dann nickt er knapp.

»Tu, was getan werden muss«, sagt er steif.

Es ist nicht das Verständnis oder die Vergebung, die Daphne sich erhofft hat, aber für den Anfang ist es genug.

Daphne sucht König Bartholomew in seinem Arbeitszimmer auf, wo er mit zwei Beratern spricht, die sie kennt – Clionas Vater, Lord Panlington, und Lord Yates. Sie scheinen in ein sehr ernstes Gespräch vertieft zu sein. Als sie den Raum betritt, blicken die drei Männer erstaunt auf. Der König erholt sich als Erster von seiner Überraschung und erhebt sich, woraufhin seine beiden Berater eilig seinem Beispiel folgen und sich höflich verbeugen.

»Daphne«, begrüßt Bartholomew sie. »Ich wusste nicht, dass ihr schon von eurer Reise zurückgekehrt seid.«

»Wir sind auch gerade erst angekommen«, erklärt Daphne mit einem Lächeln, von dem sie hofft, dass es ihre Angst überstrahlt. »Aber Bairre und ich wollten, dass Ihr der Erste seid, der die guten Neuigkeiten hört.«

König Bartholomew zieht die Augenbrauen hoch. »Gute Neuigkeiten?«

Daphne wirft einen Seitenblick auf Panlington und Yates, die sie beide mit unverhüllter Neugierde beobachten, und sagt dann mit gedämpfter Stimme zu König Bartholomew: »Vielleicht sollten wir das Gespräch unter vier Augen fortsetzen ...«

»Natürlich«, stimmt er ihr zu und entlässt seine Berater mit einer knappen Geste. Als diese das Zimmer verlassen haben und König Bartholomew und Daphne allein sind, lächelt sie ihn an.

»Wir konnten Gideon und Reid ausfindig machen«, verkündet sie. »Sie sind am Leben und wohlauf.«

»Das ist tatsächlich eine gute Nachricht«, sagt König Bartholomew und fährt sich mit der Hand durch sein kurz geschnittenes graues Haar. »Wo sind sie jetzt?«

»Sie sind auf dem Weg zu einem sicheren Aufenthaltsort«, antwortet Daphne. Als sie König Bartholomews verwirrten Blick sieht, schiebt sie eine Erklärung nach. »Wir sind übereingekommen, dass die beiden woanders besser aufgehoben sind als im Schloss – ihre Mutter wird mir da sicher zustimmen. Wir haben einen Verbündeten ihrer Familie ausfindig machen können, der bereit ist, sie aufzunehmen. Eugenia ist ebenfalls willkommen«, fügt sie hinzu, eine Lüge, die einigermaßen glaubhaft ist. Dass Gideon und Reid auf dem Weg zu einem Verbündeten ihrer Familie sind, ist die einzige Information, die Leopold preisgegeben hat, und sie hofft, dass dies dem König genügt.

König Bartholomew stößt einen Seufzer aus und lässt sich in seinen Stuhl zurücksinken. »Ich wünschte zwar, ich wäre in dieser Angelegenheit um Rat gefragt worden, aber ich denke, ihr beide habt die richtige Entscheidung getroffen«, sagt er. »Ich glaube nicht, dass die Jungen oder ihre Mutter unter meinem Dach sicher sind.«

Daphne zeigt sich zunächst verwirrt und gibt dann vor, die richtigen Schlüsse aus seinen Worten zu ziehen. »Bei meiner Ankunft habe ich gehört, dass jemand vergiftet worden ist«, sagt sie langsam. »Ihr wollt doch nicht etwa andeuten, dass es sich dabei um Eugenia handelt?«

»Ich fürchte, genau so ist es«, bestätigt König Bartholomew.

»Ist sie ...?«, beginnt Daphne und lässt den Rest der Frage unausgesprochen. Sie weiß, dass Eugenia nicht tot ist, jetzt muss sie nur noch herausfinden, wie schwer verletzt sie ist. Das Gift, das

Violie verwenden sollte, ist stark, wenn es aus nächster Nähe verabreicht wird, aber selbst in kleineren Dosen kann es lang anhaltende Beschwerden verursachen – Muskellähmung, Blutungen im Gehirn, Krampfanfälle.

»Der Arzt meint, sie wird es überleben«, sagt Bartholomew. »Aber sie hat eine lange Genesungszeit vor sich. Ihr Dienstmädchen hatte allerdings nicht so viel Glück wie sie.«

Daphne beißt sich auf die Lippe, blickt weg, runzelt die Stirn – zeigt sich fassungslos. »Ich verstehe einfach nicht, warum jemand so etwas tun sollte.«

»Die Attentäterin trug bei dem Anschlag mit dem Pulver ebenfalls Vergiftungen davon. Sobald sie aufwacht, werde ich dafür sorgen, dass ich Antworten von ihr bekomme«, berichtet er.

Daphne zögert. Wenigstens ist Violie noch am Leben. Aber wenn sie vergiftet wurde, könnte sie mit denselben Spätfolgen zu kämpfen haben wie Eugenia. Außerdem weiß Daphne, dass die Frivianer keine Skrupel haben, Geständnisse unter Folter zu erzwingen – sie wurde auch gegen diejenigen eingesetzt, die bei den Attentatsversuchen auf Daphne ihre Hände mit im Spiel hatten. König Bartholomew deutet ihre sorgenvolle Miene falsch.

»Wir haben keinen Grund zu der Annahme, dass das Mädchen Mittäter hatte«, versichert er. »Du musst also im Schloss keine Angst haben.«

»Oh, das beruhigt mich«, erwidert Daphne, um nach kurzem Zögern eine Frage hinterherzuschieben. »Wie sicher seid Ihr Euch, dass sie die Täterin war und auf eigene Faust gehandelt hat? Ich kann mir nur schwer vorstellen, wie dieses Mädchen ganz allein einen Anschlag auf eine Königinmutter verübt haben soll. Vielleicht war es jemand anderes und sie war nur zur falschen Zeit am falschen Ort?«

Es ist weit hergeholt, aber Daphne hat schon aus viel weniger stichhaltigen Einwänden überzeugende Argumente konstruiert.

König Bartholomew runzelt die Stirn. »In Anbetracht der Umstände fällt es mir schwer, das zu glauben«, erwidert er. »Aber natürlich wird sie einen Prozess bekommen, in dem sie sich verteidigen kann, und wir werden alle Beweise sorgfältig prüfen, bevor wir eine Entscheidung treffen.«

»Natürlich«, sagt Daphne. »Und wann wird der stattfinden?«

»Das hängt weitgehend von ihrer Genesung ab«, antwortet er. »Aber ich möchte, dass diese Angelegenheit so schnell wie möglich geklärt wird.«

»Ich denke, das wollen wir alle«, sagt Daphne. Sie beschließt, sich noch etwas weiter vorzuwagen. »Vielleicht sollte ich mit der Attentäterin sprechen. Womöglich ist sie diejenige, die es auch auf mich abgesehen hat. Wenn ja, hätte ich gerne die Gelegenheit, sie selbst zu befragen. Damit würde ich sie überrumpeln und ihr vielleicht Antworten entlocken, die wir sonst nicht so schnell bekommen werden.«

König Bartholomew schüttelt den Kopf. »Sosehr ich deinen Mut bewundere, ich kann das nicht zulassen. Die Attentäterin ist zwar in deinem Alter, aber sie hat sich als gefährlich erwiesen, und es wäre ein Fehler, sie zu unterschätzen.«

Daphne möchte widersprechen, beißt sich aber auf die Zunge und macht stattdessen einen kleinen Knicks. »Natürlich, Eure Majestät. Bitte haltet mich auf dem Laufenden, sowohl über Eugenias Genesung als auch über den Prozess gegen die Attentäterin.«

»Das werde ich, Daphne«, sagt König Bartholomew und neigt seinen Kopf zu ihr. »In der Zwischenzeit solltest du dich etwas ausruhen, ich bin sicher, die Reise war sehr anstrengend.«

Daphne weiß, dass sie sich in nächster Zeit kaum ausruhen

wird, aber sie nickt und wendet sich zum Gehen. An der Tür hält sie inne und blickt zu König Bartholomew zurück.

»Es war eine schöne Zeremonie für Cillian«, bemerkt sie. »Bairre hat eine wunderbare Rede gehalten und die Nordlichter waren ein herrlicher Anblick.«

König Bartholomew blickt wieder auf und lächelt traurig. »Das freut mich«, sagt er. »Es tut mir leid, dass ich nicht selbst dabei sein konnte, aber ich hoffe, er hat meine Anteilnahme trotzdem gespürt.«

Daphne nickt ihm ein letztes Mal zu, bevor sie ihn in seinem Arbeitszimmer allein lässt.

Daphne hat gerade ihr Bad beendet und zieht sich ihren Morgenmantel an, als es an der Tür klopft.

»Herein«, ruft sie und bindet sich die Schärpe um die Taille. Sie nimmt an, dass es ihre Zofe ist, aber die Tür geht auf und Bairre steht vor ihr. »Oh«, ruft sie erstaunt und verschränkt die Arme vor der Brust. Im nächsten Moment tadelt sie sich selbst für ihre Reaktion. Immerhin ist sie vollständig bekleidet, und Bairre hat sie schon in einem Nachthemd gesehen, das deutlich mehr Haut gezeigt hat. Trotzdem errötet er bei ihrem Anblick, während er die Tür hinter sich schließt.

»Entschuldige«, sagt er, ohne sie richtig anzusehen. »Aber es ist dringend.«

Bairre hat sich ganz offensichtlich nicht die Zeit genommen, zu baden, aber er hat sich zumindest das Gesicht gewaschen und seine Reitkleidung gewechselt.

»Hast du in Erfahrung gebracht, ob es tatsächlich Violie ist, die verhaftet wurde?«, fragt sie, und ihr wird flau, noch ehe sie seine Antwort hört.

»Sie ist es«, bestätigt Bairre. »Was hat mein Vater gesagt?«

Daphne berichtet ihm von dem Gespräch, das sie mit dem König geführt hat, und Bairre nickt, die Stirn nachdenklich gerunzelt.

»Das passt zu dem, was ich gehört habe«, gibt er zu. »Eugenias Schrei hat ihre Zofe alarmiert, die daraufhin herbeigeeilt kam und Violie überraschte, die wiederum vor Schreck das Pulver fallen ließ. Eugenia und Violie haben nur kleinere Dosen abbekommen, aber das Dienstmädchen war fast sofort tot.«

Daphne überlegt, ob sie sich bemühen sollte, der unbekannten Frau gegenüber Reue zu empfinden, aber dafür ist jetzt keine Zeit.

»Weitere Beweise gibt es nicht?«, fragt sie stattdessen.

Bairre schüttelt den Kopf. »Sie wurde in Eugenias Schlafgemach entdeckt, nachdem von dort ein lauter Schrei zu hören war. Am Tatort stieß man auf drei Frauen: Violie, Eugenia und die tote Zofe. Das sind alle Beweise, aber es ist mehr als genug.«

»Nur wenn Eugenia in der Lage ist, Violie zu identifizieren«, gibt Daphne zu bedenken.

»Das muss sie gar nicht mehr«, entgegnet Bairre. »Unmittelbar nach dem Eintreffen der Wachen hat Eugenia auf Violie hingewiesen. Zu diesem Zeitpunkt konnte sie schon nicht mehr sprechen, aber die Wachen sagen, ihre Geste sei eindeutig gewesen.«

Daphnes Gedanken kreisen. »Wurde bereits ein Termin für den Prozess festgelegt?«

»Übermorgen«, antwortet Bairre. »Der Arzt sagt, wenn Violie bis dahin nicht aufgewacht ist, wird sie das Bewusstsein nicht wiedererlangen.«

Daphne will diesen Gedanken gar nicht erst zulassen. »Violie kann sagen, dass es die Zofe war«, schlägt sie stattdessen vor. »Dass sie zufällig vorbeigekommen ist und dann Eugenias Schrei hörte.«

Bairre macht ein betretenes Gesicht.

»Was denn?«, fragt Daphne beklommen.

»Es gibt eine weitere Zeugin«, berichtet er. »Die Köchin, für die Violie gearbeitet hat, behauptet, dass Violie – oder Vera, wie sie sich nennt – auf Eugenia fixiert war. Sie erzählte etwas von einem Drohkuchen?«

Daphne blinzelt verwirrt und versucht, sich vorzustellen, was genau ein Drohkuchen ist, aber es gelingt ihr nicht.

Bairre fährt mit seiner Erklärung fort. »Mittlerweile macht eine Geschichte die Runde, wonach es sich bei Violie um eine wütende temarinische Rebellin handelt, die Eugenia nach Friv gefolgt ist und seit Wochen auf Rache sinnt.«

»Das ist nicht die Wahrheit, aber auch nicht so weit davon entfernt.« Daphne lässt sich auf ihr Bett sinken. »Ich muss mit ihr sprechen. Mit Violie, meine ich.«

»Da ist noch etwas«, sagt Bairre zögernd. »Angeblich ist sie sogar für die Anschläge auf dich und für die Bombenexplosion auf unserer Hochzeitsfeier verantwortlich.«

»Wer behauptet das?«

Bairre antwortet nicht sofort. »Ich habe das Gerücht bis zu Lord Panlington zurückverfolgen können«, gibt er schließlich zu.

Daphne starrt ihn an. »Die Rebellen benutzen sie als Sündenbock.«

»Offenbar haben sie die negativen Auswirkungen der Bombe unterschätzt«, sagt er langsam.

Daphne kann sich ein spöttisches Schnauben nicht verkneifen. »Welche Auswirkungen denn? Doch nicht etwa, dass Fergal tot ist? Ich wusste gar nicht, dass er so beliebt war.«

»Das war er nicht«, erwidert Bairre. »Du hingegen schon.«

Daphne braucht einen Moment, um zu verstehen, was er meint. »Ich?«, fragt sie verblüfft.

»Die Geschichte hat sich inzwischen in ganz Friv herumgesprochen, verbreitet von den einfachen Leuten und den Gutsherren, die zur Hochzeit-die-nicht-war, wie sie allgemein genannt wird, gekommen sind. Anscheinend spricht jeder von der fremden Prinzessin, die nicht, wie erwartet, beim ersten Sturmwind die Nerven verlor und sogar drei Attentate überlebte – vier, wenn man die Hochzeit mitzählt, was die meisten tun – und die niemals klein beigab, die eine hervorragende Reiterin und ausgezeichnete Bogenschützin ist und dabei sogar viele Frivianer in den Schatten stellt. Und das war noch, bevor du darauf bestanden hast, mitten im Winter quer durch Friv zu reisen, um an den Begräbnisriten für den Verlobten teilzunehmen, den du nie kennengelernt hast. Selbst in den wenigen Stunden, seit ich zurück bin, habe ich haarsträubende Geschichten gehört: von Hirschen in den Wäldern, die sich vor dir als ihrer Königin verbeugen, davon, wie du mit deinem Pferd auf unserer Reise zum Olveen-See eine Spur von Narzissen hinter dir zurückgelassen hast und wie du bei der Überquerung des Flusses an der Grenze zu Friv völlig nackt gewesen bist, damit nichts zwischen dich und dein Land kommt.«

Daphne muss laut auflachen. »Tja, das ist nun wirklich eine Lüge.« Sie erinnert sich daran, wie kalt und elend sie sich an diesem Tag gefühlt hat. In Wahrheit hat sie sich damals *mehr* Kleidung gewünscht. Bairre stimmt nicht in ihr Lachen ein.

»Es ist keine Lüge. Es ist ein Mythos«, stellt er klar.

Ein Mythos, den sie um mich herum aufbauen, denkt Daphne. Sie versucht, es zu verstehen, aber es gelingt ihr nicht.

Als sie nichts sagt, setzt Bairre seinen Bericht fort.

»Hätten die Rebellen gleich nach deiner Ankunft eine Bombe auf unserer Hochzeit gezündet, wären sie bejubelt worden und die Leute hätten gefeiert, Daphne. Vielleicht sogar besonders, wenn du dabei getötet worden wärst. Niemand wollte dich hier haben – das weißt du so gut wie jeder andere. Aber jetzt …«

»Jetzt bin ich eine Volksheldin und die Rebellen sind die Schurken«, beendet Daphne den Satz für ihn.

»Das ist nicht das Bild, das sie vermitteln wollen«, gibt er zu.

»Nein, das ist es sicher nicht.« Daphne wirft einen Blick auf die Zimmeruhr – es ist spät, fast Mitternacht. »Heute Abend können wir nichts mehr tun, Bairre. Aber morgen werde ich ein Gespräch mit Lord Panlington führen, was längst überfällig ist.«

Bairre gefällt dieser Gedanke nicht, das erkennt sie daran, wie sein Stirnrunzeln sich vertieft und seine silbernen Augen sich verengen. Er überlegt kurz, dann nickt er. »Ich werde es veranlassen.«

»Danke«, sagt sie, und nach kurzem Zögern fügt sie hinzu: »Wirklich, Bairre. Ich bin sicher, das Letzte, was du tun willst, ist, mir dabei zu helfen, mein Chaos aufzuräumen.«

Zuerst antwortet er nicht, dann seufzt er tief. »Die Sache ist nur die, Daphne, dass dein Chaos auch uns andere einbezieht, ob wir wollen oder nicht.«

Er wendet sich zum Gehen, doch als er die Tür erreicht, holt Daphnes Wut ihn ein. »Und das ausgerechnet von jemandem, der eine Bombenexplosion zugelassen hat, bei der ich das Bewusstsein verloren habe?«

Bairre erstarrt, und obwohl er ihr den Rücken zuwendet, weiß sie, dass ihre Worte ins Schwarze getroffen haben.

»Ich habe dir die Wahrheit gesagt, Bairre, über alles, und du magst vieles von dem, was ich getan habe, unverzeihlich finden, aber wir beide wissen, dass das umgekehrt auch gilt. Der einzige Unterschied ist, dass ich dir meine Geheimnisse anvertraut habe, während du deine noch immer nicht preisgibst.«

Einen Moment lang glaubt Daphne, er würde sich wieder zu ihr umdrehen, wünscht sich, er würde es tun – und sei es nur, um zu streiten. Aber stattdessen verlässt er den Raum und schließt die Tür fest hinter sich.

Violie

Violies Kopf fühlt sich an, als wäre er voller Rauch und kratziger Wolle, aber wenigstens ist sie nicht tot. Sie erinnert sich an die Geschehnisse in Eugenias Schlafzimmer und weiß daher, dass es reines Glück ist, dass sie noch lebt.

Sie befindet sich auch nicht in einem Kerker – zumindest nicht in einem, wie sie ihn sich vorstellt. Es ist ein kleiner Raum mit einer Tür und einem Fenster, wobei das Fenster eindeutig zu klein ist, um hinauszuklettern, und sie muss erst gar nicht an der Tür rütteln, um zu wissen, dass sie von außen verschlossen ist. Aber auch wenn sie nicht verschlossen ist, ändert das nichts an ihrer Situation. Violie kann ihre Glieder kaum bewegen, geschweige denn aufstehen. Ihr ganzer Körper fühlt sich an, als ob er mit Sandsäcken beschwert wäre.

So viel zu einem schnellen und friedlichen Tod. Sie fragt sich, ob es ihr gelungen ist, Eugenia zu töten, oder ob die Königinmutter irgendwo liegt und sich genauso elend fühlt wie sie.

Plötzlich geht die Tür auf. Violie hebt den Kopf von ihrem schmalen Kissen und öffnet die Augen gerade weit genug, um zu sehen, wie eine Gestalt hereinschlüpft, während eine zweite in der Türöffnung stehen bleibt. Sie blinzelt und die beiden Schemen nehmen Gestalt an – Leopold und Bairre.

»In fünf Minuten ist Wachwechsel, also beeil dich«, sagt Bairre zu Leopold, bevor er die Tür zumacht.

Leopold wirft noch einen Blick auf die geschlossene Tür, dann tritt er ans Bett.

»Violie, hörst du mich?«

»Nicht so laut«, ächzt sie und schafft es, sich ein wenig aufzusetzen. »Ich bin ja nicht taub.«

Ein Ausdruck der Erleichterung breitet sich auf seinem Gesicht aus. »Den Sternen sei Dank«, murmelt er.

Wenn Violie an das viele Pech denkt, das dazu geführt hat, dass sie hier liegt, hat sie nicht das Gefühl, den Sternen besonderen Dank zu schulden, aber Leopold hat trotzdem recht – sie lebt.

»Daphne ...«, beginnt sie.

»Sie hat mir alles erzählt«, unterbricht er sie sofort. »Sie hätte das nicht von dir verlangen dürfen.«

Violie lacht, aber allein das tut schon weh. »Dann hat sie dir nicht alles erzählt«, erwidert sie. »Daphne hat nichts von mir verlangt. Sie hat es vorgeschlagen, ja, aber es war meine Entscheidung.«

Leopold runzelt die Stirn. »Warum?«

»Daphne meinte nur, wenn Eugenia stirbt, während sie selbst in der Nähe ist, würde die Kaiserin sofort vermuten, dass sie etwas damit zu tun hat, dass es aber vorerst besser wäre, wenn sie glaubt, dass Daphne ihr gegenüber loyal ist«, erklärt Violie.

»Das verstehe ich, aber es gab viele andere Möglichkeiten«, wendet er ein. »Du hättest mit mir darüber reden sollen, Violie. Sie ist meine Mutter.«

»Genau deshalb«, antwortet Violie. Als sie seine verständnislose Miene sieht, seufzt sie. »Du hast schon oft gesagt, dass du sie dafür hasst, was sie Sophie angetan hat, dass du sie am liebsten selbst umbringen würdest.«

»Glaubst du, ich habe das nicht so gemeint?« Er schüttelt den Kopf. »Denkst du etwa, ich hätte noch Mitleid mit ihr?«

»Ja, das denke ich«, sagt Violie. Leopold öffnet den Mund, aber Violie lässt ihn nicht zu Wort kommen. »Ich glaube, wenn wir darüber gesprochen hätten, hättest du darauf bestanden, sie selbst zu töten, du hättest es als deine Verantwortung angesehen. Und du hättest dir das später nie verziehen.«

»Hältst du mich für so schwach?« Er tritt einen Schritt zurück. »Ich weiß, dass du mich für einen behüteten, verwöhnten Jungen hältst, Violie, und in den letzten Wochen habe ich das auch immer wieder bewiesen …«

»Ich sehe dich nicht als behütet oder verwöhnt an«, unterbricht Violie ihn. »Na ja, vielleicht behütet. So wie du mich umgekehrt als eine blutrünstige Mörderin ansiehst.«

»Das stimmt nicht«, widerspricht er sofort.

Violie beißt sich auf die Lippe. »Hätte ich auf dich gewartet und es mit dir abgesprochen, dann hättest du es ohne Frage getan, Leopold. Aber du bist kein Mörder. Und ich wollte dich nicht zu einem machen.«

Leopold antwortet nicht, also fährt Violie fort. »Außerdem ist sie deine Mutter. Und die Mutter von Gideon und Reid. Hättest du ihnen in die Augen schauen und ihnen sagen können, was du getan hast?«

Er zuckt bei ihren Worten zusammen.

»Sophronia hat mir das Versprechen abgenommen, dich zu beschützen, und ich glaube nicht, dass sie damit nur gemeint hat, dich am Leben zu erhalten, Leopold.«

Violie sieht, wie Leopold heftig schluckt.

»Daphne meint, dass Sophie dich von diesem Versprechen entbunden hat«, sagt er schließlich.

Violie zuckt mit den Schultern und selbst diese kleine Bewegung jagt eine Welle des Schmerzes durch ihren Körper. »Das hat sie. Aber vielleicht will auch ich nicht, dass du ein Mörder wirst, Leo.«

Einen Moment lang schweigt Leopold. »Ich danke dir, Vi«, sagt er dann leise.

»Du brauchst mir nicht zu danken«, wehrt sie ihn ab. »Deine Mutter lebt noch und ich werde wegen versuchten Mordes hängen.« Sie hält inne und überlegt. »Werden Mörder in Friv gehängt? In Cellaria enden sie auf dem Scheiterhaufen, aber ich bin mir nicht sicher ...«

»Du wirst weder gehängt noch verbrannt«, versichert Leopold ihr. »Du hast mein Wort. Vertraust du mir?«

Violie sieht ihn an – diesen Mann, der so ganz anders ist als der Junge, der vor fast einem Monat in der Höhle aus dem Nichts auftauchte, hilflos und todunglücklich. Damals konnte sie ihm nicht einmal zutrauen, dass er einfache Anweisungen befolgt, wie sich ruhig zu verhalten oder nicht sofort wieder nach Kavelle zurückzulaufen, wo alle ihn umbringen wollten. Aber jetzt?

»Ich vertraue dir«, sagt sie zu ihm.

Daphne

Daphne wacht auf und erfährt als Erstes, dass Violie – oder besser gesagt Vera – wieder bei Bewusstsein ist und ihr Prozess morgen Abend stattfinden wird, was Daphne wenig Zeit lässt, ihren Plan auszuführen. Oder besser gesagt, den halben Plan, den sie sich ausgedacht hat, während sie sich die ganze Nacht über hin und her wälzte. Jetzt beobachtet sie völlig ausgelaugt und erschöpft, wie ihre Zofe geschäftig im Zimmer umhereilt und sich darüber auslässt, für wen sie Vera hält. Daphne hingegen hat immer noch keinen Schimmer, wie sie Violies Leben retten kann, ohne sich selbst verdächtig zu machen.

Allerdings gibt es noch andere Dinge, um die sie sich zuerst kümmern muss. Sie kann nur hoffen, dass ihr für den Rest ein Plan einfällt, bevor es zu spät ist.

Das Frühstück mit Lord Panlington soll im Wintergarten stattfinden und Daphne trifft als Letzte ein. Als sie an den Wachen am Eingang vorbeigeht und den gläsernen Raum voller Blumen und Gewächse betritt, sieht sie Bairre und Cliona an einem runden Tisch sitzen, von dem aus sie den mit Winterfrost überzogenen Garten überblicken können. Lord Panlington sitzt mit dem Rücken zu ihr und steht auch dann nicht auf, als Bairre sich erhebt, um einen Stuhl für Daphne zurechtzurücken.

»Guten Morgen«, sagt sie und schenkt jedem von ihnen ein strahlendes Lächeln, ehe sie sich Lord Panlington zuwendet. »Ich hoffe, ich habe Euch nicht lange warten lassen?«

»Diese ganze Sache ist ohnehin die reinste Zeitverschwendung, Prinzessin«, entgegnet er und nippt an seinem Kaffee. »Da kommt es auf das bisschen mehr, das Ihr verschwendet, um einen gebührenden Auftritt zu haben, auch nicht mehr an.«

Daphne behält ihr Lächeln eisern bei. »Dann schlage ich Euch ein Geschäft vor, Mylord – *ich* werde Eure Zeit nicht mit Höflichkeiten verschwenden, wenn *Ihr* nicht meine Zeit damit verschwendet, so zu tun, als würdet Ihr mich nicht weit mehr brauchen als ich Euch.«

Cliona prustet in ihre Teetasse und erntet dafür einen bösen Blick ihres Vaters. Sie richtet sich auf, stellt die Teetasse ab und legt die Hände in ihren Schoß. »Heute Morgen hat mich meine Zofe gefragt, ob es stimmt, dass Prinzessin Daphne Sternenstaub geblutet hat«, erwähnt sie wie nebenbei. »Natürlich habe ich ihr gesagt, dass das lächerlich ist, aber ich fürchte, sie hat mir nicht geglaubt.«

»Dann sollte ich mich wohl vor Leuten hüten, die sich mir mit scharfen Gegenständen nähern«, meint Daphne.

»Ich habe gehört, wie jemand sie die Heilige Daphne genannt hat«, fügt Bairre hinzu.

Lord Panlington wirft ihm einen hinterhältigen Blick zu. »Es gibt einen einfachen Weg, das zu beenden. Nach allem, was ihr beide mir erzählt habt, wäre es am klügsten, sie einfach umzubringen.«

»Ihr scheint nicht viel über Heilige zu wissen«, stellt Daphne fest. »Aber ich kann Euch versichern, dass es nicht in Eurem Interesse ist, mich zu töten.«

Lord Panlington lehnt sich in seinem Stuhl zurück und faltet die Hände über seinem Bauch. »Dann klärt mich auf«, sagt er. »Was soll ich mit einer intriganten ausländischen Prinzessin anfangen, die bereits zugegeben hat, dass sie alles daransetzt, mein Land zu zerstören?«

Daphne lächelt. »Ihr solltet den Sternen jeden Tag danken, dass ich es mir anders überlegt habe, sonst würdet Ihr Euch, noch ehe das Jahr zu Ende ist, vor meiner Mutter verbeugen.«

Lord Panlington verzieht empört das Gesicht. »Wie könnt Ihr es wagen«, begehrt er auf.

»Wie ich es wagen kann?« Sie lacht. »Wer von uns beiden hat denn die Entführung zweier unschuldiger Jungen in die Wege geleitet?« Dass sie selbst daran gedacht hat, sie zu töten, lässt sie unerwähnt, aber ihre Worte treffen nicht nur Lord Panlington, sondern auch Cliona. Sie zuckt kaum merklich zusammen, aber Daphne entgeht es trotzdem nicht, während sie auf eine Antwort Panlingtons wartet. Dass er keinen Versuch unternimmt, ihren Vorwurf zu leugnen, überrascht sie nicht.

»Ich habe immer nur das getan, was das Beste für Friv ist«, sagt er mit hochrotem Gesicht.

»Dann bleibt mir nichts anderes übrig, als Euer Urteil infrage zu stellen, Mylord«, erwidert Daphne. »Denn ich kann nicht erkennen, was Eure Rebellion seit meiner Ankunft für Friv gebracht hat, abgesehen von der Tötung eines Himmelsdeuters. Glaubt Ihr, es geht hier nur um Friv, isoliert und allein und losgelöst von den Streitigkeiten des restlichen Kontinents? Ihr seid wie ein kleiner Junge, der mit Spielzeugsoldaten spielt, dabei steht der Krieg – der echte Krieg – vor Eurer Tür, um sie einzureißen.«

»Sprich mit mir nicht über Krieg, Mädchen«, knurrt Lord Panlington und vergisst für einen Augenblick jede Etikette. Er setzt sich auf und beugt sich mit funkelnden Augen zu ihr. »Ich weiß mehr über den Krieg, als du jemals lernen kannst.«

Bairre streckt instinktiv die Hand aus und schiebt Lord Panlington zurück auf seinen Platz und weg von Daphne. Seine Augen heften sich auf sie und in seinem Blick liegt eine Frage. *Alles in Ordnung?* Sie nickt und wendet sich wieder Lord Panlington zu.

»Eines kann ich Euch versichern, Lord Panlington: Wenn meine Mutter und ihre Armee in Friv ankommen, werdet Ihr Euch nach den Tagen der Clankriege zurücksehnen. Sie werden Euch wie freundliche Scharmützel vorkommen, verglichen mit dem Blutvergießen, das sie anzetteln wird, der albtraumhaften Verwüstung, die sie hinterlassen wird. Und der einzige Vorteil, den Ihr im Moment gegen sie habt, ist die Tatsache, dass sie nicht weiß, dass ich mich auf Eure Seite stellen könnte.«

Lord Panlington starrt sie über den Tisch hinweg an, seine Augen blitzen immer noch vor Zorn. Daphne hält seinem Blick stand, ohne davor zurückzuschrecken. Einen Moment lang spricht keiner von beiden und selbst Cliona und Bairre scheinen den Atem anzuhalten.

Schließlich stößt Lord Panlington ein leises Glucksen aus und greift nach seiner Teetasse. In seiner großen Hand sieht das zerbrechliche feine Porzellan lächerlich aus.

»Jetzt verstehe ich sie«, sagt er und nickt langsam. »Die Gerüchte. Ich glaube keine Sekunde, dass Ihr eine Heilige seid, aber wenn auch nur die Hälfte von dem, was meine Tochter mir erzählt hat, stimmt, verstehe ich den Mythos.« Er sieht Bairre an. »Hätten wir während der Clankriege eine Frau wie sie gehabt, wäre dein Vater nicht auf dem Thron, das kann ich dir versichern.«

Bairre antwortet nicht sofort. »Wenn du das erkannt hast, verstehst du sicher auch, was für eine Bedrohung ihre Mutter darstellt«, sagt er schließlich.

Lord Panlington verzieht den Mund und gibt einen vagen Laut von sich. »Wenn Eure Mutter einen Krieg mit Friv will, wird sie ihn bekommen«, sagt er zu Daphne. »Und wenn sie glaubt, dass wir leicht zu erobern sind, werden wir sie daran erinnern, warum es seit drei Jahrhunderten keine feindlichen Truppen mehr gewagt haben, unsere Grenze zu überschreiten.«

Daphne will ihm antworten, dass er die Kaiserin unterschätzt, dass er keine Ahnung hat, wozu sie fähig ist, aber das ist ein Problem für einen anderen Tag. Im Moment gibt es Dringlicheres.

»Das Mädchen, das versucht hat, Lady Eunice zu ermorden«, sagt sie. »Dem Ihr die Bombe auf unserer geplatzten Hochzeit in die Schuhe schieben wollt. Ich will, dass dieses Mädchen freikommt.«

Lord Panlingtons Augenbrauen schnellen in die Höhe, als er ihre Forderung hört. »Ihr verlangt zu viel.«

»Ihr wisst genau, dass sie nichts mit der Explosion zu tun hat, denn Ihr selbst steckt dahinter.«

»Ja«, sagt Lord Panlington langsam. »Aber sie wird allein schon für das Attentat auf die Königinmutter hängen; da kommt es auf einen zusätzlichen Anklagepunkt nicht an.«

»Und wenn nicht sie es war, die den Anschlag gegen Eugenia durchgeführt hat?«, fragt Daphne.

Lord Panlington lacht. »Angesichts der Beweislage fällt es mir schwer, das zu glauben.«

Daphne schluckt. »Wie dem auch sei«, sagt sie, »aber der König hört auf Euch. Ihr könntet ihn zur Gnade bewegen, wenn Ihr wolltet.«

Lord Panlington trinkt den letzten Schluck seines Tees, steht auf und schüttelt den Kopf. »Wenn Ihr es schafft, jemanden davon zu überzeugen, dass das Mädchen unschuldig ist, könnte ich beinahe glauben, dass Ihr wirklich eine Heilige seid«, sagt er. »Wir sprechen uns noch, Prinzessin.«

Daphne erwartet, dass Cliona ihrem Vater nach draußen folgt, aber stattdessen greift sie über den Tisch, um sich noch mehr Tee einzuschenken.

»Tja, das ist doch richtig gut gelaufen«, sagt sie leichthin.

Daphne starrt sie an. »Violie wird vor Gericht gestellt werden und ihr droht die Hinrichtung, das ist auch jetzt noch so. Also was genau ist daran gut gelaufen?«

Cliona zuckt mit den Schultern. »Nun ja, ein Prozess wird sich so oder so nicht vermeiden lassen, oder? Selbst wenn du meinen Vater überreden könntest, beim König ein gutes Wort einzulegen, Bartholomew hat sich entschieden. Das Schicksal des Mädchens ist besiegelt, Daphne. Na los, sag ihr, dass ich recht habe, Bairre.«

Daphne sieht Bairre an und einen Moment lang schweigt er. »Sie hat recht«, gibt er schließlich zu.

Sie hört auch das, was er nicht laut ausspricht: *Ihr Blut klebt an deinen Händen.* Daphne hat schon genug Blut an ihren Händen, ein paar Tropfen mehr sollten sie nicht so sehr verstören, aber sie tun es. Es ist ihr egal, was die anderen sagen, sie wird einen Weg finden, Violie zu retten.

»Wozu brauche ich dann überhaupt die Hilfe deines Vaters?«, fährt sie Cliona an. »Wenn er sich nicht gegen Bartholomew behaupten kann, hat er gegen meine Mutter erst recht keine Chance.«

»Mag sein«, sagt Bairre, »aber je mehr Freunde wir auf unserer Seite haben, desto besser.«

Auf unserer Seite. Daphne ist so eingenommen von diesen drei Wörtern, dass sie Clionas Antwort fast überhört.

»Nur nicht so voreilig.« Sie nippt an ihrem Tee. »Der Feind meines Feindes mag mein Freund sein, aber eine solche Freundschaft ist nicht von Dauer.«

Am nächsten Morgen besucht Daphne Eugenia an ihrem Krankenbett und bringt ihr eine Vase mit sorgfältig ausgewählten Blumen aus dem Wintergarten – Ringelblumen, Schafgarben und Rhododendren. Hätte sie mehr Zeit gehabt, hätte sie versucht, sich ihren Giftring aus Violies Sachen zurückzuholen, aber angesichts der für heute Abend angesetzten Gerichtsverhandlung vermutet sie, dass Violies Zimmer bereits gründlich durchsucht wurde, und beschließt daher, einen anderen Weg einzuschlagen. Glücklicherweise ist an diesem Morgen ein Geschenk von Beatriz eingetroffen – eine Flasche Parfüm, von der Daphne annimmt, dass sie eher eine Botschaft als einen schönen Duft übermitteln soll. Der intensive Duft des Parfüms ist allerdings so stark, dass er den Geruch des Giftes überdeckt, das sie dem Blumenwasser zugesetzt hat. Allein schon beim Tragen der Vase ist ihr schwindelig geworden, daher dürfte eine Stunde ausreichen, in der Eugenia die Ausdünstungen einatmet, um zu beenden, was Violie begonnen hat.

Die Wachen lassen sie ohne viel Aufhebens passieren, nachdem sie erklärt hat, dass sie Lady Eunice Trost spenden möchte. In Anbetracht des hochwirksamen Pulvers, das Violie für Eugenia verwendet hat, erstaunt es Daphne nicht, die Königinmutter äußerst gebrechlich vorzufinden, mit fahler Haut und halb geschlossenen Augen. Womit sie jedoch nicht gerechnet hat, ist König Bartholomew, der an ihrem Bett steht.

»Eure Majestät«, sagt Daphne und versinkt in einen Knicks.

König Bartholomew ist seine Überraschung anzusehen, als er sich zu ihr umdreht.

»Daphne«, begrüßt er sie mit einem müden Lächeln. Sein Blick wandert zu dem Strauß in der Vase. »Wie nett von dir, Blumen mitzubringen – ich bin sicher, unsere Patientin weiß das zu schätzen. Nicht wahr, Eugenia?«

Eugenia versucht zu lächeln, aber es gelingt ihr nicht ganz, denn sie ist zu geschwächt. Wahrscheinlich, überlegt Daphne, wäre sie gar nicht wieder aufgewacht, wenn sie nur ein bisschen mehr von dem Giftpulver eingeatmet hätte.

Sie stellt die Vase auf Eugenias Nachttisch.

»Die Blumen dufteten so herrlich, als ich heute Morgen gefrühstückt habe«, erklärt Daphne dem König.

»Ja, der Duft ist stark«, meint auch Bartholomew. »Ungewöhnlich für diese Jahreszeit.«

»Genau das dachte ich mir auch«, stimmt Daphne ihm zu. »Aber vielleicht hilft er, ihre Sinne zu beleben, damit sie schnell wieder auf die Beine kommt.«

»Das ist sehr fürsorglich von dir«, lobt Bartholomew sie. »Ich wollte ohnehin gerade gehen. Mir war nur wichtig, Eugenia mitzuteilen, dass du und Bairre ihre Söhne gefunden habt und dass die beiden in Sicherheit sind. Und natürlich, dass die Attentäterin, die wir festgenommen haben, heute Abend vor Gericht stehen wird.«

Eugenia öffnet den Mund und versucht zu sprechen, aber es kommt nur ein heiseres Flüstern heraus, das für Daphne wie »Violie« klingt. Bartholomew schüttelt den Kopf.

»Nein, bemüht Euch nicht«, sagt er und greift nach ihrer Hand. »Es ist es nicht wert, dass Ihr Euch anstrengt, um über dieses scheußliche Vorkommnis zu berichten – Ihr müsst Eure Kraft für Eure Genesung aufsparen.«

»Ich bleibe einen Moment bei ihr«, bietet Daphne an. »Ich nehme an, Ihr müsst Euch noch auf die Verhandlung vorbereiten.«

»Du bist wahrlich von den Sternen gesandt, Daphne.« Er tätschelt sie im Vorbeigehen an der Schulter.

Daphne lächelt bescheiden, aber kaum hat Bartholomew den

Raum verlassen, ist das Lächeln wie weggewischt. Sie tritt an Eugenias Bett, möglichst weit weg von der Blumenvase, und setzt sich vorsichtig auf die Matratze.

»Meine Mutter hat die Angewohnheit, Versprechungen zu machen, die sie nicht einzuhalten gedenkt«, sagt sie zu Eugenia im Plauderton. Eugenia versucht, von ihr wegzurutschen, und da sie dadurch nur noch näher an die giftigen Blumen herankommt, lässt Daphne es zu. »Das muss ich Euch sicher nicht erst sagen.«

Eugenia beobachtet Daphne mit wachsamen Augen. Sie fragt irgendetwas, aber die Worte kommen unverständlich heraus. Daphne nimmt an, dass sie sich nach ihren Söhnen erkundigt.

»Sie sind in Sicherheit«, sagt Daphne. »Sicher vor ihr und auch vor Euch. Leopold war sehr froh, wieder mit ihnen vereint zu sein. Ihr Wiedersehen war wirklich herzerwärmend.«

Diesmal hört Daphne, wie sie Leopolds Namen ausspricht.

»Ja, auch er lebt und ist wohlauf«, bestätigt sie mit einem flüchtigen Lächeln. »Ihr habt wirklich großes Glück – alle Eure verloren geglaubten Kinder sind gar nicht verloren, und Ihr selbst seid ebenfalls, wenn auch nur knapp, dem Tod entronnen! Man könnte meinen, die Sterne hätten Euch gesegnet.«

Eugenias Gesichtsausdruck verrät Daphne, dass sie sich überhaupt nicht gesegnet fühlt, aber Daphne ist noch nicht fertig.

»Er hatte allerdings einiges zu erzählen«, sagt sie und beobachtet, wie Eugenias ohnehin schon fahle Haut noch eine Spur blasser wird. »Haarsträubende Geschichten, in denen er Euch vorwirft, den Mob angestachelt zu haben, ihn und seine Frau zu töten – was bei ihm fehlgeschlagen, aber bei Sophie leider gelungen ist.«

Eugenia schüttelt den Kopf, öffnet den Mund, aber es kommen keine Worte mehr heraus. Stattdessen wird sie von einem heftigen Hustenanfall gepackt.

»Wie ich schon sagte, haarsträubende Geschichten. Aber Geschichten, die einen *Sinn* ergeben, je mehr man über sie nachdenkt«, bemerkt Daphne und beobachtet, wie Eugenia von Schock und Entsetzen überwältigt wird. »Es ist eine Schande, dass Ihr die Nordlichter nie sehen werdet, Eugenia. Es war eine geradezu lebensverändernde Erfahrung. Sie ließen mich ein letztes Gespräch mit meiner Schwester führen, ein Gespräch, das ich so schnell nicht vergessen werde.«

Eugenia hustet erneut, diesmal lauter und keuchend.

»Eure Mutter«, stößt sie hervor.

»Ihr müsst mir nichts über meine Mutter erzählen«, erwidert Daphne kalt. »Wie ich schon sagte, sie macht Versprechungen, ohne die Absicht, sie zu halten – Euch, mir und auch Sophronia. Aber ich bin nicht wie meine Mutter, und wenn ich Euch verspreche, dass die nächste Stunde für Euch unerträglich sein wird, dass Ihr jede einzelne Minute stumm leiden werdet, bevor Ihr endlich sterbt, dann meine ich das auch so.«

Jetzt versucht Eugenia, sich aufzusetzen und um Hilfe zu rufen, aber sie ist zu schwach, ihre Kehle ist zu wund von Violies Gift. Es kommt kein Ton heraus.

»Die Ironie daran ist«, fährt Daphne fort und streicht sich im Aufstehen den Rock glatt, »wenn Sophronia hier wäre, würde sie auf Gnade drängen. Sie würde mich bitten, Mitgefühl zu zeigen, zu verstehen, was Euch dazu getrieben hat, das zu tun, was Ihr getan habt, und ich würde wahrscheinlich auf sie hören. Sophronia hätte mich zu einem gütigeren Menschen gemacht, aber Ihr habt sie hinrichten lassen, und jetzt müsst Ihr die Folgen tragen.«

Daphne wendet sich von Eugenia ab, die gerade wieder zu husten beginnt. Sie blickt nicht zurück, als sie das Schlafzimmer verlässt, die Tür hinter sich schließt und durch den leeren Salon zum Haupteingang geht. Als sie an den Wachen vorbeikommt, bedankt sie sich mit einem strahlenden Lächeln dafür, dass diese sie durchgelassen haben.

»Die Ärmste ist völlig erschöpft«, sagt sie. »Aber sie braucht ihren Schlaf, wenn sie wieder gesund werden will, also darf sie zumindest in den nächsten Stunden nicht gestört werden, habe ich mich da klar ausgedrückt?«

Beide Wachen verbeugen sich und versichern ihr, dass sie darauf achten werden.

Daphne kehrt in ihr Zimmer zurück und findet dort Bairre vor, der auf sie wartet und dabei nervös auf und ab geht. Als er sie sieht, bleibt er stehen und blickt sie mit ernsten Augen an.

»Hast du es getan?«, fragt er.

»Ja«, sagt Daphne schlicht. Sie weiß, dass sie sich schuldig fühlen sollte für das, was sie getan hat, dass sie ein wenig Reue empfinden sollte, aber diese Gefühle kommen nicht in ihr hoch. In ihren Gedanken hört sie Beatriz' Stimme, die sie ein kaltes, rücksichtsloses Biest nennt. Vielleicht war das noch nie so wahr wie jetzt, aber jede Reue, die Daphne verspürt, gilt einzig und allein Violie.

»Und wie geht es dir jetzt?«, fragt Bairre und senkt seine Stimme, obwohl niemand sonst mit ihnen im Raum ist.

Daphne stößt einen tiefen Seufzer aus, streift ihre Lederhandschuhe ab und legt sie auf den Schreibtisch, bevor sie sich zu ihm umdreht. »Was soll ich sagen, Bairre? Dass ich erschüttert bin, entsetzt über das, was ich tun musste? Das bin ich nicht. Die Wahrheit ist, dass es mir sehr gut geht. Nach dem heutigen Tag werde ich nie wieder an diese Frau denken. Das ist die Wahrheit, aber es ist nicht das, was du hören willst, oder?«

Einen Moment lang starrt Bairre sie nur an. »Natürlich will ich das hören«, sagt er schließlich. »Was denkst du denn? Dass ich will, dass du leidest?«

»Ich denke, dass du mich für ein Monster hältst und dass ich dir Angst mache.« Die Worte platzen aus ihr heraus, aber erst als Daphne sie ausspricht, wird ihr klar, dass sie die Wahrheit sind. Und jetzt, wo sie angefangen hat, kann sie nicht mehr aufhören. »Und du hast recht, das zu denken, wirklich, aber ich kann es einfach nicht ertragen, dass du mich so ansiehst, vor allem, wenn ich immer noch nicht weiß, was ich tun kann, um Violie zu helfen, wegen der ich mich wirklich schuldig fühle, ob du mir das glaubst oder nicht. Wenn du also nur gekommen bist, um mich zu verurteilen, dann bitte, bitte geh wieder.«

Bairre schüttelt den Kopf, fährt sich mit der Hand durch die Haare und stößt ein kurzes, angestrengtes Lachen aus. »Daphne, ich habe nie geleugnet, dass du mir Angst machst«, sagt er. »Aber du bist kein Monster. Sie war eins.«

»Ich glaube, das hängt ganz davon ab, wen du fragst«, murmelt Daphne.

Mit zwei langen Schritten überwindet Bairre den Abstand zwischen ihnen. »Damals im Gasthaus, da hast du mich direkt gefragt«, sagt er. »Und ich hatte keine Antwort für dich, weil du mir viel zu denken gegeben hast – ich denke immer noch darüber nach –, aber für den Fall, dass es noch nicht deutlich genug geworden ist: Ich bin auf deiner Seite. Wenn du ein Monster bist, gut. Dann werde ich auch ein Monster sein. Wir werden zusammen Monster sein.«

Daphne schluckt und sieht ihn etwas unsicher an. Ihr fehlen die Worte, und statt zu sprechen, stellt sie sich auf die Zehenspitzen und küsst ihn. Sie spürt seine anfängliche Überraschung, doch er gibt bald nach und legt seine Arme um sie und zieht sie an sich. Nach einem viel zu kurzen Moment löst er sich wieder von ihr.

»Nicht dass ich etwas dagegen hätte, aber ich bin mir nicht sicher, ob jetzt der geeignete Zeitpunkt ist«, sagt er etwas verlegen. »Violies Prozess ist schon heute Abend. Du musst nicht dabei sein ...«

»Doch, natürlich muss ich das«, widerspricht sie sofort.

»Nein, Daphne, musst du nicht«, sagt er entschlossen. »Du hast sie zu nichts gezwungen, du hast ihr nur erlaubt, zu tun, was sie wollte. Sie hat sich entschieden.«

In gewisser Weise gibt Daphne Bairre sogar recht. Violie ist da, wo sie ist, weil sie sich entschieden hat. Eine Stimme in ihr erklärt, dass sie dort ist, wo sie ist, weil sie versagt hat – eine Stimme, die sehr nach der Kaiserin klingt. Aber Daphne weiß auch, dass sie Sophronias Worte benutzt hat, um Violie zu manipulieren, damit sie bekommt, was sie will. Vielleicht ist das an und für sich nicht falsch, aber Sophronia wäre trotzdem wütend auf sie.

»Du hast alles getan, was du konntest, um ihr zu helfen, Daphne«, versichert Bairre ihr, als sie weiter schweigt. »Aber im Gegensatz zu halb Friv glaube ich nicht, dass du Wunder vollbringen kannst.«

Daphne starrt ihn einen Moment lang an, das Wort *Wunder* hallt in ihrem Kopf nach. Ein noch etwas zaghaftes Lächeln breitet sich auf ihrem Gesicht aus.

»Vielleicht kann ich es doch«, sagt sie. Ihr Blick fällt auf die Standuhr in der Ecke, deren Zeiger immer weiter rückt und die verbleibende Zeit bis zum Abend herunterzählt, an dem Violies Prozess beginnen soll. »Ich muss mit Leopold sprechen. Jetzt sofort.«

Beatriz

Zwei Tage nach ihrem gemeinsamen Ausflug in die Stadt hat Beatriz einen weiteren Auftrag für Pasquale: Er soll an einem Festessen teilnehmen, das ihre Mutter an diesem Abend gibt. Dabei soll er von Beatriz ausrichten, dass sie sich wegen Unpässlichkeit entschuldigt, und später am Abend verhindern, dass ihre Mutter den Ball vorzeitig verlässt.

Vor allem Letzteres scheint ihm Kopfzerbrechen zu bereiten, aber Beatriz versucht, ihm seine Sorgen zu nehmen – sie habe noch nie erlebt, wie ihre Mutter ein Fest vor Mitternacht verlassen habe, und wenn es hart auf hart käme, könne er sie für ein paar Minuten aufhalten, indem er sie zu einem Tanz bittet. Die Aussicht auf einen Tanz mit der Kaiserin scheint Pasquale allerdings nicht gerade zu beruhigen.

»Sag ihr unbedingt, dass ich unpässlich bin«, schärft sie ihm ein, während sie sich in ihrem Ankleidezimmer für den heutigen Abend anziehen: er einen eleganten Anzug für den Ball, sie das aus der Wäscherei gestohlene Kleid einer Dienstbotin. »Meine Mutter wird annehmen, dass ich zu viel getrunken habe, und sie wird zu sehr damit beschäftigt sein, sich über mich zu ärgern, um ernsthaft Verdacht zu schöpfen.«

»Und Nigellus?«, fragt Pasquale, der sich alle Mühe gibt, sein

Nervenflattern zu verbergen, während sie sein burgunderrotes Seidenhalstuch bindet. »Soll ich ihm auch sagen, dass du unpässlich bist?«

Beatriz schnaubt. »Nein, in seinen Ohren würde diese Formulierung eine ganz andere Bedeutung annehmen, fürchte ich.« Sie denkt daran, mit wie viel Nachdruck er darauf bestanden hat, dass sie ihre Gabe nie wieder zum Einsatz bringt. »Ich glaube nicht, dass er überhaupt nach mir fragen wird. Normalerweise steht er bei solchen Veranstaltungen nur in der Ecke, schaut missmutig drein und durchbohrt alle mit seinem finsteren Blick. Ich habe nie verstanden, warum meine Mutter stets darauf besteht, ihn dabeizuhaben, aber heute bin ich froh darüber. Das Letzte, was ich jetzt brauchen kann, ist eine weitere Strafpredigt darüber, was ich mit meiner Magie machen darf und was nicht.«

»Und wenn er früher geht?«, fragt Pasquale.

»Ich fürchte, im Gegensatz zu meiner Mutter wird Nigellus sich nicht von dir zum Tanz auffordern lassen. Wenn ich es mir genau überlege, habe ich ihn wohl in all den Jahren niemals tanzen gesehen. Er wird wahrscheinlich den Rückzug antreten, sobald es meine Mutter zulässt«, sagt Beatriz. »Aber ich werde nicht lange brauchen, um die Regenblumen zu einem Pulver zu zermahlen und eine Prise Sternenstaub hinzuzufügen. Bis er zurückkommt, bin ich längst wieder weg.«

»Und es gibt keine andere Möglichkeit, als das Gift in seinem Laboratorium anzumischen?«, fragt Pasquale.

Beatriz schüttelt den Kopf. »Ich muss getrocknete Blüten zermahlen – und Mörser und Stößel gehören nicht gerade zur Ausstattung meines Schminktisches. Ansonsten kämen nur noch die Küche und die Palastapotheke infrage, aber an beiden Orten ist viel mehr los – das heißt, das Risiko, dort erwischt zu werden, wäre viel höher. Außerdem bewahrt Nigellus einen großen Vorrat an Sternenstaub in seinem Laboratorium auf, und ich könnte wetten, dass dieses Zeug viel stärker wirkt als alles, was auf dem Markt zu kaufen ist.«

»Du machst keine halbe Sachen, Triz«, stellt Pasquale fest. »Nicht einmal, wenn es um Herrschermord geht.« Er hält kurz inne und überlegt. »Oder Muttermord.«

Beatriz nickt, richtet den Knoten des Halstuchs und lässt die Arme sinken, aber Pasquale hält ihre Hände fest.

»Das war kein Urteil«, sagt er schnell. »Ich stehe auf deiner Seite, das weißt du doch, oder?«

»Ja, ich weiß«, erwidert sie. Auf Pasquale kann sie sich verlassen. Sie wüsste keinen Ort, an den er ihr nicht folgen würde, mit einer Fackel in der Hand, um ihnen den Weg zu leuchten. Sie würde umgekehrt das Gleiche für ihn tun, aber dennoch wundert sie sich manchmal darüber, dass dieses Band zwischen ihnen entstehen konnte.

Nicht zum ersten Mal denkt sie, was für ein Glück es war, dass ihre Wege sich kreuzten. Er ist nicht der Ehemann, den sie wollte – aber der Freund, den sie brauchte.

Und dennoch, diese Aufgabe muss sie allein bewältigen. Es gibt keinen Grund, warum sie alle beide mit blutigen Händen Bessemia verlassen sollten.

Sie drückt kurz seine Hände, bevor sie sie wieder loslässt. »Lass uns gehen – je früher ich in Nigellus' Laboratorium bin, desto schneller kann ich mich wieder aus dem Staub machen.«

Es fühlt sich seltsam an, ohne Nigellus im Laboratorium des Himmelsdeuters zu sein – fast wie in einem Meer ohne Fische oder einer Voliere ohne Vögel, denkt Beatriz. Als sie vor seinem Arbeitstisch steht, kann sie nicht umhin, den Blick über all die fein säuberlich aufgereihten Messgefäße und Röhrchen schweifen zu lassen, die nach Größe sortiert auf ihren Einsatz warten. Der Schreibtisch hingegen sieht noch genauso chaotisch aus wie beim letzten Mal, als Beatriz hier war, mit sechs aufgeschlagenen Büchern, die kreuz und quer übereinandergestapelt sind.

Neben den Büchern liegt ein Stapel Briefe – viele davon sind ungeöffnet, aber ein paar scheinen aufgefaltet, gelesen und zur Seite gelegt worden zu sein.

Beatriz muss der Versuchung widerstehen, in seinem Schriftverkehr herumzuschnüffeln, denn sie hat Pasquale versprochen, sich zu beeilen. Also sucht sie stattdessen unter den ordentlich aufgereihten Apparaturen nach Mörser und Stößel und nimmt eine Phiole mit Sternenstaub aus den Dutzenden von Fläschchen, die Nigellus in einem Schrank neben seinem Schreibtisch aufbewahrt.

Beatriz setzt sich an den Arbeitstisch und nimmt die getrockneten Regenblumen aus der Tasche ihres Umhangs. Dann legt sie die Blumen in den Mörser, wobei die Blätter und Blüten sich schon bei ihrer Berührung in Flocken auflösen. Mit dem Stößel beginnt sie, alles zu einem feinen Pulver zu zermahlen. Als sie damit fertig ist, öffnet sie das Fläschchen mit dem Sternenstaub und gibt auch davon eine Prise in den Mörser, um ihn mit dem Pulver zu vermischen, während sie zugleich ihren Wunsch ausspricht.

»Ich wünsche mir, dass die Wirkung dieses Giftes so tödlich ist wie nur möglich.«

Nichts passiert, und Beatriz könnte nicht sagen, ob es überhaupt funktioniert hat. Nigellus hat festgestellt, dass sie im Umgang mit Sternenstaub nicht die gleichen Gaben besitzt wie andere Himmelsdeuter. Andererseits hat sie Sternenstaub auch früher immer wieder benutzt, lange bevor sie überhaupt wusste, dass sie eine Himmelsdeuterin ist – also hofft sie darauf, dass es auch dieses Mal für ihre Zwecke ausreichen wird.

Sie füllt die pulvrige Mischung zurück in das nun leere Fläschchen für den Sternenstaub, verschließt es wieder und lässt es in ihre Tasche gleiten. Es ist ein merkwürdiges Gefühl, das Gift kommt ihr seltsam schwer vor, es scheint an ihr zu zerren – oder zumindest an ihrem Gewissen.

Beatriz wird es einsetzen, um ihre Mutter zu ermorden. Sie wird sich in die Schlafgemächer der Kaiserin schleichen und eine Prise des Gifts in den Gesichtspuder ihrer Mutter mischen – gerade so, dass es farblich nicht auffällt –, um dann zusammen mit Pasquale, Ambrose und Gisella das Schloss zu verlassen, durch den Tunnel, von dem ihr Schwester Heloise erzählt hat. Egal wie oft sie diesen Plan in Gedanken durchgespielt oder sogar mit Pasquale besprochen hat, er lässt sich nicht begreifen, nicht in seiner ganzen Tragweite.

Sie schiebt diesen Gedanken beiseite, geht mit Mörser und Stößel zu einem Waschbecken in der Ecke des Laboratoriums und gießt den Krug mit Wasser darüber, um das Gift wegzuspülen. Sie wischt mit dem Lappen nach, der neben dem Becken hängt, und wäscht sich danach gründlich die Hände. Mit einem sauberen Lappen trocknet sie Mörser und Stößel ab und stellt beides wieder zu den anderen Geräten auf den Tisch.

Dann lässt sie ein letztes Mal den Blick durch das Laboratorium schweifen, um sich zu vergewissern, dass alles so ist, wie sie es vorgefunden hat – und stellt dabei fest, dass die Tür zum Schränkchen mit dem Sternenstaub einen Spalt offen steht. Sie schüttelt den Kopf und tadelt sich selbst für diesen Patzer, während sie bereits mit schnellen Schritten den Raum durchquert, um die Tür zu schließen.

Dabei fällt ihr Blick auf Nigellus' Schreibtisch und bleibt an einem Brief hängen, der in die hinterste Ecke neben dem Schrank geschoben wurde. Ein einzelnes Wort, geschrieben in einer schlichten Handschrift, die sie nicht kennt, zieht ihre Aufmerksamkeit auf sich: *Daphne*. Ohne lange zu überlegen, schnappt sich Beatriz den Brief, doch bevor sie zu lesen beginnen kann, hört sie, wie sich von draußen Schritte nähern. Hastig lässt sie den Brief in der Tasche ihres Umhangs verschwinden, in der sich auch das Gift befindet, und wirbelt zur Tür herum, als sich diese auch schon öffnet.

In der Tür steht Nigellus, in denselben eleganten Anzug gekleidet, mit dem sie ihn auf jedem Ball gesehen hat, an den sie sich erinnern kann. Sein Blick ist auf sie gerichtet, doch er wirkt nicht verärgert, sie hier vorzufinden, sondern eher verwundert.

»Prinzessin Beatriz.« Er betritt den Raum und schließt die Tür hinter sich. »Man sagte mir, Ihr seiet unpässlich.«

Beatriz überlegt kurz, bevor sie antwortet. »Und Ihr habt Euch auf dem Ball mehr Zeit gelassen, als ich erwartet hatte – wollt Ihr mir heute Abend denn keinen Unterricht geben?«

»Ich habe Euch doch gesagt, dass Euer Unterricht beendet ist«, antwortet Nigellus stirnrunzelnd.

»Aber der Funkelnde Diamant«, erinnert sie ihn. »Ist er wieder am Himmel aufgetaucht?«

Einen Moment lang sagt Nigellus nichts, sondern sieht sie nur auf eine Weise an, die ihre Haut prickeln lässt.

»Ja, das ist er«, sagt er langsam. »Genau wie die Stechende Biene – das ist doch die Konstellation, aus der Ihr zuvor einen Stern genommen habt, nicht wahr?«

»Ja.« Beatriz blinzelt überrascht. Sie hat die Frage nur gestellt, um einen Vorwand für ihre Anwesenheit zu schaffen, aber sie war davon ausgegangen, dass er tatsächlich nach ihr schicken würde, sobald er diese beiden Sternbilder wieder am Himmel beobachtet. Schließlich hat er zwar ihren Unterricht für beendet erklärt, aber nicht ohne anzumerken, dass sie noch vieles zu klären hätten. Warum also sollte er so etwas für sich behalten? Aber noch während sie sich diese Frage stellt, erschließt sich ihr die Antwort: Weil er ihr nichts sagen wollte, was sie dazu ermutigen könnte, ihre Gabe weiterhin einzusetzen – eine Gabe, die er inzwischen für einen Fluch hält.

»Das ist gut zu wissen«, fügt sie hinzu. Ein Teil von ihr möchte ihn vorwurfsvoll fragen, wie er ihr so etwas verheimlichen konnte, und damit den Streit ihrer letzten Begegnung wieder entfachen – nicht, weil sie ernsthaft damit rechnet, dass einer von ihnen beiden seine Meinung ändert, sondern weil sich Streit für sie wie das Naheliegendste der Welt anfühlt. Doch eine Stimme in ihrem Kopf ermahnt sie, mit kühler Vernunft zu handeln und sich auf die anstehenden Aufgaben zu konzentrieren, anstatt sich von ihren Gefühlen leiten zu lassen.

Ironischerweise klingt die Stimme wie die ihrer Mutter.

Beatriz räuspert sich und fährt fort: »Ich werde natürlich äußerste Vorsicht walten lassen, was meine Kräfte betrifft. Gehe ich recht in der Annahme, dass Ihr noch immer nicht die Absicht habt, meinen Unterricht fortzuführen?«

»Ich denke nicht, dass das ratsam wäre«, sagt er und tritt einen Schritt weiter in den Raum, aber anstatt sie aus seinem Laboratorium zu geleiten, schließt er die Tür hinter sich. Bei dem Geräusch, mit dem die Tür ins Schloss fällt, stellen sich Beatriz die Nackenhaare auf – eine völlig übertriebe Reaktion ihres Körpers, wie sie denkt. Sie war schon mehr als einmal mit Nigellus allein und all ihre bisherigen Lektionen haben bei geschlossener Tür stattgefunden. Aber wie er gerade selbst sagte: Es wird keinen weiteren Unterricht mehr geben.

»In diesem Fall sehe ich keinen Grund, Euch weiter zu behelligen.« Sie setzt ein strahlendes Lächeln auf und geht zielstrebig zur Tür. Aber Nigellus macht keine Anstalten, ihr den Weg freizumachen.

»Muss ich Euch in Erinnerung rufen, was auf dem Spiel steht, wenn Ihr weiterhin von Eurer Magie Gebrauch macht?«, fragt er.

»Nein danke, das ist mir bewusst«, erwidert Beatriz leichthin. »Mein Leben, das Schicksal der Welt, das Licht der Sterne selbst. Nichts Neues also.«

Sie will einen Schritt um ihn herum machen, doch er versperrt ihr den Ausgang.

»Habt Ihr in Eurem ganzen Leben jemals etwas ernst genommen, Beatriz?«, fährt er sie an. Die Wut ist zurück in seiner Stimme, immer noch ungewohnt in ihren Ohren, nachdem sie ihn ihr Leben lang nur als beherrscht erlebt hat. Aber anstatt sich einschüchtern zu lassen, genießt Beatriz die Wut, die ihr entgegenschlägt. Mit Zorn weiß sie schließlich umzugehen – sie hat jede Menge Übung darin.

»Ich kann Euch versichern«, sagt sie mit ruhiger Stimme, »dass ich sehr viele Dinge ernst nehme – meine Mutter zum Beispiel und die Gefahr, die sie für mich und die Menschen bedeutet, die ich liebe. Aber ein paar dahingesagte unheilvolle Worte einer Fremden, die vielleicht gar nichts mit mir zu tun haben? Ich fürchte, da kann ich leider nicht das gleiche Maß an Betroffenheit aufbringen.«

Nigellus hält ihren Blick einen Atemzug lang fest und Beatriz macht sich auf einen Kampf gefasst, doch stattdessen tritt er zurück und gibt ihr den Weg zur Tür frei. Ihre Hand liegt schon auf dem Knauf, als seine Stimme sie innehalten lässt.

»Dann lasst Ihr mir keine andere Wahl«, sagt er leise.

Sie sollte sich jetzt nicht umdrehen, das weiß Beatriz. Sie sollte durch diese Tür gehen und Nigellus und seine Worte vergessen. Sie sollte sich an den Plan halten, den sie gemeinsam mit Pasquale geschmiedet hat: einen Wunsch zu benutzen, um Ambrose und

Gisella aus dem Kerker zu holen, den Gesichtspuder ihrer Mutter vergiften und durch den Tunnel in ihrem Schlafgemach in die Freiheit fliehen. Es ist ein Plan, der keinerlei Spielraum für Abweichungen zulässt.

Und dennoch kann sie nicht anders, als sich umzuwenden.

»Keine andere Wahl als was?«, fragt sie.

Nigellus geht nicht auf ihre Frage ein. Er beginnt, in seinem Laboratorium auf und ab zu schreiten, händeringend und das Gesicht zu einer Grimasse verzogen. Als Beatriz ihn so sieht, fragt sie sich unwillkürlich, wann er zuletzt geschlafen hat. Sie kann sich nicht erinnern, ihn jemals so in Aufruhr oder so fahrig erlebt zu haben.

»Die Sterne werden es mir verzeihen – es kann nicht anders sein«, hört Beatriz ihn sagen, auch wenn sie das Gefühl beschleicht, dass er nicht zu ihr, sondern zu sich selbst spricht. »Sie werden wissen, dass es ein notwendiger Schritt ist.«

Kaltes Grauen steigt in Beatriz hoch. Sie weiß nicht, wovon er spricht, aber es besteht kein Zweifel daran, dass es dabei um sie geht – und dass er nichts Gutes im Schilde führt.

Er geht zum Teleskop und Beatriz folgt ihm in sicherem Abstand.

»Was habt Ihr vor?«, fragt sie, während er fieberhaft an den Rädchen dreht und den Himmel absucht.

»Es muss ein großer Stern sein«, beschließt er, ohne ihr Beachtung zu schenken. »Um eine solche Tat zu vollbringen, muss es ein großer Stern sein.«

»Was wollt Ihr Euch wünschen?«, fragt Beatriz, diesmal lauter, auch wenn sie die Antwort bereits erahnt. Er kann sie nicht umbringen – ein Wunsch kann keinen Menschen töten, das hat er selbst gesagt –, aber es gibt viele andere Möglichkeiten, sie außer Gefecht zu setzen. Wenn sie es zulässt.

Er richtet sich auf und dreht sich zu ihr um. »Wenn Ihr nicht bereit seid, Eure Gabe zu zügeln, dann solltet Ihr sie auch nicht besitzen. Ihr werdet mir danken, wenn Ihr das erst eingesehen habt – es wird eine Last von Euren Schultern nehmen. Ich werde den Fluch rückgängig machen.«

Aber Beatriz sieht ihre Magie nicht als Fluch. Ja, die Magie raubt ihr Wunsch für Wunsch ihre Lebenskraft, aber sie ist auch die beste Waffe, die ihr im Kampf gegen ihre Mutter zur Verfügung steht – die *einzige* Waffe.

Nigellus wendet sich wieder dem Teleskop zu. »Ah, der Stab des Himmelsdeuters – das ist wohl passend«, murmelt er vor sich hin. »Ich wünsche mir ...«

Ohne lange zu überlegen, stürzt Beatriz sich auf ihn, stößt ihn vom Fernrohr weg auf den harten Steinboden – und verliert das Gleichgewicht. Sie rappelt sich auf, aber da schließt sich seine Hand um ihren Knöchel.

Seine Stimme klingt heiser. »Ich wünsche mir ...«, sagt er wieder, den Blick nach oben gerichtet, zu den Sternen, deren Licht durch die gläserne Kuppel fällt.

Beatriz greift nach einem der Messgefäße von seinem Arbeitstisch und schlägt es ihm gegen die Schläfe, wo es in tausend Stücke zerspringt. Seine Augenlider flattern, aber er kommt schnell wieder zu sich und stemmt sich hoch.

»Ihr könnt mich nicht aufhalten, Prinzessin«, sagt er mit starr auf sie gerichtetem Blick, während ihm Blut über das Gesicht rinnt. »Ihr könnt mich nicht für alle Ewigkeit aufhalten. Und eines Tages, wenn alles vorbei ist, werdet Ihr mir danken.«

Beatriz schluckt schwer. Ihre Gedanken überschlagen sich, während sie die Hand in die Tasche ihres Umhangs gleiten lässt, ihre Finger um das Fläschchen legt, das Gift fest in ihrer Faust umschließt. Sie kann ihn aufhalten, aber sie will es nicht tun –

zumindest nicht auf diese Weise. Nicht mit dem Gift, das für ihre Mutter bestimmt ist.

»Bitte«, sagt sie leise. »Tut das nicht. Es ist meine Gabe. Ihr habt mich so erschaffen, erinnert Ihr Euch nicht? Und die Sterne haben mich gesegnet – *uns* gesegnet.«

»Die Sterne haben Euch den Fluch einer Macht auferlegt, für die Ihr niemals stark oder klug genug sein werdet«, stellt er klar. Seine Worte treffen sie wie ein Schlag ins Gesicht.

Beatriz hasst diese Worte, hasst ihn dafür, dass er sie ausspricht – auch wenn eine leise Stimme in ihrem Kopf sich fragt, ob er recht hat. Aber nein, das *kann* nicht sein.

»Es geht Euch nicht um mich oder darum, dass ich meine Macht nicht kontrollieren kann«, stößt sie zwischen zusammengebissenen Zähnen hervor. »Sondern darum, dass Ihr selbst nicht diese Fähigkeit habt.«

In seinen silbernen Augen flackert ein Ausdruck auf, der Beatriz verrät, wie nahe sie der Wahrheit gekommen ist. Aber es ist nur eine flüchtige Anwandlung, die genauso schnell verfliegt, wie sie gekommen ist.

»Ich bin ein Himmelsdeuter«, sagt er zu ihr. »Ihr hingegen seid eine abscheuliche Verirrung. Und wenn Ihr nicht gewillt seid, Euch zu beherrschen, dann muss ich es für Euch tun.« Er wendet sein Gesicht wieder den Sternen am Himmel zu, wo der Stab des Himmelsdeuters inzwischen fast hinter dem Horizont verschwindet. Es spielt keine Rolle, ob sein Wunsch heute Abend in Erfüllung geht – Nigellus hat recht. Er wird es weiter versuchen, mit einem anderen Stern, in einer anderen Nacht. Und Beatriz wird ihn nicht für alle Ewigkeit davon abhalten können. Er wird ihr die Magie nehmen, die einzige Waffe, die sie besitzt, und es gibt nur einen Weg, um das zu verhindern.

Mit einer einzigen, fließenden Bewegung zerschlägt Beatriz

das Fläschchen mit dem Gift an der Schläfe, die sie zuvor verletzt hat, und reibt das graue Pulver mit ihrer Hand in die Wunde. Nigellus schreit auf, versucht, vor ihr zurückzuweichen, stößt sie mit beiden Händen von sich weg, aber es ist zu spät. Nach nur einer Sekunde verstummt sein Schrei. Wenige weitere Sekunden verstreichen, bevor sich seine Augen schließen, auch wenn sein Körper noch von Krämpfen geschüttelt wird.

Gisella hat gesagt, das Gift würde schnell wirken, sobald es in die Blutbahn gelangt. Beatriz schluckt, schaut auf Nigellus hinab, der noch ein letztes Mal zuckt. Sie stößt ihn mit der Spitze ihres Stiefels an, aber er regt sich nicht mehr. Sie kniet sich an seine Seite und tastet nach einem Puls, der nicht mehr zu fühlen ist.

Beatriz verspürt weder Bedauern noch sonst irgendeine Regung, als sie in seine leeren Augen blickt. Sie weiß, dass sie Schuldgefühle oder zumindest Entsetzen empfinden sollte, doch da ist weder das eine noch das andere. Für nichts anderes wurde sie schließlich erzogen, und ihre Mutter hat sie zu gut gedrillt, als dass sie in einem solchen Moment zusammenbrechen würde.

»Triz?« Eine Stimme lässt sie herumwirbeln. In der Tür steht Pasquale, der die Szene mit großen Augen in sich aufnimmt. Sein Blick gleitet zu dem Blut an ihren Händen, wo sie Nigellus' Wunde berührt hat.

»Das ist nicht mein Blut«, versichert sie ihm hastig.

»Ich kann nicht glauben, dass er dich angegriffen hat.« Er schließt die Tür hinter sich und kommt auf sie zu. »Geht es dir gut? Ist er …«

Beatriz müsste ihm jetzt eigentlich widersprechen – Nigellus hat sie nicht angegriffen. Zumindest nicht körperlich. Dies war kein Akt der Selbstverteidigung. Sie hat ihn aus egoistischen

Motiven getötet, um ihre Macht zu behalten. Sie sollte Pasquale widersprechen, aber sie tut es nicht.

»Er ist tot«, sagt sie stattdessen. »Ich musste es tun.«

Auch wenn das nicht die ganze Wahrheit ist, so ist es doch nicht gelogen. Es ist die Wahrheit, die Beatriz *fühlt*.

»Ich habe das Gift benutzt«, erklärt sie kopfschüttelnd. »Jetzt haben wir keine Regenblumen mehr, um eine neue Dosis anzumischen ...«

»Dafür bleibt uns auch keine Zeit«, stellt Pasquale fest und schüttelt nun seinerseits den Kopf. »Wir müssen noch heute Abend aufbrechen, bevor seine Leiche entdeckt wird.«

Beatriz will protestieren – sie kann nicht fortgehen, ohne den Anschlag auf ihre Mutter zu verüben, ohne sie zu töten. Es wäre ein großer Fehler, das zu tun, das weiß sie mit aller Gewissheit. Jeder weitere Tag, an dem ihre Mutter atmet, ist ein weiterer Tag, an dem ein Schwert über ihrem Kopf hängt – und auch über den Köpfen von Daphne, Pasquale und so vielen anderen. Aber Pasquale hat recht: noch länger hierzubleiben, wäre viel zu riskant.

Die kühle Vernunft übernimmt das Kommando, als Beatriz zu dem Becken in der Ecke geht und sich das Blut von den Händen wäscht.

»Hilf mir, die Leiche in den Schrank zu verfrachten.« Sie nickt in Richtung des großen Wandschranks auf der anderen Seite des Laboratoriums. »Vielleicht verschafft uns das ein paar Stunden.«

Pasquale nickt, die Bewegung ist seltsam ruckartig.

»Pas, ich ... ich hatte keine Wahl«, sagt sie, und zumindest das ist die Wahrheit. Er muss verstehen, dass sie keine kaltherzige Mörderin ist, die alle um sie herum aus dem Weg schaffen will – erst ihre Mutter, jetzt Nigellus. Sie fühlt sich nicht schuldig, aber sein Tod macht sie traurig. Er war kein Fremder für sie, sondern jemand, den sie ihr ganzes Leben lang gekannt hat, der ihr geholfen und sogar ihr Leben gerettet hat. Auch wenn sie Nigellus nie vertraut hat, steht sie doch in seiner Schuld – einer Schuld, die sie nun nicht mehr begleichen kann.

Pasquale sieht sie verwirrt an. »Natürlich nicht«, sagt er, bevor es ihm plötzlich zu dämmern scheint. »Du hattest keine andere Wahl«, wiederholt er dennoch.

Es hilft ihr, diese Worte aus seinem Mund zu hören, und sie bringt ein knappes Nicken zustande.

»Komm schon«, sagt Pasquale und legt ihr eine Hand auf den Rücken, die für Beatriz wie ein Anker ist, der sie hält. »Wir müssen eine Leiche verstecken.«

Beatriz schickt Pasquale in den Kerker, mit drei Phiolen Sternenstaub aus Nigellus' Vorrat und genauen Anweisungen, wie sie zu verwenden sind, einschließlich des exakten Wortlauts für die Wünsche, die er aussprechen soll. Eine der Phiolen soll es ihm ermöglichen, an den Wachen vorbeizukommen und nach der Befreiung ungesehen zu fliehen, mithilfe der zweiten soll er Ambroses Zelle aufschließen und mit der dritten Gisellas – ob er Letzteres tut, sei allerdings ihm überlassen, fügt Beatriz hinzu. Außerdem hat er einen Beutel mit Kleidung der Dienerschaft dabei, die sie anziehen sollen, um unerkannt das Schlafgemach der Kaiserin zu erreichen.

»Wird der Sternenstaub denn für all das reichen?«, fragt er, als sie ihm den Plan erklärt.

»Nigellus' Vorräte sind stärker als der normale Sternenstaub«, antwortet sie.

»Aber als du Lord Savelle befreit hast, musstest du dein Armband verwenden – nur Sternenstaub allein hätte nicht ausgereicht.«

»Dieser Wunsch hat Lord Savelle auf direktem Weg zu dir und Ambrose gebracht«, erklärt sie. »Eine Zelle zu entriegeln, ist niedere Magie – und die Mühe, die beiden zu mir zu bringen, musst du dieses Mal selbst auf dich nehmen.«

Nachdem er sich auf den Weg gemacht hat, nimmt Beatriz eine Ledertasche von einem Haken an der Tür und verstaut darin sämtliche Sternenstaub-Phiolen aus Nigellus' Schränkchen – mehr als genug, um ihnen eine reibungslose Reise nach Friv zu garantieren. Wie von selbst gleitet ihr Blick dabei immer wieder zu dem Wandschrank, in dem sie mit Pasquales Hilfe die Leiche des Himmelsdeuters versteckt haben.

Trotz ihrer Ausbildung und all den Lektionen darüber, wie man einen Menschen tötet, hat sie es noch nie zuvor tatsächlich getan. Auf seltsame Weise war es sowohl einfacher als auch schwieriger, als sie es sich vorgestellt hatte – und jetzt ist es vollbracht. Zwar macht sich ein grässliches Gefühl nagend in ihr breit, doch sie zweifelt keine Sekunde daran, dass sie nicht anders handeln würde, wenn sie die Zeit zurückdrehen könnte.

Niemand anderes als ihre Mutter hat ihr schließlich beigebracht, dass man sich Bedrohungen vom Leib schaffen muss. Und Nigellus war zu einer Bedrohung geworden.

Dennoch zittern ihre Finger, als sie die Ledertasche schließt und sich den Gurt über die Schulter wirft. Sie ist drauf und dran, den Raum zu verlassen, als ihre Hand über ihren Rock streift und das Rascheln von Papier sie an den Brief erinnert, den sie eingesteckt hat, bevor Nigellus sie überraschte – den Brief mit Daphnes Namen.

Sie zieht ihn heraus, während sie die Wendeltreppe hinabgeht, und überfliegt die Zeilen im flackernden Licht der Wandfackeln.

Nigellus,

was du mir von Beatriz berichtest, ist noch beunruhigender, als ich befürchtet hatte, und bestätigt nur meine Vorahnung, dass ihre Macht die Sterne verdunkeln und die Welt ins Verderben stürzen wird.

Ich muss gestehen, ich habe gespürt, dass auch mit Daphne etwas nicht stimmt, seit ich ihr zum ersten Mal begegnet bin – doch wenn sie irgendeine Gabe besäße, hätte sich das inzwischen längst gezeigt, und da Beatriz' magische Kräfte darauf zurückzuführen sind, dass du sie törichterweise aus dem Stab des Himmelsdeuters erschaffen hast, bleibt mir nur der Schluss, dass es noch etwas anderes gibt, was die Sterne mir sagen wollen. Seit sechzehn Jahren spüre ich die Sterne und ihren Zorn – zuweilen habe ich geglaubt, es sei meine eigene Einmischung, die ihn heraufbeschworen hat. Aber nun bin ich mir sicher, dass die Schuld – oder zumindest der Großteil davon – bei dir und der Kaiserin liegt, obwohl ich ihr nicht einmal die Schuld für ihre Torheit geben kann: Sie konnte es nicht wissen. Du jedoch hättest es wissen müssen. Menschen zu erschaffen, indem man Sterne vom Himmel holt, Nigellus! Das ist ein Frevel, der weit über alles hinausgeht, worüber wir bislang gesprochen haben.

Ich habe dir bereits von der Prophezeiung geschrieben, die ich seit Monaten höre – dass das Blut der Sterne und der Majestät vergossen wird. Erst hielt ich es für eine Warnung, aber jetzt beginne ich zu glauben, dass es eine Aufforderung ist – eine Aufforderung an mich und an uns, den Fehler rückgängig zu machen, den du vor sechzehn Jahren begangen hast.

Aurelia

Als Beatriz die letzte Stufe erreicht, ist sie auch am Ende des Briefes angelangt. Das Herz schlägt ihr bis zum Hals. Es sind die Worte einer Wahnsinnigen – aber einer Wahnsinnigen, die offenbar in Daphnes Nähe ist und, wie es scheint, ihrer Schwester Böses will.

Sie muss mit Daphne sprechen, und zwar so schnell wie möglich.

Violie

Violie spürt immer noch die Nachwirkungen des Giftes, als die Wachen kommen, um sie am Abend zur Verhandlung zu geleiten, so sehr, dass sie sie sogar stützen müssen, als sie auf wackeligen Beinen den Gang entlangstakst, die Hände mit Eisenfesseln auf dem Rücken gebunden. Aber es geht ihr allmählich wieder besser, worüber sie froh ist. Ein paar Sekunden mehr, in denen sie das Giftpulver eingeatmet hätte, und sie wäre jetzt tot. Noch besser wäre es natürlich, wenn nicht die Schlinge des Henkers vor ihr baumeln würde – bildlich gesprochen, vorerst zumindest. Es gilt nun, diesen Prozess durchzustehen.

Während sie sich langsam auf den Weg zur großen Halle macht, in der die Verhandlung stattfinden wird, dankt sie den Sternen, dass es überhaupt einen Prozess geben wird. Wenn irgendjemand in Bessemia oder Temarin auch nur vage vermutet hätte, dass sie ein Mitglied des Königshauses ermorden will – oder auch eine adelige Dame, als die Eugenia in Friv offiziell ja immer noch gilt –, wäre ihr diese Chance, sich zu verteidigen, ganz sicher nicht gewährt worden. Was nichts daran ändert, dass sie schuldig ist und sie sich keine Hoffnung auf einen für sie günstigen Ausgang des Prozesses machen kann.

Vor der großen Halle warten bereits weitere Wachen, um ihnen die Türen zu öffnen. Violie tritt ein und spürt den Blick von Hunderten von Augen auf sich gerichtet. Als sie sich im Raum umsieht, fühlt sie einen Knoten im Magen – alle Bewohner des Schlosses scheinen hier zu sein, Diener und Adelige gleichermaßen, versammelt um einen Stuhl in der Mitte des Raumes, um das Mädchen zu sehen, das versucht hat, die Mutter des temarinischen Königs zu ermorden. Denn ganz gleich, welchen Namen sie sich gegeben hat, die meisten scheinen zu wissen, dass Eugenia genau das ist.

Violies Augen gleiten über die Menge und heften sich auf Leopold, der mit einer Gruppe anderer Diener von erhöhten Rängen an der Rückwand des Raumes aus zuschaut. Er sieht aus, als hätte er letzte Nacht nicht geschlafen. Sie wünschte, sie könnte ihm sagen, dass er sich keine Vorwürfe machen soll, dass, sosehr sie ihm auch vertraut, das Chaos, das sie selbst angerichtet hat, zu groß ist, als dass er es jemals wieder in Ordnung bringen könnte. Und dass sie ihm das nicht übel nimmt.

Daphne und Bairre stehen hinter König Bartholomew in der Mitte des Raumes, direkt vor dem leeren Stuhl, aber Daphne scheint bewusst Violies Blick zu meiden. Stattdessen spricht sie mit Bairre und wendet ihr Gesicht von Violie ab, während die Wachen sie weiter in die Halle führen.

Wenigstens hat Violie in Friv etwas erreicht, denkt sie, während ihr Blick auf Daphne verweilt. Wenigstens konnte sie Daphne zur Vernunft bringen. Wenigstens werden sich die Prinzessin und Leopold jetzt gegenseitig stützen können – und sie gar nicht mehr brauchen.

Es ist genug, sagt sie sich. Sophronia würde sich freuen, dass ihr das gelungen ist. Und obwohl sie schon ihre eigene Hinrichtung vor Augen hat, kann Violie sich nicht dazu durchringen, irgendetwas zu bereuen, das sie hierhergeführt hat. Nun, vielleicht eine Sache – sie wünschte, sie hätte es geschafft, Eugenia zu töten.

Plötzlich dreht sich Daphne zu ihr um, ihre Augen weiten sich und ihre Kinnlade klappt herunter. Sie starrt die Gefangene fassungslos an, während Violie zu dem Stuhl in der Mitte des Raumes gebracht wird.

»Sophie!«, schreit Daphne. Sie drängt sich an Bairre und am König vorbei und schlingt, ohne auf die Wachen zu achten, ihre Arme um Violies Hals und hält sie fest. »Oh, Sophie, du lebst!«

Violie erstarrt, ihr Verstand hat Mühe, diese Wendung nachzuvollziehen, und in diesem Bruchteil einer Sekunde kann Daphne ihr ins Ohr flüstern.

»Mach mit, es ist die einzige Möglichkeit.«

Violies Körper reagiert schneller als ihr Verstand und schmiegt sich in Daphnes Arme.

»Prinzessin Daphne«, schaltet sich König Bartholomew ein, als die Wachen Violie nicht gerade sanft von Daphne wegziehen, die sie nur widerstrebend freigibt. »Was hat das zu bedeuten?«

Violie sieht Daphne an, ebenso gespannt auf eine Erklärung wie alle anderen Anwesenden, obwohl ihr allmählich dämmert, was Daphne vorhat – Violie sieht aus wie Sophronia, sogar Beatriz hat sie für einen Moment für ihre Schwester gehalten. Diese Ähnlichkeit war wohl auch der Grund, warum die Kaiserin sie überhaupt ausgewählt hat. Und niemand in Friv hat je Sophronia zu Gesicht bekommen, niemand außer ... Violies Augen suchen Leopolds und er nickt ihr kurz zu. Also ist er ebenfalls eingeweiht.

»Ich ... ich kann es ja selbst nicht erklären«, schluchzt Daphne und umklammert Violies Arm. Jetzt laufen ihr sogar Tränen über die Wangen – eine nette Zutat, wie Violie zugeben muss. Sie selbst hatte schon immer Schwierigkeiten, auf Kommando zu weinen, aber Daphne kann das hervorragend. Wenn Violie es nicht besser wüsste, würde sie schwören, dass die Tränen echt sind. »Aber es ist meine Schwester, es ist Sophie – Königin Sophronia von Temarin. Alle sagten, sie sei tot, aber nun steht sie hier vor mir.«

»Das ist völlig unmöglich«, widerspricht König Bartholomew, aber seine Stimme ist weicher geworden. »Alle Berichte, die wir gehört haben ...«

»Was kümmern mich Berichte!«, ruft Daphne aus. »Glaubt Ihr, ich erkenne meine eigene Schwester nicht, wenn sie direkt vor mir steht? Ich sage Euch, das ist Sophronia Fredericka Soluné, Prinzessin von Bessemia und Königin von Temarin.«

»Es ist wahr«, hört Violie sich sagen. Sie war schon immer gut darin, zu lügen, und sie lässt sich von ihrem Instinkt leiten, indem sie sich blitzschnell eine Geschichte ausdenkt, die zu der Lüge passt. »Wir kamen hierher, weil ich meine Schwester um Hilfe bitten wollte, aber als wir im Schloss eintrafen, war sie weg, und ich wusste nicht, wem ich noch vertrauen konnte und ...« Sie bricht ab und blickt wieder zu Leopold, der sich durch die Menge drängt. Wenn sie Sophronia sein soll, muss Leopold er selbst sein. »Leo!«, ruft sie.

»Es ist wahr«, bestätigt Leopold mit bebender Stimme und stellt sich an Violies Seite.

»Und wer bist du?«, fragt König Bartholomew.

Leopold richtet sich auf. »Ich bin Leopold Alexandre Bayard, König von Temarin«, sagt er. »Und das ist meine Frau.«

Nach Violies und Leopolds Verkündigung herrscht zunächst ein heilloses Durcheinander, weshalb König Bartholomew die Halle räumen lässt, sodass nur Violie, Leopold, Bairre, Daphne und einer seiner Ratgeber zurückbleiben. Aus ihrer Zeit auf dem Schloss weiß Violie, dass es sich um Lord Panlington handelt. Violie hat das Gefühl, dass alle im Raum sie anstarren, die Frau anstarren, von der sie glauben, dass sie Sophronia ist.

Es gibt kein Zurück mehr, stellt sie mit einem beklommenen Gefühl im Magen fest. Von diesem Moment an wird Violie immer Sophronia sein. Wenn sie ihre wahre Identität irgendwann zurückhaben will, wird sie nicht nur ihr eigenes Leben riskieren, denn Daphne und Leopold haben sich für sie verbürgt. Sie kann sich nicht selbst als Betrügerin entlarven, ohne auch sie zu Betrügern zu machen.

Für den Rest ihres Lebens wird sie Sophronia sein; Violie ist ab sofort tot.

Sie fragt sich, ob ihr das nicht seltsam vorkommen wird: auf Sophronias Namen zu hören, ihre Schwester, ihren Mann, ihr Leben zu stehlen – ganz zu schweigen von der Tatsache, dass sie sich jetzt als Königin eines Landes und als Prinzessin eines anderen ausgibt.

»Am besten fangt Ihr ganz von vorn an«, sagt Bartholomew jetzt und schaut zwischen Violie und Leopold hin und her.

Violie weiß, dass sie eine viel bessere Lügnerin ist als Leopold, also nimmt sie die Zügel in die Hand. Sie räuspert sich und lässt ihren natürlichen bessemianischen Akzent durchklingen, mit einigen kleinen Anpassungen, die eher einer Prinzessin und nicht der Tochter einer Kurtisane entsprechen.

»Nach dem Sturm auf den Palast in Kavelle saßen Leopold und ich in der Falle. Ohne die Unterstützung meiner Zofe wären wir sofort getötet worden – so aber half sie uns bei der Flucht, wurde dann jedoch an meiner Stelle hingerichtet. Wir sahen uns sehr ähnlich: die gleiche Haarfarbe, die gleichen Augen, die gleiche Figur. Die Zuschauer der Hinrichtung sahen mich immer nur aus der Ferne, kein Wunder, dass sie glaubten, sie sei ich«, erklärt Violie. »Währenddessen flohen Leopold und ich außer Landes. Wir versuchten zunächst, nach Cellaria zu gehen, da wir beide familiäre Bindungen dorthin haben, doch dann stellte sich heraus, dass ein Putsch stattgefunden hat und sein Cousin und meine Schwester Beatriz verbannt worden sind. Niemand hätte uns in Cellaria willkommen geheißen, also kamen wir stattdessen mit einem Schiff hierher. Wir erreichten den Palast an dem Morgen, bevor Daphne und Prinz Bairre zu Prinz Cillians Sternenreise aufbrachen.«

Lord Panlington beugt sich vor und sein Blick wandert mehrmals von ihr zu Daphne und wieder zurück – vielleicht auf der Suche nach einer Ähnlichkeit –, bevor er Violie direkt anspricht.

»Warum habt Ihr Euch dann nicht zu erkennen gegeben?«, fragt er. »Ihr wärt mit Eurer Schwester wiedervereint gewesen und König Leopold mit seiner Mutter.« Als Bartholomew ihn erstaunt ansieht, schüttelt Lord Panlington den Kopf. »Ich bitte Euch, Bartholomew, das war das am schlechtesten gehütete Geheimnis im Schloss.«

»Meine Mutter war der Grund, weshalb wir uns versteckt hielten«, erklärt Leopold und springt Violie mit dem Teil der Geschichte bei, den er und Daphne offenbar gemeinsam ausgeheckt haben. »Sosehr es mich schmerzt, es zugeben zu müssen, aber meine Mutter war in den Aufstand in Temarin verwickelt – sie hat ihn angeheizt, finanziell unterstützt und sogar die Belagerung des Palastes mit vorbereitet. Nachdem sie also schon einmal versucht hatte, Sophronia und mich zu töten, hüteten wir uns davor, uns ihr zu erkennen zu geben. Wir wollten uns auf die Suche nach Prinzessin Daphne machen, damit Sophronia unter vier Augen mit ihr sprechen könnte, doch dann hörte ich von der Entführung meiner Brüder und wusste, dass auch da meine Mutter ihre Finger im Spiel hatte.«

König Bartholomew lehnt sich in seinem Stuhl vor. »Ihr glaubt, dass Eure Mutter Eure Brüder entführen ließ?«

Violie versucht, sich nichts anmerken zu lassen – Eugenia hatte nichts mit der Entführung der Prinzen zu tun. Das waren die Rebellen. Aber als sie Daphne ansieht, bemerkt sie, dass sich zwischen Daphne und Lord Panlington etwas abspielt, das damit endet, dass er sich mit geschürzten Lippen zurücklehnt.

»Ich weiß es«, sagt Leopold und lenkt Violies Aufmerksamkeit wieder auf sich. »Gideon und Reid haben es mir selbst gestanden, als wir sie am Olveen-See fanden.«

»Das haben sie«, bestätigt Bairre. »Das war der wahre Grund, warum wir es für das Beste hielten, sie woanders hinzuschicken, anstatt sie hierherzubringen. Es tut mir leid, dass ich es dir nicht sagen konnte, Vater, aber wir hielten es für klüger, vorerst niemanden einzuweihen.«

»Sie wurden von Vesteria weggebracht und in die Obhut eines Verbündeten meiner Familie gegeben«, fügt Leopold hinzu.

Als König Bartholomew seinen Sohn ansieht, erklärt Bairre ihm achselzuckend: »Leopold hat uns seine wahre Herkunft gestanden, als wir die Jungen fanden. Sie haben ihn sofort erkannt. Wir beschlossen, die Information bis zu unserer Rückkehr zurückzuhalten, damit sich die Gerüchte nicht in Windeseile verbreiten.«

»Und du hast mir nichts davon gesagt?«, ruft Daphne und schafft es, überrascht und verletzt zugleich auszusehen. »Sie ist meine Schwester, und du wusstest, dass sie lebt?«

Bairre sieht sie schuldbewusst an. »Ich dachte, es wäre netter, wenn du sie mit eigenen Augen sehen könntest, anstatt dich die ganze Rückreise über zu fragen, ob es wirklich wahr ist oder nicht«, erklärt er, und Violie muss zugeben, dass es eine gute Lüge ist – nicht unbedingt logisch, aber emotional glaubhaft.

»Ich weiß tatsächlich nicht, ob ich dir geglaubt hätte«, gibt Daphne zu und drückt Violies Arm noch etwas fester.

»Und Ihr?«, fragt Bartholomew und blickt wieder zu Violie.

»Ihr mögt zwar eine Königin sein, aber Ihr seid immer noch des versuchten Mordes angeklagt.«

»Ich habe es nicht getan«, sagt Violie. Sie spürt Daphnes wachsamen Blick und kann ihre Sorge nachvollziehen. Doch zum Glück kann Violie genauso gut eine Geschichte erfinden wie sie. »Ja, ich habe mich in Eugenias Zimmer geschlichen, aber ich wollte nur mit ihr sprechen. Um zu verstehen, warum sie versucht hat, Leo und mich umbringen zu lassen. Was für eine Mutter würde ihr eigenes Kind töten wollen?« Sie schüttelt den Kopf. »Mag sein, dass ich ihr Angst machen wollte, aber ich habe nicht versucht, sie zu töten. Das war Genevieve.«

»Ihre Zofe?«, fragt Bartholomew erstaunt.

Violie nickt. »Als ich mich ins Zimmer schlich, war sie gerade dabei, Eugenia ein seltsames Gefäß vor das Gesicht zu halten. Sie erschrak und stürzte sich sofort auf mich, wir kämpften miteinander und Eugenia wurde davon wach, doch dann ließ Genevieve den Behälter fallen, und überall war Pulver. Ich ahnte, dass es giftig sein musste, und versuchte, mir den Mund zuzuhalten, aber … nun, das ist das Letzte, woran ich mich erinnere.«

»Aber warum sollte ihre Zofe sie töten wollen?«, fragt Bartholomew.

Violie zuckt mit den Schultern. »Ich denke, die einzige Person, die diese Frage beantworten kann, ist Genevieve, und die hat, soweit ich weiß, dieses schreckliche Ereignis nicht überlebt.«

Bartholomew denkt eine Weile nach, schüttelt dann den Kopf. »Euer Geheimnis lässt sich nicht länger bewahren«, verkündet er schließlich. »Noch vor Ende der Woche wird es das ganze Land wissen, darauf würde ich wetten. Und die Menschen werden nicht gerade erfreut darüber sein, dass Friv einen fremden König aufgenommen hat.«

Lord Panlington gibt einen undefinierbaren Laut von sich.

»Seid Ihr etwa anderer Meinung?«, fragt König Bartholomew ihn.

»Zumindest teilweise«, antwortet Lord Panlington, wobei er seinen Blick ungewöhnlich lange auf Daphne verweilen lässt, bevor er sich wieder ganz König Bartholomew zuwendet. »Die Menschen werden aufgebracht sein, wenn sie der Meinung sind, dass sie das sein sollten. Das Bild von Friv als einem unabhängigen Land, das niemanden braucht und niemandem hilft, ist nicht aufrechtzuerhalten. Schon jetzt ist es eine Illusion. Wir treiben längst Handel mit dem Rest des Kontinents, nicht wahr?«

Violie wirft einen Seitenblick auf Daphne und sieht ein kleines Lächeln auf ihren Lippen. Das sind ihre Worte, wird Violie klar.

»Vielleicht«, fährt Lord Panlington fort, »ist es an der Zeit, Friv zu zeigen, wie stark wir sein können, wenn wir unsere Verbündeten unterstützen und von ihnen unterstützt werden.«

»Ich stimme Lord Panlington zu«, sagt Bairre.

»Ich auch«, schließt Daphne sich an und fügt dann leise murmelnd ein »offensichtlich« hinzu.

König Bartholomew lässt sich den Vorschlag durch den Kopf gehen. »Nun gut. Ich werde Euch nicht in ein Land zurückschicken, das versucht hat, Euch zu enthaupten«, sagt er zu Violie und Leopold. »Aber wir müssen vorsichtig vorgehen.«

»Wenn Ihr gestattet, Eure Majestät?« Daphne tritt vor. »Ich glaube, die beste Art, an die Sache heranzugehen, ist, die Wahrheit zu sagen. Es ist eine bemerkenswerte Geschichte, nicht wahr? Voller Romantik und Abenteuer und unerkannten Königen und Königinnen – es klingt fast wie ein Gutenachtmärchen für Kinder. Niemand wird sich dem Charme entziehen können und sie werden Euch unterstützen – *uns* unterstützen«, fügt sie hinzu und sieht Violie wieder so zärtlich an, dass Violie sich in Erinnerung rufen muss, dass es nicht echt ist. »Zwei Schwestern, lange getrennt und nun wieder vereint.«

»Gut gesprochen, Prinzessin«, lobt Lord Panlington sie. »In der Tat, Bartholomew, ich denke, Ihr solltet diese Geschichte und die ... Begeisterung, die Prinzessin Daphne derzeit auslöst, für Euch nutzen. Allerdings sollte die Liebesgeschichte unter Eurem eigenen Dach nicht von einer anderen übertrumpft werden. Prinz Bairre und Prinzessin Daphne haben schon so lange gewartet – warum auch nur einen Tag länger die Hochzeit hinauszögern?«

Violie spürt, wie Daphne neben ihr erstarrt. Auch Bairre hat sichtlich Mühe, seine Verwirrung zu verbergen. Offensichtlich war dies nicht Teil ihres Plans.

»Eine ausgezeichnete Idee«, stimmt Bartholomew Panlington zu. »Die Hochzeit ist längst überfällig, und wenn wir schnell sind, haben die Rebellen nicht mehr die Zeit, sich etwas auszudenken. Ihr heiratet noch heute, um Mitternacht, wenn die Sterne am hellsten sind.«

Beatriz

Aller Wahrscheinlichkeit nach ist ihre Mutter immer noch auf dem Ball. Um die Wachen, die vor den kaiserlichen Gemächern ihren Posten bezogen haben, wird Beatriz jedoch nicht ohne Weiteres herumkommen – allerdings hat sie mit diesem Hindernis bereits gerechnet. Beatriz hat zwei Wachsoldaten erwartet, aber es sind doppelt so viele wie sonst, weshalb sie eine Sekunde zögert, bevor sie sich entschließt, wie geplant weiterzumachen. Als die Wachen auf sie aufmerksam werden, schenkt sie ihnen ihr breitestes Lächeln.

»Eure Hoheit«, begrüßen sie die Soldaten wie aus einem Mund und deuten eine Verbeugung an.

»Guten Abend«, sagt sie strahlend. »Darf ich euch um einen Gefallen bitten? Ich möchte meiner Mutter ein Parfüm schenken, bevor mein Mann und ich nach Cellaria abreisen, um ihr für die große Unterstützung zu danken, die sie uns zukommen lässt, aber ... ach, es ist so albern – ich habe Angst, nicht den richtigen Duft für sie zu finden. Ich müsste nur kurz reinschauen, um zu sehen, welche Duftnoten sie bevorzugt, damit ich eine ungefähre Ahnung bekomme, was ich besorgen soll. Es wird auch nicht lange dauern.«

Die Wachen tauschen verdutzte Blicke aus, bevor einer von ihnen sich räuspert.

»Ich werde nachfragen, ob die Kaiserin zur Stunde Besuch empfängt, Eure Hoheit«, sagt er, bevor er durch die Tür verschwindet.

Beatriz kämpft darum, nicht die Fassung zu verlieren und ihren sonnig-unbekümmerten Gesichtsausdruck beizubehalten, während ihr vor Panik der Kopf schwirrt. Was macht ihre Mutter hier? Sie sollte doch auf dem Ball sein! Diese unerwartete Wendung könnte alles ruinieren.

Ein paar Sekunden später taucht der Wachmann wieder auf. »Sie wird Euch jetzt empfangen«, sagt er zu Beatriz und bedeutet ihr, in die kaiserlichen Gemächer einzutreten.

Beatriz geht durch den Salon bis ins Schlafzimmer, wo ihre Mutter neben dem Bett steht, während eine Zofe ihr Ballkleid schnürt, was Beatriz nur noch mehr verwirrt.

»Liebling«, begrüßt die Kaiserin sie mit einem Lächeln, das ihre Augen nicht ganz erreicht. »Dein Mann sagte, du seist unpässlich.«

»Ach, es geht mir schon etwas besser, aber ich fürchte, mein Magen würde das Tanzen noch nicht so gut vertragen, deshalb hielt ich es für das Beste, dem Ball fernzubleiben – apropos, warum bist du nicht auf dem Fest?«

Die Kaiserin schnaubt. »Baron von Gleen, dieser Tölpel, hat seinen Rotwein über mich gekippt, als er sich vor mir verbeugte. Mir blieb nichts anderes übrig, als hierherzukommen und mich umzuziehen.«

Die Zofe bindet das letzte Seidenband zu einer makellosen Schleife und Margaraux entlässt sie mit einem Nicken. Das Mädchen huscht davon und lässt Beatriz allein mit ihrer Mutter zurück.

»Nun«, sagt die Kaiserin. »Du hast den Wachen die Lüge aufgetischt, dass du mir Parfüm schenken möchtest?«

Beatriz ist eine gute Lügnerin, das weiß sie selbst, aber ihre

Mutter zu belügen, erfordert besonderes Feingefühl. Ein einziger Fehler könnte nicht nur sie, sondern auch Pasquale und Ambrose ins Verderben stürzen. Beatriz setzt ein schuldbewusstes Lächeln auf.

»Nun ja, ich bezweifle, dass die Wachen mir einfach so erlaubt hätten, einen Blick auf deine Juwelen zu werfen. Also habe ich alles auf die Karte gesetzt, dass deine Soldaten nicht besonders viel von den Feinheiten der Parfümerie verstehen.«

»In der Hoffnung, dass sie dich hereinlassen, damit du hier herumschnüffeln kannst?«, fragt die Kaiserin.

Der Schlüssel einer guten Lüge, das hat Beatriz gelernt, besteht darin, der anderen Person genau das vorzugaukeln, was sie hören will, und der Kaiserin war Beatriz schon immer ein Dorn im Auge. Daher fällt es Beatriz leicht, in die Rolle der missratenen Tochter zu schlüpfen.

»Oh, mit ein bisschen Augenklimpern und Koketterie wären sie Wachs in meinen Händen gewesen, das weißt du genauso gut wie ich«, erwidert Beatriz. »Ich kann dir versichern, dass all die Mühen meiner Ausbildung nicht umsonst waren.«

Die Augen der Kaiserin werden schmal. »Und wonach wolltest du suchen?«

Ihre Mutter hält Beatriz für ein unüberlegtes, impulsives Mädchen, das sich von Gefühlen zu törichten Handlungen hinreißen lässt. Und genau das kann sie jetzt gegen sie verwenden.

Beatriz beißt sich auf die Lippe und wendet den Blick ab. »Ich hatte gehofft, den echten Brief zu finden, den Nicolo dir geschickt hat.« Was auch immer er ihrer Mutter geschrieben hat, steht ganz unten auf der Liste der Dinge, die Beatriz momentan Kopfzerbrechen bereiten – aber sie hofft, dass es einen glaubwürdigen Vorwand abgibt.

Die Kaiserin sagt nichts, streitet nicht einmal ab, dass der Brief, den sie Beatriz zu lesen gegeben hat, eine Fälschung war. »Wie hast du es herausgefunden?«

Beatriz kann ihrer Mutter nicht die Wahrheit sagen, also zuckt sie wieder mit den Schultern. »Leider kenne ich Nicolo zu gut, als dass ich auf diese Botschaft reingefallen wäre.«

»Ach je, dachtest du, er würde in seinem Brief Süßholz raspeln, wie verliebt er in dich ist?«, spottet die Kaiserin.

»Nein«, sagt Beatriz und lacht. »Verräterisch war vor allem Nicolos vorgebliche Gleichgültigkeit seiner Schwester gegenüber.«

Die Kaiserin scheint das nicht zu hinterfragen. »Und wie kommst du darauf, dass ich den Brief ausgerechnet hier aufbewahre und nicht in meinem Arbeitszimmer?«

»Wie kommst du darauf, dass ich dort nicht zuerst nachgesehen habe?«, entgegnet Beatriz.

Der leise Anflug eines Zweifels huscht über das Gesicht ihrer Mutter, ist jedoch gleich darauf wieder verschwunden. »Warum musst du immer so schwierig sein, Beatriz?«, fragt die Kaiserin, und jeder Anschein von Freundlichkeit ist wie weggewischt. Wie oft hat Beatriz' Mutter sie schon *schwierig* genannt? Es gab Zeiten, in denen sich Beatriz deshalb wie eine Versagerin fühlte, aber jetzt versteht sie, was an ihr so schwierig ist. Sie ist schwierig im Zaum zu halten, schwierig zu kontrollieren, schwierig zu manipulieren. Wenn Beatriz nicht so schwierig gewesen wäre, als sie sich in den Kopf setzte, Lord Savelle zu retten, wäre der Plan ihrer Mutter aufgegangen und sie selbst inzwischen längst tot.

Schwierig zu sein, hat Beatriz das Leben gerettet.

»Deine Schwestern sind nie so störrisch gewesen«, fährt die Kaiserin fort.

Eine leise Stimme in Beatriz' Kopf fragt sich, ob ihre Mutter es darauf anlegt, sie zu provozieren, damit sie die Beherrschung verliert. Aber das ist ihr jetzt egal. Nach allem, was heute passiert ist, hat sie nicht mehr die Kraft, den Ködern ihrer Mutter zu widerstehen.

»Ja, deshalb ist es Sophronia auch so gut ergangen, nicht wahr?«, faucht sie.

Aber vielleicht war es doch kein Köder – wenn die Kaiserin wirklich gewollt hätte, dass Beatriz die Fassung verliert, warum sieht sie dann selbst so aus, als hätte Beatriz ihr gerade eine Ohrfeige verpasst?

»Wie kannst du es wagen?«, raunt die Kaiserin mit gefährlich leiser Stimme und kommt mit kleinen, exakt bemessenen Schritten auf sie zu. »Was habe ich alles auf mich genommen, um dich und deine Schwestern in diese Welt zu bringen, um euch eine Erziehung und Ausbildung zu ermöglichen, für die jedes andere Mädchen der Welt töten würde – und du bist so undankbar, mir die Schuld dafür zu geben, dass Sophronia eine Närrin war?«

»Sophie war keine Närrin«, hält ihr Beatriz entgegen, ohne auch nur einen Schritt zurückzuweichen.

»Sie war eine Närrin, und du bist um keinen Deut besser. Andernfalls würdest du jetzt auf dem Thron von Cellaria sitzen, anstatt wie eine niedere Diebin in meinem Schlafzimmer herumzuschleichen«, sagt die Kaiserin. Sie hält Beatriz' Blick noch einen Wimpernschlag lang fest, bevor sie sich abwendet und zu dem Schränkchen neben ihrem Bett geht. Dort nimmt sie einen Schlüssel von der Kette um ihren Hals, öffnet damit das Schloss und tastet in der Schublade, aus der sie schließlich ein Blatt Pergament herauszieht. »Du willst also wirklich wissen, was in Nicolos Brief steht?«

Mit einem Mal ist dies das Letzte, was Beatriz wissen will. Was auch immer in seinem Brief steht, es wird nichts Gutes sein. Das spielt keine Rolle, sagt sie sich. Sie wird noch heute Abend von hier fliehen, bald wird sie auf dem Weg nach Friv sein und dieses Ränkespiel wird alle Bedeutung verlieren. Doch bevor sie antworten kann, fährt ihre Mutter bereits fort.

»Ja, er hat sich sehr besorgt um seine Schwester gezeigt und sogar eine beträchtliche Summe für ihre Herausgabe geboten. Aber noch viel interessanter fand ich zu lesen, was er über ein gewisses Angebot zu sagen hatte, welches er dir offensichtlich bei eurer letzten Begegnung unterbreitet hat. Ein Angebot, das du mir gegenüber nie erwähnt hast.«

Beatriz hebt ihr Kinn. Jetzt hat sie nichts mehr zu verlieren. Wenn ihre Mutter seit einer Woche weiß, was in Cellaria passiert ist, und Pasquale noch am Leben ist, dann wird sich das in der nächsten Stunde nicht ändern. Und danach wird es zu spät sein, so oder so.

»Er wollte mich heiraten«, sagt sie achselzuckend. »Es schien mir überflüssig, das zu erwähnen, da ich ja bereits einen Ehemann habe.«

»Nun ja, Unfälle können den Besten passieren«, bemerkt die Kaiserin. »Ganz besonders einem in Ungnade gefallenen Thronerben, der im Exil lebt.«

Beatriz wird übel angesichts dieser unverhohlenen Drohung gegen Pasquale, aber sie darf ihrer Mutter keine verräterische Reaktion zeigen. »Und doch erfreut sich mein Ehemann bester Gesundheit.«

»Natürlich, er ist ja auch unter meinem Dach«, entgegnet die Kaiserin. »Es wäre doch eine Schande, wenn ich meinen eigenen Gästen keinen Schutz gewähren könnte, nicht wahr? Aber du und dein Mann, ihr werdet noch morgen nach Cellaria aufbrechen, und wenn ich euch dafür von meinen Soldaten aus dem Palast schleifen lassen muss – habe ich mich klar genug ausgedrückt?«

Beatriz starrt ihre Mutter an – nicht ernsthaft überrascht, aber dennoch entsetzt. Es kommt nicht darauf an, dass der Plan ihrer Mutter niemals in Erfüllung gehen wird. Allein zu wissen, was sie vorhatte, wie offen sie Pasquale droht, wie ungerührt sie über ihre finsteren Absichten spricht, macht Beatriz ganz krank. Hat sie Sophronias Tod mit derselben kalten Gleichmütigkeit geplant?

»Ich hasse dich«, sagt Beatriz.

Die Kaiserin lacht nur. »Such dir einen neuen Spruch, Beatriz.« Sie wirft Nicolos Brief ins Kaminfeuer und geht zur Tür. »Diesen immer gleichen Refrain trällerst du schon, seit du sprechen kannst, aber er nutzt sich langsam ab.«

Schon beinahe an der Tür bleibt sie noch einmal vor Beatriz stehen. »Du hast zwei Minuten Zeit, um deine Fassung wiederzugewinnen, Beatriz. Die Wachen sollen dich nicht in diesem Zustand sehen. Aber wenn du dann nicht hinauskommst, werden sie dich zurück in deine Gemächer schleifen und dafür sorgen, dass du sie nicht mehr verlässt. Außerdem empfehle ich dir etwas Schönheitsschlaf, mein Täubchen. Du willst dich doch von deiner besten Seite zeigen, wenn du mit König Nicolo wiedervereint wirst.« Die Kaiserin streckt die Hand aus, um ihre Wange zu tätscheln, und nur mit Mühe kann Beatriz dem Drang widerstehen, vor ihrer Berührung zurückzuzucken. Dann ist sie auch schon weg und Beatriz bleibt allein zurück.

Beatriz hat keinen Zweifel daran, dass die Ankündigung ihrer Mutter, sie nach zwei Minuten gewaltsam von den Wachen abführen zu lassen, ernst gemeint ist, und so beeilt sie sich mit dem Rest ihres Plans. Mit zitternden Händen durchwühlt sie das Schminktischchen der Kaiserin, zieht Schubladen auf und sucht nach irgendetwas Auffälligem, aber unter all den Schminkutensilien kann sie nichts Verdächtiges entdecken. Als Nächstes nimmt sie sich den Kleiderschrank vor. Als sie im Boden des Schranks ein loses Brett ertastet, lächelt sie und hebt die Leiste an. Darunter befindet sich ein Kästchen mit blau-goldenen Emailleverzierungen, in dem sich mehrere unbeschriftete Fläschchen mit verschiedenen Flüssigkeiten und Pulvern befinden sowie ein Ring, den Beatriz sofort wiedererkennt. Es ist eine weitere Anfertigung des Schmuckstücks, von dem die Kaiserin ihren drei Töchtern je eines zum fünfzehnten Geburtstag geschenkt hat – ein Ring, der mit einer verborgenen Nadel versehen und mit einem Smaragd besetzt ist, dessen geheimer Hohlraum ein Gift enthält, mit dem man eine Person bewusstlos außer Gefecht setzen kann.

Beatriz steckt sich den Ring an den Finger. Nach einem Blick auf die große Uhr in der Ecke des Zimmers steht sie eilig wieder auf – ihre zwei Minuten sind fast abgelaufen.

Sie durchquert den Salon ihrer Mutter, öffnet die Tür und blickt den Wachen mit einem strahlenden Lächeln entgegen. Es sind nur noch zwei Soldaten da, einer auf jeder Seite der Tür. Die anderen beiden begleiten vermutlich ihre Mutter zurück in den Ballsaal.

»Ah, da seid Ihr ja, Hoheit«, sagt der eine. »Ihre Majestät hat mich beauftragt, Euch zurück in Eure Gemächer zu bringen.«

»Ja, das dachte ich mir«, sagt sie und legt ihre Hand gerade so lang auf seinen Arm, dass die Nadel des Giftrings seine Haut durchdringt.

»Was …«, setzt er an, doch Beatriz wartet nicht länger ab, sondern wirbelt herum und packt den Arm des anderen Soldaten, um das Überraschungsmoment zu nutzen. In Sekundenschnelle sinken beide zu Boden, ihre Schwerter landen mit einem metallischen Klappern auf dem Marmor.

Einen Moment später sind Schritte im Gang zu hören, erst leise, dann immer lauter. Beatriz weiß, dass es Pasquale ist, noch bevor sie ihn sieht – sie erkennt ihn am ruhigen Rhythmus seiner Schritte, von dem sie bis zu diesem Moment nicht wusste, dass er sich ihr eingeprägt hat. Aber da sind noch zwei andere Personen. Als Pasquale in Sicht kommt, gefolgt von Ambrose und Gisella – alle drei in Dienstbodenkleidung –, legt Beatriz den Kopf schief.

»Pasquale ist eindeutig edelmütiger als ich«, sagt sie zu Gisella und drängt die drei ins Gemach der Kaiserin. »Wenn es nach mir gegangen wäre, hätten wir dich im Kerker verrotten lassen.«

Gisella scheint ihre Bemerkung kalt zu lassen, aber Pasquale wirft ihr einen verständnisheischenden Blick zu.

»Sie gehört zur Familie«, sagt er und beäugt im Vorübergehen die Wachen. »Sind sie ...?«

»Sie sind bewusstlos«, versichert ihm Beatriz. »Beeilt euch, es ist nur eine Frage der Zeit, bis jemand bemerkt, dass zwei Gefangene fehlen. Hat mit dem Sternenstaub alles geklappt wie geplant?«

»Ja«, antwortet Pasquale. »Wie du gesagt hattest – zwei Wünsche, um die Zellen zu öffnen, ein dritter, um den Wachen zu entgehen.«

Beatriz nickt, führt die drei zu der großen Uhr in der Ecke und folgt den Anweisungen, die Schwester Heloise ihr gegeben hat. Sie öffnet die Glasabdeckung, die das Zifferblatt schützt, und dreht den Minutenzeiger dreimal gegen den Uhrzeigersinn, dann den Stundenzeiger zweimal in dieselbe Richtung und den Sekundenzeiger achtmal in die andere. Ein Klicken ertönt, seltsam laut in dem sonst stillen Raum. Die Vorderseite des Uhrengehäuses springt auf und gibt einen Durchgang frei, der gerade groß genug ist, um eine Person hindurchzulassen.

»Kerzen«, sagt Beatriz über ihre Schulter, und Ambrose und Gisella nehmen die Kerzen von den Nachttischchen ihrer Mutter und entzünden sie in der schwachen Glut des Kaminfeuers. Ambrose reicht eine davon an Beatriz weiter, damit sie ihnen den Weg leuchten kann.

»Wir haben einen langen Weg vor uns«, verkündet sie und tritt in den Tunnel.

Daphne

Daphne steht in ihrem Schlafzimmer und trägt ein Hochzeitskleid, das viel schlichter ist als die beiden vorherigen. Mrs Nattermore hat es erst vor wenigen Minuten aus der Schneiderei gebracht. Obwohl das Kleid sehr einfach ist, aus dunkelgrünem, fast schwarzem Samt mit einem weiten Halsausschnitt, der ihre Schultern freilässt, und ohne weitere Stickereien oder Verzierungen, findet Daphne, dass es ihr steht. Das Mieder liegt eng an und ist an der Taille nur leicht ausgestellt, und auch der Rock schmiegt sich ohne Polster und Reifröcke eng an ihre Figur. Ihre letzten beiden Hochzeitskleider waren eine Mischung aus frivianischem und bessemianischem Stil, aber dieses hier ist ganz und gar frivianisch.

Eigentlich sollte Daphne es verabscheuen, aber sie tut es nicht. Als sie in den Spiegel schaut und sich hin und her dreht, um es aus jedem Blickwinkel zu betrachten, beschließt sie, dass es ihr gefällt. Nicht, dass es darauf ankäme – sie kann sich nicht vorstellen, dass diese Hochzeit, anders als die vorherigen Anläufe, tatsächlich zu Ende gebracht werden wird. Lord Panlington hat irgendeinen Hintergedanken, einen Grund für die Verlegung der Hochzeit auf heute Nacht. Vielleicht soll sie als Ablenkung dienen, oder es gibt noch jemanden, den er beseitigen muss. Was auch immer seine Beweggründe sind, Daphne weiß, dass dies eine weitere Hochzeit-die-nicht-war sein wird. Wenigstens wird sie dabei gut aussehen.

Vielleicht ist es aber auch gar kein Ablenkungsmanöver. Vielleicht hat sich Lord Panlington Daphnes Worte zu Herzen genommen und will ihre neu gewonnene Beliebtheit in Friv zu seinem Vorteil nutzen. Vielleicht wird die Hochzeit tatsächlich stattfinden.

Daphne kann sich nicht entscheiden, ob diese Aussicht sie erfreut oder erschreckt. Bairre zu heiraten, ist eine Sache, aber das zu tun, was ihre Mutter will, ist etwas ganz anderes.

Sie hat ihre Zofen weggeschickt, nachdem diese ihr die schwarzen Locken zu einer schlichten Steckfrisur frisiert und ihr ein smaragdgrünes Diadem aufgesetzt haben. Jetzt ist sie allein, starrt ihr Spiegelbild an und denkt darüber nach, wer sie war, als sie zum ersten Mal einen Fuß nach Friv setzte, bereit, einen fremden Prinzen zu heiraten, oder als sie das letzte Mal in diesem Raum in einem Hochzeitskleid stand, bereit, ihre Pflicht zu erfüllen, obwohl die Nachricht von Sophronias Tod sie bis ins Mark erschüttert hatte. Das Mädchen im Spiegel ist eine Fremde im Vergleich zu diesen vergangenen Versionen ihrer selbst.

Ein Klopfen unterbricht ihre Gedanken und sie bittet denjenigen, der da vor ihrer Tür steht, hereinzukommen. Daphne ist leicht überrascht, als Violie den Raum betritt und die Tür gleich wieder hinter sich schließt.

Jetzt, da sie nicht mehr in den einfachen Wollkleidern steckt, die sie als Dienstmädchen trug, sieht sie Sophronia noch ähnlicher. Das elegante blassblaue Kleid mit Hermelinbesatz könnte Sophronia höchstpersönlich ausgesucht haben.

Daphne weiß, dass sie sie mit diesem Namen ansprechen sollte, falls die Wachen, die auf der anderen Seite der Tür warten, sie belauschen, aber sie bringt ihn einfach nicht über die Lippen. Sie spürt, wie Violie sie beobachtet, als sie den Mund öffnet und wieder schließt.

»Meine Mutter und meine Tanten haben mich immer Sternchen genannt, als ich klein war«, sagt sie im Flüsterton. »Wir könnten behaupten, dass es ein Kosename ist, den du und Beatriz ihr gegeben habt. Auf diese Weise ist es für dich einfacher, und ich muss nicht lernen, auf einen weiteren Namen zu reagieren.«

Daphne nickt langsam. Das Ganze war ihre Idee, und der Trick hat funktioniert, dennoch verspürt sie einen Knoten im Magen, wenn sie daran denkt, dass diese fast Fremde die Identität ihrer Schwester übernommen hat. Aber sie weiß, wenn Sophronia hier wäre, hätte sie ihre Zustimmung gegeben. Bei allen Sternen, sie hätte sogar darauf bestanden.

»Gut, Sternchen«, sagt sie. »Solltest du nicht mit den anderen in der Kapelle sein?«

Wenn Violie durch Daphnes abweisende Reaktion verletzt ist, zeigt sie es nicht. Stattdessen greift sie in die Tasche ihres Kleides und holt ein Fläschchen mit Sternenstaub heraus. »Das habe ich aus dem Futter deines Umhangs gestohlen, zusammen mit all den anderen Giften«, sagt sie.

Daphne lacht. »Wenn ich mich entschlossen hätte, Leopold zu töten ...«

»Ich bin sicher, du hättest einen Weg gefunden«, räumt Violie ein. »Aber ich wollte es dir nicht auch noch leicht machen.« Sie geht zu Daphne und drückt ihr den Sternenstaub in die Hand. »Ich dachte, du möchtest vielleicht mit Beatriz sprechen.«

Es ist nicht so, als wäre Daphne dieser Gedanke nicht schon selbst gekommen. Erst heute hat sie wieder einmal überlegt, Bairre um Sternenstaub zu bitten, oder sogar Cliona, aber die Wahrheit ist, dass sie nicht weiß, was sie Beatriz sagen soll, und sie hat auch Angst davor, was Beatriz ihr antworten könnte. Sie hat Angst, dass es genau das sein wird, was sie verdient.

Als Daphne ihre Hand nicht sofort um das Fläschchen schließt, sieht Violie sie forschend an.

»Jemand muss sie über alles informieren, was hier passiert, und ich möchte nicht riskieren, dass deine Mutter einen Brief abfängt. Ich kann es auch selbst einmal versuchen, wenn du mir sagst, was ich tun muss …«

»Nein«, unterbricht Daphne sie und nimmt endlich den Sternenstaub. »Nein, das mache ich.«

Sophronia hat ihr gesagt, sie solle mutig sein, und diesen Mut braucht sie nicht nur im Umgang mit der Kaiserin, sondern auch im Umgang mit Beatriz.

»Geh in die Kapelle und sag allen, dass ich bald komme.«

Violie nickt. Einen Moment lang scheint sie zu zögern, unschlüssig, ob sie einen Knicks machen soll oder nicht, doch dann dreht sie sich einfach um und geht zur Tür hinaus. Daphne hört noch, wie sie leise mit den Wachen spricht, bevor das Geräusch ihrer Schritte verklingt.

Sie setzt sich auf die Bettkante und starrt auf das Fläschchen in ihren Händen. Viel Zeit hat sie nicht – alle warten auf den Beginn der Hochzeitszeremonie –, daher überlegt sie nicht lange, sondern öffnet das Fläschchen und verteilt den Sternenstaub auf ihrem Handrücken.

»Ich wünschte, ich könnte mit Prinzessin Beatriz Soluné sprechen.«

Mittlerweile hat Daphne das oft genug gemacht, um zu wissen, was sie erwartet, aber als sie Beatriz' Anwesenheit spürt, stößt sie trotzdem überwältigt die Luft aus.

»Daphne?«, fragt Beatriz. »Bist du das? Ich glaube nicht, dass irgendjemand sonst auf der Welt so seufzt.«

»Was soll denn *das* heißen?«, fragt Daphne zurück und kämpft mit einer Mischung aus Ärger und Erleichterung. »Ich seufze wie jeder normale Mensch.«

Einen Moment lang herrscht Stille, dann lacht Beatriz, und Daphne kann nicht anders, als mitzulachen.

»Bist du in Sicherheit?«, fragt Beatriz.

»Ja. Und du?«

»Ja.« Beatriz zögert, ehe sie hinzufügt: »Ich bin auf dem Weg, Bessemia zu verlassen.«

Daphne denkt über die Antwort nach, versucht aus den Worten herauszuhören, was ihre Schwester damit sagen will und welche Geheimnisse sie selbst den anderen verschweigt. »Auf Mutters Befehl?«, fragt sie.

Wieder eine Pause. Daphne nimmt in der Stille wahr, wie Beatriz abwägt, ob sie ihr vertrauen kann oder nicht. Sie versteht ihr Zögern, aber es tut trotzdem weh.

»Nein«, sagt Beatriz schließlich. »Ganz bestimmt nicht auf Mutters Befehl, Daphne. Sie wollte mich zurück nach Cellaria schicken.«

»Sie werden dich umbringen, wenn du dorthin zurückgehst!«, ruft Daphne aus. Als Beatriz daraufhin schweigt, holt Daphne tief Luft. »Aber genau darum geht es, oder?«

Beatriz stößt ein zittriges Lachen aus. »Ja, genau darum geht es. Wir sind stattdessen auf dem Weg zu dir.«

»Den Sternen sei Dank«, sagt Daphne. Bald wird sie ihre Schwester wiedersehen, sie wird Beatriz in den Arm nehmen und hören, wie ihre Herzen gemeinsam schlagen. Es wird nicht das Gleiche sein, ohne Sophronia, aber es wird so gut sein, wie es nach allem, was geschehen ist, sein kann.

»Du hast deine Meinung geändert«, stellt Beatriz fest. »Ist Violie zu dir durchgedrungen?«

»Violie«, bestätigt Daphne. »Und Leopold. Und Sophronia. Ich erzähle dir mehr darüber, wenn du hier bist. Aber dein Wort hätte mir genug sein müssen, Beatriz. Deines und auch das von Sophie davor. Es hätte ausreichen müssen, und es tut mir leid, dass es nicht so war.«

Beatriz schweigt einen Moment, und Daphne befürchtet schon, dass die Verbindung abgerissen ist, doch dann hört sie Beatriz wieder.

»Ich glaube, ich hätte dir auch nicht geglaubt«, gesteht sie ihrer Schwester.

»Es gibt eine Sache, die du wissen solltest, bevor du kommst.« Daphne berichtet rasch von den Ereignissen um Violie, die sich jetzt als Sophronia ausgibt.

»Das wird Mutter nicht gefallen«, stellt Beatriz lachend fest.

»Ja, davon kannst du ausgehen«, stimmt Daphne ihr zu. »Mir gefällt es auch nicht, wenn ich ehrlich bin.«

»Sophie wäre entzückt«, sagt Beatriz, und Daphne weiß, dass sie recht hat. »Wo bist du jetzt?«

Daphne wirft einen Blick in den Spiegel, auf das Bild von sich, wie sie in ihrem Hochzeitskleid auf dem Bett sitzt.

»Ich bin auf dem Weg zu meiner Hochzeit«, antwortet sie Beatriz und lässt dabei die Details der gescheiterten Zeremonie weg, ebenso wie ihre Zweifel, dass es dieses Mal besser laufen wird.

»Tja, das wird Mutter freuen«, meint Beatriz.

»Vielleicht, aber nicht sehr lange«, erwidert Daphne. Nur so lange, bis sie herausfindet, dass Daphne sich mit den Rebellen gegen sie verbündet hat.

»Ich bin schon sehr gespannt, mehr darüber zu erfahren«, sagt Beatriz. »In ein paar Tagen sind wir in Friv.«

Es gäbe noch so viel zu sagen, aber Daphne merkt, dass die Verbindung zwischen ihnen bereits schwächer wird.

»Dann sehen wir uns bald«, sagt sie rasch. »Ich liebe dich bis zu den Sternen, Triz.«

»Ich liebe dich auch bis zu den Sternen, Daph.«

Daphne hat ihr ganzes Leben damit verbracht, sich ihre Hochzeit auszumalen – schließlich war ihre gesamte Erziehung auf diesen Moment ausgerichtet. Aber so hat sie ihn sich nie vorgestellt: kurz vor Mitternacht, in einer schmucklosen Schlosskapelle, in der gerade einmal fünfzig Menschen Platz gefunden haben, sie als Braut in einem schlichten frivianischen Kleid.

Natürlich ist es gut möglich, dass die Hochzeit trotzdem nicht stattfindet, allerdings kann Daphne sich keinen zwingenden Grund vorstellen, warum Lord Panlington zuerst darauf drängen sollte, dass die Zeremonie noch am selben Abend abgehalten wird, um sie dann erneut zu stören.

Vielleicht hat es etwas mit Aurelia zu tun, denkt sie, während sie die Himmelsdeuterin beobachtet, die mit Bairre vorn in der Kapelle steht. Vielleicht hat Cliona recht und Aurelia hat die Prinzen doch nicht auf fremden Befehl hin entführt. Vielleicht wird man sich an sie als die am kürzesten amtierende königliche Himmelsdeuterin aller Zeiten erinnern. Daphne hofft, dass es nicht dazu kommt – sie traut Aurelia nicht über den Weg, aber sie ist Bairres Mutter, und Daphne möchte nicht, dass er noch jemanden verliert.

Ihr Blick wandert zu Violie und Leopold, die zusammen in einer Kirchenbank sitzen, Schulter an Schulter, aber ohne sich zu berühren. Lord Panlington hat keinen Grund, die beiden zu töten, aber Daphne kann die Bombe nicht vergessen, die bei der letzten Zeremonie explodierte, und sie sieht immer noch den toten Fergal vor sich, den starren Blick seiner leblosen Augen. Sie kann einfach die Angst nicht abschütteln, dass es wieder passieren wird.

Daphne bleibt vor Bairre stehen und sie reichen sich die Hände. Er schenkt ihr ein kleines Lächeln, das sie zu erwidern versucht, aber in ihr ballt sich alles zusammen. Was, wenn etwas passiert? Was, wenn nichts passiert?

»Prinz Bairre, was erbittest du von den Sternen?«, fragt Aurelia und reißt Daphne aus ihren Gedanken.

Bairre räuspert sich. »Ich bitte die Sterne, uns Weisheit zu schenken«, sagt er.

»Und Prinzessin Daphne, was erbittest du dir von den Sternen?«, fragt sie.

Daphne hatte die Hoffnung bereits aufgegeben, dass sie jemals bis zu diesem Punkt kommen würden, und sucht jetzt nach den richtigen Worten. Sie entscheidet sich für den Wunsch, den ihre Mutter ihr vor einer gefühlten Ewigkeit eingeschärft hat.

»Ich bitte die Sterne, dass sie uns Wohlstand schenken«, sagt sie, wobei ihr die Worte seltsam fremd vorkommen.

Es geschieht immer noch nichts, was Daphne nur noch mehr verunsichert. Sie spürt kaum, wie Aurelia ihre und Bairres Hände ergreift und sie zur gläsernen Decke hebt, von der die Sterne auf sie herabscheinen.

»Sterne, segnet dieses Paar – Prinzessin Daphne Therese Soluné und Prinz Bairre Deasún – mit Weisheit und Wohlstand. In eurem Namen erkläre ich sie hiermit zu Mann und Frau, bis ihr sie einst zu euch nach Hause ruft.«

Daphne hört kaum den Jubel der Gäste, bemerkt kaum Aurelias unergründlichen Blick, der ihre wahren Gefühle nicht verrät. Undeutlich spürt sie, wie Bairre ihre Hand drückt, hört, wie er leise ihren Namen sagt. Nichts ist schiefgelaufen, denkt sie, kein Unglück ist geschehen, es gab keinen Hintergedanken bei der Zeremonie.

Sie und Bairre sind tatsächlich verheiratet.

Beatriz

Nach etwa vier Stunden erreichen Beatriz, Pasquale, Ambrose und Gisella den Unterschlupf. Der Tunnel endet in einem feuchten, dunklen Keller. Von dort aus steigen sie eine Treppe hinauf und gelangen in ein Haus, in dem ein Wäschekorb mit frischer Kleidung bereitsteht – schlichter als die Gewänder, die Beatriz und Pasquale normalerweise tragen, und weit weniger auffällig als die Uniformen der Palastbediensteten, die Gisella, Ambrose und Pasquale übergezogen haben. Außerdem finden sie mehrere Bündel mit Brot und Käse vor, die Violies Mutter und ihre Freundinnen vom Karmesinroten Blütenblatt für sie zusammengepackt haben, nachdem Pasquale sie um Unterstützung gebeten hatte. Vor dem Haus stehen vier gesattelte Pferde, und die vier verschwenden keine Minute zu viel im Unterschlupf, sondern wechseln rasch die Kleidung und machen sich auf den Weg.

Die Kaiserin wird damit rechnen, dass sie nach Norden reisen, weshalb sie als Erstes die Grenzpatrouillen am Übergang nach Friv verstärken wird, also wählt Beatriz eine andere Route: nach Westen, in die Richtung des Asteria-Sees. Wenn sie erst einmal die Küste erreicht haben, können sie von dort aus eine Schiffspassage buchen – nach Friv für Beatriz, Pasquale und Ambrose, nach Cellaria für Gisella.

Erst gegen Mittag des folgenden Tages, als sie sich vor Erschöpfung kaum noch in den Sätteln halten können, legen sie einen Halt ein. Sie steigen in einem Gasthaus an der Südseite des Asteria-Sees ab und bezahlen für zwei Zimmer: eines für Pasquale und Ambrose, das andere für Beatriz und Gisella. Nicolos Schwester ist nicht gerade Beatriz' erste Wahl als Zimmergenossin, aber jemand muss ein Auge auf Gisella haben, zumindest so lange, bis sich ihre Wege am Hafen trennen. Nacheinander steigen sie in die Badewanne, und während Gisella hinter dem Paravent verschwunden ist, nimmt Beatriz sich die Freiheit, etwas Schlaftrunk in eine der Suppenschalen, die der Wirt ihnen gebracht hat, zu träufeln – gerade genug, um Gisella für den Rest des Tages und die Nacht außer Gefecht zu setzen.

Als Gisella hinter dem Paravent hervorkommt, ihr blondes Haar noch nass zu einem Zopf geflochten und über ihre Schulter gelegt, fällt ihr Blick sofort auf die Schale mit der Suppe, die Beatriz auf dem Tischchen neben dem Bett abgestellt hat.

»Das ist dann wohl für mich bestimmt«, stellt sie fest. Es ist mehr, als sie seit ihrer Flucht aus dem Schloss gesprochen hat, und ihre Stimme klingt ganz rau, weil sie so lange nicht benutzt wurde. »Bitte sag mir, dass du mich nicht für dumm genug hältst, um das einfach zu essen.«

Beatriz seufzt und hält den Giftring an ihrem Finger hoch. »Du hast die Wahl, Gisella«, sagt sie und dreht den Ring so, dass Gisella die Nadel sehen kann. »Ich habe meinen Teil der Abmachung eingehalten. Aber das heißt noch lange nicht, dass ich dir genug Vertrauen entgegenbringe, um neben dir zu schlafen, solange ich nicht sicher weiß, dass du tief und fest schlummerst.«

Gisella presst die Lippen zusammen, ohne den Ring aus den Augen zu lassen. »Was hast du also vor?«

Beatriz zuckt mit den Schultern. »Es wäre zu riskant, dich in

Bessemia auf freien Fuß zu setzen, also bleiben wir beisammen, bis wir den Hafen erreichen und du ein Schiff nach Cellaria nehmen kannst.«

»Und wo willst du hin?«, fragt Gisella. »Nach Friv? Oder noch weiter?«

Beatriz lächelt nur. »Du kannst nicht ernsthaft glauben, dass ich dir das verraten würde.«

Gisella presst die Zähne zusammen, aber einen Moment später nickt sie und nimmt die mit Schlafmittel versetzte Suppe vom Tisch. Sie hebt die Schüssel an ihre Lippen und trinkt gleich mehrere Schlucke. Erst jetzt wird Beatriz klar, wie ausgehungert sie nach der Zeit im Kerker sein muss. Sie verspürt einen irritierenden Anflug von Mitgefühl – aber Gisella hat ihr Mitgefühl nicht verdient.

»Du kannst ruhig aufessen«, bemerkt Beatriz. »Ich habe nicht allzu viel Schlaftrunk hineingegeben. Die Dosis reicht gerade so, um dich friedlich schlafen zu lassen, bis die Sonne wieder aufgeht.«

»Verzeih mir, wenn ich nicht das vollste Zutrauen habe, was dein Wissen über Gifte angeht«, erwidert Gisella, nimmt aber einen weiteren Schluck, dann noch einen. »Immerhin musstest du mich um Rat fragen.« Sie hält inne und leert die Suppenschale mit einem letzten Zug. »Hat es funktioniert?«

Beatriz wendet den Blick ab. Vor ihrem inneren Auge sieht sie, wie das Leben aus Nigellus' Augen schwindet. »Ja«, sagt sie dann. »Auch wenn ich es nicht gegen die Person zum Einsatz bringen konnte, für die es eigentlich bestimmt war. Manchmal ändern sich Pläne und man muss sich etwas Neues einfallen lassen. Es wird sich eine andere Gelegenheit ergeben.« Noch während sie die Worte ausspricht, fragt sie sich, ob sie wahr sind. So oder so, Beatriz wird sie wahr werden lassen.

Schweigend und mit raschen Handgriffen machen sie sich bettfertig und schlüpfen auf den beiden Seiten des großen Bettes unter die Decke. So müde sie auch ist, Beatriz zwingt sich, noch etwas länger wach zu bleiben. Sie will auf keinen Fall einschlafen, bevor sie nicht sicher sein kann, dass Gisella weggedämmert ist.

Gerade als Beatriz sich umdrehen will, um zu überprüfen, ob ihre unfreiwillige Zimmergenossin schon schläft, spricht Gisella wieder.

»Ob du mir glaubst oder nicht – es tut mir leid«, sagt sie.

Es ist das Letzte, was Beatriz hört, bevor sie den Stich einer Nadel in ihrem Nacken spürt und Dunkelheit sie verschluckt.

Margaraux

Kaiserin Margaraux nimmt einen Leichengeruch wahr, als sie Nigellus' Laboratorium betritt.

Es ist zwei Tage her, dass sie Nigellus auf dem Ball gesehen hat – in derselben Nacht hat sie auch Beatriz das letzte Mal gesehen –, und bisher dachte sie, er sei wieder einmal in eines seiner Experimente vertieft. Doch nun konnte sie nicht länger warten, denn sie wollte ihn über ihre neuen Pläne in Kenntnis setzen. Der deutliche Verwesungsgeruch im Laboratorium lässt sie allerdings Schlimmes ahnen.

Die Fliegen führen sie zu der Leiche, ihr unaufhörliches Summen weist ihr den Weg zum Schrank. Als sie ihn öffnet, kippt der tote Nigellus heraus und fällt ihr direkt auf die Füße. Mit einem Aufschrei tritt Margaraux angewidert einen Schritt zurück.

Eine Schande, denkt sie und sieht auf ihn hinunter. Ihre Schuhe sind nagelneu und jetzt leider nicht mehr zu gebrauchen – es ist zwar kein Blut zu sehen, aber dennoch. Der Gedanke, dass ein toter Körper die Schuhe besudelt hat, wird ihr nicht mehr aus dem Kopf gehen.

»Eure Majestät«, meldet sich ein Wachmann, der hinter ihr den Raum betritt. Beim Anblick der Leiche bleibt er abrupt stehen.

»Er ist tot«, sagt Margaraux, als er Nigellus entgeistert anstarrt und sonst keinerlei Anstalten macht. »Sorg dafür, dass die Leiche weggeschafft und begraben wird. Mit der nötigen Ehrerbietung, natürlich. Nigellus war fast zwei Jahrzehnte lang ein Freund und Berater.«

»Natürlich ... natürlich, Eure Majestät«, antwortet er und verbeugt sich. »Soll ich auch eine Untersuchung in die Wege leiten?«

Es scheint wenig Zweck zu haben, denn Margaraux weiß, dass Beatriz dafür verantwortlich ist, auch wenn ihr das Wie und Warum ein Rätsel ist. Wenn sie so darüber nachdenkt, würde sie darauf wetten, dass das Wie mit Gisella zusammenhängt. Margaraux hat sie angewiesen, Beatriz eine falsche Giftrezeptur zu geben, aber das Mädchen hat es offenbar für angebracht gehalten, sich in alle Richtungen abzusichern. Anstatt verärgert zu sein, empfindet Margaraux einen gewissen Respekt vor ihr.

»Ja, es wird eine Untersuchung nötig sein«, gibt Margaraux ihm zur Antwort und kehrt wieder in die Gegenwart zurück. Ihren Verdacht Beatriz betreffend teilt sie ihm nicht mit. Die Menschen in Bessemia gehen auch weiterhin davon aus, dass ihre Töchter die hingebungsvollen, pflichtbewussten Mädchen sind, zu denen sie sie erzogen hat. Unwillkürlich muss sie an Daphne denken, die Tochter, von der sie glaubte, dass sie sie niemals im Stich lassen würde. Aber als sie ihre Spione anwies, nach Beatriz' Flucht deren Zimmer zu durchsuchen, kehrten sie mit einem versiegelten Brief zurück – ein Brief, den Beatriz nie erhalten hat und der offenbar zugestellt wurde, nachdem sie gegangen war.

In Sophies letztem Brief an mich schrieb sie, dass wir eine echte Chance hätten, sie mit geeinten Kräften zu besiegen. Es tut mir leid, dass wir nun nie erfahren werden, ob sich diese Hoffnung bewahrheitet hätte. Aber ich stehe jetzt an deiner Seite und selbst die Sterne können mich nicht mehr ins Wanken bringen.

Daphnes Verrat schmerzt viel mehr als der von Beatriz, aber

das wird am Ende keinen Unterschied machen. In weniger als einem Monat werden beide tot sein und Margaraux wird ihr großes Ziel erreicht haben.

»Sehr wohl, Eure Majestät«, sagt der Wachsoldat.

»Weiß man inzwischen, wo Prinz Pasquale sich aufhält?«, fragt sie und kann nur mit Mühe ihre Verärgerung verbergen, die allein die Erwähnung seines Namens in ihr auslöst. Gisellas Aufgabe war klar gewesen: zuerst Pasquale töten und dann Margaraux benachrichtigen, damit sie einen kleinen Trupp aussendet, der sie nach Cellaria eskortiert und, wenn alles glatt geht, Pasquales Begleiter den Mord anhängt.

Margaraux weiß, dass Prinz Pasquale kaum eine Chance gegen Gisella gehabt hätte – in ihren Augen ist er ein weichherziger Junge, der nie auf die Idee gekommen wäre, dass seine Cousine ihn erneut betrügt. Vielleicht hat sie ihn unterschätzt, aber weitaus wahrscheinlicher ist, dass Gisella diesen Teil ihrer Abmachung nicht eingehalten hat, weil sie es nicht fertigbrachte, ihn zu töten.

Natürlich kann Margaraux das nicht beweisen und Gisella hat ohnehin das Wichtigste erreicht. Am Ende der Woche werden ganz Bessemia und Cellaria darüber reden, wie romantisch es ist, dass Beatriz und König Nicolo – von den Sternen füreinander bestimmt, aber vom Schicksal und Beatriz' eifersüchtigem Ehemann auseinandergerissen – wieder zueinandergefunden haben, als Beatriz bei Nicolo Zuflucht suchte.

»Ich fürchte, nein, Eure Majestät«, antwortet der Wachmann. »Er scheint sich in Luft aufgelöst zu haben.«

»Nun, er wurde zuletzt mit einem bekannten Verbrecher gesehen, es steht also zu befürchten, dass er all seiner Wertsachen beraubt irgendwo in einem Graben liegt«, sagt Kaiserin Margaraux. Wenn nicht bald irgendwo der tote Pasquale auftaucht, wird sich sicher ein Doppelgänger finden, der als Leiche dient. Und sobald Beatriz und Nicolo geheiratet haben, notfalls unter Zwang, wird ihre Liebesgeschichte ein tragisches Ende nehmen und Cellaria ihr gehören. Dann wird sie sich Friv vornehmen.

»Ich habe Nachricht erhalten, dass ein Bote aus Friv eingetroffen ist«, vermeldet der Wachsoldat, als hätte er ihre Gedanken gelesen.

»Ausgezeichnet«, sagt Margaraux und lässt ihren Blick noch ein wenig länger auf Nigellus' wächsernem Gesicht verweilen. Sie bemerkt die Wunde an seiner Schläfe und seine offenen, leeren Augen. Wenn er nicht gewesen wäre, würde niemand sie jetzt *Eure Majestät* nennen. Aber er hat seine Aufgabe erfüllt. Trotzdem wird sie ihn vielleicht ein wenig vermissen.

Sie wendet sich von dem leblosen Körper ab und verlässt, gefolgt von dem Wachsoldaten, das Laboratorium. Vor der Tür wartet eine Dienstmagd. Margaraux schnippt mit den Fingern.

»Hol sofort ein anderes Paar Schuhe für mich«, befiehlt sie ihr. »Sieh zu, dass sie in den Thronsaal gebracht werden – ich will, dass sie bereits dort sind, wenn ich hinkomme.«

Das Dienstmädchen knickst, rennt eilig vor Margaraux die Treppe hinunter und ist gleich darauf verschwunden.

Am Eingang zum Thronsaal steht das Dienstmädchen, reicht Margaraux ein neues Paar Schuhe und nimmt ihr die alten ab.

»Verbrenn sie«, sagt Margaraux und das Mädchen nickt.

Mit einer knappen Handbewegung bedeutet Margaraux den Wachen, die Türen zum Thronsaal zu öffnen. Dort wartet ein in den Farben Frivs gekleideter Bote auf sie, der so aussieht – und so riecht –, als sei er direkt von seinem Pferd abgestiegen und hierhergeeilt.

Es muss dringend sein, denkt sie, als sie sich auf ihrem Thron niederlässt. Vielleicht ist Daphne bereits tot, weil einer dieser unfähigen Attentäter endlich das getan hat, wofür sie ihn angeheuert hat.

Der Bote verbeugt sich tief, und was er sagt, ist so ziemlich das Letzte, was Margaraux erwartet hat.

»Eure Majestät, ich bringe freudige Nachrichten – Königin Sophronia lebt und befindet sich sicher und wohlbehalten in Friv, zusammen mit ihrer Schwester.«

Einen Moment lang starrt Margaraux ihn ausdruckslos an und versucht, die Worte zu verstehen, die er gesprochen hat. Dann wirft sie den Kopf zurück und lacht.

Dank

Ich habe es schon einmal gesagt, und ich bin mir sicher, dass ich es nicht zum letzten Mal sage: Um aus der ersten Idee einer Geschichte das fertige Buch zu machen, das ihr in Händen haltet, braucht man ein Team – und ich bin meinem Team so unglaublich dankbar.

Danke an meine großartige Lektorin Krista Marino, die mit ihren klugen Fragen und Vorschlägen dazu beigetragen hat, dass ich ein besseres Buch geschrieben habe, als ich es allein je gekonnt hätte, und an Lydia Gregovic, die ebenfalls großen Anteil daran hat, dass dieses Buch eine starke Geschichte erzählt. Danke an meinen wunderbaren Agenten John Cusick für seine Unterstützung und Ermutigung.

Vielen Dank an alle bei Delacorte Press – insbesondere an Beverly Horowitz – und an alle bei Random House Children's Books: die phänomenale Barbara Marcus, meine unglaubliche Pressesprecherin Jillian Vandall, Lili Feinberg, Jenn Inzetta, Emma Benshoff, Jen Valero, Tricia Previte, Shameiza Ally, Colleen Fellingham und Tamar Schwartz.

Ich danke Lillian Liu für ihre fantastische Illustration und Alison Impey für die Umsetzung in ein wunderschönes Cover. Danke an Amanda Lovelace, deren Gedicht »Women are some kind of Magic« mir einen Funken der Inspiration für diesen Titel schenkte.

Danke an meine wunderbare Familie: an meinen Vater und meine Stiefmutter für ihre unerschütterliche Liebe und Unterstützung, an meinen Bruder Jerry und meine Schwägerin Jill. Danke an meine New-York-City-Familie, Deborah Brown, Jefrey Pollock sowie Jesse und Isaac.

Danke an meine Freundinnen und Freunde, die mich durch Höhen und Tiefen und all die lustigen Zeiten dazwischen begleitet haben: Cara und Alex Schaeffer, Alwyn Hamilton, Katherine Webber Tsang und Kevin Tsang, Samantha Shannon, Catherine Chan, Sasha Alsberg, Elizabeth Eulberg und Julie Scheurl.

Ein kleines Extradankeschön geht an meine beiden Hunde Neville und Circe, die mich immer auf dem Boden der Tatsachen halten, während ich in selbst erschaffenen Fantasiewelten abtauche. Ich konnte noch so sehr ins Schreiben einer Szene vertieft sein – mindestens einer von beiden musste garantiert an der spannendsten Stelle nach draußen, um sein Geschäft zu erledigen.

Zu guter Letzt möchte ich mich bei meinen Leserinnen und Lesern bedanken. Ohne euch könnte ich nicht das tun, was ich so gerne tue.

Autorin

LAURA SEBASTIAN, geboren im südlichen Florida, hat schon immer gern Geschichten erzählt. Nach ihrem Schauspiel-Abschluss am Savannah College of Art and Design hat sie sich in New York niedergelassen. Wenn sie nicht schreibt, liest sie, probiert neue Cookie- oder Cupcake-Rezepte aus, kauft Klamotten, obwohl ihr Schrank aus allen Nähten platzt, oder überredet ihre faulen und sehr wuscheligen Hunde, mit ihr spazieren zu gehen. Ihr Debüt *Ash Princess* wurde ein New-York-Times-Bestseller.

Von Laura Sebastian sind bei cbj erschienen:

Thrones and Curses – Von den Sternen berührt (Band 1, 16633)

Ash Princess (Band 1, 16522)
Lady Smoke (Band 2, 16530)
Ember Queen (Band 3, 16531)

Übersetzerin

PETRA KOOB-PAWIS studierte in Würzburg und Manchester Anglistik und Germanistik, arbeitete anschließend an der Universität und ist seit 1987 als Übersetzerin tätig. Sie wohnt in der Nähe von München.

Mehr über cbj auf Instagram

Laura Sebastian
»ASH PRINCESS«-Trilogie

ASH PRINCESS
Band 1, 512 Seiten,
ISBN 978-3-570-16522-5

LADY SMOKE
Band 2, 576 Seiten,
ISBN 978-3-570-16530-0

EMBER QUEEN
Band 3, 544 Seiten,
ISBN 978-3-570-16531-7

Theo ist noch ein Kind, als ihre Mutter, die Fire Queen, vor ihren Augen ermordet wird. Der brutale Kaiser raubt dem Mädchen alles: die Familie, das Reich, die Sprache, den Namen. Und er macht aus ihr die Ash Princess, ein Symbol der Schande für ihr Volk. Aber Theo ist stark. Zehn Jahre lang hält die Hoffnung sie am Leben, den Thron irgendwann zurückzuerobern, allem Spott und Hohn zum Trotz. Als der Kaiser Theo eines Nachts zu einer furchtbaren Tat zwingt, wird klar: Um ihren Traum zu erfüllen, muss sie zurückschlagen – und die Achillesferse des Kaisers ist sein Sohn. Doch womit Theo nicht gerechnet hat, sind ihre Gefühle für den Prinzen ...

www.cbj-verlag.de

Tahereh Mafi
This Woven Kingdom

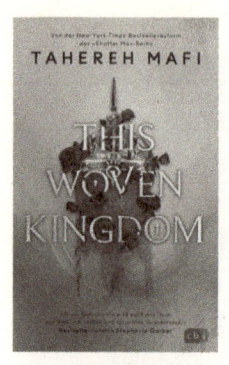

This Woven Kingdom
Band 1, 560 Seiten,
ISBN 978-3-570-16685-7

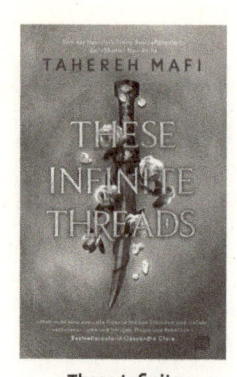

These Infinite Threads
Band 2, 448 Seiten,
ISBN 978-3-570-16686-4

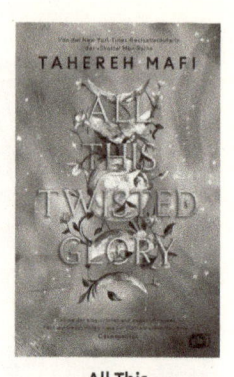

All This Twisted Glory
Band 3, ca. 480 Seiten,
ISBN 978-3-570-16687-1

**Eine verschollene Königin. Ein mächtiger Kronprinz.
Eine verbotene Liebe.**

Alizeh ist die verschollene Königin der Dschinn,
ein jahrhundertelang unterdrücktes, magisches Volk,
das teils im Verborgenen unter den Menschen lebt.
Fest entschlossen, den Dschinn zu helfen, gerät Alizeh in einen
Machtkampf zwischen Kamran, dem Prinzen von Ardunia,
und dem angrenzenden Reich Tulan und dessen Herrscher ...

cbj

www.cbj-verlag.de

Holly Black
ELFENKRONE

Elfenkrone
Band 1, 448 Seiten,
ISBN 978-3-570-31358-9

Elfenkönig
Band 2, 384 Seiten,
ISBN 978-3-570-31399-2

Elfenthron
Band 3, 384 Seiten,
ISBN 978-3-570-31421-0

»Natürlich möchte ich wie sie sein. Sie sind unsterblich. Cardan ist der Schönste von allen. Und ich hasse ihn mehr als den Rest. Ich hasse ihn so sehr, dass ich manchmal kaum Luft bekomme, wenn ich ihn ansehe ...« Jude wird als Kind an den Hof des Elfenkönigs verschleppt und dort gemeinsam mit ihrer Zwillingsschwester vom Mörder ihrer Eltern aufgezogen. Mit siebzehn hat sie nur noch ein Ziel vor Augen – ihre Macht am Elfenhof auszubauen und von den Elfen als Ebenbürtige anerkannt zu werden. Doch ihr größter Widersacher ist Prinz Cardan, der schönste und gefährlichste aller Elfen ... Magisch, fesselnd, unwiderstehlich: die Weltbestseller-Fantasy-Reihe von Holly Black!

www.cbj-verlag.de